Ulf Schiewe
Die Kinder von Nebra

Weitere Titel des Autors bei Bastei Lübbe:

Land im Sturm
Der Attentäter

Titel auch als Audio-Download erhältlich

Über den Autor:

Ulf Schiewe wurde 1947 im Weserbergland geboren und wuchs in Münster auf. Er arbeitete lange als Software-Entwickler und Marketingmanager in führenden Positionen bei internationalen Unternehmen und lebte über zwanzig Jahre im Ausland, unter anderem in der französischen Schweiz, in Paris, Brasilien, Belgien und Schweden. Schon als Kind war Uwe Schiewe ein begeisterter Leser, zum Schreiben fand er mit Ende 50.
Besuchen Sie auch seine Website: www.ulfschiewe.de.

Ulf Schiewe

Die Kinder von Nebra

Historischer Roman

lübbe

Dieser Titel ist auch als Audio-Download und E-Book erschienen.

Vollständige Taschenbuchausgabe
der bei Bastei Lübbe erschienenen Hardcoverausgabe

Dieses Werk wurde vermittelt durch die Literarische Agentur
Thomas Schlück GmbH, 30161 Hannover

Copyright © 2021 by Bastei Lübbe AG, Köln
Lektorat: Dr. Stefanie Heinen
Karte: Markus Weber, Guter Punkt, München
Umschlagmotiv: ©Himmelsscheibe von Nebra:
Landesamt für Denkmalpflege und Archäologie Sachsen-Anhalt
– Landesmuseum für Vorgeschichte – , Richard-Wagner-Straße 9,
06114 Halle/Saale; © State Museum of Prehistory,
Halle, Germany/Bridgeman Images
Umschlaggestaltung: Johannes Wiebel | punchdesign, München
Satz: Dörlemann Satz, Lemförde
Gesetzt aus der Berkeley Oldstyle
Druck und Verarbeitung: GGP Media GmbH, Pößneck
Printed in Germany
ISBN 978-3-404-18428-6

2 4 5 3 1

Sie finden uns im Internet unter luebbe.de
Bitte beachten Sie auch: lesejury.de

INHALT

Die Flussgeister	7
Hella	30
Hador	56
Kalestos	92
Thunar	133
Wuodan	165
Panos	201
Destarte	216
Die Ahnen der Nebroni	258
Epona	297
Kalestos	341
Thunar	378
Die Geister des Waldes	406
Hador	436
Astaris	467
Panos	500
Wuodan	540
Destarte	585
Anmerkungen des Autors	601
Glossar	611
Die Klans	613
Die Götter der Ruotinger	615
Personen	618

DIE FLUSSGEISTER

O ihr verspielten Wesen. Verzückt lauschen wir eurem Plätschern und Flüstern. Ihr lieblichen Jungfrauen mit Wasserrosen im Haar, die ihr jeden Bach und jeden Fluss lebendig macht. Auch wenn ihr es in eurem Übermut bisweilen zu weit treibt und die Auen überflutet.

Rana hockt an einen Erlenstamm gelehnt am Flussufer und lauscht dem Murmeln des Wassers. Es ist ein einsamer Ort tief im Wald. Sie ist schon oft hier gewesen, dabei noch nie auf menschliche Spuren gestoßen. Nur auf die der Rehe, die an dem kleinen Fluss ihren Durst stillen, oder die eines Fuchses. Deshalb liebt sie es hier. Es ist ein guter Ort, um nachzudenken, um ihr Herz zu befragen.

Unter dem Blätterdach des Waldes herrscht angenehmes Halbdunkel. Hoch oben in den Baumkronen aber bringt die Sonne das helle Frühlingsgrün der Knospen zum Leuchten wie auch das der Gräser auf der kleinen Lichtung gegenüber, wo die ersten Blumen blühen. Licht und Schatten. Ein Gegensatz wie die beiden Lebenswege, zwischen denen sie zu wählen hat.

Soll sie ein einfaches, unbedeutendes Leben führen, wie andere junge Frauen einen Mann finden, Kinder gebären und damit zufrieden sein? Oder soll sie ihr Leben der Göttin weihen? Soll sie tun, was alle im Dorf und vor allem ihre Mutter von ihr erwarten, oder soll sie sich dem verweigern? Es ist die wichtigste Entscheidung ihres jungen Lebens, eine Entscheidung darüber, wer sie ist und wer sie sein will, über ihre Aufgabe in der Gemeinschaft, über die Bürde, die sie ein Leben lang tragen wird, falls sie sich für Mutters Weg entscheidet.

Noch ist sie unentschlossen und verwirrt. Ihre Gedanken jagen in die eine und dann wieder in die andere Richtung, ohne dass sich Gewissheit einstellen will. Sie hat sich hierher geflüchtet, um den vorwurfsvollen Blicken ihrer Mutter zu entgehen, die nicht versteht, warum sie plötzlich Zweifel hat. Hier im Wald und im Schatten der Bäume muss sie keine Fragen beantworten, muss sich nicht erklären. Wenn sie doch nur wüsste, was das Beste ist!

Eine Amsel schwirrt heran und unterbricht die quälenden Gedanken. Auf einem Zweig nicht weit von ihr lässt sie sich nieder, legt den Kopf auf die Seite und betrachtet Rana misstrauisch aus einem Auge. Dann wippt sie mit dem Schwanz und fliegt davon, als habe sie Besseres zu tun, als ihre Zeit mit einem Menschenweib zu vergeuden.

Rana reibt sich übers Gesicht, als könne sie damit die trübe Stimmung verscheuchen. Ihr Bruder Arni hat recht. Sie sollte sich nicht unnötig mit endlosem Grübeln herumschlagen. Arni ist ein ruhiger Mann. Er redet nicht viel, aber er scheint immer zu wissen, was er will. Sie beneidet ihn darum.

Ihr Blick wandert über die kleine Wiese am anderen Ufer und über den Wald. Dies ist ihr ganz eigener Ort, sie muss ihn mit niemandem teilen. Ein Zauber liegt über dem sich windenden Fluss mit seinem Uferschilf, dem angeschwemmten Fallholz, den halbhohen Büschen zu beiden Seiten, den tief hängenden Ästen, die sich im Wasser spiegeln. Über die sich kräuselnde Oberfläche flirren Libellen und andere Insekten, in der Tiefe huscht ab und zu der Schatten eines Fisches vorbei.

An der Stelle, wo sie sitzt, befindet sich ein winziger Sandstreifen, der einlädt, die Zehen in ihm zu vergraben. Neben den Vogelrufen und dem Säuseln des Windes in den Zweigen der Bäume ist wenig zu hören. Besonders liebt sie das Plätschern und Murmeln des Wassers. Oder ist es das Raunen der Flussgeister, die miteinander reden? Jedes Gewässer hat seine Geister. Manchmal vermeint sie, eine der vielen Flussgöttinnen zu hören, die für einen Augenblick den Kopf aus dem Wasser hebt und dann wieder verschwindet. Oder war es doch nur eine Fischflosse? Bestimmt hat auch das Liebesquaken der Frösche eine Bedeutung. Vielleicht ist es Panos, der seiner Liebsten nachstellt. Aber die Geister stören Rana nicht. Im Gegenteil. Sie fühlt sich ihnen verbunden. Auch wenn sie nicht versteht, was sie einander zu sagen haben.

Rana ist gern allein. Im Gegensatz zu anderen jungen Frauen im Dorf, die andauernd reden müssen und es seltsam finden, dass Rana sich absondert, allein durch die Wälder streift, sogar auf Bäume klettert und manchmal erst nach Einbruch der Dunkelheit zurückkehrt. Sie schütteln den Kopf und sagen, so etwas tun doch nur Jungs oder Männer, und sie fragen, ob sie denn keine Angst hat, sich so weit von der Siedlung zu entfernen und ganz allein durch die Wildnis zu wandern.

Nein, Angst hat sie nicht. Sie liebt den Wald und die Tiere darin. Einmal hat sie ein verlassenes Rehkitz heimgebracht und es mit Kuhmilch aufgezogen. Selbst vor Wölfen oder Bären fürchtet sie sich nicht, sie ist sicher, dass Astaris, die jungfräuliche Jägerin, sie beschützt. Ist der Bär, der Herrscher der Wälder, nicht ihr geweiht?

Sogar ihre Mutter hat es längst aufgegeben, Rana für diese Ausflüge zu schelten, obwohl sie sich Sorgen macht. »Rana ist eben anders«, pflegt sie zu sagen.

Der Gedanke an ihre Mutter führt unweigerlich zu der quälenden Frage, an der sie seit Wochen nagt und die sie am liebsten von sich schieben würde. Mutter zürnt ihr wegen ihres Zögerns. Schließlich sei sie von den Göttern erwählt, von Destarte selbst, und dürfe sich ihrer Bestimmung nicht verweigern.

Rana seufzt. In einem hat Mutter recht: Sie ist nicht wie andere junge Frauen im Dorf, sondern die Tochter der edlen Herdis, einer von allen verehrten Priesterin. Jeder erwartet, dass sie in Mutters

Fußstapfen tritt. Vorbestimmt sei das, behauptet vor allem Herdis und mahnt, daraus erwachse ihr eine besondere Verantwortung. Schließlich habe sie Rana seit Langem auf diese Aufgabe vorbereitet, ihr alles beigebracht, was es zu wissen gibt. Und jetzt soll all das umsonst gewesen sein? Rana versteht nur zu gut, dass ihre Mutter aufgebracht ist.

Wenn es nach Herdis ginge, sollte Rana während des großen Festes geweiht werden. Mit allem, was die Riten bei dieser Gelegenheit von ihr verlangen. Doch anstatt sich zu freuen, denkt sie mit Beklemmung an das, was ihr bevorsteht. Nicht vor der Weihe fürchtet sie sich, vielmehr vor der Verantwortung für das nahe Heiligtum auf dem Hügel und für die Menschen, die sich hilfesuchend an sie wenden werden, wenn Mutter sich zurückzieht. Je näher der Tag rückt, desto weniger fühlt sie sich der Aufgabe gewachsen. Wie könnte sie jemals ihre Mutter ersetzen? Und will sie das überhaupt? Im Grunde ist sie nicht sicher, was sie eigentlich will.

Was, wenn sie nicht Destartes Priesterin wird? Mit ihren achtzehn Wintern wird sie schon bald über das beste Heiratsalter hinaus sein. Bisher hat sie sich für den Dienst an der Göttin aufgehoben. Dass sie vielleicht nie heiraten wird, stört Rana eigentlich nicht. Für ein Dutzend Rinder an einen Großbauern verkauft zu werden, den sie nicht liebt, wäre noch schlimmer als Priesterin zu werden. Außerdem gefällt ihr keiner der jungen Männer im Dorf. Weshalb man sie für spröde hält. Aber auch das hat sie wahrscheinlich von ihrer Mutter, dieses Anderssein, Anders-sein-Wollen, denn auch Herdis kann man nicht mit anderen Weibern vergleichen.

Rana seufzt ein weiteres Mal.

Ein Sonnenstrahl fällt durch die Blätter und badet ihre Gestalt für einen Augenblick in gleißendem Licht. Heute ist der erste wirklich schöne Tag dieses Frühlings. Die Sonne hat schon mehr als die Hälfte ihres Weges zurückgelegt. Es ist Nachmittag und warm geworden. Unter dem Laubdach des Waldes ist die Luft schwül. Rana hat Lust, sich abzukühlen und den weichen Flussgrund zwischen den Zehen zu spüren. Sie löst die Riemen ihrer Sandalen und streift sie von den Füßen.

Als sie sich erhebt, glaubt sie ein fernes Wiehern zu vernehmen. Sie dreht den Kopf, um zu lauschen. Ein Pferd? Hier im Wald, wo es weit und breit keine Weide gibt? Wo ein Pferd ist, ist meist auch ein Reiter. Aber sosehr sie sich bemüht, es ist nichts weiter als Vogelgezwitscher zu vernehmen.

Nach einer Weile gibt sie es auf. Sie muss sich getäuscht haben. Wer sollte sich hier auch herumtreiben? So weit entfernt von den Hütten des Dorfs. Weit und breit ist nichts als Wildnis, wahrlich kein Gelände für Pferde. Kurz entschlossen zieht sie sich ihr Gewand über den Kopf und lässt es ins Gras fallen. Mit beiden Händen sammelt sie ihr langes Haar und bindet es im Nacken zu einem lockeren Knoten.

Nackt steigt sie die Uferböschung hinunter und ins grelle Sonnenlicht. Sie spürt die Wärme auf der Haut, während sie vorsichtig ins Wasser steigt. Doch der Fluss ist noch so kalt, dass sie Gänsehaut bekommt. Sie watet in die Mitte, wo das Wasser ihr bis an die Schamhaare reicht. Einen Augenblick lang bleibt sie stehen, um sich an die kalte Strömung zu gewöhnen.

Sie ist kurz davor, sich hinzuhocken und ganz einzutauchen, als sie einen Schwarm Vögel auffliegen hört und dann das Knacken eines Zweiges. Erschrocken legt sie die Hände vor ihre Brüste und schaut sich hastig um. Ist da jemand?

Doch es ist nichts zu sehen als das Uferschilf und die Büsche, die den Fluss säumen, die Erle, an der sie gesessen hat, und die dicht stehenden Stämme des Waldes. Wahrscheinlich war es nur ein Tier. Und doch fühlt sie sich auf einmal beobachtet und bekommt Angst.

»Wer ist da?«, ruft sie.

Nichts regt sich, keine Antwort.

Das Baden ist ihr verleidet, und sie watet aufs Ufer zu. In diesem Augenblick hört sie ein unterdrücktes Kichern. Vor Schreck zuckt sie zusammen. Das war eine Männerstimme, kein Zweifel! Unwillkürlich tritt sie einen Schritt zurück und versucht erneut, ihre Blöße zu bedecken. Das Herz schlägt ihr plötzlich bis zum Hals.

»Wer ist da?«, ruft sie ängstlich. »Zeig dich, damit ich dich sehen kann.«

Ein Kopf taucht zwischen den Büschen auf. Dann tritt ein Mann aus dem Schatten des Waldes ans Ufer, und zu Ranas Entsetzen zwängen sich zwei weitere Kerle durch die Büsche und starren grinsend zu ihr herüber.

Sie weicht noch einen Schritt zurück. Das sind keine Bauern aus ihrem Dorf. Diese hier sehen mit ihren harten bärtigen Gesichtern, gestählten Muskeln und breiten, in Leder gekleideten Schultern wie Krieger aus. In den Händen tragen sie Jagdbögen, im Gürtel Kriegsäxte. Mit gierigen Augen mustern sie von oben bis unten Ranas nackten Leib. Noch nie hat sie sich so verwundbar wie unter diesen Blicken gefühlt.

»Was haben wir denn hier?«, ruft einer der drei und lacht.

Der Mann ist größer als die anderen, dunkelhaarig und gut aussehend. An seiner linken Schläfe sind ein paar Strähnen zu einem dünnen Zopf geflochten. Auf der rechten Wange trägt er eine Tätowierung. Sieht aus wie eine Schlange. Der Mann ist noch jung, und doch geht etwas Dunkles von ihm aus, eine gefährliche Aura. Ganz offensichtlich ist er der Anführer. Besonders die kalten Augen machen Rana Angst. Etwas an ihm kommt ihr bekannt vor. Es ist das Schlangentattoo. Wo hat sie das schon gesehen?

»Habt ihr euch endlich satt gestarrt?«, ruft sie ihnen zu, weit mutiger, als sie sich fühlt. »Werft mir lieber mein Gewand herüber!«

»Nackt siehst du aber hübscher aus«, erwidert einer der drei. Sein Lachen entblößt eine Zahnlücke im Oberkiefer. Er scheint etwas älter als die anderen zu sein. Er trägt eine ähnliche Tätowierung unter dem rechten Auge.

»Was denkst du, Arrak?«, fragt der Dritte, ein grobschlächtiger junger Bursche mit einer gebrochenen Nase. »Schnappen wir sie uns?«

Arrak! Natürlich! Die Erkenntnis jagt ihr einen noch größeren Schrecken in die Glieder. Arrak heißt der Sohn des Fürsten. Ein Kerl von üblem Ruf. Grausam und unbeherrscht soll er sein. Der Vater ist schon schlimm genug, aber dieser Arrak, so heißt es, scheut vor keiner Schandtat zurück. Wenn auch nur die Hälfte von dem wahr ist, was man sich über ihn erzählt, muss sie jetzt um ihr Leben bangen. Von Panik erfasst blickt sie um sich. Wie kann sie entkommen? Wohin kann sie fliehen?

»Also gut«, hört sie Arrak sagen. »Wer mir das hübsche Häschen fängt, hat eine Belohnung verdient!«

Sofort springen seine zwei Gefährten ins Wasser. Rana wendet sich zur Flucht. So schnell sie kann, watet sie die wenigen Schritte bis zum gegenüberliegenden Ufer und zieht sich an einem Grasbüschel an der Böschung empor. Hinter ihr das Geräusch der beiden Männer, die eiligst durch den Fluss waten. Einer der Kerle bekommt ihren Fuß zu fassen und versucht, sie zurück ins Flussbett zu zerren. Sie kreischt vor Angst, kann sich jedoch mit einem Tritt befreien und rennt, so schnell sie kann, durchs kniehohe Gras der Lichtung.

Sie stolpert mit ihren nackten Zehen über einen Stein oder eine Wurzel, droht zu stürzen, fängt sich wieder und rennt weiter. Den Schmerz spürt sie kaum, angetrieben von dem Johlen der Männer, die sie verfolgen.

Ein hastiger Blick über die Schulter. Auch Arrak hat den Fluss überquert und rennt mit dem Jagdbogen in der Hand hinter den anderen her.

Wieder stolpert Rana, und diesmal stürzt sie zu Boden. Schon wirft sich einer der Verfolger auf sie. Es ist der mit der Zahnlücke.

Den Bogen hat er fallen lassen, stattdessen versucht er, sie niederzuringen.

Jetzt werden sie mich umbringen, fährt es ihr durch den Kopf, und sie sucht mit den Händen nach einem Stein oder irgendetwas, um sich zu verteidigen. Aber da ist nichts als Gras.

Sie wehrt sich verzweifelt, bockt wie ein wildes Fohlen, aber der Kerl ist stark und vor allem schwer. Er sitzt ihr rittlings auf dem Bauch, packt sie bei den Armen und drückt sie mit seinem Gewicht ins Gras. Sein bärtiges Gesicht ist direkt über ihr. Schweißgestank und fauliger Atem wehen sie an. Rana stößt mit dem Kopf vor und bekommt sein Ohr zwischen die Zähne. Mit aller Kraft beißt sie zu.

Der Mann reißt den Kopf zurück und brüllt vor Schmerz. Rana schmeckt Blut und spuckt etwas Weiches aus. Dann trifft sie ein Faustschlag, der ihr beinahe die Besinnung raubt. Ihr Angreifer sitzt immer noch auf ihr, auch wenn ihm jetzt das Blut am Hals herunterläuft. Er flucht ausgiebig und verpasst ihr noch einen Faustschlag. Seine Gefährten stehen dabei und lachen.

»Hoho! Da haben wir ja eine richtige Wildkatze«, sagt der, den sie Arrak nennen.

Rana hat nicht vor, sich kampflos zu ergeben. Sie bekommt einen Arm frei und schlägt um sich, haut dem Kerl, der auf ihr sitzt, die Faust ins Gesicht, windet sich und versucht, ihn abzuwerfen, doch vergebens. Jetzt packt der Kerl sie auch noch am Hals und drückt ihr die Gurgel zu, sodass sie keine Luft mehr kriegt.

»Verfluchtes Weibsstück!«, hört sie ihn brüllen. Blut aus seiner Wunde tropft ihr ins Gesicht. »Hilf mir mal einer!«

Rana glaubt zu ersticken. Jemand packt von hinten ihre Arme. Jetzt kann sie nur noch mit den Beinen strampeln. Aber auch das hilft nicht. Bevor ihr vor Atemnot die Sinne vergehen, nimmt der Kerl, der auf ihr sitzt, die Hand von ihrer Kehle, sodass sie endlich Luft schnappen kann.

»Lasst mich los, ihr Bastarde!«, keucht sie.

»Hübsches Weib«, grunzt der Mann, der ihre Arme festhält. »Was meinst du, Arrak? Du magst sie doch wild.«

Arrak nickt. »Wild wie eine feurige Stute.« Er lacht.

Der Kerl, der auf ihr sitzt, betastet seine Wunde und flucht ausgiebig. »Die hat mir doch tatsächlich das Ohr abgebissen!«

»Nur 'n kleines Stück, Brunn. Stell dich nicht so an«, sagt Arrak und hebt geringschätzig die Schultern. »Du hast sie als Erster geschnappt und deine Belohnung ehrlich verdient.« Er grinst. »Also zeig dem Weib, was für 'n Kerl du bist.«

Der Angesprochene fletscht die Zähne zu einem hässlichen Grinsen. »Haltet sie gut fest«, knurrt er. »Sonst beißt die mir das andere Ohr auch noch ab.«

Er steht auf und nestelt an seinem Gürtel. Rana nimmt die Gelegenheit wahr und tritt ihm mit Wucht zwischen die Beine. Sie muss gut getroffen haben, denn der Kerl stöhnt auf, packt seine gequälten Hoden und krümmt sich mit schmerzverzerrtem Gesicht nach vorn.

Das rettet ihm das Leben, denn genau in diesem Moment jagt ein Pfeil über seinen Kopf hinweg. Fast zeitgleich surrt ein zweiter heran und fährt dem Kerl, der Rana festhält, zwischen die Schulterblätter. Mit einem Schrei gibt der ihre Arme frei und sinkt zur Seite.

Sofort rappelt Rana sich auf und rennt, so schnell sie kann. Nur weg, nur weg! Mit wenigen Schritten hat sie den Wald erreicht, stolpert über gefallene Äste und hastet weiter durch altes Herbstlaub. Ihr Herz hämmert wie wild. Ihr Atem kommt stoßweise, und die Kehle schmerzt ihr vom Würgegriff des Kerls, der sie niedergerungen hat. Erst nach fünfzig Schritten wagt sie einen Blick über die Schulter.

Niemand folgt ihr. Im Gegenteil. Die beiden Männer heben ihren verwundeten Kameraden auf die Schulter, um sich eilig zum Fluss zurückzuziehen. Hinter der Böschung gehen sie in Deckung und spannen ihre Bögen. Aber kein Ziel scheint sich zu bieten. Vom Waldrand fliegen keine Pfeile mehr in ihre Richtung.

Wer, bei allen Göttern, hat da geschossen? Es müssen mindestens zwei Schützen gewesen sein, so kurz aufeinander sind die Pfeile gekommen. Das Surren der Befiederung hat sie noch im Ohr und den dumpfen Aufschlag des Treffers.

Rana zittert am ganzen Leib. Sie kann es kaum glauben, aber sie scheint ihren Angreifern fürs Erste entkommen zu sein. Sie sieht sich um. Warum zeigen sich ihre Retter nicht? Sind sie genauso eine Gefahr wie die anderen? Vielleicht wollen sie denen nur die Beute abjagen. Ja, so fühlt sie sich – wie eine Beute. Am liebsten möchte sie in den Boden kriechen, in irgendein Mauseloch.

Astaris, hilf mir!, fleht sie die Jägerin und Göttin des Waldes an. Und natürlich ihre geliebte Destarte. Wenn ich deine Dienerin sein soll, o Himmlische, dann beschütze mich!

Rana holt tief Luft, versucht, klar zu denken. Zurück zu ihren Sachen kann sie nicht. Vor allem sollte sie nicht hier stehen bleiben, obwohl ihr rechter Fuß blutet. Besser schnell weg von hier und sich irgendwo verstecken. Humpelnd hastet sie weiter, blickt dabei immer wieder mit bangen Blicken um sich. Doch niemand scheint sie zu verfolgen. Der Wald liegt still. Von den drei Männern, die sie überfallen haben, ist nichts zu sehen. Verschwunden wie ein böser Spuk. Aber auch die fremden Retter zeigen sich nicht. Das wird ihr langsam unheimlich.

Ein Geräusch lässt sie zusammenfahren. Doch es ist nur ein Eichhörnchen, das vor ihr flieht und einen Baumstamm hinaufrast. Noch einmal atmet sie tief durch, um sich zu beruhigen, dann geht sie langsam weiter, tastet sich durch Gebüsch und Unterholz, bemüht, trockene Zweige zu meiden. Neben einem morschen Baumstamm bleibt sie stehen und lauscht. Das Hämmern eines Spechts hallt durch den Wald. Irgendwo raschelt es im Laub, aber als sie in die Richtung blickt, aus der das Geräusch kam, ist nichts zu sehen.

Sie beschließt, einen weiten Bogen zu schlagen, bis sie wieder auf ihr Dorf trifft. Dann zögert sie. Es könnte sein, dass dieser Arrak und seine Männer irgendwo auf sie lauern. Vielleicht sollte sie warten, bis es Nacht wird. Andererseits könnte sie sich im Dunkeln leicht verlaufen, denn der Wald ist endlos. Und nachts wird es um diese Jahreszeit noch empfindlich kalt. Ohne ihr Kleid wird sie schrecklich frieren.

Rana fühlt sich verloren. Noch nie zuvor hat sie sich allein im Wald gefürchtet. Doch jetzt hat sie Angst. Die Gewalt, die man ihr antun wollte, lässt sie immer noch in ihrem Innersten zittern. Auch wenn sie am Ende ungeschoren davongekommen ist. Und dass es ausgerechnet an ihrem verzauberten Ort, den sie so liebt, geschehen ist, kommt ihr wie eine doppelte Schändung vor. Wird sie jemals dorthin zurückkehren können, ohne sich an diese Augenblicke zu erinnern? Ihre Augen füllen sich mit Tränen.

Sie hört ein winziges Geräusch, und als sie erschrocken nach links blickt, steht ein Mann vor ihr. Keine fünf Schritte entfernt. Lautlos ist er aufgetaucht, als wäre er urplötzlich aus dem Boden gewachsen.

Rana schreit auf und will davonlaufen, doch der Mann ruft ihr etwas zu. Es klingt nicht bedrohlich, sondern beinahe freundlich. Nach zwei Schritten bleibt sie stehen und dreht sich um. Weglaufen ist ohnehin zwecklos. Der Mann ist ein großer, wild aussehender Kerl mit wüsten Haaren und struppigem Bart. Fremd sieht er aus, seltsam, wie aus einem Albtraum. Doch er hebt beschwichtigend die Hand und lächelt. »Keine Angst!«, hört sie ihn sagen. Seine Stimme klingt tief und rau, aber durchaus freundlich.

In der Hand hält er einen langen Bogen, an der Seite trägt er eine Felltasche, aus der Pfeilfedern ragen. Das also ist ihr Retter, ein Jäger, der durch Zufall Zeuge des Vorfalls war. Er scheint ihr nichts antun zu wollen. Trotzdem bedeckt sie ihre Brüste, weil ihr peinlich bewusst ist, dass sie immer noch nackt ist. Wer weiß, was von so einem zu erwarten ist. Wirklich vertrauenswürdig sieht er nicht aus.

»Wer bist du?«, flüstert sie, als er näher tritt.

»Egill«, sagt der Fremde und legt den Zeigefinger auf die Brust. »Ich bin Egill.«

Er scheint mit der Aussprache Mühe zu haben. Kein Ruotinger also. Doch was ist er dann? Sie starrt ihn ängstlich an – und erschrickt von Neuem, als ein zweiter Mann ebenso unbemerkt zwischen den Büschen auftaucht und sich neben den ersten stellt. Wie schaffen sie es, sich so lautlos durch den Wald zu bewegen?

Der Mann, der sich Egill nennt, deutet auf den anderen. »Mein Sohn«, sagt er und legt dem Jüngeren die Hand auf die Schulter.

Misstrauisch und bereit, beim kleinsten Anzeichen einer schlechten Absicht die Flucht zu ergreifen, wandern Ranas Augen vom einen zum anderen. Am Oberkörper tragen sie Rehfell, um die Lenden einen Schurz aus ähnlicher Tierhaut und um die Stirn lederne Riemen. Auch die Beine unterhalb der Knie sind mit Tierhaut umwickelt, und an den Füßen tragen sie grob genähte lederne Schuhe. Beide Männer sind schlank und sehnig, jedoch größer als die meisten Bauern in Ranas Dorf. Die Gesichter wie auch die Haut ihrer nackten Arme sind seltsam dunkel, ein helles bis mittleres Braun. Und tätowiert sind sie. Irgendwelche Zeichen. Schwer zu erkennen, was sie bedeuten sollen. Eigentlich sehen die beiden eher furchterregend aus, wäre da nicht Egills freundliches Lächeln.

Wie ein Blitz trifft es Rana. Die Männer müssen zu jenem geheimnisvollen Volk der Wildnis gehören, um das sich unzählige Geschichten ranken. Zauberkräfte sollen sie besitzen. Nicht ungefährlich sollen sie sein, aber scheuer als Rehe. Selten, dass man einen von ihnen zu Gesicht bekommt.

»Ihr seid Alben«, sagt sie, jetzt doch wieder beunruhigt.

Egill zuckt mit den Schultern und nickt. »Ihr Ruotinger nennt uns so.«

Ich sollte mich vor ihnen fürchten, fährt es ihr durch den Sinn. Vielleicht wollen sie mich verschleppen. So was erzählt man sich in den Dörfern. Man droht den Kindern damit, wenn sie nicht gehorchen. Es heißt, dass sie Weiber rauben, sie verzaubern und zu ihren Frauen machen. Dass es gefährlich ist, sich ihnen zu nähern. Viele, die es getan haben, seien spurlos im Wald verschwunden, um nie mehr wiederzukehren, heißt es. Ist es das, was sie mit mir vorhaben?

Sie spürt den Blick des Jüngeren aufwärtswandern, von ihren Beinen bis zu ihrem Gesicht. Wieder fühlt sie sich in ihrer Nacktheit ausgeliefert. Doch als ihre Blicke sich kreuzen, sieht er verlegen zur Seite. Was ist davon zu halten? Was soll sie tun? Weglaufen nützt nichts. Die beiden sind mit Sicherheit schneller als sie. Und stärker allemal.

Der Mann, der sich Egill nennt, ist der weitaus Ältere. Sein struppiger Bart ist grau, das Gesicht voller Furchen. Erstaunt bemerkt sie, dass die Augen in diesem wettergegerbten Gesicht von hellem Blau sind. Auch die seines Sohnes. Wie bei den meisten von uns, denkt sie. Und doch gehören sie einer fremden Rasse an. Sie spürt, dass der Sohn sie beobachtet. Als sie ihn ansieht, blickt er wieder verlegen zur Seite.

»Ihr habt also auf diese Männer geschossen.«

Egill nickt. »Schlechte Männer.«

»Ich muss euch danken«, sagt sie unsicher. »Ihr habt mich gerettet. Und was habt ihr jetzt mit mir vor?«

Egill runzelt die Stirn. »Nichts. Was sollen vorhaben?« Dann lächelt er. Der Mann hat gesunde Zähne. Anders als die meisten Ruotinger, die in diesem Alter oft schlechte Zähne haben. Er reicht seinem Sohn den Bogen, zieht sich das Rehfellhemd über den Kopf und hält es Rana hin. »Zieh an«, sagt er. »Dann nicht kalt.«

Sie beide wissen, dass es nicht nur darum geht, sie warm zu halten. Etwas zögerlich nimmt Rana das Hemd entgegen, dann aber streift sie es sich dankbar über. Es bedeckt ihre Blöße bis zu den Oberschenkeln und riecht nach Rohleder und warmem Männerschweiß. Aber der Geruch ist nicht unangenehm.

»Danke!«, sagt sie und fühlt sich besser.

Auch der junge Mann wagt nun, ihr ins Gesicht zu sehen. »Du bist aus dem Dorf am Fluss«, sagt er.

»Ihr wisst, wo das ist?«, fragt sie erstaunt.

»Natürlich«, erwidert er, als wäre das eine dumme Frage.

»Wir gehen mit dir bis Waldrand«, sagt Egill. »Aber erst, wenn dunkel. Bis dahin dauert es noch.« Er deutet auf den morschen Baumstamm, neben dem sie stehen. »Setzen wir und reden.«

»Und wenn die Männer wiederkommen?«

Egill schüttelt den Kopf und lacht. »Ruotinger fangen uns nicht.«

Rana lässt sich auf der rauen Rinde des morschen Stammes nieder. Egill setzt sich zu ihr. Sein Sohn bleibt stehen und lässt den Blick in alle Richtungen schweifen, als hielte er Wache. Rana kann nicht glauben, dass sie hier friedlich mit Alben plaudert.

»Diese Männer sind gefährlich«, sagt sie. »Einer von ihnen ist der Sohn unseres Fürsten.«

Egill nickt. »Wir wissen von ihm.«

»Ihr wisst alles über uns, aber wir nichts über euch.«

Egill lächelt. »So soll es bleiben.«

»Warum habt ihr euch eingemischt? Es ist, als ob die Götter euch geschickt hätten.«

»Nicht eure Götter. Geister des Waldes haben es befohlen. Schlechte Männer stören Frieden des Waldes.«

»Ihr habt eingegriffen, weil sie den Frieden gestört haben?«

»Und weil schlechte Männer auch uns angetan haben, was sie dir antun wollten. Ist lange her.«

»Euren Frauen?«

»Viele Tote. Dorf zerstört. Frauen geschändet, Kinder geraubt.«

»Auch deine Frau?«

Egill nickt. »Auch meine. Tokis Mutter.«

* * *

Arrak und seine Gefährten erreichen die Stelle, an der sie die Pferde zurückgelassen haben. Er und Brunn, der Mann mit der Zahnlücke, haben sich mit dem Tragen ihres verwundeten Kameraden abgewechselt und lassen ihn jetzt erschöpft zu Boden gleiten. Der Mann ist halb bewusstlos. Er stöhnt und spuckt eine Menge Blut. Die Pfeilspitze steckt ihm noch im Rücken. Allerdings hat Arrak den Schaft zwei Handbreit über der Wunde abgebrochen, um ihn sich genauer anzusehen.

»Sieht nicht gut aus«, sagt Brunn. »Wenn er Blut spuckt, ist die Lunge getroffen.« Vorsichtig betastet er sein verwundetes Ohr. »Verdammtes Weibsstück«, murmelt er.

»Zieh den Pfeil raus«, sagt Arrak.

»Was?«

»Du sollst ihm den Pfeil rausziehen, sag ich.«

»Besser nicht.«

»Ich will wissen, wer da geschossen hat.«

»Wenn wir den Pfeil ziehen, blutet's noch mehr. Dann ersäuft er am eigenen Blut.«

Arrak wirft ihm einen gereizten Blick zu. »Wenn du's nicht tust, dann ich!« Kurzerhand packt er den verbliebenen Pfeilschaft und reißt ihn mit einem Ruck heraus. Der Verwundete schreit auf, windet sich vor Schmerz und verliert das Bewusstsein.

»Bei Wuodan! Musste das sein?«

»Sei kein Weichling!«, knurrt Arrak. »Der ist ohnehin erledigt.«

Er bückt sich, nimmt etwas Herbstlaub vom Boden und wischt das Blut von der Pfeilspitze. »Eine Steinspitze«, murmelt er erstaunt. »Feuerstein.«

»Na und?«

»Wer macht sich die Mühe, Pfeilspitzen aus Stein zu fertigen? Das ist nicht so leicht. Da steckt 'ne Menge Arbeit drin. Deshalb haben wir alle Bronzespitzen.«

»Das gilt für unsere Krieger, aber nicht für die Bauern. Dein

Vater hat doch verboten, ihnen bronzene Waffen zu überlassen. Dabei gehen die doch auch jagen.«

»Sieh dir das Ding mal genau an.« Arrak hält Brunn die Pfeilspitze unter die Nase. »Und fühl die Kanten. Die sind so scharf, dass du dir damit den Bart scheren könntest. Das ist das Werk eines Meisters, sage ich dir. Nicht die Arbeit eines Bauern.«

»Bei Wuodan, du hast recht«, sagt Brunn, nachdem er sich die Spitze genauer angesehen hat. »So was kann nicht jeder.«

»Sag ich doch«, knurrt Arrak. Er zieht den dazugehörigen Schaft mit den Federn aus dem Köcher, wo er ihn verwahrt hat, und untersucht ihn. »Sieh dir die Verzierungen an. Seltsame Muster, sogar mit Ocker eingefärbt. Das müssen Zauberzeichen sein.«

»Du meinst ...«

»Kein Zweifel. Das ist ein Albenpfeil!«

»Warum sollten sich Alben einmischen? Die gehen uns doch sonst auch aus dem Weg. Lassen sich fast nie sehen.«

»Wer weiß?« Arrak zuckt mit den Schultern. Dann zeigt sich ein Wolfsgrinsen auf seinen Zügen. »Das können wir nicht auf uns sitzen lassen. Waldmenschen, die uns aus dem Hinterhalt angreifen? Ich denke, demnächst ist Jagd auf Alben angesagt.«

»Du weißt, die sind schwer zu finden. Und gefährlich obendrein. Wir haben es gerade erlebt. Die Pfeile kamen aus dem Wald geflogen wie von Zauberhand. Hast du vielleicht einen von ihnen gesehen? Ich nicht. Wie von Zauberhand, sag ich dir.«

»Willst du deinen Kameraden nicht rächen?« Arrak deutet auf den Verwundeten am Boden, der sich langsam wieder regt.

»Ja, schon. Aber, bei Wuodan, die Alben können einen mit schrecklichen Flüchen belegen. Solche, die man nie mehr los wird. Ich kenn einen, der ist plötzlich krank geworden und wurde jeden Tag schwächer, bis er unter Schmerzen verreckt ist. Der hat gesagt, es waren die Alben. Weil er sie beim Tauschhandel betrogen hat.«

»Dummes Zeug! Und ruf nicht dauernd deinen Wuodan an.

Hador ist unser Gott. Du weißt das, verdammt noch mal! Muss ich dich dauernd dran erinnern?«

Brunn nickt verlegen. »Es ist, weil ich mit Wuodan aufgewachsen bin. Da kommt es vor, dass ich mich vergesse.«

»Wenn ich dich noch einmal diesen Namen sagen höre, lasse ich dich auspeitschen. Ist das klar?«

Brunn weiß, dass das keine leere Drohung ist. Seit Helma, Orkons Großvater, die Klans mit Hilfe Hadors vereinigen konnte, ist Wuodans Einfluss geschwunden, und seine Schreine sind verkommen. Er hat sich von den Menschen abgekehrt und ist in die Welt der Riesen zurückgekehrt, heißt es. Vielleicht auch in die alten Weidegründe im Osten. Das sagen jedenfalls die Helminger und Hadors Priester. Hador, der Gott der Unterwelt, hat die Herrschaft über die Welt an sich gerissen. Er mag kalt und grausam sein, aber die Welt selbst ist grausam und unerbittlich. Nur wer sich Hador unterwirft, kann in ihr bestehen. Als die Leute noch Wuodan huldigten, gab es ständig Kampf und Streit unter den Klans. Seit die Helminger Hador als Gott der Götter, als Vater nicht nur der Unterwelt, sondern auch der Erde und des Himmels verehren, ist Friede im Land eingekehrt. Nun wagt keiner mehr, sich gegen die rechtmäßige Ordnung aufzulehnen. Wer es dennoch tut, der wird dem gefräßigen Hador geopfert.

Brunn nickt beklommen. »Es wird nicht mehr vorkommen, Arrak.«

Der Verwundete dreht sich stöhnend auf die Seite. Aus seinem Mund dringt erneut ein Schwall von Blut. Er hustet, als drohe er daran zu ersticken, und windet sich vor Schmerz. »Lasst mich nicht hier verrecken«, flüstert er.

Arrak beugt sich über ihn. »Keine Sorge, Freund. Du stirbst zu Hause. Wir nehmen dich mit.« Er wendet sich an Brunn: »Hol seinen Gaul, damit wir ihn auf den Sattel heben können.«

Die Sättel der Reittiere bestehen aus lederbezogenen, mit Polstern und Schaffellen versehenen kurzen Brettern, die beidseitig der Rückenwirbel des Pferdes aufliegen und mit einem Gurt fest um den Leib des Tieres gezurrt werden. Brunn tut wie geheißen, und mit vereinten Kräften hieven sie ihren verwundeten Kameraden aufs Pferd. Das heißt, sie hängen ihn ohne große Umstände bäuchlings über den Sattel, sodass die Beine auf der einen und der Kopf auf der anderen Seite baumeln. Während der Mann vor Schmerzen stöhnt, binden sie ihn mit Lederschnüren fest.

Arrak zieht Ranas Leinenkleid aus dem Gürtel und schüttelt es aus, um es zu betrachten. Er schnuppert daran, als hoffe er, noch ihren Geruch zu erhaschen. Auch ihre Sandalen hat er mitgenommen.

»Was für ein Weib!«, murmelt er versonnen. »Hast du ihre göttlichen Titten gesehen? Und laufen kann sie wie ein Reh. Ich sag dir, die könnte mir gefallen.«

»Ja, bis sie dir das Ohr abbeißt«, erwidert Brunn grimmig. »Vielleicht sogar den Schwanz.«

Arrak lacht. »Eine mit Feuer im Hintern. Dagegen ist nichts einzuwenden. Ganz im Gegenteil. Man muss sie nur richtig einreiten.« Er stopft Ranas Sachen in eine Satteltasche und bindet seinen Hengst los, einen kräftigen Falben. »Ich bin sicher, die stammt aus dem Dorf hier in der Nähe. Wir sollten morgen wiederkommen. Sie wird ihre Sachen suchen.«

»Ich weiß, wer sie ist«, sagt Brunn. »Nicht weit von hier ist das Heiligtum der Destarte.«

»Du meinst das, wo die Weiber hinpilgern, wenn sie geschwängert werden wollen?« Arrak grinst spöttisch. »Möchte nicht wissen, was da so vor sich geht. Es heißt, selbst alte Vetteln kriegen noch ein Balg, wenn sie sich Destarte zu Füßen werfen.«

»Du hast doch bestimmt von Herdis, der Priesterin, gehört.«

»Ja. Aufmüpfiges Weib. Weigert sich, Hador zu huldigen.«

»Das Mädchen ist ihre Tochter.«

»Bist du sicher?«

»Ich hab sie vorhin nicht gleich erkannt. Aber jetzt, wo ich drüber nachdenke, bin ich mir sicher. Ich hab sie mal gesehen, als sie ihrer Mutter zur Hand ging.«

»Was hattest du denn bei Destarte zu suchen?«

»Mein Bruder hatte letztes Jahr zwei tot geborene Kälber. Gleich hintereinander. Da hat er es mit der Angst zu tun gekriegt, dass er die ganze Herde verlieren könnte. Ich hab ihn begleitet.«

»Da hast du sie also gesehen?«

Brunn nickt. »Du solltest sie in Ruhe lassen. Könnte Ärger geben. Du weißt, wie verbreitet der Kult der Destarte ist. Selbst dein Vater achtet ihn.«

»Mein Vater«, knurrt Arrak verächtlich. »Was weiß der denn schon! Nun, vielleicht hast du recht. Trotzdem. Wir bringen den da zurück, und in den nächsten Tagen kommen wir wieder.«

Brunn fällt auf, dass der Verwundete sich nicht mehr regt und seit einer Weile keinen Ton mehr von sich gegeben hat. Aus dem offenen Mund rinnt immer noch Blut. Es läuft an den Armen herunter und tropft von den Fingern auf den Waldboden. Brunn packt den Mann mit der Rechten am Haarschopf und hebt ihn an. Den linken Handrücken hält er ihm kurz vor den Mund.

»Ich spür nichts. Ich glaube, er atmet nicht mehr.«

Arrak zuckt gleichmütig mit den Schultern. »Dann ist er jetzt im Reich der Toten. Da enden wir schließlich alle irgendwann.«

* * *

»Ich weiß nicht, wie ich euch danken soll«, sagt Rana. »Nicht mal ein Geschenk kann ich euch machen. Hab ja nichts bei mir.«

Das Licht der dünnen Mondsichel sickert nur spärlich durch die Baumkronen. Im Wald selbst, unter den hohen Buchen, wo Rana und die beiden Alben auf einem bemoosten Felsen hocken, herrscht nahezu Dunkelheit. Die Männer neben ihr sind nur als Schatten wahrnehmbar.

»Wir brauchen nichts«, sagt Egill.

Der Fels, an dem sie auf die Dunkelheit gewartet haben, liegt nicht weit vom Waldrand entfernt. Durch die Baumstämme schimmert die Onestruda, der größte Fluss der fruchtbaren Talebene. In sie ergießen sich viele Gewässer der Gegend, auch die liebliche Gerra, an der Rana am späten Nachmittag überfallen wurde.

Am gegenüberliegenden Nordufer liegt Ranas Dorf. Wenn man genau hinschaut, sind zwischen den schlanken Baumstämmen die geduckten Schilfdächer der Hütten zu erkennen. Die meisten sind Langhäuser, in denen Mensch und Tier unter einem Dach leben. Hier und da das hellere Grau von aufsteigendem Rauch oder der schwache Lichtschein aus einer offenen Tür.

»Wir könnten uns morgen wieder hier treffen. Mein Vater schmiedet Kupfer und Bronze. Ihr werdet doch ein gutes Beil brauchen können. Oder ein Messer.«

»Wir brauchen nichts«, wiederholt Egill, diesmal bestimmter.

»Aber warum nicht? Beile und Messer sind nützlich.«

»Wir mögen die Nähe eurer Dörfer nicht. Waren nur hier, weil wir die Spur eines Keilers verfolgt haben.«

»Wo kann ich euch denn finden?«

»Nicht nötig. Und sag deinen Leuten nichts von uns. Sie kommen uns sonst suchen. Wir haben heute einen von euch getötet.«

»Aber die hätten mich vielleicht umgebracht.«

»Deine Leute werden es nicht glauben.«

»Ich würde gern mehr über euch erfahren. Wo ihr wohnt, wie ihr lebt. Und euch ein Geschenk machen.«

»Nein. Zu gefährlich für uns. Wir ziehen morgen weiter, damit man uns nicht findet.«

Rana ist enttäuscht. So fremd die beiden Männer ihr auch sind, sie fürchtet sich nicht länger vor ihnen. In Gegenteil. Sie haben die Zeit genutzt, um sich zu unterhalten. Geredet hat allerdings meist Egill. Manchmal hat er Dinge gesagt, über die sie lachen musste. Zum Beispiel, dass er nicht versteht, wieso die Ruotinger sich den ganzen Tag auf ihren Feldern abmühen, wenn es genügt, ein Reh zu erlegen, um sich und die Familie für Tage zu ernähren. »Weil es gar nicht genug Rehe gibt, um uns alle zu ernähren«, hat sie ihm geantwortet.

Der Sohn hat nicht viel gesagt, aber zugehört. Vielleicht weil er nur wenige Worte von Ranas Sprache spricht. Egill hat sie beim Tauschhandel gelernt. Anscheinend gibt es Orte, wo Alben und Bauern sich treffen, um zu handeln. Tierzähne und Felle gegen Kupferbeile, scharfe Steinklingen gegen Bronzeperlen oder gegen gewebte Stoffe. Rehhaut ist besser, sagt Egill, aber Frauen mögen Stoffe.

Rana hat von ihrer Familie erzählt, von ihrer Göttin Destarte und dem anstehenden Frühlingsfest. Die geplante Priesterweihe hat sie nicht erwähnt. Gern hätte sie mehr über das Leben dieser Waldmenschen erfahren. Im Gegensatz zu ihnen sind die meisten Ruotinger Hirten und Bauern. Einige auch Handwerker oder Krieger, aber die allermeisten leben von der Feldarbeit und der Viehzucht. Die Alben hingegen ernähren sich von dem, was der Wald bietet. Dass ihnen das genügt!, wundert Rana sich. Und was tun sie im Winter bei Frost und Kälte, wenn wir uns in unseren Häusern verkriechen und ums warme Herdfeuer scharen?

Doch ihren Fragen ist Egill ausgewichen. Über ihr tägliches Leben oder ihre Familien hat er sich nichts entlocken lassen. Nur von der Jagd hat er erzählt und ein wenig von den vielen Geistern des Waldes, die in jedem Baum und jedem Strauch wohnen, in jedem Fels und jedem Gewässer, im Wind und im Regen. Und natürlich in jedem Tier. Der Schamane beschwört den Geist des Bären. Auf dass er sie in Ruhe lässt und ihnen nicht nachträgt, dass sie das Wild in seinem Wald jagen. Auch mit den Wölfen redet er und nennt sie Brüder. Das ist ihr selbst nicht fremd. Ihr Volk kennt ebenfalls viele Geister und Götter.

»Ich hatte gehofft, dass wir uns wiedersehen«, sagt sie.

Egill zögert, bevor er antwortet. »Dann musst du in die Berge gehen. Vielleicht finden wir dich«, sagt er schließlich. »Vielleicht auch nicht. Vielleicht sind wir ganz woanders.«

Es wird Zeit, sich zu verabschieden. Arrak und seine Männer muss sie wohl nicht mehr fürchten, denn Egills Sohn ist gerade zurückgekommen, nachdem er die Umgebung längs des Flusses ausgespäht hat.

»Also gut.« Rana steht auf und zieht sich Egills Hemd über den Kopf. Mit Bedauern reicht sie es ihm, denn es ist kühl geworden. »Danke für alles Egill. Auch dir, Toki. Mögen die Götter euch beschützen.«

Egill erhebt sich. Er fasst nach ihrer Hand und hält sie sich kurz an die Stirn, dann wendet er sich ab und bedeutet seinem Sohn, ihm zu folgen. Ein paarmal hört sie es noch im Laub rascheln, danach nichts mehr. Als habe der Erdboden die beiden verschluckt.

Rana spürt die kalte Nachtluft auf der nackten Haut und fröstelt. Sie kommt sich plötzlich allein und verlassen vor. Dass Destarte sie aus ihrer Not errettet hat, erfüllt sie mit großer Dankbarkeit. In der Dunkelheit flüstert sie ein stilles Gebet an die Göttin. Und noch eines an Astaris. Die könnte sich sonst zurückgesetzt fühlen. Vielleicht war es ja die Jägerin, die die Alben geschickt hat.

Vorsichtig, einen Fuß vor den anderen setzend, wandert sie durchs raschelnde Laub auf das Flussufer zu. Das Erlebte des Nachmittags und des Abends ist noch allzu gegenwärtig. Die Begegnung mit den Alben, aber vor allem die schrecklichen Momente an der Gerra. Noch nie war sie jemandem an dieser Stelle begegnet. Ausgerechnet heute mussten die drei Männer dort auftauchen.

Man wird sagen, sie sei selbst schuld. Warum läuft sie auch immer allein im Wald herum? Einmal musste so was doch passieren. Orkons Männer sind seit Langem eine Bedrohung für das ganze Land. Sie plündern Bauern aus und nennen es Tribut. Wer nichts zu geben hat, dem stehlen sie das Vieh. Oder die Töchter. Alles im Namen von Hador, dem düsteren Gott der Unterwelt und Wuodans Bruder. Ihm opfern sie nicht nur Rinder und Pferde, sondern auch Menschen. Besonders solche, die sich ihnen widersetzen. Natürlich hat es Menschenopfer auch schon vor Urzeiten gegeben. Doch nur selten, wenn das Volk in großer Not war. Unter Orkon kommt es jetzt häufig vor. Alles, um ihren gefräßigen Gott zu beschwichtigen.

Ranas Mutter sagt, in Wirklichkeit tun sie es, um das Volk in Angst und Schrecken zu halten. Ihr eigenes Dorf haben Orkons Männer bisher verschont. Vielleicht aus Respekt vor Destartes Schrein. Aber wie lange noch? Dass Arrak sich in der Gegend herumtreibt, ist kein gutes Zeichen. Rana zweifelt nicht, was mit ihr geschehen wäre, hätten die Alben nicht eingegriffen. Zuerst hätten die Kerle sie halb totgeschlagen, dann hätten sich alle drei mit ihr vergnügt. Und danach? Hätten die sie am Leben gelassen?

Rana überlegt, ob sie daheim überhaupt erzählen soll, was geschehen ist. Mutter wird sich fürchterlich aufregen und vielleicht selbst in Gefahr bringen. Sie ist von Fürst Orkon ohnehin nicht gut gelitten. Aber wie soll sie das Erlebte verbergen, wenn sie ohne Schuhe und Kleider heimkommt, mit zerschundenen Füßen und Spuren von Gewalt an Hals und Gesicht?

HELLA

*Wuodans Gefährtin, Mutter der Kinder, Hüterin des Hauses
und der Familie, der Vorräte und der Kornspeicher, gütig bist du,
treu und beständig. Was wären wir ohne deine Fürsorge?*

Die Siedlungen der Ruotinger liegen weit verstreut und hauptsächlich in den Flussniederungen, wo weite Flächen abgeholzt und urbar gemacht wurden. Auch die Viehzucht hat den Wald durch ihren Bedarf an Weideflächen zurückgedrängt. Und doch ist der größte Teil des Landes immer noch von dichtem Urwald bedeckt. Jagen und Fischen ergänzen die Nahrungsquellen der Menschen.

Ranas Dorf heißt Altorp und liegt an einer Furt der Onestruda, in der das Wasser nur bis über die Knie reicht. In trockenen Sommern auch nur bis zu den Waden. Auch die kleine Gerra mündet hier ganz in der Nähe. Auf Flüssen zu reisen ist die bequemste Art, von einem Ort zum anderen zu gelangen, weshalb auf der Onestruda häufig flache Lastkähne und Ruderboote anzutreffen sind, sogar solche mit Segeln.

Seit Urzeiten durchziehen zudem Wanderwege und Saumpfade das Land. Zwei davon kreuzen sich hier an der Furt. Der eine verbindet die Kuffaberge, wo sich Orkons dunkle Festung befindet, mit dem Heiligtum der Destarte. Dort endet er, denn weiter gen Süden entlang der Gerra ist nichts als Wildnis. Der zweite Weg kommt von weither aus dem hügeligen Land im Westen. Er folgt der Onestruda, wenn auch in unregelmäßigen Abständen, bis diese drei Tagesmärsche weiter gen Osten in die Sala mündet.

Die Sala selbst ergießt sich in den großen Strom, der sich Albija nennt und irgendwo weit weg im Norden, wo wildes, kriegerisches Volk haust, in das gewaltige Salzmeer fließt, das die ganze Welt umspült.

Altorp ist ein großes Dorf, seit Generationen gewachsen. Wegen des ertragreichen Bodens am Fluss haben sich schon immer Menschen hier angesiedelt, schon bevor die Ruotinger kamen. Alles gedeiht in dieser schwarzen, schweren Erde der Flussauen, auch wenn das Pflügen mühsam ist. Und dann sind da noch die vielen Besucher des Schreins. Wobei niemand so genau weiß, was zuerst hier war: das Dorf oder das Heiligtum. Wahrscheinlich ist es das Heiligtum, denn es ist schon sehr alt.

Umgeben von Äckern und Viehweiden leben siebzig oder achtzig Familien im Dorf, vielleicht noch mehr, denn so genau hat niemand nachgezählt. Der Wohlstand einer Sippe misst sich an der Größe der Ackerfläche, die sie bewirtschaftet. Oder am Viehbestand, denn viele Ruotinger sind Viehhalter. Nicht nur Rinder, auch Ziegen und Schafe sichern ihren Reichtum. Und natürlich Söhne und Töchter, die helfen, das Land zu bewirtschaften und das Vieh zu versorgen. Da ist vor allem die schwere Arbeit auf den Feldern. Kühe sind zu melken, Schafe zu scheren, Korn zu dreschen. Nicht zu vergessen die Jagd und der Fischfang. Wintervorräte müssen angelegt werden. Die Milch wird zu Käse verarbeitet, das Korn zu Mehl. Hanffasern werden zu Seilen gedreht, und aus Tonerde wird Geschirr. Flachs und Hanf werden versponnen und zu Stoffen gewebt, aus denen dann Kleider genäht werden. Im Wald wird Holz geschlagen. Nicht nur zum Häuserbau, sondern vor allem, um die Kochfeuer zu unterhalten und die Häuser zu wärmen.

Wer es sich leisten kann, erwirbt zur Hilfe ein paar Sklaven, Gefangene von Kriegszügen der Klans in benachbarte Regionen. In letzter Zeit sind auch wieder Flüchtlinge gekommen, Bauern mit ihren Familien, die anderswo von ihrer Scholle vertrieben wurden. Nicht immer werden sie bereitwillig aufgenommen. Oft hat es Streit darüber gegeben.

Die Alteingesessenen und besonders die Wohlhabenderen des Dorfs wohnen entlang der Onestruda in geräumigen Langhäusern, die in einigem Abstand voneinander stehen. Dazwischen liegen Gemüsebeete und Einzäunungen für Ziegen und Schweine. Rinder- und Pferdeweiden und die Äcker, auf denen Korn, Gerste und Flachs angebaut werden, verteilen sich auf der Nordseite. Auch dort begrenzt von Wald, aus dem man neue freie Flächen geschlagen hat.

Die Ärmeren und vor allem die Flüchtlinge hausen am Rande des Dorfes in wackeligen Hütten oder am Waldrand, wo sie versuchen, neues Land zu erschließen, obwohl es eine unmenschliche Arbeit ist, ohne Zugochsen die Wurzeln alter Bäume aus der Erde zu reißen. Deshalb lässt man sie oft einfach im Boden und pflügt um sie herum. Natürlich ist auch das Pflügen ohne Zugtiere schwerste Arbeit. Der Mann stemmt sich in die Riemen, um den Reißpflug zu ziehen, die Frau dahinter drückt ihn in die Scholle. Glücklich ist, wer unbearbeitetes Land von einem Reicheren gegen Abgaben pachten und von ihm Pflug und Ochsen leihen kann. In Altorp gibt es daneben Gemeinschaftsbesitz, Weiden und Ackerland, das von Neuankömmlingen oder jungen Familien genutzt werden kann. Auch das Heiligtum der Destarte besitzt solches Land.

Dennoch sind alle im Dorf zu Abgaben verpflichtet, ob reich oder arm. Denn die großen Familien und die Klanführer der Ruotinger verlangen nach der Ernte von jedem Dorf und jeder Siedlung ihren Tribut. Allen voran Orkons Familie, die das Land beherrscht, seit es Orkons Großvater, dem legendären Helma, gelang, die übrigen Klans zu einigen und sich damit zum Fürst über sie zu erheben. Die Menschen in Altorp gehören zu den Nebroni, die den größten Teil des Tals der Onestruda besiedeln. Auch sie sind Ruotinger, nach dem Urahn Ruoto benannt, der vor unzähligen

Generationen mit vielen Getreuen von den weiten Steppen her eingewandert ist und dem später andere gefolgt sind, um sich in dieser Region niederzulassen.

Altorp ist nicht nur durch die fruchtbare Erde, sondern auch durch seine Lage an Fluss und Wegen begünstigt, über die Fremde, die etwas zu tauschen haben, das Dorf erreichen. Entweder per Boot oder mit Lasttieren auf den alten Saumpfaden. Gehandelt werden vor allem Salz, feine Tonerde, Erze aller Art, Hornkämme, schöne Muscheln, Bernstein oder die langen Zähne eines Fabelwesens aus dem Norden, das sich Walross nennt. Natürlich auch irdene oder kupferne Gefäße, Pfeilspitzen, Feuersteine, Äxte und Waffen. Meist wird nur getauscht, ansonsten dienen kleine Kupferbarren als Bezahlung. Manchmal auch Silber oder feines Flussgold. Letzteres ist sehr begehrt, weil es so selten ist und herrlich glänzt. Natürlich ist Gold viel zu weich, um etwas Nützliches damit anzufangen. Und es als Schmuck oder Verzierung zu verwenden ist allein den Klanherren vorbehalten. Und natürlich der Fürstenfamilie.

Der Handel fördert das Handwerk. Ranas Vater Utrik ist ein angesehener Schmied, der nicht nur mit Kupfer umzugehen weiß, sondern auch die Kunst des Bronzeschmiedens beherrscht. Er ist nicht der einzige Handwerker in Altorp. Es gibt drei Töpfer und einen Wagenbauer. Und zwei Familien, die sich besonders gut aufs Weben verstehen. Der Handel wird auf dem Tauschplatz an der Kreuzung bei der Furt abgewickelt. Dort bieten neben wandernden Händlern auch Bauern an, was sie selbst nicht zum Leben brauchen, und man trifft sich, um über Saat, Wetter oder den Stand des Getreides zu reden und sich den neuesten Klatsch zu erzählen.

Die Dorfältesten dagegen treffen sich in Utriks Haus, wenn sie etwas zu besprechen haben. Es ist das größte im Ort. Groß genug, um so etwas wie eine Halle aufzuweisen, wo die Männer rund um die Feuerstelle sitzen und Bier trinken. Ranas Vater ist nicht nur ein angesehener Schmied, sondern hat auch meist das letzte

Wort, wenn es etwas zu entscheiden gibt. Ranas Mutter nimmt als Priesterin eine noch bedeutendere Stellung ein, nicht nur im Dorf, sondern überall, wo Menschen der Destarte huldigen. Und das ist praktisch im ganzen Land.

* * *

Rana nähert sich dem Hof der Eltern mit gemischten Gefühlen. Natürlich ist sie froh, endlich daheim und in Sicherheit zu sein, fürchtet sich aber vor der Aufregung, die sie erwartet, und vor den unweigerlichen Fragen, wenn sie nackt und mit blutigen Schrammen im Gesicht heimkehrt. Ihr ist, als müsse sie sich dafür schämen. Als sei sie selbst schuld an dem, was geschehen ist. Warum streunt sie auch schon wieder allein im Wald herum?, wird ihre Mutter sagen. Wieso musste sie nackt im Fluss baden? Am liebsten wäre sie unbemerkt durch den Stall ins Haus und in ihr Bett gekrochen, um allen Fragen aus dem Weg zu gehen.

In der Dunkelheit schlüpft Rana an den Langhäusern und Schuppen vorbei, hält sich verborgen, so gut es geht. Es gibt hier keine Befestigungen, die die Häuser vor Eindringlingen schützen. Die Gegend ist sicher genug. Nicht einmal die Alten können sich an kriegerische Überfälle erinnern. Zum Glück begegnet ihr niemand. Was würde es für ein Getratsche geben, wenn man sie so sehen würde!

Beinahe unbemerkt betritt Rana den Hof der Eltern. Nur Ioni, der große Wachhund, erkennt sie sofort. Schwanzwedelnd kommt er auf sie zugerannt, springt an ihr hoch und versucht, ihr das Gesicht zu lecken.

»Ioni, nicht!«, murmelt sie lachend und wehrt ihn ab.

Plötzlich knurrt der Hund leise, als ob ihn etwas stört. Hat er etwa den Geruch von Arraks Männern oder vom Hemd des Alben in die Nase bekommen? Das würde sie nicht überraschen, denn Ioni kann einen Fuchs oder Wolf schon auf große Entfernung riechen. Doch dann wedelt er wieder mit dem Schwanz und drückt sich wohlig stöhnend an ihre Beine, während sie sein Fell rubbelt.

Als sie aufhört, steckt er ihr seine feuchte Nase zwischen die Beine. »Das reicht jetzt!«, sagt sie und schiebt ihn von sich. »Ab zu deinem Schlafplatz!« Sie macht eine drohende Bewegung, um ihn wegzuscheuchen.

»Wer ist da?«, hört sie die Stimme ihres Bruders. »Rana, bist du das?« Arni steht in der offenen Tür. Hinter ihm das rotgoldene Licht des Herdfeuers. »Wo warst du? Wir haben uns Sorgen gemacht.« Als sie aus der Dunkelheit tritt, reißt er die Augen auf. »Bei Wuodan, du hast ja nichts an …?«

»Hör auf, mich anzuglotzen«, sagt sie gereizt und schlüpft an ihm vorbei durch den Eingang. Nacktheit ist keine Schande bei den Ruotingern. Seines Körpers muss man sich nicht schämen. Aber nach dem Vorfall am Nachmittag fühlt Rana sich unwohl, von einem Mann angestarrt zu werden. Auch wenn es nur ihr Bruder ist.

Arni scheucht den Hund davon und schließt die Tür.

Der große Innenraum des Hauses liegt im Halbdunkel, nur schwach erleuchtet vom Schein der Feuerstelle in der Mitte. Die Familie hat gerade ihr Abendmahl beendet. Der Kessel hängt noch an seiner Kette über dem Feuer, und Ette, die Magd, sammelt gerade die benutzten Näpfe ein, um sie draußen im Trog zu waschen. Verlegen bleibt Rana stehen. Bei ihrem Anblick hebt Vater Utrik erstaunt die Brauen. Die Magd hält inne und starrt sie offenen Mundes an. Ebenso Aiko, der Knecht.

Mutter Herdis erhebt sich langsam. »Rana!«, ruft sie erschrocken. »Wie siehst du aus? Was ist geschehen?«

Statt zu antworten geht Rana die wenigen Schritte bis zum Schrein der Ahnen und kniet kurz nieder, um ihnen Respekt zu erweisen. Dann erhebt sie sich, tritt zur Feuerstelle und hält die Hände gegen die Flammen, um sich zu wärmen. »Ette! Hol mir was zum Anziehen. Mir ist kalt.«

Die Magd stellt hastig die Näpfe ab und eilt dorthin, wo sich hinter einer dünnen Wand die Schlafstellen und die Truhen befinden. Ranas Vater hat sich erhoben und legt Rana das Schaffell um die Schultern, auf dem er gesessen hat. Es ist noch warm von seinem Körper. Dankend blickt sie zu ihm auf, rückt dann einen freien Hocker ans Feuer und setzt sich.

Herdis starrt sie ärgerlich an. »Antworte mir gefälligst!« Sie packt Rana am Kinn und dreht ihr Gesicht zum Feuerschein, um besser sehen zu können. »Bei allen Göttern, Kind! Was ist passiert?«, fragt sie erschrocken, als sie das geschwollene Auge bemerkt und die blutige Schramme auf der Wange.

»Nichts«, sagt Rana trotzig und dreht den Kopf weg.

»Nichts? Und die blauen Flecken am Hals? Wer hat das getan? Wo sind deine Kleider und deine Schuhe?«

»Weiß nicht«, antwortet Rana, ohne die Mutter anzusehen. »Man hat sie mir gestohlen.«

»Lüg nicht. Und sieh mich an, wenn du mit mir redest! Was soll das heißen: gestohlen? Wer hat dich so zugerichtet? Sprich endlich!« Mit einem Mal werden Herdis' Augen feucht. »Hat man dich etwa …?«

Ette kehrt mit einem warmen Wollkleid zurück. Rana steht auf, kehrt der Mutter den Rücken zu und zieht sich das Gewand über den Kopf. Dann gibt sie dem Vater das Fell zurück und lässt sich mit einem genervten Seufzer nieder. Die Fragerei ist ihr unangenehm. »Habt ihr noch was für mich zu essen?«

»Du weichst mir aus«, sagt Herdis. Ihre Stimme zittert plötzlich.

»Ich habe Hunger.«

»Ette. Gib ihr zu essen.« Herdis setzt sich auf ihren Hocker. Erregt und angespannt beugt sie sich vor und starrt Rana ins Gesicht: »Und jetzt rede mit uns. Wer hat dir das angetan?«

Rana schielt zu ihrem Vater hinüber. Utrik ist ein großer Mann, weißhaarig und hager und von den Jahren ein wenig gebeugt, obwohl er noch gar nicht so alt ist. Er hat bisher noch kein Wort gesagt, doch auch in seinem Blick liegt tiefe Besorgnis. Er hat die weisen, etwas traurigen Augen eines Mannes, der alles im Leben gesehen hat, wenig davon Gutes.

»Sprich, Kind!«, sagt er leise und nickt ihr ernst, aber aufmunternd zu.

Rana nimmt der Magd Löffel und Napf mit dem noch warmen Bohneneintopf aus der Hand und beginnt zu essen.

»Nichts ist passiert«, sagt sie kauend. »Ich konnte weglaufen.«

»Destarte sei Dank!«, murmelt Herdis und legt erleichtert die Hand aufs Herz. »Dabei hab ich dir immer gesagt –«

»Ich weiß, was du gesagt hast, Mutter!«, unterbricht Rana scharf. »Wir müssen es nicht noch mal hören.«

»Was soll das heißen, ›es ist nichts passiert‹?«, knurrt Arni wütend. »Man sieht doch, dass jemand dich geschlagen hat. Wahrscheinlich auch noch gewürgt. Sag uns endlich, wer das war, damit ich das Schwein umbringen kann.«

Rana löffelt weiter Eintopf. »Keiner aus dem Dorf«, sagt sie.

»Wer dann?«

Sie spürt, wie alle sie anstarren. Auch die Magd. Und Aiko, der Knecht, der sonst gern still in einer Ecke hockt und sich wenig an Gesprächen beteiligt. Er hat aufgehört, an dem Stück Holz zu schnitzen, das er in den Händen hält, und blickt nun ebenfalls zu ihr herüber.

»Also«, sagt sie genervt. »Ich war im Wald. Irgendwo an der Gerra. Es war warm, und ich wollte mich abkühlen. Hab Sandalen und mein Kleid ausgezogen und mich fast schon ins Wasser gesetzt, als plötzlich drei Krieger aufgetaucht sind. Ich denke, sie waren auf der Jagd.«

Herdis macht große Augen. »Und?«

Rana zuckt mit den Schultern. »Nichts! Ich bin weggelaufen. Reicht euch das nicht?« Bei der ganzen Fragerei ist ihr der Hunger vergangen. Sie stellt den Napf auf den Boden.

»Und woher hast du das geschwollene Auge und die Flecken am Hals?«, stellt ihre Mutter sie aufgeregt zur Rede.

»Was willst du uns verheimlichen?« Auch Vater Utrik klingt nicht so ruhig wie sonst. »Haben sie dich etwa doch erwischt? Nun rede endlich!«

Sie blickt ihn einen Augenblick fast feindselig an. »Ja, sie haben mich erwischt, Vater. Bist du jetzt zufrieden? Aber ich hab mich gewehrt und konnte ihnen entkommen.«

Arni schüttelt ungläubig den Kopf. »Drei Kriegern willst du entkommen sein? Wer, bei Wuodan, soll dir das glauben?«

Rana senkt den Blick und starrt ins heruntergebrannte Feuer. Den Alben hat sie versprochen, nichts zu verraten. Aber wie soll sie so ihre Rettung erklären? Schließlich holt sie tief Luft und blickt kurz in die Runde. »Also schön. Ich werde es euch sagen. Aber es muss unter uns bleiben. Ich habe versprochen, sie nicht zu verraten.«

»Wen nicht verraten?«, fragt Utrik.

»Die beiden Alben.«

»Alben?«

»Ja, es waren zwei Alben, die mich gerettet haben.«

Und dann berichtet sie, was sich wirklich zugetragen hat. Dass die beiden Alben einen der Krieger angeschossen und die anderen verscheucht haben, sodass sie flüchten konnte. Und dass sie mit ihr gewartet haben, bis es dunkel wurde, für den Fall, dass ihre Angreifer sich noch in der Gegend herumtreiben.

»Du warst die ganze Zeit mit diesen ... diesen Wilden zusammen?«, fragt Herdis.

Rana nickt. »Sie haben mich beschützt und sicher heimgebracht.«

Herdis kann es kaum glauben. »Na, so was!«, murmelt sie.

»Du siehst, es ist nichts passiert, Mutter. Nur ein paar Schrammen.«

»Aber dass Alben ...«, wundert sich Arni. »Wie kommen die

dazu? Die sind doch gefährlich. Es heißt immer, man soll sich vor ihnen in Acht nehmen. Vor allem, dass sie Frauen rauben. Warum haben sie dich nicht entführt?«

»Man muss nicht alles glauben, was die Leute erzählen«, sagt Vater Utrik. »Eigentlich ist es umgekehrt. Es sind die Waldmenschen, die sich in Acht nehmen müssen. Vor uns Ruotingern. Wenn es stimmt, was Rana erzählt, kann sie sich glücklich schätzen, dass die beiden zur rechten Zeit da waren und sich eingemischt haben.«

Herdis nimmt ihre Tochter in die Arme. Ihre Augen schimmern feucht. »Das muss mehr als Glück sein. Es kann nur bedeuten, dass die Götter dir besonders gewogen sind. Vielleicht hat Destarte dich für Großes ausersehen und dich bewahren wollen.« Dann bricht sie in Tränen aus, bedeckt ihre Augen und schluchzt so heftig, dass ihre Schultern zucken. Der Gedanke, sie hätte Rana verlieren können, ist zu viel für sie.

Utrik steht auf, hockt sich neben seine Frau und streicht ihr sanft über den Rücken. Die Geschwister werfen sich einen verlegenen Blick zu. Es kommt nicht oft vor, dass sie ihre Mutter weinen sehen. Herdis ist die starke Stütze der Familie, die stolze Priesterin, die allen Widerständen trotzt, die anderen Mut zuspricht und sich nicht unterkriegen lässt. Herdis in Tränen, das sind sie nicht gewohnt.

»Was ist denn, Mutter?«, fragt Arni besorgt.

Herdis schüttelt den Kopf und weint still vor sich hin.

»Ist es wegen Gisla?«, fragt Utrik leise.

Herdis nickt. »Ja«, haucht sie. »Stell dir vor, wir hätten noch eine Tochter verloren. Und ausgerechnet die Alben.«

Gisla, Ranas ältere Schwester und Liebling der Familie, ist vor Jahren spurlos verschwunden. Ihr rätselhaftes Schicksal belastet die Familie seit Jahren. Man hat lange geglaubt, Waldmenschen hätten sie entführt. Und nun haben ausgerechnet Alben Rana beschützt.

Dass Mutter jetzt schon wieder um Gisla weint, macht Rana wütend. »Bestimmt wär's dir lieber gewesen, die Götter hätten Gisla gerettet statt mich.«

Herdis hebt die vom Weinen verquollenen Augen. »Das ist nicht wahr«, flüstert sie. »Sag so was nicht.«

»Sei nicht töricht, Rana«, brummt Utrik ärgerlich. »Das hat deine Mutter nicht verdient. Schließlich sind wir alle erschrocken, was dir heute hätte passieren können.«

Rana senkt den Kopf. »Es tut mir leid.«

Für eine Weile herrscht betretenes Schweigen. Bis Arni aufsteht und ein paar Scheite auf die sterbende Glut legt. Dann dreht er sich um. »Ich will jetzt endlich wissen, wer diese Schweine sind«, sagt er. »Hast du einen von denen erkannt?«

Rana zögert. Soll sie es ihnen sagen? Besser, sie behauptet, es seien Unbekannte gewesen. Mutter liegt ohnehin im Streit mit Orkon und seinem obersten Priester Urdo. Die beiden machen ihr schon seit einiger Zeit Schwierigkeiten. Denn sie lässt sich von ihnen nichts gefallen und keilt für gewöhnlich zurück. Was heute geschehen ist, wird es nur noch schlimmer machen.

Doch dann nickt sie. »Ihr Anführer war Arrak, Orkons Sohn.«

Herdis' Augen verengen sich. »Was sagst du da?«

»Es war Arrak, der die anderen aufgefordert hat, ihren Spaß mit mir zu treiben. Er selbst hat gelacht und zugeschaut. Aber es ist ihnen nicht gelungen. Ich habe mich gewehrt. Und einer wurde von einem Albenpfeil schwer verwundet, wenn er nicht bereits verreckt ist. Die Alben sagen, der Schuss war tödlich. Deshalb fürchten sie jetzt, dass man versucht, sie aufzuspüren, um sich an ihnen zu rächen. Also bitte kein Wort davon hier im Dorf.«

Einen Augenblick lang herrscht erschrockene Stille. Dann sagt Utrik: »Wir werden es nicht verraten.« Er blickt zu Ette und Aiko, die zugehört haben. »Kein Wort! Verstanden?«

»Orkons Sohn also«, murmelt Herdis. »Das wird er mir büßen!« Ihr Gesicht rötet sich vor Wut, und sie ballt die Faust. »Der verdammte Kerl wird es mir büßen! Ich schwöre es! Soll Thunars mächtiger Hammer ihn zerschmettern!«

»Beruhige dich, Herdis«, sagt Utrik. »Im Grunde ist nichts passiert. Den Göttern sei Dank!«

»›Nichts passiert‹, sagst du? Es wird Zeit, dass man diesem Kerl das Handwerk legt. Nicht nur ihm, auch seinem Vater. Der ganzen Brut da oben auf der Kuffaburg. Die denken, sie können sich alles erlauben. Dabei vergiften sie das Land im Namen ihres verfluchten Hador.«

Utrik macht ein erschrockenes Gesicht. »Vorsicht, Weib, dass du nicht die Götter verfluchst! Das könnte sich gegen dich wenden. Gegen uns alle.«

Herdis lässt sich nicht beruhigen. »Ja, ich verfluche Hador, der aus der Unterwelt aufgestiegen ist, um uns mit seinem Verwesungsgestank und seinem Gift zu überziehen.« Sie hebt die Arme gen Himmel. »Wo bist du, Wuodan, dass du das erlaubst? Warum hast du uns verlassen?« Schließlich lässt sie die Arme sinken und schüttelt den Kopf.

Lange herrscht unbehagliches Schweigen, während alle in die knisternden Flammen des neu entfachten Feuers starren.

»Dass der Kerl sich auf einmal ausgerechnet hier herumtreibt. Dies ist Nebroni-Land. Frage mich, was der bei uns zu suchen hat«, knurrt Utrik. »Aber eines ist sicher, Herdis: Gegen ihn und seinen Vater kannst du nichts ausrichten. Die sind zu mächtig.«

Herdis funkelt ihn an. »Von wegen! Auch eine Priesterin wie ich hat Macht! Sie mögen ihrem Hador huldigen, ihm grausame Opfer bringen, aber das Volk liebt Destarte.«

Ihr Mann schüttelt den Kopf. »Du überschätzt dich, Herdis. Ich sage dir, leg dich besser nicht mit denen an. Du kannst nur verlieren. Wir alle werden verlieren.«

»Du willst es einfach so hinnehmen, dass sie unsere Tochter schänden?«

»Noch ist es beim Versuch geblieben.«

»Das genügt doch schon! Willst du warten, bis es wirklich passiert? Dieser Orkon, der sich Fürst nennt, und seine verfluchten Krieger, sie plündern, stehlen Vieh und schänden Weiber. Alles im Namen Hadors. Sie entweihen Wuodans großes Heiligtum an der Albija, indem sie dort Menschen umbringen. Angeblich, um Hador zu besänftigen und um die Wettergötter in Schach zu halten und die Ernten zu sichern. Und dieser Arrak treibt es am schlimmsten.«

»Ich weiß das.«

»Ach, was weißt du schon, Utrik? Du hast doch nichts als deine Werkstatt im Kopf. Solange du an deiner seltsamen Scheibe werkeln kannst, bist du zufrieden. Aber ich – ich höre jeden Tag von diesen Dingen. Aus allen Ecken kommen Menschen zu Destarte, besonders Frauen. Sie erzählen mir, was im Land los ist. Und sie haben Angst. Im ganzen Land geht die Angst um.«

»Du denkst, das weiß ich nicht? Es ist ja auch nichts Neues. Schon zu Helmas Zeiten hat das angefangen. Nur wir sind noch einigermaßen verschont geblieben.«

»Das haben wir allein Drengi zu verdanken. Du solltest ihm berichten, was passiert ist, Utrik. Drengi hat Macht. Er wird es nicht zulassen, dass man so etwas mit seinen Leuten treibt.«

Dass die Eltern streiten, ist Rana unangenehm. Aber Mutter hat recht. Drengi ist Klanherr der Nebroni. Ein stolzer Mann, wie man weiß, der sich nicht gern auf der Nase herumtanzen lässt. Außerdem ist er Herr über viele Krieger. Vielleicht genauso viele, wie Orkon ins Feld führen kann.

»Ach, vergiss es, Herdis«, erwidert Utrik. »Drengi wird uns nicht helfen.«

»Wieso nicht? Wir sind Nebroni. Dies hier ist sein Land, wir sind seine Leute. Außerdem war er immer besonders stolz auf das Heiligtum. Im letzten Frühjahr hat sein Weib den Schrein besucht.«

»Ja, und es hat ihr wenig genutzt, denn kurz darauf ist sie gestorben. Jetzt sucht er ein neues Weib.«

»Na und?«

»Drengi ist ehrgeizig. Er will hoch hinaus. Im Grunde könnte er sogar Orkon in Schwierigkeiten bringen. Aber es heißt, er will Orkons Tochter zum Weib nehmen. Da wird er sich wohl kaum mit ihm oder seinem Sohn anlegen.«

»Drengi will Tura zum Weib nehmen? Die ist doch noch ein Kind.«

»Nicht mehr. Sie soll inzwischen vierzehn oder fünfzehn Sommer zählen. Das beste Alter für eine Vermählung.«

Herdis schüttelt angewidert den Kopf. »Dieser Orkon hat sich alle gefügig gemacht. Mit Gold, mit Vieh- und Landgeschenken und mit Versprechungen hat er die Klanherren auf seine Seite gebracht. Die Harruner ohnehin, aber auch die Guvarri und die Gejliren, sogar die auf der anderen Seite der Berge. Sie huldigen ihm wie schon seinem Vater und Großvater und wagen nicht, sich aufzulehnen. Vielleicht wollen sie es auch gar nicht. Ihnen geht es ja gut. Nur das Volk wird geknechtet. Den Bauern rauben sie das Brot vom Mund weg. Und wer aufmuckt, wird ermordet. Oder er dient als nächstes Opfer für Hador.«

»Ja, so ist es. Leider. Aber wir werden uns nicht einmischen, Herdis, denn bisher sind wir einigermaßen verschont geblieben. Und Ranas geschwollenes Auge vergeht wieder. Sei froh, dass ihr nichts Schlimmeres passiert ist.«

Herdis blickt ihn kopfschüttelnd an. »Weißt du, Utrik, manchmal würde ich mir ein bisschen mehr Rückgrat von dir wünschen. Wo ist dein kämpferischer Geist geblieben?«

»Und du denkst, du kannst die Dinge erzwingen!«

Jetzt reicht's mir, denkt Rana und erhebt sich, um an die frische Luft zu gehen. Kaum ist sie vors Haus getreten, kommt Ioni zu ihr. Abwesend streichelt sie sein Fell. Mutter hat recht, denkt sie. Wozu brauchen wir einen Fürsten, wenn er und seine Brut den Menschen nur schaden? Und wozu einen Gott, der einem nur Angst einjagt? Warum gibt es niemanden, der dagegen aufsteht?

Augenblicke später tritt auch Arni vor die Tür. Er legt den Arm um seine Schwester. »Tut mir leid, Rana, dass ich dich vorhin so angefahren habe. Ich bin nur so froh, dass dir nichts passiert ist.«

Auch sie legt den Arm um ihn. »Ich weiß. Du bist der Beste von uns allen.«

Später, auf ihrer Schlafstelle in warme Felldecken gewickelt, kann sie lange nicht schlafen. Die Wut auf diesen Arrak und seine beiden Halunken hält sie wach. Geschehen ist ihr wenig, doch nur dank der Alben. Sie zittert immer noch, wenn sie sich an die schrecklichen Augenblicke erinnert, an die panische Angst, die Hilflosigkeit und das Gefühl, den drei Kerlen völlig ausgeliefert zu sein.

Der Vater will die Sache auf sich beruhen lassen. Zweifellos das Vernünftigste aus seiner Sicht. Ein geschwollenes Auge vergeht wieder. Da hat er recht. Aber nicht die Erinnerung an die Angst und die Erniedrigung. Die wird für immer bleiben. Was das angeht, ist Rana wie ihre Mutter. Sie hat vor, sich an den Kerlen zu rächen. Wie das geschehen soll, weiß sie nicht. Aber irgendwann wird sie es tun. Der Tag wird kommen.

Dann muss sie an Gisla, ihre ältere Schwester, denken. Wäre sie noch am Leben, müsste sie jetzt zwanzig und einen Winter zählen. An einem schönen Sommertag, als sie dreizehn war, ist sie urplötzlich verschwunden. Niemand weiß, wieso und warum. Man hat sie überall gesucht und nie gefunden. Auch keine Leiche. Trotzdem gibt es keine andere Erklärung, als dass sie tot ist.

Rana weiß, wie sehr ihre Mutter darunter gelitten hat. Schon zuvor hatte Herdis zwei Kinder im zarten Alter verloren. Als dann Gisla geboren wurde, war sie Herdis' Ein und Alles. Gisla wurde mit solch mütterlicher Inbrunst und Sorge umhegt, als könnte jeder Luftzug sie ebenfalls umbringen. Und dann das! Verschwunden, verschollen, unauffindbar! Wer weiß, wer sie getötet hat. Vielleicht ein Tier, ein Rudel Wölfe oder ein Bär. Oder ein verfluchter Kerl, der sie missbraucht und dann irgendwo verscharrt hat. Niemand wird es jemals wissen.

Insgeheim ist Rana eifersüchtig auf ihre verschollene Schwester. Wenn Mutter von ihr redet, klingt es, als wäre Gisla ein überirdisches Wesen gewesen, mit den besten Gaben ausgestattet, die ein junges Mädchen nur haben kann. Natürlich sollte Gisla ursprünglich Mutters Erbe antreten. Doch dann ist es anders gekommen. Gisla ist nicht mehr von dieser Welt, und Rana ist an ihre Stelle getreten. Trotzdem fühlt sie sich immer noch so, als stünde sie im Schatten der toten Schwester. Als wäre sie nur zweite Wahl. Vielleicht zögert sie deshalb, Priesterin zu werden. Wer will schon zweite Wahl sein?

* * *

Zwei Tage später wird Rana frühmorgens von lauten Stimmen geweckt. Es ist Mutter, die mal wieder mit Ette schimpft.

Was ist es diesmal?, fragt sie sich genervt, dreht sich auf die andere Seite und schließt die Augen. Sie ist noch nicht bereit, ihr warmes Bett zu verlassen. Die Magd tut ihr manchmal leid. Sie muss einiges aushalten, so wie Herdis sie herumkommandiert. Ette ist eine kräftige junge Frau in Ranas Alter, die sich nicht scheut zuzupacken. Sie ist die älteste Tochter eines Flussfischers, der eine armselige Hütte weiter flussaufwärts bewohnt und Mühe hat, seine sechs Kinder durchzubringen. Weshalb Herdis der Magd oft reichlich Korn und getrocknete Bohnen mitgibt, wenn sie ihre Familie besucht, im Tausch für ein paar Fische. Da zeigt sich Mutters fürsorgliche Seite. Ette ist ihr dankbar für die Hilfe und erträgt Herdis' gelegentliche schlechte Laune mit sanftem Gleichmut.

Fast wäre Rana wieder eingeschlafen, als im Hof lautes Hämmern ertönt. Ist es denn schon so spät, dass alle auf sind? Sie reibt sich den Schlaf aus den Augen und schiebt die warmen Felle weg, bereut es aber gleich, als die Morgenkühle sie frösteln lässt. Schnell deckt sie sich wieder zu.

Ihre Bettstelle besteht aus einem schmalen, mit Ledergurten bespannten hölzernen Rahmenwerk, auf dem eine mit Schilf gefüllte Matratze aus grobem Leinen liegt. Darüber eine Decke aus Schaffellen und eine zweite zum Zudecken. Ihr Kopfkissen ist mit Gänsedaunen gefüllt. Manchmal krabbelt Ungeziefer aus der Matratze. Aber daran ist man gewöhnt. Immerhin schlafen viele im Dorf weit weniger bequem. Bei Ette zum Beispiel teilen sich alle Familienmitglieder die enge Hütte, die nur aus einem Raum besteht. Zum Schlafen haben sie nicht mehr als strohgefüllte Säcke.

Rana fragt sich, wie es den Alben im Wald ergeht. Wie sie wohl schlafen. Bauen sie sich Hütten? Und wie ist es im Winter? Auf jeden Fall haben wir es besser, denkt sie. Und bestimmt wärmer.

Ranas Schlafplatz befindet sich unter der Dachschräge des Hauses und ist so etwas wie ein abgetrennter Verschlag mit Seitenwänden aus Weidengeflecht und einem Vorhang aus Tierhäuten. Leider fällt nur wenig Licht in diese Ecke, aber dafür ist es gemütlich. Es war ursprünglich Gislas Schlafstatt. Auf die Abschirmung hatte Mutter bestanden, als bei Gisla die ersten Blutungen einsetzten. Die Lagerstatt der Eltern ist auf ähnliche Weise vor neugierigen Blicken geschützt. Alle anderen Betten nicht. Weder Arnis noch die von Aiko und Ette.

Ranas Blutungen kamen verspätet. Sie war schon ganz verzweifelt, denn es hieß, mit den ersten Blutungen werde man zur Frau. Warum eigentlich? Warum um alles in der Welt bluten Frauen? Und fühlen sich dabei unwohl. Und das im Rhythmus des Mondes. Ist es ein Fluch? Eine Strafe der Götter? Mutter sagt, der Körper der Frau will sich reinigen und schlechtes Blut abscheiden, damit er bereit ist, ein Kind zu empfangen.

Aber wenn das so ist, warum bluten dann Männer nicht? Haben sie nicht auch einen Anteil an der Empfängnis? Müssen sie ihr Blut nicht reinigen? Diese Fragen kann ihr keiner beantworten. Als die Blutungen endlich auch bei ihr einsetzten, war sie überglücklich. Inzwischen ist sie daran gewöhnt und denkt nur noch selten darüber nach. Mutters Begründung für den späten Beginn war, dass Destarte sie so lange wie möglich rein und jungfräulich halten wollte. Wozu das wiederum gut sein soll, dafür hat sie keine Erklärung.

Ranas Blick folgt den Balken, die das Dach stützen, bis hinauf zum First. Das Haus ist wie viele im Dorf ein Langhaus, aber ein besonders großes. Fünf Reihen dicker, tief in den Boden eingegrabene Pfosten tragen das schilfgedeckte Satteldach. Die mittlere Reihe ragt am höchsten und stützt den fünfzehn Fuß hohen First. Die äußere Pfostenreihe bildet das Gefüge für die niedrigen Seitenwände, die aus einem Flechtwerk von Weidenzweigen bestehen, das auf beiden Seiten dick mit Lehm bestrichen ist. Die dicken Lehmwände halten das Haus warm im Winter und kühl im Sommer. Außen an der Hauswand stapelt die Familie Feuerholz, das immer wieder ergänzt werden muss, denn das Herdfeuer ist selten aus.

Die vordere Hälfte des Hauses beherbergt den geräumigen Hauptraum, auf dessen Seiten jeweils eine kleine überdachte Fensteröffnung ins Dach gearbeitet ist, um Licht ins Haus zu lassen. Hoch oben über der Feuerstelle befindet sich der Rauchabzug, unter dem die im Gebälk aufgehängten Schinken reifen. Der Fußboden ist mit geglätteten Fichtenplanken ausgelegt. An den Hauptraum schließt sich der Schlafbereich an. Und von dort tritt man durch eine Tür direkt in den Viehstall, wo zwei Zugochsen, drei Milchkühe und das einzige Pferd der Familie untergebracht sind, wenn sie nicht auf der Weide grasen. In Winternächten hält die Nähe der Tiere den Schlafbereich einigermaßen erträglich.

Draußen begrenzen Schweinekoben, Hühnerstall, Scheune und die Werkstatt des Vaters den Hof an drei Seiten. In der Scheune lagern Heu und Stroh für die Tiere, auf dem Scheunenboden, wo die Mäuse nicht so leicht rankommen, Säcke mit Korn. Für gewöhnlich dient die eine Hälfte der Ernte für den Verzehr, die andere Hälfte für die Aussaat. So war es schon immer. Wenn die Ernte schlecht ist, droht der Hunger. Deshalb ist es so wichtig, Vorräte anzulegen. Neben dem Haus ist ein großer Vorratsschuppen halb in den Boden gegraben, damit er im Sommer kühl bleibt. Kohl, Rüben, Bohnen und Äpfel werden im Herbst eingelagert. Und vor allem Nüsse, denn im Wald gibt es jede Menge Nussbäume. Besonders Walnüsse sind ein wichtiger Bestandteil der Ernährung, nicht nur für die Armen.

Einen Brunnen gibt es nicht auf dem Hof, denn nur wenige Schritte entfernt fließt die Onestruda. An ihrem Ufer wird auch die Wäsche gewaschen. Alles in allem ist Utriks Anwesen das einer von den Göttern gesegneten Familie. Ette und der Knecht Aiko kümmern sich um Haus, Vieh und Feldfrucht, sodass Utrik Zeit hat für seine Arbeit in der Werkstatt und Herdis für den Dienst an der Gottheit auf dem nahen Hügel. Arni hilft seinem Vater in der Schmiede und Rana der Mutter.

Der Knecht Aiko ist erst seit zwei Wintern bei der Familie. Aber er hat sich gut eingelebt. Er klagt nie über die Arbeit, hat sich im Gegenteil als verlässlich und fleißig erwiesen. Nur was ihn selbst angeht, ist wenig aus ihm herauszukriegen. Aber da er überhaupt ein stiller junger Mann ist und sich nur selten an Gesprächen beteiligt, wundert dies niemanden. Angeblich stammt er aus einem anderen Dorf weiter flussabwärts. Mehr weiß man nicht. Es ist Utrik auch nicht wichtig, solange er seine Arbeit tut.

Rana ist inzwischen ganz wach und beschließt aufzustehen. Sie schwingt die Beine über den Bettrand, greift nach ihrem langen Wollhemd und zieht es sich über den Kopf.

»Na endlich«, sagt Herdis, als ihre Tochter den großen Wohnraum betritt. »Du bist wie dein Vater. Abends lange aufbleiben und morgens nicht aus dem Bett zu kriegen.« Sie drückt Rana Napf und Holzlöffel in die Hand. »Nimm dir deinen Brei. Der ist noch warm.« Dann schickt sie Ette in den Stall, um das Vieh zu füttern und am Fluss zu tränken.

»Vater schläft noch?«, fragt Rana und stellt den Napf wieder weg. Sie ist nicht hungrig.

Herdis nickt. »Er hat gestern noch lange an seiner Scheibe gewerkelt. Scheint nichts Wichtigeres für ihn zu geben.«

»Du hältst offenbar nichts davon.«

»Was soll man davon halten? Mond und Sterne auf einer Bronzeplatte? Ich frage mich, was das werden soll.«

»Ein Abbild des Himmels, Mutter. Er hat es uns doch erklärt.«

»Und wozu, bei Destarte, soll das dienen? Außer, dass dein Vater gute Bronze an dem Ding verschwendet. Und dann auch noch Gold! Bei allen Göttern – Gold! Vier junge Stiere und eine Herde Schafe hat er dafür hergegeben. Wir sind ja nicht gerade arm, aber im Überfluss haben wir's auch nicht. Dein Vater ist weder Klanherr, noch heißt er Orkon. Wozu um alles in der Welt muss er unser Vieh gegen Gold eintauschen?«

Darüber hat es schon des Öfteren Streit zwischen den Eltern gegeben, und Rana hat keine Lust, wieder damit anzufangen. Zumal sie auf Vaters Seite steht und sich immer wieder dafür begeistert, was Utriks geschickte Hände hervorzubringen vermögen. Niemand im ganzen Land kann es ihm gleichtun. Vielleicht Arni, später einmal, wenn er alles von Vater gelernt hat, alles Wissen und alle Kunstgriffe, angefangen vom Bauen eines Schmelzofens bis zum Gießen und Bearbeiten der verschiedenen Metalle, vor allem der rechten Mischung, um gute Bronze herzustellen. Eine geheime Kunst, die nur von Vater auf Sohn übertragen wird. So ist es in Ranas Familie und in jeder anderen Schmiede im Land. Das Geheimnis der Bronzeherstellung verleiht den Schmieden, die diese Kunst beherrschen, eine Sonderstellung in Orkons Reich.

»Vater wird schon wissen, was er tut«, sagt Rana.

Herdis zuckt geringschätzig mit den Schultern. »Da wär ich mir nicht so sicher. Dein Vater ist ein Träumer. Gerade jetzt hätten wir die jungen Stiere brauchen können, wo dein Bruder doch heiraten will. Wie sollen wir den Brautpreis aufbringen?«

Wieder ertönt vom Hof her lautes Hämmern. »Was machen die da draußen eigentlich?«, fragt Rana.

»Arno und Aiko bessern den Pflug aus. Wird Zeit, dass die Sommergerste in den Boden kommt.«

Vater Utrik hat für gewöhnlich genug Arbeit, denn er stellt Werkzeug für die Bauern und gelegentlich auch Waffen für Drengis Krieger her. Und Herdis erhält oft Geschenke von dankbaren Besuchern des Heiligtums. Die aber verteilt sie meist im Dorf, besonders an die ärmeren Bewohner. Auch wenn es ihnen dadurch an nichts mangelt, so ist es doch undenkbar, das Land der Familie, das Utrik von seinen Ahnen geerbt hat, nicht zu ehren und nicht wie jedes Jahr neu zu bestellen. Weizen, Gerste und Rüben bauen sie an. Und ein wenig Flachs, aus dem das Garn für Leinen gesponnen wird. Aiko und Arni werden sich in den nächsten Tagen dabei abwechseln, die Ochsen zu führen und den Pflug in die schwarze Erde zu drücken, dann zu eggen und zu säen.

Rana sieht zu, wie Mutter Gartenwerkzeug, Fladenbrot und einen gefüllten Wasserschlauch in eine lederne Umhängetasche stopft, ihre Füße in Sandalen steckt und sich die Riemen um die Waden bindet. »Du gehst zum Heiligtum?«

»Ja. Borgunna hilft mir. Du solltest mir auch helfen. Wir müssen das Fest vorbereiten. Es gibt viel zu tun.«

Borgunna, eine schon etwas ältere Matrone, ist Priesterin des Schreins der Hella, der sich ebenfalls oben auf dem Hügel befindet. Sie und Herdis sind gut befreundet und helfen sich gegenseitig, so lange Rana sich erinnern kann.

»Ich komm später nach«, sagt Rana.

Herdis legt sich ihren Umhang um die Schultern. »Wann entscheidest du dich endlich, Rana? Bald steht das Frühlingsfest an, und du hältst mich immer noch hin.«

»Hör auf, mich ständig zu bedrängen!«

»Ich bedränge dich nicht. Aber ich werde langsam alt und sehne mich danach, dir endlich alles zu übergeben.«

»Du bist doch überhaupt nicht alt, Mutter. Und dass du dich jemals zur Ruhe setzt, kann sich keiner wirklich vorstellen. Das Heiligtum, das bist du. Niemand anders. Ich bestimmt nicht.«

Tatsächlich ist Herdis immer noch in den besten Jahren. Sie ist nicht mehr so schlank wie in ihrer Jugend, hat graue Strähnen im Haar und einige Falten im Gesicht, aber nichts deutet darauf hin, dass sie ihre Pflichten als Priesterin nicht weiter erfüllen könnte.

»Was redest du wieder für einen Unsinn!« Herdis seufzt. »Natürlich ist es zu früh, um mich ganz zurückzuziehen. Aber ich will, dass das Heiligtum gesichert ist, dass es eine neue, junge Priesterin gibt. Könnte doch sein, dass ich krank werde. Was dann? Borgunnas Schwester ist im Winter ganz plötzlich verstorben. Niemand weiß, warum.«

»Du bist stark, Mutter. So schnell stirbst du nicht.«

»Das wollen wir hoffen. Und keine Angst, ich werde weiter an deiner Seite sein und dich unterstützen. Aber du musst dich entscheiden, Kind. Ich habe mich immer auf dich verlassen können. Aber seit Kurzem bist du dir im Zweifel, und ich mache mir Sorgen. Warum zögerst du? Was geht in deinem Kopf vor?«

»Tut mir leid, wenn ich dir Sorgen mache.«

»Was ist es denn? Erklär es mir.«

Rana blickt verlegen zu Boden. »Ich weiß nicht, ob ich gut genug dafür bin«, sagt sie leise.

»Nicht gut genug? Aber Kind, du hast mich so oft bei allen heiligen Handlungen begleitet. Du kennst die Gebete und Zaubersprüche. Du bist in der Kräuterkunde bewandert und weißt, wie die magischen Tränke gemischt werden. Alles, was ich weiß, habe ich dir beigebracht. Warum bist du dir plötzlich so unsicher? Das war doch früher nicht so.«

Rana weiß, dass ihre Mutter recht hat. Sie hat sogar die Wirkung der heiligen Pilze am eigenen Leib erfahren, die den Geist umnebeln und die Göttin aus dem Mund der Priesterin sprechen lassen. Und natürlich hat sie bei den geheimen Riten geholfen, die Frauen fruchtbar machen. Auch die Kräuter, die das Gegenteil bewirken, weiß sie anzuwenden. All das ist ihr vertraut. Und doch ist sie jetzt, da der bedeutungsvolle Tag näher rückt, unsicher geworden.

»Ich weiß es nicht, Mutter. Gib mir noch etwas Zeit.«

Herdis schüttelt den Kopf und seufzt. »Na schön«, sagt sie, schlingt die Tasche über die Schulter und wendet sich zur Tür. »Iss was, bevor du kommst. Und lass das Feuer nicht ausgehen!«

Rana bleibt allein zurück. Sie hört, wie Mutter auf dem Hof ein paar Worte mit den Männern wechselt und dann geht, um sich mit Borgunna zu treffen. Außer den Geräuschen auf dem Hof ist es still im Haus. Vater scheint noch zu schlafen, und auch aus dem Stall hört man nur, dass Ette mit Milchkannen hantiert.

Lass das Feuer nicht ausgehen! Wie oft hat Rana das nicht schon gehört. Mindestens drei Mal am Tag. Seit sie sich erinnern kann. Feuer ist lebensspendend für die Familie, besonders wichtig auch für Vaters Schmiede. Und ein Feuer wieder in Gang zu kriegen, ist nicht ganz einfach. Mit Feuerstein und einem Brocken Katzengold werden Funken auf abgeschabten Zunderschwamm geschlagen. Wenn davon ein winziges Eckchen zu glühen beginnt, muss man Luft zufächeln oder blasen, um genügend Glut zu erzeugen, die dann in ein Nest aus trockenem Gras gesteckt wird. Wieder wird kräftig geblasen, bis Flammen entstehen.

Mit kleinen trockenen Zweigen geht es weiter. Bei feuchtem Wetter klappt das mit dem Zunderschwamm nur schlecht. Manche verwenden daher lieber die feinen Streifen, die man von der Birkenrinde abziehen kann. Die brennen immer. Aber am besten ist, man lässt das Feuer gar nicht erst ausgehen. Oder sieht zu, dass immer noch ein wenig Glut vorhanden ist. Oder man holt sich ein bisschen vom Nachbarn.

Gib mir noch etwas Zeit. Darum hat Rana soeben die Mutter gebeten. Sie weiß natürlich, dass sie endlich eine Entscheidung treffen muss. Alle erwarten es von ihr. Verdammt, Gisla!, denkt sie frustriert. Warum bist du von uns gegangen? Es wäre deine Aufgabe gewesen. Ich soll doch nur einspringen, weil du dich davongemacht hast. Zum hundertsten Mal versucht sie sich vorzustellen, wie es sein wird. Wird sie all den Weibern, die von weither mit hohen Erwartungen kommen, die ängstlich um Rat fragen oder um Zauber- oder Liebestränke bitten oder um eine Weissagung, wird sie denen helfen können? Wird sie ihre Leiber segnen können, auf dass sie starke Kinder gebären?

Und was ist mit den Bauern, die der Göttin ihre Opfergaben zu Füßen legen, auf dass die Felder reiche Früchte tragen und ihr Vieh gesund bleibt und sich mehren möge? Was ist, wenn sie versagt? Wenn ihr Zauber nicht wirkt? Wenn die Menschen von ihr enttäuscht sind? Wenn die Bürde einfach zu groß für sie ist? Rana scheut davor zurück. Es gibt doch sicher andere, die besser geeignet sind als ausgerechnet sie, ganz gleich, was Mutter behauptet, ganz gleich, wie lange sie sich vorbereitet hat.

Schließlich die wichtigste Frage, die sie in letzter Zeit immer wieder quält: Will sie das überhaupt? Will sie ihr ganzes Leben der Göttin weihen? Ist das nicht zu viel verlangt?

Auf einmal hört sie Schritte hinter sich. Vater Utrik betritt gähnend den Raum. Haar und Bart sind vom Schlaf zerzaust, und unter den Augen liegen dunkle Ringe.

»Ich dachte, du schläfst noch«, sagt Rana.

»Dachte ich auch. Aber wenn ihr alle darauf besteht, Lärm zu machen, wie kann man da schlafen?«

»Soll ich den Gerstenbrei für dich warm machen?«

Utrik schüttelt den Kopf. »Später, Kind.«

»Du bist dünn, Vater. Du solltest essen.«

»Ach was.« Utrik lässt sich auf seinem Lieblingsstuhl nieder. Der hat Rücken- und Armlehnen. Er gähnt noch einmal. »Ich hab gehört, was ihr beide geredet habt«, sagt er. »Du musst das verstehen: Eltern wünschen sich, dass Kinder ihnen folgen. Mein Vater war Schmied und sein Vater davor. Und auch dessen Vater, so wie man es mir erzählt hat. Deshalb bin ich froh, dass auch Arni an dieser ehrbaren Arbeit Gefallen hat. Du weißt, Schmiede, die die Bronze beherrschen und aus ihr Dinge formen können, stehen überall hoch im Ansehen. Nicht jeder hat das Glück, der Sohn eines solchen Schmieds zu sein, denn die Kunst ist geheim. Es wäre nicht mehr das Gleiche, wenn jeder Dummkopf sich daran versuchen würde.«

»Du willst mir sagen, bei Mutters Priesterschaft ist es das Gleiche«, unterbricht Rana ihn.

Utrik nickt. »Sie wäre wirklich sehr enttäuscht, wenn du dich anders entscheiden würdest.«

Sie schweigen einen Augenblick. Dann sagt Rana leise: »Mutter wird im ganzen Land verehrt. Die Menschen kommen ihretwegen. Wenn die Leute an Destarte denken, haben sie Mutter vor Augen. Manchmal denke ich, sie ist mehr das Sinnbild der Göttin als das Heiligtum selbst.«

Utrik reibt sich das Kinn und nickt nachdenklich. »Und du denkst, dass du nicht gut genug bist? Dass du ihr nicht das Wasser reichen kannst?«

»Gisla wäre sicher die bessere Priesterin geworden. Sie war so klug.«

Utrik runzelt die Stirn. »Das denkst du wirklich?« Er lacht kurz auf. »Natürlich! Du warst ja noch klein und sie älter. Da kam sie dir so überlegen und erwachsen vor. Dabei bist du die Kluge, nicht Gisla. Sie war ein fröhliches Mädchen, bescheiden, verstand sich mit allen. Man musste sie einfach gernhaben. Wir haben sie schrecklich vermisst, du weißt das. Aber du bist die Klügere von euch beiden.«

Rana ist überrascht. »Glaubst du? Ich komme mir so unbedeutend vor. Du bist ein großer Schmied, Mutter ist überall bekannt.

Die Leute kommen von weither, um sich Rat bei ihr zu holen. Und ich? Wer bin ich denn schon?«

Utrik lächelt und breitet die Arme aus. »Komm her, Tochter, lass dich umarmen.«

Rana kniet sich neben ihn, und Utrik legt die Arme um ihre Schultern. »Du musst dir überhaupt keine Sorgen machen. Du bist neugierig, denkst über alles nach. Dir kann man nichts vormachen. Und du hast die Stärke deiner Mutter geerbt. Auch wenn dir das vielleicht nicht bewusst ist: Du wirst eine gute Priesterin werden. Aber natürlich zwingt dich niemand. Wenn du dich nicht berufen fühlst, musst du dich dagegen entscheiden. Mutter wird schon eine der jungen Töchter im Dorf finden, die geeignet ist.«

Rana küsst ihn auf die Wange und erhebt sich. »Danke, Vater.«

HADOR

O dunkler Fürst der Unterwelt, grausamer Sichelschwinger,
der alle dahinrafft, ob blühend jung oder alt und verwelkt,
nicht achtend die Klagen weinender Weiber.

Eine Handvoll Reiter, begleitet von Jagdhunden, folgt einem Pfad durch den Forst. Hier und da dringen Strahlen der untergehenden Sonne zwischen den Zweigen hindurch und lassen die bronzenen Speerspitzen der Männer aufleuchten. Auf dem Rücken dreier Lasttiere sind große Bündel festgezurrt, aus denen das Blut eines erlegten Ebers tropft, eines gewaltigen Tiers. Sein Kopf baumelt von einem der Packsättel, seine kleinen Augen starren immer noch wütend in die Welt, als wollte er dem Nächstbesten die mächtigen Hauer in den Leib rammen.

Der Pfad führt abwärts in ein flaches Tal. Vorneweg, auf einem kräftigen Falben mit dunkler Mähne und dunklem Schweif, reitet Fürst Orkon aus dem Geschlecht der Helminger. Dicht dahinter sein Gefolgsmann Ljotor, ein kampferprobter Graubart, der Orkon seit Ewigkeiten dient. Lautstark schwelgen sie in Erinnerung an die Jagd, die hinter ihnen liegt. Orkon prahlt damit, wie er das Urviech erledigt hat.

»Was für ein Prachtkerl! Selten einen größeren Keiler gesehen. Und wie der gegen mich angestürmt ist!«

»Hab's gesehen«, bestätigt Ljotor. »Das Biest hatte Schaum vorm Maul. Ich dachte schon, der bringt dich um.«

»Ist ihm nicht gelungen.« Orkon lacht selbstzufrieden.

»Ein meisterlicher Streich, Orkon.«

»Das denke ich auch. Aber der Bursche war ein würdevoller Gegner. Hast du schon größere Hauer gesehen? Wir werden dem Viech einen angemessenen Platz geben. Lass vom Kopf alles Fleisch abkochen, dann hängen wir den Schädel in der Halle auf. Am besten über meinem Hochsitz.«

»Da hängt doch schon der Schädel des Auerochsen, den du vor drei Jahren erlegt hast«, erwidert Ljotor. »Den würde ich da lassen.«

»Du hast recht. Der Auerochse macht Eindruck. Dann häng den Eberkopf über die Tür. Aber so, dass alle in der Halle ihn gut sehen können.«

Hinter ihnen reitet Orkons Leibwächter, der Riese Odda. Sein kahl geschorener, tätowierter Schädel, der lange Bart und das von Pockennarben verunstaltete grimmige Gesicht sorgen dafür, dass man ihn nicht so schnell vergisst. Sein Gaul ist außergewöhnlich groß und kräftig. Trotzdem hängen Oddas Füße so weit herunter, dass sie fast den Boden berühren.

Odda trägt einen Panzer aus hart gekochtem Ochsenleder; die aufgenähten Bronzeplättchen sind so blank poliert, dass seine mächtigen Schultern in der untergehenden Sonne goldgelb glänzen. In der Linken hält er die Zügel, in der Rechten seinen übergroßen Speer mit der breiten Klinge. Von ihr hat Odda alle Blutspuren abgewischt, damit niemand sieht, dass nicht Orkon, sondern er dem Biest den letzten, tödlichen Stoß versetzt hat.

Auf ihn folgen drei Krieger aus Orkons Leibwache, die die Packtiere mit dem Eberfleisch hinter sich herziehen. Sie tragen ebenfalls Lederpanzer, Kriegsäxte im Gürtel und Jagdspeere in der Faust. Die Hunde kennen den Weg und laufen voraus.

Orkon ist eine ältere Ausgabe seines Sohnes Arrak, breitschultrig und dunkelhaarig, wenn auch mit grauen Strähnen in Bart und Haar und nicht ganz so hochgewachsen. Müßiggang, Genusssucht und zu viel Bier haben ihre Spuren hinterlassen. Orkon ist fett geworden, das Gesicht schwammig, und auch seine Muskeln sind nicht mehr, was sie mal waren. Nur seine Stimme ist immer noch tief und kräftig. Röhren kann er wie ein Hirsch in der Brunft. Und einschüchtern kann er. Ein Blick aus seinen kalten Augen genügt, um die Menschen zittern zu lassen.

Die Reiter haben den Talgrund erreicht. Vor ihnen lichtet sich der Wald und geht in eine offene Landschaft von wilden Wiesen über, hier und da von Gebüsch und einzeln stehenden Bäumen unterbrochen. Der Pfad, auf dem sie unterwegs sind, mündet in einen breiten, viel befahrenen Weg.

Rechter Hand liegen einige Äcker und etwas weiter eine Handvoll armseliger Hütten. Im Hintergrund die dicht bewaldeten Höhen der Kuffaberge. Auf ihrer höchsten Stelle, von der untergehenden Sonne hervorgehoben, sind die Umrisse von Orkons Festung zu erkennen. Die Männer haben noch ein Stück zu reiten, sollten die Burg aber noch vor Einbruch der Dunkelheit erreichen.

Plötzlich bleiben die Hunde am Wegrand stehen und bellen aufgeregt an einer Eiche empor. Die Pferde scheuen, als die Reiter sich nähern, denn von einem Ast des Baums baumelt der Leichnam eines Mannes. Zwei Krähen fliegen auf, die dabei waren, dem Toten die Augen auszupicken. Man hat den Mann nicht nur am Hals aufgehängt, sondern ihm auch den Bauch aufgeschlitzt, sodass die Gedärme heraushängen. Es ist der Geruch des Bluts, der die Pferde unruhig gemacht hat.

»Es soll mal einer die Köter beruhigen«, ruft Orkon gereizt.

Ein Krieger steigt vom Pferd und schwingt eine kurze Peitsche, bis die Hunde weichen und sich beruhigen.

»Ihr habt also wieder einen erwischt«, knurrt Orkon.

Ljotor nickt. »Ein Bauer von den Hütten da drüben. Wir haben ihn beim Stehlen ertappt und wie die anderen gleich aufgehängt.«

Der Mann hat versucht, Korn aus einer Vorratsscheune des Fürsten zu stehlen. Ausgerechnet in der Nähe eines der Langhäuser, in denen Orkons Krieger untergebracht sind. Zeugt von seiner Verzweiflung, ein wenig Nahrung für die Kinder aufzutreiben.

Vom Elend der Familie berichtet Ljotor nicht. Auch nicht, dass man ihnen im Herbst den Großteil der Ernte genommen hat, sodass sie Mühe hatten, den Winter zu überstehen. So etwas muss Ljotor nicht erwähnen. Alle wissen, dass es vielen Bauern so geht. Auch Orkon weiß das. Nur kümmert es ihn nicht.

»Verdammtes Pack!«, brummt er. Er deutet auf eine Gruppe Menschen, die ganz in der Nähe auf dem Feld hocken und mit trostlosen Augen herüberblicken. Darunter ein Greis, mehrere abgemagerte Kinder und zwei weinende Frauen. »Sind das seine Leute?«

»Denke schon.«

»Warum nehmen die den Leichnam nicht ab? Der verpestet noch die ganze Gegend.«

»Du weißt doch, das ist ihnen verboten. Der Kerl hängt da zur Abschreckung. Damit die Bauern sehen, was ihnen blüht, wenn sie ihren Herrn bestehlen. Du selbst hast das angeordnet.«

»Hab ich das? Na gut. Dann lasst den Bastard hängen.«

Orkon haut seinem Gaul die Fersen in die Flanken, und sie reiten weiter, allen voran die Hunde. Wenig später erreichen sie wieder dichten Wald und die ersten Ausläufer der Kuffaberge. Nun geht es bergan.

»Ein guter Tag heute«, bemerkt Orkon in bester Laune. Den Toten am Baum hat er längst vergessen. »Erinnert mich an eine andere Jagd vor langer Zeit. Da haben wir auch so einen riesigen Keiler erwischt. Tagelang waren wir hinter dem her, bis wir ihn in einem Dickicht eingekreist hatten. Hat einen meiner Männer den Leib aufgerissen. Der arme Kerl ist elendig verreckt.« Orkon dreht sich halb im Sattel um. »Erinnerst du dich, Odda? Du warst doch dabei.«

Odda grunzt. Der Mann redet nicht viel. Meistens gar nicht. Auch sein Gesicht drückt selten Gefühle aus, scheint in dieser grimmen Maske erstarrt zu sein, mit der er täglich der Welt begegnet. Als könnte ihn nichts berühren, weder Leid noch Freud.

Nicht einmal über einen Scherz kann er lachen. Den meisten ist der Mann unheimlich, sogar Ljotor geht es so, der ihn seit Langem kennt. Ein treuer Diener ist Odda dennoch, stets an Orkons Seite, tapfer bis zur Selbstaufgabe. Was er auch heute wieder bewiesen hat, denn ohne seine Geistesgegenwart wäre die Jagd vielleicht anders ausgegangen.

Der Weg wird steiler, die Pferde beginnen zu schwitzen. Auch die Hunde hecheln. Auf halbem Weg zur Spitze kommen sie an einem Bach vorbei, wo sie anhalten, um die Tiere ihren Durst stillen zu lassen und sich ein wenig auszuruhen, bevor sie die letzte Steigung in Angriff nehmen.

* * *

An diesem frühen Abend, während Orkon sich noch auf dem Heimweg befindet, leistet Morgana, sein Weib, zwei edlen Gästen Gesellschaft, die von weither gekommen sind, um mit ihm zu reden. Es sind der Harruner Brodar und sein Sohn Hakun. Auch Tura, Morganas vierzehnjährige Tochter, ist zugegen. Die vier sitzen an einer Tafel nahe der großen Feuerstelle und haben gerade ihr Abendmahl beendet. Schweinerippen mit warmem Fladenbrot und frischem Bier. Zwei Sklavinnen sind dabei abzuräumen, eine dritte füllt die Becher nach, während die Männer ihre fettigen Hände in die Wasserschale tauchen, die man ihnen reicht, und an einem Tuch abtrocknen.

Die Sonne steht tief am westlichen Horizont. Nur wenige Strahlen dringen in die dunkle Halle, in der man schon Lichter angezündet hat. Die Unterhaltung geht schleppend, denn Brodar will nicht sagen, was sie mit Orkon zu reden haben, und ist auch sonst nicht sehr gesprächig. Angeblich will er Orkon seinen Sohn vorstellen.

Nur deshalb sind sie den weiten Weg gekommen?, fragt sich Morgana. Sicher steckt ein anderer Grund dahinter. Vielleicht geht es um Tura, die Brodars Sohn, ein gut aussehender Bursche, mit Augen verschlingt, obwohl sie vor Schüchternheit kaum ein Wort hervorbringt. Aber sie wollte ihn unbedingt kennenlernen, diesen jungen Hakun.

Brodar, der Vater, ist Herr der Harruner, des Nachbarklans, der die Flussniederungen der Albija beherrscht. Er ist seit Langem mit Orkon und seinen Helmingern befreundet. Zumindest herrscht zwischen ihnen kein Streit. Sie tauschen sich aus. Die Helminger senden Krieger, um das große Heiligtum, den Hadorring, zu schützen, der an der Albija auf dem Gebiet der Harruner liegt. Die Harruner geben dafür, neben ihren normalen Abgaben, auch einen Teil des Zolls ab, den sie auf den Flusshandel erheben. Alle Klans sind gehalten, Abgaben zu liefern, aber die der Harruner sind die reichsten und wertvollsten.

Er ist also ein bedeutender Klanführer, dieser Brodar. Morgana kennt ihn natürlich, ist ihm schon öfter begegnet. Er ist ein Mann in mittleren Jahren mit stark gelichtetem Haar und mürrischen Zügen. In ihrer Gegenwart benimmt er sich unbeholfen, hat nicht viel zu sagen, als hätte sich seine Zunge verknotet.

Morgana ist sich bewusst, dass sie bisweilen diese Wirkung auf Männer hat. Sie ist mit einem Leib gesegnet, der Begierde erweckt. Außerdem ist sie von außergewöhnlicher Schönheit, hat ein ovales Gesicht und seidiges dunkles Haar, das ihr bis weit über die Schultern fällt. Ihre strahlend blauen Augen mit dem argwöhnisch musternden Blick können einen Mann ebenso verunsichern wie der leicht spöttische Zug um ihren Mund. Er vermittelt ihrem Gegenüber das Gefühl, sie habe ihn längst durchschaut.

Wahrscheinlich hat sie das auch, denn nach einigen Andeutungen und verlegenen Pausen ist sie sich nun sicher, dass es Brodar tatsächlich um Tura geht, auch wenn er das noch nicht offen angesprochen hat. Das Mädchen ist schließlich im heiratsfähigen Alter, und für die Harruner wäre es von großem Vorteil, ihr Bündnis mit Orkon durch eine Heirat zu festigen.

Der Sohn wirkt allerdings nicht so, als wäre er von der Idee begeistert. Er ist höflich, wirft aber nur selten einen Blick auf Tura. Vielleicht ist er enttäuscht, nachdem er sie heute zu Gesicht bekommen hat. Denn im Gegensatz zu ihrer Mutter ist Tura eher unscheinbar, dünn und schmalgesichtig, dazu staksig und ungelenk in ihren Bewegungen.

Nun ja, vielleicht gibt sich das mit der Zeit, denkt Morgana mit einem innerlichen Seufzer, sie ist ja noch jung. Zumindest sind die ersten Andeutungen von Brüsten zu erkennen, auch wenn ihre Hüften noch so schmal wie die eines Jungen sind. Das Beste an Tura ist ihr dichtes blondes Haar, das sie zu einem langen Zopf geflochten über den Rücken trägt. Aber sie sollte den jungen Mann nicht dauernd mit solchen Kuhaugen anstarren. Wird Zeit, dass ich ihr beibringe, wie man mit Männern umgeht.

Ein Wunder ist es nicht, dass Tura von diesem Hakun beeindruckt ist. Der könnte auch mir gefallen, denkt sie. Hochgewachsen mit breiten Schultern, rotblonden Haaren und Sommersprossen auf der Nase und diesem unbekümmerten Grinsen im Gesicht, als warte der Schalk nur darauf, unverhofft hervorzubrechen. Dennoch hält er sich zurück und sagt nicht viel. Vielleicht auf Anordnung des Vaters?

Stattdessen schaut er sich neugierig in der Halle um. Orkons Haus in der Wallburg auf dem Kuffa ist eines der größten und prächtigsten im ganzen Land. Es wurde von seinem Großvater Helma erbaut, und für Helma war nur das Beste gut genug.

Den vorderen Teil nimmt die Halle mit dem Hochsitz des Fürsten ein. Über dem breiten, mit weichen Fellen ausgekleideten Stuhl hängt der Schädel eines Auerochsen mit gewaltigen Hörnern. Zu beiden Seiten Hirsch und Elchgeweihe. Der Boden der Halle ist mit Buchenplanken ausgelegt. Die Seitenwände zieren Schilde, Speere und bronzene Kriegsäxte. Mächtige Eichenpfeiler stützen das breite Dach, das nicht wie üblich mit Stroh oder Schilf, sondern mit Schindeln gedeckt ist. Der Eingang besteht aus einer hohen Doppeltür, deren Seitenpfosten und Querbalken mit geschnitzten Tierdarstellungen verziert sind. Sie steht meist offen, außer im Winter oder bei schlechtem Wetter, wird aber ständig von Kriegern bewacht, die sich regelmäßig ablösen.

Draußen ist inzwischen die Sonne untergegangen, sodass die Halle jetzt im Halbdunkel liegt, düster und wie ausgestorben, denn keiner von Orkons Gefährten ist zugegen. Außer den wenigen Talglichtern auf dem Tisch erhellen nur die lodernden Flammen der langen, von Steinen eingefassten Feuerstelle den Raum. Nicht wie sonst, wenn hier gegessen und getrunken wird und Orkon die Edlen des Landes unterhält. Dann rösten ganze Schweine über dem Feuer. Es wird gefressen und gesoffen, während Pfeifen und Trommeln gegen das Gegröle und Gelächter ankämpfen und halb nackte Sklavinnen sich zum Vergnügen der Männer im Tanz drehen.

»Wenn du erlaubst, edle Morgana«, sagt Hakun, »dann würde ich gern die Schnitzarbeiten betrachten.«

»Nur zu«, erwidert die Fürstin. »Zünde einen der Kienspäne an, die beim Feuer liegen, damit du sie besser sehen kannst.« Gleichzeitig winkt sie einer Magd zu, noch mehr Holz aufzulegen und die Becher der Gäste zu füllen. Sie selbst mag kein Bier. Schon der Geruch behagt ihr nicht.

Hakun steht auf, entzündet einen Kienspan und sieht sich um. Die Halle ist wirklich einmalig. Während Tura ihn mit Blicken verfolgt, wandert er langsam in der Halle umher, um sich alles anzuschauen. Die Pfeiler sind mit geschnitzten und bemalten Darstellungen von Göttern, Tieren und Fabelwesen verziert. An vielen ist nach Jahren die Farbe verblichen. Und doch, im flackernden Licht des Kienspans wirken sie lebendig. Vor allem sind sie liebevoll herausgearbeitet.

Morgana beobachtet, wie Hakun sanft mit der Hand darüberstreicht, denn das Holz ist geglättet, griffig und schön anzufassen.

Auch Brodars Blick folgt seinem Sohn. »Stand am Eingang nicht früher eine Stele Wuodans?«, fragt er.

»Das ist wahr«, erwidert Morgana. »Aber mein Gemahl hielt es für angebracht, endlich Hador den Ehrenplatz einzuräumen.«

Brodar nickt. Schwer zu sagen, ob er das gut findet. Sein griesgrämiges Gesicht sagt wenig aus. Wo früher Wuodans Stele war, steht jetzt eine große, Furcht einflößende Figur des Gottes Hador, der gierig Menschen in sein Maul zu stopfen scheint. Als wolle man allen Neuankömmlingen kundtun, wem die Halle geweiht ist, um ihnen Respekt vor dem Fürsten einzuflößen, der im Namen des mächtigen Gottes über das Land herrscht. Morgana fragt sich, was aus Wuodans Abbild geworden ist. Hat man es zerstört? Dass Orkon sich so etwas traut! Es könnte sich rächen, einen wie Wuodan zu beleidigen.

Zum Glück sind nicht alle Götterdarstellungen Hadors Wut zum Opfer gefallen. Da ist der mächtige Hammer in Thunars Faust, und etwas abseits prangt eine Destarte mit strotzenden Brüsten und einer gewaltigen Vulva. Beide Körperteile heben sich vom Rest der Figur ab, sind blank poliert, wahrscheinlich von tausend Männerhänden. Zwei Schritte weiter findet man Kalestos, den Schmied und Beschützer der mutigen Kerle, die tief im Berg nach Metallen graben. Näher am Hochsitz ist Orkons Lieblingsgöttin, die Bogen spannende Astaris, zu sehen. Neben ihr Panos, der Beschützer der Hirten mit seinen Bockshörnern auf dem Kopf, den gespaltenen Hufen und erigiertem Glied – auch das anscheinend oft berührt. Heimlich wahrscheinlich. Man kann sich denken, von welchem Geschlecht. Ihnen gegenüber befindet sich Hellas aufrechte Gestalt, die eine Kornähre mit beiden Händen umfasst. Sie ist die Beschützerin der Familie, des Herdes und der Ernte.

Hakun betrachtet inzwischen auch die Deckenbalken, denn es scheint kaum eine hölzerne Fläche zu geben, die nicht mit kunstvollen Schnitzereien bedeckt ist. Obwohl die Balken inzwischen schwarz von Ruß sind, besonders über der Feuerstelle, lassen sich Fuchs- und Wolfsköpfe erkennen, Bären und geschuppte Schlangenkörper. Immer wieder Pferdeköpfe, denn das Pferd ist den Ruotingern wie kein anderes Tier heilig. So ist auch Epona, Herrin der Pferde, in mehreren Abbildungen verewigt. Sie herrscht unter anderem über die Pferdewettkämpfe, die jährlich stattfinden und an denen Vertreter aller Klans teilnehmen.

Hakun bläst die Flamme des Kienspans aus und legt ihn wieder zu den anderen an der Feuerstelle. Er kehrt zu seinem Platz zurück und setzt sich. »Was für ein Haus!«, sagt er bewundernd zu Morgana. »Du musst sehr stolz darauf sein.«

Sie lächelt. »Nicht mein Verdienst. Das Haus ist alt. Wir versuchen, es instand zu halten.«

»Nimmt Arrak dieses Jahr an den Wagenrennen teil?«, fragt er.

»Ich denke schon. Und du?«

»Kann schon sein.«

Die Rennen der Streitwagen sind der Höhepunkt der Wettkämpfe. Jeder Klan stellt seine besten Fahrer. Unerbittlich wird um den Sieg gekämpft, Unfälle, Verletzungen und sogar Todesfälle kommen regelmäßig vor. Aber es ist eine Ehre, daran teilnehmen zu dürfen.

»Vielleicht gewinnst du ja«, stößt Tura unvermittelt hervor. Sie wird rot, als Hakun sie ansieht.

Er lacht. »Das glaube ich kaum. Es gibt bessere Fahrer als mich.«

»Ich wünsche dir jedenfalls Glück«, fügt Tura stammelnd hinzu.

»Das kann ich sicher brauchen. Ich danke dir, Tura.« Er schenkt ihr ein warmherziges Lächeln, das sie noch röter werden lässt. Dann stellt er noch ein paar Fragen über die Wallburg, über das Haus und zu dem, was sich hinter der Halle verbirgt.

»Oh, nichts Besonderes«, erwidert Morgana. »Die Schlafräume der Sklaven natürlich, einige Vorratskammern und ein großer Raum zum Kochen. Hier gibt es oft viel zu tun, um unsere Gäste zu versorgen.«

Tatsächlich werden an Festtagen, oder wenn Orkon die Edlen des Klans und seine Anführer versammelt, große Mengen an Fleisch zerteilt, Berge von Gemüse geschält, Brei gekocht und Fladenbrot auf kupfernen Blechen gebacken. Über der großen Feuerstelle im hinteren Teil des Hauses hängen dann Kessel. Von den Gestellen unter dem Rauchabzug werden reife Schinken zum Aufschneiden heruntergehoben, Tage zuvor schon ganze Bottiche von Bier gebraut. Eigentlich wird immer Bier gebraut, denn die Männer aus Orkons Gefolge sind durstig. Er selbst ist es ebenfalls.

Die Gemächer und Schlafstellen der Familie liegen nicht unter diesem Dach, erklärt Morgana ihren Gästen, sondern in einem Anbau, der durch einen Durchgang neben der Halle zu erreichen ist.

Wo, bei allen Göttern, bleibt Orkon? Morgana ist inzwischen ziemlich gelangweilt, denn die Unterhaltung beschränkt sich in Folge auf das Wetter, die Aussaat, das zu erwartende Frühlingsfest und andere Belanglosigkeiten. Im Grunde hat sie sich nur aus Höflichkeit zu ihnen gesetzt. Und weil Tura unbedingt den jungen Hakun kennenlernen wollte.

Wieder gerät das Gespräch ins Stocken. Morgana weiß langsam nicht mehr, worüber sie mit den beiden reden soll. Brodar scheint endgültig verstummt zu sein. Auch Tura hat nichts beizutragen. Jedes Mal, wenn Hakun in ihre Richtung blickt, scheint sie zu erröten und senkt den Blick, nur um ihn bei nächster Gelegenheit wieder verstohlen anzusehen.

Sollte sich wirklich eine Vermählung anbahnen, könnte Tura sich eigentlich glücklich schätzen. Ein hübscher Kerl wie dieser Hakun, noch dazu Sohn und Erbe eines befreundeten Klans, findet sich nicht alle Tage. Dass dies der wahre Grund ist, warum die beiden hier auf Orkon warten, ist wirklich nicht schwer zu erraten, auch wenn sie so tun, als sei es nur ein Höflichkeitsbesuch. Dieser Brodar scheint zu glauben, über so ernste Dinge wie Vermählungen spreche man nicht mit Müttern. Was manche Kerle sich einbilden! Nun, Orkon ist auch nicht besser. Der behandelt Frauen, als seien sie zu nichts anderem bestimmt, als zu dienen und ihm in allem gefällig zu sein. Glaubt er wirklich, die Frauen in seinem Umfeld sind taub und blind und haben keine Meinung? Oder keinen Einfluss?

Sosehr sie ihrer Tochter eine glückliche Ehe wünscht, sosehr beunruhigt Morgana auch der Gedanke. Wer auch immer Tura zum Weib nimmt, wird eine gewichtige Rolle in der Rangordnung des Fürstentums einnehmen und könnte sogar Arrak, der nur ein Bastardsohn ist, das Erbrecht streitig machen. Vorausgesetzt, Tura gebiert einen Sohn.

Und was ist dann mit meiner Stellung?, fragt sie sich. Wäre auch die in Gefahr? Sie weiß, dass Orkon sie verachtet. Er verbringt mehr Zeit mit seinen Sklavinnen als mit ihr. Nicht, dass sie das stört. Im Gegenteil! Aber dass sie ihm bisher keinen Sohn geboren hat, macht es nicht leichter. Doch wie kann sie ihm ein Kind gebären, wenn er nicht ihr Bett besucht? Im Grunde war ihre Ehe von Anfang an ein einziges Elend. Man hat sie gezwungen.

Doch auch das ist nicht die ganze Wahrheit. Denn welche Frau würde nicht ein Auge dafür geben, den Fürsten des Landes zu ehelichen? Sie hat alles versucht, ihm ein gutes Weib zu sein. Jedenfalls redet sie sich das ein. Dabei ekelt sie sich vor seinen Berührungen, wenn sie ehrlich ist. Und wahrscheinlich hat er das längst gemerkt und meidet deshalb ihr Bett.

Wenn sie doch nur endlich wieder schwanger würde!

* * *

Die Männer sitzen auf, denn nun geht es weiter. Inzwischen ist es dunkler geworden. Besonders unter den Bäumen.

Die Nacht wird finster werden, denkt Orkon, heute ist Neumond. Die Pferde folgen dem Pfad durch den Wald. Sie kennen den Weg und beeilen sich, in den Stall zu kommen. Es wird kaum gesprochen, denn nach den Mühen der Jagd sind die Glieder plötzlich schwer, und Orkon hat Mühe, die Augen offen zu halten. Einige Male muss er gähnen.

»Pass auf, dass du nicht vom Gaul fällst«, sagt Ljotor, der es bemerkt hat, und lacht.

Orkon grinst. »Ich glaube, mein Bett ruft«, sagt er. »Aber zuerst brauch ich was zwischen die Zähne. Und was gegen den Durst.«

»Und was fürs Bett?«

»Heute nicht, Ljotor. Der Keiler hat mich geschafft.«

Endlich treten die Bäume zurück und geben den Blick auf die Bergkuppe und die Umrisse der dunklen Festung frei. Am Himmel zeigen sich die ersten Sterne. Aber es ist immer noch hell genug, um den Turm über dem Tor und das mächtige Bollwerk der Burg zu erkennen. Sie ist größer, als man es vom Tal aus vermuten würde. Um das Schussfeld der Bogenschützen auf dem Wall frei zu halten, ist das Gelände rundum von Büschen und Bäumen gesäubert worden. Ein tiefer Graben umgibt die kreisrunde Anlage. Der hohe, von einer Palisade gekrönte und von Grassoden überwachsene Erdwall ist im Innern mit Baumstämmen verstärkt. Wall und Graben wirken in der Abenddämmerung düster und unheimlich und wie für die Ewigkeit geschaffen. Kein Licht ist zu sehen. Ein Hort von Geistern und Dämonen, so scheint es. Und uneinnehmbar.

Nicht dass Orkon Feinde von außen zu fürchten hätte. Die wilden Nachbarvölker sind im Augenblick ruhig gestellt. Sogar die im Norden, die sonst von Zeit zu Zeit die Dörfer überfallen, um Vieh zu stehlen. Das liegt nicht zuletzt daran, dass er ab und zu einen Kriegszug in die Gebiete der Nachbarn macht, dabei nicht nur plündert, sondern auch Gefangene und Geiseln nimmt, um ihre Anführer daran zu erinnern, dass es nicht ratsam ist, sich gegen die Ruotinger zu erheben.

Die Reiter nähern sich dem Tor, wo sie von der Wache aufgefordert werden, sich zu erkennen zu geben. »Seht ihr nicht? Es ist euer Fürst, ihr Hornochsen«, brüllt Ljotor. »Macht endlich das verdammte Tor auf!«

Nichts geschieht. Eine plötzliche Unsicherheit überfällt Orkon. Was, wenn sie nicht aufmachen? Was, wenn plötzlich ein anderer die Macht an sich gerissen hat. Das ist ein Gedanke, der ihn oft anfällt. Aber wer sollte das sein? Feindliche Krieger, die in seiner Abwesenheit die Burg eingenommen haben? Unwahrscheinlich. Oder Arrak? Zuzutrauen wär's ihm. Aber auch das ist natürlich Unsinn. Arrak ist sein Erbe und wird irgendwann ohnehin auf dem Hochsitz Platz nehmen. Dennoch ist Orkon erleichtert, als er endlich das Knirschen und Scharren des großen Tors hört, das sich langsam öffnet.

Sie reiten in den weiten Hof, der von großen und kleinen Gebäuden umgeben ist. Das Beeindruckendste ist die von seinem Großvater errichtete große Halle. Daneben gibt es Unterkünfte für Feldsklaven, Pferdeställe, Werkstätten, Scheunen und Vorratsschuppen. Nicht zu übersehen ist der Hador geweihte Tempel, in dessen dunklem Inneren ein Feuer brennt. Ein Gehilfe des Priesters ist angehalten, es ständig zu nähren.

Zwei große Langhäuser beherbergen die zweihundert Krieger der Besatzung. Weitere Hundertschaften sind an anderen Orten im Land untergebracht, wo die dortigen Bauern sie zu versorgen haben. Sogar in den Gebieten der verbündeten Klans. Wenn nötig, ist Orkon in der Lage, mehr als zwanzig mal hundert Mann zusammenzuziehen. Darunter Reiter und Streitwagen. Sie alle an einem Ort zu halten und zu verpflegen, wäre schwierig. Deshalb sind sie im Land verteilt. Aber auch, um jedem Versuch eines Aufstands der Klans, dem ständigen Schreckgespenst im Herzen eines Herrschers wie Orkon, zuvorzukommen.

Vor der großen Halle spenden zwei kupferne Feuerschalen genügend Licht, um eine Reihe von Schädeln zu beleuchten, die auf Speeren aufgepflanzt jeden Ankömmling aus schwarzen Augenlöchern anstarren. Es sind die Schädel von Häuptlingen unterworfener Nachbarstämme, die sich den Ruotingern nicht ergeben wollten. Einige sind schon sehr verwittert und stammen noch aus Großvaters Zeiten.

Die Männer sitzen ab. Sklaven eilen herbei, um Pferde und Lasttiere in Empfang zu nehmen. Auch die Hunde werden in den Zwinger gebracht. Nur zwei von ihnen, des Fürsten Lieblingshunde, dürfen bei ihm bleiben.

»Gebt ihnen was von dem Eberfleisch«, sagt Orkon und streckt die müden Glieder. »Lunge und Leber. Sie haben es sich verdient.« Sein Blick fällt auf einen weiteren Zwinger, größer und solider gebaut als der für die Hunde. »Wen habt ihr denn da?«, fragt er.

»Die warten, dass du über sie richtest«, sagt Abjorn, der Befehlshaber der Besatzung der Burg. »Eine Sklavin, die gestohlen hat. Und drei Mann aus unserem Heerlager bei den Harrunern. Die haben ihren Hauptmann tätlich angegriffen.«

»Bei den Harrunern, sagst du?«

»Ja, bei den Harrunern. Die haben sich mit den Weibern dort eingelassen, obwohl es verboten ist.«

»Und deshalb haben sie ihren Hauptmann angegriffen?«

»Vielleicht ein versuchter Aufstand. Wir sollten hart durchgreifen. Möglicherweise die ganze Hundertschaft austauschen.«

Verbrüderung mit den lokalen Klans kann dazu führen, dass man sich auf die eigenen Leute nicht mehr verlassen kann. Orkon ist sich dessen bewusst. Deshalb das Verbot. »Ich sollte Arrak schicken, um nach dem Rechten zu sehen. Ist er hier?«

»Nein, Herr.«

»Na gut. Bereite alles für eine Aburteilung vor. Für morgen Nachmittag.«

Er wendet sich zur Halle und bemerkt Urdo, der vor dem Eingang steht. Wie immer eine beeindruckende Erscheinung. Hadors Priester ist ein hochgewachsener, breitschultriger Mann, größer noch als Orkon. Sein hagerer Leib ist in ein langes, dunkel eingefärbtes Gewand gekleidet. Ein wüster schwarzer Haarschopf umgibt sein Haupt wie eine Lohe und geht in einen breiten, ebenso schwarzen Bart über, der sein halbes Gesicht überwuchert. Unter buschigen Brauen blicken tief liegende, etwas stechende Augen hervor, seine Nase ist wie der Schnabel eines Adlers geformt, und um den Mund liegt ein grausamer Zug. Genau so würde man sich den düsteren Gott vorstellen, dem er dient.

»Sei gegrüßt, Orkon!«, sagt Urdo in seinem tiefen Bass, der einschmeicheln, aber auch so gewaltig donnern kann wie eines von Thunars Sturmgewittern. »Ich sehe, Astaris war dir hold.«

Orkon lacht zufrieden. »Das war sie. Ein Riesenviech von einem Eber. Zwei Tage lang haben wir die Spur verfolgt. Ein paarmal hat er uns an der Nase herumgeführt, aber am Ende konnten wir ihn stellen.«

Am Eingang zur Halle stehen Wachen. Orkon will schon an ihnen vorbei, als Urdo ihn zurückhält. »Bevor du da reingehst, sollten wir ein Wort miteinander reden.«

»Was ist denn?«

»Lass uns ein paar Schritte gehen. Muss nicht jeder zuhören.«

Orkon wendet sich kurz an Ljotor. »Lasst mir schon mal ein Horn füllen. Ich komme gleich nach.« Dann schließt er zu Urdo auf, der langsam vorangegangen ist. Die beiden Hunde folgen ihnen. Odda bleibt mit seinem Speer über der Schulter in der Nähe, hält aber respektvollen Abstand. Urdo scheint der Einzige zu sein, vor dem er überhaupt Respekt hat. Abgesehen von Orkon natürlich.

»Also, was ist?«, fragt der Fürst.

»Brodar von den Harrunern ist gekommen. Er sitzt in der Halle und lässt sich dein Bier schmecken. Morgana leistet ihm Gesellschaft. Und deine Tochter. Ich bin erst später dazugekommen.«

»Na prächtig. Die drei Gefangenen da haben mein Verbot übertreten und sich mit Weibern seiner Leute eingelassen. Da kann er morgen gleich zuschauen, wie wir die Kerle bestrafen. Aber setzen wir uns doch zu ihnen. Ich hab einen mächtigen Durst.«

»Wegen der Gefangenen ist er nicht hier. Er hat seinen Sohn mitgebracht und will ihn dir vorstellen.«

»Ah, ja. Wie heißt der Junge noch mal? Ich hab's vergessen.«

»Hakun. Er ist längst kein Junge mehr.«

Orkon seufzt. »Wie die Zeit vergeht! Und wie ist der so?«

»Macht einen guten Eindruck. Aber warum, denkst du, kommt ein Vater den ganzen Weg hierher, um dir seinen Welpen vorzustellen?«

Orkon beginnt zu verstehen. »Du denkst an Tura.«

»Richtig. Brodar will sich enger an dich binden, das ist offensichtlich. Und deine Tochter scheint von diesem Hakun angetan zu sein. Jedenfalls lässt sie ihn nicht aus den Augen und folgt jedem seiner Worte, als kämen sie aus Hadors Arsch.«

Orkon lacht. »Na, sieh mal einer an! Gut, dass du mich gewarnt hast. Aber meine Tura hatten wir doch schon Drengi versprochen. Na ja, nicht direkt versprochen, aber doch angedeutet. Eine engere Verbindung mit den Nebroni wäre mir wichtig.«

Drengis Nebroni gehören neben Orkons Helmingern zu den mächtigeren der sechs Klans. In früheren Generationen gab es nicht selten Zwietracht und Kampf zwischen ihnen. Inzwischen herrscht Frieden, aber Orkon braucht Drengis Wohlwollen, um diesen Frieden zu erhalten.

Urdo nickt. »Wenn wir schon von Drengi sprechen ... Heute ist ein Bote angekommen, um ihn anzukündigen. In den nächsten Tagen will er hier sein. Er habe mit dir zu reden, lässt er ausrichten.«

»Glaubst du, er meint es ernst mit seiner Werbung.«

»Wahrscheinlich kommt er, um den Brautpreis auszuhandeln.«

»Ein Familienbündnis mit Drengi kann uns nur stärken. Keiner der anderen Klans wird sich dann jemals gegen uns stellen.«

»Ich weiß«, sagt Urdo. »Trotzdem rate ich dir ab.«

»Das hast du schon mal gesagt. Warum eigentlich?«

»Vergiss nicht, dein Sohn Arrak ist das Kind einer Sklavin. Ein Bastard. Er ist zwar dein Erbe, aber nur weil du keinen rechtmäßig geborenen Sohn hast. Tura wird niemals Herrscherin sein können. Keiner der Klanherren würde jemals eine Frau auf dem Hochsitz respektieren.«

»Ja, verdammt, das weiß ich doch! Morgana ist unfähig, mir einen Sohn zu schenken, ganz gleich, wie oft ich mich bemüht habe. Ich sollte sie verstoßen und mir eine andere zum Weib nehmen.«

»Das wäre nicht ratsam, denn sie ist eine Guvarri und Turgrims Tochter. Ihn solltest du nicht beleidigen. Du weißt, wie unberechenbar er ist.«

Der Klan der Guvarri lebt nördlich der Brukkaberge. Wenn sie auch zahlenmäßig kleiner sind als die anderen, so sind sie doch ein kriegerischer Klan, der sich häufig gegen die Einfälle der Stämme aus dem Norden wehren muss. Und Turgrim ist für seinen Jähzorn bekannt.

»Jaja«, knurrt Orkon gereizt. »Was hat das jetzt mit Drengi zu tun?«

»Du weißt, der Mann ist ehrgeizig. Er wähnt sich nach dir der Erste unter den Klanherren. Er will deinen Thron.«

»Woher willst du das wissen?«

Urdo runzelt die Brauen und wirft ihm einen Blick zu, als wollte er sagen, du weißt doch, dass ich mit den Göttern rede. »Keine Sorge, Orkon, Hador hält seine Hand über dich. Aber es schadet nicht, wachsam zu sein. Außerdem habe ich Spitzel unter den Nebroni. Selbst ein Drengi ist vor losem Gerede nicht gefeit. Es wird einiges gemunkelt.«

Orkon, der immer Misstrauische, runzelt die Stirn. »Glaubst du?«

»Wenn du ihm deine Tochter gibst, wird er über kurz oder lang

Ansprüche anmelden, besonders wenn sie ihm einen Sohn gebiert. Er wird sagen, durch die Ehe mit Tura hat er ein Anrecht auf den Fürstensitz, mehr als Arrak, der nur ein Sklavenbastard ist.«

»Nenn ihn nicht so«, erwidert Orkon ärgerlich.

»Er ist, was er ist. Alle wissen es. Unbeliebt ist er auch noch.«

»Ja.« Orkon seufzt. »Du hast recht. Er ist zügellos, mein Sohn. Aber er ist noch jung. Das wird sich geben. Ich war in seinem Alter genauso.«

»Du bist zu nachsichtig mit ihm, das hab ich dir schon oft gesagt. Und was Drengi betrifft: Der ist ein kluger Mann, der weiß, was er will. Gibst du ihm deine Tochter, wird er zur Gefahr für deine Herrschaft.«

Sie schweigen einen Augenblick, während Orkon über das Gesagte nachdenkt. »Und was rätst du mir?«, fragt er schließlich. »Soll ich Tura lieber mit dem jungen Harruner vermählen? Du sagst, sie scheint ihn zu mögen. Brodar würde sich freuen, denke ich.«

Urdo schüttelt den Kopf. »Ich würde erst mal abwarten. Du verfügst über die stärkste Kriegsmacht im Land. Alle wissen es. Aber vielleicht ist im Augenblick deine Tochter das wichtigste Pfand, das du in den Händen hältst. So ein Pfand gibt man nicht so schnell her. Das will überlegt sein. Außerdem eilt es nicht. Sie ist noch jung. Warte ein wenig ab. Vielleicht ergibt sich ja auch ein Bündnis mit Barns Klan, den Ruotani. Die sind zwar seit Langem mit Drengi befreundet, aber wenn du sie auf deine Seite bringst, würde es uns stärken und ihn schwächen.«

Die Ruotani sind Drengis Nachbarn und leben am Oberlauf der Albija. Sie sind die ursprünglichen Ruotinger und vor vielen, vielen Generationen unter ihrem Führer Ruoto als Erste mit Vieh und Pferden aus den Steppen des Ostens gekommen, um hier zu siedeln. Alle anderen Steppenklans kamen später und breiteten sich weiter nach Westen und Norden aus. So ist es von den Vorfahren überliefert.

»Glaubst du, Barn würde darauf eingehen?« Orkon schürzt nachdenklich die Lippen. »Und wenn, was sagen wir Drengi? Ich will ihn nicht vor den Kopf stoßen.«

»Natürlich nicht. Aber halte ihn erst mal hin. Vielleicht fällt uns in den nächsten Wochen ein, wie wir am besten aus der Sache rauskommen.«

»Also gut. Aber jetzt Schluss damit. Ich komme langsam um vor Durst. Und einen Bärenhunger hab ich auch.«

Urdo sieht Orkon nach, wie er zum Eingang der Halle eilt. Odda wirft ihm einen langen, nicht zu deutenden Blick zu und folgt dann seinem Herrn. Der Priester schüttelt nachdenklich den Kopf. Dieser Odda, denkt er, ist wie eine Urkraft aus dem Mythen und schwer einzuschätzen. Ist das überhaupt ein Mensch? Oder die Ausgeburt eines Riesen?

* * *

Es ist später Abend. Der Gestank von kaltem Bratfleisch und Bier hängt in der Halle. Die Männer sind angeheitert. Orkon hat glasige Augen und beginnt bereits zu nuscheln. Ein untrügliches Zeichen. Nur Odda ist wie immer nüchtern und steht, Speer in der Faust, drei Schritte hinter seinem Herrn, unbeweglich wie ein Fels. Seine wachsamen Augen wandern über die Versammlung. Die Stimmen sind laut, überbieten sich, es wird gewitzelt und gelacht. Einer brüllt nach mehr Bier, worauf eine Sklavin sich beeilt nachzufüllen. Eine andere legt frische Scheite aufs Feuer, die rasch anbrennen und ein flackerndes Licht auf die Zecher werfen.

Urdo scheint ebenfalls nüchtern geblieben zu sein. Das überrascht Morgana nicht. Sie hat ihn noch nie betrunken gesehen. Anders als ihren werten Gemahl. Wie Orkon auf seinem Hochsitz mehr liegt als sitzt, erinnert er sie an ein fettes Schwein. Mit schweren Augenlidern blickt er in die Runde, eine breite Hand um den Becher gekrallt, die andere behaarte Pranke liegt auf seinem Bauch wie ein fleischiges Tier. Jedes Mal, wenn er den Becher zum Mund hebt, läuft ihm Bier in den Bart, als hätte er Schwierigkeiten, den Becher zu führen. Man hört seine laute Stimme, wenn er lacht, sein trunkenes Lallen und sein gereiztes Grunzen, wenn er nach mehr Bier verlangt.

Bei Hella, wie ich den Kerl verachte!, fährt es ihr durch den Sinn!

Wenigstens ein Gutes hat seine Trunkenheit: Höchst unwahrscheinlich, dass er ausgerechnet heute Nacht ihr Bett aufsucht. Im Gegenteil: Bald wird er einschlafen, und man wird ihn halb tot auf seine Lagerstatt tragen. Vier Mann werden dazu nötig sein. Vielleicht bringen sie ihn zu einer seiner geliebten Sklavinnen, die ihn besser verwöhnen als seine spröde Gemahlin.

Morgana beugt sich zu ihrer Tochter und raunt ihr zu: »Es ist spät. Du gehst jetzt schlafen.«

Mit bettelnden Augen sieht Tura ihre Mutter an: »Ich will aber noch bleiben. So spät ist es doch noch gar nicht.«

Sie ist zu dünn, meine Tochter. Was, bei den Göttern, soll ein Mann an ihr finden? Hat sie sich etwa in diesen Hakun verliebt? Sieht fast so aus. Dabei beachtet der junge Kerl sie kaum. Mehrmals hat sein Vater davon angefangen, wie gut es wäre, die Familien zu vereinen. Jedes Mal hat Orkon abgewinkt und ihn auf den nächsten Tag vertröstet. Sie müssen sich abgesprochen haben, Urdo und er. Arme Tura. Zu einer Vermählung wird es wohl nicht kommen. Aber sie ist ja noch ein halbes Kind. Zeit genug, einen Mann für sie zu finden.

»Es ist spät, Tura. Komm, wir lassen die Männer jetzt allein.«

Sie erhebt sich. Urdo bemerkt es und blickt zu ihr herüber. Sie nickt ihm unmerklich zu und hofft, dass er den Wink verstanden hat. Dann verlässt sie die Halle. Tura folgt ihr, auch wenn sie an der Tür stehen bleibt und zurückschaut.

»Du hast die ganze Zeit kaum den Mund aufgemacht«, sagt Morgana unterwegs zu den Schlafkammern der Familie. Einige brennende Talglichter hängen an den Wänden und beleuchten den Weg. »Du bist doch sonst nicht so schüchtern.«

»Glaubst du, er mag mich?«

»Es ist zu früh dafür, mein Kind. Er hat doch kaum Gelegenheit gehabt, mit dir zu reden.«

»Ich bin ihm bestimmt zu hässlich.« Tura hat plötzlich feuchte Augen.

Morgana legt die Arme um ihre Tochter und zieht sie fest an sich. »Red keinen Unsinn. Du bist mein hübsches Töchterchen, das weißt du doch. Keine ist mir lieber. Jeder Mann wird glücklich sein, dich zum Weib zu nehmen. Aber es ist noch früh, du hast gerade deine erste Blutung hinter dir. Du wirst noch wachsen und ein wunderschöner Schwan werden. Dann werden die Kerle sich um dich reißen.«

Tura zuckt zweifelnd mit den Schultern. Sie versucht, die Tränen runterzuschlucken. »Ich glaube, Vater will nicht, dass ich Hakun heirate.«

Morgana nimmt eines der Talglichter von der Wand. Die beiden gehen langsam weiter, Morgana mit einem Arm um die dünnen Schultern ihrer Tochter. »Überlass es den Männern, darüber zu beraten, Kind. Du weißt, es geht bei so was um mehr als um Gefühle.«

Sie haben Turas Kammer erreicht. Morgana hängt das Talglicht an einen Haken an der Wand. Die kleine Flamme beleuchtet nicht viel mehr als Turas schmales Gesicht und lässt den Rest des Raumes in dunklen Schatten. Ihre Augen glänzen feucht.

»Aber es ist so schrecklich, Mutter. Man wird gar nicht gefragt.« Tura wischt sich die Tränen von den Wangen.

Bei Wuodan, es hat sie wirklich erwischt!, denkt Morgana. So jung und so leicht zu beeindrucken. Der erste hübsche Kerl, der ihr über den Weg läuft, und sie ist verliebt. War ich auch so in dem Alter?

»Nein, Tura, wir Frauen werden nicht gefragt.«

»Wie war das denn bei dir?«

»Bei mir?« Morgana erlaubt sich ein kurzes verächtliches Lachen.

»Ja, bei dir. Hat man dich gefragt? Wolltest du Vater heiraten?«

Morgana schweigt betroffen. Dann sagt sie: »Ich habe getan, was meinem Klan nützt und gebührt. Das ist unsere Verantwortung als Töchter, Tura. Auch du wirst dich dem fügen müssen, was dein Vater für dich entscheidet.«

Einen Augenblick lang zeigen sich Ärger und Trotz auf Turas Gesicht. Doch dann nickt sie und lässt sich niedergeschlagen auf ihrer Lagerstatt nieder. Mit hängenden Schultern sitzt sie da und starrt ins Leere, als wäre das Ende der Welt über sie gekommen.

Morgana streicht ihr sanft übers Haar. »Bete zu Hella, Kind. Sie erhört dich vielleicht. Außerdem ist das letzte Wort noch nicht gesprochen. Die Harruner sind wichtige Verbündete deines Vaters. Er wird es sich ganz sicher noch überlegen.«

»Glaubst du?« Tura blickt zu ihr auf. Ein wenig Hoffnung liegt in ihren geröteten Augen. »Glaubst du das wirklich?«

»Ich rede mit ihm. Aber jetzt zieh dich aus, und leg dich schlafen.«

Morgana gibt ihr noch einen Kuss auf die Stirn, verlässt dann die Kammer und zieht die Tür hinter sich zu. Im spärlichen Licht der wenigen Leuchten tastet sie sich zu ihrem eigenen Schlafgemach. Eine der Hausklavinnen taucht auf. »Soll ich Licht bringen, Herrin?«

»Ja. Und etwas Wasser.«

Morgana lässt sich auf ihrem Lieblingsstuhl nieder, einem aus Weidenzweigen geflochtenen Korbstuhl. Er knarrt leise, als sie sich zurücklehnt. Die Sklavin kehrt mit einem Talglicht, einer Kanne Wasser und einem irdenen Becher zurück.

»Danke, Inka.«

Die junge Sklavin ist schon lange bei Morgana. Sie stammt von einem der wilden Stämme und wurde bereits als Kind verschleppt.

Sie ist ein kräftiges Mädchen mit stämmigen Beinen und breiten Hüften. Eine gutherzige Magd, flink und verlässlich und fast so etwas wie eine Vertraute.

»Ist der Herr heute Nacht zu erwarten? Soll ich ihm etwas bringen?«

Morgana schüttelt lächelnd den Kopf. »Nicht diese Nacht. Genauso wenig wie all die anderen Nächte. Geh jetzt, und lass mich allein.«

Inka wünscht ihr gesunden Schlaf und schließt die Tür hinter sich.

Nein, Orkon soll nicht zu ihr kommen. Bloß nicht in dieser Nacht! Das wäre eine Katastrophe. Zum Glück ist er betrunken und wird nach den Mühen der Jagd bald besinnungslos schlafen. Morgana gießt etwas Wasser in den irdenen Becher und hebt ihn hoch. Es ist ein besonders schönes Stück, von geschwungener Form mit einem Linienmuster verziert, die der Töpfer mit dünnen Schnüren in den noch ungebrannten Ton gedrückt hat.

Sie trinkt und stellt das Gefäß wieder ab. Dann nähert sie sich dem Licht und blickt in den kleinen, blank polierten Bronzespiegel, den sie besitzt. Ihre Haut ist straff und ohne Falten. Sie hält den Spiegel auf Abstand, mustert kritisch ihre Gestalt und beschließt, dass sie sich immer noch sehen lassen kann. Auch ihre Brüste sind rund und fest, obwohl sie schon mehr als dreißig Winter zählt.

Sie legt den Spiegel weg, nimmt einen Hornkamm zur Hand und kämmt ihr schönes langes Haar aus. Wenigstens das hat Tura von mir, denkt sie. Warum ist sie so dünn und schlaksig geraten? Orkon ist nicht so. Und ich eigentlich auch nicht. Sie seufzt. Die Götter spielen mit uns und geben uns Rätsel auf. Und sie führen uns in Versuchung. Wahrscheinlich zu ihrem eigenen Vergnügen.

Versuchung. Seit langer Zeit schläft Morgana allein und ist froh darüber. Auf Orkons trunkene Bemühungen kann sie gern verzichten. Und doch fällt es ihr schwer, ganz ohne Liebe zu leben.

Sie fragt sich noch einmal, ob Urdo ihr Zeichen vorhin verstanden hat. Allein der Gedanke, dass er jetzt auf sie wartet, erregt sie ungemein.

Seit sieben Wintern ist Urdo hier. Sein Vorgänger im Amt des Hohepriesters ist eines Tages verschwunden. Von einem Tag auf den anderen. Kurz darauf war Urdo da. Aus dem Nichts ist er aufgetaucht, niemand weiß, woher er stammt. Und er schweigt sich darüber aus. Sogar ihr gegenüber hat er nur Andeutungen gemacht. Er sei in fernen Ländern gewesen, ein Wanderer zwischen Himmel und Erde. Dort habe er den Weg zu den Göttern gefunden.

In den wenigen Jahren, seit er hier ist, ist er zu Orkons engstem Vertrautem und Ratgeber aufgestiegen, ist ihm mehr und mehr unersetzlich geworden. Und dass sie selbst und Urdo ... irgendwie war das unvermeidlich. Lange hat sie dieser Anziehung widerstanden. Doch vergeblich. Es ist, als habe Destarte einen Zauber über sie geworfen. Es genügt, dass er sie ansieht, um sie schwach werden zu lassen. Seine Hand auf ihrem Leib lässt sie im Innersten erschauern. Natürlich darf es niemand wissen. Aber es kostet sie größte Mühe, sich vor anderen nichts anmerken zu lassen, Gleichgültigkeit vorzutäuschen.

Mit klopfendem Herzen lässt sie noch ein wenig Zeit vergehen, um sicher zu sein, dass Tura schläft und auch Inka sie nicht mehr stört. Dabei gehen ihr Fantasien durch den Kopf, die ihre Erregung nur noch steigern. Schließlich bläst sie das Talglicht aus und wartet, bis sich ihre Augen an die Dunkelheit gewöhnt haben. Dann tastet sie sich zur Kammertür vor und öffnet sie.

Im schwach beleuchteten Gang ist niemand zu sehen. Morgana tritt aus der Kammer und schließt die Tür hinter sich. Dann schleicht sie zur Pforte im hinteren Teil des langen Anbaus. Vorsichtig, um keinen Lärm zu machen, schiebt sie den Riegel zurück und öffnet einen Spalt weit die Tür.

Die Nacht draußen ist stockfinster. Natürlich – es ist Neumond. Und besonders klar ist der Himmel auch nicht, sodass nur wenige Sterne zu sehen sind. Sie blickt sich um. Eigentlich verbietet ihr nichts, nach einem solchen Abend ein paar Schritte zu gehen und frische Luft zu atmen. Allein vor Odda fürchtet sie sich. Ein undurchsichtiger Kerl und gefährlich. Und schlau wie ein Fuchs, auch wenn man es hinter der unbeweglichen Maske nicht vermuten würde. Dem möchte sie in der Nacht wirklich nicht begegnen.

Zu ihrer Beruhigung ist niemand zu sehen. Rasch tritt sie ins Freie und schließt die Tür hinter sich. Sie bückt sich und hebt einen kleinen Holzkeil vom Boden auf, den sie an der Hauswand im Gras versteckt hat. Den klemmt sie zwischen Schwelle und Tür, damit diese nicht durch einen Windstoß aufgeht und sie verrät.

Sie lauscht. Da sind die Stimmen der zechenden Männer in der Halle, sonst nichts. Doch, da war was! Aber dann merkt sie, es ist nur ein Schwein in seinem Koben. Die Nacht ist kühl, und Morgana friert ein wenig. Mit klopfendem Herzen schleicht sie über den Hof, bis sie die Hütte erreicht, in der Urdo haust. Das prächtige Haus, das Orkon ihm angeboten hat, hat er ausgeschlagen. Urdo besteht darauf, in karger Einfachheit zu leben. Nicht nach Reichtum zu streben, mache ihn glaubwürdiger als Priester, hat er ihr einmal gesagt. Morgana vermutet, es ist eher, um Orkons Misstrauen zu vermeiden. Urdo ist klug. Er gibt sich bescheiden, aber im Grunde hat er Orkon in der Hand, ohne dass der es merkt.

Sacht klopft sie an seine Tür.

Momente später öffnet sie sich mit leisem Knarren. Wortlos zieht Urdo sie ins dunkle Innere der Hütte. Mit einem Fuß stößt er die Tür zu und greift nach ihr. Seine großen Hände wandern über ihren Leib. Dann sind seine Lippen auf den ihren, und sie gibt sich mit leisem Stöhnen seinem schmelzenden Kuss hin, seinem herben Geruch und seinen Armen, die sie fest umschließen.

»Du hättest nicht kommen sollen«, murmelt er. »Es ist zu gefährlich.« Doch die Begierde, mit der er sie an sich drückt, sagt etwas anderes.

»Es ist mir gleich«, flüstert sie erregt. »Es verlangt mich nach dir. Ich konnte einfach nicht mehr warten.« Sie tastet nach seiner Hand und zieht ihn drei Schritte weiter, wo sie die Bettstelle weiß. Sehen kann man nichts in der dunklen Hütte. Aber wozu brauchen sie Licht? Hören, tasten, schmecken ist genug. Sie streift ihre Schuhe ab, reißt sich das Gewand vom Leib und lässt sich nackt aufs Bett fallen. »Komm!«, murmelt sie heiser und drängt sich an ihn, als er ebenfalls nackt zu ihr aufs Bett steigt und eine ihrer Brüste umfasst.

»Wie lange ist es her?«, flüstert sie und küsst ihn. Sein Bart kitzelt, aber sie mag das.

»Ein Viertelmond, nicht mehr.«

»Bist du sicher? Kommt mir wie eine Ewigkeit vor.« Sie sucht nach seiner Hand und zwingt sie zwischen ihre Beine. »O ihr Götter!«, stöhnt sie, als sein Finger in sie eindringt. »O ihr Götter!« Ihre Schenkel beben vor Lust und Begehren. »Hör nicht auf, Urdo!« Sie windet sich und wimmert vor Wonne. Doch bald ist ihr das nicht mehr genug. »Komm, mach mir ein Kind!«, bettelt sie an seinem Ohr. »Der Mond steht gerade günstig für mich.«

»Bist du verrückt?«

»Ja, verrückt ... nach dir. Und ich will ein Kind!«

»Aber wenn es rauskommt ...«

»Wie soll es denn rauskommen? Du bist dunkel, und Orkon ist dunkel. Niemand wird etwas merken.«

»Er wird uns umbringen, wenn es rauskommt.«

»Dazu hat er auch jetzt schon allen Grund.« Sie greift nach ihm und spürt, dass er hart ist. »Ja, Urdo! Komm schon! Jetzt sofort! Ich kann nicht mehr warten! Einen Bastardsohn hat Orkon ja schon. Machen wir ihm einen zweiten.«

Als er endlich in sie eindringt, entringt sich ihrer Kehle ein erlösendes Stöhnen, ein fast tierischer Gurgellaut der Lust. Sie muss sich beherrschen. Am liebsten würde sie die ganze Burg zusammenschreien.

* * *

Am Nachmittag ist Gericht angesagt. Und zwar im weiten Rund des Hofes, vor den Wachmannschaften und allen anderen Bewohnern der Burg. Der Himmel ist bedeckt, und hier oben auf dem Kuffa weht ein kühler Wind. Orkon besteigt den hohen Richterstuhl, den man vor dem Hadortempel für ihn aufgestellt hat. Er hat sich ein Wolfsfell um die Schultern gelegt. Eine Sklavin reicht ihm ein mit Bier gefülltes Horn, genug, um ihn während der Verhandlung bei Laune zu halten.

Auch Odda ist wieder an der Seite seines Herrn. Hakun wirft einen Blick auf den riesigen Kerl mit den mächtigen Schultern. Breitbeinig und mit grimmer Miene hält er Wache. Hart und unbeweglich wie eine Eiche.

»Eine gute Gelegenheit für euch«, hört Hakun den Fürsten sagen. »Da könnt ihr sehen, wie bei uns Gericht gehalten wird.«

Damit wir es daheim genauso machen, sagt sich Hakun, das ist doch, was er andeuten will. Für seinen Vater und ihn hat man ebenfalls Stühle aufgestellt. Alle anderen ringsum müssen stehen. Brodar lässt sich einen gefüllten Becher reichen. Hakun dagegen winkt ab. Gestern Abend hat er schon genug getrunken.

Das ist Orkon nicht entgangen. »Es scheint, die Jugend verträgt nichts mehr. Was haben wir doch gesoffen, als wir jung waren, was, Brodar?« Er lacht ausgelassen.

Brodar grinst und nickt. »Da ist was dran, Orkon.« Er nimmt einen Zug aus dem Becher und leckt sich die Lippen. »Wie kommt es, dass dein Weib nicht zugegen ist?«

»Morgana?« Orkon lacht abfällig. »Die mag das hier nicht. Es geht ihr zu blutig zu. Aber wie soll's denn anders sein, wenn man Ordnung halten will? Nur die Weiber mögen's nicht. Deshalb hält sie auch meine Tochter fern, falls ihr euch wundert, wo Tura heute Nachmittag steckt.«

Gut so, denkt Hakun mehr als erleichtert. Gestern hat er sich in Gegenwart des jungen Mädchens unwohl gefühlt. Sie hat ihn angestarrt, als erwarte sie etwas von ihm. Den Göttern sei Dank, dass ihm die Heirat erspart bleibt. Vorerst jedenfalls, denn Orkon hat den Wunsch des Vaters zwar nicht direkt abgelehnt, aber um Aufschub gebeten. Das Mädchen sei noch zu jung und man solle lieber noch etwas warten und die Sache im nächsten Jahr in Angriff nehmen.

Natürlich ist Vater darüber alles andere als glücklich, denn sie sind ja gekommen, um die Hochzeit fest zu verabreden und den Brautpreis zu verhandeln. Zu viel hängt für die Harruner davon ab. Das weiß auch Hakun.

Urdo, der Priester, hat sich bemüht, Vater mit honigsüßen Worten zu besänftigen. Man schätze nichts mehr als das Bündnis mit den tapferen Harrunern, und aufgeschoben sei ja nicht aufgehoben. Andere ernsthafte Bewerber gebe es nicht.

Was denn mit Drengi sei, hat Brodar wissen wollen. Er habe da so was gehört.

Nein, nein, da müssten sie sich keine Sorgen machen, der bekomme Tura nicht.

Von mir aus kann er sie gern haben, denkt Hakun. Seine Abneigung gegen diese Verbindung liegt nicht so sehr an dem Mädchen, so wenig anziehend er Tura auch findet. Eheweiber sind zum Kindergebären da, fürs Vergnügen gibt es schließlich genug Sklavinnen. Es ist Orkon selbst, der ihm missfällt, und alles, wofür der Mann steht. Sein Gehabe, seine Rücksichtslosigkeit und Brutalität. Und dass man sich vor dem Kerl bücken muss.

Als Brodars Erbe und zukünftiger Klanherr der Harruner versteht Hakun natürlich die Bemühungen, sich noch enger an die Helminger zu binden. Denn die stellen die unbestrittene Macht im Land dar. Dass Orkon die Handelsplätze an der Albija schützt, ist für die Harruner lebenswichtig. Das ist leider eine Tatsache, auch wenn er selbst sich wünscht, es wäre anders.

Auf ein Zeichen Orkons erhebt sich Urdo, der Priester. Er ist wie am Vorabend in eine lange, dunkle Robe gekleidet, auf der Brust prangt eine bronzene Kette mit dem Abbild Hadors als Anhänger. Seine gesamte Erscheinung – die hohe Gestalt, die schwarzen Brauen, der Haarschopf, der sein Haupt umgibt, und der gewaltige Bart – verleiht ihm eine Furcht einflößende Wirkung. Streng und würdevoll blickt er in die Runde der Versammelten. Ängstliche Blicke fliegen ihm zu, Gespräche verstummen, es wird still.

»Lasst uns beten«, sagt er mit seiner tiefen Stimme.

Die Anwesenden fallen gehorsam auf die Knie, legen die Hände auf die Schenkel und senken ergeben den Kopf. Brodar und Hakun tun es ihnen gleich, bleiben dabei aber sitzen. Orkon sieht sich zunächst um, als wolle er sich versichern, dass tatsächlich alle in Unterwerfung vor seinem Gott auf dem Boden knien. Dann erst senkt er selbst das Haupt.

Urdo hebt die Arme und wendet den Blick gen Himmel. »O Hador, mächtiger Herrscher der Welt, Erster unter den Göttern, Sichelschwinger und Fürst der Unterwelt, Richter über Leben und Tod.« Seine sonore Stimme füllt den Burghof, scheint von den Häusern widerzuhallen. »Wir liegen dir zu Füßen, o Herr, und erflehen deine Gnade und deine Weisheit, auf dass du uns den rechten Weg zu dir weisest. Segne unser Vieh und unsere Felder und die Leiber unserer Weiber. Erspare uns Flut, Dürre und Pestilenz, und vernichte unsere Feinde. Dir schwören wir Treue bis in alle Ewigkeit.«

Als seine Stimme verhallt, treten zwei Helferinnen zu ihm, beide wie er in dunkle Gewänder gekleidet. Die eine zieht ein scheues Zicklein am Strick hinter sich her. Die andere trägt eine silberne Schale. Urdo hebt die Augen zum Himmel und zieht ein Messer aus dem Gürtel.

»Dir, Hador, sei unser Opfer geweiht!«

Die erste Helferin hält das Zicklein fest, während Urdo ihm mit einer geschickten Bewegung die Kehle durchtrennt. Die zweite fängt ein wenig von dem pulsenden Blut in der Schale auf und hält sie ihm dann hin. Urdo steckt zwei Finger hinein und streicht sich das Blut auf die Wangen. Ein weiteres Mal taucht er seine Finger ein, diesmal spritzt er ein paar Tropfen in Orkons Richtung. »Das Opferblut soll dir helfen, o Fürst, weise Urteile zu fällen, denn heute sitzt du zu Gericht über die, die Hadors Gesetz gebrochen haben.«

Orkon nickt gnädig und nimmt einen Schluck aus dem Horn. Urdo bedeutet seinen Helferinnen, sich zu entfernen. Ein Knecht trägt das tote Opfertier davon. Man wird es später zerteilen und Stücke wie Herz und Leber auf Hadors Altar verbrennen, auf dass der Rauch zum Himmel aufsteigt und den Gott gnädig stimmt.

Die Versammelten erheben sich und tuscheln untereinander, als die Gefangenen vorgeführt werden. Allen vieren hat man die Kleider genommen und die Haare geschoren. Wahrscheinlich, um sie zu entwürdigen, denkt Hakun. Nackt vor so vielen Menschen fühlt sich der Mensch schutzlos und erniedrigt.

Gegenüber Orkons Richterstuhl sind Pfähle tief im Boden verankert. An die werden die drei Männer gefesselt, und zwar so fest, dass sie sich kaum rühren können. An ihren kräftigen Armen und Beinen sieht man, dass sie Krieger sind. Man hat sie misshandelt, denn sie weisen Hautabschürfungen und blutverkrustete Wunden im Gesicht sowie an Armen und Oberkörper auf. Einer von ihnen hält den Kopf trotzig erhoben, während die anderen aussehen, als hätten sie sich bereits in ihr Schicksal ergeben.

Die vierte Gefangene ist eine junge Sklavin, ein ansehnliches Weib. In ihren weit aufgerissenen, vom Weinen roten Augen steht deutlich die Angst vor dem, was ihr nun bevorsteht. Die Hände hat man ihr hinter dem Rücken gefesselt, um ihren Hals liegt ein Strick, den einer der Krieger festhält. Im Gesicht und an den Armen hat sie blaue Flecken. Anscheinend hat man auch sie geschlagen. Der kühle Wind lässt ihr nacktes Fleisch fröstelnd erzittern. Einige der Zuschauer scheint es zu belustigen, sie so nackt und kahl geschoren zu sehen. Sie machen Bemerkungen hinter vorgehaltener Hand.

Die Sklavin fällt vor Orkon auf die Knie. »Herr!«, jammert sie. »Ich hab's nicht getan. Es ist eine Lüge. Ihr alle kennt mich doch. Ich würde niemals etwas stehlen.«

Der Krieger zieht am Strick und zerrt sie unsanft auf die Füße.

»Schweig, Weib!«, donnert Urdo. »Und rede erst, wenn du gefragt wirst.«

Er mustert sie mit stechendem Blick. »Im Namen Hadors, des Mächtigen, bist du beschuldigt, einen Hornkamm und eine wertvolle Halskette mit Bernsteinperlen aus der Kammer der Fürstin entwendet zu haben. Was sagst du dazu?«

»Das ist nicht wahr«, wimmert die Beschuldigte und blickt sich in ihrer Panik hilfesuchend um. »Ich schwöre es bei Hador!«

»Man hat diese Dinge unter deinem Lager gefunden.«

»Jemand muss sie da hingelegt haben. Ich war's nicht!«

»Die Götter kennen die Wahrheit. Lügen wird dir nicht helfen!«

»Aber wenn ich's doch nicht war!«, kreischt sie. Tränen laufen ihr über die Wangen und hinterlassen Spuren auf dem geröteten und vor Schmutz starrenden Gesicht.

Eine andere Magd wird vorgeführt, die behauptet, gesehen zu haben, wie die Beschuldigte aus der Kammer der Fürstin kam, obwohl sie dort nichts zu suchen hat. Ein Spektakel hebt an, in dem die beiden Weiber sich gegenseitig beschuldigen. Offensichtlich sind sie verfeindet, nicht auszuschließen, dass hier Eifersucht im Spiel ist.

»Genug jetzt!«, brüllt Orkon. »Wir haben nicht den ganzen Tag. Auf Diebstahl steht der Tod durch Ertränken. Also führt gefälligst das Urteil aus!«

Die Proteste und verzweifelten Schreie der Sklavin helfen ihr nicht. Krieger packen hart zu und zerren sie zu einem langen Trog an der Seite des Pferdestalls, während Orkon sich einen tiefen Schluck aus dem Horn genehmigt.

Unwillkürlich fällt Hakuns Blick auf Odda, denn der hat sich plötzlich bewegt und verfolgt das Geschehen mit gerunzelter Stirn und schmerzerfüllter Miene. Steht ihm das Mädchen nahe? Oder ist der Mann doch menschlicher, als es den Anschein hat?

Trotz ihrer gefesselten Hände versucht die junge Frau, sich zu wehren, schreit zum Erbarmen, strampelt, tritt mit den Füßen um sich. Zwei der Männer halten sie fest, während ein dritter sie am Nacken packt und ihren Kopf tief in den vollen Trog drückt. Wasser spritzt, während sie weiter um sich tritt. Noch eine Weile sieht man sie strampeln, aber der Mann ist stärker. Schließlich beginnen ihre Glieder zu erschlaffen, erst zucken sie noch vereinzelt, dann nichts mehr. Die Frau ist tot. Ihre Leiche lassen die Männer achtlos auf den Boden fallen.

Hakun ist betroffen. Wie einen ungewollten Welpen hat man die Frau ertränkt. Noch dazu soll ihr Leichnam entehrt werden, wie Orkon nun anordnet. Zerstückeln soll man sie, die Teile vors Tor werfen und den wilden Tieren überlassen.

Natürlich sind auch bei den Harrunern harte Strafen üblich, und doch hat das Schicksal der Sklavin Hakun berührt. Könnte es sein, dass sie unschuldig war? Vielleicht war ihr einziges Verbrechen, hübsch zu sein und den Männern zu gefallen. Vielleicht hätte eher die andere bestraft werden sollen, wegen Falschaussage gegen eine Rivalin. In jedem Fall hätte es sich gehört, die Sache näher zu untersuchen. Oder wenigstens ein Orakel zu bemühen. Selbst für eine Sklavin. Aber Orkon hatte es mit dem Urteil eilig. Was kümmert ihn schon das Schicksal einer Sklavin? Nach mehr Bier hört man ihn rufen.

Mit den drei Männern wird ähnlich, nur noch viel grausamer verfahren. Orkons Gericht und seine harten Urteile sollen abschrecken. Deshalb hat man die drei überhaupt nur hergeholt: Auch die Wachmannschaften der Kuffaburg sollen sehen, was denen geschieht, die Orkons Befehle missachten.

Diesmal scheint das Schauspiel der Anklage und Aburteilung sogar Vater Brodar zu berühren, denn er beobachtet alles aufmerksam und mit beklommener Miene. Die Vergehen dieser Männer betreffen auch die Harruner, zumindest einige Weiber ihres Klans, die sich mit den Männern eingelassen und ihnen Kinder geboren haben. Orkon erlaubt keine Verbrüderung zwischen seinen Kriegern und den Klans, in deren Gebiet sie Dienst tun. Die Strafen für jede Übertretung sind grausam, die Krieger wissen es, und doch kommt es immer wieder vor. Die drei Männer haben ihren Anführer sogar tätlich angegriffen, als sie entdeckt wurden. Angeblich haben sie sogar andere zum Aufruhr angestachelt, was die Sache noch viel schlimmer macht.

Nach der Urteilsverkündung stößt einer der drei – es ist der mit dem trotzigen Gesicht – wilde Flüche gegen Orkon aus, wünscht ihm und seinem gesamten Geschlecht die Pest an den Hals, dass sie auf ewig als Untote umhergeistern mögen. Erst mehrere Faustschläge bringen ihn zum Schweigen.

Das Urteil wird auf der Stelle ausgeführt. Im Namen Hadors werden den Männern mit scharfen Messern die Geschlechtsteile abgeschnitten und die blutigen Stücke der Menge gezeigt, während die Verstümmelten vor Schmerzen brüllen und das Blut aus ihren Leibern strömt. Einer wird ohnmächtig. Nur die Fesseln verhindern, dass er in die Knie sackt. Manche in der Menge johlen vor Blutlust, Frauen kreischen, viele wollen nicht hinsehen. Dem Ohnmächtigen schüttet man einen Eimer Wasser ins Gesicht, damit er den Rest seiner Strafe bei vollem Bewusstsein erlebt. Dann wird einem nach dem anderen der Bauch aufgeschlitzt und die blutigen Eingeweide herausgerissen.

Viele wenden sich ab und halten sich die Ohren zu, denn die Schreie der so Gequälten gellen so schrecklich, dass einem das

Herz in der Brust zu erstarren droht. Der Kerl, der sich dafür hergegeben hat, hat blutbesudelte Arme bis zu den Ellenbogen. Vor den aufgerissenen Bäuchen sammelt sich das Blut in Pfützen, und die herunterhängenden Gedärme verbreiten einen üblen Geruch – wie beim Ausweiden von geschlachteten Schweinen.

Um die drei endlich zum Schweigen zu bringen, stopft man ihnen schließlich die eigenen Mannesteile in den Schlund – dies mit Stöcken und so tief, bis sie daran ersticken. Nicht wenige der Zuschauer müssen sich bei dem Anblick übergeben. Es herrscht entsetzte Stille im Burghof. Auch Hakun droht der Mageninhalt hochzukommen. Er hat Mühe, sich zu beherrschen. Kein Wunder, dass Morgana sich bei solchen Strafgerichten im Haus versteckt!

Orkon ordnet an, mit den Leichen der Männer ähnlich wie mit der der Sklavin zu verfahren, nur dass die Köpfe der drei zur Abschreckung an den Torbogen zu nageln sind.

Auf dem Weg zur Halle wendet der Fürst sich an Brodar, der immer noch bleich im Gesicht ist. Orkons Stimme klingt ruhig, fast unbeteiligt, als rede er mit seinem Gast übers Wetter. »Das Ärgerliche an der Sache ist, mein lieber Brodar, dass wir bei euch jetzt die ganze Mannschaft austauschen müssen. Denn wer weiß, wie viele faule Äpfel noch darunter sind. Ich würde mir wirklich wünschen, ihr würdet etwas mehr darauf achten, dass sich meine Männer nicht von euren Weibern verlocken lassen. Haltet sie besser unter Verschluss. Wir müssten sonst auch eure Dirnen bestrafen. Bis jetzt haben wir das vermieden.«

Brodar nickt beklommen, sagt aber nichts. Das Spektakel hat ihm sichtlich zugesetzt.

Was für eine Zumutung, denkt Hakun, dass wir jetzt auch noch auf seine verdammten Krieger aufpassen und unsere Weiber wegschließen sollen. Doch auch er hält es für klüger, den Mund zu halten.

»Mein Sohn Arrak müsste heute oder morgen zurück sein«, sagt Orkon, der wieder guter Laune ist. »Warum gehst du nicht mit ihm jagen, Hakun? Zwei junge Kerle wie ihr sollten doch Freundschaft schließen, oder?«

Auch das noch, denkt Hakun und öffnet schon den Mund, um abzusagen. Sein Vater ist jedoch schneller: »Mein Sohn wird sich mehr als geehrt fühlen. Nicht wahr, Hakun?«

»Natürlich, Vater«, erwidert Hakun nach kurzem Zögern.

Alles für den Klan, denkt er zähneknirschend. Bei Wuodan! Was wir nicht alles mit uns machen lassen!

KALESTOS

Herr der Zwerge, die in den Tiefen der Berge nach Edelsteinen und Erzen graben, Meister des Feuers und des flüssigen Metalls, Schutzherr der Schmiede

Utriks Werkstatt ist nicht viel mehr als ein großer Schuppen und enthält Amboss und Werkbank und viele von ihm selbst hergestellte Werkzeuge: Keile, Meißel, Zangen, Bohrer, Hämmer. In einer Ecke liegen Gussformen aus gebranntem Ton und auf einer Bank verstreut einige fertige Arbeiten für die Bauern im Dorf, zwei bronzene Kriegsäxte, die geschliffen werden müssen, und die Klinge eines Dolchs, dem noch der hölzerne Griff angepasst werden muss. An der Rückwand lehnen dünne Holzbretter mit Kohlezeichnungen von Werkformen, und in einer Kiste verwahrt Utrik eine Sammlung von Schablonen. Alles in einem Durcheinander, in dem nur er und sein Sohn sich auskennen.

Draußen, unter einem einfachen Dach zwischen Werkstatt und Kohleschuppen, befindet sich ein Schmelzofen aus Lehm, eine Esse, um Metallstücke zu erhitzen, und auf einem soliden Holzklotz ruht ein bronzener Amboss zum Schmieden von Werkstücken. Utrik und Arni unterhalten zusammen mit anderen Dörflern im Wald einen Meiler, um Holzkohle herzustellen. Nur damit lässt sich die nötige Hitze erzeugen, die man zur Kupferschmelze braucht. Natürlich nutzen auch die Töpfer Holzkohle, wenn sie ihre Tongefäße brennen, und der Wagenbauer, um Holz mit Dampf zu Radfelgen zu biegen.

Die Werkstatt steht für gewöhnlich weit offen, obwohl Neugierige auf dem Hof nicht unbedingt erwünscht sind. Kein Schmied lässt sich gern über die Schulter schauen. Man könnte ja seine Geheimnisse stehlen. Besonders das Schmelzen und Gießen scheint Neugierige anzulocken, die Hitze des Schmelzofens, das flüssige, glühende Metall, das in die Formen fließt, das Zischen und der Dampf, der aufsteigt, wenn ein Werkstück abgeschreckt wird. Herr über diese geheimnisvollen Vorgänge ist Utrik, Zauberer des Metalls, dem man alles Mögliche zutraut. Inzwischen auch sein Sohn Arni.

In letzter Zeit ist Utrik jedoch vorsichtig geworden und hält jedes Mal, wenn sie mit der Scheibe beschäftigt sind, die Werkstatt verschlossen. Niemand soll sehen, woran sie arbeiten, obwohl gerade das die Neugierde im Dorf weiter anfacht. Es wird gemunkelt, es müsse etwas Ungewöhnliches sein, etwas Magisches, das mit den Göttern zu tun hat. Mit Sicherheit führt Kalestos selbst des Meisters Hand, davon ist man überzeugt.

Am späten Nachmittag überquert Rana den Hof, öffnet die Tür zur Werkstatt und wird fast überwältigt von der heißen, verbrauchten Luft, die ihr entgegenschlägt. Kein Wunder, denn in einer Ecke des Schuppens lodert ein Feuer, und an den beiden Stützpfeilern hängen mehrere Öllampen an kupfernen Haltern, um genügend Licht für die Arbeit zu spenden. Außer dem Rauchabzug oben im Dach gibt es nur ein viereckiges Loch in der Wand, das Utrik aber mit einem Holzbrett verschlossen hat.

»Übertreibt ihr es nicht mit eurer Geheimnistuerei?«, fragt Rana und fächelt sich Luft zu. »Wie haltet ihr es nur in dieser Hitze aus?«

Arni blickt auf. »Du bist's«, sagt er und unterbricht seine Arbeit am kleineren, zweiten Amboss.

Auch Utrik schaut von der Arbeit auf. Sein Hemd ist durchgeschwitzt, und Schweißtropfen stehen ihm auf der Stirn. Er grinst ihr zu. »Schmiede sind es gewohnt, in der Hitze zu arbeiten, das weißt du doch. Aber du hast recht. Lass die Tür eine Weile offen stehen.« Er beugt sich wieder über die Arbeit.

Rana öffnet die Schuppentür weit, verkeilt sie, damit sie nicht zuschlägt, und öffnet innen das Loch in der Wand. Ein leichter Durchzug macht den Schuppen erträglicher.

»Danke, Schwester«, sagt Arni, der mit nacktem Oberkörper arbeitet, und grinst ihr zu. Er wischt sich den Schweiß von der Stirn. Dann macht er sich wieder daran, mit großer Sorgfalt ein Stück Gold zu einem dünnen Blech auszuhämmern. Wenn es so weit ist, werden daraus mit einem Stempel kleine kreisrunde Plättchen ausgestanzt. Zwei von ihnen liegen schon auf der Werkbank. Überschüssiges Gold wird gesammelt und später wieder eingeschmolzen.

Rana tritt näher, um dem Vater zuzuschauen. Das Werkstück, an dem er arbeitet, ist eine große goldfarbene Bronzescheibe, etwas mehr als drei Handbreit im Durchmesser, dünn am Rand, in der Mitte etwas dicker. Bronze, wie Rana weiß, entsteht, indem man dem Kupfer Zinn beimischt. Was nicht einfach ist, denn beide Metalle schmelzen bei ganz unterschiedlicher Hitze.

Zinn ist seltener und schwerer zu beschaffen als Kupfer. Zum Glück braucht es nur wenig davon, um Bronze herzustellen, die dann um vieles härter ist als Kupfer. Für Werkzeuge und Waffen ist ein Teil Zinn zu neun Teilen Kupfer mehr als genug. Für seine Scheibe hat Utrik allerdings noch weniger Zinn verwandt: nur drei Teile Zinn zu hundert Teilen Kupfer. Der Grund dafür ist, dass er die Scheibe nicht gegossen, sondern aus einem Bronzekuchen flach gehämmert hat. In so einem Fall ist es besser, wenn die Bronze noch einigermaßen weich ist, sonst könnte sie beim Hämmern brüchig werden.

Die Scheibe soll den Nachthimmel darstellen. Auf ihr prangen eine Mondsichel und in der Mitte ein Vollmond, beide aus Goldblech und kunstfertig eingelegt. Utrik ist gerade dabei, ein weiteres rundes Goldplättchen einzufügen. An die zwanzig muss er so schon eingepasst haben. Das sind die Sterne auf der Scheibe.

Das Einlegen des Goldes ist eine schwierige Aufgabe, die Geduld und sehr viel Geschick erfordert. Rana hat schon öfter zugesehen, wie ihr Vater das macht. Mit einer kleinen Schablone und einem Stichel ritzt er die Umrisse des Sterns auf das Metall der Platte. Dann arbeitet er mit einem Hammer und einem winzigen Bronzemeißel, um den äußeren Rand des Kreises zu einer rundumlaufenden Falte aufzuwölben. Eine langwierige, heikle Arbeit, bei der auch der Meißel gelegentlich nachgehämmert und geschliffen werden muss.

Erst jetzt wird der Goldstern vorsichtig eingelegt. Meist sind einige Anpassungen nötig, bis er richtig sitzt. Schließlich wird die überstehende Bronzefalte, die das Plättchen halten soll, mit leichten Schlägen flach gehämmert. Richtig gemacht bleibt der Stern kreisrund, und es ist kaum ersichtlich, wie er auf der Bronzeplatte befestigt ist. Kommt einem wie Zauberwerk vor.

Utrik sagt, er habe das in den fernen Ländern der Morgensonne gelernt. Seinen Reiseerzählungen hat Rana schon als Kind andächtig gelauscht, denn als junger Mann hat Utrik ein abenteuerliches Leben geführt. Weit herumgekommen ist er. Dazu getrieben hat ihn eine unbändige Neugierde, die Welt kennenzulernen. Vor allem wollte er die Orte besuchen, wo jene Metalle geschürft werden, die ein Schmied für seine Arbeit verwendet.

Fremde Gegenden zu bereisen ist nicht ungefährlich. Nur erfahrene und bewaffnete Händler trauen sich das zu. Auf ihren Booten ist Utrik die Albija bis zur Mündung gefahren und dann auf dem Salzmeer immer weiter gen Sonnenuntergang. Wind und Wellen mussten sie trotzen, bis sie schließlich das Land der Pritani erreichten. In den Hügeln, ganz am Ende ihrer Welt, findet man das Erz, aus dem sich Zinn schmelzen lässt. Und in den dortigen Flüssen gibt es Gold. Man muss es nur herauswaschen, auch wenn es eine langwierige, mühselige Arbeit ist.

Mit Gold kennt Utrik sich aus. Das leicht rötliche enthält Kupfer, bleiches dagegen Silber. Das der Pritani liegt dazwischen. Es ist das farblich schönste und wertvollste, weil es so pur und rein ist. Das ist das Gold, das er für seine Scheibe verwendet und kein anderes. Vier Stiere und eine kleine Herde Schafe hat er dafür hergeben müssen. Sehr zum Unmut seiner Frau. Zumindest hat er nun genug, um die Scheibe vervollständigen zu können.

Arni unterbricht die Arbeit, legt den kleinen Hammer beiseite und wischt sich noch einmal den Schweiß von der Stirn. Von der Bank, auf der die Werkstücke liegen, hebt er einen irdenen Wasserkrug und stillt seinen Durst, bevor er den Krug an den Vater weiterreicht. Auch Utrik genehmigt sich einen Schluck. Dann beugt er sich wieder über sein Werkstück.

»Eines verstehe ich nicht«, sagt Rana. »Wenn das Sterne sein sollen, dann kann man sie kaum von der hellen Bronze unterscheiden.«

Utrik lächelt. »Du hast recht. Die Bronze hat einen schönen Goldton. Mit ein Grund, warum sie so geschätzt wird.«

Bronze ist besonders für Waffen geeignet. Sie ist allerdings auch viel wertvoller als Kupfer, weshalb nur Hauptleute und Anführer der Hundertschaften mit bronzenen Dolchen, Äxten und Stabdolchen ausgestattet sind. Manche Edle besitzen auch bronzene Schwerter. Doch nur wenige Schmiede beherrschen die Kunst, sie herzustellen, denn ein langes Schwert muss hart sein, aber auch biegsam genug, damit es nicht bricht. Einfache Krieger dagegen tragen Kupferäxte, und die Bauern benutzen nicht selten noch Steinbeile. An der Art seiner Waffe oder der Farbe seines Dolchs oder seiner Streitaxt erkennt man so den Stand eines Kriegers.

»Mit der Patina wird die Scheibe später grün«, sagt Rana.

»Das kommt vom Kupfer darin.«

»Der Himmel ist aber nicht grün.«

»Keine Sorge, Rana. Wenn ich fertig bin, wird die Scheibe so dunkelblau wie der Nachthimmel sein. Auf diesem Hintergrund werden meine Sterne dann herrlich glänzen.«

»Und wie machst du das?«

»Wart's ab.«

»Weißt du es, Arni?«

Arni lacht. »Natürlich weiß ich es, Schwesterchen. Aber ich will Vater nicht vorgreifen. Du musst dich schon gedulden.«

Rana ist es gewohnt, dass die beiden sich über ihre verdammte Bronzescheibe ausschweigen, aber es ärgert sie. Liebend gern würde sie alles darüber erfahren.

Nicht nur im westlichen Land der Pritani, sondern auch im Süden und Osten war Utrik unterwegs. Zuerst eine Weile in der gewaltigen Bergkette, die zwanzig Tagesreisen im Süden liegt und selbst im Sommer den ganzen Himmelsrand mit schneebedeckten Gipfeln füllt. Dort wird das beste Kupfer geschürft. Dort hat er in den Stollen gearbeitet, die Männer tief in den Berg treiben. Das Gestein in den engen, stickigen Tunneln abzutragen, ist eine unglaublich mühselige Arbeit, wie er berichtet hat.

Auf einer dritten Reise, der bei Weitem abenteuerlichsten, ist Utrik dem großen Fluss gefolgt, den die Ruotinger Tonawa nennen und der sich nach vielen Wochen Fahrt – auf Flößen oder auf Einbäumen – in ein riesiges Salzmeer ergießt. Bei den Menschen, die an dieser Flussmündung leben, heißt er Istros. Die Sprache der Küstenbewohner ist jener der Ruotinger nicht unähnlich – zumindest in vielen Worten –, sodass Utrik sich einigermaßen verständlich machen konnte. Dort arbeitete er eine Weile bei einem Schmied.

Später hörte er von einem bedeutenden Reich auf der anderen Seite des Meeres, das sich Hatti nennt und in dem es angeblich wundersame Dinge zu sehen gibt. Ein Seefahrer nahm ihn mit. So kam er in ein Land mit weiten Ebenen, die im Sommer vor Hitze glühen, aber auch fruchtbaren Tälern und hohen Bergen, auf deren Spitzen Schnee liegt. Einmal wäre er bei der Überquerung eines Bergpasses beinahe erfroren.

In diesem schönen Land lebt ein mächtiges, kriegerisches Volk, das im Kampf Streitwagen einsetzt, die ganz denen ähneln, die auch die Edlen der Ruotinger besitzen. Nach den Überlieferungen der Ahnen wurden in den fernen Steppen ganze Schlachten mit solchen leichten zweirädrigen Wagen geschlagen. Auch sprechen die Menschen in Hatti, wenn man genau hinhört, ein wenig wie die an der Mündung des Istros. Jedenfalls gelang es Utrik, ihre Sprache zu erlernen. Wenn man beides zusammennimmt, Sprache und Streitwagen – ein wenig sogar ihr Äußeres –, muss man sich fragen, ob Ruotinger und Hatti nicht irgendwie Vettern sind, so seltsam einem der Gedanke erscheinen mag.

Als seine Tauschwaren aufgebraucht waren, half Utrik für eine Weile den Bauern bei der Feldarbeit. Später erreichte er eine große Stadt voller Bauten und Häuser aus Stein, Hattusa genannt, die Stadt des Herrschers. Dort lernte er einen weisen Mann kennen, der alles über Utriks ferne Heimat wissen wollte und ihn schließlich in sein Haus aufnahm. Bei ihm verbrachte er drei Winter, in denen er sehr viel lernte, eben auch, wie man Gold oder Silberverzierungen in Bronze einbettet. Unter anderem lernte er ein für ihn bisher unbekanntes Metall kennen. Nicht rötlich wie Kupfer oder goldfarben wie Bronze, sondern eher grau. Und doch auch kein Silber. Es ist im Gegenteil sehr hart, leider etwas spröde und daher nicht für Werkzeuge oder Waffen geeignet. Mit der Zeit setzt es eine rötlich braune Patina an. Die Leute von Hattusa benutzen es in ihren Tempeln für Türbeschläge und Verzierungen.

Das Erstaunlichste für Utrik aber war das Geheimnis der Tontafeln. Mit einem Griffel prägen die Kundigen seltsame Zeichen in feuchten Ton, bevor der gebrannt wird, Zeichen, deren Sinn anscheinend die meisten, die dort leben, verstehen. Auf diese Weise werden die Gesetze des Herrschers festgehalten. Auch Berichte über das Leben seiner Vorfahren und die Geschichte ihrer Schlachten und Eroberungen, nicht zuletzt ihr Wissen über die Sterne am Himmel, über den Rhythmus des Mondes und der

Sonne. Vom Lauf der Gestirne versuchte Utrik so viel zu verstehen wie nur möglich.

Erst nach sieben Wintern in der Ferne kehrte er heim, um viele Erfahrungen und Erkenntnisse reicher. Von allen Dingen schätzte er das magische Wissen über die Himmelskörper und darüber, was die Götter den Menschen auf Erden damit sagen wollen. Botschaften, die für alle gelten, auch wenn sie nicht jedermann verständlich sind. Nur Eingeweihte können sie wirklich entschlüsseln. Sie sind die Mittler zwischen den Göttern und den Menschen auf Erden. Ihr Wissen ist Macht.

Aber wer sollte Hüter einer solchen Macht sein? Im Land der Hatti waren es gelehrte Priester. Und bei den Ruotingern? Wem sollte er sein Wissen schenken? Bei wem wäre es zum Wohle aller am besten aufgehoben? Sicher nicht bei einem Schmied. Nein, solches Wissen gebührt denen, die die Geschicke des Volkes lenken. Allerdings kann Macht auch missbraucht werden. Vor allem die Helminger sind gut darin. Helma hat die Herrschaft über die Klans damals allein durch Gewalt errungen. Seitdem behaupten sie sich durch Unterdrückung, durch die Furcht, die sie vor ihren Grausamkeiten und vor ihrem Gott Hador verbreiten, der regelmäßig nach Menschenopfern verlangt. Selbst die Edlen des Landes wagen nicht, sich aufzulehnen. Und die Herren der Klans werden seit jeher mit Geschenken und Vorteilen an die Fürstenfamilie gebunden.

Nein, den Helmingern wollte Utrik auf keinen Fall sein neues Wissen zum Geschenk machen. Er beschloss, es vorerst für sich zu behalten. Die Helminger würden vielleicht nicht ewig herrschen. Doch die Verantwortung wog schwer auf seiner Seele, und mit den Jahren auch die Furcht, das Wissen um die Gestirne könnte mit seinem Tod verloren gehen. Als sein Sohn älter wurde, begann er, ihn einzuweihen. Aber auch das war ihm nicht genug. Es müsste einen Weg geben, sein Wissen für zukünftige Generationen zu sichern. Hätte er die Kunst der Tontafeln lernen sollen?

Aber was hätte das genutzt? Niemand unter den Ruotingern hätte diese Zeichen verstehen können.

Vor wenigen Wintern kam ihm die erlösende Idee. Er hatte Arni noch einmal die Bedeutung der sieben Jungfrauen, des Siebengestirns, erklären wollen und dazu mit einem Stock im Sand gezeichnet. Da traf ihn die Erleuchtung. Ein Bild müsste genügen, zumindest das Wichtigste festzuhalten und als Erinnerung zu dienen. Am besten auf einer Bronzescheibe, auf der es für alle Zeiten sichtbar bliebe. Ja, eine Scheibe aus Bronze sollte seine Tontafel sein. Und nicht nur irgendein Gekratze auf der Bronze, sondern etwas Schönes wollte er schaffen, etwas Beeindruckendes. Das Beste, zu dem er als Schmied fähig war. Nichts Geringeres schuldete er den Göttern.

Utrik tritt einen Schritt von der Werkbank zurück. »Wieder ein Stern fertig«, sagt er und reibt sich stöhnend den schmerzenden Rücken. »Ich denke, das reicht für heute.«

Mit dem Hemdzipfel wischt er sich den Schweiß vom Gesicht. Dann hebt er die Bronzescheibe gegen das Licht einer der Öllampen, um die Arbeit noch einmal von allen Seiten zu überprüfen. In der flackernden Flamme leuchtet und glänzt das Gold der eingelegten Himmelskörper. Utrik brummt zufrieden und legt die Scheibe zurück auf die Werkbank.

Rana fährt sanft mit dem Finger über Mond und Sterne. »Man spürt kaum den Übergang von einem Metall zum anderen.«

Utrik nickt. »So soll es sein.«

»Und wie viele Sterne werden es am Ende?«

»Zweiunddreißig.«

»Hat die Zahl eine Bedeutung?«

»Alles auf der Scheibe hat eine Bedeutung.«

»Und warum diese sieben hier auf einem Haufen?«

»Das sind die sieben Schwestern. Die sieben Jungfrauen, wie man sie auch nennt.«

Rana kennt die Legende von den sieben Schwestern, die in aller Ewigkeit dazu verdammt sind, vor dem großen Jäger zu fliehen. Im Frühjahr gelingt ihnen die Flucht, und sie verschwinden vom Himmelszelt. Doch nur, um im Herbst wiederaufzutauchen. Dann nimmt auch der Jäger wieder ihre Spur auf, und es beginnt von Neuem.

»Und warum sind gerade die Schwestern für dich so wichtig?«
»Frag mich nicht, Rana. Ich bin jetzt müde. Vielleicht ein andermal.«

Rana kennt das schon. Immer weicht er ihren Fragen aus. Nur Arni ist in die Geheimnisse der Scheibe eingeweiht. Aber auch der verrät nichts. Hartnäckig deutet sie auf die eingelegte kreisrunde Form in der Mitte der Scheibe. »Du sagst, das ist der Vollmond. Aber für mich ist es eher die Sonne. Eine Sonne würde mir besser gefallen. Erzähl uns von der Sonnengöttin im Lande Hatti.«

Seit Utrik zum ersten Mal von ihr erzählt hat, ist Rana von der Idee einer Sonnengöttin begeistert. Ist die Sonne nicht der Quell allen Lebens? Und steht der Mond nicht für das Wasser? Licht und Wasser, Sonne und Mond. Und natürlich Erde. Daraus entsteht alles, Mensch und Tier und Strauch und Baum. Ohne diese Elemente kann nichts leben. Welch ein wunderbarer Gegensatz zu diesem düsteren Hador, dem Hüter der Unterwelt und der Toten.

Rana erinnert sich, dass die Sonnengöttin Arinna die wichtigste Gottheit im Lande Hatti ist. Das hat Utrik ihnen erzählt. Besonders gefällt ihr, dass diese Sonnengottheit weiblich ist. So eine bräuchten wir hier bei uns, denkt sie, um sich mit Wuodan oder Thunar zu vermählen und Hador vom Thron zu stoßen.

»Welche Sonnengöttin?«, fragt Arni.
»Arinna. Erinnerst du dich nicht?«
»Kinder, es war ein langer Tag«, sagt Utrik, »ich bin müde.«

Er wickelt die Bronzescheibe in einen alten Leinensack, um sie mit ins Haus zu nehmen. Im Werkschuppen könnte man sie stehlen.

Auch Arni beendet seine Arbeit, fegt alles Gold sorgfältig in ein kleines Holzkästchen. Auch das wird er mitnehmen. »Noch drei Tage, Vater, dann hab ich alle Sterne beisammen, die du brauchst.«

»Und wann erklärt ihr mir endlich, was das Ganze soll?«, fragt Rana ärgerlich.

»Alles zu seiner Zeit«, erwidert Utrik.

»Und wann ist es Zeit?«

Utrik runzelt gereizt die Brauen. »Hör auf, uns mit Fragen zu löchern!«

Doch Rana lässt sich diesmal nicht so leicht abfertigen. »Warum macht ihr so ein Geheimnis aus der Sache? Warum erzählst du alles Arni, aber nicht mir? Warum darf ich nichts wissen, Vater? Weil ich eine Frau bin? Bin ich dein Vertrauen nicht wert? Glaubst du, ich tratsche alles gleich im Dorf herum?« Sie funkelt ihn an. »Mutter hat recht: Ihr Männer seid nicht zu ertragen.«

Wütend stolziert sie aus der Werkstatt.

Utrik schaut ihr verwundert nach und wirft seinem Sohn einen betroffenen Blick zu. »Was war das jetzt? Hab ich was Falsches gesagt?« Er schüttelt verwundert den Kopf.

Arni lächelt verlegen. »Rana ist kein Kind mehr, Vater. Sie ist eine erwachsene Frau. Ich denke, du kannst ihr vertrauen. Und das Gleiche gilt für Mutter.«

* * *

Aiko hat gerade die Tiere gefüttert, und nachdem die Männer vom Flussufer zurück sind, wo sie sich nach der Arbeit des Tages gewaschen haben, setzt sich die Familie zum Abendmahl nieder. Herdis und Ette haben den Tisch mit irdenen Tellern gedeckt, und zwar im Haus, denn es ist noch hell – die Tage sind länger geworden –, aber zu kühl, um draußen zu essen. Drinnen ist es angenehmer, und durch die offenen Gauben fällt genügend Licht, sodass Kienspäne sich fürs Erste erübrigen.

Rana stellt dem Hund das Fressen vor die Tür und wirft einen kurzen Blick auf das Dorf, das friedlich in der Abendsonne liegt. Rauchsäulen steigen von den Dächern auf. Der Anblick hat etwas Heimeliges. Überall sitzen die Familien jetzt beim Mahl. So wie jeden Abend um diese Stunde. Sie betritt das Haus und gesellt sich zu den anderen.

»Was gibt's denn heute?«, fragt Utrik und reibt sich erwartungsvoll die Hände. »Ich hab einen Mordshunger.«

»Das gefällt mir. Ein Mann, der Hunger hat«, erwidert Herdis und gibt ihm einen Kuss auf die Wange. »Dann weiß man wenigstens, wofür man arbeitet.« Sie füllt die Becher reihum mit frisch gebrautem Bier. »Es gibt Kohlsuppe.«

Utrik macht ein enttäuschtes Gesicht. »Schon wieder?«

»Du weißt doch, um diese Jahreszeit gibt's nichts Frisches. Außerdem müssen wir erst die Wintervorräte aufbrauchen.«

»Aber ich hab da am Nachmittag so was gehört«, sagt Utrik hoffnungsvoll. »Hörte sich an, als hättet ihr ein Huhn geschlachtet.«

»So, so. Ein Huhn geschlachtet. Bist du sicher?« Herdis tut überrascht. »Und was sagst du dazu, Ette? Hast du hinter meinem Rücken etwa ein Huhn geschlachtet?«

»Hab ich, Herrin. Sogar zwei.«

»Bei Wuodan! Sogar zwei!« Sie wirft ihrem Mann einen schalkhaften Blick zu. »Da scheinst du ja heute Glück zu haben.« Sie wendet sich an Ette. »Dann hol mal den Topf vom Feuer, bevor die Männer uns vor Hunger umfallen.«

Ette nimmt den großen Kessel von der Kette über dem Feuer und hebt ihn auf die Tafel. Mit einer kupfernen Schöpfkelle teilt sie die dickflüssige Suppe aus, die sicher schon den halben Nachmittag geköchelt hat und zur Hauptsache aus klein geschnittenem Kohl besteht, angedickt mit zerdrückten Bohnen. Darin schwimmen reichlich Hühnerfleisch und dicke Fettaugen.

Utrik schnalzt mit der Zunge. »Das riecht ja wunderbar!« Er nimmt seinen Becher zur Hand, verschüttet etwas Bier auf den

Boden und blickt zum Gebälk empor. »O ihr unsterblichen Götter! Wir danken euch für dieses, unser tägliches Mahl!« Er nimmt selbst einen großen Zug aus dem Becher, leckt sich die Lippen und greift nach dem Löffel. »Dann wollen wir mal. Lasst es euch schmecken.«

Fleisch kommt nicht jeden Tag auf den Tisch, obwohl Utrik eigentlich genug Vieh besitzt, um es sich leisten zu können. Es ist einfach die Gewohnheit, mit dem, was man hat, sparsam umzugehen. Vor allem, immer etwas für schlechte Zeiten aufzuheben. Natürlich auch, um mit anderen im Dorf zu tauschen. Ein Kupferbeil für die Hilfe bei der Ernte. Einen schönen Schinken gegen einen Sack Weizen, zwei Gänse bringen vielleicht ein Dutzend Ellen Leinen, ein großer Käse ein Paar Sandalen oder auch einen schönen neuen Krug aus gebranntem Ton. Manches wird unter Nachbarn gemeinschaftlich erledigt, etwa Brot backen und Bier brauen. Und natürlich hilft man einander aus, wenn Not am Mann ist.

Im Herbst wird geschlachtet und das Fleisch in Salz gelegt. Schweineschinken werden in den Rauchfang gehängt und jede Menge Vorräte eingelagert. Kohl, Rüben, Bohnen, Äpfel aus dem Garten und Nüsse aus dem Wald. Das Korn wird unter dem Scheunendach gelagert, damit die Mäuse nicht drankommen. Pilze werden sorgfältig getrocknet, und unter dem Gebälk des Hauses hängen geräucherte Speckseiten und ganze Bündel von Kräutern. In Utriks Haus mangelt es an nichts. Und doch hat es auch bei ihnen schon Zeiten des Hungers gegeben, wenn die Ernte ausgefallen oder das Vieh an einer Pest verreckt ist. Das Leben ist voller Unwägbarkeiten. Auf gute Zeiten folgen schlechte, und zwar meistens, wenn man es am wenigsten erwartet.

Niemand spricht, denn fürs Erste sind alle mit dem Essen beschäftigt. Man hört es schlürfen, schmatzen und kauen. Utrik scheint es besonders zu schmecken, denn ab und zu gibt er ein lobendes Brummen von sich. Zweimal verlangt er von Ette einen

Nachschlag. Schließlich löffelt er den Rest aus, rülpst und lehnt sich zufrieden zurück.

»Bei Wuodan, das war gut.«

Herdis merkt, dass ihre Tochter den Löffel eher lustlos zum Mund führt und schließlich weglegt. »Was ist los, Rana?«, fragt Herdis. »Du hast kaum was gegessen.«

»Bin nicht besonders hungrig heute.«

»Und warum machst du so ein Gesicht?«

Rana zuckt mit den Schultern. »Nichts, Mutter«, sagt sie, kann sich aber einen vorwurfsvollen Blick in Utriks Richtung nicht verkneifen.

Herdis entgeht dies nicht. »Habt ihr euch gestritten?«

Rana antwortet nicht, starrt nur auf ihren noch halb vollen Teller. Ja, sie ist immer noch verärgert. Der Sohn darf alles mit dem Vater teilen, nur sie nicht. Die Priesterwürde traut Utrik ihr zu, nicht aber die Geheimnisse seiner verdammten Scheibe. Ein peinliches Schweigen umgibt die Familie, während Herdis erstaunt die Brauen hebt und ihr Blick von einem zum anderen wandert.

Utrik starrt mit gerunzelter Stirn auf seine großen Hände, die vor ihm auf dem Tisch liegen, und selbst Arni meidet den Blick der Mutter. Er scheint darauf zu warten, dass Rana selbst sagt, was sie auf dem Herzen hat.

»Also doch. Ihr habt euch gestritten«, sagt Herdis.

Niemand sagt etwas. Bis Utrik sich schließlich räuspert und aufschaut. »Aiko und Ette«, sagt er. »Macht mal einen Spaziergang. Wir haben etwas zu besprechen.«

Die beiden blicken sich kurz an, erheben sich dann aber ohne ein Wort und verlassen das Haus, nachdem Ette sich noch schnell einen Wollschal gegen die Nachtkühle um die Schultern gelegt hat. Aiko ruft den Hund, und dann hört man an ihren Stimmen, dass sie sich entfernen.

Herdis wirft ihrem Mann einen beunruhigten Blick zu. »Was ist denn los, Utrik? Muss ich mir Sorgen machen?«

Er tätschelt ihre Hand. »Nein, Sorgen musst du dir nicht machen. Aber Rana ist nicht gut auf mich zu sprechen.«

»Und warum?«

»Weil ich ihrer Ansicht nach etwas versäumt habe. Und vielleicht hat sie ja recht. Arni jedenfalls ist der gleichen Meinung.«

»Etwas versäumt?«

»Ich rede von unserer Arbeit an der Bronzescheibe.«

Beim Wort »Bronzescheibe« ziehen sich Herdis' Brauen zusammen, und sie wirft ihrem Mann einen giftigen Blick zu. »Das Ding, für das wir die Hälfte unseres Viehs hergeben mussten?«

»Bei Wuodan, Herdis!«, erwidert Utrik ärgerlich. »Es war eine Gelegenheit, an gutes Gold zu kommen.«

»Ja. Und der Kerl, von dem du es hast, hat von einem Ohr zum anderen gegrinst, als er unser Vieh weggetrieben hat.«

»Können wir endlich aufhören, darüber zu streiten? Ich hab dieses Gold gebraucht, und mehr musst du nicht wissen.«

»Ach«, erwidert Herdis gedehnt. »Der Herr hat entschieden, und mehr muss ich nicht wissen.«

»Das ist genau, worum es geht, Mutter«, mischt Rana sich ein. »Vater behandelt uns beide wie unmündige Kinder.« Ihre Wangen haben sich rosa gefärbt. Offensichtlich ist ihr das Blut ins Gesicht gestiegen. Wütend starrt sie Utrik an. »Wir haben ein Anrecht zu erfahren, welche Bewandtnis es damit hat, wofür du unser Vieh weggegeben hast. Und wieso du so ein Geheimnis daraus machst.«

Nun meldet sich auch Arni zu Wort. »Du weißt, wie ich darüber denke, Vater.«

Utrik schürzt nachdenklich die Lippen. »Also gut«, sagt er schließlich mit einem ergebenen Seufzer. Er sieht zuerst Herdis an, dann Rana. »Wenn ihr es denn unbedingt wissen müsst, will ich es euch erklären. Aber ihr müsst mir versprechen, dass es unter uns bleibt.«

»Natürlich«, sagt Herdis.

»Rana?«

»Ja, Vater. Versprochen.«

»Also ... Die Scheibe, wenn sie fertig ist, enthält himmlisches Wissen, das von den unsterblichen Göttern zu uns gekommen ist. Sie lenken die Gestirne am Himmel und senden uns Menschen durch sie gewisse Botschaften und Erkenntnisse, deren Bedeutung ich im Land der Hatti gelernt habe.«

»Die glauben dort an unsere Götter?«, fragt Herdis.

»Nun, sie haben ihre eigenen Götter. Aber die sind auch nicht so anders. Ich bin inzwischen der Meinung, dass alle Götter, wo auch immer, etwas gemeinsam haben, einen gemeinsamen Geist teilen. Na ja, vielleicht ist es das nicht. Aber so ähnlich. Die Gestirne sind jedenfalls die gleichen, ob bei den Hatti oder bei uns, und sie sprechen die gleiche Sprache. Man muss diese Sprache nur verstehen.«

»Was für Botschaften?«, fragt Herdis misstrauisch.

»Botschaften, die uns helfen, den Rhythmus des Mondes und die Abfolge der Jahreszeiten besser zu verstehen, vor allem die Tage im Jahr genauer zu bestimmen.«

»Und wozu brauchen wir das?«, fragt Rana.

»Wie ihr wisst, beginnt für uns das Jahr, wenn die Nächte am längsten sind. Das ist die Wintersonnenwende. Deshalb zählen wir auch die Zeit, die ein Mensch lebt, in Wintern. Das Ende des alten und der Beginn des neuen Jahres feiern wir mit einem großen Fest, denn wir wissen, es ist zwar noch Winter, aber von diesem Zeitpunkt an beginnen die Tage, länger zu werden. Die Sonne bringt uns die Hoffnung auf den kommenden Frühling. Und ganz ähnlich feiern wir sechs Monde später die Sommersonnenwende als Beginn des Sommers, als Zeit der Kornernte und des Überflusses. Das sind die beiden Tage im Jahr, die wir einigermaßen genau bestimmen können. Das heißt, wenn der Himmel nicht gerade bedeckt ist.« Er sieht seine Tochter an. »Und wodurch können wir das, Rana?«

»Wir sehen es an der Länge des Sonnenschattens zur Mittagszeit. Aber das weiß doch jeder, Vater.«

»So ist es. Aber auch am großen Wuodanring, den die Helminger jetzt Hadorring nennen. Am Tag der Sonnenwende steht die untergehende Sonne genau in den entsprechenden Lücken des Palisadenrunds. Du hast recht: Das weiß jeder, denn schon unsere Vorfahren haben vor langer Zeit entdeckt, dass sich Anfang und Mitte des Jahres ziemlich genau am Stand der Sonne ablesen lassen. Je höher die Sonne zur Mittagszeit steht, umso später geht sie abends unter, umso länger der Tag. Die Festtage der Sonnenwenden lassen sich also recht gut bestimmen, alle anderen Tage des Jahres aber nicht. Es sei denn, man zählt sie einzeln ab.«

»Aber wer braucht denn mehr?«, fragt Herdis. »Die Bauern wissen doch, wann sie säen müssen und wann das Korn reif ist. Wir sehen doch mit eigenen Augen, wenn die Bäume grün werden, wenn der Weizen zu sprießen beginnt.«

»Ja, wir wissen es, aber nur so ungefähr«, sagt Utrik. »Oder kannst du etwa einen bestimmten Tag im Jahr genau bestimmen? Manchmal ist es schon früh im Jahr warm, wie vor ein paar Tagen, dann aber wird es wieder kalt und die Knospen erfrieren. Und manchmal verspätet sich der Frühling. Vor ein paar Wintern hat uns Wuodan arg an der Nase herumgeführt, als der Winter gar nicht aufhören wollte. Auf die Natur kann man sich also nicht verlassen, um die Tage zu bestimmen.«

»Wir haben den Mond«, wirft Rana ein.

»Und was für eine Verwirrung der stiftet!«, erwidert Utrik. »Wir zählen zwölf Monde für ein Jahr. Aber in Wirklichkeit sind zwölf Monde weniger lang als ein Sonnenjahr. Und damit verschiebt sich alles jedes Jahr um einige Tage mehr. Wenn man sagt, wir versammeln uns in der Mitte des siebten Mondes, dann ist der für den anderen vielleicht erst der sechste. Da gibt es keine klare Regel. Am Ende weiß man gar nicht, wo man dran ist. Im Grunde ist der Mond nur für die jeweils nächsten Tage nützlich. Wenn man sich für den nächsten Vollmond verabredet oder fünf Tage danach. Und das auch nur, wenn man ihn sehen kann. Was ist, wenn der Himmel tagelang von Wolken überzogen ist?«

»Was hat das alles mit deiner Scheibe zu tun?«

»Ah, endlich kommen wir zur Scheibe. Du hast heute Nachmittag nach den sieben Sternen gefragt. Ihr kennt die Legende der sieben Schwestern. Die Götter haben sie für uns am Nachthimmel verewigt. Und jetzt kommt der Mond ins Spiel. Zusammen mit den Schwestern verrät er uns viel.«

»Deshalb die Sichel und der Vollmond auf der Scheibe?«

»Ganz recht. Denn mit ihnen können wir das Mondjahr und das Sonnenjahr wieder in Einklang bringen. Damit sich das Durcheinander klärt und wir eine verlässliche Zeitrechnung haben.«

»Und warum machst du aus alldem so ein Geheimnis?«

»Weil einer wie Orkon alles dafür geben würde, meine Bronzescheibe in die Hände zu kriegen. Das Wissen der Götter würde seine Macht nur noch weiter stärken. Und das gönne ich keinem dieser Helminger Fürsten. Im Grunde hoffe ich auf bessere Zeiten, auf einen besseren Herrscher. Den kriegen wir vielleicht erst, wenn ich schon lange tot bin. Aber die Scheibe wird mein Wissen bewahren.«

Einen Augenblick lang herrscht Schweigen. Dann sagt Herdis: »Gut, aber wozu das teure Gold? Hättest du dein Wissen nicht anders bewahren können?«

»Weil ich etwas erschaffen will, das Bestand hat, Herdis. Etwas, das auch noch für unsere Enkel und Urenkel von Nutzen ist. Es muss etwas Wertvolles sein, damit sie es ehren, so wie sie auch die Vorfahren und die Götter ehren, von denen es stammt. Du bewahrst doch auch wertvolle Gegenstände in deinem Heiligtum auf. Das heilige Messer, mit dem du das Opferlamm tötest, die silberne Schale, in der du das Blut auffängst, den dreibeinigen goldverzierten Stuhl der Seherin. Überhaupt deine ganzen Geräte und irdenen Schalen und Krüge.«

Herdis nickt. »Ich verstehe, was du meinst. Aber du hättest mich schon früher aufklären sollen.«

»Und wie bringst du Mond- und Sonnenjahr in Einklang?«, fragt Rana. »Das ist doch das Wichtigste. Das hätte ich jetzt gern gewusst.«

Utrik lächelt. »Immer die Neugierige in der Familie, unsere Rana.« Plötzlich lauscht er. »Ich höre Stimmen im Hof. Ich glaube, Aiko und Ette sind zurück. Die sollen nichts davon erfahren. Besser, wir reden jetzt nicht mehr davon. Ich erkläre es euch ein andermal. Das ist versprochen!«

* * *

Am Nachmittag hilft Rana ihrer Mutter, die heiligen Geräte zu putzen und auf Hochglanz zu polieren. Das Opfermesser hat einen Griff aus Hirschhorn und eine lange gebogene Klinge aus Bronze. Während des Winters hat sich ein wenig Belag darauf angesetzt, den sie mit feinem Flusssand wegpoliert, bis das Messer wieder golden glänzt. Dann bearbeitet sie die Klinge auf dem Schleifstein, bis sie so scharf ist, dass sie damit die feinen Härchen auf dem Unterarm wegrasieren kann. Auch die schöne Silberschale, in der das Blut des Opferlamms aufgefangen wird, ist dunkel angelaufen. Die wird sie sich als Nächstes vornehmen.

Herdis holt derweil ihre Priestergewänder aus der Truhe. Sie besitzt drei lange Roben aus gebleichtem, fast weißem Leinen. Eine so helle Farbe erreicht man nur, wenn man den Stoff wochenlang auf der Wiese ausgebreitet in die Sonne legt und immer wieder anfeuchtet. Am Saum und an den langen Ärmeln sind die Gewänder bestickt. Eines mit Blütenmustern, die anderen mit den der Destarte heiligen Symbolen. Die dazu verwendeten Wollfäden sind mit Ocker, Rötel oder dem zermahlenen Staub von Braunstein und anderen Kristallen gefärbt. Rund um den Halsausschnitt sind bunte, glatt geschliffene Kristalle eingenäht.

Herdis ist stolz auf diese prächtigen Roben, die sie nur zu feierlichen Handlungen anlegt. Sorgfältig schaut sie nach, ob während des Winters trotz der Kräuter, die sie gegen Ungeziefer in die Truhe gelegt hat, vielleicht doch irgendwo Motten am Werk gewesen sind. Alle drei sind jedoch unbeschädigt. Die letzte Robe, die sie aus der Truhe genommen hat, hält sie sich probeweise gegen den Leib.

»Das passt mir nicht mehr«, sagt sie. »Ich bin zu dick geworden.«

Rana blickt von ihrer Arbeit auf. »Ach was, Mutter. Du bist nicht dick. Außerdem, eine Priesterin der Destarte darf doch nicht dünn wie ein Schilfrohr sein.«

Herdis lächelt. »Auch wieder wahr.«

Sie beide wissen, dass eine Priesterin, die wie ein Sack dürrer Knochen daherkommt, für Destarte, die Göttin der sinnlichen Liebe und Fruchtbarkeit, doch ziemlich unpassend ist. Weibliche Formen gereichen der Göttin eher zur Ehre. Und davon hat Mutter zum Glück genug. Vielleicht sogar etwas mehr als genug. Aber den Männern gefällt das. Auch ihrem Vater, denn nach den nicht seltenen nächtlichen Geräuschen zu urteilen, bestellt er das Feld der Ehe trotz seines Alters häufig genug. Ranas Eltern streiten sich ab und zu, aber das scheint der Freude aneinander keinen Abbruch zu tun. Ob sie selbst wohl auch wird wie ihre Mutter? Rana ist schlank, aber nicht mager. Und an den wichtigen Rundungen mangelt es ihr nicht.

»Wie auch immer«, Herdis mustert das Gewand mit kritischem Blick, »in das Ding pass ich jedenfalls nicht mehr rein. Aber dir müsste es stehen. Probier es mal an.«

Es geht ihr nicht um das Gewand, sagt sich Rana. Sie will mich nur mal wieder daran erinnern, dass es Zeit ist, mich zu entscheiden. Ob ich nun Priesterin werden will oder nicht. Und recht hat sie. Dabei ist es ungewöhnlich, dass sie dies auf so vorsichtige Weise tut. Hat Vater ihr gesagt, mich nicht weiter unter Druck zu setzen?

»Gleich, Mutter. Meine Hände sind schmutzig. Lass mich hiermit erst fertig werden.«

»Gut. Ich leg's dir hin.« Herdis faltet das Gewand zusammen und legt es auf einen der Hocker nahe der Feuerstelle. Dann ruft sie Ette und trägt ihr auf, die beiden anderen draußen zum Lüften zu hängen. »Aber nicht in die Sonne, sonst bleichen die Farben aus.«

Sie steigt auf einen Hocker, um einige Kräuterbündel herunterzunehmen, die an den Pfosten hängen. Auf dem großen weiß gescheuerten Arbeitstisch nahe der Feuerstelle bricht sie Zweiglein ab, zerreibt die getrockneten Blätter und stellt nach ihrem geheimen Rezept die verschiedenen Kräuterarten für einen Trunk zusammen. Heute sind es Taubenkraut, Frauenmantel und Rosmarin, eine Mischung, die Frauen fruchtbar macht. Dazu kommt etwas Hasenkot, um die Standfestigkeit des Mannes zu stärken.

Über dem Feuer hängt ein Kessel mit Wasser. Herdis hat gelernt, dass sich die Zaubertränke mit abgekochtem Wasser länger halten. Sie wird sie später in die schönen, verzierten Krüge füllen, die sie zu diesem Zweck oben im Heiligtum aufbewahrt. Erst nachdem sie von der Göttin geweiht und gesegnet sind, entfalten die Tränke ihre magische Wirkung.

In diesem Augenblick machen sich ferne Hufschläge bemerkbar, ganz offensichtlich von mehreren Pferden, die sich rasch nähern und zur Überraschung der Frauen in den Hof einbiegen. Wagenräder knirschen, und man hört Männer, die ihre Reittiere zügeln. Ioni, der Hofhund, bellt aufgeregt und macht die Gäule unruhig. Dann eine herrische Stimme, die nach Utrik ruft. Rana erschrickt, denn die Stimme kommt ihr seltsam bekannt vor. Sie hört, wie Utrik der Magd Ette, die sich draußen aufhält, zuruft, den Hund an die Kette zu legen.

»Bleib sitzen, Rana. Ich sehe nach, wer das ist.«

Herdis wischt sich die Hände an der Schürze ab, geht zur halb offenen Tür und späht hinaus. Draußen bietet sich ihr ein ungewöhnlicher Anblick, denn auf dem Hof befindet sich neben mehreren Reiterkriegern einer dieser leichten zweirädrigen Streitwagen, mit denen die Edlen des Landes seit jeher in die Schlacht ziehen. Natürlich nur in entsprechendem Gelände, denn im Wald und in den Bergen sind sie für den Kampf ungeeignet. Auch bei feierlichen Umzügen dürfen sie nicht fehlen. Das Gefährt, das da im Hof steht, muss einer bedeutenden Persönlichkeit gehören, denn es ist reich verziert und wunderbar gearbeitet.

Als Herdis den Mann sieht, der da draußen breitbeinig auf dem Wagen steht und die Zügel hält, fliegt ihre Hand erschrocken zum Mund, denn von ihren Besuchen auf der Kuffaburg hat sie ihn erkannt.

Auch Rana ist inzwischen klar geworden, wer der unangekündigte Besucher ist. Erst vor Tagen hat sie diese Stimme vernommen, und sie wird sie so schnell wohl nicht mehr vergessen. Arrak, Orkons Bastardsohn, ist das und kein anderer! Bei dem Gedanken steigt ihr das Blut ins Gesicht. Sie springt auf und wischt sich die vom Silber schmutzigen Finger an einem Lappen ab. Dann eilt sie an die Seite ihrer Mutter und beobachtet, wie Utrik die Ankömmlinge begrüßt.

»Bleib lieber im Haus«, raunt Herdis ihr zu. »Zeig dich auf keinen Fall! Das ist doch kein Zufall, dass der Kerl hier auftaucht. Der hat was vor. Versteck dich besser im Stall.«

Ist der meinetwegen hier? Ranas Herz schlägt ihr bis zum Hals. Arrak steht mit dem Rücken zu ihnen, und doch genügt der Anblick seiner hohen Gestalt und breiten Schultern, um ihr Angst einzuflößen. Wie schon vor Tagen ist er in hartes Leder gekleidet, genauso wie die Handvoll Reiter, die ihn begleiten. An seinem Gürtel hängt eine Kriegsaxt, und am Wagen sind Bogen und Pfeilköcher griffbereit. Er selbst steht aufrecht mit einer Hand am Gürtel und blickt auf Utrik hinab. Was bei allen Göttern will der Kerl?

Herdis macht Ette Platz, die von draußen hereinkommt. Die Magd huscht durch den Türspalt ins Haus. Sie ist ebenfalls über die Ankunft der Krieger erschrocken. »Wer ist das?«, flüstert sie. »Das halbe Dorf ist in Aufruhr. Die Leute starren. Was wollen die hier?«

»Der auf dem Wagen ist der Sohn des Fürsten«, murmelt Rana.

Herdis fasst Ette beim Arm. »Hast du Arni und Aiko gesehen?«

»Die sind auf dem Feld, Herrin, beim Säen.«

»Besser, ihr beide geht und versteckt euch«, raunt Herdis ihnen zu.

»Warum?«, fragt Rana.

»Muss ich dir das erklären? Der ist wegen dir hier.«

Rana starrt ihre Mutter an. Wahrscheinlich hat sie recht. Was sollte er sonst hier zu suchen haben? Mit einem Mal erinnert sie sich an den kalten Blick, mit dem er ihren nackten Leib abgetastet hat. Vor ein paar Tagen an der Gerra. Der Gedanke jagt ihr Gänsehaut ein. Dann packt sie die Wut. Sie huscht zu dem Stuhl, wo sie die heiligen Geräte gereinigt hat, und greift nach dem Opfermesser.

»Lieber schneid ich mir die Kehle durch, als mit dem zu gehen.«

»Bist du verrückt?«, zischt Herdis. »Leg das Messer weg!«

»Sie reden jetzt«, flüstert Ette.

Rana eilt zum Gaubenfenster, von wo aus man besser hören kann, und stellt sich daneben.

»Es heißt, du bist für deine Kunst berühmt«, hört sie Arrak sagen. »Jedenfalls wurdest du mir empfohlen.« Obwohl es ein Lob ist, klingen die Worte aus Arraks Mund hochmütig, als ob es ihn langweile, sich hier mit so niederem Volk wie einem Schmied abzugeben.

»Darf ich fragen, von wem, Herr?« Utrik hört sich an wie jemand, der den Männern auf seinem Hof misstraut, aber keinen Anstoß erregen möchte.

»Von Drengi, deinem Herrn. Er sagt, er lässt Waffen bei dir schmieden.«

»Ja, die eine oder andere Streitaxt wird es wohl gewesen sein.«

»Sei nicht so bescheiden, alter Mann. Drengi sagt, ganze Hundertschaften hast du ausgerüstet. Und diesen Dolch hier ...«, er zieht ein Messer aus einer Scheide am Gürtel, »den hab ich von einem Händler, der behauptet, du hättest ihn geschmiedet. Jedenfalls ein gutes Stück.«

»Du ehrst mich, Herr!«

»Meine Männer sagen, dein Weib ist Herdis, die Priesterin.«

»So ist es.«

»Die ist noch berühmter als du.«

»Nun, das ist nicht verwunderlich. Viele besuchen Destarte, oben auf dem Hügel.«

Rana ärgert sich über die fast unterwürfige Haltung ihres Vaters. Mit der Hand um den Griff des Opfermessers nähert sie sich dem Fenster und blickt vorsichtig hinaus. Da ist Arrak auf dem Streitwagen, diesmal aus einem anderen Winkel zu sehen, vor ihm ihr Vater in leicht gebeugter Haltung und dann noch eine Handvoll Reiterkrieger auf ihren Gäulen.

Einer befindet sich direkt vor ihr, sodass sie sich eilig wieder zurückzieht, um nicht gesehen zu werden. Doch kurz darauf riskiert sie einen zweiten Blick, denn der Mann sieht nicht wie einer der Lohnkrieger aus. Sein blondes Haar ist lang und leicht gewellt. Er ist etwa in Arnis Alter, gut aussehend und reich gekleidet. Kräftige Arme lassen vermuten, dass er im Umgang mit Waffen geübt ist, obwohl er keinen Lederpanzer trägt, sondern ein wattiertes Wams aus bestem Material. Auch Sattel und Zaumzeug zeugen von einem der Edlen des Landes.

Als hätte der Mann gespürt, dass sie ihn beobachtet, wendet er sich ihr plötzlich zu. Seine Augen weiten sich, als er sie sieht. Rana ist für einen kurzen Moment viel zu überrascht, um den Kopf wegzuziehen. Aber statt Arrak zu rufen, legt der junge Mann den Zeigefinger auf die Lippen und grinst ihr zu. Er hat ein offenes Gesicht und freundliche Augen. Schnell zieht Rana den Kopf zurück. Sie hört sein Pferd unruhig mit den Hufen stampfen und dann seine leise Stimme, mit der er das Tier beruhigt. Wer mag das sein?, fragt sie sich. Arraks Freund? Jedenfalls kein Krieger.

Dann hört sie wieder Arrak, der Vater antwortet: »Viele Besucher, sagst du? Viel zu viele für meinen Geschmack. In manchen Nächten sollen dort Orgien stattfinden. Weiber, die sich besamen lassen.«

»Davon weiß ich nichts, Herr.«

Arrak lacht. »Du musst es doch wissen. Die Priesterin ist schließlich dein Weib.«

Utrik zieht es vor, nicht darauf zu antworten, sondern sagt: »Bald steht das große Frühlingsfest an. Vielleicht beehrst du es mit deiner Gegenwart.«

»Ich denke nicht. Für eure Destarte hab ich wenig übrig. Aber Schluss mit dem Geschwätz. Deshalb bin ich nicht hier.«

»Womit kann ich dienen, Herr?«

»Du eher nicht, aber deine Tochter.«

»Ich verstehe nicht.«

»Wie heißt sie noch?«

»Sie heißt Rana, Herr.«

»Rana also. Sie ist ein hübsches Ding. Ich will sie zu meiner Gespielin machen.«

»Wie bitte?« Utrik ist sprachlos.

»Es soll dein Schaden nicht sein, Schmied. Und ihrer auch nicht. Ich werde sie gut behandeln.«

Arraks Worte dringen wie kalter Stahl in Ranas Herz. Sie machen ihr Angst und wecken doch zugleich den Zorn in ihr. Das Blut schießt ihr erneut ins Gesicht. Was erfrecht sich dieser Hund?

»Meine Tochter?«, hört sie Utrik sagen. »Dazu hast du nicht das Recht!«

»Nicht das Recht?« Arraks Stimme klingt plötzlich kalt und scharf. »Ich bin Orkons Sohn, alter Mann, und irgendwann werde ich dein Fürst sein. Ich kann mir nehmen, was ich will und wen ich will!«

»Aber nicht meine Tochter!«, ruft Utrik entrüstet. »Habt ihr nicht genug Sklavinnen auf eurer Burg? Vergnüg dich mit einer von denen!«

Das hätte er nicht sagen dürfen, denn nun hat er Arraks Zorn geweckt. »Was fällt dir ein? Wie redest du mit mir? He, Männer, packt den Alten, und zeigt ihm, was sich gehört! Bringt ihm ein bisschen Respekt bei.«

Erschrocken späht Rana aus dem Fenster und muss zusehen, wie zwei Krieger von den Pferden springen und ihren Vater ergreifen. Es entsteht ein kurzes Gerangel. Utrik ist nicht gerade klein, aber nicht mehr jung, und diesen kräftigen Kerlen kann er nichts entgegensetzen. Sie zwingen ihn zu Boden und sein Gesicht in den Staub. Utrik windet sich, aber es hilft ihm nicht. Einer hält ihn fest, der andere schlägt auf ihn ein. Und dann tritt er ihm in die Rippen, einmal, zweimal, dreimal, bis Utrik sich stöhnend krümmt.

In Rana steigt eine unbändige Wut auf, stärker als jede Vernunft. Sie packt ihr Messer fester und läuft zur Tür. Bevor Herdis es verhindern kann, ist sie hindurchgeschlüpft und rennt auf den Wagen zu. Die beiden angeschirrten Gäule scheuen bei ihrem plötzlichen Auftauchen.

»Lasst sofort meinen Vater los!«, schreit sie aufgebracht.

Hinter ihr fängt der Hund wieder zu bellen an und wirft sich wütend gegen die Kette. Arrak hat alle Hände voll zu tun, die Pferde zu beruhigen.

»Da ist ja unser Täubchen«, sagt er, nachdem ihm das gelungen ist, und lacht. Seinen beiden Kriegern ruft er zu: »Lasst den Alten los, und schnappt euch das Mädchen!«

»Keinen Schritt näher«, brüllt Rana und hebt mit drohender Geste das Messer an ihren Hals. »Ich schneide mir sonst die Kehle durch!«

Die Männer bleiben verdutzt drei Schritte vor ihr stehen und blicken verunsichert zu Arrak hinüber.

»Bei Hador!«, murmelt der. Das hat er nicht erwartet.

»Rana!«, ruft Utrik erschrocken und müht sich auf die Beine. Er hat Dreck im Gesicht und eine Platzwunde am Kopf, Blut läuft ihm aus den Haaren. »Was tust du denn da? Steck sofort das Messer weg!«

Rana achtet nicht auf ihn. Rot vor Wut und zu allem entschlossen funkelt sie Arrak an. »Mich kriegst du nicht, du Sohn einer Hündin! Glaubst du, du kannst mich zu deiner Hure machen? Eher schneid ich mir auf der Stelle die Kehle durch.«

Ioni hinter ihr spürt, dass diese Männer eine Gefahr sind. Er hört nicht auf zu bellen, zerrt wütend an der Kette und will sich nicht beruhigen.

Einen Augenblick lang glotzt Arrak, ohne sich zu rühren. Dann lacht er aus vollem Hals. »Hast du das gesehen, Brunn?« Er dreht sich zu dem Genannten um, der ein paar Schritte hinter ihm auf seinem Pferd sitzt. »Bei Hador, das Weib hat Feuer im Hintern!«

In Brunn erkennt Rana den Kerl mit der Zahnlücke, der sie im Wald als Erster vergewaltigen wollte. Das macht sie nur noch wütender. »Lach nur! Ich meine es ernst!«, schreit sie.

Undeutlich nimmt sie im Hintergrund ihren Vater wahr, der sie beschwörend ansieht und die Hände ringt. Doch sofort ist ihre Aufmerksamkeit wieder auf die beiden Krieger vor ihr gerichtet, die erneut Anstalten machen, sich ihr zu nähern.

Mit der Klinge dicht an der Kehle macht sie einen drohenden Schritt auf sie zu. Dabei sind ihre Augen weit aufgerissen und ihre Miene so zornig und entschlossen, dass die beiden erschrocken zurückweichen. Sie muss sich in ihrer Hast ungewollt geschnitten haben, denn sie spürt, wie ihr warmes Blut am Hals herunterläuft.

Arrak sieht das und wirkt erschrocken. »He, nicht so schnell, mein Täubchen! Beruhige dich. Was regst du dich so auf? Du wirst gut behandelt werden, das verspreche ich.« Er wendet sich den beiden Kriegern zu: »Seid vorsichtig mit ihr. Aber nehmt ihr endlich das verdammte Messer weg!«

Rana starrt die beiden Kerle an. »Na los, ihr Holzköpfe!«, schreit sie. »Wollt ihr es drauf ankommen lassen? Was, wenn ich es tue? Dann seid ihr geliefert. Euer feiner Herr da wird euch an den nächsten Baum hängen. Also los, versucht es!«

Einer leckt sich unsicher die Lippen und blickt erneut zu Arrak hinüber. »Die bringt's fertig und tut es wirklich«, sagt er. »Was sollen wir tun?«

In diesem Augenblick tritt Herdis auf den Plan. Sie hat lange gezögert, schon allein, um die Lage nicht noch verworrener zu machen oder gar Rana abzulenken. Denn dann könnten sich die Männer auf sie stürzen und sie in einem Gerangel um das Messer verletzen. Aber nun will sie nicht länger warten. Sie atmet tief durch und tritt in den Hof. Zuerst beruhigt sie den Hund. Dann stellt sie sich kühl und entschlossen an die Seite ihrer Tochter.

»Arrak, Orkons Sohn!«, donnert sie in einer Stimme, die es gewohnt ist, zu großen Menschenmengen zu sprechen. »Was belästigst du uns? Weißt du nicht, wer ich bin und wessen Haus du mit deiner Gegenwart besudelst?«

»Schwester Herdis!« In Arraks Stimme kling beißender Spott. »Natürlich weiß ich, wer du bist. Das hindert mich aber nicht, dein Töchterchen mitzunehmen, wenn mir das Herz danach ist.«

»Dein Herz? Du meinst das kalte schwarze Ding in deiner Brust, das zu nichts als Bosheit fähig ist?«

»Zügele deine Zunge, Weib!«, knurrt Arrak ärgerlich.

»So schwarz dein Herz auch ist, du wirst nicht wagen, die Götter zu beleidigen. Es gibt kaum einen schlimmeren Frevel, als eine geweihte Priesterin gegen ihren Willen zu rauben.«

Arrak grinst. »Wir reden doch nicht von dir, Herdis. Du bist mir ehrlich gesagt ein wenig zu alt. Mir ist nach deiner Tochter, nicht nach dir.«

Herdis legt den Arm um Rana, die immer noch das Opfermesser an der Kehle liegen hat. »Meine Tochter, die hier vor dir steht, ist geweihte Priesterin der Destarte. Wer sie gegen ihren Willen auch nur berührt, dem ist der Fluch der Rachegöttinnen sicher. Der findet selbst im Grab keinen Frieden und muss ewig als Untoter in der Welt herumirren. Du weißt das. Alle wissen das. Also geh, und lass uns in Frieden!«

Arrak ist plötzlich unsicher geworden. »Sie ist geweiht?« Er dreht sich zu Brunn um. »Das hast du mir nicht gesagt.«

»Wann ist sie denn geweiht worden?«, fragt Brunn.

»Lange, bevor du Bastard mich im Wald schänden wolltest«, mischt Rana sich ein. »Dein Schicksal ist bereits besiegelt, du geiles Schwein. Deinen Kameraden hat Destarte auf der Stelle bestraft, und auch du wirst elendig verrecken, das prophezeie ich dir. Dein mickriger Schwanz wird verfaulen, und deine Seele wird für alle Zeit von den Göttern gehetzt werden.«

Brunn versucht, ein unbekümmertes Grinsen aufzusetzen, dabei ist er bleich geworden. Eine Gottheit wie Destarte zu beleidigen ist eine schwere Sünde.

Jetzt meldet sich ein anderer zu Wort. Es ist der junge Edle, der Rana schon zuvor aufgefallen ist.

»Lass uns gehen, Arrak«, sagt er. »Du kannst dich nicht an einer Priesterin vergreifen. Auch dein Vater wird das nicht zulassen.«

Arrak wirft ihm einen bösen Blick zu. »Halt dich da raus, Hakun. Sonst kannst du Tura vergessen.«

Aber dieser Hakun lässt sich nicht beeindrucken. »Denk nach, Arrak, dies hier ist Drengis Land. Das Heiligtum der Destarte ist ihm wichtig. Diese Leute gehören zu seinem Klan, vergiss das nicht. Ich würde es mir gut überlegen, bevor ich Drengis Zorn herausfordere. Lass das Mädchen in Ruhe. Du weißt, wie beliebt Destarte beim Volk ist. Wenn es sich herumspricht, dass du ihre Priesterin geraubt hast, wer weiß, was dann passiert.«

Mit finsterer Miene sieht Arrak sich kurz um. Dabei bemerkt er ein Dutzend Dörfler, die alles aus respektvoller Entfernung genau beobachten. Die Fäuste auf den Rand des Streitwagens gestützt starrt er die beiden aufmüpfigen Frauen an, die vor ihm stehen. Rana immer noch mit dem langen Messer in der Faust, Herdis mit vor der Brust verschränkten Armen.

»Hör auf deinen Freund«, sagt Herdis. »Sein Rat ist vernünftig.«

Doch es fällt ihm offensichtlich schwer, klein beizugeben. Vor allem vor den eigenen Männern. Die Knöchel seiner Fäuste treten weiß hervor, und alle seine Muskeln sind angespannt, als würde er einen inneren Kampf ausfechten. Er, Arrak, Orkons Sohn, soll vor diesen beiden Weibern den Rückzug antreten?

Einen Augenblick lang herrscht angespannte Stille.

»Also gut«, knurrt er wütend. Er reckt sich zu voller Größe und wendet sich an Utrik. »Ich lass dir deine Tochter, Alter. Aber dafür, dass ich großmütig verzichte, wirst du mir etwas geben müssen.« Auf Utriks bleicher Stirn klebt Blut. Er sagt nichts, sieht Arrak nur ruhig an. »Ich will, dass du mir zwei goldene Haarlocken anfertigst. Solche, wie auch mein Vater sie besitzt. Und spar nicht am Gold. Sie sollen schon von Weitem sichtbar sein, wenn ich sie trage.«

Es ist eine Gewohnheit edler Männer, spiralförmige Haarlocken aus glänzendem Metall an den Schläfen zu tragen, damit jeder sieht, mit wem er es zu tun hat. Edle und Anführer von Hundertschaften beschränken sich dabei auf Bronze, weil Gold nur den Klanherren erlaubt ist. Und natürlich dem Fürsten.

Utrik nickt. »Das will ich gern tun. Wann bringst du mir das Gold dazu?«

Arrak lacht gehässig. »Das Gold musst du schon selbst beisteuern. Wie du daran kommst, ist deine Sache. Schließlich lasse ich dir deine Tochter. Oder ist sie dir das nicht wert? Beim nächsten Vollmond hol ich mir die Locken ab. Und wehe, du hast am Gold gespart.«

Er klatscht die Zügel auf die Rücken der Pferde, schnalzt mit der Zunge und zwingt die Gäule in eine enge Wende auf dem

Hof. Herdis und Rana müssen zur Seite springen, um nicht niedergetrampelt zu werden. Ohne Gruß und ohne sich weiter umzusehen, fährt Arrak davon. Seine Männer folgen ihm. Zuletzt dieser Hakun, der sich im Sattel noch einmal umdreht und ihnen mit einem Augenzwinkern zuwinkt, bevor auch er den anderen folgt.

Rana betrachtet das Messer in ihrer Hand, und nun, da es vorbei ist, beginnt sie am ganzen Leib zu zittern. Herdis hält sie fest umschlungen, bis das Zittern sich beruhigt.

Mit Tränen in den Augen tritt Utrik zu seinen beiden Frauen und legt die Arme um sie. »Destarte sei Dank!«, murmelt er. »Vor allem dir, Herdis, für deine Geistesgegenwart. Und du, Rana, wie kannst du nur so unbeherrscht sein? Tu so etwas nie wieder. Es sei denn, du willst einen alten Mann umbringen vor Schreck.«

* * *

Gleich nach Arraks Abgang drängelt sich das halbe Dorf auf Utriks Hof. Während Herdis ihn zur Bank am Haus führt, um sich seine Wunde anzuschauen, bestürmt man ihn mit Fragen. Was hatten die Krieger bei ihm zu suchen? Was genau ist vorgefallen? Allen ist klar, dass es etwas Beunruhigendes gewesen sein muss, vielleicht sogar für das ganze Dorf.

Utriks Kopfwunde ist nicht weiter schlimm. Und auch Ranas kleiner Schnitt am Hals ist unbedeutend. Als alles erzählt ist – auch über den Vorfall an der Gerra –, scharen die Frauen sich tröstend um Rana und ihre Mutter, berühren die beiden und tuscheln entrüstet über diesen Sohn des Fürsten. Sie bewundern Ranas Mut und Herdis' Unerschrockenheit.

Doch alle wissen, dass eine Lüge den Mann zur Umkehr bewegt hat. Die Männer schütteln besorgt die Köpfe. Arraks schlechter Ruf ist schließlich bekannt. Wird er wirklich klein beigeben, oder hat das Dorf Vergeltung zu fürchten?

»Wie geht es dir?«, fragt Rana ihren Vater, der auf der Bank vor dem Haus sitzt, während Herdis ihm, nachdem sie die Kopfwunde gewaschen hat, einen Verband anlegt.

»Nicht so schlimm, Rana«, erwidert er mit schmerzlichem Grinsen. »Aber ich glaube, die haben mir eine Rippe gebrochen.« Er hält sich die Seite. »Mach dir keine Sorgen, das heilt bald wieder.«

Hellas Priesterin, die Matrone Borgunna, tritt zu ihnen und drückt Rana an ihren großen Busen. »O Götter, das war mutig, Kind! Aber auch unüberlegt und leichtsinnig.«

»Ja, leichtsinnig«, sagt Herdis. »Das war Rana schon immer. Sie streunt allein im Wald herum und lässt sich nichts sagen. Und heute dann das ... Ich dachte, mir bleibt das Herz stehen.«

»Sei froh, dass ihr nichts geschehen ist«, erwidert Borgunna. »Ich hoffe inständig, dass der verdammte Kerl uns nun in Ruhe lässt.«

»Zum Glück hat ihn einer seiner Männer überzeugt. Wer das wohl gewesen ist?«

Rana erinnert sich an den Mann, an sein markantes Gesicht mit dem blonden Bart und an sein freundliches Lächeln. Schnell verdrängt sie das Bild wieder. Schließlich gehört auch der zu Arraks elender Bande von Frauenschändern und Halsabschneidern. »Er hat ihn Hakun genannt«, sagt sie. »Und eine Tura wurde erwähnt.«

»So heißt Orkons Tochter«, sagt einer der Dörfler. »Die kommt jetzt ins heiratsfähige Alter.«

Utrik nickt. »Brodars ältester Sohn heißt Hakun.«

»Wer ist Brodar?«, fragt Rana.

»Das weißt du nicht? Brodar ist Herrscher der Harruner und eng mit Orkon verbündet. Vielleicht soll sein Sohn Orkons Tochter zum Weib nehmen. Was mich wundert, denn wenn es stimmt, was man sich sagt, dann hat Drengi Absichten auf das Mädchen.«

Dieser Hakun will also die Tochter des Fürsten heiraten. Das sagt doch wohl alles, denkt Rana bitter. Kein Wunder, dass der Kerl mit Arrak durch die Gegend zieht. Gehört ja bald zur Familie.

Als Arni und Aiko vom Feld kommen, wird alles noch einmal in allen Einzelheiten durchgekaut. Arni wird immer wütender, je mehr er erfährt. Besonders, als sie ihm berichten, wie sein Vater zusammengeschlagen wurde. »Bei Wuodan! Wäre ich hier gewesen, ich hätte den Kerl ermordet!«

Herdis schüttelt den Kopf. »Red keinen Unsinn, Sohn. Gegen eine Bande Krieger? Eher hätten sie dich umgebracht.«

Besorgt untersucht Arni die kleine Wunde an Ranas Hals und schließt sie dann in die Arme. »Ich kann's nicht glauben. Hättest du das wirklich getan?«

Rana sieht zu ihm auf und zuckt mit den Schultern. »Ich weiß nicht. Irgendetwas hat mich gepackt. Ich war außer mir vor Wut. Niemals wäre ich mit ihm gegangen. Nicht nach dem Überfall am Fluss. Wenn ich den Kerl nur sehe, wird mir schon schlecht. Und dann war da auch noch der andere, der mich zuerst … na, du weißt schon.«

Utrik erhebt sich von der Bank und legt seinem Sohn die Hand auf die Schulter. »Alles gut, Arni. Destarte hat uns beschützt. Sie hat ihre Hand über uns gehalten. Aber du siehst, man soll die Frauen niemals unterschätzen. Schon gar nicht unsere beiden.«

Er umarmt Herdis, hält sie fest an sich gedrückt und küsst sie herzhaft auf die Lippen. »Seltsam, dass der Bastard nicht dich haben wollte. Ich will dich dafür umso mehr!« Alles um sie herum lacht erleichtert. Für einen Augenblick löst es die Anspannung.

Dann werden die Gesichter wieder ernst. Einer der Dorfältesten, ein Mann namens Kolgrim, sagt: »Drengi muss unbedingt davon erfahren, Utrik. Auch für ihn ist das eine Beleidigung. Sind wir Nebroni nicht der bedeutendste Klan im Land? Neben den Helmingern, meine ich? So was müssen wir uns nicht gefallen lassen.«

»Du hast recht«, erwidert Utrik. »Aber zum Glück ist nicht

viel geschehen. Überhaupt sind wir bisher noch einigermaßen verschont geblieben. Ja, sie verlangen erhöhte Abgaben, aber was man so aus anderen Dörfern hört, ist schlimmer. Ihr wisst das.«

»Sei nicht so zurückhaltend, Utrik. Es wird Zeit, dass dieser Arrak gezügelt wird. Überhaupt die ganze Helmingerbande auf ihrem Kuffa. Unsere Vorfahren mussten sich nicht von denen gängeln lassen.«

»Das stimmt. Aber da gab es auch ständig Krieg zwischen den Klans. Unsere Generation lebt in Frieden, und die unserer Eltern tat es auch, vergiss das nicht.«

»Lieber ehrenvoll in den Krieg ziehen als ein Friede in Schande«, knurrt Kolgrim. »Wir Nebroni waren früher gute Krieger. Wir lebten in Freiheit und hatten Helden als Vorbilder. Vergesst das nicht.«

Ein anderer mischt sich ein. »Die Helminger treiben es zu weit. Du weißt das, Utrik. Es brodelt unter den Klans.«

»Nicht unter den Herrschenden.«

»Vielleicht nicht, aber unter den Bauern.«

»Was können die schon anrichten?«

»Bevor die Helminger Lohnkrieger für sich kämpfen ließen, hatte jeder Bauer Speer und Streitaxt griffbereit, um sein Land zu verteidigen und seinem Klanführer zur Seite zu stehen. Es ist lange her, aber nicht vergessen, bei Wuodan!«

Das erntet zustimmendes Gemurmel.

»Wenn Brodar sich den Helmingern anbiedern will«, sagt Kolgrim, »dann ist das seine Sache. Wir Nebroni sollten unseren Stolz behalten und unsere Äxte schärfen.«

Utrik sieht trotzige Entschlossenheit in ihren Gesichtern. Sie wollen kämpfen?, fragt er sich. Wirklich? Wie lange wird diese Entschlossenheit wohl halten? Nach den ersten Toten werden sie einknicken. Dann wird ihnen der Mut vergehen.

»Nun gut«, sagt er beschwichtigend, »ich will mich gern bei Drengi beschweren, aber erwartet nicht zu viel. Schließlich ist nichts Schlimmeres passiert, als dass man einem alten Mann wie mir in die Rippen getreten hat.« Er lacht, bricht aber gleich ab, um sich stöhnend die Seite zu halten. »Verflucht! Nicht mal lachen kann man, ohne bestraft zu werden.«

Später, nachdem die Dörfler auseinandergegangen sind, schlachtet Herdis ein Huhn und lässt in andächtiger Gegenwart aller Familienmitglieder das Blut auf den kleinen Hausaltar der Destarte tropfen, um für den Beistand der Göttin zu danken. Sie vergisst auch nicht, Hella um Beistand zu bitten, darum, die Familie, das Feuer im Herd und das Haus zu beschützen. Schließlich huldigt sie den Ahnen der Familie, auf dass deren Erfahrungen ihnen die Weisheit schenken, das Beste aus ihrem Leben zu machen. Jede der kleinen Tonfiguren nimmt sie in die Hand, spricht einen Dankesreim und küsst sie, bevor sie sie wieder hinstellt.

Dann setzen sie sich zum Mahl, das Ette gekocht hat. Rana reißt ein Stück vom Fladenbrot ab und kaut lustlos darauf herum. Es knirscht zwischen den Zähnen. Sie schluckt schnell herunter, ohne weiterzukauen. Immer ist irgendwas im Mehl! Feiner Steinstaub vom Mahlen, manchmal größere Bröckchen. Das schleift die Zähne ab. Besonders bei den Älteren sieht man das. Rana legt das Brot weg.

Sie ist noch ganz benommen von dem Erlebten, von ihrer plötzlichen Rage und wilden Entschlossenheit. Hätte sie's getan? Der Gedanke lässt sie die ganze Zeit nicht los. Nach ihrer Rettung an der Gerra hat sie geglaubt, in Sicherheit zu sein. Und nun dies. Was will dieser Arrak? Was, bei Wuodan, stellt er sich vor? Mich auf seine Burg verschleppen? Zu seinem Vergnügen? Er hat so getan, als sei das ganz selbstverständlich. Macht er das mit anderen Frauen? Denkt er, das sei sein Recht? Und was ist so Besonderes an mir? Hat er nicht genug Sklavinnen? Er hat gesagt, er kommt wieder, um seine Goldlocken abzuholen. Muss ich mich weiter vor ihm fürchten?

»Was ist mit dir?«, fragt Arni, der sie beobachtet hat.

»Nichts. Hab nur gedacht, es hätte schlimmer ausgehen können.«

»Es war schon schlimm genug, wenn du mich fragst«, sagt Herdis. Und ihren Mann fragt sie: »Wie willst du eigentlich das Gold auftreiben, das Arrak von dir verlangt?«

»Tja, das ist die Frage«, erwidert er nachdenklich. »Für seine verdammten Locken hab ich gerade noch genug. Für die Sterne reicht es auch. Für mehr aber nicht. Das bedeutet, ich werde die Scheibe nicht so fertigstellen können, wie ich es vorhatte.«

»Was fehlt denn noch?«, fragt Rana.

»Gestern haben wir über den Wuodanring gesprochen«, sagt Utrik. Doch dann unterbricht er sich und schüttelt nachdenklich den Kopf. »Wisst ihr, ich weigere mich, ihn den Hadorring zu nennen. Für mich ist es immer noch Wuodans Heiligtum, auch wenn der uns angeblich verlassen und seinem Bruder Hador die himmlische Herrschaft übertragen hat und er selbst in der Welt herumwandert, wie Hadors Priester behaupten.«

»Meinst du, es stimmt nicht?«, fragt Arni.

»Wer könnte das mit Bestimmtheit sagen? Die Götter hüllen sich in Schweigen. Ich sehe nur, wie unsere Welt sich verändert. Nichts ist mehr, wie es war, als unsere Vorfahren noch lebten. Von Wuodan hört man nicht mehr viel. Auch nicht von seinem Sohn Thunar. Höchstens, wenn er es donnern lässt. Als Kind habe ich den Erzählungen meiner Großeltern gelauscht. Die haben in einer glücklicheren Welt gelebt, das kann ich euch sagen. Ja, manchmal hat es Krieg gegeben. Aber im eigenen Klan fühlte man sich sicher. Seinen Klanherren konnte man trauen. Die haben ihre Leute beschützt und sie nicht ausgeplündert. Niemand musste fürchten, die eigenen Kinder einem gefräßigen Hador opfern zu müssen, nur damit der einen in Ruhe lässt.«

»Glaubst du, sie hätten mich ihrem Hador geopfert, sobald der Bastard meiner überdrüssig geworden wäre?«, fragt Rana erschrocken.

Bestürzt sieht Utrik sie an. Dann reibt er sich die schmerzende Seite. »Sie suchen immer nach Opfern für ihren verdammten Gott. Ihr wisst das.«

Herdis füllt seinen Becher mit Bier. Dankbar nimmt er einen Schluck zu sich und leckt sich danach die Lippen. Dann fährt er fort: »Hier bei uns sind wir von solchen Dingen noch einigermaßen verschont geblieben. Dank unserem Herrn, Drengi. Aber in anderen Klans holen sie sich regelmäßig Opfer für ihre heiligen Handlungen. Mit Vorliebe in Dörfern, wo die Leute sich vor Orkons Männern nicht bücken wollen. Junge Männer, aber auch hübsche Jungfrauen. Wer sich dagegen auflehnt, wird ermordet. Es ist so weit, dass allein der Anblick von Orkons Kriegern die Leute zittern lässt.«

»Das ist ja gerade, was sie wollen«, sagt Arni. »Dass alle vor ihnen zittern.«

Utrik nickt. »Ja, das ist, was sie wollen.« Sie schweigen eine Weile, während Utrik vor sich hinstarrt. »Vor zwei Wintern war ich unterwegs«, sagt er schließlich. »Da traf ich einen Mann, dem genau das passiert ist. Sie sind gekommen, haben sein Vieh weggetrieben und seine Tochter mitgenommen. Er hat sie nie wiedergesehen. Sie haben das Mädchen einfach so mitgenommen. Wie dieser Arrak es heute tun wollte.«

Auf einmal hat er Tränen in den Augen. »Und ich ... Ich schäme mich. Denn ich bin vor Angst fast gestorben. Ich war schwach und wie gelähmt. Es tut mir leid, Rana.« Er wischt sich über die Augen.

»Was tut dir leid, Vater?«

»Ich hätte dich besser verteidigen müssen. Ein Mann sollte seine Familie verteidigen können. Doch ich hatte zu meiner Schande Angst.«

»Was hättest du denn tun können?«

»Das frage ich mich schon die ganze Zeit. Nicht, was ich hätte tun können, sondern was ich hätte tun sollen. Im Grunde sind wir nichts als Würmer unter ihren Stiefeln. Sie lassen uns um unser erbärmliches Leben fürchten, erniedrigen uns, machen uns klein und schwach. Sie achten kein Recht, herrschen mit Gewalt. Und wir sind machtlos.«

Er birgt sein Gesicht in den Händen. Weint er? Rana ist überrascht, nein, eher erschrocken. Noch nie hat sie ihren Vater weinen sehen.

Herdis steht auf und legt die Arme um ihn. »Ich will nicht, dass du dir Vorwürfe machst, Utrik. Du hast dich nicht herausfordern lassen, sondern hast besonnen gehandelt, so wie immer. Das bewundere ich an dir, deine Weisheit und Besonnenheit. Was hätte es genützt, sich gegen diesen Bastard aufzulehnen? Die hätten dich doch nur umgebracht, vielleicht auch unser Haus abgebrannt. Rana hätten sie trotzdem verschleppt.«

Utrik nickt und wischt sich über die Wangen. Dann heftet sich sein feuchter Blick auf seine Tochter, er breitet die Arme aus. »Komm her, mein Kind«, flüstert er.

Rana springt auf, kniet vor ihm und schmiegt sich in seine Umarmung. Auch ihr kommen die Tränen. »Ich hätte es nicht ertragen«, hört sie Utrik murmeln.

»Was, Vater?«

»Dich zu verlieren!«

Es ist still im Haus. Während Utrik seine Tochter fest umschlungen hält, leben alle im Geiste noch einmal nach, was am Nachmittag geschehen ist. Sie haben Glück gehabt, das ist allen klar. Aber wie lange noch? Denn der Kerl wird wiederkommen, um seine Goldlocken abzuholen.

Rana löst sich aus der Umarmung des Vaters. »Orkon gehört vertrieben«, sagt sie leise und setzt sich wieder auf ihren Hocker.

»Leicht gesagt«, erwidert Arni. »Und wie willst du das anstellen, Schwesterchen?«

»Das weiß ich nicht! Aber sie gehören vertrieben.«

Wieder herrscht eine Weile Schweigen. Dann sagt Rana: »Wir haben von deiner Scheibe geredet, Vater. Und ich wollte wissen, was denn noch daran fehlt.«

Utrik nickt und lächelt, anscheinend froh, über etwas anderes zu reden. »Es hat mit den Sonnenwenden zu tun. Wie ihr wisst, befinden sich Lücken im Wuodanring, die dazu dienen, die Sonnenwenden zu bestimmen, wenn man genau in der Mitte des Kreises steht. Eigentlich hatte ich vor, so etwas auch auf der Bronzescheibe anzubringen: zwei Bögen aus Gold ganz am Rand der Scheibe, die die richtigen Winkel anzeigen, mit denen man Aufgang und Untergang der Sonne in den Jahreszeiten vergleichen kann. Aber wenn ich jetzt diese Haarlocken anfertigen soll, dann wird das Gold nicht reichen.«

»Und wie wichtig wären die Bögen gewesen?«

»Nicht wirklich wichtig, aber man hätte auch von Destartes Hügel aus die Sonnenwenden bestimmen können.«

»Vielleicht ergibt sich irgendwann eine Gelegenheit.«

Utrik seufzt. »Ja, vielleicht später.«

»Wir sollten aufhören zu jammern«, sagt Herdis, »und froh sein, dass wir diesen Arrak erst mal los sind. Um später kümmern wir uns später. Und was dich angeht, Rana: Dein Vater hatte vorhin recht, ein zweites Mal darfst du uns einen solchen Schrecken nicht einjagen.«

»Du sahst aber ziemlich gefasst aus, Mutter. Sah nicht so aus, als hättest du Angst um mich gehabt.«

»Nur äußerlich, mein Kind. In Wahrheit bin ich fast gestorben vor Angst. Aber das durften die Kerle ja nicht merken. Am liebsten hätte ich dir das Messer aus der Hand gerissen, aber ich hatte Angst, du könntest dich dabei verletzen. Ich weiß ja, was dieses Messer anrichten kann.«

»Was ist«, fragt Arni, »wenn Arrak herausfindet, dass Rana noch gar nicht geweiht ist? Was dann?«

Ja, was dann? Aller Augen liegen plötzlich auf Rana. »Was

starrt ihr mich so an?«, fragt sie. »Soll ich mich etwa auf der Stelle weihen lassen, nur weil es dem Kerl nach mir gelüstet? Das ist doch kein Grund!«

Auf einmal reden alle durcheinander. Herdis verkündet lautstark, es sei schließlich hohe Zeit, dass sie sich für Destarte entscheide. Utrik stimmt ihr zu, das ganze Dorf wolle sie als zukünftige Priesterin sehen. Jetzt wahrscheinlich noch mehr, nach dieser Mutprobe am Nachmittag. Aber Rana widerspricht. Schließlich sei es ihre eigene Entscheidung, und sie müsse sich nicht von dem genötigt fühlen, was die Leute sich wünschen.

Arni verteidigt seine Schwester und meint, man solle sie nicht drängen. Wofür Rana ihm dankbar ist. Am Ende schweigen sie. Utrik schüttelt besorgt den Kopf, Herdis ist sichtlich verstimmt.

Mitten in die peinliche Stille lässt sich von draußen ein aufgeregter Ruf vernehmen. »Seht, das Heiligtum, es brennt!« Und weitere Stimmen: »Flammen auf dem Hügel. Dort oben brennt es! Ruft alle zusammen!« Und: »O ihr Götter, das Heiligtum!«

Herdis springt erschrocken auf. »Schnell!«, stößt sie hervor. »Wir müssen helfen.«

Im Hof und in der Scheune schnappt sich jeder, auch Ette und Aiko, irgendeinen Eimer oder Behälter, denn auf halben Weg zum Heiligtum befindet sich eine Quelle. Vielleicht können sie noch löschen.

Der Feuerschein ist schon von Weitem zu sehen. Sie sind nicht die Einzigen, die sich hastig auf den Weg machen. Ein ganzer Zug von Dörflern ist unterwegs, überquert die Furt und steigt, so schnell es geht, den Hügel hinauf. Und doch wird bald deutlich, dass Löschen keinen Sinn mehr hat. Als sie die Lichtung erreichen, scheint die ganze Hügelkuppe eine einzige Feuersbrunst zu sein. Der hölzerne Vorbau brennt lichterloh, und auch aus dem Heiligtum selbst schlagen Flammen, dicker Qualm steigt auf, Funken fliegen in den Nachthimmel. Und wer sich zu nähern versucht, dem schlägt die verzehrende Hitze ins Gesicht. Die Stele der Göttin, an deren Fuß die Flammen ebenfalls nagen, steht wie betrunken und droht zu stürzen.

Herdis schlägt entsetzt die Hände vor den Mund. Tränen rinnen ihr aus den Augen. »O Götter!«, schreit sie in die Nacht. »Warum tut ihr uns das an?«

THUNAR

Ungestüm und Zorn gehören zu dir, o Thunar, genauso wie
Chaos und Krieg, Donner und Blitz, Wolkenbruch und Hagel.
Oft meinst du es gut, wenn du deinen Hammer schwingst,
doch nicht immer reinigen deine Gewitter.

Die Sonne steht schon tief über den Wäldern, als Arrak zwei Tage später seinen Streitwagen durch das Tor der Kuffaburg lenkt. Er steigt vom Wagen und wirft einem der Sklaven, die herbeigeeilt sind, die Zügel zu. Auch seine Gefährten sitzen ab. Der junge Hakun befindet sich jedoch nicht mehr unter ihnen.

In Brunns Begleitung geht Arrak an den aufgepflanzten Schädeln mit den schwarzen Augenlöchern vorbei, ohne einen Blick auf sie zu verschwenden. Zu gewohnt ist der Anblick. Sie betreten die Halle des Vaters.

Innen ist es düster, woran sich die Augen erst gewöhnen müssen. Nur wenige Männer sitzen heute beim Bier. Die Luft ist stickig vom Feuer und von den wenigen Öllampen an den Pfeilern. Auf dem Hochsitz unter den gewaltigen Hörnern des Auerochsen sitzt Orkon. Die zuckenden Flammen der Feuerstelle beleuchten seine grimmige Miene.

»Wo bist du gewesen?«

»Auf der Jagd, Vater, wo sonst?«

»Er ist immer auf der Jagd, mein Sohn. Das behauptet er jedenfalls.«

»Was soll das heißen, ich behaupte es?«

»Es soll heißen, dass man ganz andere Dinge von dir hört.«

Orkon räkelt sich weit zurückgelehnt auf seinem Hochsitz, den Bauch vorgewölbt, den gewohnten Becher in der Hand. Ein Blick bestätigt Arrak, dass sein Vater angetrunken ist, aber noch nicht so sehr, dass sein Verstand benebelt wäre. Es ist also Vorsicht geboten.

Rechts vom Hochsitz steht der riesige Odda mit dem Speer in der Faust. Seinen wachsamen Augen entgeht nichts, aber seine Miene ist wie immer undurchschaubar. Manchmal fragt sich Arrak, ob der Kerl nur aus Muskeln besteht oder ob er auch eines Gedankens fähig ist. Reden tut er jedenfalls nicht. Mit ihm zu kämpfen wäre allerdings mehr als unklug. Arrak hat schon miterlebt, mit welcher Kraft und Geschwindigkeit Odda jeden Gegner zerstört. Mit der breiten Klinge seines Speers oder auch nur mit der bloßen Faust. Der Mann ist eine Naturgewalt.

An Orkons anderer Seite, auf einem Stuhl mit geschnitzten Ornamenten auf Rücken- und Armlehnen, sitzt Morgana und betrachtet ihren Stiefsohn wie immer mit einem spöttischen Lächeln auf den Lippen. Hält sie sich für was Besseres, fragt er sich, weil meine Mutter eine Sklavin war? Aber eines muss man ihr lassen: Das verdammte Weib hat einen Leib, bei Hador, dass es einem allein vom Hinschauen das Blut in die Lenden treibt. Wenn sie nicht Vaters Hure wäre, hätte ich sie längst über eine Tafel geworfen und es ihr besorgt, bis sie um Gnade winselt. Das würde ihr das spöttische Grinsen aus dem Gesicht wischen. Ich frage mich, ob der Alte sie überhaupt noch besteigt. Oder bringt er mit seinem besoffenen Kopf nichts mehr zustande?

Arrak reißt den Blick von Morgana und wendet sich wieder seinem Vater zu. »Andere Dinge? Was für Dinge sollen das sein?«

»Ich bin es satt, mir dauernd Klagen über dich anzuhören.«

»Was für Klagen?«

»Dass du mein Silber beim Würfelspiel verschleuderst, mag ja noch angehen. Aber dass ihr, ich meine, du und deine Kerle, so tut, als gehöre dir schon das ganze Land, und überall herumhurt, das geht zu weit.«

»Was hast du gegen Huren?« Fast hätte er hinzugefügt: »wo du doch selbst eine geheiratet hast«, aber er beherrscht sich.

»Wenn's denn wenigstens Huren wären! Aber ihr schändet ja Weiber nach Gutdünken. Und wer sich wehrt, den erschlagt ihr. In den Dörfern leben sie in Angst und Schrecken vor deiner Bande.«

»Wer sagt das?«

»Die Dorfältesten kommen und beklagen sich. Sogar einige Klanführer haben sich beschwert. Auf ihrem Land hättest du nichts zu suchen, sagen sie. Ich hab ja nichts dagegen, dass du deinen Spaß hast, aber langsam treibst du es zu weit.«

»So, denkst du?« Arrak deutet auf den Priester Urdo, der am Feuer hockt. »Sagt nicht dein Priester dauernd, dass das Volk in Furcht zu halten ist, damit es nicht übermütig wird? Wenn das so ist, dann solltest du doch zufrieden sein, Vater. Ich tue mein Bestes, damit die verdammten Bauern uns respektieren.«

»Indem du geweihte Priesterinnen raubst?«

Arrak reißt erschrocken die Augen auf. »Ich habe niemanden geraubt.«

»Aber versucht hast du's.«

»Woher willst du das wissen?«

»Man hat es berichtet. Du weißt doch, dass Urdo überall seine Spitzel hat. Und das ist gut so. Schließlich kann man nicht vorsichtig genug sein.«

Arrak wirft Urdo einen ärgerlichen Blick zu. Unglaublich. Erst zwei Tage sind vergangen, und schon weiß dieser Priester Bescheid. Er wendet sich wieder seinem Vater zu. »Ein dummes Ding aus einem der Dörfer. Ich konnte ja nicht wissen, dass sie geweiht ist.«

»Das dumme Ding gehört zu Drengis Klan und ist die Tochter der Priesterin Herdis. Das willst du nicht gewusst haben?«

Arrak leckt sich unsicher über die Lippen und wirft dann Brunn, der an einem der Pfeiler lehnt, einen kurzen Blick zu, denn er erinnert sich, dass der ihn gewarnt hat. Sie wissen es also schon. Da kann man nichts machen. Was Arrak am meisten ärgert, ist, dass ausgerechnet die hochmütige Morgana Zeuge dieser Unterhaltung ist. Es ist erniedrigend. Zum Glück weiß Vater noch nicht alles. Aber selbst wenn ...

Er zuckt mit den Schultern. »Was machst du so viel Aufhebens um eine Priesterin, Vater?«

»Verdammt, Arrak, das sollte ich dir eigentlich nicht erklären müssen! Natürlich tun wir das Nötige, um uns Respekt zu verschaffen. Oft genug greifen wir hart durch. Dem Volk Ordnung und gewisse Regeln aufzwingen, gegen deren Verstoß harte Strafen drohen, das ist eine Sache. Da wissen alle, woran sie sind. Es ist etwas völlig anderes, gegen die Götter zu freveln. Auch wenn wir Hador huldigen, wird im Volk noch immer besonders Destarte verehrt, das solltest du eigentlich wissen. Wir wollen schließlich nicht, dass die Bauern aufbegehren oder sich gar zusammenrotten.«

Arrak runzelt die Stirn. »Hast du etwa Angst, Vater? Doch wohl nicht vor Bauern!«

Orkon richtet sich so schnell in seinem Sitz auf, dass Bier aus dem Bescher schwappt. »Wie wagst du, mit mir zu reden, verdammt noch mal? Niemand hier hat Angst. Schon gar nicht vor den Bauern. Aber du, Arrak, du überschreitest jedes Maß. Das Volk soll uns fürchten, aber nicht hassen. Ist das so schwer zu begreifen? Wenn wir ihre Götter beleidigen, hassen sie uns. Dann reizen wir sie zu Widerstand. Und das können wir nun wirklich nicht gebrauchen.«

Arrak weiß, wann es klüger ist, den Rückzug anzutreten, und senkt den Blick. »Tut mir leid, Vater. Ich werde es mir merken.«

Eine junge Sklavin bringt ihm einen vollen Becher. Er schaut ihr nach, während sie sich entfernt, lässt sich dann auf einem der Hocker nahe der Feuerstelle nieder und nimmt einen tiefen Zug zu sich. Dabei spürt er wieder Morganas spöttischen Blick auf sich gerichtet. Ja, lach nur über mich, du verdammte Hexe!

»Gut. Damit wäre das klargestellt.« Orkon lehnt sich zurück, hebt den Becher an die Lippen und leert ihn in einem Zug. Danach rülpst er genüsslich. »Wo ist Hakun? War er nicht mit dir unterwegs?«

»Er ist heimgekehrt. Wenn du meine Meinung hören willst: Ich halte von dem nicht viel. Der Kerl hat ein hübsches Gesicht, das ist alles. Ein Leichtfuß, wenn du mich fragst.«

»Dann sollten wir ihm also nicht deine Schwester zum Weib geben?«

Arrak zuckt mit den Schultern. »Meinetwegen«, sagt er leichthin. »Mir ist gleich, wem du sie gibst. Wo ist sie eigentlich?«

»Ich hab ihr befohlen, die nächsten Tage in der Kammer zu bleiben und sich nicht zu zeigen.«

»Warum das?«

»Weil sie die ganze Zeit mit einem langen Gesicht herumläuft und heult. Das kann ich nicht brauchen. Besonders da Drengi am Nachmittag angekommen ist. Soll er sie etwa mit verheulten Augen sehen?«

»Drengi ist hier?«

»Er hatte sich schon vor Tagen angekündigt. Jetzt ist er im Gästehaus untergebracht und will sich nach der Reise etwas ausruhen. Nachher teilen wir unser Mahl mit ihm und seinen Söhnen. Wir haben Edle aus der Gegend eingeladen, um ihn zu ehren.«

Durch Arraks Hirn zuckt plötzlich so etwas wie eine Warnung. Drengi und Tura? Kann das sein? »Willst du dem etwa Tura zum Weib geben? Der ist doch viel zu alt für sie.«

»Rück mal näher«, raunt Orkon leise. »Muss nicht jeder hören, was wir hier besprechen.« Arrak tut, wie ihm geheißen. »Drengi ist gekommen«, fährt sein Vater leise fort, »um den Brautpreis zu verhandeln.«

»Also doch!«

Arraks Mund ist plötzlich trocken. Denn er ist eigentlich nur Orkons Erbe, solange Morgana keinen Sohn zustande bringt.

Und es sieht nicht danach aus. Drengi dagegen könnte als Turas Gemahl Ansprüche stellen und ihm gefährlich werden. Schon schlimm genug, dass Vater mehr auf Urdo als auf jeden anderen hört. Drengi als Vaters Schwiegersohn? Nein, das kann Arrak nun wirklich nicht brauchen!

Doch zu seiner Erleichterung winkt Orkon ab. »Nein, nein, nicht, was du denkst. Drengi kriegt sie nicht. Und dieser Hakun auch nicht.«

»Was hast du gegen Hakun?«, fragt Morgana, die mitgehört hat. »Tura ist ganz vernarrt in ihn. Ich bin sicher, er wäre ein guter Ehemann für sie.«

Orkon funkelt sie böse an. »Warum setzt du dich für den Burschen ein? Bist du etwa auch vernarrt in ihn?«

Morgana zieht verächtlich die Mundwinkel runter. »Mach dich nicht lächerlich, Orkon! Du weißt doch, dass die Harruner gute Verbündete sind. Eine Heirat würde die Bande zwischen uns weiter stärken.«

Orkon schüttelt den Kopf. »Nein, niemand kriegt sie. Vorerst jedenfalls.«

Urdo mischt sich ein und wendet sich an Arrak: »Dein Vater hat beschlossen, dass wir erst einmal abwarten. Es wird sich bestimmt noch eine bessere Gelegenheit bieten. Es gibt ja auch noch andere Klans, die wir an uns binden wollen. Nun müssen wir es Drengi möglichst schonend beibringen, ohne ihn vor den Kopf zu stoßen. Wir wollen ihn nicht verärgern.«

»Mit anderen Worten, Arrak«, sagt Orkon. »Du hältst heute Abend dein vorlautes Maul! Hast du mich verstanden?«

Arrak steigt das Blut ins Gesicht. Mein vorlautes Maul halten! Wie redet der mit mir? Wieder fängt er einen dieser Blicke von Morgana auf. Wieder dieses spöttische Lächeln. Sie verachtet mich. Aber soll sie doch! Eines Tages werd ich's ihr zeigen!

* * *

Orkons Halle ist zum Bersten gefüllt. Heute hat man nicht mit Licht gespart. Die Flammen in der Feuerstelle lodern hell, in den Ecken sind Feuerschalen aufgestellt, überall an den Pfosten brennen Öllampen, und auf den Tafeln erhellen Talglichter die Gesichter der Gäste. Nicht wenige sind schon angeheitert, denn das Bier fließt in Strömen. Versammelt sind Edle aus der näheren Umgebung, vor allem Männer aus dem Gebiet um Helmahem, dem Stammland der Helminger. Von ihnen sind nicht wenige mit Orkon verwandt.

Morgana hat sich an diesem Abend mehr als sonst um ihr Äußeres bemüht. Sie trägt ein ärmelloses, eng anliegendes Gewand aus feinem, gebleichtem Leinen, das ihre weiblichen Formen zur Geltung bringt, einen mit Bronzeperlen verzierten Gürtel aus geflochtenem Hirschleder und einen schmalen Goldreif um den linken Oberarm. Dazu eine mit kleinen Muscheln und Hundezähnen besetzte Kette. Daran hängt ein großes Stück polierten Bernsteins, in dem sich das Licht in goldenen Farben bricht.

Ihr dunkles Haar hat die Sklavin Inka zu einem dicken glänzenden Zopf geflochten, der ihr bis tief in den Rücken reicht. Die Lider sind dunkel gefärbt, um ihre blauen Augen leuchten zu lassen, und auf die Wangen hat sie Rötel aufgetragen.

Tura begutachtet sie. »Destarte könnte nicht schöner sein!«, murmelt sie in ehrlicher Bewunderung.

»Nicht zu viel Rötel?«

»Nein, nein. Genau richtig.«

»Gut. Dann leg dich jetzt schlafen, Kind. Gegessen hast du ja schon.«

»Darf ich nicht mit dir kommen?«

»Das ist nichts für dich. Du weißt, ich erlaube das nicht.«

»Warum nicht? Ich bin alt genug.«

Morgana schüttelt den Kopf. Sie weiß, dass Tura sie für unnötig streng hält, was gewisse Dinge angeht. Dabei will sie ihre Tochter doch nur beschützen. Das war schon immer so, denn auf dieser Burg geschehen oft Dinge, die nicht für die Augen eines Kindes bestimmt sind. »Nein, kommt nicht infrage«, sagt sie. »Außerdem hat dein Vater entschieden, dass Drengi dich nicht zu sehen bekommen soll.«

Turas Miene trübt sich. »Der ist bestimmt hier, um den Brautpreis zu verhandeln, oder etwa nicht?«

Morgana nickt. »Ja, das hat er ankündigen lassen.«

»Ich will ihn aber nicht heiraten.«

»Mach dir keine Sorgen. Ich glaube nicht, dass es dazu kommt.«

»Und wenn doch?«

»Drengi ist ein Mann von Ehre, hab ich mir sagen lassen.«

Turas Augen füllen sich mit Tränen. »Was nützt mir seine Ehre, wenn ich ihn nicht liebe?«

Morgana umarmt ihre Tochter. »Liebe ist ein flüchtiges Gefühl. Ich würde nicht allzu viel darauf geben.«

»Ist es, weil du Vater nicht liebst?«

»Wie kommst du darauf?«

»Glaubst du, man sieht es nicht, dass ihr euch nicht versteht? Er verbringt mehr Zeit mit seinen Sklavinnen als mit dir.«

Morgana ist erstaunt. Ist es so offensichtlich? Natürlich ist es das. Und Tura ist kein Kind mehr. »Eine Ehe hat nicht viel mit Liebe zu tun«, erwidert sie. »Sie ist eine Verbindung zwischen Familien. Es genügt, wenn dein Mann gut zu dir ist und du ihn respektierst. Und ihm Erben schenkst.«

»Und du respektierst Vater?«

Einen kurzen Moment lang ist Morgana um eine Antwort verlegen. Dann sagt sie: »Nun, er trinkt manchmal zu viel. Aber ja, ich respektiere ihn. Und das solltest du auch. Er ist dein Vater.« Sie küsst Tura auf die Stirn. »Ich muss jetzt gehen. Es wird bestimmt spät werden. Lass dich nicht vom Lärm in der Halle stören.«

Was man doch für Unsinn redet, nur um sein Kind zu beruhigen, denkt sie auf dem Weg zur Halle. Liebe ist ein flüchtiges

Gefühl, auf das man nichts geben soll? Was wäre das Leben ohne Liebe? Auch wenn sie einem oft mehr Leid als Freude bringt. Tura wird noch lernen müssen, wie grausam das Leben sein kann. Ob ich Orkon respektiere? Natürlich nicht, ich verachte den Kerl und verfluche den Tag, an dem man mich an ihn gekettet hat. Aber das kann ich ihr nicht sagen. Sie ist zu jung für gewisse Wahrheiten. Und sie träumt von der Liebe.

Zumindest ist Drengi nach dem, was man so hört, ein besserer Mann als Orkon. Seine verstorbene Frau soll er geliebt haben. Er würde auch Tura sicher gut behandeln, falls sie ihn am Ende doch heiraten soll. Bei Orkon weiß man nie so genau. Der ändert seine Meinung schneller, als ein Vogel braucht, einen Wurm zu verschlucken. Anders als Urdo. Der hat von allem eine klare Vorstellung und ändert selten seine Ansichten. Der Gedanke an Urdo erinnert sie an ihre letzte gemeinsame Liebesnacht. Fast kann sie ihn noch in sich spüren. Ganz heiß wird ihr dabei.

Morgana ist neugierig auf Drengi. Sie ist ihm schon ein paarmal begegnet, aber das ist lange her. Sie betritt die Halle, bleibt jedoch am Eingang stehen, um den Blick über die Versammelten schweifen zu lassen. Zugegen sind nur Männer, wenn man von den Sklavinnen absieht, die die Gäste versorgen. Als man ihrer ansichtig wird, verstummen langsam die Gespräche. Hier und da noch ein Raunen, vor allem aber bewundernde Blicke in ihre Richtung. Das ist noch das Angenehmste an ihrer Stellung: dass man die Fürstin des Landes ehrt, auch wenn sie nicht viel zu sagen hat.

An der langen Tafel in der Mitte des Raumes, nahe der Feuerstelle, sitzen Orkon, Urdo, Arrak, Brunn und Ljotor. Ihnen gegenüber die Gäste: Drengi, seine beiden Söhne und zwei andere Edle der Nebroni. Orkons Stuhl ist prächtiger als die der anderen. Als Zeichen seiner Fürstenwürde trägt er heute Goldlocken an den Schläfen und einen schweren Goldreif um den Hals. Urdo sitzt zu seiner Linken. Den Platz zu seiner Rechten hat man für sie frei gehalten. So wie immer. Dabei hätte sie lieber woanders gesessen.

Oddas mächtige Gestalt ist nicht zu übersehen, aber er hält sich im Hintergrund, mit dem Speer in der Faust und wachsam wie immer.

Stolz erhobenen Hauptes geht Morgana auf Orkons Tisch zu, wo die Männer inzwischen aufgestanden sind, um sie zu begrüßen. Sie weiß, dass in der Halle aller Augen auf sie gerichtet sind, und genießt den Augenblick. Drengi stellt ihr seine Söhne vor, dann rückt Arrak ihr mit einem frechen Grinsen den Stuhl zurecht, und alle lassen sich an der Tafel nieder. In der Halle kommen die Gespräche langsam wieder in Gang, Sklavinnen gehen mit irdenen Kannen voll Bier reihum und schenken aus.

Drengi, der ihr gegenübersitzt, ist von mittelgroßer, kräftiger Statur, auch wenn er mit seinem kurzen Hals etwas gedrungen wirkt. Er ist älter, als sie es in Erinnerung hat. Nach dem Frost in Bart und Haar zu urteilen und den scharfen Falten um den Mund, muss er schon um die fünfzig Winter zählen. In den grauen Strähnen seiner Schläfen trägt er ebenfalls feine Goldlocken, die ihn als Klanherrn auszeichnen, auch wenn sie nicht ganz so prächtig wie Orkons sind. Und der Reif um seinen Hals ist aus Bronze und nicht aus Gold. Offensichtlich weiß er, dass es sich nicht gehört, den Fürsten auszustechen. Obwohl er körperlich weniger beeindruckend ist als zum Beispiel Urdo oder Arrak, spürt man an seinem ruhigen, festen Blick und dem entschlossenen Mund, dass dies ein Mann ist, den man nicht unterschätzen sollte.

Drengi merkt, dass sie ihn neugierig mustert. Er hebt seinen Becher und lächelt ihr zu. »Meine liebe Morgana. Es heißt weit und breit, du seist die Schönste im ganzen Land. Und nun kann ich wieder einmal bestätigen, dass es wahr ist. Ich trinke auf deine Schönheit!«

»Hört, hört!«, rufen einige am Tisch. Sogar Orkon macht gute Miene dazu, wenn auch mit einem säuerlichen Lächeln.

Morgana wundert sich, dass er noch nicht betrunken ist. Er

muss sich ausnahmsweise vorgenommen haben, klaren Geistes zu bleiben. Sie lächelt Drengi zu. »Ich danke dir. Aber Schönheit ist vergänglich. Trinken wir lieber auf deinen Klan, die tapferen Nebroni.«

Drengi gefällt die Antwort. Er nickt ihr dankend zu.

»Auf die Nebroni!«, ruft Orkon laut genug in den Raum, damit es alle hören können.

»Auf die Nebroni!«, hallt es von den Tischen, und überall werden zu Drengis Ehren die Becher geleert.

Auch er selbst nimmt einen Schluck und zwinkert Morgana zu. Dann wendet er sich an ihren Gemahl. »Nicht nur dein Weib, auch deine Halle ist die schönste im Land, Orkon. Das muss man dir neidlos zugestehen. Ich war ja schon des Öfteren hier. Das erste Mal als Halbwüchsiger, als dein Vater noch lebte.« Er sieht sich um. »Du hast seitdem einiges verändert. Das ist mir schon beim letzten Mal aufgefallen. Gab es nicht früher ein Wuodanstandbild am Eingang?«

»Wuodan hat uns verlassen«, beeilt Urdo sich, ihm zu entgegnen. »Er wandert in der Welt. Es heißt, er sei ins Land der weiten Steppen zurückgekehrt, ins Land der Ahnen.«

Drengi nickt grimmig. »Ja, so sagt man.« Ob er selbst daran glaubt, lässt sich an seiner Miene nicht erkennen. Eher nicht, vermutet Morgana. »Vielleicht ist es ihm zu eng bei uns geworden.« Drengi blickt vielsagend in die Runde.

»Was meinst du damit – zu eng?«, fragt Orkon misstrauisch.

Morganas Neugierde ist geweckt. Kann es sein, dass dieser Mann dem Hador-Kult nicht so sklavisch verfallen ist, wie Orkon es sich wünscht? Gespannt wartet sie auf Drengis Antwort.

Der neigt den Kopf leicht zur Seite und hebt die Schultern. »Wer weiß, Orkon, vielleicht hat Wuodan genug von der Enge unseres Lebens und zieht die Freiheit der Steppen vor. Dort, wo ein Mann noch Mann sein kann.«

»Versteh ich nicht. Wovon redest du?« Orkon runzelt die Stirn.

Er weiß nicht, wie Drengis Worte zu werten sind, denkt Morgana. Dabei ist es doch klar.

»Ritten unsere Ahnen nicht als freie Männer über die Steppe?« Drengi blickt in die Runde, als wolle er sich Bestätigung holen. »Davon erzählen unsere Sagen und Legenden, ihr alle wisst es. Sie erzählen von den wilden Pferden, die wir gezähmt haben, von unseren gewaltigen Viehherden. Von Rodon, dem Starken, der den Stier der Riesen bezwang. Von Konan, dem Wagenlenker, und von Metaster, dem Bogenschützen, der mit einem einzigen Pfeil den mächtigen Bären Oron, den Herrscher des Waldes, erlegte. Das waren Kämpfer, Helden, freie Männer. Muss ich noch mehr Beispiele nennen?«

»Und? Wir kennen die Legenden. Was willst du damit sagen?«

»Bei uns müht sich ein Mann von früh bis spät auf den Feldern ab. Von Morgengrauen bis Sonnenuntergang. Er hat Schwielen an den Händen, sein Rücken ist gebeugt, so sehr, dass er im Alter krumm geht. Er ist zum Sklaven der Scholle geworden. Sogar seine Kinder wühlen mit ihm im Dreck.«

»Na und? Dafür kann er sie wenigstens ernähren. Noch nie hatten wir so viel Nahrung im Überfluss.«

»Nicht, wenn er mehr als die Hälfte davon abgeben muss. Was bleibt ihm da für seine Kinder?«

Morgana sieht, dass Orkon langsam unruhig wird. »Das ist die Ordnung, die uns die Götter zugedacht haben«, knurrt er. »Wer könnte das in Zweifel ziehen?«

»Die Götter? Welche Götter? Dein Hador vielleicht. Dabei haben wir auch noch andere Götter. Oder habt ihr die schon vergessen? Was ist mit Astaris, der jungfräulichen Jägerin, oder Panos, dem Beschützer unseres Viehs? Ich persönlich verehre Epona. Vielleicht, weil ich Pferde liebe. Diese Götter sind keine Götter von Ackerbauern. Sie sind älter sogar als Wuodan oder Hador, älter als Kalestos, der Schmied. Vor allem aber verehre ich die liebliche Destarte, deren Heiligtum auf meinem Land steht.«

Orkon ist jetzt wütend. Man sieht es an der geschwollenen Ader auf seiner Stirn. »Du stellst dich gegen Hador?«, fragt er, sich mühsam zurückhaltend.

Die übrigen Männer am Tisch werfen sich beunruhigte Blicke zu. Doch Drengi beschwichtigt: »Natürlich nicht, Orkon. Aber wir sollten auch die alten Götter nicht vergessen. Sie haben uns über hundert Generationen begleitet und uns stark gemacht. Sollte Wuodan uns wirklich verlassen haben, dann betrübt es mich. Irgendwie ist das, als wäre es das Ende der Ruotinger.«

»Das Ende?«, mischt sich Urdo ein. »Ganz im Gegenteil. Wir Ruotinger sind stark wie nie. Unsere Feinde fürchten uns. Wir leben auf dem fruchtbarsten Land weit und breit. Und niemand wagt, es uns streitig zu machen. Das verdanken wir Hador und der Umsicht unserer Fürsten.«

»So ist es«, fügt Orkon grimmig hinzu.

»Nun ja«, räumt Drengi ein. »Das will ich gar nicht infrage stellen.«

»Was, bei Hador, willst du uns dann sagen?«

Drengi zögert. Dann blickt er in die Runde und zuckt mit den Schultern. »Nichts, Orkon. Vielleicht bin ich nur ein Narr, der den alten Zeiten nachtrauert, den Helden unserer Legenden.«

Schade, dass er einen Rückzieher macht, denkt Morgana. Nichts hätte ihr mehr gefallen, als dass endlich mal jemand Orkon die Stirn bietet. Aber natürlich ist es klüger, es nicht zu tun. Denn die, die es wagten, sind nicht mehr von dieser Welt.

Tatsächlich scheint Orkon etwas besänftigt zu sein. »Die Zeiten ändern sich, mein lieber Drengi. Ob es uns gefällt oder nicht.«

»Sie ändern sich, ganz zweifellos«, erwidert Drengi mit einem frostigen Lächeln auf den Lippen.

Auch diese Worte kann man so oder so auslegen, aber da gerade die Becher reihum aufgefüllt und ganze Platten mit geröstetem Fleisch aufgetragen werden, fällt dies niemandem auf.

Urdo erhebt sich mit dem Becher in der Hand. »Wir danken

den Göttern!«, ruft er in seiner tiefen, sonoren Stimme in die Halle. »Und besonders dir, Hador, der du unser Land beschützt und segnest.« Er dreht sich um und gießt ein wenig von seinem Bier in die zischende Glut der Feuerstelle.

Auch andere lassen ein paar Tropfen auf den Boden fallen, bevor sie sich auf das Essen stürzen. Dabei kann man es kaum anfassen, so heiß ist das Fleisch. Morgana spießt ein Stück mit dem Messer auf und beißt vorsichtig hinein. Die Mägde verteilen Brot und füllen die Becher nach. Alles schmatzt und kaut, Fett trieft in die Bärte der Männer, die an Knochen nagen und nach neuen Stücken greifen.

»Ich höre, dein Grabmal kommt voran, Orkon«, sagt Drengi mit vollem Mund. »Es soll gewaltig sein.«

Orkon, der mit beiden Händen die Schweinerippe hält, von der er mit den Zähnen genüsslich Stücke reißt, nickt erfreut, dass Drengi ihn darauf anspricht, denn das Grabmal, das man nahe Helmahem für ihn errichtet, ist sein ganzer Stolz.

Es liegt auf einer weiten Ebene, ist von allen Seiten her sichtbar, kreisrund, hundert Fuß im Durchmesser und fünfunddreißig hoch. Ein schmaler Gang führt in die innere Grabkammer, die von mächtigen Eichenbohlen überdacht ist. Darüber erhebt sich eine Kuppel von ineinandergefügten Felsbrocken, schließlich Tausende Wagenladungen Erdreich, von weither angekarrt. Hunderte von Bauern hat er gezwungen, daran zu arbeiten. Der Gang, der den Zugang zur inneren Grabkammer erlaubt, soll nach der feierlichen Bestattung zugeschüttet und unsichtbar gemacht werden.

Grabmale dieser Art sind bei den Ruotingern eine weit zurückreichende Tradition. Obwohl beileibe nicht jeder Fürst so aufwendig zu Grabe getragen wird, vielleicht nur die besonders geliebten und bewunderten. Zu ihren Ehren zieren bereits einige Hügel dieser Art die Landschaft an Albija und Sala. Und Orkons Eitelkeit verlangt, ebenso ehrenvoll bestattet zu werden.

»Ich habe, wie du siehst, schon zu Lebzeiten damit begonnen«, sagt er. Das Fett, das ihm in den Bart läuft, wischt er mit dem Ärmel ab. »Denn wer weiß, ob man sich auf seine Nachkommen verlassen kann«, fügt er mit einem Blick auf seinen Sohn hinzu.

Alles lacht. Außer Arrak. Der beschäftigt sich mit seinem Essen und tut, als habe er nichts gehört. Überhaupt ist er ungewöhnlich still an diesem Abend. Von Urdo, der zu Orkons Linken sitzt, fängt Morgana ein verstecktes Lächeln und Augenzwinkern auf. Sie weiß, dass er sich heimlich über Orkons Eitelkeit lustig macht, auch wenn er das vor anderen niemals zugeben würde.

»Fünf Jahre haben wir daran gearbeitet«, fährt Orkon fort, als habe er persönlich Hand angelegt. »Fehlt nur noch die Kalkschicht, die das Ganze abdeckt.«

Fünf Jahre elender Schufterei für Hunderte von Bauern und Sklaven! Das gewaltige Werk hat Opfer gekostet, Männer sind von schweren Steinen erschlagen worden. Andere, die vor Erschöpfung nicht mehr konnten, wurden zu Tode geprügelt. Morgana versucht, sich vorzustellen, wie das Grabmal aussehen wird, wenn es endlich fertig ist. Es wird das größte im ganzen Land, wie Orkon behauptet. Ein weithin sichtbarer, glatter, weißer Dom soll es werden. Im Grunde wie ein riesiges Ei, das zur Hälfte aus der Erde ragt. Bei diesem Gedanken kommt ihr das Lachen. Zum Glück bemerkt es niemand.

Da Orkon nicht mehr aufhört, von seinem Grabmal zu reden, achtet ohnehin keiner mehr auf sie. Das gibt ihr Gelegenheit, Drengi und dessen Söhne genauer zu beobachten. Die beiden jungen Männer haben bisher noch kein Wort gesagt. Sithun heißt der eine und Gejlir der andere. Sie sind Zwillinge und müssen um die zwanzig Winter zählen. Beide sind kräftige Kerle, größer geraten als ihr Vater. Sie tragen kurze Bärte, sind ähnlich gekleidet und haben die Schläfen und den Hinterkopf kahl geschoren, wie es in letzter Zeit unter Kriegern Mode geworden ist. Der Rest des

Haupthaares ist zu einem langen Zopf geflochten, der ihnen über dem Rücken hängt. Die nackten muskulösen Arme sind mit Tiersymbolen tätowiert. Zeugt das von Drengis Vorliebe für die alten Götter? Auch seine Arme scheinen tätowiert zu sein, obwohl man nur wenig davon sieht, weil er ein Lederwams mit langen Ärmeln trägt.

Morgana mag keine Tätowierungen, obwohl sie bei vielen beliebt, in manchen Kulten sogar zwingend sind. Arrak und seine Freunde tragen das Zeichen einer Schlange unter dem rechten Auge. Auf dem Oberarm trägt er wie sein Vater Hadors Zeichen, das Abbild des dreiköpfigen Hundes, der die Schattenwelt der Toten bewacht.

Was Drengis Söhne angeht, so würde ihrer Meinung nach einer der beiden besser zu Tura passen. Zumindest altersmäßig. Aber es ist der Vater, der um sie wirbt. An diesem Abend soll jedoch noch nichts entschieden werden. Erst morgen werden die Männer darüber verhandeln.

Der Rest des Festes verläuft, wie man es gewohnt ist. Unmengen an Fleisch werden verzehrt. Reh und Hirsch und Hammel. Nicht zuletzt Wildschwein, einiges von Orkons mächtigem Eber, wobei der Fürst allen, die es hören wollen, von seiner Jagd erzählt und stolz auf den Schädel des erlegten Tieres deutet, der jetzt über dem Eingang hängt.

Natürlich schütten die Männer kannenweise Bier in sich hinein, sodass die Sklavinnen kaum nachkommen, Nachschub heranzuschleppen. Auch Orkon hat seine frühere Zurückhaltung aufgegeben.

Morgana schiebt ihren Teller von sich. Die meisten anderen sind ebenfalls mit dem Essen fertig, lehnen sich zufrieden zurück und rülpsen verhalten. Teller und Platten werden abgeräumt und frische Scheite aufs Feuer gelegt, sodass es hell aufflackert und Funken sprüht. Betrunkene fangen an, alte Schlachtenlieder zu singen, in die die Männer in der Halle grölend einstimmen. Auf einmal streiten sich zwei und gehen mit den Fäusten aufeinander los. Tafeln krachen zu Boden, Bänke fallen um. Die ganze Halle johlt vor Vergnügen und feuert die Kämpfer an, besonders Orkon. Schließlich trennt man die beiden Streithähne, und es wird wieder ruhiger.

Nach einer Weile werden Rufe laut, wo denn endlich die Weiber blieben, die Tänzerinnen, die bei keinem guten Fest fehlen dürfen. Lange lässt Orkon sich nicht bitten. Auf seinen Wink hin ertönt ganz hinten in der Halle eine einzelne Flöte. Die schöne, traurige Melodie beginnt mit tiefen Tönen, die bald aber wie auf Vogelschwingen höher bis ins Gebälk aufsteigen und sich zu einem bekannten Lied von ewiger Liebe vereinen. Die Töne der Flöte sind so klar und rein, so sanft ist die Weise, dass selbst bärtige Krieger berührt sind und andächtig lauschen.

Die Melodie verklingt, die Flöte schweigt, und es herrscht einen Augenblick lang tiefe Stille. Dann ein paar leichte Trommelschläge, die sich nach kurzen Pausen wiederholen und langsam häufiger und schneller werden, einen eigenen Rhythmus entwickeln. Schließlich setzen die dumpfen Schläge einer großen Pauke ein, so laut, dass es die ganze Halle füllt und das Herz eines jeden schneller schlagen lässt.

In der Mitte der Halle tauchen fünf Tänzerinnen auf. Auf ihren geölten Leibern spiegeln sich die Flammen des lodernden Feuers. Mal langsamer, mal schneller, aber immer im Rhythmus der Trommeln drehen und bewegen sich ihre geschmeidigen Körper zum Ergötzen der Männer, die in die Hände klatschen und sie lautstark anfeuern. Gesichter, Fuß- und Zehennägel der Mädchen sind geschwärzt. An den Armen sind sie tätowiert, auf den Köpfen tragen sie Federschmuck, glänzende Kupferringe an Handgelenken und Fußknöcheln, sonst aber nichts.

Jetzt hat auch die Flöte wieder eingesetzt und liefert sich einen Wettstreit mit den Trommeln, diesmal schrill und dissonant. Vom Öl glänzende Brüste tanzen vor den Augen der Zuschauer, immer schneller wirbeln Arme, Schenkel und Hüften im pulsierenden Rhythmus der Trommeln. Die Zuschauer genießen den Anblick, begleiten den wilden Tanz mit Johlen und Pfiffen. Bis die Trommeln urplötzlich abbrechen und die Tänzerinnen schwer atmend stehen bleiben. Einige Männer greifen nach ihnen, wollen sie sich auf den Schoß ziehen, aber das Öl auf ihrer Haut macht, dass die Mädchen nicht zu packen sind, dass sie den Kerlen aus den Fingern gleiten. Ebenso plötzlich, wie sie aufgetaucht sind, verschwinden sie auch wieder.

Die meisten Tänzerinnen sind wie auch die Haussklaven Geiseln oder Kriegsgefangene aus unterworfenen Nachbarvölkern. Viele wurden schon als Kinder verschleppt und kennen nichts anderes als Sprache und Land der Ruotinger. Die Männer unter ihnen kümmern sich um die Tiere und bestellen Orkons persönliche Felder. Die Weiber – je nachdem, wie geschickt oder hübsch sie sind – dienen in der Küche und der Halle, spinnen Flachs und weben Leinen oder verkürzen dem Fürsten und seinen Gefährten die Nächte.

Morgana weiß, dies ist erst der Anfang der Tänze. Es wird an diesem Abend noch wilder und ausgelassener zugehen. Aber sie kennt dies zur Genüge und hat keine Lust, das viehische Treiben mitanzusehen, auf das es am Ende hinausläuft. Sie erhebt sich, nickt Drengi höflich zu und verlässt die Halle.

* * *

Tura wälzt sich auf ihrem Lager von einer Seite zur anderen. Es ist stickig in ihrer kleinen Kammer, aber das ist nicht der Grund. Der Lärm aus der Halle lässt sie nicht schlafen, jedes Mal das Dröhnen der Trommeln, wenn wieder die Tänze beginnen. Dazu die lauten Stimmen der Männer, ihr Johlen und das rhythmische Stampfen der Füße, das Gelächter und das Grölen der Betrunkenen. Dazwischen lachende Frauenstimmen.

Tura fragt sich, was sie diesmal wieder treiben. Das Gelage findet sie abstoßend, aber die Tänze sind aufregend und schön anzuschauen. Besonders wenn die Trommeln immer schneller ihren Rhythmus hämmern und die Mädchen sich in Ekstase tanzen.

Einmal hat sie alles beobachten können. Heimlich natürlich, weil es ihr verboten ist. Vom Gang aus kann man ins Gebälk steigen. Dort oben befindet sich ein Loch, durch das man die Halle überblicken kann. An jenem Abend hat sie mit klopfendem Herzen zugeschaut und die Bilder des wilden Treibens förmlich in sich aufgesogen. Dass die Tänzerinnen sich so nackt vor der grölenden Menge zeigen! Und doch, wie schön ihr Anblick gewesen ist! Wie wunderbar ihre Bewegungen!

Weniger schön die gierigen Blicke der Männer, von denen einige so betrunken waren, dass sie sich kaum noch auf den Beinen halten konnten. Andere hielten halb nackte Sklavinnen in den Armen. Natürlich kennt sie die Mädchen, denn tagsüber arbeiten sie in der Küche oder in den Webstuben und Werkstätten der Burg. Sie dabei zu beobachten, wie sie sich mit den Gästen des Fürsten vergnügen, war seltsam erregend und abstoßend zugleich. In einer Ecke lag ein Paar auf dem Boden und schämte sich nicht, das zu tun, was Tura sonst nur von Tieren kennt, wenn sie sich paaren. So etwas hatte sie noch nie gesehen, und sie konnte die Augen nicht davon lassen.

Wieder beginnen die Trommeln. Tura ist nun endgültig wach und setzt sich auf. Ob Mutter wohl noch in der Halle ist? Oder schläft sie schon in ihrer Kammer? Wer kann bei diesem Lärm schon schlafen? Tura hat Lust, sich noch einmal zu ihrem heimlichen Versteck zu schleichen und das Schauspiel in der Halle zu beobachten.

Dann fällt ihr ihre neue Freundin ein, eine der Sklavinnen, älter als sie selbst, doch von so einfachem Gemüt, als wäre sie geistig in der Kindheit geblieben. Bei dem Lärm, der aus der Halle dringt, wird sie sich fürchten. Alle wissen, dass die junge Frau nicht richtig im Kopf ist. Sie ist schreckhaft und übertrieben ängstlich, hat einen fahrigen Blick und murmelt oft wirres Zeug, hat Angst, dass man ihr etwas antut. Gleichzeitig ist sie sehr lieb, besonders zu Tieren. Immer schrecklich bemüht, keine Fehler zu machen, egal, was man ihr aufträgt.

Tura hat sich der jungen Frau angenommen. Nicht zuletzt, weil diese oft schlecht behandelt wird und unfähig ist, sich zu wehren. Die elendsten Arbeiten weist man ihr zu: Nachttöpfe leeren, Latrinen putzen. Zu essen bekommt sie nur, was übrig geblieben ist, manchmal auch nur Abfälle. Das hat sich geändert, seit Tura sich um sie kümmert. Sie hebt ihr etwas von ihrem eigenen Essen auf und teilt es mit ihr.

Im Grunde weiß Tura nicht genau, warum sie das tut. Irgendetwas an der jungen, geistig umnachteten Frau berührt ihre Seele. Etwas in den traurigen Augen und dem scheuen Lächeln, das sich ab und zu zeigt, wenn sie Tura sieht. Und etwa in den Beobachtungen über ihre Umwelt, die sie in Momenten klaren Geistes von sich gibt, was allerdings nicht oft geschieht. Ihr kann Tura die kleinen Geheimnisse ihres jungen Lebens erzählen, die sie niemand anderem anvertrauen würde. Die Sklavin ist eine gute Zuhörerin, auch wenn sie wahrscheinlich kaum etwas von dem versteht, was Tura ihr sagt.

Der Lärm, der aus der Halle dringt, muss ihr Angst machen. Tura weiß, dass sie sich vor zu vielen Menschen fürchtet. Besonders Männern scheint sie aus dem Weg zu gehen.

Tura beschließt, sie zu suchen. Sie schlüpft in ihre Sandalen, zieht sich ein langes Wollhemd über und legt sich für den Fall, dass sie die Sklavin nicht in der Küche findet, ein Lammfell gegen die Nachtkühle um die Schultern. Dann nimmt sie das Talglicht, das neben dem Bett brennt, und macht sich auf den Weg, um in der Küche nach ihr zu fragen.

»Die Verrückte suchst du?«, fragt eine der Küchenmägde, die damit beschäftigt ist, Töpfe auszukratzen und Grillroste zu reinigen. »Hab sie nicht gesehen. Die läuft doch immer weg, wenn hier was los ist.«

Hier in der Küche dröhnen die Trommeln noch lauter als in ihrer Kammer. Mägde kommen und gehen. Die einen, um ihre Kannen an den beiden großen Bierbottichen zu füllen, andere tragen Holzplatten voll abgenagter Knochen und anderer Essensreste herein, die sie hinter dem Haus in einen Karren werfen. Die werden später an Schweine und Hunde verfüttert.

Sie wird wohl irgendwo in den Ställen sein, sagt sich Tura. Ihr Schützling liebt die Tiere und schläft dort meistens. Sie tritt aus dem Haus in die kühle, sternenklare Nacht. Die Trommeln sind auch hier zu hören. Auf dem Burghof ist niemand zu sehen, außer einem Betrunkenen, der sich schwankend an der Hauswand erleichtert.

Tura huscht mit ihrem Talglicht zu den Pferdeställen hinüber. Drinnen ist es stockdunkel, aber man spürt die Wärme der Pferdeleiber. Das erste Tier nahe der Tür scharrt mit den Hufen und wendet ihr den Kopf zu. Seine dunklen Augen glänzen im Schein des Talglichts. Tura streichelt dem Gaul sanft die Nüstern. Dann ruft sie leise nach ihrer Freundin. Aber zu hören ist nur das unruhige Schnauben der gestörten Gäule.

Langsam wandert sie durch den Stall und leuchtet in jede Ecke, bis sie ganz am Ende eine Gestalt ausmacht, die zusammengekauert an der Wand lehnt. »Hier bist du«, sagt Tura und hockt sich neben sie. »Ich dachte mir schon, dass ich dich hier finde.«

Das Talglicht erhellt ein bleiches Gesicht, in dem verschreckte, ängstliche Augen um sich blicken. »Denkst du, sie kommen?«, fragt die Sklavin mit bebender Stimme.

»Wer soll kommen?«

»Um mich zu holen.«

»Aber wer soll dich denn holen?«

»Die da draußen. Die suchen nach mir.«

»Niemand sucht nach dir.«

»Ich muss mich verstecken. Sie dürfen mich nicht finden.«

»Wovor hast du Angst? Niemand will dich finden, nur ich.«

Als Tura die Arme um die mageren Schultern der Sklavin legt, spürt sie, wie die junge Frau am ganzen Leib zittert. »Alles ist gut. Hier bist du sicher«, flüstert Tura ihr zu.

Nachdem die Sklavin sich ein wenig beruhigt hat, beginnt Tura, von ihren eigenen Ängsten zu erzählen. Von Hakun, den sie liebt, und von ihrer Furcht, an diesen alten Nebroni verschachert zu werden.

* * *

Am späten Vormittag des nächsten Tages steckt Inka den Kopf durch die Tür zu Morganas Kammer. »Ich glaube, es beginnt, Herrin. Sie haben sich versammelt.«

»Gut. Ich komme.«

Morgana hatte der Sklavin aufgetragen, sich heimlich in der Halle zu beschäftigen und sie zu warnen, sobald Orkon und Drengi sich daranmachen, über Tura zu verhandeln. Orkon hat ihr zwar die Teilnahme untersagt, aber sie hat nicht vor, ihm zu gehorchen. Jetzt ist es also so weit. Reichlich spät, denkt sie, denn die Sonne hat schon fast ihren Höchststand erreicht. Aber dass sie lange schlafen, war nach der gestrigen Nacht nicht anders zu erwarten.

Morgana nimmt einen Hornkamm zur Hand und kämmt sich noch einmal ihr langes Haar. Dann rollt sie es zu einem Knoten im Nacken und steckt eine goldene Haarnadel hinein. Auch heute ist sie sorgfältig gekleidet. Ein weites Gewand, weniger aufreizend als das vom gestrigen Abend, dafür aber rund um den Ausschnitt mit eingenähten bunten Edelsteinen geschmückt. Da der Tag kühl ist, legt sie sich einen Zobelpelz um die Schultern, den sie mit einer goldenen Fibel feststeckt. Heute möchte sie, dem Ernst der Besprechung anmessen, edel, aber schlicht erscheinen. Keine Schminke um die Augen, kein Rötel auf den Wangen.

Auf dem Weg zur Halle wirft sie einen kurzen Blick in Turas Kammer. Aber die ist leer. In der Küche fragt sie, ob jemand ihre Tochter gesehen hat.

»Wahrscheinlich bei der einfältigen Sklavin«, antwortet ihr eine Magd. »Hab die beiden heute Morgen bei den Pferden gesehen.«

Morgana schüttelt den Kopf. Seit ein paar Wochen schon verbringt Tura ihre Zeit mit diesem Mädchen. Was das nun wieder soll? Was, bei Hella, sieht sie in der?

Sie betritt die Halle. Die ist inzwischen aufgeräumt und gefegt. Nichts erinnert mehr an das Gelage des gestrigen Abends. Auch die Schläfer, die hier auf Bänken genächtigt haben, hat man wohl gebeten, sich woanders aufzuhalten.

Orkon wirft ihr einen giftigen Blick zu, als er sie sieht, aber in Drengis Gegenwart kann er sie schlecht wegschicken. Er sieht verkatert aus. Seine Haut ist grau, die Augen sind blutunterlaufen. Wenigstens sitzt er halbwegs würdevoll auf dem Hochsitz. Die übrigen Gesprächsteilnehmer haben auf verschiedenen Hockern und Stühlen Platz gefunden. Es sind die gleichen wie an Orkons Tafel am Abend zuvor. Auf einem Tisch an der Seite stehen noch die Reste eines Morgenmahls.

»Guten Morgen, Odda«, sagt sie zu Orkons Leibwächter, als sie an ihm vorbeigeht.

Odda nickt und grunzt etwas Unverständliches. Mehr hat sie auch nicht erwartet. Drengi lächelt freundlich in ihre Richtung, seine Söhne aber starren sie nur gleichmütig an. Seltsame Burschen, diese beiden.

»Möchtest du hier sitzen?«, fragt Ljotor, der aufgesprungen ist und ihr seinen Platz neben Arrak anbietet.

»Nein, danke«, erwidert sie mit einem schnellen Blick auf Orkon und setzt sich auf einen bequemen Stuhl an der Seite. »Ich bin nur hier, um zuzuhören.«

Arrak sitzt breitbeinig auf seinem Stuhl, mit verschränkten Armen und mürrischer Miene weit zurückgelehnt. Er starrt ins Gebälk, als gehöre er nicht zur Runde. Er könnte kaum deutlicher zeigen, dass er gegen diese Verbindung ist. Morgana ist gespannt, ob er sich an die Weisung seines Vaters hält, den Mund zu halten. Ich soll ja auch den Mund halten, denkt sie, sollte eigentlich gar nicht hier sein.

Urdo, zu Orkons Rechten, blickt besorgt und mit einem winzigen Kopfschütteln zu ihr herüber, als wolle er sie daran erinnern, sich herauszuhalten. Sie verhandeln über mein Kind, und ich soll nichts dazu sagen? Nun, wir werden sehen.

Drengi räuspert sich. »Wie ich gerade sagte, Orkon, Nebroni und Helminger leben nun schon seit Langem in guter Nachbarschaft miteinander. Schon deinem Großvater haben wir die Treue geschworen, genau wie deinem Vater und wie auch dir.«

»Und so soll es bleiben«, erwidert Orkon.

»Ja, so soll es bleiben. Auch wenn wir nicht immer gleicher Meinung sind, so sind wir bisher doch gut damit gefahren.« Drengis Worten folgt zustimmendes Gemurmel von allen Seiten. Außer von Arrak, wie Morgana bemerkt.

»Du weißt, warum ich hier bin«, fährt Drengi fort.

»Du hast es angekündigt«, sagt Orkon, ohne weiter darauf einzugehen.

»Als wir vor einem Jahr gemeinsam den Feldzug gegen die Völker an der Albija-Mündung bestritten haben, hast du mir angeboten, unsere Freundschaft durch enge Familienbande zu besiegeln.«

»Hab ich das?« Orkon rutscht etwas verlegen auf seinem Stuhl herum. Er wirft Urdo einen kurzen Blick zu. »Ich erinnere mich nicht mehr so genau.«

»Du erinnerst dich nicht?« Drengi sieht ihn erstaunt an. »Natürlich hast du. Deine Tochter Tura hast du mir versprochen. Das hast du doch wohl nicht vergessen?«

Orkon runzelt verlegen die Stirn. »Vielleicht hab ich das, Drengi. Aber kann es sein, dass ich betrunken war? Du kennst meine Schwäche für Bier.«

Zwischen Drengis Brauen zeigt sich eine tiefe Falte. Er sieht jetzt nicht mehr so freundlich aus. »Verdammt, Orkon! Du warst alles andere als betrunken. Es war gleich nach unserem Sieg. Wir waren dir und deinen Leuten zu Hilfe gekommen, als ihr in Bedrängnis wart. Daran wirst du dich doch wohl noch erinnern.«

Orkon nickt. »Natürlich. Euer Einsatz war hilfreich. Wir haben sie alle getötet, diese aufständischen Bastarde.«

»Ganz recht. Und du hast gesagt: ›Für diese Tat gebe ich dir meine Tochter.‹ Darüber haben wir uns feierlich die Hand gegeben. Also reden wir nicht länger um den heißen Brei herum, denn heute bin ich hier, um dein Versprechen einzufordern.«

Eine Weile herrscht verlegenes Schweigen. Drengi fixiert Orkon, während der den Kopf in den Nacken legt und zum Gebälk aufblickt, als müsse er nachdenken.

Urdo kommt ihm zu Hilfe. In seiner tiefen Stimme versucht er, Drengis Forderung zu entschärfen und die Lage zu klären: »Die Waffenhilfe der Nebroni vor einem Jahr war natürlich willkommen. Es ist daher verständlich, dass Orkon dir nach der Schlacht seine Dankbarkeit zeigen wollte.«

»Willkommen? Hilfreich? Verdammt, Urdo, du warst nicht dabei. Ohne uns Nebroni wäre Orkon in der Schlacht untergegangen, hätte vielleicht sogar sein Leben verloren. Wir haben ihm den Arsch gerettet. Das ist die Wahrheit.«

»Das mag sein«, erwidert Urdo in ruhigem, vernünftigem Ton. »Im Nachhinein ist das jedoch schwer nachzuvollziehen. Aber wie dem auch sei, Orkon wollte dir natürlich danken und hat dieses Versprechen vielleicht etwas übereilt gegeben. Denn dabei sind auch andere Dinge zu beachten.«

»Welche Dinge?«

»Die Nebroni sind nicht der einzige Klan im Land. Das Ganze

will überlegt sein. Wir müssen das Wohl aller Klans im Auge behalten.«

Drengi wendet sich Orkon zu, der bisher nicht viel gesagt hat. »Was soll das heißen, Orkon? Willst du etwa dein Versprechen brechen? Überlege dir das gut. Ist dein Wort überhaupt noch etwas wert, wenn du es brichst?«

»Wer sagt, dass ich mein Wort breche«, schnaubt Orkon. »Wir wollen nur das Beste für alle Klans. Deshalb reden wir ja mit dir.«

»Sieht mir eher danach aus, als ob du dich aus deiner Verpflichtung winden willst.«

»Verdammt, Drengi! Das muss ich mir nicht sagen lassen.«

Beide Männer funkeln sich wütend an.

»Meine Tochter ist zu jung«, wirft Morgana ein. »Sie ist gerade erst vierzehn geworden. Sie weiß noch nichts von der Welt.«

»Misch dich nicht ein, Morgana«, knurrt Orkon.

Auch Drengi fährt ärgerlich zu ihr herum. »Denkst du etwa, ich bin ein Kinderschänder? Denkst du, ich brauche unbedingt ein Weib für mein Bett? Darum geht es doch gar nicht.«

»Wir sollten nichts überstürzen, Drengi«, versucht Urdo, die Wogen wieder zu glätten. »Gib uns ein wenig Zeit. Gib Tura ein wenig Zeit.«

Drengi erhebt sich. »Ihr wollt Zeit? Mein Eindruck ist, ihr wollt euch drücken. Das wird sich herumsprechen. Man wird sagen, auf Orkon ist kein Verlass.«

Plötzlich beugt Arrak sich vor. In seinen Augen blitzt es vor Zorn. »Bist du dämlich, Mann? Wann verstehst du's endlich? Meine Schwester kriegst du nicht. Du bist hier nicht willkommen!«

Entsetzte Stille.

Nun stehen auch die anderen Nebroni auf. Drengis Söhne greifen zu ihren Dolchen. Doch bevor Odda einschreiten kann, gebietet Drengi seinen Leuten mit einer herrischen Handbewegung Einhalt. Dann wendet er sich an Orkon: »Ich sage dir, Orkon. Dein verdammter Welpe hier ist eine Schande für dein Haus, er wird noch mal dein Untergang sein. Und was deine Tochter angeht: Ich will sie nicht mehr.«

Als er sich zum Gehen wendet, betritt ein Mann die Halle. Sein Gesicht ist gerötet, und er sieht erschöpft aus, wie nach einem langen Ritt.

Drengi scheint ihn zu kennen. »Was ist, Rono?«

»Eine Botschaft für dich, Herr.«

Drengi geht auf den Mann zu. Er lauscht aufmerksam, was der Bote ihm zu sagen hat. Plötzlich fährt er zurück, als habe man ihm einen Hieb verpasst. »Bist du sicher?«, fragt er aufgebracht. Doch der Mann nickt und scheint seine Nachricht zu bekräftigen.

»Was, bei Hador, ist los?«, fragt Orkon unwirsch.

Drengi dreht sich langsam zu ihm um. Sein Gesicht ist starr vor unterdrücktem Zorn. »Das Heiligtum der Destarte wurde niedergebrannt. Und es heißt, dass deine Leute dahinterstecken.«

Alle sehen ihn erschrocken an. »Bist du verrückt?«, stößt Orkon hervor. »Das kann nicht sein.«

»Ich werde es überprüfen. Und sollte es sich bewahrheiten, Orkon, dann sind wir die längste Zeit Verbündete gewesen. Das schwör ich dir!«

Drengi dreht sich um und verlässt die Halle. Wortlos folgen ihm seine Söhne und anderen Begleiter.

Niemand spricht. Verwirrt und sprachlos starrt Orkon ihnen nach. Genau das hat er nicht gewollt. Auch wenn er Drengi nicht seine Tochter geben will, ist ihm das Bündnis mit diesem Klan wichtig. Seine Augen wandern zu Arrak hinüber, und seine Miene verdunkelt sich. »Hab ich dir nicht befohlen, das Maul zu halten? Und was, bei Hador, hast du wieder angestellt, verdammt noch mal?«

Arrak hält seinen Blick. »Nichts hab ich angestellt. Warum beschuldigst du mich?«

»Weil das ganz nach dir aussieht! Erst versuchst du die Priesterin zu rauben. Und als das nicht gelingt, fackelst du aus Wut das ganze Heiligtum ab.«

»Das ist nicht wahr!«, ruft Arrak wütend.

»Natürlich ist es wahr. Du bist ein verdammter Lügner und ein Nichtsnutz!« Er hebt die Hände gen Himmel. »O Götter, was hab ich getan, dass ihr mich mit so einem Sohn bestraft?« Dann fährt er ihn wieder an: »Und du willst einmal über dieses Land herrschen? Ich sage dir, du wirst uns allen nur Schande bringen. Ich sollte dich auspeitschen lassen. Vielleicht tu ich das sogar. Ja, das wird dich lehren, deinen frechen Übermut zu beherrschen.«

Die Anwesenden folgen Orkons Ausbruch mit betroffenen Blicken. Arraks Gesicht läuft rot an, die Augen sind weit aufgerissen, die Lippen beben. Auspeitschen lassen? So hat noch niemand mit ihm geredet. Weiß vor Zorn springt er auf, reißt mit einem gurgelnden Schrei den Dolch vom Gürtel und stürzt sich damit auf seinen Vater.

Doch Odda ist schneller. Von hinten packt er Arrak am Kragen, schleudert ihn zu Boden und entwindet ihm mit solcher Leichtigkeit den Dolch, als wäre sein Gegner ein Kind. Dann beugt er sich über ihn und knurrt in tiefem Bass: »Wenn du das noch einmal versuchst, bring ich dich um. Ist das klar?«

* * *

In der Nacht besucht Orkon unerwartet Morganas Kammer. In der Hand hält er ein Talglicht. Wortlos reißt er ihr die Wolldecke weg. Erschrocken und noch schlaftrunken stützt sie sich auf die Ellbogen und starrt ihn an.

»Zieh es aus«, befiehlt er barsch.

Langsam setzt sie sich auf, hebt das Leinenhemd, das sie trägt, über den Kopf und lässt es neben dem Bett zu Boden fallen. Mit einem spöttischen Lächeln lässt sie sich zurück aufs Lager sinken.

Orkon betrachtet lange ihren nackten Leib. In seinen Augen glitzert es vor Begierde.

»Ich will endlich einen Sohn von dir«, murmelt er. »Also mach gefälligst die Beine breit.«

Trotz aller Bemühungen, mehr von ihr als von ihm, will sein Schwanz ihm jedoch nicht gehorchen. Am Ende geben sie es auf.

»Es genügt wohl nicht, dass ich einen missratenen Bastard habe«, knurrt er wütend. »Ich habe auch noch ein Weib, das zu nichts nutze ist.« Ächzend erhebt er sich von ihrem Bett und verlässt frustriert die Kammer.

Sosehr sie ihn verachtet, sosehr ist Morgana sich bewusst, wie unsicher ihre Stellung ist, wenn sie nicht bald schwanger wird. Der Kerl schickt sie womöglich weg. Das wäre eine Schande für ihre Familie. Oder er lässt sie der Einfachheit halber umbringen. Wie ein lästiges Insekt. Von Odda wahrscheinlich. Irgendwie muss sie Orkon verhelfen, ihr wenigstens ein paarmal seine Manneskraft zu beweisen, selbst wenn es am Ende Urdo ist, der sie schwängert.

Vielleicht kann ihr die Zauberkraft der Götter helfen, Beschwörungen, Liebestränke. Immerhin ist Wuodan, neben anderem, auch Herr der Magie. Leider hat er sich von ihnen abgekehrt. Besser also zum Heiligtum der Destarte zu pilgern. Ist nicht bald ihr Frühlingsfest? Selbst wenn es dort gebrannt hat, wird das jährliche Fest doch wohl nicht abgesagt. Sie wird die Priesterin bitten, ihr zu helfen. Schließlich ist Destarte nicht nur Göttin der Liebe und der Fruchtbarkeit, sondern auch der Fleischeslust. Ein Zaubertrank könnte Orkons Manneskraft stärken. Nur darf er nichts davon erfahren. Sie muss sich etwas ausdenken. Sie könnte behaupten, ihre Familie zu besuchen. Aber ganz allein? Sie wird ein paar Krieger als Begleitschutz brauchen, doch die werden Orkon alles berichten. Es dauert in dieser Nacht, bis es ihr gelingt, wieder einzuschlafen.

Am nächsten Morgen lässt Orkon sie holen, um das Morgenmahl mit ihm zu teilen. Etwas, das selten genug vorkommt. Sie sind allein in seinem Schlafgemach. Hat er vor, es noch einmal zu versuchen? Aber es sieht nicht so aus. Man hat ihm Eier mit Speck gebracht, frisches, duftendes Fladenbrot und gelbe Butter.

»Bedien dich«, sagt er mit vollem Mund.

»Danke. Ich hab schon gegessen.«

»Immer früh auf, was?« Er häuft mit dem Messer etwas Rührei auf ein Stück gebuttertes Brot und steckt es sich in den Mund.

»Eine Angewohnheit aus meiner Kindheit«, sagt sie. »Mutter hat uns immer früh geweckt.«

Orkon kaut und nimmt einen Schluck aus seinem Becher. Mit Wasser gestrecktes Bier, vermutet Morgana. Für gewöhnlich sein Morgentrunk.

»Was ist mit Arrak?«, fragt sie. »Wirst du ihn bestrafen?«

Orkon zuckt mit den Schultern. »Er hat sich entschuldigt.«

»Und das war's? Er hat versucht, dich umzubringen.«

»So schnell bringt mich keiner um. Die Wut hat ihn übermannt. Kann passieren. Außerdem bin ich selbst schuld. Ich hab ihn gereizt.«

Dabei hat es später am Abend eine weitere heftige Auseinandersetzung zwischen Vater und Sohn gegeben, von der Morgana nichts weiß. Zum Glück war Urdo dabei, um die Gemüter zu beruhigen, sonst wäre es hässlich geworden. Aber Arrak ist gewarnt: eine weitere Eigenmächtigkeit, und er ist längstens Orkons Erbe gewesen.

»Einen anderen hättest du auspeitschen lassen, wenn nicht gar aufgehängt. Nur weil er dein Sohn ist ...« Sie spricht nicht weiter.

»Ja, darum geht's. Hör zu. Ich hab nachgedacht«, sagt er und schiebt den Teller weg. »Ich will, dass du dich zu diesem Heiligtum begibst, dem der Destarte.«

Erstaunt sieht sie ihn an. Hat sie richtig gehört?

»Ich spende einen schönen Hengst als Opfertier«, fährt er fort, »und einen Beutel Silber. Das sollte ihnen helfen, die Schäden zu beseitigen, die mein Sohn angerichtet hat. Falls er es gewesen ist.

Meinetwegen nimm auch ein paar schöne irdene Gefäße mit. Was immer du für angemessen hältst.«

»Ich dachte, du verachtest alle Götter außer Hador.«

Orkon zuckt mit den Schultern und sieht verlegen zur Seite. Dann sagt er: »Unser Gott ist Hador, das ist wahr. Aber der kann keine Kinder herbeizaubern. Destartes Priesterin heißt Herdis. Du bist ihr doch schon begegnet. Sie ist sehr geschickt. Sie kann dir helfen, einen Sohn zu bekommen. Sie hat schon vielen Frauen den Kinderwunsch erfüllt. Ich weiß nicht genau, was sie tut. Beschwörungen an ihre Gottheit, Kräuteraufgüsse, die sie mit einem Zauber belegt. So was in der Art.«

»Und solche, die die Manneskraft stärken?« Morgana kann sich ein spöttisches Grinsen nicht verkneifen.

Orkon wirft ihr einen wütenden Blick zu. »Was weiß ich? Irgendwas, damit du mir endlich einen Sohn gibst! Einen besseren als Arrak.«

Sie schweigen einen Augenblick. Morgana ist noch zu überrascht, um etwas zu sagen. Die halbe Nacht hat sie sich den Kopf zerbrochen, wie sie heimlich das Heiligtum besuchen könnte, und nun schickt er selbst sie dorthin.

Orkon reißt ein Stück Brot ab und stopft es sich in den Mund. »Da soll doch bald das Frühlingsfest stattfinden. Das wäre die beste Gelegenheit, denke ich.«

»Und wie komme ich dahin?«

»Na, wie wohl? Auf einem verdammten Wagen natürlich. Oder zu Pferde, was weiß ich? Ich gebe dir Odda mit, um dich zu beschützen. Der ist mehr wert als ein Dutzend Krieger.«

Morgana erhebt sich. »Dann muss es dir wirklich viel bedeuten. Wenn du mir Odda als Begleitung mitgibst, meine ich.«

»Natürlich tut es das. Wir sind uns also einig?«

Morgana nickt. »Sehr sogar!« Sie wendet sich zum Gehen. An der Tür bleibt sie stehen. »Nur eines«, sagt sie. »Wenn du wirklich ein Kind willst ...« Sie zögert. »Ich meine, wenn es dir wirklich ernst damit ist, dann sollte ich vielleicht keinen Hengst opfern und mich eher unerkannt zum Heiligtum begeben.«

Einen Augenblick lang sieht er sie verständnislos an. Dann scheint er zu begreifen, und er nickt unmerklich. »Meinetwegen«, sagt er.

»Du weißt, was das bedeutet.«

»Ich denke schon. Aber sieh zu, dass dich wirklich niemand erkennt.«

»Also gut.« Damit verlässt sie die Kammer und schließt sanft die Tür hinter sich.

WUODAN

Wuodan, Herr der Himmel, Göttervater, Magier und weiser Wanderer in der Ferne, dein Volk sehnt sich nach dir, denn die Welt ist in Unruhe. Hast du uns wirklich verlassen?

Der hohe, bewaldete Hügelzug zwischen Onestruda und Gerra, auf dem sich das Heiligtum befindet, wird im Volksmund Frauenhügel genannt. Ursprünglich wurde hier nur Astaris verehrt, die Göttin der Jagd, des Waldes und der Tiere darin. Ihr Kult ist der älteste und ursprünglichste und stammt wahrscheinlich noch aus Zeiten vor den Ruotingern. Ihr ist der Bär als Herrscher des Waldes heilig, zwei schnelle Hunde sind ihre ständigen Begleiter.

Als sich dann aber immer mehr Bauern entlang der Onestruda ansiedelten, wurde die Fruchtbarkeit von Feldern und Viehherden wichtiger als die Jagd. So kam es, dass Destarte ihre Schwester Astaris zwar nicht verdrängte, aber doch auf den zweiten Platz verwies. Schließlich bekam auch Wuodans Gefährtin Hella, Schutzherrin der Familien und der Ernten, ihren Altar auf dem Frauenhügel. Es müssten also drei Priesterinnen sein, aber Astaris' Priesterin ist im vergangenen Jahr unverhofft verstorben, und eine neue hat sich noch nicht gefunden.

Auf halbem Weg von der Furt hinauf zum Heiligtum findet sich die Quelle eines Bächleins – in heißen Sommern kaum mehr als ein Rinnsal –, das den Hang hinabfließt und sich weiter unten in die Gerra ergießt. An der Stelle, wo das heilige Wasser aus dem Fels sprudelt, bildet es einen kleinen Teich, den man mit

Steinen liebevoll eingefasst hat. Eine Bank steht daneben, auf der Besucher sich ausruhen und dem Plätschern der Quelle lauschen können. Von dem Wasser zu trinken stärkt die Gesundheit und hilft schwangeren Frauen, ihre anstehende Entbindung heil zu überstehen und die Geburtswehen besser zu ertragen. Auch das Wasser für Herdis' Zaubertränke stammt aus dieser Quelle.

An diesem Morgen ist der Himmel bedeckt, und ein kühler Wind bewegt die Baumwipfel. Es ist der zweite Morgen seit dem Brand. Zusammen mit Helfern aus dem Dorf steigen Rana, Borgunna und Herdis den Hügel hinauf, um wie schon an den Tagen zuvor die Schäden zu beseitigen. Männer aus dem Dorf begleiten die Frauen mit Schaufeln auf den Schultern und Äxten in den Händen.

An der heiligen Quelle bleiben sie stehen. Sogar hier haben die Brandstifter ihre Zerstörungswut ausgelassen. Die Umfassungssteine des Teichs haben sie umgestoßen und zum Teil herausgerissen, das Wasser abgelassen, die Bank zertrümmert. Der Anblick schmerzt Rana in der Seele, aber die Quelle muss warten, solange es Wichtigeres zu tun gibt.

»Was für eine Schande!«, murmelt Borgunna. »All diese sinnlose Zerstörung. Sogar hier an der Quelle.« Sie ist nicht mehr die Jüngste und ein wenig kurzatmig. Der Aufstieg, obwohl nicht besonders steil, hat ihr zugesetzt. Auch sie möchte sich bald von ihrem Priesteramt zurückziehen und ist dabei, ein junges Mädchen aus dem Dorf darauf vorzubereiten. Sie heißt Isiris und ist etwas jünger als Rana.

»Möchtest du dich ausruhen?«, fragt Isiris ihre Lehrmeisterin.

»Nein, danke. Es geht schon. Gehen wir weiter.«

Die Frauen können sich denken, wer hinter den Verwüstungen steckt. Es kann kein Zufall sein, dass das Heiligtum ausgerechnet an jenem Tag brannte, an dem Arrak unverrichteter Dinge abziehen musste. Dazu kommt, dass Hufspuren gefunden wurden, obwohl Pferde auf dem heiligen Hügel nicht erlaubt sind. Und

Radspuren, die denen eines Kampfwagens ähneln, deren Räder wesentlich weiter auseinanderstehen als die normaler Wagen.

Der Kerl hatte also nichts Eiligeres zu tun, als sich zu rächen und seine Wut am Heiligtum auszulassen. Und dies auf hinterhältige und feige Weise. Als wenn man ihm nicht auf die Schliche kommen würde. Rana kann sich glücklich schätzen, dass sie ihm entkommen ist, und doch wird sie den Gedanken nicht los, dass die Sache noch nicht ausgestanden ist, dass von dieser Seite mehr Unheil droht. Für einen Augenblick hat sie das schweißbedeckte Gesicht des Kerls vor Augen, der sie vergewaltigen wollte, die starken Arme des anderen, der sie festhielt. Ihr wird übel. Sie ist noch mal davongekommen, aber wird einer wie Arrak klein beigeben? Wohl eher nicht.

Kurz bevor die Gruppe die Hügelkuppe erreicht, tritt ein junger Bursche zwischen den Bäumen hervor. Er muss auf sie gewartet haben. Er wolle mit Herdis sprechen, sagt er verlegen. Sie kennen ihn natürlich. Er ist der Sohn eines Bauern aus dem Dorf und leidenschaftlicher Jäger. Auch jetzt trägt er seinen Bogen in der Hand und einen mit Pfeilen gefüllten Köcher am Gürtel.

»Was ist, Hargrim?«, fragt Herdis. »Du weißt, hier wird nicht gejagt.«

Er nickt beklommen. »Ich hatte es eigentlich auch gar nicht vorgehabt. Ist nur so passiert«, stammelt er zerknirscht. »Es tut mir wirklich leid.«

»Was ist passiert?«

»Ich weiß doch, dass man auf dem Frauenhügel nicht jagen soll. Deshalb hab ich mich ja auch nicht getraut, was zu sagen, als es gebrannt hat.«

»Was zu sagen? Wovon redest du?«

»Na, dass ich sie gesehen habe.«

»Wen denn?«

»Na, die Brandstifter.«

Herdis macht große Augen. »Wirklich? Die hast du gesehen?«

»Ich bin einer Rehspur gefolgt. Und weil ich den ganzen Tag kein Glück hatte, wollte ich nicht aufgeben. Bis oben auf die Lichtung bin ich hinter dem Reh her. In der Dämmerung trauen sie sich oft ins Freie. Ich wollte schon einen Pfeil auflegen, da sind sie gekommen.«

»Wer denn? Nun red schon! Muss man dir alles aus der Nase ziehen?«

»Ein halbes Dutzend Reiter. Wie viele genau, hab ich nicht gesehen, weil ich mich gleich versteckt habe. Ich hatte Angst, denn es waren Krieger. Und ein Kampfwagen war dabei.«

»Bist du sicher? Das ist wichtig.«

»Ja, ganz sicher. Ich hab auch gesehen, wie sie versucht haben, die Stele umzustürzen. Aber das hat ihnen wohl zu lange gedauert. Danach haben sie Feuer gelegt. Ich hab mich zum Weg geschlichen, um das Dorf zu alarmieren. Doch da sind sie schon vom Heiligtum zurückgekommen – sie hatten es wohl eilig –, und ich musste mich noch mal verstecken. Sie sind ziemlich dicht an mir vorbei. Erst später bin ich ins Dorf. Da hatten alle schon gemerkt, dass es auf dem Frauenhügel brennt. Ich hab gedacht, ich sag besser nichts, weil es doch verboten ist, hier oben zu jagen.«

»Und warum erzählst du uns das jetzt?«

Er blickt zu Boden. »Na ja, ich hab ein schlechtes Gewissen bekommen. Vielleicht ist es ja wichtig, was ich gesehen habe.«

»Sehr wichtig sogar. Du sagst, sie sind dicht an dir vorbei?«

»Das sind sie. Weiß gar nicht, warum die mich nicht gesehen haben. Es war noch hell genug.«

»Hast du einen von denen erkannt? Waren es vielleicht die, die am Nachmittag auf unseren Hof waren?«

Hargrim hebt die Schultern. »Das kann ich nicht sagen. Ich war doch den ganzen Tag auf der Pirsch. Mit wenig Glück.«

»Aber einen Kampfwagen hast du gesehen.«

»Ja. Und der Wagenlenker hatte ein Zeichen auf der Wange. Das ist mir aufgefallen. Die anderen, glaube ich, auch.«

»Was für ein Zeichen?«

»Es sah so aus.« Er nimmt einen Pfeil aus dem Köcher und zeichnet in den Sand. »So ungefähr jedenfalls.«

»Eine Schlange?«, fragt Rana. »Soll das eine Schlange sein?«

»Ich glaub schon.«

Herdis wirft ihrer Tochter einen grimmigen Blick zu. »Arrak und seine Männer. Kein Zweifel.«

»Werde ich jetzt bestraft?«, fragt Hargrim, »Weil ich da oben gejagt habe?«

Herdis legt dem jungen Burschen die Hand auf den Arm. »Nein, nein. Im Gegenteil. Wir danken dir. Es war richtig, dass du uns das erzählt hast. Aber ein zweites Mal lass dich hier besser nicht beim Jagen erwischen.«

»Danke, Herdis.« Hargrim grinst sichtlich erleichtert. »Kann ich irgendwie helfen?«

»Natürlich. Komm mit. Wir können jeden gebrauchen, der sich nicht vor Arbeit scheut.«

Sie gehen weiter. Wenig später führt der Weg aus dem Wald und auf die blumenreiche Wiese, die sich über einen großen Teil der Hügelkuppe erstreckt. Doch der Himmel ist grau und die Stimmung gedrückt.

»Glaubt ihr, es wird regnen?«, fragt Rana. »So wie gestern?«

»Ich denke nicht«, meint Borgunna nach einem Blick auf die Wolken. »Und wenn schon. Dann werden wir eben nass.«

Nass werden ist immer noch besser als das, was uns heute wieder bevorsteht, denkt Rana niedergeschlagen. Der gestrige Regen hat aus der Asche eine schwarze Pampe gemacht. Am Abend werden sie vom Wegräumen der Aschereste und der verkohlten Balken so dreckig und schwarz wie Köhler aussehen. Es ist zum Heulen. Nicht wegen der schmutzigen Kleider oder dem Dreck unter den Nägeln, den man kaum los wird, sondern weil es so traurig ist, diese Arbeit zu verrichten.

»Wieso ist Arni heute nicht mitgekommen?«, fragt Borgunna.

»Er hilft Vater in der Schmiede.«

Herdis zeigt sich genervt. »Natürlich. Die Schmiede ist mal wieder wichtiger.«

»Schimpf nicht über Vater, Mutter. Was er macht, ist wichtig.«

»Warum bist du eigentlich immer auf seiner Seite?«

»Und was macht er da eigentlich?«, fragt Isiris.

»Das hätte ich auch gern gewusst«, pflichtet Borgunna ihr bei. »Das ganze Dorf zerreißt sich schon das Maul darüber.«

»Das werdet ihr schon sehen«, erwidert Rana. Mehr verrät sie nicht, auch als Borgunna noch einmal nachfragt.

Sie nähern sich dem Heiligtum. Es liegt auf der höchsten Stelle des Hügelzugs und wird von Bäumen überragt, denn direkt dahinter beginnt der Wald. Es besteht aus gewaltigen Felsbrocken, die aussehen, als habe ein Riese sie aufeinandergetürmt. Halb von einer Erdschicht bedeckt umschließen sie einen Hohlraum wie eine geräumige Höhle. Es gibt einige solcher seltsamen Gefüge im Land. Niemand weiß, wozu sie gedient haben und was aus den Menschen geworden ist, die sie errichtet haben. Wenn es überhaupt Menschen waren. Viele glauben, das Geschlecht der Riesen, das noch vor den Göttern die Welt beherrschte, habe sie erschaffen. Vielleicht sind es ihre Gräber.

Das Eigenartige an den Steinen hier auf dem Hügel ist der Eingang zur Höhle, der durch zwei mächtige, gegeneinanderlehnende Felsbrocken gebildet wird und mit etwas Fantasie an ein geöffnetes weibliches Geschlecht erinnert. Seine Form muss die Ahnen dazu gebracht haben, die Steine der Fruchtbarkeitsgöttin zu weihen.

Herdis dagegen glaubt, dass Destarte selbst diesen Ort für sich gewählt hat. Seit Generationen kommen die Menschen hierher, um zu opfern und den Segen der drei Göttinnen zu erflehen, die hier verehrt werden. Unter den Pilgern sind vor allem Frauen. Es ist ein Ort des Friedens, der Besinnlichkeit und der Hoffnung.

Umso schwerer ist das Bild der mutwilligen Zerstörung zu

ertragen, das sich ihnen jetzt bietet: Die große, aus einer Eiche geschnitzte und tief im Boden verankerte Stele der Destarte, die sonst so stolz in den Himmel ragt – mit dem lächelnden Gesicht der Göttin, ihrem fruchtbaren Schoß und den großen Brüsten, einschüchternd und schön zugleich –, steht nun schief, als würde sie gleich umfallen. Offenbar haben die Angreifer Feuer an sie gelegt, als es ihnen nicht gelang, sie ganz umzustürzen. Der untere Teil ist schwarz angebrannt, zum Teil verkohlt. Zum Glück ist das Feuer ausgegangen, und die Männer aus dem Dorf sagen, sie können die Stele wieder aufrichten und einigermaßen herrichten.

Der gesamte hölzerne Vorbau der Höhle, unter dem Herdis für gewöhnlich ihr Opferritual abzuhalten pflegt, ist dem Feuer zum Opfer gefallen. Darunter der Astaris-Altar, den man mit in die Flammen geworfen hat. Nicht weit davon liegt auch das mit dem Beil verunstaltete Standbild der Hella im Gras.

Das Innere des Heiligtums – mit den Hockern, heiligen Krügen, Urnen und Schalen und den gewebten Teppichen und Vorhängen – ist völlig ausgebrannt. Trommeln und Flöten, die die Feste begleiten, sind ebenfalls zerstört, genauso wie ein altes Saiteninstrument, das sich nicht so schnell ersetzen lässt. Der schwere Felsblock, der als Dach über der Höhle liegt, ist schwarz vor Ruß. Der große Opferstein vor der Höhle ist zwar verdreckt, aber unbeschädigt.

Beim Anblick der Zerstörungen kann Herdis sich nicht helfen, ihr kommen erneut die Tränen. »Wer tut denn so was?«, flüstert sie mit erstickter Stimme. »Mir bleibt jedes Mal die Luft weg, wenn ich das sehe. Als hätte mir einer in die Magengrube geschlagen. Dies hier war mein Leben ...« Sie steht da mit hängenden Schultern und schluchzt. »Das ist das Ende. Hador hat gesiegt.«

Ihre Mutter so zu sehen tut Rana weh. Mehr als das. Es ist ein Schock. Und es macht sie wütend. Herdis besiegt? »Auf keinen Fall!« Sie legt den Arm um Herdis' Schultern. »Wir richten alles wieder her, Mutter. Der verdammte Bastard wird dafür bezahlen, das schwöre ich dir. Wenn nicht ich, dann wird Destarte ihn bestrafen. So ein Frevel bleibt nicht ungesühnt.«

Rana meint es ernst. Arrak wird dafür bezahlen. Wie das geschehen soll, weiß sie nicht. Aber sie glaubt fest an die Gerechtigkeit der Götter. Und an ihre eigene Rache. Wenn Mutter denkt, wir sind besiegt, dann irrt sie. Wir sind noch lange nicht am Ende. Das Erlebnis im Wald hat ihr Angst gemacht. Aber das hier, diese sinnlose, mutwillige Zerstörung hat einen heiligen Zorn in ihr geweckt.

»Wir lassen uns nicht besiegen, Mutter! Niemals!«

Borgunna umarmt die Freundin. »Rana hat recht, Herdis. Wir werden das Heiligtum schöner herrichten als je zuvor.«

»Ja«, murmelt Herdis. »Damit sie dann wiederkommen und alles nur noch mal zerstören.«

»Das lassen wir nicht zu«, sagt Rana mit mehr Bestimmtheit, als sie in Wirklichkeit fühlt.

»Und wie willst du das verhindern?«

»Ich weiß nicht. Aber wir müssen kämpfen, uns wehren.«

»Gegen bewaffnete Krieger?«

»Wir dürfen uns nicht entmutigen lassen. Es geht doch um viel mehr als diesen Arrak. Wenn wir einen solchen Frevel tatenlos hinnehmen, dann verraten wir unsere Götter, dann haben sie wirklich bald gewonnen.«

»Eines ist sicher«, erwidert Herdis, jetzt etwas gefasster, »Destarte ist ihnen ein Dorn im Auge, da hast du recht. Ich habe so lange schon gegen Hadors Übermacht gekämpft. Meistens vergeblich. Langsam verlässt mich der Mut.«

Borgunna greift nach ihrer Hand. Auch sie hat Tränen in den Augen. »Wie gut ich dich verstehe, Herdis. Was glaubst du, wie ich mich fühle? Meine Hella haben sie zerhackt wie ein Stück nutzloses Brennholz. Im Grunde stehen wir auf verlorenem Posten. Wuodan hat uns verlassen. Und ich fürchte, bald folgen ihm auch die anderen Götter.«

Rana will davon nichts hören. »Hört auf zu jammern!«, sagt sie aufgebracht. »Wir sind nicht die Einzigen, die genug von Orkons Willkür haben. Vater sagt, vielen im Land ist seine Herrschaft unerträglich geworden. Dazu die Missachtung der Götter, die viele Menschen beleidigt, ja, wütend macht. Ihren Hador wollen sie uns allen nur aufdrängen, damit wir kuschen und sie fürchten. Ein Fürstensohn, der sich einen solchen Frevel erlaubt? Ein Gott der Unterwelt, der nichts als Angst und Schrecken verbreitet? Und wir Ruotinger sollen das einfach so hinnehmen? Ich frage euch, hätten unsere Vorfahren das mit sich machen lassen? Was ist aus uns, dem Volk der Helden, geworden, dass wir vor den Helmingern buckeln?«

Mit ihrem Blick scheint Herdis zu sagen, dass ihre Tochter davon nun wirklich keine Ahnung hat. »Kind, aus dir spricht das Ungestüm der Jugend. Glaubst du wirklich, du könntest sie mit einem Aufstand besiegen? Orkon hat die Klanherren in der Tasche. Außerdem hat er überall im Land Lohnkrieger. Seine Burg auf dem Kuffa ist uneinnehmbar. Es hat ja schon mit seinem Großvater angefangen. Aber inzwischen sind sie zu mächtig geworden.«

»Ja, sie sind mächtig, Mutter. Aber im Grunde hat Orkon Angst. Warum sonst sollte er so viele Krieger unterhalten? Vergiss nicht: Auch du bist mächtig. Es zählt nicht nur, wie viele Krieger einer hat. Ohne die Hilfe der Götter hat das überhaupt keine Bedeutung.«

»Ich weiß das, Kind. Trotzdem –«

»Das Volk liebt dich«, unterbricht Rana sie. »Bald werden sie wieder in Scharen zu uns pilgern. Und das mögen die Helminger nicht. Sie würden Destarte am liebsten zerstören, eben weil sie die Göttin fürchten. Das ist doch die Wahrheit.«

»Warum sollten sie Destarte fürchten?«

»Weil sie für das genaue Gegenteil steht. Hador ist der Tod, Destarte das Leben. Hador verbreitet Furcht, Destarte gibt den Menschen Hoffnung. Hadors Macht beruht auf Hass, Destarte dagegen schenkt uns die Liebe. Leben und Hoffnung und Liebe werden sich am Ende durchsetzen.«

Herdis schüttelt den Kopf. »Das klingt sehr schön, Rana. Aber glaubst du wirklich daran? Besonders nach dieser Zerstörung?« Sie deutet auf die ausgebrannte Höhle des Heiligtums, auf die Asche und die Reste der Dachbalken des Vorbaus, auf die schief stehende Stele der Göttin.

»Ja, Mutter. Ich glaube daran. Das ist doch nur ihr schwacher Versuch, Destarte zu verjagen. Aber sie lässt sich nicht verjagen, solange wir an sie glauben! Vater sagt, überall im Land klagt das Volk, die Menschen sind unzufrieden. Sie haben ihre Götter nicht vergessen, ganz gleich, was Orkon befiehlt. Destarte ist alles andere als machtlos, Mutter. Sie wird überall verehrt. Und du bist ihre Priesterin. Du hast Einfluss. Die Leute hören auf dich. Wir müssen kämpfen. Eigentlich schwelt der Widerstand schon seit Langem, wenn auch im Verborgenen. Wenn alle Klans zusammenhalten, werden wir sie besiegen. Mit Hilfe der Götter werden wir Hador zurück in die Unterwelt verbannen, wo er hingehört.«

Herdis schüttelt den Kopf. »Du willst über einen Gott bestimmen? Das ist anmaßend, Rana!« Ihre Miene zeigt deutlich, dass sie Ranas Vorstellungen für Übermut hält, für etwas, das nie geschehen wird, zumindest nicht zu ihren Lebzeiten. »Wir müssen froh sein, dass sie uns überhaupt dulden.«

Doch in Rana kocht der Zorn. Über die Zerstörungen hier auf dem Frauenhügel, über Arrak, der meint, er könne sich nehmen, was er will, über den Hunger der Bauern und die Opfermorde an jungen Menschen, die allein dazu dienen, diesen gefräßigen Gott ruhigzustellen. Es muss etwas geschehen. Die Götter können nicht wollen, dass die Welt von einem wie Hador beherrscht wird. Und auch die meisten Ruotinger nicht. Wenn Wuodan die Menschen im Stich lässt, muss Destarte an seine Stelle treten. Sosehr Rana zuvor gezögert hat, so wenig ihr klar war, was sie mit ihrem Leben anfangen soll – das Feuer auf dem Frauenhügel hat diese Zweifel beseitigt. Nun liegt der Weg klar und deutlich vor ihr. Und sie ist entschlossen, ihn zu gehen.

»Du nennst mich anmaßend, Mutter? Anmaßend sind Orkon und seine Brut. Schon sein Großvater war es, der die Klans gezwungen hat, ihm zu huldigen. Du aber hast die Aufgabe, diesen Leuten und ihrem Gott die Stirn zu bieten. Sie sind die Dunkelheit, wir sind das Licht. Wir lassen uns nicht unterkriegen. Das bist du deinen Anhängern schuldig. Was soll aus ihnen werden, wenn du nicht für sie kämpfst!«

Herdis seufzt. »Ja, was soll aus ihnen werden? Das frag ich mich auch schon seit Jahren. Irgendwann wird ein Mensch müde.«

»Du bist nicht allein, Mutter. Ich werde dir helfen.«

»Wie stellst du dir das vor?«

»Das wird sich zeigen. Erst einmal müssen wir hier alles wieder herrichten. Ich habe mich entschieden, Destartes Priesterin zu werden, so wie du es dir gewünscht hast. Du wirst mich weihen. Zusammen werden wir kämpfen.«

Herdis sieht ihre Tochter mit großen Augen an. »Wirklich? Bist du dir auch ganz sicher? Ich möchte nicht enttäuscht werden.«

»Du kannst dich auf mich verlassen!«

»Oh, Rana. Was soll ich sagen?« Die beiden umarmen sich. »Das gibt mir tatsächlich wieder Mut. Wann soll ich dich weihen?«

»Während des Frühlingsfestes natürlich. Das ist ja bald.«

Herdis macht sich von ihr los. »Aber das Fest müssen wir absagen.« Sie deutet noch einmal auf die Zerstörungen. »So können wir doch kein Fest feiern.«

»Nichts wird abgesagt, Mutter. Wir lassen uns nicht unterkriegen. Nicht von Arrak und nicht von Hador.«

»Das schaffen wir schon, Herdis«, sagt Borgunna, die zugehört hat. »Alle im Dorf werden helfen. Und dass Rana sich entschieden hat ... Da fällt auch mir ein Stein vom Herzen. Du wirst eine großartige Priesterin werden, Kind. Komm, lass dich umarmen.«

Später am Nachmittag, als auf dem Hügel zwanzig berittene

Krieger auftauchen, fährt den Frauen abermals der Schreck in die Glieder. Aber dann erkennt Herdis ihren Klanherrn Drengi unter den Männern. Jemand muss ihm vom Brandanschlag berichtet haben. Und nun ist er selbst gekommen.

»Herdis, sei gegrüßt!«, sagt er und zügelt sein Pferd. »Eigentlich soll man ja nur zu Fuß hier heraufpilgern, aber ich hatte es eilig und wollte mit eigenen Augen sehen, was geschehen ist.«

Er lässt sich aus dem Sattel gleiten und stellt seine beiden Söhne vor. Dann geht er ein paar Schritte auf das Heiligtum zu, stemmt die Fäuste in die Seiten und blickt sich um. Sein Gesicht wird zunehmend zornig. »Ich hätte nie gedacht, dass jemand es wagen würde, so etwas zu tun. Das kann nur ein tollwütiger Hund gewesen sein.« Er dreht sich halb um. »Habt ihr eine Ahnung, wer das verbrochen hat?«

Herdis und Rana, die bisher respektvoll Abstand gehalten haben, treten vor. »Es war Arrak, Orkons Sohn«, sagt Herdis.

Drengi nickt mit grimmig zusammengepressten Lippen, und Rana wundert sich, dass er über diese Behauptung gar nicht erstaunt zu sein scheint. Als hätte er keine andere Antwort erwartet.

»Bist du sicher, Herdis? Du weißt, ich dulde keine falschen Anschuldigungen.«

»Wir sind uns sicher, Herr. Und du kennst mich lang genug, um zu wissen, dass ich das niemals tun würde. Die Götter mögen mich strafen, sollte ich dich belügen.«

»Und woher willst du das so genau wissen, dass er es war? Hat das mit deiner Tochter zu tun? Ich habe gehört, er wollte sie entführen.« Er wendet sich Rana zu. »Ich erinnere mich an dich«, sagt er und lächelt zum ersten Mal. »Aus dir ist eine hübsche Frau geworden.«

Rana errötet, noch mehr, als sie die neugierigen Blicke seiner beiden Söhne auf sich spürt. Zwillinge. Es ist ungewöhnlich, zwei Menschen zu sehen, die einander so ähneln. Und dann tragen sie auch noch die gleiche Kleidung und die gleichen Tätowierungen.

»Es begann unten im Wald an der Gerra«, erwidert sie etwas verlegen. Es ist ihr peinlich, vor den Männern darüber zu reden. »Mutter soll es erzählen.«

Sie hocken sich im Kreis auf die Wiese, und Herdis berichtet, was in den letzten Tagen vorgefallen ist, auch von Ranas Helfern.

»Alben haben dich also gerettet«, sagt Drengi am Ende zu Rana. »Erstaunlich. Wer hätte das gedacht?«

»Eigentlich hatte ich versprochen, nichts von ihnen zu sagen, denn sie fürchten, dass man ihnen nachstellt. Sie waren sehr gut zu mir.«

»Keine Sorge«, beruhigt Drengi sie. »Wir behalten das für uns. Und der Bursche aus dem Dorf ist sich sicher, die Tätowierung erkannt zu haben?«

»Ich vertraue ihm«, erwidert Herdis. »Vergiss nicht: Der Junge hat einen Kampfwagen gesehen, und wir haben die dazu passenden Radspuren gefunden. Es wäre doch ein wirklich unwahrscheinlicher Zufall, wenn jemand anders das getan hätte, genau an dem Tag, an dem Arrak kochend vor Wut unseren Hof verlassen hat. Auf einem Kampfwagen.«

Drengi nickt. »Du hast recht. Das wäre ein schon sehr unwahrscheinlicher Zufall.« Er blickt zu Rana. »Du scheinst mir außerordentlich mutig zu sein. Damit machst du deiner Mutter alle Ehre.«

Rana senkt den Blick. »Danke, Herr. Es war eigentlich vorschnell und unüberlegt von mir. Meine Mutter hat klüger gehandelt.«

»Du bist noch jung«, sagt Drengi. »Meine Söhne sind auch wie junge Hengste, die gleich loslaufen wollen. Jedenfalls freue ich mich, dich näher kennengelernt zu haben. Schließlich wirst du unsere zukünftige Priesterin sein. Eine wichtige Aufgabe. Unsere Priester müssen Vorbilder sein. Dazu gehören Weisheit, eine den Göttern gefällige Lebensweise und Verständnis für die Menschen. Aber auch Mut und Entschlossenheit, wie du sie bewiesen hast. Denn das haben wir schon immer an deiner Mutter bewundert.

Es gibt kaum eine Frau, die standfester ist. Besonders in diesen Zeiten ist das so wichtig.«

Rana wirft ihrer Mutter einen verstohlenen Blick zu. Siehst du, auch unser Klanherr denkt wie ich.

Zum ersten Mal meldet sich einer der Söhne zu Wort. »Was hier geschehen ist, dieser Frevel an der Göttin, ist wirklich unerhört, Vater. Besonders nach dem, was auf der Kuffaburg vorgefallen ist. Wie man uns dort beleidigt hat.«

»Wir dürfen das nicht auf uns sitzen lassen«, fügt der zweite Zwilling hinzu. »Niemand wird uns länger achten, wenn wir so etwas ungesühnt hinnehmen. Zuerst verweigern sie dir Tura, obwohl sie dir versprochen war, dann jagen sie uns davon wie unliebsame Hunde. Und jetzt das hier. Auf unserem eigenen Land, Vater. Was hat dieser Arrak hier verloren? Gibt es eine schlimmere Beleidigung unseres Klans?«

Drengi runzelt die Stirn. »Ihr habt recht. Aber sollen wir deshalb gleich in den Krieg ziehen?«, fragt er leicht gereizt.

»Warum nicht? Orkon ist ein betrunkener Fettsack. Mit dem werden wir allemal fertig. Es wird Zeit, dass sich die Dinge ändern, Vater, dass wir Nebroni die Führung im Land übernehmen.«

Drengi ist anderer Ansicht. »Ach, die Führung wollt ihr übernehmen!« In seinen Augen funkelt es wütend. »Ihr wisst doch gar nicht, wovon ihr redet. So schnell bricht man keinen Krieg vom Zaun. Der bringt viel Leid für beide Seiten, und so leicht ist Orkon nicht zu besiegen. Ich werde mich hüten, einen Krieg anzufangen, den ich nicht gewinnen kann.«

»Du willst nichts unternehmen?«

Drengi wendet sich an Herdis. »Ich bitte dich, meine hitzköpfigen Söhne zu entschuldigen.«

Herdis lächelt. »Von meiner Tochter habe ich mir gerade Ähnliches anhören müssen. Es ist die Ungeduld der Jugend.«

»Und was empfiehlst du mir als weise Frau?«

»Ich kann euch nur raten: Rührt nicht die Kriegstrommeln,

lasst eure Dolche und Kriegsäxte stecken. Wer gegen Orkon angeht, der darf ihm nicht nur eine Niederlage beibringen. Dem muss es gelingen, ihn und die ganze Sippe auszurotten. Onkel und Vettern gleich mit. Weniger wird nicht genügen. Bleibt auch nur einer von ihnen am Leben, werden sie sich fürchterlich rächen. Es will also gut überlegt sein.«

Drengi nickt. »So ist es.« Er wendet sich zu seinen Söhnen: »Habt ihr gehört?« Dann fährt er fort: »Ich werde Orkon den Vorfall melden und mich aufs Schärfste beschweren, denn ich glaube, dass selbst er nicht dulden kann, dass sein Bastardsohn die Götter verhöhnt. Und euch, Herdis, schicke ich in den nächsten Tagen ein paar Zimmerleute, die euch helfen, alles für das Frühlingsfest herzurichten. Das ist doch bald, oder?«

»Ja, Herr«, erwidert Herdis hocherfreut. »Beim nächsten Vollmond. In etwa vierzehn Tagen. Wir danken dir.«

»Gut. Bis dahin lasse ich euch sechs meiner Krieger hier, um das Heiligtum Tag und Nacht zu bewachen. Könnt ihr sie irgendwo unterbringen?«

»Im Dorf wird sich Platz finden.«

»Siehst du, Mutter«, sagt Rana. »Nun sieht die Welt doch nicht mehr so schwarz aus.«

Drengi lächelt und erhebt sich. Seine Söhne tun es ihm gleich. Er trägt ihnen auf, die Männer auszusuchen, die den Hügel bewachen sollen.

Einer der Krieger bringt ihm sein Pferd. Bevor Drengi sich in den Sattel schwingt, winkt er Herdis noch einmal zu sich. »Bestell deinem Mann Utrik Grüße von mir. Er hat mir schon oft vorzüglich gedient. Sag ihm, er soll mir Waffen für eine Hundertschaft schmieden. Äxte, aber auch Speere. Alles, was dazugehört. Das nötige Metall schick ich ihm. Und er soll sich damit beeilen.«

»Danke, Herr. Er wird erfreut sein.«

Drengi sitzt auf und winkt ihnen noch einmal zu, bevor er und seine Männer sich auf den Weg machen. Während die zurückgelassenen Krieger ihren Pferden die Sättel abnehmen und sie grasen lassen, blicken die Frauen Drengi und seinen Söhnen nach. Keinen Krieg will er, sagt sich Rana. Und doch will er Waffen schmieden lassen. Was hat das zu bedeuten?

* * *

Während oben auf dem Frauenhügel aufgeräumt und gezimmert wird – sogar Drengis Krieger legen Hand mit an –, nähen Herdis und Rana zusammen mit anderen Frauen alles zusammen, was sich im Dorf an Leinen auftreiben lässt. An den Webstühlen wird gearbeitet, um mehr Stoff zu liefern. Es soll ein großes Zeltdach werden, da der abgebrannte hölzerne Vorbau des Heiligtums sich so schnell nicht ersetzen lässt.

Der Boden, auf dem das Feuer gewütet hat, bestand zuvor nur aus festgestampfter nackter Erde. Jetzt wird er umgegraben, geebnet und mit Steinplatten ausgelegt. Die Felsen sind inzwischen, so gut es geht, von Ruß und Brandflecken gereinigt, der Innenraum der Höhle wird mit Lehm ausgekleidet und weiß gekalkt. Neue Hocker und Tische sind in Arbeit, und die Töpfer im Dorf werkeln an Schalen, Vasen und Krügen, um die zerschlagenen zu ersetzen.

So weit wie möglich wird versucht, die Stele der Destarte von Feuerspuren zu befreien, sie wieder aufzurichten und besser als zuvor im Boden zu verankern. Trotzdem wird die Göttin nicht mehr so strahlend und unberührt aussehen wie zuvor. Zumindest nicht in den Köpfen der Dorfbewohner. Irgendwann wird man eine gute Eiche fällen müssen und daraus eine neue Destarte entstehen lassen. Unnahbar und mächtig, wie man sich die Göttin vorstellt. Und doch zugleich schön und strotzend vor Weiblichkeit.

Alles in allem sieht es tatsächlich so aus, als könne das Fest doch noch stattfinden, auch wenn Hellas Stele zerhackt ist und wie der Altar der Astaris nicht rechtzeitig ersetzt werden kann. Das muss auf später verschoben werden.

Utrik war erstaunt, als er von Drengis Auftrag hörte. »Waffen für eine ganze Hundertschaft? Beim Bart des Kalestos! Da ist aber eine Menge zu tun.«

»Und ihr sollt euch beeilen, sagt er.«

»Die Herren haben's wie immer eilig«, knurrt Utrik. »Und dann auch noch Arraks verfluchte Goldlocken.«

»Willst du ihm die wirklich machen?«, fragt Rana empört. »Ich würd's nicht tun.«

Utrik seufzt. »Was bleibt mir anderes übrig? Wir müssen dankbar sein, dass Drengi uns hilft. Aber Arrak ist der Sohn des Fürsten und dessen Erbe. Gegen den ist auch Drengi machtlos. Und wer sich zwischen zwei Mühlsteine setzt, wird zerrieben.«

Arni und Aiko schickt Utrik in den Wald, um Holz zu schlagen und einen zweiten Kohlenmeiler anzulegen, denn sie werden viel Holzkohle benötigen. Er selbst macht sich eilig daran, die Bronzescheibe endlich fertigzustellen. Alle Einlegearbeiten sind getan. Nun müssen nur noch Unebenheiten geglättet und die Scheibe poliert werden, bis Gold und Bronze so glänzen, dass man sich darin spiegeln kann.

Rana unterbricht ihre Arbeit bei den Frauen, um ihm eine Weile zuzusehen. »Du hast gesagt, wir müssen Drengi für seine Hilfe dankbar sein«, sagt sie. »Aber es ist doch normal, dass er das tut. Wir sind sein Klan. Das Heiligtum gehört doch auch ihm.«

»Ach, weißt du, unser Drengi hat gewiss seine guten Seiten. Aber im Grunde halten sie alle zusammen, die Edlen und die Klanherren. Sie sind nicht unglücklich mit der Herrschaft der Helminger. Die verschafft ihnen schließlich auch Vorteile. Handwerker wie ich leben noch gut. Besonders wir Schmiede, denn sie brauchen uns. Am meisten bluten die Bauern. Das ist bei Drengi nicht viel anders als bei den anderen Edlen. Außerdem hat er vor, die Tochter des Fürsten zum Weib zu nehmen. Vergiss das nicht.«

»Ach, das haben wir dir noch gar nicht erzählt. Sie haben ihn abgewiesen. Angeblich auf ziemlich rüde Weise. Einer der Söhne hat es erwähnt. Die waren so aufgebracht, dass sie gleich in den Krieg ziehen wollten.«

Utrik blickt erschrocken von seiner Arbeit auf. »Ist das der Grund, warum wir Waffen schmieden sollen?«

»Nein. Ich glaube nicht. Drengi will keinen Krieg.«

»Das wäre auch dumm, wenn er sich dazu hinreißen ließe. Den könnte er nämlich nicht gewinnen, und die Helminger würden uns das Land verwüsten.«

»Aber wozu braucht er dann noch mehr Waffen?«

Utrik beugt sich wieder über die Bronzescheibe. »Vielleicht zur eigenen Sicherheit. Kann ja nicht schaden, sich ein Waffenlager anzulegen.«

»Ich wünschte, er würde den Rat seiner Söhne befolgen«, stößt Rana wütend hervor. Der Überfall im Wald, die Schreckensmomente, die Schläge ins Gesicht, das Gewicht des Kerls auf ihr, der Gestank seines Schweißes und Arraks Lachen – all das ist ihr bitter in Erinnerung. »Sollen wir uns denn alles gefallen lassen? Sind wir wirklich so wehrlos? Warum gibt es keinen, der aufsteht und das Volk um sich schart, um den Helmingern die Stirn zu bieten?«

»So einen haben wir nicht, Rana. Es würde uns auch nur unendlich viel Leid und Blutvergießen kosten.«

»Denkst du, stillhalten ist besser? Sogar Mutter wollte schon aufgeben. Als würde es keinen Sinn mehr haben, das Heiligtum zu verteidigen. Als habe Hador schon gewonnen.«

»Du musst verstehen, der Brandanschlag hat sie sehr getroffen. Aber unterschätz deine Mutter nicht. Sie hat sich immer für ihre Göttin eingesetzt und wird es auch weiter tun.«

»Genau wie ich von jetzt an«, sagt Rana grimmig entschlossen.

Utrik lächelt. »So wie du. Es hat ihr wieder Mut gemacht, dass du dich so entschieden hast.«

Nachdem er die Scheibe lange mit einem ölgetränkten, aus gepressten Tierhaaren hergestellten Filz und feinem Flusssand bearbeitet hat, nimmt er nun eine grobe Scheuerwolle aus Hanf und Pferdehaaren zur Hand. Als Letztes wird er sie später mit einem Schaffell polieren.

»Ich bin wirklich froh, dass du dich so entschieden hast«, sagt er während einer kleinen Pause. »Alles andere hätte deiner Mutter das Herz gebrochen. Sie gibt sich immer stark, dabei ist sie empfindlicher, als man meint.«

Sie schweigen eine Weile. Ja, Rana hat sich entschieden. Und sie wird dabei bleiben. Das hat sie der Mutter versprochen. Trotzdem ist es, als wohnten zwei Seelen in ihr. Die eine trotzig und fest entschlossen, Destarte zu verteidigen, ihre Rolle als Priesterin zu nutzen, um den Kampf gegen Hador aufzunehmen und seinen Einfluss zurückzudrängen. Und dann die andere Rana, die vor dem eigenen Mut zittert. Mach dir doch nichts vor, flüstert diese ihr zu, wir sind ihnen ausgeliefert, sie sind übermächtig. Sie können uns so leicht zerstören, wie man eine Fliege zerquetscht. Wer bist du denn, dich aufzulehnen? Doch nur ein junges Mädchen, auf das dieses Schwein ein Auge geworfen hat. Und ist das nicht der eigentliche Grund, warum du Priesterin sein willst? Um dich hinter der Göttin zu verstecken? Weil du eine verdammte Angst hast, der Kerl kommt dich holen.

Dabei ist es gerade diese Angst, die Rana antreibt zu kämpfen. Wie ein Tier, das von allen Seiten bedrängt wird und die Zähne zeigt.

Sie atmet tief durch, um den inneren Aufruhr zu beruhigen. Dann fragt sie ihren Vater: »Warum sind unsere Götter eigentlich so unterschiedlich?«

Utrik schaut von seiner Arbeit auf. »Die Götter sind im Grunde unser Spiegelbild, Rana. Oder wir das ihre. Sie sind eitel und schnell beleidigt. Sie streiten sich, sind eifersüchtig und nachtragend. Nicht viel anders als wir Menschen. Nur dass sie unsterblich sind und Macht über uns haben.«

»Aber was für ein Gegensatz: Destarte und Hador.«

»Hador gehört eigentlich nicht hierher. Wuodan ist der Herrscher des Himmels, Hador der der Schattenwelt. Aber auch Hella ist ganz anders als Destarte. Manchmal streiten auch sie sich, denn Destarte verführt die Männer mit ihrem Zauber, während Hella eifersüchtig über das Wohl der Familie wacht. Selbst Wuodan muss sich manchmal vor ihrem Zorn verstecken.«

»Hat er uns deshalb verlassen?«

»Wer weiß das schon. Und wo Wuodan weise ist, ist sein Sohn Thunar nicht selten ein Tölpel. Mit seinem Hammer schlägt er oft unbedacht zu. Krieg und Pestilenz sind die Folge, worunter wir Menschen dann leiden. Deshalb ist es weise von Drengi, sich nicht in einen Kampf ziehen zu lassen.«

Utrik arbeitet eine Weile stumm an der Scheibe weiter, während Rana ihm dabei zusieht. Dann hält er inne, hebt den Kopf und sieht sie an. »Weißt du, Rana, im Grunde sind die Götter all das, was auch in uns selbst steckt. Wahrscheinlich verehrt jeder von uns die Gottheit, die ihm am nächsten kommt. Kalestos hat mich mein Handwerk gelehrt, er treibt mich an, Neues zu versuchen und meine Arbeit zu vervollkommnen. Manchmal prüft er mich, indem er mich Rückschläge erleiden lässt. Aber aus denen lerne ich. Deine Mutter findet ihre Erfüllung in Destarte, du vielleicht auch. Ein anderer ist von Astaris beseelt. Wieder ein anderer verehrt Epona, die Herrin der schnellen Pferde. Und der Hirte stellt sich unter den Schutz des Panos. All das ist gut und wie es sein soll. Nur Hador ist am falschen Platz.«

»Die Alben glauben nicht an unsere Götter«, sagt Rana.

»Sie leben tief im Wald in einer anderen Welt.«

»Sie haben keine Götter. Das haben sie mir erzählt. Aber sie sagen, in allem herrsche ein Geist. In jedem Stein, Baum oder Tier. Deshalb müsse man sorgsam mit allem umgehen, sonst könnten die Geister sich rächen. Wenn es nötig ist, spricht ihr Priester mit den Geistern, um sie wohlwollend zu stimmen.«

»Sie haben Priester?«

»Vielleicht nicht wie wir. Ich weiß es nicht.«

»Die Alben waren lange vor uns hier. Sie sind die ersten Menschen. Wir sollten sie achten.«

Utrik nimmt seine Arbeit wieder auf. Lange reden sie nicht. Dann sagt Rana: »Erzähl mir von der Sonnengöttin der Hatti, Vater.«

»Die Sonnengöttin? Wie kommst du denn jetzt darauf?«

»Weiß nicht. Nur so.«

Utrik unterbricht einen Augenblick das Schleifen und Polieren. Er schüttelt die rechte Hand aus, wie um einen Krampf zu lösen. »Der Sonnenkult ist bei den Hatti sehr bedeutend.« Er wendet den Lappen aus grober Wolle und faltet ihn erneut zusammen, um mit der ungenutzten Seite weiterzuarbeiten. »Anscheinend auch bei anderen Völkern im Land der Morgensonne. Es gibt mehrere Sonnengötter, aber Arinna wird besonders verehrt, soviel ich weiß. Ihr werden die meisten Geschenke und Opfergaben dargebracht, und kein König kann in diesem Land herrschen ohne ihre Zustimmung. Sie ist die Frau des Wettergottes Tarhunna und hat eine Tochter, die Mezulla heißt und ihr zur Rechten sitzt. Fast wie deine Mutter und du.«

»Wir sind doch keine Göttinnen.«

Utrik grinst. »Meine beiden Göttinnen seid ihr schon.«

Nun muss auch Rana lachen. »Dann pass auf, dass sie dir nicht auf der Nase herumtanzen.«

»Bei euch beiden lässt sich das wohl kaum vermeiden.«

»Erzähl weiter, Vater.«

»Nun, ich habe bronzene und vergoldete Standbilder von Arinna gesehen, die größer und schöner sind als alles, was wir bei uns fertigbringen. So große Bronzestücke auszugießen, haben wir noch nicht gelernt. Man sieht Arinna stets mit einer goldenen Sonnenscheibe um ihr Haupt. Zugleich ist sie die Mutter der Erde, denn in der Nacht wandert sie unter der Erdscheibe hindurch und macht sie fruchtbar, bis sie am Morgen wieder erscheint und die Welt mit Licht erfüllt.«

»Dann ist sie also auch Fruchtbarkeitsgöttin?«

»Natürlich. Liegt doch auf der Hand. Schenkt die Sonne den Pflanzen nicht das Licht und die Wärme, die sie brauchen? Ohne die Sonne erstarrt alles in Eis und Kälte. Freuen wir Menschen uns nicht auch nach einem langen Winter auf die wärmenden Strahlen, die die ersten Blumen auf die Wiesen zaubern? Was wäre die Welt ohne die Kraft der Sonne?«

»Und warum haben wir dann keine Sonnengöttin?«

»Eigentlich gibt es sie auch bei uns. Sie ist nur etwas in Vergessenheit geraten. Ich kann mich noch daran erinnern, dass meine Mutter von ihr erzählt hat und davon, wie sie auf ihrem großen, von zwei Pferden gezogenen Wagen über den Himmel fährt. Als Kind hätte ich mir einmal fast die Augen verdorben, weil ich sie sehen wollte.«

»Und wie hieß sie?«

»Meine Mutter nannte sie Sol.«

»Wieso hat man sie vergessen?«

»Wenn ich das wüsste. So vieles hat sich verändert.«

»Vielleicht sollten wir ihr wieder opfern, damit sie zu uns zurückkehrt.«

Utrik nickt. »Dagegen hätte ich nichts. Ich könnte eine kleine Statue formen, die sie auf ihrem feurigen Wagen zeigt.«

»Wir könnten ihr deine Scheibe widmen.«

»Aber die stellt den Mond dar.«

»Ich weiß, Neulicht und Vollmond. Aber es könnten auch Mond und Sonne sein. Für mich sieht dein Vollmond eher wie eine Sonne aus.«

Utrik schüttelt den Kopf. »Was du dir wieder ausdenkst!«

Nachdenklich lässt Rana ihren Vater weiterarbeiten und kehrt zu den Frauen zurück. Sonne und Fruchtbarkeit, das will ihr lange nicht aus dem Kopf. Sol und Destarte. Arinna und Destarte. Kann es sein, dass alle drei miteinander verwandt sind? Dass sie zusammengehören? Wie Schwestern? Sind sie vielleicht gar ein und dieselbe Gottheit, nur unter anderen Namen? Denn wenn es Götter in dieser Welt gibt – und daran kann kein Zweifel bestehen –, dann herrschen sie doch über alle Völker, wenn auch vielleicht unter anderem Namen und in anderer Form. Und was ist mit Gaia, der Erdmutter, die alles gebiert? Wie passt das zusammen?

* * *

Am nächsten Tag ist Utrik mit dem Polieren fertig. Nun bleibt nur noch, die Bronze zu färben. Er ruft seine Tochter.

»Ich muss Mutter auf dem Hügel helfen«, erwidert sie.

»Das kannst du später, denn wenn du sehen willst, wie das gemacht wird, musst du jetzt kommen.

Als sie die Werkstatt betritt, hebt er gerade den Deckel von einem tönernen Gefäß. »Puh, das stinkt!«, sagt sie und rümpft die Nase. »Was ist das?«

Utrik grinst. »Abgestandene Pisse. Arni und ich haben gesammelt. Dazu noch ein paar andere geheime Zutaten. Damit bearbeiten wir jetzt die Scheibe.«

Während Rana das Gesicht verzieht, taucht er einen Wolllappen in die unappetitliche Brühe und beginnt, die Scheibe damit einzureiben. Es stinkt erbärmlich, und doch tränkt er den Lappen immer wieder neu, bevor er weitermacht. Zuerst geschieht lange Zeit gar nichts, aber dann wird die Bronze allmählich ein klein wenig dunkler. Zumindest kommt es Rana so vor.

»Schadet das nicht dem Gold?«, fragt sie.

»Überhaupt nicht.«

Der scharfe Geruch treibt Utrik Tränen in die Augen. »Jetzt bist du dran, Rana.« Er reicht ihr den Wolllappen.

»Ich? Aber das ist ja eklig!«

»Stell dich nicht so an! Willst du mir helfen oder nicht?«

Mit der Linken hält sie sich die Nase zu. Dann steckt sie den Lappen in die stinkende Flüssigkeit und fängt an, sie über die Bronze zu verteilen. Langsam gewöhnt sie sich an den Geruch, und auch der Ekel verflüchtigt sich, denn je länger sie an der Scheibe arbeitet, desto mehr nimmt das Metall vor Ranas staunenden Augen die dunkler werdende Tönung an, die langsam ins Bläuliche geht, ohne dass das Gold davon beeinträchtigt wird.

Utrik und Rana wechseln sich immer wieder ab, bis die Bronze nach Stunden eine tiefe, blauschwarze Farbe angenommen hat, wie der Himmel einer klaren Sommernacht. Auf diesem Hintergrund strahlen und glänzen Mond und Sterne, als wären sie echt.

»Unglaublich«, sagt Rana. »Weiß Arni auch, wie man das macht?«

»Natürlich. Der Sohn lernt vom Vater. So wie du von deiner Mutter.«

»Jetzt muss ich mich erst mal waschen«, sagt sie.

»Freu dich nicht zu früh. Wir müssen das in den nächsten Tagen noch ein paarmal wiederholen, um sicher zu sein, dass die Tönung hält.«

Rana schüttelt sich. »Dann lass Arni das machen. Mir hat's gereicht. Außerdem wartet Mutter auf mich.«

* * *

Es ist schon spät, als die Familie sich am Abend endlich Zeit zum Essen nimmt. Heute sitzt Kira mit am Tisch, die junge Frau, die Arni vorhat zu heiraten. Sie hat den ganzen Tag am Zeltdach für das Heiligtum mitgearbeitet. Kira ist rundlich, blond und meist guter Dinge, obwohl sie Witwe ist. Ihr Mann ist vor zwei Wintern an einem Fieber gestorben. Mit ihrem kleinen Sohn Rike lebt sie auf dem bescheidenen Hof der Eltern. Sie und ihre Mutter sind geschickte Leinenweberinnen. Es ist offensichtlich, dass Arni seiner Kira sehr zugetan ist. Auch mit ihrer zukünftigen Schwiegermutter versteht sie sich gut, und sie hat versprochen, ihr reichlich Enkelkinder zu schenken.

Nach dem Mahl bittet Rana ihren Vater, die Bronzescheibe hervorzuholen, um sie den anderen zu zeigen. Utrik zögert und deutet dann verstohlen auf Kira und auf Ette, die gerade abräumt. Aiko, der ebenfalls am Tisch sitzt, hat es bemerkt. »Wollt ihr lieber unter euch bleiben?«, fragt er. »Ette und ich ...«

»Ach was«, erwidert Rana. »Zeit, mit der Heimlichtuerei aufzuhören, Vater. Warum sollen die beiden nicht auch sehen, was ihr Großartiges erschaffen habt. Wir können ihnen vertrauen. Von Kira gar nicht zu reden. Sie gehört zur Familie.« Eine Bemerkung, die Kira sichtlich freut.

Utrik sagt zunächst nichts. An seiner Miene kann Rana sehen, dass er mit sich ringt. Nachdenklich zieht er die Brauen zusammen und schürzt die Lippen, starrt auf seine schwieligen Hände, die vor ihm auf dem Tisch liegen. Dabei kommen ihr die Falten in seinem Gesicht tiefer vor als sonst. Auch seine Schultern scheinen in letzter Zeit eckiger geworden zu sein. Er wird langsam alt, denkt sie, anders als Mutter.

Herdis redet zwar vom Altwerden, besonders seit ihre Blutungen versiegen, aber an ihr selbst zeigt sich davon nichts, weder äußerlich noch in ihrem Verhalten. Die vorübergehende Mutlosigkeit nach dem Brand ist einer rastlosen Geschäftigkeit gewichen. Das halbe Dorf steht unter ihrem Kommando, ebenso Drengis Arbeiter und sogar die Krieger oben auf dem Frauenhügel. Alle treibt sie zur Eile an, nichts ist ihr gut genug.

»Ich will dich nicht drängen, Vater«, sagt Rana.

Er wirft ihr einen Blick zu, immer noch unschlüssig.

Herdis, die neben ihm sitzt, legt ihm die Hand auf den Arm. »Nun mach schon, Utrik. Ich will jetzt endlich sehen, was ihr die ganze Zeit getrieben habt.« Und mit einem Blick auf Rana: »Und was dir wichtiger war, als mir zu helfen.«

Einen Augenblick lang zögert Utrik noch. Dann siegt der Stolz auf seine Arbeit und der Wunsch, sie seiner Frau zu zeigen. Besonders ihr, die immer so skeptisch war und seine heimliche Werkelei nie ernst genommen hat. »Na schön«, sagt er. Er wendet sich an Ette und Aiko: »Kein Wort darüber, habt ihr mich verstanden?«

»Natürlich«, sagt Aiko. »Wir verraten nichts.«

Auch Ette nickt heftig.

»Ich auch nicht«, sagt Kira ungefragt. »Das ist versprochen.«

Utrik erhebt sich, um die Scheibe zu holen, die er in einen alten Sack eingewickelt unter seinem Bett verborgen hat. Mit dem Bündel unter dem Arm kehrt er zurück. »Macht mehr Licht, damit man was sehen kann.«

Kira beeilt sich, noch zwei Kienspäne am Feuer zu entzünden, sie in kupferne Halter zu stecken und auf den Tisch zu stellen. Schließlich, als alle gespannt auf die Enthüllung warten, befreit Utrik vorsichtig die Scheibe aus dem Sack und hält sie hoch, sodass alle sie sehen können.

Herdis atmet hörbar ein und starrt mit offenem Mund, im ersten Moment unfähig, etwas zu sagen. Was ihr Mann ihnen da zeigt, ist ein Meisterwerk der Schmiedekunst. Nicht nur das, auch ein Gegenstand von übernatürlicher Schönheit. Das polierte Metall spiegelt die Lichter der Kienspäne wider. Auf dem dunkelblauen Himmelsgrund leuchtet das herrliche, warme Gold der Sterne und des Mondes so rein und hell, dass es allen den Atem verschlägt.

Kira rückt näher und betrachtet die Scheibe mit großen Augen, eine Hand vor den Mund geschlagen.

Herdis schüttelt immer wieder den Kopf. Sie kann sich kaum sattsehen. »Also, das hab ich nicht erwartet, Utrik«, sagt sie schließlich. »Ich kenne ja deine Kunstfertigkeit und weiß, zu was du fähig bist, aber das ...« Sie findet nicht die rechten Worte, um zu beschreiben, was sie empfindet.

Utrik selbst betrachtet sein Werk mit stiller Befriedigung, beinahe Andacht. Auch er weiß, dass es so etwas bei den Ruotingern noch nie gegeben hat.

Doch Herdis' Bewunderung verwandelt sich in Besorgnis. »Bei Destarte«, murmelt sie. »Jetzt weiß ich auch, warum du das vor allen versteckt hast. Diese Scheibe wird Begehren wecken. Jeder der Klanherren wird sie haben wollen. Besonders Orkon. Pack sie lieber gleich weg.«

»Mutter hat recht«, sagt Utrik. »Ihr versteht jetzt hoffentlich auch, warum wir nicht darüber reden dürfen.«

»Aber was willst du damit anstellen?«, fragt Herdis. »Warum hast du das Ding überhaupt gemacht? Du musst dir doch etwas dabei gedacht haben!«

In Utriks Augen liegt eine Spur von Traurigkeit, als er die Schultern hebt und seufzt. »Ich musste es einfach tun, Herdis. So etwas wie diese Scheibe war seit Jahren in mir und wollte ans Licht der Welt. Als junger Mann habe ich viel erlebt, bin überall gewesen, aber besonders geprägt haben mich die Jahre bei den Hatti. Dort habe ich sehr viel gelernt. Und nun, da ich langsam alt werde, soll das verloren gehen? Wenigstens etwas davon möchte ich erhalten.«

»Und für wen?«

»Unser Sohn hat sein Handwerk gelernt. Er wird mein Wissen weitertragen, hoffentlich an seinen Sohn, wenn Kira ihm Kinder gebiert. Vielleicht auch an Rike. Aber darüber hinaus wollte ich etwas schaffen, das Bestand hat. Ich bin Schmied. Ich arbeite mit Kupfer, Zinn und Bronze, mit Gold und Silber. Da liegt es doch nahe, die Botschaft der Götter in Metallen festzuhalten, die unvergänglich sind.«

Nach diesen Worten herrscht Schweigen. Herdis nickt nachdenklich. Kira blickt mit einem Lächeln zu Arni hinüber. Sie wird seine Frau werden und damit ihren Beitrag leisten, dass die Tradition der Familie weitergetragen wird. Auch Ette und Aiko sind von der Bedeutung des Augenblicks ergriffen.

Als Utrik sich anschickt, sein Kunstwerk wieder zu verhüllen, sagt Rana: »Vater, warte noch! Ich würde jetzt gern wissen, was es mit den sieben Schwestern und dem Mond auf sich hat. Das ist doch das eigentliche Geheimnis. Du hast versprochen, es zu erklären.«

Utrik legt sein Werk auf den Tisch. »Ja, das hatte ich dir versprochen. Dein Bruder ist schon eingeweiht, und vielleicht ist es an der Zeit, dass auch deine Mutter und du diese Geheimnisse kennenlernt.«

Bevor er weiterredet, befiehlt er Ette und Aiko, das Haus zu verlassen, das ginge sie nun wirklich nichts an.

»Ich glaube, es hat angefangen zu regnen«, sagt Aiko, der offensichtlich gern geblieben wäre.

»Dann setzt euch meinetwegen in die Scheune. Aber es wird nicht gelauscht! Sollte ich euch erwischen ...« Er spricht den Satz nicht zu Ende, aber die Drohung ist unmissverständlich.

Nachdem Ette und Aiko das Haus verlassen haben, sagt er: »Eigentlich hätte ich die beiden schon früher wegschicken sollen. Aber ich hab mich mal wieder von meiner eigenen Eitelkeit hinreißen lassen. Ette ist ein einfaches Mädchen. Bei ihr hab ich weniger Bedenken, dass sie die Bedeutung der Scheibe versteht. Aber Aiko ... der ist schlauer, als man meint. Er ist immer sehr still und kriegt doch alles mit, was wir hier reden. Arni, besser, du stellst dich an die Tür und passt auf, dass sie nicht doch lauschen.«

»Ja, Vater.« Arni erhebt sich.

»Was ist mit mir?«, fragt Kira. »Soll ich nach Hause gehen?«

Utrik zögert einen Moment, doch dann lächelt er. »Nein, nein. Bleib du nur hier. Du bist doch eine von uns. Bald zumindest. Sobald ich mich mit deinem Vater über den Brautpreis einigen kann.«

Arni lacht. »Das wird nicht so leicht, Vater. Schließlich bekommst du nicht nur eine Schwiegertochter, sondern auch einen Enkelsohn.«

Ein Scherz, denn im Grunde ist es umgekehrt: Eine Witwe ist nach dem Verständnis der Ruotinger weniger wert als eine Jungfrau. Erst recht, wenn sie das Kind eines anderen Mannes mitbringt, das es zu versorgen gilt. Aber es ist Arnis Art, dies herunterzuspielen und Kira damit seine Wertschätzung zu zeigen. Es verfehlt auch nicht die Wirkung, denn sie wirft ihm einen verliebten Blick zu.

* * *

Ganz hinten in der Scheune haben Aiko und Ette sich ein verstecktes Lager eingerichtet. Weiches Heu mit einer alten Wolldecke darüber. Es ist schließlich nicht das erste Mal, dass sie sich nachts hier aufhalten. Ob Herdis davon weiß? Gesagt hat sie jedenfalls noch nichts.

Aiko lässt sich auf den Rücken sinken und verschränkt die Arme hinter dem Kopf. Man hört den Regen aufs Dach fallen.

»Sie vertrauen uns nicht«, sagt er. »Den ganzen Tag kann man für sie schuften, aber zur Familie gehören wir noch lange nicht.«

»Ach, Aiko. Ist doch nicht so wichtig.« Ette zieht sich ihr grobes Gewand über den Kopf. Darunter ist sie nackt. Sehen kann er sie kaum, dazu ist es zu dunkel in der Scheune.

Nachdem sie sich neben ihn gelegt hat, spürt er ihre Hand, die über seinen Leib wandert, und ihre Brüste, die sich an seinen Arm drücken. »Komm!«, flüstert sie. »Nutzen wir die Gelegenheit.«

Aber Aiko ist in Gedanken immer noch bei dem, was sie gerade im Haus gesehen haben. »Ich hätt schon gern gewusst, was es mit dieser Scheibe auf sich hat. Aber der Alte lässt nichts verlauten. Frag mich, warum? Muss ja unglaublich wichtig sein. Ein gefährlicher Zauber vielleicht.«

Ettes Hand zupft an seiner Tunika. »Zieh dich aus, Aiko«, raunt sie.

»Wenn es so geheim ist«, sagt er, »dann frag ich mich, vor wem es verborgen bleiben soll? Wer ist es, der nichts davon erfahren soll? Doch wohl nicht die Bauern hier im Dorf! Die können mit so einem Bronzeding bestimmt nichts anfangen.«

Ette rückt dichter an ihn heran, schlingt einen Arm um ihn und schiebt ihren weichen Schenkel über sein Bein. »Vergiss das jetzt, Aiko. Gib mir endlich einen Kuss. Ich hab mich schon den ganzen Tag danach gesehnt.«

* * *

Im Haus beginnt Utrik mit seinen Erklärungen.

»Also dann«, sagt er und greift wieder nach der Scheibe, stellt sie hoch und hält sie mit der Linken aufrecht. »Wie gesagt, Arni kennt meine Geheimnisse. Zeit, euch nun ebenfalls einzuweihen. Denn sollte uns etwas geschehen –«

»Was soll dir denn geschehen?«, unterbricht Herdis ihn erschrocken.

»Nichts, nichts! Reg dich nicht auf. Ich sag ja nur.«

Zuerst deutet er auf die Ansammlung von sieben Sternen knapp über der Mondsichel. »Das sind die sieben Schwestern. Die anderen Sterne haben keine Bedeutung, nur diese. An einem bestimmten Tag im Frühjahr sehen wir sie zum letzten Mal im Jahr am Abendhimmel, bevor sie hinter dem Horizont verschwinden. Das geschieht für gewöhnlich etwa achtzig Tage nach der Wintersonnenwende. So genau hat das bei uns Ruotingern noch niemand nachgezählt, aber ich weiß das von den Hatti und habe es selbst mehrfach überprüft. Es ist im Grunde aber nichts Neues. Neu ist die Bedeutung des Mondes. Deshalb sind die sieben Schwestern hier zusammen mit der Mondsichel dargestellt. Denn wenn die Schwestern im Frühjahr vom Himmel verschwinden, tun sie das in enger Begleitung des jungen Mondes. Bei Neulicht, genauer gesagt, wenn die Sichel ganz schmal ist.«

»War das bei den Hatti auch so?«, fragt Rana.

»Das scheint überall so zu sein. Auch bei den Hatti. Im Herbst tauchen die Schwestern am entgegengesetzten Horizont wieder auf, am Morgenhimmel und diesmal in Begleitung des Vollmondes. Deshalb auch der Vollmond auf der Scheibe, um uns daran zu erinnern.« Mit einem bedeutungsvollen Blick wendet er sich zu seiner Tochter. »Nicht die Sonne, Rana.«

Herdis runzelt die Stirn. »Aber Utrik, dass die sieben Schwestern das Jahr der Bauern bestimmen, die Aussaat im Frühjahr und die Zeit des Schlachtens im Herbst, das ist doch allen bekannt. Was hat das mit dem Mond zu tun?«

»Du hast natürlich recht. Jetzt kommt das Besondere. Ihr wisst, dass das Mondjahr kürzer als das Sonnenjahr ist. Deshalb verschieben sich die zwölf Mondabschnitte im Vergleich zur Sonne, sodass am Ende nichts mehr passt. Man kann sich also auf den Mond kaum verlassen, höchstens wenn es darum geht, die nächsten Tage zu bestimmen.«

In der Tat ist das Jahr der Ruotinger weniger durch den Mond bestimmt als durch die beiden Sonnenwenden und die Halbzeit dazwischen, wenn Tag und Nacht gleich lang sind. So ergeben sich die vier Jahreszeiten, deren jeweiliger Anfang am Stand der Sonne erkennbar ist: wann sie am höchsten am Himmel steht oder am niedrigsten oder halbwegs dazwischen. Oben auf dem Frauenhügel, etwas abseits vom Heiligtum, ist ein Bronzestab fest in einer runden Steinplatte verankert, an dessen Schattenlänge man um die Mittagszeit den Höchststand der Sonne im laufenden Jahr ablesen kann. Der Stab ist bei dem Brandanschlag zum Glück unversehrt geblieben. Mit seiner Hilfe bestimmt Herdis den Festtag der Destarte, der immer am ersten Vollmond nach der Tagundnachtgleiche stattfindet.

»Wir wissen das, Utrik«, sagt Herdis ungeduldig. »Komm jetzt endlich zur Sache.«

»Geduld, Herdis. Ich versuche, euch etwas zu erklären. Es wäre doch praktisch, wenn man sich auf den Mond verlassen könnte, oder? Und genau das tun die Hatti. Für sie besteht das Jahr aus zwölf gleich langen Mondabschnitten, die nicht unbedingt mit dem echten Mond übereinstimmen müssen, denen sie aber sogar Namen gegeben haben. Der erste Abschnitt beginnt einfach am ersten Tag des neuen Jahres. Wenn sie also sagen, das Heer des Königs soll am fünften Tag des Löwenmondes aufbrechen, dann weiß jeder Bescheid. Es kann keinen Irrtum geben.«

»Ich versteh das nicht«, wendet Rana ein. »Wie soll das gehen, wenn Mondjahr nicht gleich Sonnenjahr ist?«

»Richtig. Das Mondjahr ist kürzer. Um genau elf Tage. Aber das stört die Hatti nicht. Nach jedem dritten Jahr schieben sie einen zusätzlichen, einen dreizehnten Mondabschnitt ein, um das wieder auszugleichen.«

»Dann ist ihre Zeitrechnung aber doch erst nach dem dritten Jahr wieder richtig.«

»Das stimmt. Aber es macht nichts, weil alle im Land sich nach der gleichen Betrachtungsweise richten. Einige Tage Verschiebung gegenüber den Jahreszeiten ist nicht so schlimm, wenn es immer wieder angeglichen wird. Und in welchem Jahr es nötig ist, sagen uns die Götter im Frühjahr durch die Mondsichel und die sieben Schwestern. Deshalb ist die Sichel hier auf der Scheibe auch nicht so dünn wie bei Neulicht, sondern etwas dicker, ungefähr wie am vierten oder fünften Tag nach Neumond. Wenn sich nämlich die Mondsichel beim Untergang der Schwestern in dieser Dicke zeigt, ist das Jahr gekommen, in dem man dreizehn Monde zählen muss, um sich an das Sonnenjahr wieder anzugleichen.«

Herdis runzelt die Stirn. »Ihr Götter, helft mir! Das ist zu schwierig für mich. Schon beim Zuhören wird mir schwindelig. Erklär es noch mal.« Nachdem Utrik alles noch einmal wiederholt hat, sagt sie: »Und das stimmt? Hast du es selbst nachgeprüft?«

»Natürlich hab ich das. Deshalb gehe ich des Nachts auf den Hügel, um die Gestirne zu beobachten.«

»Warum hast du mir nie davon erzählt?«

»Ich hab's versucht, Herdis. Du wolltest nie zuhören. Meine

Erzählungen aus dem Land der Morgensonne hast du immer als unwichtiges und wirres Zeug abgetan.«

»Hab ich das? Das tut mir leid. Aber ein bisschen wirr ist es schon, oder?«

»Sicher wird nicht jeder Bauer das verstehen. Ist für Bauern auch nicht so wichtig, außer, dass man Festtage damit besser bestimmen kann. Für Fürsten und Klanherren ist es aber durchaus von Bedeutung. Wann genau soll das Heer zusammengezogen werden? Wann sollen Krieger ausschwärmen, um Abgaben einzusammeln? Wann soll das Treffen der Klanherren stattfinden? Nur, um ein paar Beispiele zu nennen. Dem Bauern genügt die Beobachtung der Natur. Auf ein paar Tage kommt es ihm nicht an. Für den Fürsten eines Landes wie dem unseren ist eine genauere Zeitrechnung dagegen mehr als hilfreich. Wie soll man sonst Dinge, die an verschiedenen Orten gleichzeitig stattfinden sollen, miteinander abstimmen?«

»Ich verstehe, was du meinst«, sagt Herdis.

»Ich habe lange überlegt, wem ich mein Wissen schenken soll«, fährt Utrik fort. »Eigentlich sollen die Botschaften der Götter allen Menschen dienen, nicht nur den Herrschenden. Am besten wäre es, wenn Priester über die Berechnung der Tage des Jahres bestimmen würden. Damit es für alle im Land einheitlich ist. So macht man es bei den Hatti. Die Scheibe würde dabei als Hilfsmittel dienen.«

»Könnte das die Priesterin der Destarte übernehmen?«, fragt Rana.

»Natürlich.«

»Auch Hadors Priester?«

»Ungern.«

»Warum?«, fragt Herdis.

»Weil Hador Orkon dient, und es Orkon nur noch mächtiger machen würde, sollte er allein über die Geheimnisse der Gestirne verfügen. Er könnte die Menschen täuschen. Nein, das Wissen der

Götter gehört in vertrauenswürdigere Hände. Zum Wohle aller Menschen.«

»Das leuchtet ein«, sagt Rana. »Ich habe aber noch eine Frage. Es sind zweiunddreißig Sterne auf deiner Scheibe. Ist das Zufall? Oder hat das eine Bedeutung?«

Utrik lächelt. »Natürlich hat das eine Bedeutung. Manchmal ist das Wetter einfach zu schlecht, um die Mondsichel beim Untergang der Schwestern zu sehen. Deshalb sollte man schon beim Neulicht davor anfangen, die Tage zu zählen. Sind es zweiunddreißig Tage bis zum gleichzeitigen Erscheinen von Mond und Schwestern, dann ist das ebenfalls ein Zeichen, dass ein zusätzlicher Mondabschnitt einzuschieben ist. Im Grunde also das Gleiche, nur auf andere Weise.«

»Kennst du alle Mondnamen der Hatti?«

Utrik lacht. »Nein. Die hab ich vergessen. Es sind meist Tiernamen. An Löwe und Gazelle kann ich mich noch erinnern. An die anderen nicht. Wir müssten uns unsere eigenen ausdenken.«

Sie schweigen eine Weile. Rana und Herdis versuchen, das Gehörte zu verinnerlichen, sich klarzumachen, was all dies zu bedeuten hat.

»Sind es wirklich Botschaften der Götter?«, fragt Herdis.

»Ohne Zweifel. Wir wissen doch, aus der Erdmutter Gaia ist alles in der Welt entstanden. Ihr Mann Uron hat sie geschwängert, worauf sie die Ahnen der Götter geboren hat, die Riesen und die Kobolde und auch die Ur-Kuh, die Mutter unserer Viehherden. Uron aber hat den Himmel geformt, so auch den Mond und die Sonne. Aber er ist nicht der Einzige, der die Gestirne auf das Himmelsrund gesät hat. Destarte, die alles auf Erden wachsen und blühen lässt, ist eines von Urons Kindern. Vielleicht ist sie es, die die Schwestern auf ihrer Flucht vor dem Jäger beschützt.«

»Dann sollte Destarte die Beschützerin deiner Scheibe sein, Vater. Und ihre Priesterin sollte für die Zeitenrechnung verantwortlich sein.«

»Wünschenswert wäre es. Im Grunde hab ich die Bronzescheibe deshalb auch angefertigt. Ich wollte sie tatsächlich Destarte widmen. Ich fürchte nur, solange Orkon herrscht, wird das nicht möglich sein. Er soll sich der Scheibe nicht bemächtigen können. Arni und du, ihr werdet deshalb die Hüter der Himmelsbotschaften sein, bis bessere Zeiten angebrochen sind.«

Utrik umhüllt die Scheibe mit dem Leinensack und bringt sie zu seinem Lager, wo er sie wieder versteckt.

Kira schüttelt den Kopf, als er zurück ist und sich setzt. »Mir geht es wie Herdis«, sagt sie. »Ich weiß nicht, ob das alles in meinen Kopf will. Es ist so verwirrend!«

Arni setzt sich neben sie. »Ich erklär's dir später noch einmal, wenn du willst.«

Sie winkt ab und lacht. »Es reicht, wenn du es weißt. Mir genügt schon, was auf Erden ist. Die Sterne brauch ich nicht.«

»Eigentlich ist der Vollmond auf der Scheibe doch gar nicht nötig«, sagt Rana. »Zumindest nicht für die Zeitenrechnung.«

»Nun ja«, erwidert ihr Vater. »Er gehört dazu. Untergang und Aufgang der Schwestern, um die Zeit der fruchtbaren Feldarbeit einzugrenzen.«

»Könnte es nicht auch die Sonne sein?«

»Die Sonne? Wieso fängst du schon wieder davon an?«

Rana zuckt mit den Schultern. »Sieht mir eher nach einer Sonne aus als nach einem Vollmond. Eine Sonne würde auch besser zu Destarte passen. Die Sonne als Herrin der Fruchtbarkeit. Findest du nicht?«

Herdis schüttelt den Kopf. »Was redest du für dummes Zeug? Wenn dein Vater sagt, es ist der Mond, dann ist es der Mond.«

»War nur so ein Gedanke.« Rana steht auf und legt noch ein paar Scheite aufs Feuer.

»Ich bring dich nach Hause«, sagt Arni zu seiner Liebsten. Kira dankt Utrik für sein Vertrauen, bevor sie sich verabschiedet.

Später, in ihrem Bett, muss Rana noch lange über das Gesagte nachdenken. Ihr ist klar, dass die Familie mit der Bronzescheibe einen einmaligen und wertvollen Schatz besitzt. Es ist nicht das Gold darauf oder die Bronze, sondern das, was die Scheibe darstellt. Als Kunstwerk, aber auch als Botschaft der Götter. Es genügt schon, sie nur zu betrachten, besonders nachts im Schein von Talglichtern oder Fackeln, wenn Mond und Sterne auf dem dunklen Hintergrund golden leuchten, um den Zauber zu spüren, der von ihr ausgeht. Mond und Sonne. Ja, für Rana ist es die Sonne und nicht der Vollmond. Sicher werden auch andere das so empfinden.

Auf jeden Fall sollte die Scheibe nicht im Verborgenen bleiben, nicht unter Vaters Bett verstauben, wo niemand sie sieht. Sie sollte allen Menschen gezeigt werden, als Zeichen der Destarte, der Göttin der Liebe, aber auch des Lichts und des Frühlings und der Fülle der Natur. Am besten noch während des Frühlingsfests, in der Nacht, wenn die Trommeln dröhnen und die Menschen zu ihrem Rhythmus tanzen, wenn sie sich berauschen und der Liebe frönen. Wenn Destarte zusammen mit ihrer Schwester Arinna Pflanzen, Mensch und Tier segnet, auf dass sie Frucht tragen und sich mehren.

Rana bittet die Göttin um Kraft und Stärke – für die nächsten Tage, für ihre Weihe und überhaupt für ihre Zukunft in ihrem Dienst. Um eine Eingebung bittet sie, eine göttliche Weisung, was für eine Priesterin sie sein soll, was Destarte von ihr erwartet. Und vor allem, dass Arrak sie verschonen möge.

PANOS

O flötenspielender Hirte, wie schön deine Weisen, wie trügerisch deine Liebesschwüre, wie herrlich anzuschauen dein Leib, wenn du auf den wilden Stieren reitest

Adarikuomaniki ist ein großes Mädchen. Größer als die meisten Frauen der Ruotinger. Ihr Haar ist schwarz, ihre Haut goldbraun, und aus dem hübschen Gesicht mit den hohen Wangenknochen blicken tiefblaue Augen neugierig in die Welt. Ihr Name bedeutet »Weiße Blume im Mondlicht«. Leider mögen die Ruotinger keine langen Namen, und so ist sie für alle Welt nur Ada. Sie selbst ist so sehr daran gewöhnt, dass sie ihren richtigen Namen schon fast vergessen hat. Sie liebt Sithun. Oder doch eher Gejlir? Sie kann sich nicht entscheiden. Eigentlich liebt sie beide.

Die Zwillinge sagen, sie hätten schon immer alles miteinander geteilt. Auch die Weiber. *Die Weiber!* Ada ärgert sich, wenn sie so etwas sagen, als wäre sie eine von diesen Mädchen, die sich jedem hingeben, der ihnen einen Vorteil verschaffen kann. Und wenn sie ihnen darüber Vorhaltungen macht, dann lachen sie und sagen, sie wollten sie ja nur necken. Damit sie nicht übermütig wird, weil sie doch die Schönste im ganzen Land ist. Auch das ist natürlich gelogen, aber ein paar Küsse tun das Übrige, um sie zu besänftigen. Ja, sie liebt die beiden, auch wenn es am Ende zu nichts führen wird. Denn Ada ist Sklavin, eine Albin, schon als Kind entführt.

Die drei liegen nackt am Flussufer, wo sie gebadet haben, und lassen sich von der warmen Frühlingssonne trocknen. Sithun, zwei Schritte abseits, hat die Beine im Wasser. Mit einem Grashalm zwischen den Lippen starrt er versonnen ins grüne Flusswasser. Gejlir liegt mit Ada im Arm auf dem Rücken und blickt zum Himmel empor. Obwohl die Brüder sich in allem ähneln, ist Gejlir der zärtlichere von beiden. Findet Ada jedenfalls. Sie erkennt ihn an einer winzigen Narbe an der Unterlippe, wo er sich als Kind verletzt hat. Es ist schön, hier zu liegen und an nichts zu denken. Ihr Kopf ist auf Gejlirs Schulter gebettet, und ihre Hand streichelt seine Brust. Sie spürt sein Herz schlagen.

»Glaubst du, Vater wird langsam alt?«, fragt Sithun.

»Weiß nicht«, erwidert Gejlir. »Warum fragst du?«

»Früher hätte er sich das nicht gefallen lassen.«

»Du meinst die Abfuhr auf der Kuffaburg?«

»Ja. Aber besonders den Brand auf dem Frauenhügel.«

Ada hebt den Kopf. »Was redest du? Euer Vater ist nicht alt. Er ist ein Mann in den besten Jahren.«

»Aber nicht gut genug für Orkons Tochter.«

»Ist das so wichtig? Die ist doch nur eine vierzehnjährige Göre.«

»Davon verstehst du nichts, Ada«, erwidert Sithun. »Es geht gar nicht um diese Tura, sondern um Vaters Ehre. Was sage ich? Die Ehre der Nebroni. Allen war bekannt, dass er um sie geworben hat. Jeder dachte, die Sache ist so gut wie beschlossen. Schließlich hatte Orkon es ihm versprochen. Jetzt lachen sie im ganzen Land über uns.«

Ada setzt sich auf. »Ich glaube nicht, dass man über euch lacht. Vielleicht sollte Drengi froh sein. Ich hab gehört, sie soll nicht sehr hübsch sein, diese Tura.«

Gejlir richtet sich ebenfalls auf und küsst sie auf die nackte Schulter. »Nicht so hübsch wie du, das ist sicher.«

»Dieser Arrak ist nicht zu ertragen«, sagt Sithun. »Dem sollten wir zeigen, mit wem er es zu tun hat.«

»Und wie?«

»Keine Ahnung? Fällt dir was ein?«

Gejlir denkt eine Weile nach. Dann sagt er: »Im Sommer finden doch wieder Wagenrennen statt. Machen wir ihn fertig, zum Gespött der Menge.«

Sithun grinst. Doch dann zeigt er sich skeptisch. »Der Kerl ist gut. Er hat schon zweimal gewonnen.«

»Ja, mit üblen Tricks. Nicht auf ehrliche Weise.«

»Aber du weißt doch, beim Rennen ist alles erlaubt.« Sithun überlegt einen Moment. »Wenn ich Vater wäre, würde ich als Erstes Orkons Krieger vertreiben, die bei uns herumlungern. Und seine Mannschaftshäuser abfackeln. Dann weiß er, dass er mit uns nicht machen kann, was er will.«

»Das würden die Helminger sich nicht gefallen lassen.«

»Sollen sie doch kommen! Auf unserem Land kennen wir jeden Winkel. Wir werden sie schlagen.«

Ada zieht einen Schmollmund. »Müsst ihr wieder von Krieg reden?« Sie steht auf, geht die wenigen Schritte zu Sithun hinüber und hockt sich neben ihn. Sie legt ihm den Arm um die Schultern und lächelt ihn verführerisch an. »Denk mal an was Schöneres als an Kampf.«

Er grinst. »An dich zum Beispiel?«

Ada lacht. »Warum nicht?« Sie greift ihm zwischen die Beine. »Oder bist du schon müde?«

»Ich müde? Na warte nur, dir werd ich's zeigen.«

Gejlir schaut zu, während die beiden sich lieben. Wenn es doch nur immer so bleiben könnte, denkt er. Sithun und er und Ada. Aber irgendetwas sagt ihm, dass sich drohende Wolken nähern, dass ihr stilles Glück nicht ewig dauern wird.

* * *

Drengi hat Wort gehalten. Fuhrleute haben wertvolles Zinn, kupferhaltiges Erz und auch einiges an reinem Kupfer in Form von kleinen Barren gebracht und alles vor der Werkstatt abgeladen.

Mit dem reinen Kupfer könnten Utrik und Arni natürlich gleich mit dem Schmieden der Waffen beginnen, aber sie beschließen, dass Arni zuerst das Erz schmelzen soll, während Utrik Arraks Goldlocken fertigstellt. Aiko kümmert sich derweil um die Kohlenmeiler im Wald.

Arni behängt das Pferd der Familie mit Körben, um weiter flussaufwärts an geeigneter Stelle nach Lehm zu graben, denn zum Schmelzen der Erze muss ein neuer, größerer Ofen gebaut werden.

Auch Utriks kleiner Schmelzofen besteht aus Lehm. Er ist kreisrund und oben offen und dient hauptsächlich, um Metall zu verflüssigen, damit dieses in Formen gegossen werden kann. Unten wird mithilfe von zwei Blasebälgen Luft ins Innere gepumpt. Und zwar durch abwechselnde Betätigung in gleichmäßigem Rhythmus, um eine stetige Luftzufuhr zu gewährleisten. Nur so lässt sich die nötige Hitze erreichen.

Das Gold, das Utrik geblieben ist, kommt in einen kleinen Tiegel aus gebranntem Ton und der Tiegel auf die glühenden Kohlen, sobald die richtige Hitze erreicht ist. Bis das Gold vollständig geschmolzen ist, wird weiter mit den Blasebälgen gepumpt.

Mit einer Zange aus Bronze hebt Utrik den Tiegel vom Feuer und gießt das flüssige Metall in eine schmale, sorgfältig geglättete Rinne, die er in einer langen Form aus Ton angelegt hat. So entsteht ein dünner Goldstab, den er nach dem Erkalten zu einem runden Draht hämmert.

Den gilt es nun weiter zu verschlanken. Dazu tritt Utrik an den bronzenen Ziehblock, in dem sich eine Reihe von enger werdenden Löchern befinden, durch den er den zugespitzten Draht mit einer Zange zieht. Bei jedem Loch wird der Draht ein wenig dünner und länger. Ab und zu muss Utrik den Draht noch einmal zum Glühen bringen, damit das Metall weich und biegsam bleibt. Es ist eine anstrengende Arbeit, die viel Kraft und doch auch Vorsicht erfordert. Damit es leichter geht, verwendet Utrik Bienenwachs als Gleitmittel.

Zuletzt poliert er den Golddraht, halbiert ihn und wickelt jedes der beiden Teile um einen Pfeilschaft herum zu einer engen Spirale – dem fürstlichen Schläfenschmuck aus feinstem Gold.

Arni baut inzwischen seinen Schmelzofen. Es ist ein hoher Zylinder aus großen Steinen, die mit Lehm verbunden und innen ebenfalls dick verputzt sind. Von unten wird auch dieser Ofen mittels Blasebälgen belüftet, um die richtige Hitze zu erzeugen. Bis zum Rand wird der Ofen abwechselnd mit Holzkohle und Erz gefüllt, bevor schließlich Feuer gelegt wird. Den Boden des Ofens bildet eine runde Lehmwanne, in der sich das geschmolzene Kupfer sammelt. Darüber befindet sich das Abstichloch, über das sie die Schlacke abfließen lassen. Die kann man dann einem weiteren Schmelzvorgang beifügen, um auch den letzten darin enthaltenen Rest an Kupfer zu gewinnen.

Am dritten Tag ist Arnis Ofen fertig. Reich mit Erz und Kohle bestückt bullert und raucht er. Während Aiko die Blasebälge bedient, zeigt Utrik seinem Sohn die fertigen Goldlocken.

Arni nimmt sie mit fachmännischem Blick in die Hand. »Makellos«, sagt er. »Damit müsste der Bastard mehr als zufrieden sein. Sie könnten höchstens noch etwas dicker sein.«

Utrik zuckt mit den Schultern. »Ich denke, die sind dick genug. Außerdem kann man aus Stein kein Wasser quetschen. Mehr Gold haben wir nicht.«

»Das ist, was mich mächtig reut: diesem Kerl auch noch unser Gold zu überlassen.«

»Vielleicht zahlt uns Drengi ja in Gold. Dann hätte ich wieder genug, um die Scheibe zu vervollständigen.«

»Du meinst die Bögen für die Sonnenwenden?«, fragt Arni.

Utrik nickt. »Ja, die Bögen.« Er nimmt die Goldlocken wieder an sich, um sie zu verwahren. »So, jetzt werde ich mich mal um die Gussformen für die Äxte und Speerköpfe kümmern.«

* * *

Während die Männer in der Schmiede arbeiten, sitzt Rana im Innersten des Heiligtums auf dem Frauenhügel. In der Höhle herrscht ein angenehmes Halbdunkel, denn sie hat den schweren Hanfvorhang vor dem Eingang geschlossen. Draußen wird noch gearbeitet. Sie hört die Stimmen der Männer, die die letzten Steinplatten verlegen und gerade das Zeltdach aufspannen. Auch die Stele der Destarte steht wieder aufrecht und fest im Boden verankert, die verkohlten Stellen abgeschabt, die Farben erneuert. Andere sind dabei, den Weg hier herauf zu ebnen, Fallholz zu entfernen und Unkraut zu ziehen. Bald werden sie das junge Gras auf der Lichtung schneiden.

Im Dorf arbeiten die Frauen unter Herdis' Leitung an anderen Dingen. Es werden Fackeln vorbereitet und aus den Truhen festliche Kleider und Masken hervorgeholt. Einige werden neu gefertigt. Die Masken gehören zum nächtlichen Ritual und werden jedes Jahr wiederverwendet. Es sind grob geschnitzte Gesichter von Dämonen, Waldgeistern und Gottheiten. Oder einfache aus Stroh und Gras geflochtene für die Besucher, die unerkannt bleiben wollen. Herdis legt letzte Hand an die aufwendige Festkrone, die ihre Tochter zur Weihe tragen wird.

Rana selbst hat Krüge von Herdis' Zaubertränken heraufgeschleppt, außerdem getrocknete Pilze für die Feierlichkeiten. Die werden klein geschnitten und mit Hanf vermischt, um am Festabend den magischen Rauch zu erzeugen, den die Feiernden einatmen, um sich zu berauschen. Jetzt sitzt sie mit untergeschlagenen Beinen in der vermeintlichen Ruhe des inneren Heiligtums. Vermeintlich, weil es in ihrem Herzen nicht ganz so ruhig zugeht. Bald wird sie geweiht werden und später selbst als erste Priesterin für all dies verantwortlich sein. Für die Menschen, die kommen und die Gnade der Göttin erflehen, Frauen vor allem. Bisher war sie nur Gehilfin, hat sich ganz auf ihre Mutter verlassen. Dabei ist das Heiligtum ohne Herdis doch eigentlich undenkbar. Ranas alte Unsicherheit ist zurückgekehrt und macht ihr zu schaffen.

Doch dann überfällt sie wieder der Zorn gegen Orkon, Hador, Arrak und überhaupt die Helminger. In ihrem Geist verschmelzen sie zu einem einzigen Feind. Es gilt, ihnen etwas entgegenzusetzen, etwas, das sie nicht zerstören können, eine Hoffnung vielleicht, ein neuer Glaube im Herzen der Menschen. Die Idee einer Sonnengöttin spukt ihr immer noch im Kopf herum. Destarte als Göttin der Fruchtbarkeit und des Lichts. Mit der Bronzescheibe als Symbol der Vereinigung zweier göttlicher Prinzipien. Der Gegensatz zu Hadors finsterer Unterwelt.

Aber sie weiß, dass ihre Mutter dem niemals zustimmen würde. Es wäre eine Verfälschung des Destarte-Kults. Selbst Vater hält es für Unsinn. Wahrscheinlich ist es das ja auch. Außerdem ist völlig unklar, wie so ein Glaube überhaupt verbreitet werden könnte, welche Riten ihn begleiten sollten. Und wer ist sie, sich so etwas auszumalen? Schon der Gedanke ist eine Missachtung der Traditionen, eine Beleidigung der Göttin.

Und doch. Warum sollte Destarte nicht auch das Licht verkörpern, das die Welt erfüllt und das Leben zum Blühen bringt? So hell und glänzend wie die Morgensonne. Könnte es nicht sein, dass die Göttin selbst ihr diese Gedanken in den Kopf setzt? So was kommt doch nicht von ungefähr. Im Grunde kommt doch gar nichts von ungefähr. Ständig greifen die Götter in das Leben der Menschen ein. Ja, so muss es sein. Destarte selbst hat genug von Hadors Herrschaft. Besonders nach dem Feuer hier auf diesem ihr geweihten Hügel. Vielleicht will sie ihrer neuen Priesterin eine Botschaft schicken.

Rana erhebt sich. Sie tritt ins Freie und schließt den Vorhang hinter sich. Draußen wechselt sie ein paar Worte mit den Arbeitern, nickt den beiden Kriegern zu, die Wache stehen, und macht sich auf den Weg zurück ins Dorf.

Auf dem elterlichen Hof findet sie die Männer bei der Arbeit. Aus Arnis Ofen steigen flirrende Hitze und feiner blauer Rauch. Er selbst pumpt an den Blasebälgen, während Aiko danebensteht und sich ausruht. Vater formt gerade eine Streitaxt aus Bienenwachs, die anschließend mit Ton umschlossen wird. Beim Brennen des Tons schmilzt das Wachs und fließt heraus. Übrig bleibt die fertige Gussform. Utrik macht es so, dass sie aus zwei Teilen besteht und wiederverwendet werden kann. So ist es möglich, in recht kurzer Zeit mehrere gleiche Äxte zu gießen. Das Schleifen und Polieren und das Fertigen und Einsetzen von Holzschäften wird länger dauern als das Gießen.

Dann bemerkt Rana ein fremdes Pferd vor dem Haus, und ein Schreck durchzuckt sie. Ist das Arrak, der zurückgekommen ist? Denn es ist ein hübsches Tier mit dunklem Fell, edel aufgezäumt und mit einem Sattel aus feinem Leder auf dem Rücken. Kein Tier, das einem Bauern gehört.

Aber Vater grinst ihr fröhlich zu: »Besuch für dich, Rana.«

»Für mich?«

Sie betritt das Haus. Zu ihrem Erstaunen sitzt jener junge Mann am Familientisch, der sich Hakun nennt, Sohn des Klanherrn Brodar. Mutter stellt ihm gerade einen Becher mit honiggesüßtem Kräuteraufguss hin, denn das Bier ist vor Tagen ausgegangen.

Der Mann blickt auf und lächelt erfreut, als er sie erkennt. »Rana. Sei gegrüßt!«, sagt er und erhebt sich.

»Du? Was willst du hier?«, fährt sie ihn schroff an. »Was hast du hier zu suchen?«

»Aber Rana«, ruft Herdis erschrocken. »Er ist gekommen, um –«

»Ich will, dass er geht. Und zwar sofort!«

Das Lächeln in Hakuns Gesicht ist einer betroffenen Miene gewichen. »Ich –« Weiter kommt er nicht.

»Ich will, dass du verschwindest! Hier ist kein Platz für Arraks Halunken!«

Herdis packt sie am Arm. »Jetzt hör erst mal zu, Tochter! Und sei nicht immer so hitzköpfig. Der Mann ist hier, um sich bei dir zu entschuldigen.«

»Um sich zu entschuldigen? Wofür denn? Dass sie das Heiligtum nicht ganz zerstört haben? Dass sie nicht auch noch unseren Wald abgebrannt haben? Oder das ganze Dorf?«

Herdis hebt genervt die Brauen und wendet sich an Hakun. »Es tut mir leid, edler Hakun, aber unsere Tochter ist manchmal zu voreilig mit ihren Äußerungen.«

Rana gibt einen verächtlichen Laut von sich. »Edler Hakun!«, zischt sie. »An diesen Kerlen ist nichts Edles!«

»Willst du jetzt wohl zuhören?«, fährt Herdis sie an.

Rana verschränkt die Arme vor der Brust und mustert Hakun wütend und von oben herab, obwohl sie wesentlich kleiner ist. »Also schön. Was hast du zu sagen?«

Ihre Feindseligkeit hat ihn sichtlich überrascht. Verlegen leckt er sich die Lippen. »Ich war überhaupt nicht dabei«, sagt er. »Mit dem Feuer hab ich nichts zu tun.«

»An dem Tag warst du zusammen mit Arrak hier. Wir können uns alle an dich erinnern.«

»Gleich danach haben wir uns getrennt. Ich bin heimgeritten. Ich war nicht gerade erpicht auf Arraks Gesellschaft.«

»Und das sollen wir dir glauben?«

Hakuns Brauen ziehen sich zusammen, und er richtet sich zu voller Größe auf. »Ich bin kein Lügner, Rana«, sagt er würdevoll. »Von dem Brand habe ich erst später erfahren. Was Arrak oder wer auch immer da angestellt hat, ist ein Frevel, ein Verbrechen gegen die Götter. Bei so etwas mitzumachen wäre mir nie im Leben eingefallen.« Und als Rana ihn immer noch skeptisch ansieht, fügt er hinzu: »Eigentlich bin ich auch nicht deshalb hier.«

»Weshalb sonst?«

»Ich wollte mich dafür entschuldigen, dass ich an jenem Nachmittag nicht gleich eingeschritten bin, als Arrak dich entführen wollte.«

»Du musst doch gewusst haben, was er vorhatte.«

»Eben nicht. Er hat behauptet, er wolle einen Schmied besuchen. Wegen Goldlocken, die er sich machen lassen wollte. Dann ging es ihm plötzlich um dich. Ich hab es zuerst nicht recht verstanden. Und dann, ja, dann hab ich viel zu lange gezögert.«

»Klar, weil du dich mit ihm gutstellen willst. Du hast ja vor, seine Schwester zum Weib zu nehmen. Da hätte sicher jeder den Mund gehalten.«

Hakun schüttelt den Kopf. »Dazu wird es nicht kommen. Mein Vater hätte es gern, aber ich selbst habe nicht vor, Tura zu heiraten. Nachdem ich gesehen habe, wie es auf der Kuffaburg zugeht, ist mir jeder Gedanke daran vergangen.«

»Was gehen mich deine Heiratspläne an? Du bist doch wohl nicht den weiten Weg gekommen, um mir das zu sagen.«

»Nun ja.« Hakun ist rot geworden. »Ich bin gekommen, um mich zu entschuldigen. Und auch ...« Er zögert einen Augenblick. »Auch, um dich wiederzusehen.«

»Wozu? Hast du etwa auch vor, mich zu verschleppen?«

Jetzt hebt Hakun ärgerlich die Hände. »Wie kommst du denn auf so was?« Seine Augen bohren sich in die ihren. Sie hat ihn wütend gemacht.

Zornig starrt Rana zurück. Aus den Augenwinkeln merkt sie, dass Herdis am liebsten einschreiten möchte und sich nur mit Mühe beherrscht. Das ärgert Rana noch mehr. Dabei kann sie nicht umhin, sich einzugestehen, dass der Mann gut aussieht, eigentlich ein ehrliches Gesicht hat und schöne Augen. Ziemlich bemerkenswerte Augen sogar mit einer blassblauen, dunkel umrandeten Iris. Rana spürt, wie ihr das Blut in die Wangen steigt.

Sie reißt sich los von diesen Augen. Schließlich ändert sein Aussehen nichts an der Tatsache, dass er der Sohn eines Klanherrn ist, dass er zu denen gehört, die mit Orkon verbündet sind.

»Nun ... jetzt hast du dich entschuldigt und mich gesehen«, sagt sie mit betont kalter Stimme. »Jetzt kannst du wieder gehen.«

Die Abfuhr hat Hakun sichtlich getroffen. Wahrscheinlich hat noch niemand so mit ihm, dem Sohn eines Klanherrn, geredet. Doch er beherrscht sich.

»Aber Kind ...«, versucht Herdis zu vermitteln.

»Gut«, sagt er ärgerlich. »Wie du willst.« Er wendet sich zur Tür.

»Heirate, wen du willst!«, ruft Rana ihm noch nach. »Aber hier lass dich besser nicht mehr blicken.«

Damit verlässt sie den Raum, um ihre Kammer aufzusuchen. Aufgewühlt lässt sie sich auf ihr Lager sinken. *Heirate, wen du willst?* Wieso, bei Destarte, hat sie denn das gesagt? Als wenn das überhaupt eine Bedeutung hätte. Das klang ja fast so, als wäre sie eifersüchtig. Was sie natürlich nicht ist. Ganz im Gegenteil!

Sie hört noch, wie Herdis sich mehrmals entschuldigt, und wenig später lassen sich die Hufschläge seines Pferdes vernehmen, die sich langsam entfernen.

Dann steht Herdis in der Tür. »Was, bei allen Himmlischen, ist denn in dich gefahren? Wie kannst du diesen Mann so behandeln?«

»Lass mich in Ruhe, Mutter!«

»Er hat sich für dich eingesetzt. Schon vergessen?«

»Du scheinst vergessen zu haben, dass er einer von denen ist.«

»Dieser Hakun ist nicht Arrak. Er scheint ein anständiger Kerl zu sein. Außerdem ist er der Sohn eines Klanherrn und verdient ein Mindestmaß an Respekt. Seine Freundschaft könnte dir einmal nützlich sein.«

»Solche Freundschaften brauche ich nicht.«

»Was bist du doch für ein Dickkopf!« Herdis seufzt gereizt. »Werd einer schlau aus dir. Ich geb's auf.«

Sie macht kehrt und geht zurück zur Herdstelle. Rana hört sie noch lange hantieren und entrüstet vor sich hin murmeln.

* * *

Die Pferde stapfen durch Schlamm und Pfützen, denn seit dem Morgen regnet es in Strömen. Das Fell der Tiere wie auch Beine und Füße der beiden Reiter sind durchweicht. Am Leib tragen sie regennasse Umhänge mit Kapuzen, die ein wenig gegen das Wetter schützen. Brunn führt ein mit Zeltplane, Kochgeschirr und etwas Nahrung beladenes Packtier an der Leine. Auf seinen Streitwagen hat Arrak verzichtet, auch auf weitere Begleiter, sogar auf die übliche kriegerische Ausrüstung. Mehr als Dolche haben sie nicht bei sich, sodass sie wie normale Reisende aussehen. Der Grund für diese Bescheidenheit ist, dass Arrak sich das Fest der Destarte anschauen will, ohne Aufsehen zu erregen.

»Was ist mit den Goldlocken, die der Schmied dir machen soll?«, fragt Brunn.

»Die holen wir später. Auf dem Fest will ich nicht erkannt werden.«

Brunn ist skeptisch. »Dein Gesicht ist dort nicht unbekannt.«

»Wozu haben wir Kapuzen? Und am Festabend tragen viele Masken. Ich hab gehört, das ist nicht unüblich.«

»Du willst die Feiern doch hoffentlich nicht stören. Nach dem letzten Streit mit deinem Vater –«

»Weiß schon«, knurrt Arrak. »Keine Sorge.«

»Und das Mädchen solltest du auch in Ruhe lassen.«

Arrak wirft Brunn einen gereizten Blick zu. »Wer war denn so verrückt darauf, seinen Schwengel in sie zu stecken? Du oder ich?«

»Ich sag ja nur.«

Doch die Wahrheit ist, dass Arrak tatsächlich Rana wiedersehen will, wenn auch nur aus der Entfernung. Das Luder hat es ihm angetan. Er kriegt sie nicht aus dem Kopf und würde viel dafür geben, sie zu besitzen. Auch wenn sie als Priesterin unerreichbar für ihn ist. Für den Augenblick zumindest.

Brunn hat natürlich recht. Noch einen Frevel kann er sich nicht erlauben. Die Auseinandersetzung mit dem Vater war heftig. Die

Sache mit dem Heiligtum war schon schlimm genug, aber dass er danach auch noch Drengi beleidigt und den Vater mit dem Messer angegriffen hat, hätte ihm beinahe sein Erbe gekostet. Wenn nicht mehr. Noch ein Ungehorsam und er wird von der Nachfolge ausgeschlossen, das hat Vater ihm angedroht. Deshalb sollte er sich eigentlich von Altorp fernhalten. Zumindest vom Fest der Destarte. Aber er kann sich nicht helfen, etwas zieht ihn dorthin.

Im Grunde ist es nur Morganas Unfruchtbarkeit zu danken, dass er überhaupt der Erbe des Fürstentums ist. Das hat Vater ihm mal wieder in aller Deutlichkeit unter die Nase gerieben. Entschuldigen musste er sich. Und das mehr als ein Mal. Dabei hat er die elende Bauchkriecherei eigentlich satt.

Diese verdammte Morgana, denkt er verdrossen. Seit die bei uns ist, steht sie zwischen mir und Vater. Jahrelang hat er mich nur beachtet, wenn ich ihn geärgert oder etwas Verbotenes getan habe. So wie jetzt. Erst seit sie offenbar unfähig ist, ihm einen rechtmäßigen Erben zu schenken, behandelt er mich überhaupt wie sein eigen Fleisch und Blut. Nachfolger bin ich im Grunde nur mangels eines Besseren. Ein Lückenfüller, denkt er bitter. Sonst bin ich ihm nichts wert.

Was, wenn ich den Alten tatsächlich umgebracht hätte? Vor aller Augen in der Halle. Hätten sie gejubelt, dass sie den Tyrannen endlich los sind? Hätten sie mich als Nachfolger anerkannt? Oder hätte Odda mich wie eine Ratte totgeschlagen? So wie der Scheißkerl es angedroht hat. Dem würd ich gern ein blutiges Grinsen ins Gesicht schneiden. Und was Morgana angeht, die kriegt zum Glück noch immer keinen Sohn zustande. Seit Turas Geburt wird sie nicht einmal mehr schwanger. Liegt es an ihr oder an ihm? Bestellt er überhaupt noch diesen Acker? Bei mir wäre sie schon zehnmal trächtig.

Überhaupt würde ich alles anders machen, sagt er sich. Ich würde härter durchgreifen. Ein Drengi würde mir nicht so frech kommen dürfen. Diesen sogenannten Klanherrn würde ich die

Macht entziehen, sie auf die Knie zwingen. Und Tura würde ich lieber mit einem Ochsentreiber vermählen als mit einem dieser anmaßenden Bastarde. Kein Priester würde mir auf der Nase herumtanzen, weder ein Urdo noch diese aufmüpfige Herdis. Mich selbst würde ich zum obersten Priester Hadors machen. Ja. Fürst und Hohepriester in einer Person.

»Warum so still?«, fragt Brunn. »Was brütest du vor dich hin?«

»Nichts. Hör auf, mich dauernd anzuquatschen. Kann man nicht mal in Ruhe nachdenken?«

Schweigend reiten sie weiter. Um sie herum liegt dunkler, unberührter Wald. Kein Laut ist zu hören außer dem unentwegten Rauschen des Regens auf den Blättern. Auf dem aufgeweichten Weg sinken die Pferde an manchen Stellen bis zu den Fesseln ein. Zum Glück schützen die Umhänge ein wenig, denn die sind aus öliger, unbehandelter Schafswolle, an der die Tropfen abgleiten. Darunter ist es jedoch feucht und muffig, und es riecht nach Schaf. Verdammtes Wetter, denkt Arrak. Wenn es morgen auch so ist, wird's kein schönes Fest werden.

Wieder muss er an Rana denken. Die ist nicht nur von schöner Gestalt, sondern auch selbstbewusst und willensstark, eine Kämpferin. Ihr Auftritt mit dem Messer an der eigenen Kehle hat ihn tief beeindruckt. Hätte sie's getan? Sah ganz so aus. Was für ein Weib! So eine wäre die ideale Gefährtin für den Fürsten, der er hofft, eines Tages zu sein. Obwohl sie nur die Tochter eines Schmieds ist. Den Mut wird sie von der Mutter haben, dieser Herdis. Auch die ein unerschrockenes Weib.

»Sag mal«, unterbricht Brunn Arraks Gedanken, als sie um eine Wegbiegung kommen. »Täusche ich mich, oder ist das Odda da vorn?«

Beide zügeln ihre Pferde und starren den Weg entlang, der sich vor ihnen im Grau des Regens erstreckt und schließlich im Wald verliert. In etwa dreihundert Schritt Entfernung sind zwei Reiter zu sehen, die ebenfalls nach Süden unterwegs sind und, ganz wie sie selbst, ein Packpferd hinter sich herziehen. Beide sind in ähnliche Umhänge gehüllt, aber einer ist im Vergleich so groß, dass seine Füße fast bis auf den Boden reichen. Auf dem Rücken trägt er einen gewaltigen Speer.

»Könnte sein«, sagt Arrak.

»Wir müssen sie eingeholt haben.«

»Wenn das Odda ist, wer ist der andere?«

Brunn starrt den beiden Reitern angestrengt nach, bevor sie um die nächste Biegung verschwinden. »Oder *die* andere«, sagt er dann.

»Du glaubst, das ist eine Frau? Odda und ein Weib? Das hat's doch noch nie gegeben.«

»Täusch dich nicht. Da hab ich anderes gehört. Ich denke, ich weiß, wer das ist. Ich erkenne den Gaul. Dunkles Fell und helle Fesseln. Das ist Morganas Stute.«

»Morgana? Bist du sicher? Bei dem Wetter?«

Brunn zuckt mit den Schultern. »Wer weiß? Aber wer sonst würde ihre Stute reiten und von Odda bewacht werden? Bestimmt nicht Tura.«

»Ja. Das ist seltsam«, sagt Arrak. Dann kommt ihm die Erleuchtung. »Die will bestimmt auch zum Fest der Destarte.« Er ahnt auch schon, warum.

»Zu Destarte? Mit Orkons Zustimmung?«, zweifelt Brunn.

»Warum soll Odda sonst an ihrer Seite sein? Der tut doch nichts ohne Orkons Befehl.«

Jetzt hat auch Brunn verstanden. »Sie will die Göttin bitten, ihren Leib zu segnen. Das muss es sein.«

»Ja. Mit einem Sohn natürlich«, erwidert Arrak grimmig.

»Und was machen wir jetzt?«

»Lass sie reiten. Wir legen hier erst mal eine Rast ein. Ich will nicht, dass sie uns sehen.« Er grinst und zeigt die Zähne wie ein Wolf, der seine Beute erspäht hat. »Wir werden das beobachten.«

DESTARTE

*Sie ist die dem lebensspendenden Quell entsprungene Schöne,
der Liebe geweiht und der Fruchtbarkeit, den Blumen auf
den Wiesen, dem lauen Wind und dem sprießenden Grün des
Frühlings. Aber sie ist auch die Göttin der Lust und der Begierde
nach Vereinigung, nach Ekstase und Erfüllung.*

Am nächsten Tag hat sich das Wetter gebessert. Schöner könnte es für die jetzt anbrechenden Festtage nicht sein. Es ist warm, der Himmel klar und wolkenlos, wie rein gewaschen nach dem Regen des Vortags. Auf der großen Gemeindewiese bei der Furt herrscht eine fröhliche, erwartungsvolle Stimmung. Viele sind schon vor Tagen gekommen und haben ihre Zelte aufgeschlagen. Wer keines besitzt, hat den Regen in irgendeiner Dorfscheune ausgesessen und wird nun angesichts des guten Wetters unter den Sternen schlafen. Wenn sie denn überhaupt dazu kommen, denn die Nächte des dreitägigen Frühlingsfestes enden meist erst im Morgengrauen.

Etwas abseits, an einer Stelle, wo die Pferde grasen können, hat Odda am Abend zuvor Morganas Zelt errichtet. Sie können von Glück sagen, dieses Plätzchen noch gefunden zu haben, denn die Wiese ist voll besetzt. Als Tochter eines Klanherrn hat sie noch nie zuvor in einem Zelt geschlafen. Trotz der Decken, die Odda auf dem noch regennassen Boden ausgebreitet hat, war es kalt und feucht im Zelt, weshalb sie es jetzt genießt, in der warmen Sonne zu sitzen.

Morganas anfängliche Befürchtungen, allein mit diesem Mann

zu reisen, haben sich als grundlos erwiesen. Inzwischen fühlt sie sich bei Odda sicher. Die Gegenwart des Riesen schreckt gewiss jeden Wegelagerer ab. Niemand würde es wagen, ihr auch nur zu nahe zu treten. Er redet zwar immer noch kaum ein Wort mit ihr, ist aber höflich und behandelt sie zuvorkommend und mit Umsicht. Er selbst schläft vor ihrem Zelteingang im Freien, nur mit einem Schaffell zugedeckt.

Odda hat bereits Feuer gemacht und kocht einen Hirsebrei als Morgenmahl. Er wirft etwas Salz hinein und rührt. An einem Stand der Dörfler gibt es frisches warmes Fladenbrot zu kaufen und goldenen Honig. Nach der kühlen Nacht schmeckt das herrlich und weckt die Lebensgeister.

Morgana leckt sich die klebrigen Finger und nimmt den Napf mit dem dampfenden Brei entgegen, den Odda ihr reicht.

»Ich hätte nicht gedacht, dass hier so ein Andrang herrscht«, sagt sie und bläst auf den vollen Löffel, bevor sie ihn in den Mund steckt. »Die ganze Wiese ist voller Zelte. Sogar an den Flussufern.«

Von Odda kommt ein undeutliches Knurren, während er fortfährt, Brei in sich hineinzuschaufeln. Er hat sein Hemd abgelegt, und einen Augenblick lang beobachtet sie das Spiel von Licht und Schatten auf seinen Brust- und Armmuskeln. Der Holzlöffel in seiner mächtigen Faust nimmt sich aus wie ein Kinderspielzeug. Ob er eine Liebste hat? Aber wer soll so einen Kerl lieben? Allein sein Gewicht könnte einer Frau die Rippen brechen. Und dann spricht er kaum ein Wort, sein Gesicht ist eine Maske ohne Regung. Man muss sich fragen, was in ihm vorgeht. Und warum er nichts von sich preisgibt.

Sie blickt sich um. »Ist das nicht Drengis Zeichen, da drüben am Wiesenrand?«, fragt sie. »Das Hirschgeweih auf weißem Grund.«

Odda sieht in die angedeutete Richtung und nickt. »Hab es schon gesehen«, murmelt er in seinem grollenden Bass. »Sind nur die Söhne. Drengi selbst ist nicht hier.«

»Auch denen würde ich ungern über den Weg laufen.«

Odda zuckt wortlos mit den Schultern.

Na ja, denkt sie, ich habe meinen Kapuzenumhang und für den Abend die Maske, die Odda mir besorgt hat. Es ist ein öffentliches Fest, aber nicht jeder, der Destarte besucht, möchte erkannt werden. Schon gar nicht in den Nächten, wenn es hoch hergehen soll, wie sie gehört hat. Odda ist natürlich nicht zu übersehen. Da hätte sie auch gleich ein Helminger Banner mitbringen können. Sie seufzt leise. Nun, das ist jetzt nicht mehr zu ändern. Viele Frauen sind gekommen, um die Göttin um ein Kind zu bitten. Warum nicht auch die Frau des Fürsten? Orkon hat es ihr ja sogar aufgetragen, mit allem, was dazugehört.

Trotzdem fühlt sie sich jetzt, da sie hier ist, unsicher und fremd unter den vielen Menschen, den Bauern, jung wie alt, mit von der harten Feldarbeit geprägten Gesichtern, den Matronen im besten Kleid und den jungen Weibern, die sich auf das Fest freuen und aufgeregt miteinander schnattern. Ganze Familien sind gekommen, Kinder, Großmütter, Neffen und Tanten.

Nicht wenige haben Opfertiere in aus Weidenzweigen geflochtenen Käfigen dabei. Ein schöner Hahn, ein Zicklein, eine Taube oder ein Ferkel. Sie sollen die Göttin für ihre Wünsche gnädig stimmen. Oder auch kleine Geschenke – ein Blumengewinde, Lederarbeiten oder Schnitzereien. Wer nichts hat, kann etwas auf dem Tauschplatz des Dorfes erstehen. Auch dafür hat Odda gesorgt. Ein Lämmchen ist neben dem Zelt angepflockt und blökt ab und zu kläglich nach seiner Mutter, nicht wissend, dass es bald sein Leben auf Destartes Opferstein aushauchen wird. Fast tut es Morgana leid um das kleine Tier.

Am späten Nachmittag ist es endlich so weit. Die ersten Besucher dürfen auf den Frauenhügel. Odda erhebt sich, um Morgana zu begleiten, und greift nach seinem Speer. Aber sie zieht es vor, allein zu gehen. »Keine Sorge, Odda, mir geschieht nichts. Waffen sind auf dem Hügel nicht erlaubt. Nur fröhliche Menschen.«

Odda nickt. »Ich warte an der Furt auf dich.«

»Es kann aber spät werden.«

Mit dem Lämmchen auf dem Arm tritt sie den Weg an. Sie geht barfuß, bescheiden wie viele der Pilger. Am Leib trägt sie ein leichtes Leinenhemd, das ihr nur bis zu den Knien reicht. Es ist schließlich warm genug. Sie hat die Maske aufgesetzt, aus Stroh geflochten und mit Federn verziert, über der Nase ein Schnabel wie der eines Falken. Astaris, die Jägerin, wird gelegentlich so dargestellt. Unter der Maske fühlt sie sich unerkannt, ist eine von vielen im Strom der Gläubigen, die die Furt überqueren und den Hügel hinaufsteigen.

An der Quelle auf halbem Weg stehen zwei Frauen aus dem Dorf und reichen den Pilgern zur Erquickung einen Schluck des heiligen Wassers. Auch Morgana trinkt davon. Es ist kühl und angenehm. »Destartes Segen sei mit dir«, murmelt eine der beiden Frauen. »Das Wasser der Göttin wird deinen Leib reinigen und die Frucht deines Leibes schützen.«

»Wenn ich denn nur schon schwanger wäre«, erwidert Morgana.

Die Frau lächelt und nickt ihr zuversichtlich zu. »Dann ist es gut, dass du gekommen bist. Rede mit unserer Priesterin Herdis. Sie wird sich bei der Göttin für dich verwenden.«

Morgana nimmt noch einen Schluck, dankt ihr und geht weiter. Unterwegs treibt ein Witzbold seinen Schabernack. Auf dem Kopf trägt er die beliebte Maske des Hirtengottes Panos mit Hörnern und einer großen Nase. Er entlockt einer Rohrflöte schrille, seltsame Töne und hüpft und tanzt dazu. Einmal kommt er ihr nahe und hebt mit einem anzüglichen Spruch ihrem Hemdsaum, um einen Blick darunter zu erhaschen. Erschrocken springt Morgana zur Seite und schlägt mit der Hand nach ihm, worauf er sich grinsend zurückzieht. Auch die Leute ringsum lachen und ermutigen ihn mit derben Bemerkungen. Aber alle gehen weiter, lächeln ihr zu, auch der Panos tanzt voraus und treibt seinen harmlosen Spaß mit einer anderen.

Am Wegrand hockt eine Hochschwangere, die der Aufstieg ermüdet hat. Eine ältere Frau, wahrscheinlich ihre Mutter, fächelt ihr Luft zu. Ein Bauer, begleitet von seinem jungen Sohn – fast noch ein Kind –, zieht eine Ziege hinter sich her. Viele schleppen Essbares und Wasserschläuche mit. Vermutlich mit Bier gefüllt. Im Dorf gibt es genug davon zu erwerben. Die Dörfler müssen die ganze Woche über Bier gebraut haben.

Oben am Heiligtum verteilen sich die Besucher über die ganze Wiese, in deren Mitte ein großer Scheiterhaufen aufgeschichtet ist. Jeder sucht sich ein geeignetes Plätzchen. Einige Frauen legen Decken aus, auf denen sich ganze Familien niederlassen. Kinder laufen umher und spielen Fangen, Opferlämmer blöken, Hähne krähen, und Ziegen meckern. Das Wetter ist herrlich, die Stimmung ausgelassen. Man hört Flöten und Trommeln. Eine junge Frau tanzt dazu.

Morgana sieht sich um. Das Heiligtum ist festlich geschmückt. Ein Vorhang verbirgt das Innere, und das große Zeltdach verdeckt die Sicht auf einen Teil der aufgetürmten Felsbrocken. Überall sind Blumen. Ganze Tröge davon sind rund um die mit Steinplatten gepflasterte Fläche aufgestellt. Der Opferstein steht bereit, ebenso die mit Steinen eingefasste Feuerstelle, in der die Kohlen bereits glühen.

Und über allem ragt die gewaltige Stele der Göttin, aus einem einzigen Eichenstamm gehauen und in leuchtenden Farben bemalt. Schön, vor Weiblichkeit strotzend und doch ein wenig Furcht einflößend, auch wenn einige Brandflecken noch zu sehen sind. Arraks Werk, denkt sie. Was ist dem Kerl nur dabei eingefallen?

Mit freundlichem Lächeln begrüßt die Priesterin Herdis jeden der Bittsteller, die sich vor ihr hinknien und ihr Anliegen vortragen. Sie redet mit ihnen und segnet sie, legt die Hand auf den Bauch einer Schwangeren und spricht magische Verse dazu, die eine leichte Geburt versprechen. Ihr langes Haar ist zu einem schlichten Zopf geflochten, der ihr wie ein Kranz um den Kopf liegt. Nur ein einfaches weiß gebleichtes Leinengewand bedeckt ihre üppige Gestalt. Und doch strahlt sie Autorität aus – keine, die einschüchtert, sondern eine, die das Herz wärmt, der man sich gerne anvertraut.

Eine junge Frau geht der Priesterin zur Hand und nimmt Geschenke für die Göttin entgegen, die sie auf eine lange Bank legt und gut sichtbar anordnet. Das muss Rana, die Tochter, sein, denkt Morgana, denn sie hat Ähnlichkeit mit Herdis. Das also ist das Mädchen, das Arrak entführen wollte. Hübsch genug ist sie. Aufrechte Haltung, dunkelblonde lange Haare, schlanke Glieder und aufmerksame blaue Augen. Ein freundliches Lächeln für jedermann. Welcher junge Mann würde sie nicht begehren?

Die ersten Opfer werden der Göttin dargebracht. Die Priesterin selbst führt sie aus. Mit einem schnellen Schnitt durchtrennt sie einem Zicklein die Kehle. Eine zweite junge Helferin fängt etwas von dem Blut in einer silbernen Schale auf. Und obwohl Herdis sich vorsieht, landen ein paar Tropfen auf ihrem Gewand. Sie benetzt ihre Finger mit dem Blut und sprengt es über den jungen Bauern, der das Zicklein gebracht hat und sich eine gute Ernte wünscht. Mit geübten Bewegungen schneidet sie dann dem toten Tier den Bauch auf, entnimmt Herz und Leber und wirft sie auf die glühenden Kohlen der Feuerstelle. Es zischt, Flammen flackern, blauer Rauch steigt auf. Herdis murmelt ein Gebet an die Göttin, bittet um eine reiche Ernte für den Bauern, der ihr dankt und sich zufrieden erhebt.

So geht es weiter. Als Nächstes wird ein Hahn geopfert, dann ein Ferkel. Herdis' weißes Gewand weist immer mehr Blutspritzer auf. Der Geruch von verbrannten Innereien verbreitet sich über die Wiese. Bei jedem neuen Opfer reckt Herdis die blutigen Hände gen Himmel und ruft die Göttin auf, die Gebete der demütig vor ihr Knieenden zu erhören, sie zu segnen und ihnen ihre Wünsche zu erfüllen. Männer aus dem Dorf nehmen die entleibten Opfertiere in Empfang, um sie weiter auszuweiden und zu häuten. Etwas abseits brennen Grillfeuer, auf denen das Fleisch gesalzen und für die Festteilnehmer gebraten wird. Das Fleisch von Opfertieren zu essen, auch das soll Glück bringen.

Das Lämmchen in Morganas Armen ist unruhig und zappelt. Hält sie es zu fest? Riecht es das Blut? Oder die Angst der Opfertiere? Das Tierchen ist ihr schwer geworden, obwohl es kaum etwas wiegt. Unbeholfen streichelt sie ihm das Fell. Zeit, das Opfer endlich hinter sich zu bringen. Sie reiht sich unter den Bittstellern ein. Ein Mann möchte einen neu gerodeten Acker segnen lassen, eine Frau bittet verschämt um einen Liebestrank, damit ihr Mann wieder mit ihr schläft. Schließlich ist Morgana selbst an der Reihe und kniet nieder.

»Sei gegrüßt«, hört sie Herdis sagen, während die Gehilfin ihr das Lämmchen abnimmt. »Möchtest du dein Opfer mit einer Bitte an die Göttin begleiten?«

»Ja, das möchte ich.«

»Wie ist dein Name?«

Morgana schüttelt den Kopf. »Den möchte ich nicht nennen.«

»Wie soll die Göttin dich kennen, wenn du nicht deinen Namen nennst? Aber es genügt auch, wenn du ihr dein Gesicht zeigst.«

Nach kurzem Zögern hebt Morgana die Maske hoch. Nur für einen Augenblick, aber es ist deutlich, dass Herdis, die schon des Öfteren auf der Kuffaburg war, sie sofort erkannt hat. Schnell setzt Morgana die Maske wieder auf.

Herdis nickt und lächelt ihr zu. »Dich hier zu sehen, meine Liebe, erstaunt mich. Aber ich freue mich darüber. Weiß dein Gemahl, dass du hier bist?«

»Er hat mich geschickt.«

Herdis hebt erstaunt die Brauen. »Das überrascht mich noch viel mehr. Vielleicht ist ja in diesem Land noch nicht alles verloren, wenn gerade er an die Göttin glaubt. Du wünschst dir einen Sohn, hab ich recht?«

»Ja, edle Herdis. Seit Jahren warte ich vergeblich. Nun bitte ich Destarte, meinen Leib zu segnen.«

»Du hättest schon früher kommen sollen.«

»Du weißt, warum das nicht möglich war.«

»Ist dein Mann denn so verzweifelt, dass er jetzt auf Destarte hofft?«

»Verzweifelt bin eher ich«, murmelt Morgana leise und hinter vorgehaltener Hand, denn sie fühlt sich von Rana beobachtet. Warum ihr das unangenehm ist, weiß sie nicht.

»Droht er, dich zu verstoßen?«, erwidert Herdis ebenso leise.

»Noch nicht. Aber …« Sie stockt.

Herdis hat verstanden. »Du bist also zu allem bereit.«

»Ja«, haucht Morgana.

»Dann sei heute Nacht wieder hier, wenn die Tänze beginnen. Und atme von dem heiligen Rauch ein. Misch dich unter die Tänzer, und leg all deine Scheu ab. Hast du mich verstanden?«

»Ja, Herdis. Und danke.« Sie zögert einen Augenblick, dann sagt sie: »Ich gelobe, deiner Göttin einen Schrein zu errichten, falls mein Wunsch in Erfüllung geht.«

»Umso besser«, sagt Herdis. »Aber sie ist auch deine Göttin. Vergiss das nicht.«

Ohne ein weiteres Wort schlachtet sie das Lämmchen, legt Herz und Leber auf das rauchende Feuer und schmiert Morgana etwas von dem Blut auf die Lippen. Dann hebt sie die Hände gen Himmel. »O himmlische Destarte, fruchtbringende Göttin und Schöpferin des Lebens. Gewähre der frommen Frau, die hier vor dir kniet, einen gesunden Sohn.«

Morgana will sich schon erheben, als Rana ihr einen Becher in die Hand drückt. »Trink das«, sagt sie. »In einem Zug!«

»Was ist das?«

»Frag nicht, und trink. Es wird dich deinem Wunsch näherbringen.«

Morgana hebt den Becher und blickt der jungen Rana ins Gesicht. Etwas in diesen forschenden Augen hält Morgana für einen Augenblick gefangen, als habe das Mädchen Gewalt über sie. Dann leert sie den Becher. Gegorenen Honig hat sie erwartet oder etwas Ähnliches. Aber es schmeckt nach nichts, hat nur einen bitteren Nachgeschmack. Zweifellos ein Zaubertrunk.

Sie gibt den Becher zurück, wendet sich ab und mischt sich unter die Leute auf der Wiese, lässt sich irgendwo ins Gras sinken. Nach einer Weile spürt sie eine leichte Benommenheit. Ist es der Trubel, die vielen Menschen, der Blutgeruch der Opfer? Oder ist es die erste Wirkung des Zaubertrunks? Was geschieht mit ihr? Muss sie sich fürchten?

Sie erschrickt, als sich jemand neben sie setzt. Ein großer Mann mit einer Furcht einflößenden Maske auf dem Kopf – glutumrandete Augen, ansonsten schwarz wie die Unterwelt, eine Hador-Maske. Morgana bemerkt, dass andere um sie herum dem Kerl zornige Blicke zuwerfen. Einen Hador will hier niemand sehen.

Der Mann beugt sich ihr zu. »Wie schön, dich hier zu treffen«, hört sie ihn raunen.

Sie erkennt die Stimme und ist zutiefst erschrocken. »Arrak? Was hast du hier zu suchen?«

»Ich wollte mal sehen, wie das so ist beim Fest der Destarte.

»Dass du dich mit einer solchen Maske herwagst!«

Er lacht. »Warum nicht? Hador ist der Gott des Landes. Außerdem kann man alle hier damit ärgern.«

»Deshalb bist du doch wohl nicht gekommen. Ich wette, du schleichst wieder der jungen Priesterin hinterher.«

»Wenn sie überhaupt Priesterin ist. Ich habe da anderes gehört. Sie soll nämlich erst heute geweiht werden. Man hat mich also belogen.«

»Geschieht dir recht.«

»Und du? Warum bist du hier, verehrte Morgana?«

»Das geht dich nichts an.«

»Hat dich mein Vater geschickt?«

»Das geht dich noch weniger an!«

»Muss er wohl, sonst hätte er dir nicht Odda, diesen hirnlosen Klotz mitgegeben.«

»Odda hat mehr Grips als du. Auch wenn er nicht viel redet.«

Wieder lacht Arrak. »Beleidige mich nur! Das bin ich von dir schon gewohnt. Ich weiß, dass du mich hasst.«

»Verachten wäre ein besseres Wort.«

»Ja, du verachtest mich.« Er zuckt mit den Schultern, als ließe es ihn kalt. »Ich hab gesehen, dass du ein Lamm geopfert hast. Du wünschst dir also einen Sohn.«

»Und wenn schon. Wünscht sich nicht jede Frau Kinder? Töchter wie Söhne?«

»Eine Tochter hast du ja schon. Ist zwar nicht die Hübscheste, meine arme Halbschwester, aber immerhin. Ist sie eigentlich wirklich das Kind meines Vaters?«

»Sei nicht frech. Natürlich ist sie das.«

»Und jetzt willst du also ein Brüderchen für sie. Wirst du heute Nacht an den mystischen Riten, den heiligen Tänzen teilnehmen? Es soll hoch hergehen, hab ich gehört.«

»Nur solange du nicht dabei bist. Verschwinde endlich, und lass mich in Ruhe. Sonst wird dein Vater erfahren, dass du dich wieder hier herumgetrieben hast. Das wird ihm nicht gefallen. Du hast schon genug Schaden angerichtet.«

Arrak beugt sich näher zu ihr, so dicht, dass sie furchtsam zurückweicht. »Vorsicht, Morgana!«, zischt er ihr zu. »Sonst erzähle ich meinem Vater, was du mit Urdo treibst.«

Zutiefst erschrocken blickt sie in die schreckliche Maske und die feindseligen Augen, die ihr aus zwei Löchern entgegenstarren. Ihr Herz klopft plötzlich wie wild. Hastig steht sie auf. Leicht schwindelig wird ihr dabei.

»Keine Angst«, hört sie ihn sagen. »Dein Geheimnis heb ich mir erst mal auf. Für einen besseren Tag. Wenn es mir am meisten nützt.«

Sein Gelächter folgt ihr, als sie sich entfernt. Sie zittert am ganzen Leib und wandert mit unsicheren Beinen über die Wiese, weicht Kindern aus, die an ihr vorbeilaufen, stolpert beinahe über einen kleinen Hund.

Der verdammte Bastard weiß es!, fährt es ihr immer wieder durch den Kopf. Er weiß es! Wie hat er das nur entdeckt? Wir waren doch so vorsichtig. Wenn Orkon das erfährt, bin ich tot. Armer Urdo. Orkon wird uns beide umbringen lassen. Was in aller Welt tue ich hier eigentlich? Ich sollte heimkehren. Aber zurück auf die Kuffaburg? Vielleicht, um Urdo zu warnen und mit ihm fortzugehen. Er wird es nicht wollen. Er glaubt, er hat Orkon in der Hand. Sind diese verdammten Kerle denn alle machttrunken? Orkon ist unberechenbar. Niemand hat ihn in der Hand.

* * *

Wenige Stunden später steht die Sonne schon tief über den fernen westlichen Bergen und wirft ein goldenes Licht über den Frauenhügel. Auch wenn der Tag sich neigt, das Fest ist noch lange nicht zu Ende. Kinder spielen, Halbwüchsige schlagen Rad. Mütter stillen ihre Säuglinge, es wird gelacht und geredet, gegessen und Bier getrunken. Manchen merkt man an, dass sie mehr als genug davon genossen haben. Auf die Feuerstellen wird Holz nachgelegt. Maskierte treiben ihren Schabernack zur Belustigung der Menge. Irgendwo hat sich ein Kreis von Tanzenden gebildet, die sich singend an den Händen halten. Alle warten auf die angekündigte Weihe der neuen Priesterin.

Morgana ist geblieben. Nach der Begegnung mit Arrak war sie zuerst verängstigt, unschlüssig und verwirrt, kaum eines klaren Gedankens fähig. Schließlich kennt sie Arraks Boshaftigkeit zur Genüge. Und sie weiß, was ihr blühen könnte, falls er seine Drohung wahr macht und sie verrät.

Doch langsam hat sich ihre Panik gelegt und ist einer seltsamen inneren Ruhe gewichen, als könne ihr niemand und nichts etwas antun. Als sei die Welt gut und sie zufrieden, hier auf der Wiese zu sitzen und das Treiben um sie herum zu beobachten. Sie hat nicht erwartet, dass das Fest so unbeschwert und fröhlich sein würde. Vielleicht hat das ihre Angst vertrieben. Oder es ist die Wirkung des Zaubertranks, den Rana ihr gegeben hat. Ihre Sinne sind ein wenig benommen, das lässt sich nicht leugnen. Nicht auf unangenehme Weise, im Gegenteil. Es ist, als schwebe sie in einem Nebel von Wohlgefühl. Und doch nimmt sie alles um sich herum ganz deutlich wahr. Jeden Laut, jede Farbe. Mehr als sonst, so kommt es ihr vor.

Auf einmal steht ein Kind vor ihr, ein süßes kleines Mädchen, das sie mit großen Augen anstarrt. Es erinnert sie an ihre Tura, als sie klein war. Sie streicht der Kleinen zärtlich übers Haar, bis das Kind grinst und ohne ein Wort wieder davonläuft. Sie werden so schnell groß. Ehe man sich's versieht, sind sie erwachsen und verlieben sich in den nächstbesten hübschen Kerl, der ihnen über den Weg läuft. Und man selbst ist nutzlos geworden. Sie seufzt.

Aber ich werde noch ein Kind empfangen, einen Sohn gebären. Herdis hat es versprochen. Die Göttin ist auf meiner Seite. Also friss dein schwarzes Herz, Arrak! Denn du wirst es nicht verhindern.

Bei dem Gedanken an Schwangerschaft durchläuft ein Ziehen und Sehnen ihren Leib. Sie legt die Hand auf den Bauch. Da drinnen wird sich ihr Kind einnisten und reifen. Vielleicht ist es nur Einbildung, aber ihre Brüste fühlen sich schon empfindlicher an und schwerer, aber auch ihr Schoß ist plötzlich feucht geworden. Sie kann es deutlich spüren. Lust und die Folge davon sind eins. Auch im Akt des Gebärens liegt eine gewisse Lust und nicht nur Schmerz. Morgana atmet tief durch. Die frühe Abendluft ist lau und voller Versprechen, sodass ihr Herz in Erwartung heftiger schlägt. Ach, wäre doch Urdo hier!

Nein, Arrak wird nicht verhindern, dass sie einen Sohn gebiert.

Sein Vater ist jedenfalls versessen darauf. Hat er sie nicht deshalb hergeschickt? Warum sollte er ihr etwas antun, selbst wenn Arrak ihr Geheimnis preisgibt? Sie wird alles leugnen. Nur wieder eine von Arraks Boshaftigkeiten, wird sie sagen. Weil er eifersüchtig ist auf das Kind, das sie in sich trägt und das seinen Anspruch infrage stellen, ihre Rolle als Fürstengemahlin und Mutter dagegen festigen wird. Ja, so wird es sein.

Sie wird sich nicht mehr einschüchtern lassen, das schwört sie sich. Friss dein Herz, du Bastard, du Ausgeburt der Unterwelt! Die Maske, die du gewählt hast, passt zu dir. Dein Vater hätte dich als Säugling erdrosseln sollen. Dann wäre uns allen viel erspart geblieben.

Wo ist der Kerl eigentlich? Morgana sieht sich überall nach ihm um. Arrak scheint verschwunden zu sein. Hat er das Heiligtum verlassen? Umso besser, denn solange der hier herumschleicht, kann sie sich nicht wohlfühlen, nicht wirklich frei sein.

Jemand bietet ihr Bier an. Sie nimmt einen Schluck. Heute schmeckt es ihr sogar, jedenfalls gut genug, um den Becher in einem Zug zu leeren. Vage dringt leises Trommeln in ihr Bewusstsein. Sie gibt den Becher zurück und dankt dem Mann mit einem großzügigen Lächeln. Dann steht sie auf, um sich dem Heiligtum zu nähern, denn da scheint sich etwas zu tun. Sie findet einen Platz dicht vor der mit Steinen gepflasterten Plattform. Immer mehr Leute drängen nach und lassen sich vor dem Zeltdach nieder. Bald hockt eine riesige Menschenmenge vor dem Heiligtum. Es ist kaum zu glauben, wie viele es sind!

»Die Tochter der Priesterin soll geweiht werden«, sagt eine junge Frau, die neben ihr sitzt. Eine einfache Bäuerin, ihrem Gewand nach zu urteilen. Sie hält eine Maske aus Stroh in der Hand, trägt sie aber nicht. Sie hat ein fröhliches Gesicht und recht viel Speck auf den Hüften.

»Ich hab davon gehört«, erwidert Morgana. »Kennst du sie?«

»Hab sie schon öfter gesehen. Ist nicht das erste Mal, dass ich hier bin. Wir haben lange auf Kinder gewartet, mein Mann und ich. Dann hat die Göttin unsere Gebete erhört. Jetzt haben wir drei von den kleinen Rackern zu Hause.« Sie sagt das mit einem selbstgefälligen Grinsen. »Zwei Jungen und ein Mädchen. Alle gesund«, fügt sie stolz hinzu.

»Und du willst noch mehr? Oder warum bist du hier?«

Die Frau nickt. »Mein Mann sagt: Reich ist, wer viele Kinder hat. Ist doch wahr, oder? Besonders, wenn man alt ist. Wer soll sich sonst um einen kümmern?«

»Und wo ist er, dein Mann? Ist er nicht mitgekommen?«

»Doch. Aber er ist schon ziemlich betrunken.« Sie lacht.

»Und wie heißt du?«

»Elna. Und du?«

»Morgana.«

»Eine schöne Maske hast du. Bist du zum ersten Mal hier?«

»Ja, zum ersten Mal. Ich hab ein bisschen Angst, wenn ich ehrlich bin. Wird es sehr wild nachher?«

Elna tätschelt Morganas Knie. »Keine Sorge. Wir bleiben zusammen. Ich pass auf dich auf.«

»Danke, Elna.«

Wie seltsam, denkt Morgana. Hier sitze ich, die Fürstgemahlin des Landes, neben einer einfachen Frau aus dem Volk und lasse mich von ihr bei der Hand nehmen und belehren, was es mit Destartes Fest auf sich hat. Noch seltsamer ist, dass ich es gar nicht seltsam finde, sondern mich freue, dass ich unter all diesen Fremden eine Freundin gefunden habe. Besonders, weil mir der Kopf so schwirrt. Bin ich betrunken? Doch wohl nicht von einem Becher Bier!

In diesem Augenblick tritt Herdis vor die Menge. Die Leute klatschen und jubeln und rufen ihren Namen. Sie scheint sehr beliebt zu sein. Die Priesterin trägt jetzt ein langes Gewand, das an Saum und Ärmeln reich bestickt und mit bunten Steinen verziert ist. Dazu eine hohe Kopfbedeckung aus Leder und Fasanenfedern. Ihre Augenlider sind dunkel geschminkt, die Wangen mit Rötel gefärbt. Um den Hals trägt sie eine Kette aus Muscheln und Bernsteinperlen sowie Perlen aus blaugrün gefärbtem Glas. An ihr hängt ein Handteller großes Bronzeamulett, das die üppigen Formen der Göttin darstellen soll. Alles in allem ist Herdis eine eindrucksvolle Erscheinung.

Sie hebt beide Arme, um das Volk zu beruhigen. Langsam wird es still auf der Wiese. Nur die Vögel sind noch zu hören – und plötzlich eine einzelne Frauenstimme: »Wir lieben dich, Herdis! Sprich zu uns!«

»Ja, sprich zu uns«, wiederholen viele und klatschen.

Herdis lächelt. »Heute feiern wir das große Fest unserer geliebten Destarte«, hebt sie an. Ihre Stimme ist dunkel und kräftig für eine Frau und trägt weit, sodass auch die hintersten Reihen sie verstehen können. »Destarte, die Liebliche und Lebensspendende, die uns mit ihrer Schönheit betört und an ihren Brüsten laben lässt. Die den Samen der Lust auf fruchtbaren Boden fallen lässt, auf dass alles auf unseren Feldern wachsen und sprießen möge, dass unsere Herden sich mehren und dass ihr Weiber gesunde Kinder gebärt. Sie, die ewige, unsterbliche Göttin, sie wandelt heute unter uns und schenkt uns ihre Liebe. Wen sie berührt, wer ihren Hauch spürt, der sei gesegnet.« Sie blickt sich unter den Versammelten um. »Spürt ihr die Göttin? Sie ist hier bei uns. Spürt ihr schon ihre Berührung? Ihren wohlriechenden Atem? Ihre segnenden Hände?«

»Wir spüren es!«, antworten viele. Auch Morgana spürt etwas. Ein leichter Windzug, der einen Duft von Laub und Erde mit sich trägt.

»Lasst es geschehen, öffnet eure Herzen, lasst Destartes Liebe und ihren Geist in euch einziehen.«

Verstohlen blickt Morgana sich um. Alle hören andächtig und mit lächelnden, fast verzückten Gesichtern zu. Kein Wort soll ihnen entgehen. Das hat Morgana nicht erwartet. Hier ist alles so anders als bei Hadors Riten. Obwohl sich so viele hier versammelt haben, Menschen aus allen Teilen des Landes, so sind sie doch wie eine große Familie, friedlich und freundlich miteinander verbunden. Manche halten sich an den Händen, während sie Herdis' Worten lauschen. Ein junges Paar küsst sich.

»Die Göttin freut sich über alle, die gekommen sind, um den Frühling mit ihr zu feiern. Jeden Einzelnen unter uns heißt sie willkommen«, fährt Herdis fort. »Eure Opfergaben und Geschenke, ob groß oder klein, hat sie mit Wohlwollen entgegengenommen. Auch ich danke im Namen der Göttin aufs Herzlichste all denen, ob Mann oder Frau, die freimütig gegeben haben, um der Göttin ihre Verehrung zu bezeugen. Ich weiß, dass dies für viele, die wenig besitzen, Verzicht bedeutet. Gerade das weiß die Göttin zu schätzen. Eure Wünsche und Gebete werden nicht vergebens sein.«

Beifall und freudige Zwischenrufe folgen ihren Worten. Herdis wartet einen Augenblick, bis es wieder ruhig ist. »Heute«, fährt sie mit einem Lächeln fort, »ist ein ganz besonderer Tag für mich. Für uns alle, so hoffe ich. Ich habe der Göttin viele Jahre als Priesterin gedient. Aber auch ich werde nicht jünger. Eines Tages wird eine andere mich ersetzen müssen.«

»Aber wir brauchen dich, Herdis!«, ruft eine Frau. »Du willst uns doch nicht verlassen?«

»Natürlich nicht. Ich werde weiter für euch da sein. Aber die Göttin hat in ihrer Weisheit meine Tochter Rana als ihre zukünftige Dienerin auserkoren und beschlossen, sie heute vor euch allen, die ihr hier versammelt seid, zu weihen. Wer nicht zum ersten Mal hier ist, kennt Rana. Sie steht mir seit Langem zur Seite und ist eine fähige Nachfolgerin.«

Durch die Menge geht ein Geflüster und Gemurmel, aber niemand scheint etwas dagegen zu haben. Herdis dreht sich um und ruft nach ihrer Tochter. Alles hält den Atem an, nur leises Raunen hier und da, während die Versammelten auf Ranas Erscheinen warten.

Endlich wird der Vorhang vor dem Innersten des Heiligtums beiseitegezogen. Herdis' Tochter tritt langsam hervor, gesellt sich zu ihrer Mutter und bleibt erhobenen Hauptes stehen, die Hände an der Seite, den Blick über die Köpfe der Menge hinweg in die Ferne gerichtet.

Niemand spricht. Aber es ist, als würden alle Anwesenden mit einem leisen Seufzer ausatmen, denn die junge Frau ist so schön, dass es einem die Luft nimmt. Ihr langes Haar ist zurückgekämmt und hängt ihr über den Rücken. Sie trägt nur einen schmalen Lendenschurz vor der Scham. Ansonsten steht sie aufrecht und würdevoll in der glorreichen Nacktheit ihrer Jugend. Die letzten Sonnenstrahlen, die von der Seite auf sie fallen, heben jede Einzelheit des jungen Körpers hervor, ihr schönes Gesicht mit den dunkel umrandeten Augen, die mit Rötel gefärbten Brustwarzen, die enge Taille und ihre kräftigen Schenkel.

Herdis wendet sich an die Menge. »Seht sie euch gut an. Ist sie nicht schön? Ist sie nicht eine würdige Vertreterin der Göttin?«

Gewaltiger Beifall brandet auf, Klatschen und Jubelrufe. Schönheit gehört seit jeher zum Kult der Destarte. Auch Herdis ist eine schöne Frau, wenn auch die Jahre ihre Spuren hinterlassen haben. An ihrer Seite steht nun die reine, unbefleckte Schönheit der Jugend, wie man sich die Göttin selbst vorstellt. Immer wieder wird Ranas Name gerufen. Die Begeisterung ist ansteckend. Sogar Morgana macht nach Kräften mit.

Rana selbst jedoch, in all dem Jubel, behält ihre ernste Miene bei und steht fast unbeweglich da, das Gesicht seltsam entrückt, kein Lächeln auf den Lippen, die Augen weit aufgerissen. Sie wankt ein wenig, als sei sie benommen, stünde im Bann eines Zaubers.

Ja, das muss es sein, denkt Morgana, die Göttin hält sie in einem Zauber gefangen, der sie unempfindlich für das macht, was um sie herum geschieht. Wie entrückt in die himmlischen Gefilde der Götter.

Herdis geht ein paar Schritte zu dem langen Tisch, auf dem sich die Geschenke türmen, und kehrt mit einem Blumengewinde zurück, das sie hochhält, um es allen zu zeigen. Frühlingsblumen in allen Farben, aber vorrangig leuchtend weiße und blassgelbe Narzissen. »Ist die Narzisse nicht Destartes Lieblingsblume?«, ruft sie in die Menge. »Sie ist die Schönste unter den Frühlingsblumen, Symbol unserer geliebten Göttin. Aus diesem Grund werden ihre Priesterinnen seit Menschengedenken mit Narzissen geweiht. Und so soll es auch heute sein.«

Noch einmal hält sie den Kranz in alle Richtungen, damit jeder ihn sehen kann, dann hebt sie ihn zum Himmel empor und intoniert mit feierlicher Stimme: »O Göttin, die du uns mit den Gaben des Frühlings so reich beschenkst, über unsere Wiesen, Felder und Auen wandelst und sie segnest, wir bitten dich, nimm diese junge Frau, die hier vor dir steht, als deine Tochter und Dienerin an, als Hüterin der heiligen Riten, als Fürsprecherin der Menschen, die zu dir kommen und dich verehren. Bis zu ihrem Lebensende soll sie dir dienen und in deinem Namen allen zur Seite stehen, die deine Hilfe benötigen!«

Nach diesen Worten setzt sie das Blumengewinde ihrer Tochter feierlich aufs glänzende Haar und küsst sie sanft auf die Lippen. Dann wendet sie sich wieder an die Versammelten und ruft: »Begrüßt eure neue Priesterin!«

Während Herdis den Arm ihrer Tochter hochreißt, brandet noch größerer Jubel auf als zuvor. Die ganze Lichtung scheint davon widerzuhallen. Die junge Bäuerin stößt Morgana begeistert in die Seite und ruft ihr etwas zu, das man bei dem Getöse kaum verstehen kann. Es dauert lange, bis es endlich wieder still wird.

»Zur Weihe gehört natürlich noch etwas«, hört Morgana die Priesterin sagen. Mit breitem Grinsen deutet Herdis auf ihre Tochter. »Als Jungfrau wird sie geweiht, aber Jungfrau darf sie nicht bleiben. Nicht als Priesterin der Destarte.«

Das ruft Gelächter unter denen hervor, die wissen, was jetzt kommt. Im Hintergrund stimmen Trommeln einen leichten Rhythmus an. Eine Flöte spielt ein paar Takte eines bekannten Hirtenlieds. Dann öffnet sich erneut der Vorhang zum Innersten des Heiligtums, und unter aufgeregtem Raunen und erneutem Beifall tritt ein junger Mann hervor, offensichtlich der Flötenspieler.

Er ist schlank, aber breitschultrig und muskulös und trägt die Maske des Hirtengottes Panos mit Ziegenbart und Hörnern. Sein nackter, geölter Körper glänzt in den Strahlen der tief stehenden Sonne. Ein gewaltiger Penis steht von seinen Lenden ab. Morgana schaut erschrocken hin, doch dann merkt sie, dass das Ding nur aus Baumrinde ist, ein Symbol des Hirtengottes. Trotzdem scheint es die Weiber anzuregen, denn viele zeigen darauf, lachen und kreischen vor Vergnügen.

Auch Morgana kann sich einer unwillkürlichen Erregung nicht erwehren, obwohl es nur ein Spiel ist. Zum Rhythmus der Trommeln tanzt der Mann mit eindeutigen Bewegungen um Herdis und Rana herum und bläst dabei weiter auf seiner Flöte, begleitet von Gelächter und anzüglichen Zwischenrufen.

»Nun macht schon, ihr beiden!«, brüllt einer. »Wir wollen sehen, wie's die Götter tun.« Viel Gelächter und obszöne Rufe folgen dem Spruch.

Auch Morgana muss lachen. Kaum zu glauben, dass es bei diesem Fest so derb und fröhlich zugeht! Gar nicht streng und andächtig wie sonst bei heiligen Festen. Vor Hador werfen sich die Menschen angstvoll und unterwürfig zu Boden. Hier frönen sie der unbeschwerten Liebe. Aber kann es sein, dass die beiden sich wirklich vor aller Augen vereinen?

Mit einem Mal stört eine Stimme die Heiterkeit des Festes. »Warum dieser Schwächling Panos?«, brüllt ein Mann so laut, dass alle sich zu ihm umdrehen. »Warum lässt sie sich nicht von einem starken Gott entjungfern, von Hador, dem Herrn der Welt? Statt von einem lächerlichen Flötenspieler.« Er lacht unbändig, als sei es der beste Witz der Welt.

Das Flötenspiel hört urplötzlich auf. Auch die Trommeln verklingen. Einen Augenblick lang herrscht entsetzte Stille. Alle recken die Hälse. Was sie sehen, ist ein großer Kerl in Hadors Maske. Er ist der Störenfried. Er wankt ein wenig. Muss wohl einiges getrunken haben.

Arrak!, fährt es Morgana durch den Kopf. Sie glaubt, seine Stimme erkannt zu haben. Ja, es muss Arrak sein. Wer sonst trägt diese hässliche Maske? Aber was schreit der da? Ist der Kerl denn völlig verrückt geworden?

Die Menge reagiert wütend. Viele in Arraks Nähe springen auf, als wollten sie sich auf ihn stürzen. Herdis stemmt die Fäuste in die Hüften. »Was störst du unser Fest, du Elender?«, ruft sie ihm entgegen. »Hador hat hier nichts zu suchen. Mach, dass du davonkommst!«

Mehrere Männer wollen sich seiner bemächtigen. Doch da zieht der Frevler ein langes Messer. Frauen kreischen auf. Vor der Klinge weichen die Männer zurück. Dann nimmt der Kerl seine Maske ab. Tatsächlich. Es ist Arrak. Neben ihm reißt sich noch einer die Maske vom Gesicht, und Morgana erkennt Brunn. Den hat sie vorher gar nicht bemerkt.

Breitbeinig und zu voller Größe aufgerichtet, steht Arrak da, die Maske in der einen, das Messer in der anderen Hand. Ein aufgeregtes Raunen geht durch die Menge, als die Ersten erkennen, wer er ist, und sein Name von Mund zu Mund durch die Reihen fliegt. Jeden anderen hätten sie überwältigt und für seine Frechheit gezüchtigt, vielleicht sogar umgebracht. Aber er ist der Sohn des Fürsten. Niemand wagt, sich ihm zu nähern, zumal Brunn ebenfalls ein Messer gezückt hat und ihm den Rücken deckt.

»Du, Priesterin, weißt, wer ich bin«, donnert Arrak. »Du hast mir nicht zu sagen, was ich zu tun habe. Du bist eine Lügnerin, wie deine Tochter. Ich denke, du weißt, wovon ich spreche.« Seine Worte klingen, als habe er zu viel getrunken, trotzdem nicht weniger scharf und bedrohlich. »Ich fordere mein Recht. Nicht heute, aber ein andermal, wenn ihr nicht von Tausenden umgeben seid.«

Er setzt die Maske wieder auf und lacht. Dann wendet er sich zum Gehen. Brunn folgt ihm. Niemand hindert sie daran. Die Menschen treten zurück und öffnen ihnen eine Gasse. Aber auf einmal trifft Arrak ein Stein im Nacken. Dann ein Erdklumpen. Und noch einer. Sogar ein Büschel Gras hängt noch daran.

Arrak fährt herum und hebt sein Messer. »Na los, kommt schon! Wer wagt es, den Sohn des Fürsten anzugreifen? Wen soll ich zuerst abstechen?« Drohend dreht er sich im Kreis, während er wild mit der Waffe fuchtelt. »Ich gehe jetzt, ihr Hohlköpfe! Feiert meinetwegen euer lächerliches Fest. Es ist eine armselige Gottheit, der ihr huldigt. Herr dieses Landes ist Hador. Und ihr wisst es!«

Herdis' laute Stimme ertönt: »Lasst ihn gehen! Keine Steine mehr! Lasst ihn einfach gehen!«

»Er hat die Göttin beleidigt!«, ruft einer. »Warum sollen wir ihn gehen lassen? Er hat eine Strafe verdient.«

»Destarte straft nicht«, hält Herdis dagegen. »Ich sage, lasst ihn gehen.«

Man gehorcht ihr. Wenn auch widerstrebend.

Arrak lacht höhnisch. »Ich wusste es. Kein Herz für einen Kampf, Feiglinge allesamt.«

Er steckt sein Messer zurück in den Gürtel. Er und Brunn marschieren unbehelligt durch die Menge, bis sie das Ende der Lichtung und den Weg erreichen, der zurück zur Furt der Onestruda führt. Einen Moment lang ist es still.

Nachdem die beiden zwischen den Bäumen verschwunden sind, ergreift Herdis von Neuem das Wort. »Lasst euch von diesem Vorfall nicht die Freude verderben. Diese Leute sind eifersüchtig. Sie können es nicht ertragen, dass wir fröhlich miteinander feiern. Vergesst, was gerade geschehen ist.«

Doch die gute Stimmung ist dahin. Wütendes Geraune, Kopfschütteln und ärgerliche Mienen. Noch mehr steht Hass und, ja, auch Angst in den Gesichtern. Denn wer hat nicht schon die Willkür von Orkons Kriegern erlebt oder davon gehört? Alles Schlimme spricht sich doch in Windeseile herum. Sie sind verhasst, die Herrscher des Landes auf ihrer Kuffaburg, aber was kann man tun? Wenn schon die Edlen und Klanherren sich still verhalten, was bleibt einfachen Leuten anderes übrig, als machtlos mit den Zähnen zu knirschen und auf bessere Zeiten zu hoffen?

Rana, die während ihrer Weihe steif wie eine Statue, fast wie in Trance dagestanden hat, scheint plötzlich zu neuem Leben erwacht zu sein. In ihren Augen funkelt der Zorn. Sie tritt einen Schritt vor und bedeutet, dass sie reden will. Langsam wird es wieder still.

»Wir leben in finsteren Zeiten!«, ruft sie den Versammelten zu, mit kräftigerer Stimme, als man ihr zugetraut hätte. »Es stimmt, Destarte straft nicht. Doch manchmal wünschte ich, sie würde es tun. Sie würde diejenigen bestrafen, die sich alles anmaßen und die uns knechten, die unseren Kult unterdrücken möchten, die unser Heiligtum ungestraft in Brand stecken und dann auch noch hier auftauchen, um uns zu verhöhnen.«

Plötzlich spitzen alle die Ohren. Auf Herdis' Miene spiegelt sich mehr als Erstaunen. Was hat meine Tochter vor?, scheint sie zu denken. Will sie zum Aufruhr anstacheln? Erschrocken tritt sie einen Schritt vor, um Rana zu besänftigen, aber die weist sie mit einer ungeduldigen Geste zurück, verlangt weiterzureden.

»Hador«, fährt sie fort, »ist der Gott der Unterwelt und der ewigen Finsternis, Gott der Toten. Nichts trägt er zum Leben auf der Welt bei, außer uns mit unseren Ahnen sprechen zu lassen. Aber auch das gestattet er nur, wenn es ihm passt. Dass er Wuodans Bruder ist, ermächtigt ihn nicht, die Welt zu beherrschen. Orkons Geschlecht aber verehrt ihn, hat ihn über alle anderen zu ihrem einzigen Gott erkoren. Das ist ein Frevel an den übrigen Göttern und an unseren Überlieferungen! In seinem Namen unterdrücken sie das ganze Land.«

Erstaunen und aufgeregtes Gemurmel geht durch die Reihen. Hier wagt jemand zu sagen, was alle denken. »Nieder mit Orkon!«, brüllen einige junge Männer und recken die Faust. Andere erheben sich und stimmen Rana lautstark zu. Herdis runzelt sorgenvoll die Stirn, aber sie unterbricht ihre Tochter nicht.

Rana unterstreicht ihre Worte mit lebhaften Gesten. »Wir dürfen uns von den Mächten der Finsternis nicht länger beleidigen und unterkriegen lassen. Es verlangt Mut, Nein zu sagen. Aber wir haben Destarte. Sie hilft uns, Hador und seinen Tyrannen die Stirn zu bieten. Sie ist das Leben und das Licht, das Gegenteil von Hador.«

Beifall brandet auf.

»Heute ist Destartes Festtag«, fährt sie fort. »Und seht her: Im Westen steht die Sonne. Sie ist kurz davor, sich nach einem langen Tag unter die Erde zu begeben, um sie für uns fruchtbar zu machen, bevor sie am Morgen wiederkommt und uns erfreut. Destarte und die Sonne sind eins. Sie geben uns Licht und bringen alles zum Sprießen. Und in der Nacht ist es der Mond, der gegen die Finsternis kämpft, denn auch die Mondgöttin ist mit Destarte verbündet. Deshalb feiern wir unser Fest immer bei vollem Mond. Und seht, er ist schon aufgegangen, um die Nacht mit seinem silbernen Licht zu füllen.«

Alle drehen den Kopf und schauen, wohin sie deutet. Tatsächlich, noch etwas blass im Licht der untergehenden Sonne, zeigt sich über den östlichen Baumwipfeln die kreisrunde Scheibe des aufgehenden Mondes.

»Der Mond grüßt die scheidende Sonne. Welch besseres Vorzeichen für unser Fest könnte es geben?«, ruft Rana. »Denn auch sie, Mond und Sonne, ehren die Göttin des Lichts, die die Finsternis in Schranken hält. Seid frohen Mutes, denn Hadors Herrschaft ist nicht von Ewigkeit. Deshalb fasst euch alle bei den Händen, und lasst uns weiter fröhlich feiern.«

Nicht nur Herdis ist erstaunt über diese Ansprache, auch die hier Versammelten, denn solche Worte haben sie noch nie vernommen. Es sind starke, kämpferische Worte, aber auch Worte der Hoffnung. Und das von einer jungen Frau, kaum geweiht und doch schon fähig, sich in die Herzen der Menschen zu reden.

Ungestümer Beifall bricht aus, viele erheben sich und rufen lautstark ihren Namen. Aber Rana achtet nicht weiter auf die Menge. Sie dreht sich um, fasst den Flötenspieler Panos, der mit offenem Mund zugehört hat, bei der Hand und verschwindet mit ihm im Inneren des Heiligtums. Was erneuten Jubel und begeistertes Geschrei nach sich zieht, denn alle wissen, was dort jetzt geschieht.

Morgana ist beeindruckt. Was hat das alles zu bedeuten? Was wollte die junge Priesterin den Menschen sagen? Dass Destarte am Ende siegen und Hador vertreiben wird? Kann es einen solchen Kampf überhaupt geben? Niemand hat die Macht, Hador zu besiegen. Oder doch? Sie schüttelt den Kopf, der sich anfühlt, als wäre er voller Spinnweben. Alles ein bisschen zu viel auf einmal.

»Komm!«, sagt die junge Bäuerin und zieht sie am Arm. »Jetzt beginnt der beste Teil des Festes.«

* * *

Wie von Rachegöttinnen gehetzt rennt Rana durch den Wald. Angstschweiß läuft ihr von Stirn und Nacken, Zweige peitschen ihr ins Gesicht. Es ist so düster unter den Bäumen, dass sie kaum sieht, wo sie hintritt. Nicht nur das. Nebelschwaden wabern durch das Unterholz, faule Dünste erschweren das Atmen. Hinter sich hört Rana die Geräusche der Verfolger, die sich ihren Weg durch Gestrüpp und Farnkraut bahnen und durch totes Laub rennen. Sosehr Rana sich auch anstrengt, sie kommen näher. Sie hört ihr Keuchen und Fluchen, glaubt schon, ihren Schweiß zu riechen. O ihr Götter, helft mir, denn sie werden sich gleich auf mich stürzen!

Fast bleibt ihr das Herz stehen, und sie taumelt, als vor ihr ein Schwarm Vögel hochschwirrt. Eine Krähe zetert erbost. Rana wechselt die Richtung, ohne zu wissen, wohin die Füße sie tragen. Und immer hat sie die Verfolger im Ohr. Ihr Herz rast, ihr Atem keucht. Jetzt auch noch Seitenstiche. Sie kann nicht mehr. Wozu noch weglaufen? Ist doch zwecklos. Am liebsten würde sie sich zu Boden werfen und aufgeben.

Doch die Angst treibt sie weiter. Noch hält sie durch. Dann tritt sie auf etwas Spitzes, heult auf vor Schmerz und humpelt ein paar Schritte. Ist sie verletzt? Was soll's? Der Schmerz ist auszuhalten. Also weiter, nur weiter.

Ein hastiger Blick über die Schulter. Haben sie aufgeholt? Nichts zu sehen! Nur Baumstämme, Gebüsch und Unterholz. Doch dann, nicht mehr als zwanzig Schritte hinter ihr: schweißglänzende schwarze Schultern, die den Nebel und das Gestrüpp überragen, darauf ein schrecklicher Kopf. Und dann noch einer. Sie sind zu zweit oder zu dritt. Eine dunkle Aura umgibt diese Gestalten.

In Panik rennt sie weiter, obwohl das Herz ihr bis zum Hals schlägt. Gequält schnappt sie nach Luft wie ein gestrandeter Fisch. Schweiß läuft ihr in die Augen. Die Seitenstiche sind schlimmer geworden. Noch gibt sie sich nicht geschlagen. Aufgeben kommt nicht infrage. Soll sie sich irgendwo verstecken? Nein, dafür ist es zu spät.

Irgendwie muss sie es schaffen, noch schneller zu laufen. Wie ein gejagtes Tier prescht sie mit letzter Kraft durchs Unterholz. Stacheln reißen an ihren Waden. Sie tritt in ein Loch und wäre beinahe gestürzt, kann sich aber gerade noch fangen. O Destarte, hilf mir! Alles tut mir weh, und die Beine sind so schwer. Was ist los mit mir? Ich komme gar nicht mehr voran.

In ihrer Panik hat sie gar nicht gemerkt, wie dicht die Verfolger schon sind. Eine hornige Hand greift nach ihr. Wie damals an der Gerra. Sie schreit auf, kann sich gerade noch losreißen, als auf einmal der Boden unter ihr nachgibt. Sie kracht durchs Gebüsch einen kleinen Hang hinunter und endet im Wasser.

Ihr Arm tut höllisch weh, etwas hat ihre Wange aufgerissen. Ist das der Fluss, in dem sie gelandet ist? Sie rappelt sich auf und watet hastig durchs seichte Uferwasser, hechtet dann kopfüber ins Tiefe. Eiskalt schlägt das Wasser über ihrem Kopf zusammen. Sie rudert mit den Armen, verliert den Boden unter den Füßen, sinkt, schluckt Wasser, fürchtet zu ertrinken. Doch dann bricht ihr Kopf durch die Oberfläche. Verzweifelt schnappt sie nach Luft, schluckt noch mal Wasser, muss schrecklich husten und droht, wieder zu versinken. Sie strampelt um ihr Leben, taucht erneut auf und kriegt endlich genug Luft, um mit letzter Kraft zur Flussmitte zu schwimmen.

Obwohl sie sich jetzt unter freiem Himmel befindet, ist es immer noch düster. Schwere Wolken treiben dahin und spiegeln sich grau im kalten Flusswasser. Die Luft dagegen ist schwül und drückend. Die Strömung treibt sie leicht seitwärts. Trotzdem nähert sie sich langsam dem anderen Ufer. Zu langsam, denn bestimmt sind die Verfolger bessere Schwimmer als sie. Sie werden sie gleich haben. Doch keiner von ihnen scheint in den Fluss gesprungen zu sein. Das hätte sie bestimmt gehört. Sie hält einen Moment inne, tritt Wasser und blickt sich ängstlich um.

Über den Büschen am Ufer entdeckt sie drei finstere Gestalten. Der Größte von ihnen sieht wie Hador aus. Kann das sein? Ist das wirklich Hador, der mich verfolgt? Ihre Panik verstärk sich. Ja, das muss er sein, der Herrscher der Unterwelt: groß und breit, mit knotigen Muskelsträngen und glutroten Augen in einem schrecklichen Gesicht, das graue, halb zerfressene Antlitz eines Untoten. Und jetzt hallt seine tiefe, donnernde Stimme über das Wasser und erfüllt sie mit Grauen: »Ich krieg dich, du verdammte Lügnerin. Du entkommst mir nicht!«

Nur weiter, weg von ihnen! Zwei hastige Schwimmzüge und sie spürt Boden unter den Füßen, rudert mit den Armen, zwingt sich mit letzter Kraft durch das seichter werdende Wasser und zieht sich völlig erschöpft ans Ufer. Sollen sie mich doch holen. Ich kann nicht mehr.

Heftig atmend lässt sie sich rücklings ins Gras fallen. Das Herz hämmert ihr in den Ohren, die Beine zittern noch von der Anstrengung, sämtliche Muskeln schmerzen. Jeder Wille, weiter zu fliehen, hat sie verlassen. Nur die Angst ist geblieben. Sollen sie kommen. Ich bin verloren. Ich kann nicht mehr.

Doch nichts dergleichen geschieht. Langsam beruhigt sich ihr Atem, und ihr Lebenswille kehrt zurück. Sie setzt sich auf und starrt über den Fluss. Sie sind weg! Nicht mehr zu sehen. Ist das möglich? Heißt das, ich bin ich gerettet? Rana wagt kaum, daran zu glauben.

Mit einem Mal wird ihr bewusst, dass die Luft um sie herum nicht mehr drückend schwül, sondern angenehm lau ist und dass auch die Wolken verschwunden sind und die Sonne von einem blauen Himmel auf sie herabscheint. Aus dem Wald dringt fröhliches Vogelgezwitscher. Ihr Atem geht ruhig, sie hat keine Schmerzen mehr, und die blutigen Kratzer an ihren Waden sind verschwunden. Alles hat sich verändert. Vorhin war der Wald finster, der Fluss grau. Jetzt spiegelt sich die Sonne auf dem Wasser, das so klar ist, dass sie bis auf den Grund sehen kann. Wie ist das möglich?

Während sie sich noch wundert, dringt eine schlichte, schöne Weise an ihr Ohr. Eine Hirtenflöte! Vorsichtig sieht sie sich um. Ganz in der Nähe werden die Zweige der Büsche zur Seite gebogen, und eine seltsame Gestalt mit Flöte in der Hand tritt hervor. Eine dicht behaarte Brust, sogar Arme und Beine sind ungewöhnlich behaart. Das Wesen hat einen Ziegenbart am Kinn, Hörner auf dem Kopf und ein freches Grinsen im Gesicht.

»Rana«, sagt es und zwinkert ihr freundlich zu. »Sei willkommen!«

»Wo bin ich?«, fragt sie zutiefst verunsichert, denn die Angst während der wilden Flucht steckt ihr immer noch in den Knochen.

»Bei den Göttern.«

»Bei den Göttern?« Träum ich denn?, fragt sie sich. Aber nachdem sie Hador gesehen hat, wundert sie gar nichts mehr. »Bist du Panos?«

»Kein anderer.« Er reicht ihr die Hand, um ihr aufzuhelfen. »Komm! Man wartet schon auf dich.«

Noch ganz benommen von ihrer Rettung und dieser unerwarteten Begegnung lässt sie sich von ihm auf die Füße ziehen. Dabei fällt ihr auf, dass sie völlig nackt ist, aber gar nicht mehr nass. Wo sind ihre Kleider geblieben? Erschrocken versucht sie, ihre Blöße zu bedecken. Panos mag ein Gott sein, aber ein Mann ist er trotzdem. Und keiner von bestem Ruf.

Panos lacht. »Du musst dich nicht schämen, Rana. Weißt du denn nicht, dass vor den Göttern alle Menschen nackt sind?«

Er biegt einige Zweige zur Seite und führt sie durch das Ufergebüsch. Sie gehen durch einen Wald voller alter Bäume. Liebliche Vogellaute begleiten sie. Bald schon erreichen sie eine blühende Wiese, wo das Summen von Wildbienen sie begrüßt. Der Weg führt jetzt leicht bergan, bis sie fast zur Kuppe des Hügels gelangen. Dort, auf einer Bank mit wunderbar geschnitzten Verzierungen, sitzt Destarte – es kann nur Destarte sein – und blickt freundlich auf Rana herab. Eine goldene Aura scheint sie zu umgeben.

Rana bleibt einige Schritte unterhalb von ihr stehen und fällt ergeben auf die Knie.

»Du musst nicht knien«, sagt Destarte. »Komm näher.«

Freundlich mag sie sein, doch sie ist eine Göttin. Allein ihre Stimme! Tief für eine Frau und doch weich und klangvoll, eine Stimme, die einem das Herz füllt. Innerlich bebend vor Ehrfurcht erhebt sich Rana und wagt sich ein paar Schritte näher.

»Du siehst erschöpft aus«, sagt die Göttin.

Ranas Zunge ist wie gelähmt. Sie ist viel zu überwältigt von der göttlichen Gegenwart, um ein Wort herauszubekommen, und nur fähig, stumm zu nicken.

»Kannst du nicht reden, mein Kind?«

Rana muss unwillkürlich schlucken. Dann flüstert sie, und ihre Stimme zittert vor Aufregung: »O Herrin, ich danke dir für meine Rettung.«

»Gern geschehen.«

»Hador und seine Gesellen haben mich verfolgt. Ich bin über den Fluss geschwommen.«

»Ich weiß.« Die Göttin lächelt. »Du bist doch jetzt meine Dienerin. Ich kann doch nicht zulassen, dass sie dir etwas antun.«

»Danke, Herrin.«

Rana ist sich bewusst, dass es sich nicht ziemt, die Göttin anzustarren, und doch kann sie nicht aufhören, sie verstohlen zu mustern. Destarte trägt ein leichtes ärmelloses Gewand aus feinem, fast durchsichtigem Stoff, der nicht gerade wenig von ihrem göttlichen Leib erkennen lässt. Wer weiß, ob es überhaupt ein Stoff ist. Auch ihre makellose Haut wirkt durchsichtig, denn Destarte hat nicht nur diese Aura um sich, sie scheint auch von innen zu leuchten. Sie ist überirdisch schön. Ihr Blick ist warmherzig und lässt Rana doch erzittern. Im Vergleich mit ihr sind alle Abbilder der Ruotinger nur krude Darstellungen, die der Göttin in keiner Weise gerecht werden. Dass sie überhaupt solche Machwerke erlaubt, ist erstaunlich.

Eine kräftige Männerstimme lässt sich vernehmen: »Hador wird immer anmaßender. Was erfrecht er sich, dein Heiligtum in Brand zu stecken und eine deiner Priesterinnen zu belästigen. Er gehört zurück in die Unterwelt!«

Verstohlen sieht Rana sich zu dem Sprecher um. Es ist ein hünenhafter Krieger, der einen schweren Steinhammer auf der Schulter trägt. Ist das Thunar? Auch ihn umgibt eine Aura, aber sie ist eher dunkel fliederfarben. Haben alle Götter Auren? Sie muss sich zusammenreißen, um nicht vor Schreck einen Schritt zurückzuweichen, denn der Gott sieht allzu Furcht einflößend aus – als könnte er einem mit einem Schlag das Hirn zerschmettern. Doch er beachtet Rana gar nicht, legt seinen Hammer beiseite und lässt sich neben Destarte nieder. Er legt seine Hand auf ihren göttlichen Schenkel. Es sieht besitzergreifend aus. »Lass mich nur machen«, sagt er. »Ich werde ihn das Fürchten lehren.«

»Hast du nichts als Kampf und Krieg im Sinn?« Es ist nicht Destarte, die das sagt, sondern eine würdige Matrone, die sich unbemerkt genähert hat. Vollbusig ist sie und schon etwas reifer. Wie Borgunna sieht sie aus, und ihre Aura ist hellgelb wie reifes Korn.

»Manchmal geht es nicht anders, Hella«, erwidert Thunar.

Destarte schiebt seine Hand von ihrem Schenkel. »Ich frage mich, was Wuodan dazu sagt.«

Alle drei drehen sich um und blicken weiter den Hügel hinauf, wo ein breitschultriger grauhaariger Mann mit einem gewaltigen Bart auf einem Baumstamm hockt und in den Himmel starrt. Dort, wo er sitzt, ist das Licht so grell, dass man ihn nur schemenhaft sehen kann. Aber es muss der Götttervater sein, leibhaftig vor ihren Augen. Rana erschauert vor Ehrfurcht und auch ein wenig vor Angst.

Wuodan zuckt gleichmütig mit den Schultern. »Geht mich nichts an«, hört man ihn wie aus weiter Ferne sagen. »Kann doch nicht sein, dass ich mich um alles kümmern muss. Macht, was ihr wollt.«

»Was ist denn das für eine Antwort?«, entrüstet sich Hella.

Aber Wuodan lässt sich nicht aus der Ruhe bringen. »Ist eben meine Antwort, auch wenn sie dir nicht passt.«

»Und du, Panos?«, fragt Hella. »Was sagst du?«

Ihr Begleiter vom Fluss hat jetzt auch einen Schein um sein Haupt. Leicht bräunlich, wie es Rana scheint. Er kratzt sich den Ziegenbart. »Mich müsst ihr nicht fragen. Ich kann Hador ohnehin nicht ausstehen. Schlimm genug, dass die Seelen der Toten ihn ertragen müssen.«

»Ein Krieg wird Opfer kosten«, sagt Hella.

»Ohne Opfer ist nichts zu erreichen«, knurrt Thunar.

»Also gut«, spricht Destarte, nachdem sie nachgedacht hat. »Ich entscheide mich für Thunars Vorschlag. Hadors Herrschaft muss ein Ende haben. Er soll vertrieben werden, ganz gleich, mit welchen Mitteln.« Ihr Blick fällt auf Rana. »Du, mein Kind, wirst das in Angriff nehmen. Es ist deine Aufgabe. Deine Pflicht und deine Bürde. Ich verlasse mich auf dich.«

»Ich?«, erwidert Rana erschrocken. »Ich bin doch nur ein Weib. Noch dazu ganz jung und unerfahren. Was kann ich denn schon erreichen?«

Destartes Blick wird streng und durchdringend. »Du unterschätzt dich, Rana. Es steckt mehr Kraft in dir, als du denkst. Du bist von mir ausersehen, die Dunkelheit zu vertreiben. Wir werden dir natürlich helfen. Aber Hadors Herrschaft muss ein Ende haben, hast du gehört?«

»Aber –«

»Keine Widerrede!«

»Ja, Herrin.«

»Und jetzt fort mit dir ...«

Die Bilder verblassen. Plötzlich sieht Rana alles von oben, als wäre sie ein Vogel, der auf die Welt hinabsieht. Da sind der Hügel der Götter, der Fluss und der dunkle Wald, durch den Hador sie gejagt hat. Die Götter unter ihr werden immer kleiner, aber ihre Stimmen sind noch in Ranas Kopf, besonders Destartes: *Hadors Herrschaft muss ein Ende haben!* Die Sätze wiederholen sich ohne Unterlass. *Hadors Herrschaft muss ein Ende haben! Du, mein Kind, sollst das in Angriff nehmen.*

Ich? Wieso ich? Das ist doch völliger Irrsinn. Was kann ich schon erreichen? Ich will doch nur eine gute Priesterin sein. Mehr kann ich nicht tun.

Die Lichtgestalten auf dem Hügel verblassen. Auf einmal ist sie auch kein Vogel mehr, sondern steht vor dem Heiligtum auf dem Frauenhügel und blickt zur Stele empor. Dort oben ist das Antlitz der Göttin, und ihr schöner Mund bewegt sich, während sie spricht: *Du unterschätzt dich, Rana. Es steckt mehr Kraft in dir, als du denkst.*

Dann hört sie Hellas Stimme: *Ein Krieg wird Opfer kosten.* Und Thunar: *Ohne Opfer ist nichts zu erreichen.* Und wieder meldet sich Destarte zu Wort, wenngleich ihre Stimme immer leiser wird: *Du bist von mir auserwählt. Wir werden dir helfen. Hadors Herrschaft muss ein Ende haben. Du musst die Dunkelheit vertreiben.*

Aber wie soll sie das tun? Schon der Gedanke an Hador macht Rana Angst. Schmerz pocht in ihren Schläfen, ihre Kehle ist ausgetrocknet. Die Stimmen der Götter sind kaum noch zu vernehmen, nur noch das morgendliche Vogelgezwitscher. Vorsichtig öffnet sie ein Auge. Außer einem dünnen Lichtstrahl, der durch einen Vorhang fällt, ist es um sie herum dunkel. Langsam kommt sie zu sich, und es dämmert ihr, wo sie sich befindet. Es war also doch nur ein Traum. Ein schlimmer Traum. Der Schrecken ihrer Flucht durch den Wald ist noch gegenwärtig. Und dann so ganz anders. Destarte ist ihr erschienen. Nicht nur sie. Auch die anderen Götter.

Neben sich hört sie jemanden atmen, und sie erschrickt. Dann fällt es ihr ein. Das ist der Bursche, der den Panos gespielt hat. Mutter hat ihn für diese Rolle ausgesucht. War es nicht Hargrim? Ja, es muss Hargrim sein, der neben ihr schläft. Hat er sie in der Nacht entjungfert? Sie spürt etwas Klebriges zwischen den Beinen. Ja, so muss es wohl gewesen sein, schließlich ist es bei der Weihe einer neuen Priesterin so Brauch.

Erinnern kann sie sich an nichts. Die Dämpfe, die sie eingeatmet hat, haben ihr den Kopf vernebelt. Auch das gehört zum Ritual, genauso wie das Kräutergebräu, das die Lust steigert. Rana fürchtet nicht, schwanger zu werden. Es gibt andere Mittel, die das verhindern. Auch wenn sie unangenehm sind und einen tagelang krank machen:

Was für ein Traum! Rana schließt noch einmal die Augen

und versucht, sich an Einzelheiten zu erinnern. Träume enthalten Botschaften der Götter. Jeder weiß das. In diesem sind sie ihr sogar leibhaftig erschienen, haben mit ihr geredet. Das war kein gewöhnlicher Traum und mehr als eine Botschaft. Rana ist noch ganz überwältigt davon. Ich soll von der Göttin auserwählt sein? Um Hador zu vertreiben? Wie soll das gehen? Das ist doch lächerlich!

Sie wird darüber nachdenken müssen. Bei Wuodan, wie stickig es hier drin ist! Ihr Kopf schmerzt. Das kommt bestimmt von den Pilzen, die sie zu sich genommen hat. Sie setzt sich auf und tastet nach ihrer neuen Priesterrobe, die die Frauen im Dorf für sie genäht haben. In einer Ecke liegt sie fein säuberlich gefaltet. Rana erhebt sich und zieht sie sich über den Kopf. Mit zwei Händen fährt sie sich durchs Haar. Soll sie Hargrim wecken? Lieber nicht. Sie hat wenig Lust, dem Burschen heute Morgen ins Gesicht zu sehen. Er hat seine Rolle erfüllt wie sie auch, und damit hat es sich.

Sie zieht den Vorhang zur Seite und tritt aus der Höhle. Das frühe Morgenlicht ist selbst unter dem Zeltdach so grell, dass sie blinzeln muss. Ein kleiner Bereich ist mit einem gespannten Leinentuch abgeschirmt. Dahinter schläft ihre Mutter. Auch die will sie nicht stören.

Herdis scheint jedoch schon wach zu sein. »Bist du das, Kind?«, hört sie ihre Mutter fragen.

»Ja, Mutter.«

»Wie war es in der Nacht?«

»Ich kann mich an kaum etwas erinnern.«

Rana hört, wie Herdis ächzend aufsteht und sich ankleidet. »Und wie fühlst du dich heute Morgen?«

»Mir ist ein wenig übel. Und der Kopf tut weh.«

»Das ist normal. Geht wieder weg.«

Herdis tritt in ihrer schönsten Robe hinter dem Tuch hervor. Ihr Gesicht ist vom Schlaf verknautscht, und die Haare hängen ihr zerzaust über die Schultern. Sie lässt sich auf einem Hocker nieder und seufzt. »Ich werde langsam zu alt für diesen nächtlichen Trubel.« Dann sieht sie zu ihrer Tochter auf. »Was war das eigentlich für eine Rede, die du gehalten hast? Hörte sich wie eine Kampfansage an. Wie kommst du auf so was?«

»Einfach so. Es war wegen Arrak und seinem unverschämten Auftritt.«

»Deshalb musst du ihnen nicht gleich den Kampf ansagen. Wir versuchen, unseren Kult auf friedliche Weise zu erhalten. Orkon herauszufordern kann uns nur schaden.«

Rana überfällt die Erinnerung daran, wie sie Hador im Traum gesehen hat, und an ihre Flucht durch den Wald. Genau wie vor Wochen an der Gerra. »So weit ist es also schon gekommen«, sagt sie wütend, »dass sie das Heiligtum beschädigen und nun auch noch unsere Feste stören. Was haben wir als Nächstes zu erwarten? Wie lange sollen wir denn noch alles hinnehmen?«

»Vergiss nicht, Orkon hat sein Weib geschickt. Er scheint also doch noch an Destartes Macht zu glauben.«

»Hat sie an den Liebestänzen teilgenommen?«

»Hat eine Weile gedauert, bis wir alle wegschicken konnten, die ohne Maske waren. Du kennst ja unsere Regel. Am Ende war es nur ein kleiner Kreis, zwei Dutzend vielleicht, mehr Frauen als Männer diesmal. Morgana war jedenfalls dabei.«

Rana fragt sich, ob sie der Mutter von ihrem verstörenden Traum erzählen soll, entscheidet sich aber dagegen. »Ich brauche frische Luft. Ich geh für eine Weile ins Dorf hinunter.« Dann fügt sie hinzu: »Schick Hargrim weg. Ich weiß gar nicht, warum du gerade den gewählt hast. Er soll sich jedenfalls nichts drauf einbilden.«

»Eben deshalb hab ich ihn gewählt. Er ist ein bescheidener Junge. Er wird sich nicht mit dir brüsten.«

* * *

Morgana liegt im Zelt und lauscht auf die Geräusche um sie herum. Sie selbst hat noch kein Bedürfnis, aufzustehen und sich zu zeigen. Die Leute nehmen ihr Morgenmahl ein, Kinder spielen, es wird geredet und gelacht. Welch ein Gegensatz zu der Nacht auf dem Hügel! Odda hat tatsächlich im Morgengrauen auf sie gewartet. Es war ihr peinlich, auch wenn er sich mit keinem Wort etwas hat anmerken lassen. Er hat sie nur zu ihrem Zelt gebracht und sogar zugedeckt. Weil sie so erschöpft war.

Dabei hat sie nur wenig schlafen können. Nicht, dass sie sich an allzu viele Einzelheiten erinnern kann. Vom heiligen Wasser der Quelle wurden Zaubertränke an die Teilnehmer der Riten verteilt. Sie alle mussten Dämpfe von getrockneten Hanfblüten einatmen. Morgana wäre daran fast erstickt. Schon vorher war ihr seltsam zumute gewesen, aber danach wurde ihr ganz wunderlich. Auch der Vollmond hat zur Erregung der Beteiligten beigetragen. Alles war so anders als sonst, geheimnisvoll und voller Verheißung. Das sei der Zauber der Destarte, hat Elna gesagt und unbändig gelacht.

Morgana selbst hat auch häufig lachen müssen. Überhaupt gaben sich alle ausgelassen und fröhlich unter ihren verschiedenen Masken, darunter Thunar und Hella und Epona, Destarte und Astaris und Panos. Ein Wuodan und zwei Kalestos waren auch dabei. Es wurde gesungen und von Trommeln begleitet ums Feuer getanzt. In einem Rhythmus, der ins Blut ging.

Dann hat Herdis noch einmal der Destarte geopfert und die Göttin beschworen, den Liebestanz mit ihrer Gegenwart zu ehren. Danach streiften alle die Kleider ab. Seltsamerweise empfand sie keine Scham dabei. Kleider schienen nur zu stören. Man hielt sich an den Händen und bildete einen Kreis ums Feuer. Wieder wurde getanzt. Von dem, was danach geschah, hat sie nur noch undeutliche Bilder im Kopf. Alles schien sich zu drehen. Flackernder Feuerschein auf nackten Leibern und Masken, Schabernack und Gelächter. Und immer das Dröhnen der Trommeln, das Stampfen der Füße der Tänzer.

Sie weiß noch, dass sich schließlich ein erstes Paar aus dem Kreis löste, um sich neben dem Feuer von allen angefeuert zu begatten. Dann ein zweites Paar. Der Anblick war erregend. Der Kreis begann sich aufzulösen, als Weitere zueinanderfanden, im nahen Wald verschwanden oder irgendwo auf der Wiese im bleichen Licht des Vollmonds. Plötzlich war auch Elna nicht mehr zu sehen. Dass sie selbst dann … Morgana wagt gar nicht, daran zu denken. Sie weiß nur, dass eine Art Rausch über sie gekommen ist, dass sie nicht anders konnte, als sich wie eine läufige Hündin hinzugeben. Und das mehr als ein Mal.

Muss sie sich deshalb schämen? Genau das ist doch der Sinn der heiligen Riten des Liebesfestes. O ihr Götter, gebt, dass ich schwanger bin! Ein Geschenk der Destarte.

* * *

Als Rana den Hof ihrer Eltern betritt, sind Utrik und ihr Bruder hart bei der Arbeit. Kupfer wird geschmolzen und das glühende Metall in Formen gegossen, um Streitäxte für Drengis Krieger herzustellen. Arni bereitet einen Bronzeguss für die Waffen der Anführer vor, die etwas Besseres als die einfachen Krieger verdienen, und Aiko bestückt erneut den Schmelzofen. Sogar Kira hilft.

Utrik schaut von der Arbeit auf, als er Rana sieht. »Sei gegrüßt, Tochter. Endlich Priesterin. Wir sind stolz auf dich.« Er nimmt sie in die Arme und küsst sie herzlich auf die Wange. »Wie ist es dir ergangen?«

»Gut. Aber wo wart ihr? Eigentlich bin ich dir böse, Vater. Deine Tochter wird geweiht, und du bist nicht dabei?«

»Tut mir leid. In wenigen Wochen müssen wir liefern. Das ist auch so schon kaum zu schaffen.«

»Ich war da, Rana«, sagt Kira. »Du warst so wunderschön. Und deine Rede hat mir gefallen. Ich bin so froh, bald deine Schwester zu sein.«

»Was für eine Rede?«, fragt Utrik.

»Ach, nichts von Bedeutung, Vater.«

»Das war, nachdem Arrak das Fest gestört hat«, sagt Kira.

Utrik nickt. »Davon hast du erzählt. Er war übrigens hier, Rana. Noch gestern Abend. Um seine verdammten Goldlocken abzuholen. Er kam mir etwas angetrunken vor.«

»Ist was vorgefallen? Hat er sich schlecht benommen?«

»Nein. Obwohl ... Ich hatte schon Befürchtungen, als er aufgetaucht ist, aber er ist diesmal ruhig geblieben. Die Goldlocken waren ihm erst nicht schwer genug, aber am Ende hat er sie genommen.«

»Und dann ist er gegangen?«

»Dann ist er gegangen«, sagt Utrik, aber seine Miene ist voller Sorge. »Ich soll dir und deiner Mutter ausrichten, dass ihr Lügnerinnen seid und dass die Sache noch nicht erledigt ist. Ich weiß nicht, was er damit meint, aber der Mann macht mir Angst.«

»Man sollte wirklich etwas unternehmen«, sagt Rana nachdenklich.

Arni hebt die Brauen. »Gegen Arrak? Was willst du denn unternehmen, Schwesterchen?«

Sie zuckt mit den Schultern. »Wenn ich das nur wüsste.«

»Du siehst müde aus.«

»Bin ich auch.«

Rana geht ins Haus, um sich zu waschen. Sie ist dankbar, dass keiner nach ihrer Liebesnacht mit Panos gefragt hat. Sie hätte sich wirklich etwas Schöneres gewünscht als dieses Ritual mit Hargrim. Im Grunde nur ein billiges Schauspiel für die Menge. Wie leicht die Menschen doch zu täuschen sind! Zum Glück kann sie sich kaum an Einzelheiten erinnern. Für ihn war es bestimmt auch nichts Großartiges.

Wenig später verlässt sie den Hof, um sich auf der Wiese am Fluss unter die Besucher des Festes zu mischen. Das ist jetzt ihre Aufgabe. Die Menschen wollen sie sehen und mit ihr reden. Sie bewegt sich von einer Lagerstatt zur anderen. Man begegnet ihr ehrfurchtsvoll. Männer suchen ihren Rat, Frauen berühren ihr Gewand in der Hoffnung, dass es Glück bringt. Was ihre öffentliche Weihe doch ausgemacht hat! Gestern war sie nur eine junge Frau – Herdis' Tochter. Jetzt ist sie Priesterin der Destarte und in der Achtung der Leute enorm gestiegen. Sie spürt förmlich, welchen Einfluss sie nehmen könnte, wenn sie lernen würde, ihn richtig zu gebrauchen. Das erinnert sie an ihren Traum. O Destarte, erleuchte mich! Ich habe keine Ahnung, wie ich deine Forderung erfüllen soll.

Vielerorts wird sie auf ihre kämpferische Rede angesprochen, auch am Zelt von Drengis Söhnen. »Deine Ansprache hat uns gefallen«, sagt Sithun.

Sein Bruder Gejlir nickt. »Hador und seinen Tyrannen die Stirn bieten, dazu wären wir bereit. Fehlt nur, unseren Vater zu überzeugen.«

»Vielleicht gelingt es dir, Rana«, sagt Sithun.

»Wie meinst du das?«, fragt Rana. Sie wundert sich, dass die beiden so gesprächig sind. Das letzte Mal hatten sie kein Wort für sie übrig. Ist auch dies jetzt ihrem neuen Stand geschuldet?

»Nun, jetzt bist du Priesterin«, erwidert Sithun. »Und reden kannst du auch. Vater ist schließlich stolz auf unser Heiligtum. Vielleicht gelingt es dir, ihn zu überzeugen.«

»Was ist mit den Waffen, die er bei uns schmieden lässt? Das heißt doch, dass er Krieg nicht ausschließt.«

Nun ist es Gejlir, der antwortet. »Unser Vater hält sich immer ein Türchen offen. Er will keinen Krieg. Sollte es aber dazu kommen, dann sind wir gerüstet.«

»Mir gefiel, was du über die Göttin des Lichts gesagt hast«, erklärt Sithun. »Destarte als Gegensatz zu Hador. Das könnte viele begeistern, denke ich. Und im Grunde ist es ja auch so.«

Sithun und Gejlir, die Söhne unseres Klanherrn, denkt Rana. Könnten sie ihre Verbündeten werden? Ließe sich mit ihrer Hilfe etwas bewirken? Und könnte sie selbst auf Drengi Einfluss nehmen? Wäre das im Sinne der Göttin?

Während sie sich unterhalten, bemerkt Rana ein Mädchen, das etwas abseits neben dem Zelt der Brüder sitzt und sie mit großen Augen anstarrt. »Wer ist das?«, fragt sie die beiden.

»Das ist Ada«, erwidert Sithun. »Eine Sklavin.«

»Schäm dich, Bruder«, sagt Gejlir. »Sie ist doch viel mehr als eine Sklavin. Wenigstens für uns.«

Sithun winkt dem Mädchen zu. »Komm, setz dich her, Ada.«

Als das Mädchen aufsteht, bemerkt Rana, wie groß sie ist. Und wie hübsch ihre mattbraune Haut in der Sonne leuchtet. »Du bist Albin?«, fragt sie, als Ada sich zu ihnen setzt.

»Ja, ich bin Albin«, erwidert Ada schüchtern. »Man hat mich als Kind geraubt. Ich weiß nicht, wer das war, aber sie haben mich verkauft. So bin ich an Drengis Hof gekommen.«

»Zu unserem Glück.« Gejlir legt den Arm um sie.

»Vor Kurzem bin ich zwei Männern aus deinem Volk begegnet«, sagt Rana und erzählt ihre Geschichte.

»Das zeigt mal wieder, was für ein Kerl Arrak ist.« Sithun spuckt verächtlich ins Gras. »Du hast Glück gehabt.«

»Erzähl mir mehr von diesen Männern«, bittet Ada. »Ich weiß so gar nichts über mein Volk. Eigentlich gehöre ich gar nicht zu ihnen. Wenn nicht mein Aussehen wäre ...«

Sithun lacht. »Dein Aussehen könnte nicht besser sein.«

Ada zieht einen Schmollmund. »Ihr wisst schon, was ich meine.«

Rana berichtet, was sie von den beiden Alben erfahren hat. Sie habe vor, sie eines Tages im Wald zu finden, um ihnen ein Geschenk zu machen, sagt sie. Aber vor allem, um zu sehen, wie sie in der Wildnis leben. »Sie müssen Dinge wissen, die wir verlernt haben.«

»Und umgekehrt«, sagt Sithun.

»Nimmst du mich mit?«, fragt Ada.

»Untersteh dich!«, erwidert Gejlir in gespieltem Zorn. »Wir verbieten es. Sonst bleibst du noch bei den Alben. Und was wird dann aus uns?«

»Ich bleibe nicht bei denen. Ich bin nur neugierig.«

Rana hört eine Weile zu, während die drei einander necken. Dabei erinnert sie sich erneut an ihren Traum. Sie wendet sich an Gejlir. »Du sagtest vorhin, ich sollte mit eurem Vater reden.«

»Um ihn zu überzeugen, diesem Orkon endlich die Stirn zu bieten? Ja. Auf jeden Fall. Du bist jederzeit willkommen. Jetzt gleich?«

Rana lacht. »Nein, nein. Unser Fest ist noch nicht zu Ende. Aber bei Gelegenheit.«

* * *

»Wo bist du gewesen, Mutter?«, fragt Tura. »Niemand wollte mir etwas sagen.«

»Ich habe meine Eltern besucht.«

»Und warum wird so ein Geheimnis draus gemacht?«

»Ein Geheimnis?« Morgana schaut sie fragend an. »Du irrst dich. Odda hat mich begleitet.«

»Warum hast du mich nicht mitgenommen?«

»Du wärst gern mitgekommen?«

»Natürlich. Es ist so langweilig hier.«

»Du hast doch deine neue Freundin. Wie heißt sie eigentlich?«

»Gisla.«

»Gisla also. Und woher stammt sie?«

»Darüber will sie nichts sagen. Es regt sie auf, wenn ich danach frage.«

»Und was findest du an ihr? Die ist doch schwach im Kopf.«

»Ein bisschen wunderlich ist sie schon«, gibt Tura zu. »Sie bekommt vor jeder Kleinigkeit schnell Angst. Sie denkt, man will ihr etwas antun. Aber bei mir ist sie ruhig. Wir reden miteinander. Sie liebt die Pferde.«

»Was erzählt ihr euch denn so?«

»Nichts, was dich angeht, Mutter.«

Morgana lacht. »Jungmädchengeheimnisse, was?«

»Kannst du mir heute Abend die Haare neu flechten?«

»Natürlich. Und jetzt lass mich allein. Ich muss mich ein wenig ausruhen.«

Tura schließt die Tür hinter sich. Morgana lässt sich auf ihren Lieblingsstuhl sinken. Sie lehnt sich zurück und schließt die Augen. Irgendwie seltsam, wieder daheim zu sein. Die Kuffaburg kommt ihr anders vor. Oder liegt es an ihr? Vielleicht ist sie es, die sich verändert hat. Als hätte sie die Beziehung zu dieser Umgebung verloren. Sogar zu Urdo. Als er sie im Burghof in Empfang nahm, hat er sie seltsam angesehen. Irgendwie missbilligend. Vielleicht weil sie einer anderen Gottheit gehuldigt hat. Oder weil ...

Nun, es ist ihr gleich, was er denkt. Sie legt die Hand auf den Bauch. Ja, sie hat sich verändert. Das Erlebte ist noch stark in ihr gegenwärtig. Und nun ist sie schwanger. Die Göttin hat sie gesegnet. Da ist sie sich ganz sicher. Eine Frau weiß das. Sie jedenfalls weiß das. Als sie mit Tura schwanger wurde, hat es sich genauso angefühlt.

Es klopft an die Kammertür, und kurz darauf steckt Orkon den Kopf herein. »Darf ich reinkommen?«

»Natürlich. Aber du klopfst? Du bist doch sonst nicht so höflich.«

»Nun ja.« Er betritt die Kammer und schließt die Tür hinter sich. »Und?«, fragt er verlegen. »Wie ist es dir ergangen?«

Morgana lächelt und weidet sich an seiner Verlegenheit. Er weiß nichts und stellt sich doch alles Mögliche vor. Sie spürt eine neue Macht in sich. Über ihn und über Urdo. Sie ist das Weib und die Geberin neuen Lebens. Fast tut Orkon ihr leid in seiner Rolle, immer den Starken, den Herrscher spielen zu müssen.

»Gut ist es mir ergangen.« Sie lächelt geheimnisvoll. »Sehr gut sogar.«

Orkon lässt sich auf einem Hocker nieder. »Und glaubst du –«

»Dass ich schwanger bin? Das willst du doch wissen.«

Er nickt.

Fast ist sie geneigt, ihn hinzuhalten, ihn mit der Ungewissheit noch etwas länger zu quälen. Aber dann sagt sie: »Ja, ich bin mir sicher. Du kannst dich freuen.«

Er seufzt erleichtert und fährt sich durch das schüttere Haar. »Dann hat es sich also gelohnt?«

»Mehr als das.«

»Mehr als das?« Ihre Antwort verwirrt ihn. »Wie meinst du das?«

»Es war ein wunderbares Fest, Orkon. Ich bin froh, es erlebt zu haben.«

Er starrt sie an, als wolle er erraten, was sich hinter ihren Worten verbirgt. Dann räuspert er sich. »Hat dich jemand gesehen?«

»Herdis hat mich erkannt. Sonst niemand. Die Auserwählten, die an den Riten teilnehmen, tragen Masken.«

»Ah. Gut.« Er wirkt erleichtert. »Hat Odda sich gut um dich gekümmert?«

»Ja. Ganz vorzüglich. Hätte ich ihm gar nicht zugetraut.«

»Gut, gut.« Orkon erhebt sich. »Du musst dich jetzt schonen«, sagt er. »Kein Ausreiten mehr mit Tura.«

Sie lächelt. »Ich reite ohnehin nicht gern.«

DIE AHNEN DER NEBRONI

Wir ehren euch Ahnen, die ihr vor uns auf Erden gewandelt seid,
die ihr für uns gelitten habt, gekämpft und gestorben seid.
Aus Ton formen wir Figuren und geben ihnen eure Namen,
wir beten zu euch und fragen euch um Rat, denn euer ist die
Weisheit des Lebens.

Das Korn steht jetzt besser«, sagt Arni beim Abendessen. »Bald sollten wir mit der Ernte beginnen können.«

Noch vor Wochen hat man im Dorf gebangt, die Ernte könnte verregnen. Doch in den letzten zehn Tagen hatten sie, den Göttern sei Dank, mehr Sonnenschein als sonst, sodass das Korn sich erholen konnte und die Bauern schon dabei sind, die Sicheln zu wetzen. Rana fragt sich, wer über das Wetter bestimmt, solange Wuodan abwesend ist. Macht das jetzt Thunar? Vielleicht hat es deshalb so viel geregnet. Thunar liebt Unruhe und Chaos am Wetterhimmel. Zum Glück hat er wenigstens auf seine schlimmen Unwetter verzichtet.

»Morgen laden wir die Waffen auf den Karren«, sagt Utrik. »Dann machst du dich auf den Weg.«

Vor Tagen schon hat Drengi Boten geschickt und nachfragen lassen, wo seine Waffen blieben. Einige Männer aus dem Dorf mussten helfen, Schäfte zu fertigen und einzupassen. Jetzt endlich ist die Arbeit getan. Hundert kupferne Kriegsäxte, einige aus Bronze für die Anführer. Für sie haben Utrik und Arni auch bronzene Dolche und die Stabdolche gefertigt, die die Hauptleute für gewöhnlich führen.

»Ich komm mit, Arni«, sagt Rana.

»Aber wozu?«, fragt Herdis erstaunt.

»Drengis Söhne haben mich eingeladen. Es wäre unhöflich, der Einladung nicht zu folgen. Vielleicht bleibe ich einige Tage. Kann nicht schaden, Freundschaft mit der Familie unseres Klanherrn zu schließen.«

»Das ist wahr. Aber bald ist Mittsommer. Du wirst doch hoffentlich zum Fest zurück sein.«

»Natürlich.«

»In einigen Tagen finden bei Helmahem die Wagenrennen statt«, sagt Arni. »Die würde ich mir gerne ansehen.«

»Das kannst du dir sparen, mein Sohn«, knurrt Utrik. »Wir brauchen dich für die Ernte.«

Arni nickt. »Ja, schade. Vielleicht nächstes Jahr. Übrigens, Destarte hat Kira erhört. Sie ist schwanger. Noch ein Grund, die Rennen auszulassen.«

»Wirklich?« Herdis strahlt übers ganze Gesicht. »Und das sagst du uns so ganz nebenbei? Hast du gehört, Utrik? Wir werden Großeltern.«

Utrik lächelt erfreut. »Jetzt muss ich nur noch mit Kiras Vater einig werden. Der Alte ist einfach gierig. Er verlangt zu viel.«

»Sei kein Geizhals, Utrik!«, sagt Herdis streng. »Drengi wird dich für eure Arbeit gut bezahlen. Gib Kiras Vater also, was er verlangt, damit dein Sohn endlich heiraten kann. Vielleicht während des Mittsommerfests? Was meinst du, Arni?«

»Wann immer du möchtest, Mutter.«

»Beim Mittsommerfest ist zu viel Trubel«, sagt Rana. »Besser, ihr heiratet etwas später.«

Arni grinst. »Kira hat schon lang genug gewartet. Auf ein paar Tage mehr wird es wohl nicht mehr ankommen.«

Das Abendmahl, wenn die Familie um den Tisch versammelt ist, ist die beste Gelegenheit, über ernstere Dinge zu reden. Rana fasst sich deshalb ein Herz, um ihr Anliegen, über das sie lange nachgedacht hat, anzusprechen. »Ich möchte die Bronzescheibe mitnehmen«, sagt sie.

»Bist du verrückt?«, fragt Herdis.

»Ich will sie Drengi zeigen.«

Alle sehen sie erschrocken an, sogar Ette und Aiko. Utriks Augen verengen sich. Immer ein Zeichen, dass ihn etwas mächtig ärgert, auch wenn er nicht gleich lospoltert. »Wie kommst du auf so was? Wir waren uns doch einig, dass es besser ist, wenn niemand davon erfährt. Auch nicht Drengi.«

»Ich habe meine Meinung geändert, Vater.«

»Und wieso?«

»Die Scheibe sollte der Destarte geweiht sein und den Menschen bei den Riten gezeigt werden.«

»Was hat meine Scheibe mit Destarte zu tun?«, fragt Utrik ärgerlich.

Rana zögert einen Augenblick, bevor sie weiterredet, um die richtigen Worte zu finden. »Du hast doch selbst gesagt, dass das Wissen in der Scheibe von den Göttern kommt. Es ist eine Botschaft der Götter.«

»Ja. Und?«

»Ich glaube das eben auch. Es kann nichts anderes als eine Botschaft der Götter sein. Wie sonst kämen Menschen auf solche Einsichten? Du hast dieses Wissen aus dem Land der Sonne mitgebracht. Von Arinna hast du erzählt, die die Erde fruchtbar macht. Genau wie Destarte bei uns. Wenn dein Wissen von Arinna stammt, dann stammt es auch von Destarte. Erkennst du das nicht, Vater?«

Erstaunt starrt Utrik seine Tochter an.

»Ich erinnere mich an deine Worte: Das Wissen der Scheibe bliebe am besten in den Händen von Priestern. Genau deshalb sollte sie Destarte geweiht sein«, fährt Rana fort. »Sie ist die Schöpferin, und du bist ihr Werkzeug, Vater. Es würde dem Heiligtum noch viel mehr Bedeutung verleihen. Besonders, wenn

Drengi seine Hand über das Heiligtum und über die Scheibe hält. Darum möchte ich ihn bitten.«

»Hast du dich deshalb weihen lassen?«, fragt Herdis. »Sind das deine neuen Ideen? Du hättest mich fragen können.«

»Das tu ich doch gerade.«

Utrik schüttelt den Kopf. »Meine Scheibe hat nichts mit Destarte zu tun, sosehr wir die Göttin auch verehren. Also schlag dir das aus dem Kopf.«

»Ich sag's noch mal, Vater: Die Scheibe ist eine göttliche Botschaft an alle Menschen. Du selbst hast das gesagt. Und wenn das stimmt, dann ist sie nicht dein Eigentum, auch wenn du sie erschaffen hast. Die Götter haben dich die Geheimnisse der himmlischen Körper gelehrt. Mond, Sonne und Sterne. Destarte ist die Göttin des Lichts. Wie sonst könnte sie alles auf Erden gedeihen lassen? Es ist ihre Botschaft, Vater. Mond- und Sonnengöttinnen sind ihre Schwestern. Zusammen schenken sie uns Fruchtbarkeit und alles Leben auf Erden.«

»Das gefällt mir«, sagt Arni. »Ich hab das nie so gesehen, aber du hast völlig recht, Schwesterchen. Das ist besser als alles, was uns von Hador aufgezwungen wird. Vor allem die ständige Angst vor seinen Strafen.«

Ranas Augen leuchten, als sie bei ihm Unterstützung findet. »Mit Destartes Scheibe können wir die Welt verändern, Arni, und die Dunkelheit, die über dem Land liegt, besiegen.«

Utrik und Herdis sehen sich an. Herdis nachdenklich, Utrik immer ärgerlicher. »Ah! Darum geht es euch also«, erwidert er scharf. »Ihr wollt in eurem Leichtsinn die Welt verändern, vielleicht sogar einen Aufstand anzetteln. Das könnte euch sogar gelingen, denn ich gebe zu, die Botschaft der Scheibe ist mächtig. Aber die Welt ist, wie sie ist. Meistens ungerecht, aber vor allem grausam. Und daran werdet ihr nichts ändern. Die dunklen Mächte werden eure Pläne nicht hinnehmen. Sie werden hart zurückschlagen. Ihr werdet nichts als Unruhe stiften, eine Unruhe, die zu Mord und Totschlag führt, zu noch mehr Menschenopfern und vielleicht sogar zu Krieg. Dabei sollten wir alles tun, um den Frieden zu bewahren. Vor allem dürfen wir Orkon nicht herausfordern. Das kann nur böse enden.«

»Warum nicht?«, ereifert sich Rana. »Wuodan hilft uns nicht. Und von allen anderen Göttern ist Destarte am besten geeignet, Hador Widerstand zu leisten. Sie wird überall verehrt. Und je mehr Menschen an sie glauben, umso größer ist ihr Einfluss auf die Geschicke des Landes. Deine Scheibe würde dabei helfen. Sie wäre das Wahrzeichen einer neuen Ordnung.«

Utrik lässt sich nicht überzeugen. »Nein, nein! Das ist viel zu gefährlich. Ich bin dagegen.«

Doch jetzt mischt sich Herdis ein. »Ich habe mein ganzes Leben damit verbracht, den Glauben an Destarte am Leben zu halten. Mit friedlichen Mitteln und nicht ohne Erfolg, wie ihr wisst. Aber immer wurden meine Anhänger angefeindet, du weißt das, Utrik. Nicht wenige wurden sogar verfolgt und ermordet, auch wenn man das Heiligtum bis jetzt noch respektiert hat. Aber wie lange noch? Orkon ist ein Despot, schlimmer als sein Vater oder Großvater.«

»Bist du jetzt etwa auch für diesen Unsinn?«, fragt Utrik gereizt.

»Ich will sagen, es ist verdammt noch mal an der Zeit, Orkons Herrschaft etwas entgegenzusetzen. Sein Bastard Arrak treibt es besonders schlimm. Erinnere dich an seinen Angriff auf Rana im Wald und an den Brand. Die Götter mögen uns behüten, sollte dieser Kerl jemals an die Macht kommen. Ich denke, Rana hat recht. Drengi und seine Söhne sind am besten geeignet, das zu verhindern. Drengi ist schließlich unser Klanherr.«

»Drengi soll Orkon Widerstand leisten? Der würde sich doch nur die Finger verbrennen.«

»Ein gestärktes Heiligtum würde auch Drengi mehr Macht und Einfluss verleihen. Man muss ihn überzeugen, uns zu unterstützen. Es wäre zu beiderseitigem Vorteil.«

Mit Erstaunen hat Rana der unerwarteten Unterstützung ihrer Mutter gelauscht. »Danke, Mutter.«

»Ich frage mich nur, ob sie auf dich hören werden«, gibt Herdis zu Bedenken. »Warum sollte Drengi etwas darauf geben, was ein junges Mädchen aus Altorp zu sagen hat? Auch wenn du jetzt Priesterin bist. Selbst ich trau mir das nicht zu.«

»Wie kann man jemals etwas erreichen, wenn man es nicht versucht?«

Herdis legt die Hand auf die ihrer Tochter. »Dann versuch's!«

»Kommt nicht infrage!«, schnappt Utrik, inzwischen ziemlich aufgebracht. »Es ist meine Scheibe, habt ihr das vergessen? Ich habe sie gemacht, und ich bin immer noch Herr in diesem Haus. Meinetwegen kann Rana mit Arni fahren, aber die Scheibe bleibt hier. Und sie bleibt weiterhin ein Geheimnis. Das ist, verdammt noch mal, mein letztes Wort!« Dann ruft er Ette. »Räum endlich den Tisch ab. Und bring mir noch eine Kanne Bier! Das elende Gerede macht einen durstig.«

»Willst du jetzt auch den Tyrannen spielen?«, fragt Herdis bissig.

»Ganz recht! Und jetzt will ich nichts mehr davon hören!«

* * *

Am Morgen ist es Zeit für Arni und Rana, sich auf den Weg zu machen. Der große zweirädrige Karren ist beladen. Die Waffen haben sie unter einer groben Decke versteckt, auf die sie bündelweise Stroh gehäuft haben. Muss nicht jeder sehen, was darunter ist, denn Waffen sind wertvoll, und nicht jedem ist unterwegs zu trauen. Deshalb werden auch zwei Männer aus dem Dorf sie begleiten. Beide für alle Fälle, genau wie Arni, mit Dolch und Speer bewaffnet.

Das Pferd der Familie ist eingeschirrt und kaut nervös auf seiner ledernen Trense. Die Geschwister klettern auf den Wagen, Arni nimmt die Zügel zur Hand.

Utrik richtet noch einmal das Wort an seine Tochter: »Untersteh dich, etwas über die Scheibe zu sagen. Hast du mich verstanden?«

»Ich bin erwachsen«, gibt sie zurück. »Hör auf, mir Befehle zu erteilen. Ich weiß, was ich tue.«

»Sag mal, wie redest du mit mir? Nur weil du jetzt Priesterin bist, musst du nicht glauben, du kannst tun und lassen, was du willst. Bei uns Ruotingern hat das Wort des Vaters immer noch Gewicht.«

»Bis bald, Vater.« Rana bedeutet ihrem Bruder, endlich loszufahren.

Am Eingang zum Hof warten ihre beiden Begleiter. Das Pferd zieht an, und langsam rumpelt der Wagen vom Hof. Im Vergleich zu den leichten Streitwagen mit ihren Speichenrädern und dünnen Felgen ist Utriks Karren ein schweres Gefährt mit großen, wuchtigen Scheibenrädern. Sie werden langsam und im Schritttempo fahren und zwei Tage brauchen. Zum Glück sieht es nicht nach Regen aus, denn übernachten werden sie wohl im Freien müssen. Kleider zum Wechseln, Decken, Wasser und Wegzehr haben sie dabei.

An der Kreuzung nahe der Furt schlagen die beiden Männer, die vorausgehen, den breiten Saumpfad nach Osten ein. Die Speere, an denen ihre Bündel hängen, haben sie geschultert. Ihnen folgt der Karren. Der Kopf des Pferdes nickt im Rhythmus seiner gemütlichen, aber steten Gangart. Ab und zu schlägt es mit dem Schwanz, um Fliegen zu vertreiben. Arni und Rana sitzen Seite an Seite und unterhalten sich.

»Ich frag mich, wie es wohl ist auf Drengis Hof«, sagt Rana. »Ist es eine Festung wie die Kuffaburg?«

»Es soll nur ein großer Sippenhof sein. Aber mit Wall und Graben gesichert.«

»Jedenfalls bin ich froh, mit dir zu kommen, mal was anderes zu sehen. Ich bin noch nirgendwo gewesen.«

»Du hättest nicht so mit Vater reden sollen«, sagt Arni. »Das hat er nicht verdient. Er hat sich immer für dich eingesetzt.«

»Das stimmt. Aber wieso wollte er mir und Mutter nichts von seiner Scheibe anvertrauen? Als würden wir alles herumtratschen. Ich bin es satt, dass Männer immer meinen, uns Frauen mangele es an Verstand.«

»Das hat er nie gesagt.«

»Aber gedacht hat er es. Er weiß doch immer alles besser und meint, er müsse uns Weibern sagen, was zu tun ist.«

»Du übertreibst. Bei einer Frau wie Herdis?« Arni lacht. »Du weißt doch selbst, dass Mutter sich nichts sagen lässt. Und auch du hattest immer alle Freiheiten. Verbringst Tage in den Wäldern, wenn es dir passt, und keiner sagt was.«

»In letzter Zeit nicht mehr.«

»Seit den Vorfall mit Arrak?«

Rana nickt. »Seitdem bin ich vorsichtiger geworden.«

»Du solltest mal sehen, wie es in anderen Familien zugeht. Da haben die Weiber wirklich nichts zu sagen. Kochen, nähen, Kinder kriegen und Kühe melken. Das ist das Los der meisten.«

Rana lacht. »Ich weiß. Aber das ist nichts für mich, Bruderherz. Und ich hoffe, du behandelst deine Kira mit Respekt. Sonst bekommst du's mit mir zu tun.«

»So was muss man sich anhören. Das hat man davon, wenn man euch zu viel Leine gibt.«

»Wie bitte? Du kriegst gleich 'ne Ohrfeige!«

»He, war nur ein Scherz! Ich ergebe mich ja schon.«

Beide müssen lachen. Dann sagt Rana: »Du bist mir der Liebste, Arni. Kira kann sich glücklich schätzen, einen wie dich zu kriegen.«

»Umgekehrt aber auch. Und was ist mit dir? Irgendwann wirst du doch wohl auch einen Mann finden müssen, oder?«

Bei seinen Worten kommt ihr die freudlose Entjungferung während ihrer Weihe in den Sinn. Und der Vergewaltigungsversuch an der Gerra. Dazu Borgunnas unaufgeforderte, aber großzügig verabreichte Eheweisheiten. Sie schüttelt den Kopf. »Nein, danke! Wozu brauche ich einen Mann? Mir steht nicht der Sinn danach.«

»Und wonach steht dir der Sinn?«

Rana zögert einen Moment. »Hador zu vertreiben«, sagt sie dann.

Arni lacht. »Da hast du dir aber viel vorgenommen.«

»Jetzt bist du es, der mich nicht ernst nimmt.«

»Doch, doch. Aber denkst du nicht, das ist ein bisschen viel auf einmal?«

»Wieso? Es wird Zeit, dass in Wuodans Abwesenheit Destarte, die Göttin des Lichts, über alles herrscht und kein Gott der Toten. Findest du nicht?«

»*Die Göttin des Lichts.* Das hat Klang. Ja, das gefällt mir.« Doch dann wird seine Miene ernst. »Sei vorsichtig, Rana. Du weißt, was sie mit denen machen, die sich Hador verweigern. Da hat Vater recht. Mehr will ich dazu nicht sagen.«

Sie schweigen eine Weile, dann sagt Rana: »Ich will es nicht allen erzählen, Arni, deshalb behalte es für dich. Aber es ist eine Sendung. Die Göttin selbst hat sie mir aufgetragen.«

Arni sieht sie mit großen Augen an. »Eine Sendung? Was meinst du damit? Wie kommst du darauf, dass Destarte selbst –«

»Ich hab mit ihr geredet. Das heißt im Traum. Du weißt doch, dass Träume von den Göttern kommen, dass sie im Traum mit einem reden.«

»Bist du sicher, sie hat mit dir geredet?« Arni schüttelt ungläubig den Kopf.

»So sicher, wie du jetzt neben mir sitzt. Ich schwör's dir! Und sie war nicht allein. Andere Götter waren bei ihr und haben ihr beigepflichtet. Hella und Panos und Thunar.«

»Und was hat sie gesagt?«

»Dass ich Hadors Dunkelheit vertreiben soll. Ich soll ihn zurückdrängen in sein Reich der Toten.«

»Bist du sicher?«

»Frag mich nicht dauernd, ob ich sicher bin! Sie saß auf einer Bank, genau vor mir, keine zwei Armlängen entfernt. Ich hab sie deutlich gehört. Es war ein Befehl.«

»Aber wie willst du –?«

»Das weiß ich auch nicht. Aber sie hat gesagt, die anderen Götter würden mir helfen.«

Arni ist wie vor den Kopf geschlagen. »Also, ich weiß nicht ...«

»Du glaubst mir nicht«, sagt sie.

»Doch, doch! Es ist nur ...«

»Verrückt?«

»Nein. Nur ... ungewöhnlich. Irgendwie ... Ich weiß auch nicht.«

»Wirst du mir helfen?«

»Natürlich. Wenn ich kann.«

Ihr Weg führt meist durch tiefen Wald, zwischendurch an Wiesen und Feldern vorbei, besonders in Flussnähe, wenn der Weg sich wie so oft der Onestruda nähert. An feuchten Stellen und Bächen gilt es, den Karren durch Schlammkuhlen zu bugsieren. Einmal müssen alle schieben helfen, und Arni flucht, sie hätten sich lieber ein paar Lastengäule ausleihen sollen, statt den verfluchten Karren zu nehmen. Doch meistens ist der Weg passierbar, und so kommen sie gut voran, rumpeln nur gelegentlich über die eingetrockneten Hufspuren und Furchen anderer Wagen. Mittags, an einer geeigneten Uferstelle der Onestruda, machen sie Rast und verzehren etwas von dem mitgebrachten Brot und Speck.

Sie sind nicht die Einzigen auf dem Weg. Die meisten Wanderer sind Händler mit Packpferden, die zur Sicherheit meist zu mehreren unterwegs sind. Eine abgehärmte Frau mit zwei mageren Kleinen an der Hand nähert sich ihrem Rastplatz und bittet um Essen für ihre Kinder. Sie sei auf dem Weg zum Hof ihrer Eltern weiter westlich, denn ihr Mann sei vor zwei Tagen an einem Fieber gestorben. Allein schaffe sie es nicht, das Feld zu bestellen.

Besonders, da sie kein Vieh, vor allem keinen Zugochsen besitzen. Rana gibt ihr die Hälfte ihres Proviants und wünscht ihr den Segen der Götter mit auf den Weg.

Nach der Rast geht es weiter Richtung Osten. Auf den saftig grünen Flussauen steht das Vieh in gutem Futter. Hier geht es den Bauern einigermaßen gut, auch wenn sie im Herbst einen Großteil ihrer Ernte abgeben müssen.

Ab und zu kommen Rana, Arni und ihre Begleiter an großen Sippenhöfen vorbei. Die gehören Edlen des Landes, bestehen aus mehreren Gebäuden und sind nicht selten von Palisaden geschützt und Kriegern bewacht.

Dann wieder führt der Weg durch dichten Wald, wo sie nach einer Weile auf eine Rodung treffen, in der mehrere Familien in mühsamer Arbeit versuchen, sich eine neue Lebensgrundlage zu schaffen. Rana unterhält sich mit den Leuten. Angeblich kommen sie von weiter nördlich her, aus dem Gebiet der Helminger. Sie konnten den Tribut nicht leisten, und so hat man ihnen ihr Land genommen und sie vertrieben. Dabei sind sie selbst Helminger. Ihr Hass auf Orkon ist deutlich spürbar.

Flüchtlingen wie ihnen bleibt im Grunde nichts anderes übrig, als sich im Wald niederzulassen, denn das fruchtbare Land an den Flussniederungen ist schon seit Generationen in fester Hand. Ebenso die größeren Weideflächen zwischen den Wäldern, die von wehrhaften Hirten verteidigt werden. Ohne Kampf kann sich auch dort niemand niederlassen.

Das Fällen hoher Bäume ist allerdings Schwerstarbeit, und die Wurzeln aus dem Boden zu reißen ist selbst mit Zugochsen unmöglich. Deshalb haben sie sich eine natürliche Lichtung ausgesucht, Gestrüpp und Unterholz abgebrannt und den Boden mit der Hacke urbar gemacht, um die erste Saat einzubringen. Sie hausen in einfachen, mit Baumrinde gedeckten Blockhütten, deren Ritzen sie mit Moos zustopfen. Davor hocken ihre Weiber mit Säuglingen an der Brust, wenn sie nicht mit Körben im Wald unterwegs sind, um Beeren, Wurzeln und essbare Blätter zu sammeln. Nackte Kinder laufen umher und spielen mit Ziegen und Hunden.

Die Männer sind damit beschäftigt, mehr Ackerfläche zu gewinnen, indem sie von den benachbarten Bäumen unten herum die Rinde abschälen. Rana kennt das aus ihrem Dorf. Der Baum stirbt ab, trocknet aus und lässt sich dann leicht abbrennen, auch wenn es ein paar Jahre dauert, bis es so weit ist. Die Wurzelstrünke lässt man einfach in der Erde, bis sie auf die Dauer vermodern. Das Vieh lässt man frei herumlaufen. Da es die Schösslinge frisst, hält es die nähere Umgebung frei von jungen Bäumen.

Es ist eine mühselige, lang andauernde Arbeit, sich auf diese Art eine neue Lebensgrundlage zu schaffen. Trotzdem wachsen manche dieser Siedlungen mit der Zeit zu richtigen Dörfern heran, wie Rana weiß. Andere werden wieder aufgegeben. Vielleicht haben dort die ersten Ernten nicht ausgereicht, um die Familien durchzubringen. Manchmal lastet einfach ein Fluch der Götter auf den Bemühungen, der Wildnis Felder abzutrotzen. Streit unter den Siedlern, Krankheiten, Dürre oder Feuer können das Ende bedeuten. Dann verfallen die Hütten, und der Wald holt sich zurück, was ihm gehört. Es gibt auch Geschichten von Bären, die das Vieh reißen, von Wölfen, die Kinder anfallen, oder von Angriffen der Waldmenschen. Obwohl Rana an so was nicht mehr glaubt, seit sie selbst Alben kennengelernt hat.

Am späten Nachmittag überqueren sie an einer Furt die Onestruda, denn der Weg führt geradewegs weiter nach Osten, während der Fluss einen großen Bogen nach Norden schlägt, bevor er nahe ihrem Ziel wieder auf den Weg trifft. In der Nähe eines Hofes, nicht weit vom Fluss entfernt, begegnen sie einem Händler, der mit seinem Sohn und zwei beladenen Packpferden unterwegs ist. Beide sind schwer bewaffnet. Nicht nur mit Speer und Dolch, sie tragen auch aus Weidenruten geflochtene Schilde auf dem Rücken.

»Wie weit ist es bis zum nächsten Dorf?«, fragt Arni.

»Ziemlich weit«, erwidert der Händler. »Mindestens vier Wegstunden durch einen dunklen Forst und hügeliges Gelände. Erst dann trefft ihr wieder auf die ersten Behausungen.«

»Das sollten wir vor Einbruch der Dunkelheit noch schaffen.«

»Davon rate ich ab«, sagt der Mann. »Im Wald treibt sich einiges an Gesindel herum. Da würde ich im Dunkeln nicht durchwandern. Vor allem nicht übernachten, falls ihr nicht rechtzeitig ankommt.«

»Wir hätten statt des Karrens ein Boot nehmen sollen«, meint Rana.

Arni schüttelt den Kopf. »Und rudern? Nein, danke!«

»Bleibt die Nacht über besser hier«, schlägt der Händler vor. »Vielleicht finden sich ja noch andere Reisende, denen ihr euch am Morgen anschließen könnt.«

Mit Erlaubnis des Bauern machen sie es sich in seiner Scheune bequem. Für ihr Pferd findet sich gutes Gras auf einer Koppel. Die Bauersfrau, ein handfestes Weib mit roten Haaren und dem Gesicht voller Sommersprossen, bringt ihnen zu ihrem bescheidenen Mahl etwas frische Kuhmilch und ein Stück Käse. Die fünf Kinder der Familie schauen ihnen neugierig beim Essen zu, bis die Mutter sie verscheucht.

* * *

Am Morgen ist der Himmel bedeckt, obwohl es im Westen bereits wieder aufklart. In der Nacht hat es geregnet, nicht allzu viel, aber genug, um das Korn auf den Feldern so kurz vor der Ernte nicht austrocknen zu lassen. Wieder bringt ihnen die Bäuerin etwas zu essen. Diesmal ist es Hirsebrei mit Milch und Honig. Arni entlohnt ihre Gastfreundschaft mit der Hälfte eines daumenlangen Kupferbarrens und erntet überschwänglichen Dank dafür. Denn zwei solcher kleinen Barren genügen, um eine Beilklinge zu schmieden, wie die Bauern sie verwenden. Steinbeile sind zwar immer noch in Gebrauch, aber kupferne sind besser.

Die Männer schirren das Pferd vor den Wagen, und weiter geht's. Der Wald, durch den die Reise jetzt führt, ist wirklich ein wenig unheimlich. Oder ist es wegen der Warnung des Händlers, dass sie sich andauernd ängstlich umschauen? Der Forst liegt jedenfalls da wie ausgestorben. Nicht einmal ein Reh oder Hirsch lässt sich sehen. Das Unterholz ist an Stellen undurchdringlich, und an der Westseite vieler Bäume wächst grünes Moos. Sie wandern unter hohen Baumkronen, die nur wenig Licht durchlassen, dann wieder durch einen dichten Wald von schwarzen Tannen. Baumstämme modern, wo sie gefallen sind, und wenn es einmal eine Lichtung gibt, dann ist sie von Farnen und dichtem Gestrüpp überwuchert.

Der Weg schlängelt sich um niedrige Hügel herum. An einigen Stellen aber geht es so steil bergauf, dass Arni und Rana absteigen und zu Fuß gehen, um es dem Pferd leichter zu machen. Lange begegnet ihnen niemand, dann jedoch ist hinter ihnen mit einem Mal dumpfer Hufschlag zu hören, der sich rasch nähert. Arni und die beiden Dörfler nehmen vorsichtshalber ihre Waffen zur Hand. Rana erschrickt, als die Reiter sich als ein halbes Dutzend Krieger entpuppen. Wer kann das sein?

Arni lenkt den Karren zur Seite, um sie vorbeizulassen, doch die Reiter zügeln ihre Gäule und halten an. »Wohin des Wegs?«, fragt ihr Anführer barsch.

Seine Männer lassen misstrauische Blicke über den Karren wandern. Sie alle tragen ledernen Leibschutz, kupferne Kriegsäxte im Gürtel und Speere. An ihren Sätteln hängen Bögen und gut gefüllte Pfeilköcher. Wegelagerer sind sie zumindest nicht.

»Zu Drengis Hof«, erwidert Arni in der Hoffnung, dass der Name des Klanherrn ihnen Respekt einflößt.

»Und was wollt ihr da?«

»Wir ...« Arni zögert. Dass sie Waffen liefern, möchte er lieber nicht verraten. Wer weiß, zu wem diese Männer gehören.

»Wir sind auf Drengis Einladung unterwegs«, sagt Rana.

»So. Ist das so?«

»Ich bin Herdis' Tochter«, erklärt sie, »und Priesterin der Destarte von Altorp.«

»Ah, Herdis' Tochter.« Auf einmal zeigt sich ein Lächeln auf dem Gesicht des Mannes. »Ich hab von dir gehört. Mein Weib war auf dem Fest der Göttin. Wenn ihr zu Drengis Hof wollt, dann können wir euch begleiten.«

»Ihr gehört zu seinen Kriegern?«, fragt Arni vorsichtig.

»So ist es. Wir haben Streifendienst. Ihr solltet hier nicht allein unterwegs sein. In diesem Wald gibt es Raubbanden. Verarmte Bauern meist, die es einträglicher finden, Reisende zu bestehlen als ihr Feld zu bestellen.«

»Vielleicht, weil sie schon zur Genüge von den eigenen Herren bestohlen wurden«, erwidert Rana scharf.

»Was redest du da?«, zischt ihr Bruder ihr zu.

»Hoho! Was sind das denn für Töne?« Der Krieger lacht. »Das solltest du nicht laut sagen, Herrin. Aber ich gebe zu, da ist was dran. Warum denkst du, sind einige von uns Lohnkrieger geworden? Der Bauer hat es doch von allen am schlechtesten.«

»Kommt darauf an, wer sein Herr ist.«

»Das ist wahr. Also, wollt ihr nun, dass wir euch begleiten, oder nicht?«

Rana schenkt ihm ein herzliches Lächeln. »Aber gerne. Wir bedanken uns. Ich heiße Rana, und dies ist mein Bruder Arni.«

»Und ich bin Harruk, Hauptmann von Drengis Erster Hundertschaft. Die Erste bewacht seinen Hof und die nähere Umgebung, falls ihr's nicht wisst.« Er nickt ihnen zu und gibt Befehl, eine Kolonne zu bilden mit dem Wagen in der Mitte. Dann geht es weiter.

Herrin hat er mich genannt, denkt Rana. Wahrscheinlich ist

es Mutters guter Ruf, aber bald wird man mich genauso respektieren.

* * *

Am Nachmittag des zweiten Tages, in sengender Sommerhitze und in Begleitung der berittenen Krieger, erreichen sie Drengis großen Sippenhof. Wütend bellende Hunde kommen ihnen entgegen, bis sie Harruks Männer erkennen und sich beruhigen.

Knechte eilen herbei, um die Pferde der Krieger in Empfang zu nehmen. Harruk steigt ab, überlässt einem der Knechte die Zügel und wendet sich an Arni und Rana, die von ihrem Karren klettern.

»Verdammte Hitze.« Harruk wischt sich den Schweiß von der Stirn. »Ich sage der Herrin Bescheid, dass ihr da seid.«

»Der Herrin?«, fragt Rana. »Ich dachte, unser Klanherr hat kein Weib.«

»Seine Schwester Gunna.« Er grinst bedeutungsvoll. »Sie ist die heimliche Herrscherin. Am besten stellt ihr euch gut mit ihr. Sie wird sich um euch kümmern. Vielleicht sehen wir uns später am Abend.«

Er nickt ihnen zu und begibt sich zum Eingang der Halle, die sich in einem großen Langhaus befindet, offensichtlich das Haupthaus. Den Giebel ziert ein geschnitzter, schon recht verwitterter Pferdekopf, eine Huldigung der Epona. Darunter prangt eine Reihe von Hirschgeweihen.

Die Hunde verlieren das Interesse an den beiden Neuankömmlingen und ziehen sich in den Schatten eines der Wirtschaftsgebäude zurück. Die Anlage ist mehr als ein großer Sippenhof, eher eine gut befestigte Wallburg, umschlossen von Wall und Graben und einer hohen Palisade. Im Innern befinden sich neben dem Haupthaus mehrere strohgedeckte Gebäude wie Ställe und Scheunen, Unterkünfte für Sklaven und ein weiteres großes Langhaus, in dem wahrscheinlich Hauptmann Harruks Erste Hundertschaft untergebracht ist. Weitere Kampfeinheiten seien noch an anderen Orten im Land verteilt, hat er ihnen unterwegs erzählt. Auch die Helminger unterhalten eine Hundertschaft etwas weiter nördlich, an der Grenze des Klangebiets.

»Warum so viele Lohnkrieger?«, wollte Rana wissen. »Unter den Klans haben wir doch Frieden. Und von Nachbarstämmen herrscht auch schon lange keine Gefahr mehr.«

Die Frage hat Harruk belustigt. »Ehrlich gesagt trauen sich die Klans gegenseitig nicht über den Weg. Besser, man ist gerüstet.«

Arni und Rana blicken sich um. Ohne die Befestigungen sähe es hier nicht viel anders aus als auf einem riesigen Bauernhof. Von einer Stange an der Seitenwand eines Vorratsschuppens, hoch genug, damit die Hunde nicht drankommen, hängen zwei Rehkarkassen, von denen Blut tropft. Vor dem Viehstall türmt sich ein großer Misthaufen, und in einer Ecke neben der Unterkunft der Krieger messen sich trotz der Hitze zwei Männer im Ringkampf, angefeuert von ihren Kameraden. Ein Knecht spaltet Holz, ein zweiter schichtet es an einer Scheunenwand auf. Eine ältere Frau zieht Wasser aus dem großen Brunnen in der Mitte, eine andere hängt Wäsche nahe der Palisade zum Trocknen auf. Kinder laufen umher und spielen Fangen. Zwei rotznasige kleine Jungs tauchen vor Arnis Karren auf und fragen, wo sie denn herkommen.

»Aus Altorp«, sagt Rana.

»Und wo ist das?«

»Zwei Tagesreisen von hier.«

»Und wie heißt du?«

»Rana.«

»Bleibt ihr jetzt immer bei uns?«, fragt der Kleinere von beiden.

»Nur ein paar Tage.«

Mehr zu fragen fällt ihnen nicht ein. Sie grinsen verlegen und laufen zu den anderen Kindern. Außer bei diesen beiden Kleinen erregen sie keine Neugier. Ein Karren mit Stroh oder Heu ist so alltäglich wie sich in der Nase bohren.

Eine junge Frau kommt aus einem der Häuser und läuft auf sie zu. Schon von Weitem grinst sie von einem Ohr zum anderen. »Sei gegrüßt, Priesterin! Wie schön, dich wiederzusehen. Ich freu mich sehr.«

»Ada, nicht wahr? So heißt du doch.«

»Eigentlich heiße ich Adarikuomaniki«, erwidert die Sklavin lachend. »Aber das ist zu schwer für die Zungen der Ruotinger.«

»Ich gebe zu, für mich auch«, erwidert Rana und lacht ebenfalls. »Dies ist mein Bruder Arni.«

Sie erklärt Arni, woher sie die junge Albin kennt.

»Werdet ihr erwartet?«, fragt Ada. »Der Herr und seine Söhne sind mit ihren Kampfwagen beim Bogenschießen.« Sie deutet auf ein Waldstück hinter der Burg, dessen Baumwipfel über der Palisade gerade noch zu sehen sind. »Hinter dem Wäldchen üben sie für das große Rennen.«

»Das jährliche Wagenrennen?«, fragt Arni.

Ada nickt. »Schon seit Wochen bereiten sie sich vor. Sithun und Gejlir, meine ich. Sie reden von nichts anderem mehr.« Sie verdreht die Augen. »Ich kann's schon gar nicht mehr hören.«

Plötzlich lässt sich eine scharfe Frauenstimme vernehmen: »Was schwatzt du mit unseren Gästen, Ada. Hast du nichts zu tun? Fort mit dir.«

»Ja, Herrin!«, wirft Ada über die Schulter und zieht dabei verstohlen ein Gesicht, als wollte sie sagen »die schon wieder«, nickt Rana und Arni zu und eilt davon.

Die herrische Stimme gehört einer hageren Frau in reifen Jahren, die jetzt zu ihnen tritt. Sie hat ein hohlwangiges Gesicht und eine scharfe Nase über schmalen Lippen. Über ihrem mageren Leib trägt sie ein langes Gewand aus feinem Leinen, um den rechten Oberarm einen schmalen Bronzereif, dazu eine doppelreihige Kette aus bunten Glasperlen, die nur wenig von ihrem dürren, faltigen Hals verdecken. Das hochgetürmte, grau melierte Haar wird von einem breiten muschelverzierten Band gehalten. Nach ihrer Kleidung und der strengen Miene zu urteilen, muss es sich um Drengis ältere Schwester handeln.

»Ich heiße euch willkommen«, sagt sie mit einem kargen Lächeln, das nicht bis zu ihren misstrauisch musternden Augen reicht.

»Ich bin Rana –«

»Ich weiß, wer du bist«, unterbricht Gunna sofort. »Harruk hat mir berichtet. Du bist also die neue Priesterin. Und der junge Mann hier ist dein Bruder Arni.«

»Ganz recht. Wir bringen die Waffen, die Drengi beauftragt hat.«

»Waffen. Ah ja«, erwidert Gunna ohne Begeisterung und ruft einen Knecht, das Pferd der beiden zu versorgen und den Karren in die Scheune zu schieben. »Mein Bruder sollte bald zurück sein. Es ist heiß heute. Ich nehme an, ihr seid durstig nach der Reise. Kommt in die Halle, um euch zu erfrischen.«

Sie sagt das in einem Ton, als widerstrebe es ihr eigentlich, die beiden in die Halle zu bitten, als tue sie dies nur aus Höflichkeit und ihrem Rang geschuldet. Denn Bronzeschmiede wie Arni stehen schließlich gleich unter den Edlen des Landes, Priesterinnen eines beliebten Heiligtums sogar noch darüber.

Sie folgen Gunna und betreten das Gebäude. Drinnen ist es angenehm kühl. Drengis Halle ist für Rana, die noch nie das Haus eines Klanherrn betreten hat, mehr als beeindruckend. Vor allem die Größe. Sommerliches Licht fällt durch ein Gaubenfenster und lässt das ganze Ausmaß des Raums erkennen, Hochsitz und Feuerstelle, Bänke und aufgebockte Tafeln, mit bemaltem Schnitzwerk verzierte mächtige Pfeiler. Der Boden besteht aus festgestampftem Lehm und ist mit frischem Stroh und wohlriechenden Kräutern bedeckt, die einen angenehmen Duft verbreiten. Rana fällt auf, dass penible Ordnung herrscht, nichts liegt herum, Stühle und

Bänke stehen in Reih und Glied wie Krieger bei der Abnahme einer Hundertschaft.

Gunna trägt einer Magd auf, den Gästen kaltes Fleisch, Bier und gegorenen Apfelmost vorzusetzen. Dann entschuldigt sie sich, sie habe zu tun. Arni und Rana haben die Halle für sich, denn im Augenblick ist niemand sonst zugegen.

»Was für ein warmherziger Empfang«, flüstert Rana spöttisch und probiert einen Schluck von dem Apfelmost. Sie verzieht den Mund. »Ein bisschen sauer. Wie die gute Frau selbst.«

»Läster nicht über die Schwester unseres Herrn«, sagt Arni und muss doch lachen. Er deutet auf den Hochsitz. »Hier also herrscht der Klanherr der Nebroni.« Er sieht sich in der Halle um. »Das Haus scheint schon ziemlich alt zu sein.«

In der Tat ist das Gebälk dunkel und rissig und besonders über der Feuerstelle schwarz von Ruß. Auch Bänke und Tische weisen Spuren langjährigen Gebrauchs auf. Die bronzenen Waffen dagegen, die an den Wänden hängen, glänzen wie helles Gold, als habe man Axt- und Speerköpfe gestern erst poliert.

»Seine Waffen scheinen ihm das Wichtigste zu sein«, sagt Arni. »Ich denke, einige stammen sogar aus unserer Werkstatt. Ich erkenne Vaters Art, Axtköpfe zu schmieden.«

Nach einer Weile dringt von draußen Lärm herein. Pferde wiehern, und Wagenräder knirschen auf dem Sand des Hofs. Man hört Männerstimmen, Befehle, derbe Scherze und Lachen. Dann treten Sithun und Gejlir durch die Tür, gefolgt von ihrem Vater. Zu Ranas Überraschung begleitet sie ein weiterer junger Mann – Hakun. Ihn zu sehen verunsichert sie für einen Augenblick, aber da ist schon Gejlir, der mit breitem Grinsen auf sie zugeht und ihr die Wange küsst. »Rana! Was für eine freudige Überraschung!«

Auch Sithun begrüßt sie, wenn auch etwas weniger überschwänglich. Hakun nickt ihr nur kurz zu, seine Miene ist eher verschlossen. Kein Wunder nach dem letzten Zusammentreffen, das ja nicht gerade freundlich verlaufen ist.

»Ah, die frisch gekürte Priesterin«, sagt Drengi jovial. »Du kommst uns also besuchen. Wie geht es deiner Mutter?«

»Ihr geht es gut, Herr. Sie lässt dich grüßen.«

»Und wer ist dieser junge Mann?«

»Mein Bruder Arni. Er ist gekommen, um die Waffen abzuliefern, die du in Auftrag gegeben hast. Ich bin eigentlich nur aus Neugierde hier.«

»So. Aus Neugierde.« Drengi lächelt.

»Und weil ich etwas mit dir zu besprechen habe, wenn du erlaubst. Als Priesterin.«

Drengi hebt erstaunt die Brauen. »Jetzt gleich?«

»Oh nein.« Rana lacht verlegen. »Keine Eile. Wann immer es dir passt.«

»Gut. Dann schauen wir uns erst mal die Waffen an. Auf die bin ich nämlich neugierig. Morgen Vormittag können wir dann miteinander reden.«

Während Knechte den Karren aus der Scheune holen und Arni helfen, ihn zu entladen, beobachtet Rana den Klanherrn und seine Söhne, die sich von Arni die Waffen zeigen lassen. Jedes Stück wird in die Hand genommen und unter lautstarken Bemerkungen begutachtet, obwohl Axt- und Speerköpfe im Grunde alle ganz ähnlich aussehen, stammen sie doch aus den gleichen Gussformen.

Die Brüder sind selten gegenteiliger Meinung, wobei Sithun meist der Wortführer ist. Sie ähneln sich so sehr, dass sie kaum auseinanderzuhalten sind, wäre da nicht Gejlirs kleine Narbe an der Unterlippe.

Drengi ist gesegnet, dass er so prächtige Söhne hat, denkt Rana, groß und kräftig, wie sie sind, und klug. Bestimmt sind sie mutig, denn sie sehen aus wie Kämpfer. Mit ihnen ist sein Erbe gesichert. Ob sie wirklich bereit sind, gegen Orkon anzutreten? Zumindest haben sie das behauptet. Aber eine solche Entscheidung hängt wohl eher von Drengi selbst ab. Er scheint ein vorsichtiger und besonnener Mann zu sein, so wie er jede Waffe nach möglichen

Fehlern untersucht, bevor er sie zu denen legt, an denen nichts zu beanstanden ist.

Immer wieder wandert Ranas Blick auch zu diesem Hakun hinüber. Der ist nicht ganz so groß wie die Brüder und auch etwas weniger muskulös. Trotzdem ein stattlicher Kerl. Und er sieht gut aus mit seinem blonden Haar und dem kurzen Bart. Mit den Zwillingen scheint er sich gut zu verstehen. Sie scherzen miteinander wie große Jungs, die sich gegenseitig necken. Es zeugt von großer Vertrautheit. Hat sie ihn vielleicht falsch eingeschätzt? Als er den Blick auf sie richtet, sieht sie weg.

»Die Waffen sind alle ausgezeichnet«, sagt Drengi am Ende zu Arni. »Sie zeugen von vorzüglichem Handwerk. Ich mag auch die schlanke Form der Äxte. Schwer genug, um zu töten, aber auch nicht mehr an Metall als nötig. Gut gemacht, das kannst du deinem Vater ausrichten. Die einzige, an der etwas auszusetzen wäre, ist die hier ...« Er zeigt ihm eine Axt aus Kupfer, an der eine kleine Scharte an der Klinge zu sehen ist.

»Tut mir leid. Das muss mir beim Polieren entgangen sein«, sagt Arni.

»Es ist nichts, mein Sohn«, sagt Drengi. »Das können wir selbst ausbessern. Morgen werde ich dir euren Lohn aushändigen.«

»Mein Vater fragt, ob eine Zahlung in Gold möglich wäre.«

Drengi zieht erstaunt die Brauen hoch. »In Gold? Was will ein Schmied mit Gold? Will er seine Frau damit behängen?« Er lacht. »Wusste gar nicht, dass die gute Herdis so eitel ist.«

»Das ist nicht der Grund.«

»Aber du weißt doch: Gold ist nicht für jedermann. Es ist vor allem für die Fürstenfamilie und die Klanherren bestimmt. Edle, die sich durch Tapferkeit ausgezeichnet haben, dürfen Gold tragen. In bescheidenem Umfang natürlich.«

»Ich weiß.«

»Braucht ihr es vielleicht für heilige Geräte?«

Arni windet sich. »Ja, so etwas Ähnliches.«

Drengi sieht ihn eindringlich an. Dann sagt er: »Du willst es mir also nicht verraten. Ein Geheimnis. Das macht mich erst richtig neugierig.«

»Es ist für Destarte, für das Heiligtum«, springt Rana ihrem Bruder bei. »Wir möchten es aber noch nicht bekannt geben.«

Drengi mustert sie nachdenklich. »Na schön«, sagt er schließlich. »Aber leider habe ich kein Gold. Natürlich Schmuck und Armreifen, doch die gebe ich nicht her, das versteht ihr sicher. Ich kann euch aber mit Silber entlohnen und mit Bernstein, wenn ihr mögt. Oder mit Zinn für weitere Bronzearbeiten. Ich habe noch etwas davon zurückgelegt.«

Zinn hat einen weit höheren Wert als Kupfer. Schließlich kommt es von weither und ist viel seltener. Das steigert auch den Wert der Bronze, obwohl ihr Zinngehalt gering ist. Arni nickt. »Wenn es nicht anders geht, nehmen wir natürlich gern dein Silber, Herr. Zinn ist auch willkommen.«

»Gut, das wäre dann geregelt. Und nun hoffe ich, die Mägde haben uns was Gutes vorzusetzen. Ich denke, wir haben alle Hunger.«

Eine alte Magd zeigt Rana und Arni, wo sie übernachten werden. Das Gästehaus ist ein einfaches strohgedecktes Gebäude, das aus einem einzigen Raum mit Bettgestellen zu beiden Seiten des Mittelgangs besteht.

Sie suchen sich zwei Lagerstellen am hinteren Ende aus. Bequem sind sie nicht, aber besser, als auf einer Bank in der Halle zu schlafen. Die Magd zeigt ihnen, wo sie hinter einem Vorhang Handtücher und eine Schüssel Wasser hingestellt hat.

Hoffentlich müssen wir nicht auch noch das Wasser teilen, denkt Rana, während sie sich mit einem nassen Lappen gründlich wäscht. Sie kämmt ihr Haar aus, steckt es mit Bronzenadeln zu einem Knoten am Hinterkopf und legt ein besseres Gewand an als ihr Reisekleid. Auch Arni hat sich frisch gemacht, wenn auch an einem Viehtrog im Hof.

Den Abend verbringen sie in Drengis Halle bei gutem Essen und angenehmer Unterhaltung. Einige Edle aus der Umgebung sind gekommen. Nur Männer selbstverständlich. Ehefrauen nehmen an solchen Treffen nicht teil. Schon gar nicht an Gelagen am Hof des Klanherrn. Natürlich gilt dies nicht für eine Priesterin wie Rana oder ihre Mutter Herdis. Der Rat von Priestern, gleich welchen Geschlechts, wird von allen in Ehren gehalten, ja, sogar gesucht, denn sie allein sind es, die mit den Göttern sprechen.

Auch die edle Gunna nimmt nicht am Mahl teil, sondern beaufsichtigt in taktvollem Abstand die Sklavinnen, die sich um die Speisenden kümmern. Ihre unbewegliche Miene verrät nicht, was sie denkt und ob es sie ärgert, dass eine so junge Frau wie Rana bei den Männern sitzen darf und sogar noch von ihnen hofiert wird.

Was das Essen betrifft, so stehen Schweinerippen und Hammelfleisch zur Auswahl. Dazu ein Eintopf aus Bohnen und Rüben mit Felswurz überstreut. Und natürlich frisches Fladenbrot. Sie müssen hier bessere Mühlsteine als wir zu Hause haben, denkt Rana, denn es knirscht beim Kauen nicht zwischen den Zähnen. Sie bemerkt, dass Drengi sich mit einem Hirsebrei begnügt.

»Du isst kein Fleisch?«, fragt sie

»Mein Magen«, erwidert er. »Fettes Essen bekommt mir nicht.«

Die Zwillinge erzählen Rana, was sich vor zwei Monden auf der Kuffaburg abgespielt hat, als sie dort waren, um Orkon an sein Versprechen zu erinnern, seine Tochter Tura mit dem Klanherrn der Nebroni zu vermählen. Zwei der Männer am Tisch, die ebenfalls dabei waren, bezeugen wortreich die Beleidigung, die man ihrem Herrn und damit dem ganzen Klan angetan hat. Alles ereifert sich lautstark über diesen Wortbruch und besonders über Arraks Frechheit und Respektlosigkeit. Als wäre das nicht genug, berichtet Sithun von Arraks schändlichem Verhalten auf dem Frauenhügel, dass er dort beinahe einen Volksaufstand angezettelt hätte.

»Erst legen sie Feuer«, sagt er, »und als ob das nicht reicht, beleidigen sie auch noch die Priesterinnen unserer Göttin.«

»Sie ist die Göttin aller Ruotinger«, sagt Drengi.

»Was willst du damit sagen?«, fragt Sithun hitzig.

»Nur zur Erinnerung, mein Sohn. Sie gehört nicht uns allein. Sie ist auch die Göttin der Helminger. Auch wenn die lieber Hador huldigen.«

Rana überlegt, ob sie von Morganas Teilnahme am Fest erzählen soll. Sogar mit Orkons Zustimmung. Aber nein, das gehört nicht hierher. Als Priesterin darf sie das Vertrauen der Gläubigen nicht missbrauchen.

»Mir sieht es eher danach aus, als wollten sie den Kult der Destarte ganz unterdrücken«, sagt Harruk, der ebenfalls am Tisch sitzt. »Warum sonst Feuer legen?«

»Es ist die Tat eines Einzelnen«, erwidert Drengi. »Ich habe selbst gesehen, wie bestürzt Orkon war, als uns die Nachricht über den Brand erreichte. Offensichtlich hat er seinen Sohn nicht im Griff.«

»Der treibt ja schon seit Längerem sein Unwesen im Land«, sagt Hakun, der Rana gegenübersitzt, und berichtet zu ihrem Erstaunen, was sich auf Utriks Hof abgespielt hat. Dabei preist er in höchsten Tönen, wie unerschrocken Rana sich zur Wehr gesetzt hat.

»Ihr hättet sie sehen sollen. Ich dachte, sie tut's wirklich.«

Gejlir lacht. »Arrak wohl auch. Sonst hätte der nicht den Schwanz eingezogen.«

Drengi nickt Rana zu. »Sehr heldenhaft, Rana.« Er hebt seinen irdenen Becher. »Trinken wir auf unsere junge Priesterin! Ich habe den Verdacht, wir können recht viel Gutes von ihr erwarten.«

Die Männer lassen Rana hochleben und leeren ihr zu Ehren die Becher. Nach so viel Lob, besonders von Drengi, ist sie rot geworden und senkt den Blick auf ihren Teller. Als sie wieder aufschaut, liegen Hakuns Augen auf ihr. Er lächelt ihr zu, und für einen Augenblick hält sein Blick sie gefangen, dann sieht sie hastig weg.

Gejlir ist noch nicht bereit, das Thema fallen zu lassen. »Wenn es nur Arrak wäre«, sagt er. »Aber es ist ja der ganze Klan, allen voran Orkon. Sithun und ich haben es satt, von denen gegängelt zu werden. Wie oft haben wir Vater nicht schon angefleht, endlich etwas zu unternehmen. Es geschehen genug unerfreuliche Dinge, die allen Ruotingern auf dem Magen liegen, und andere, die uns selbst betreffen, die wir nicht auf uns sitzen lassen können. Aber Vater will den Frieden wahren.«

Sithun fügt hinzu: »Wenigstens diesem Arrak gehört gründlich das Maul gestopft. Wenn nicht mehr.« Mit einem Blick auf Rana fügt er hinzu: »Überhaupt, wer sagt denn, dass der Fürstensitz nur Orkons Sippe zusteht. Sind wir Nebroni nicht genauso berechtigt, diesen Platz einzunehmen? Wir schulden es unseren Ahnen, die dieses Land in Besitz genommen haben, darum zu kämpfen.«

Da ist er ausgesprochen – der Anspruch der Nebroni auf die Herrschaft. Plötzlich wird es still am Tisch, und die Männer blicken erwartungsvoll zu Drengi hinüber.

Der löffelt in aller Ruhe seinen Brei weiter. Dann legt er bedächtig den Löffel weg und schaut auf. »Wir haben seit langer Zeit Frieden im Land«, sagt er schließlich. »Auch das ist das Erbe unserer Ahnen. Jedenfalls das meines Großvaters, der mit den Helmingern Frieden geschlossen hat. Ganz gleich, was ihr jungen Heißsporne sagt, daran werde ich nichts ändern.«

»Frieden, ja. Aber zu welchem Preis?«, knurrt Sithun.

»Ihr habt mich gehört. Schluss jetzt mit dem Gerede!«

Einen Augenblick lang herrscht Schweigen. An den mangelnden Entgegnungen der anderen merkt Rana, dass der Klanherr es gar nicht nötig hat, die Stimme zu heben. Das Funkeln in seinen Augen und die leise Drohung im Tonfall seiner Worte genügen, dass die Männer betreten die Augen senken. Auch die Zwillinge. Obwohl man ihnen anmerkt, dass sie von der Haltung des Vaters frustriert sind. Die beiden sind wie junge Hunde, die sich ereifern und losrennen wollen, während Drengi sie fest an der Leine hält.

Rana denkt an ihre eigenen Ahnen, an die lange Reihe von Schmieden auf Vaters Seite. Und in Herdis' Familie war schon Großmutter Priesterin der Destarte, bevor sie viel zu jung starb. Nun tritt sie selbst in diese Fußstapfen. Hätte Großmutter sie bei dem, was sie vorhat, unterstützt?

Sie fragt sich, ob Drengi sie morgen genauso abblitzen lässt, ob sie umsonst gekommen ist. Arni scheint ihre Befürchtungen zu ahnen, denn er streicht ihr beruhigend über die Hand. Sie wirft ihm einen dankbaren Blick zu und merkt, dass erneut Hakun sie aufmerksam mustert. Mit diesen verstörend blauen Augen. Hat er nichts Besseres zu tun, als sie dauernd anzustarren? Seine Gegenwart macht sie nervös.

Dabei ärgert es sie, dass er diese Wirkung auf sie hat. Warum ist er eigentlich hier und benimmt sich, als gehöre er zur Familie? Er ist doch Harruner. Ob Drengi und seine Söhne wissen, dass er sich ebenfalls um Tura beworben hat? Sie beschließt, es jetzt gleich herauszufinden und ihm die scheinheilige Maske vom Gesicht zu reißen.

»Unser Herr Drengi war wohl nicht der Einzige, dem Turas Hand versprochen wurde«, sagt sie und wirft Hakun einen herausfordernden Blick zu.

Alle am Tisch sehen erstaunt zu ihr herüber. Außer Hakun. Der ist offensichtlich irritiert. »Glaubst du vielleicht, ich hätte etwas zu verbergen? Alle hier wissen davon. Mein Vater hätte eine solche Verbindung natürlich gern gesehen. Aber mir steht nicht der Sinn danach. Vorher nicht, und seit ich auf ihrer verdammten Burg war, noch viel weniger.«

Aber Rana gibt sich nicht so schnell geschlagen. »Tun Söhne nicht, was ihre Väter von ihnen verlangen?«

Hakuns Brauen ziehen sich ärgerlich zusammen. »Söhne tun, was sie selbst für richtig halten.«

»Hört, hört!«, ruft Sithun und fängt dafür den gereizten Blick seines Vaters auf, als wolle er sagen: *Treib es nicht zu weit, mein Sohn!*

Dann wendet sich Drengi Rana zu. »Hakun hat einen Teil seiner Kindheit bei uns verbracht, nachdem seine Mutter gestorben war. Hakun und meine Söhne sind gute Freunde. Wir wissen seit Langem, dass Brodar eine engere Verbindung zu den Helmingern sucht. Gerade deshalb wollte ich Orkon an sein altes Versprechen erinnern. Aber der Mann hat offensichtlich anderes mit seiner Tochter vor. Und wenn keiner sie kriegt, soll's mir recht sein. Das hält die Dinge in der Waage.«

Nach mehr Bier und angeregten Gesprächen klingt der Abend aus. Drengi und die meisten Gäste, darunter auch Arni, verlassen die Halle, um sich schlafen zu legen. Nur Hakun, die Zwillinge und Rana bleiben und reden über die kommenden Wagenrennen. Sithun und Gejlir sind entschlossen, dieses Jahr zu gewinnen, und laden Rana ein, sie zu begleiten. Die Rennen sind der Mittelpunkt eines Volksfestes, auf das viele das ganze Jahr über hinfiebern. Das will Rana sich nicht entgehen lassen und willigt ein.

Schließlich fallen auch den Unermüdlichen die Augen zu. Rana verlässt die Halle und begibt sich zu den Latrinen. Sie verweilt dort länger als nötig, um Hakun zu entgehen, der im gleichen Gästehaus übernachtet. Auch dort ist sie wieder die einzige Frau unter Männern. Es ist ihr unangenehm, lässt sich aber nicht ändern. Als sie schließlich von der Latrine zurückkehrt, wartet Hakun vor dem Haus auf sie.

»Was willst du?«, fragt sie.

Das Mondlicht auf seinem Gesicht lässt ihn blass aussehen. »Könntest du nicht ein bisschen freundlicher zu mir sein?«

»Warum sollte ich?«

»Ich weiß nicht, wieso, aber du hast einen falschen Eindruck von mir.«

»Dann tu was, das dich in ein besseres Licht setzt.«

»Und das wäre?«

»Muss ich dir das erklären? Lass dir was einfallen!«

Damit lässt sie ihn stehen und betritt das Gästehaus. Ihr Herz schlägt dabei heftiger, als ihr lieb ist. Im Dunkeln tastet sie sich an anderen Schläfern vorbei zu ihrer Lagerstatt. Sie beschließt, ihr Gewand anzubehalten, legt sich hin und zieht die Wolldecke über den Kopf. Von Arni hört man nichts, nur seine tiefen Atemzüge. Er scheint schon fest zu schlafen. Schließlich betritt auch Hakun das Haus. Er muss sich irgendwo gestoßen haben, denn sie hört ihn leise fluchen.

Rana versucht, nicht an ihn zu denken, sondern an das morgige Gespräch mit dem Klanherrn. Was soll sie ihm sagen? Soll sie ihm von ihrem Traum erzählen oder gar von der Bronzescheibe?

* * *

»Ich habe von deiner flammenden Rede gehört«, sagt Drengi.

Er hat auf seinem breiten Hochsitz Platz genommen – zwei Fuß über dem Boden der Halle. Um seine Schultern liegt ein wollener Umhang, denn das Feuer ist noch nicht entfacht, und so früh am Morgen ist es kühl. Rana fragt sich, ob die Bemerkung ein gutes oder ein schlechtes Omen für das weitere Gespräch ist. Aber auf seinem Gesicht liegt ein Ausdruck von väterlichem Wohlwollen, der ihr Mut macht.

»Ich weiß nicht, ob die Rede flammend war«, erwidert sie. »Jedenfalls kam sie von Herzen.«

Rana hat sich ebenfalls etwas Warmes übergezogen. Im Hintergrund, irgendwo im Haus, hört man die Mägde schnattern, während sie das Morgenmahl bereiten. Sie sitzt Drengi zu Füßen auf einem Hocker und fragt sich, wie sie am besten beginnen soll.

Der Klanherr kommt ihr zu Hilfe. »Du sagst, Destarte ist die Göttin des Lichts und damit das Gegenteil von Hador. Und sie werde Hador in die Schranken weisen. So habe ich es jedenfalls verstanden.«

»Ja. So ungefähr. Vielleicht mehr als in die Schranken weisen. Ihn vertreiben. Zurück in seine Unterwelt, wo er hingehört. Es ist nicht an ihm, in der Welt der Lebenden zu herrschen.«

Drengi hebt erstaunt die Brauen. »Ihn vertreiben? Du willst einen Gott vertreiben? Wie kommst du dazu? Ist das nicht anmaßend? Deine Mutter hat noch nie so geredet. Schließlich respektieren wir alle Götter, auch Hador. Und wieso ist Destarte für dich die Göttin des Lichts?«

Drengis Stimme klingt immer noch ruhig, wenn auch ein wenig schärfer. Rana hat sich alles gut zurechtgelegt, aber jetzt, in Gegenwart des mächtigen Klanherrn will ihr nichts davon einfallen. O Göttin hilf mir, denkt sie. Wie finde ich die richtigen Worte?

»Schenkt Destarte uns nicht das Leben?«, fragt sie zaghaft.

»Natürlich tut sie das.«

Rana ist unsicher, wie sie vorgehen soll. Doch dann erinnert sie sich wieder, was sie sagen wollte, und fasst sich ein Herz. »Alles auf Erden gedeiht und wächst dank ihres göttlichen Hauchs, ihrer liebenden Berührung. Dazu gehört der Samen, der auf die fruchtbare Erde fällt, aber auch das Licht der Sonne.«

»Das ist klar. Aber ist es nicht Gaias Schoß, der alles hervorbringt?«

»Die Erdmutter nährt ihre Kinder, das ist wahr. Aber ohne Destarte würde nichts in ihr entstehen. Ohne Destartes Fürsorge würde alles verdorren, ohne Licht und die Wärme der Sonne würde die ganze Welt in Eis erstarren.«

Drengi nickt. »Ich sehe, was du meinst.«

Langsam überwindet Rana ihre Scheu, und sie redet mit ernsthaftem Eifer weiter: »Ohne Licht kann nichts gedeihen, auch wir Menschen nicht. Sogar in der Nacht leuchten uns Mond und Sterne. Nur im Reich der Toten herrscht völlige Finsternis.

Destarte dagegen ist die Göttin der Liebe, der Fruchtbarkeit und des Lichts. Denn Sol, die Göttin der Sonne, und Luna, die Mondgöttin, sind nicht nur Destartes Schwestern, im Grunde sind alle drei ein und dieselbe Gottheit. Das eine kann ohne das andere nicht sein. Es ist die Sonne, die die Erdmutter fruchtbar macht und allen Nahrung gibt. Es ist Destarte, die aus dem Samen Leben sprießen lässt. Und es gibt Blumen, die nur im Mondlicht aufgehen und sich von Nachtfaltern küssen lassen. Es ist diese Einheit, die das Leben hervorbringt.«

Sie schweigt einen Augenblick, um die Worte wirken zu lassen. Drengi erwidert zunächst nichts, sieht sie nur nachdenklich an. Das ermutigt Rana fortzufahren: »Hador legt einen dunklen Mantel über das ganze Land. Nicht umsonst haben wir jetzt häufiger mittelmäßige bis schlechte Ernten. An manchen Orten breitet sich Hunger aus.«

»Du führst das auf Hador zurück?«

»Natürlich. Sein Schatten verdunkelt das Land. Hador nimmt uns nicht nur das Licht, sondern auch die Liebe und ersetzt sie durch Angst und Hass und Unterdrückung, sodass das Gute in den Herzen der Menschen verkümmert. Orkon ist das beste Beispiel dafür. Mehr noch sein Sohn Arrak.«

Drengi seufzt und nickt. »Das will ich nicht bestreiten. Auch mir gefällt vieles nicht. Aber das ist der Preis für den Frieden unter den Klans, für den Sieg über unsere Feinde, für die Sicherheit, in der wir leben. Es ist ein Preis, das gebe ich zu, aber kein besonders großer.«

»Kein großer Preis, sagst du?« In Ranas Stimme liegt Bitterkeit. »Nur ein paar Unannehmlichkeiten, die wir hinnehmen, damit wir in Frieden und Sicherheit leben können?«

»Etwa nicht?«

»Dann sollten wir doch mal die Familien fragen, denen man das Brot vom Mund geraubt hat und deren Kinder hungern müssen. Die Jungfrauen, die im Namen Hadors versklavt und geschändet werden, oder die Mütter, deren Söhne man verschleppt hat und die unter dem Messer von Hadors Priestern ihr Blut verströmen. Ganz abgesehen von den grausamsten Strafen für die kleinsten Vergehen, sodass die Menschen zittern, wenn sie einen Krieger auch nur sehen. Sogar hier bei uns Nebroni. Nicht ganz im gleichen Maße, aber vieles haben auch wir uns aufzwingen lassen.«

»Du übertreibst«, knurrt Drengi plötzlich ungehalten.

Rana merkt, dass ihre Worte seinen Unmut herausgefordert haben. Aber nun ist sie in Schwung, will nicht mehr klein beigeben. »Bedenke, Herr: Respektieren Orkons Männer etwa die Gebiete der Klans? Überall hat er seine Lohnkrieger untergebracht. Und wozu? Es heißt, um uns zu schützen. Ich sage, es ist, um uns zu unterjochen. Außerdem plündern sie, wo es geht, die Bauern aus und tun, was sie wollen, sogar auf fremdem Land. Niemand gewährt ihnen Einhalt. Wenn Arrak meint, er kann Destarte ungeschoren beleidigen und das Heiligtum in Brand stecken, ohne dass es für ihn Folgen hat, dann ist es nicht weit her mit unserer Selbstständigkeit. Dann sind wir Orkons Sklaven und seiner Willkür ausgesetzt. Das Schlimme dabei ist, ihr Klanherren lasst es zu.«

Ärgerlich fährt Drengi hoch und funkelt sie an. »Willst du mich etwa beschuldigen, Orkons Willkür zu unterstützen?«

Trotzig blickt Rana ihn an. Ja, das will ich, denkt sie. Ihr Klanherren habt euch mit diesem Mann, der sich Fürst nennt, zusammengerauft und lasst ihn gewähren. Aus Furcht, aus Bequemlichkeit oder weil ihr selbst euren Vorteil daraus zieht. Geht etwas gut, ist es euer Verdienst, läuft es schlecht, ist es Orkons Schuld.

»Die Antwort darauf wirst du selbst am besten wissen«, erwidert sie patzig.

Das scheint Drengi noch mehr zu ärgern. »Du bist ganz schön frech, weißt du das? Und aufmüpfig dazu! Wenn du nicht Priesterin wärst –«

»Aber ich bin Priesterin!«

»Verdammt, Rana. Du mischst dich in Dinge ein, die dich überhaupt nichts angehen.«

»Das sehe ich anders. Es geht uns alle etwas an, alle in diesem Land. Und mich besonders, gerade weil ich Priesterin bin. Nicht nur auf den Schultern der Klanherren und Edlen, auch auf denen der Priester lastet die Verantwortung für unser Volk.«

»Willst du etwa sagen, ich werde meiner Verantwortung nicht gerecht? Wie kommst du dazu, mir Ratschläge zu erteilen? Du bist viel zu jung und unerfahren.« Er wirft die Hände in die Luft. »Bei Wuodan, warum rede ich überhaupt mit dir?«

Rana beißt sich auf die Unterlippe, bis es schmerzt, wohlwissend, dass sie die Sache denkbar schlecht angegangen ist, dass sie Drengi verärgert hat, statt ihn für sich zu gewinnen.

»Verzeih mir, Herr, wenn ich dich beleidigt habe«, sagt sie zerknirscht. »Ich will dir auch gar keine Ratschläge erteilen. Ich will dir nur erklären, was ich denke, was mich bewegt. Orkon ist ein Tyrann, und seine Helminger erdrücken uns. Sie sind schlau, denn alles, was sie tun, tun sie angeblich im Namen Hadors. Und wer will sich schon einem mächtigen Gott in den Weg stellen? Sie missbrauchen die Furcht der Menschen vor der Finsternis der Unterwelt, um ihre Macht zu erhalten.«

»Ich weiß das«, knurrt Drengi. »Du erzählst mir nichts Neues.«

»Gleichzeitig versuchen sie, alle anderen Götter zu verdrängen. Nur Hador soll herrschen. Das geht gegen alles, was unsere Vorfahren uns gelehrt haben. Die Ehrfurcht vor den Göttern. Es ist ein schrecklicher Frevel.«

»Einverstanden. Aber was willst du dagegen tun?«

»Ich allein kann nichts tun. Nur die Götter selbst können dem Einhalt gebieten. Und du als Klanherr.«

»Ich?« Drengi lässt ein spöttisches Lachen hören. »Du überschätzt meine Macht.« Dann schüttelt er den Kopf. »Ich weiß wirklich nicht, auf was du hinauswillst. Im Grunde höre ich dir nur aus Respekt für deine Mutter zu. Damit du's weißt.«

»Ich bin nicht meine Mutter«, sagt Rana, nun selbst verstimmt, dass er sie nicht ernst nehmen will. »Sie hat mich auch nicht geschickt. Ich bin hier, weil ich besorgt bin und deine Hilfe erbitten möchte. Ich mag jung sein, aber immerhin bin ich geweihte Priesterin. Gilt das nichts?«

»Natürlich gilt das etwas. Also fahr fort ... Ich vermute, deine Predigt ist noch nicht zu Ende. Aber ich warne dich: Übertreib's nicht. Auch meine Geduld währt nicht ewig.«

Rana atmet tief durch. Einen Augenblick lang war sie sicher, er würde das Gespräch abbrechen, sie vom Hof jagen. Und das vielleicht mit Recht. Ich war anmaßend, habe ihn herausgefordert. Nicht sehr klug.

»Ich danke dir für deine Geduld und für deine Nachsicht. Ich will auch wirklich niemanden belehren oder beschuldigen. Aber wenn es uns Ruotingern auf Dauer gut gehen soll, dann muss Orkons Macht gebrochen werden. Zumindest die finstere Macht seines Gottes Hador. Dazu fühle ich mich verpflichtet, denn unter allen anderen Göttern ist meine Destarte die Einzige, die während Wuodans Abwesenheit Hadors Dunkelheit vertreiben und ihn in seine Unterwelt zurückschicken kann. Und ich kann dir sagen, Herr, sie ist dazu entschlossen, denn Hador beleidigt sie jeden Tag mit seiner Grausamkeit, seinem schändlichen Treiben und seinen grässlichen Menschenopfern.«

»Woher willst du das wissen?«

»Dass er sie beleidigt?«

»Dass sie entschlossen ist, ihn zu vertreiben.«

Rana zögert. Soll sie ihm von ihrem Traum erzählen? Vieles ist in der Erinnerung nicht mehr so deutlich wie am Morgen danach. Die Flucht durch den Wald ist ihr nur noch schemenhaft gegenwärtig. Geblieben ist hauptsächlich die schreckliche Angst, die sie bei jedem Schritt verspürt hat, und dass es Hador war, der sie verfolgt hat und mit Sicherheit umbringen wollte. Auch die Götter auf dem sonnigen Hügel sind nur noch durch einen goldenen

Nebel zu erkennen. Wuodan am wenigsten. Doch an Destarte und an ihre Worte kann sie sich mit großer Klarheit erinnern. Selbst jetzt sieht sie ihr göttliches Antlitz so deutlich vor sich wie Drengi selbst, und sie kann die Worte hören, die aus ihrem Mund kommen. *Hadors Herrschaft muss ein Ende haben. Du musst die Dunkelheit vertreiben. Es ist deine Aufgabe. Deine Pflicht und deine Bürde.*

»Woher willst du das wissen?«, fragt Drengi erneut.

»Weil sie es mir gesagt hat.«

Erstaunt hebt er die Brauen. »Sie hat es dir gesagt? Du willst mit der Göttin geredet haben?«

»Was soll daran so seltsam sein? Du weißt doch, dass wir Priester mit den Göttern in Verbindung stehen, dass wir mit ihnen reden. Schließlich ist das unsere Aufgabe. Wir opfern den Himmlischen, halten Fürsprache für die Menschen und sind dazu erkoren, den Willen der Götter zu verkünden.«

»Und den soll sie dir offenbart haben?« Sein Ton ist halb zweifelnd, halb ehrfurchtsvoll, denn es stimmt natürlich, dass Priester Mittler zwischen den Menschen und den Unsterblichen sind. »Nun sprich schon! Hat sie dir etwas aufgetragen?«

Rana nickt. »Und zwar ausgerechnet in der Nacht meiner Weihe. Das allein sollte dir zu denken geben. Es ist, als wollte sie mir etwas für mein ganzes Leben mitgeben. Natürlich nicht nur mir.«

Drengi runzelt zweifelnd die Stirn. »Was sagt denn deine Mutter dazu? Sie ist schließlich immer noch erste Priesterin der Destarte.«

Kann es sein, dass er mir nicht glaubt?, fragt sich Rana. Denkt er, ich habe mir das ausgedacht? »Meiner Mutter habe ich nichts erzählt. Die Göttin hat nicht Herdis, sondern mich erwählt. Warum das so ist, weiß ich nicht. Vielleicht, gerade weil ich jung bin und sie einen neuen Anfang machen will. Den Jungen gehört doch die Zukunft. Jedenfalls bist du der Erste, dem ich davon berichte.«

»So, so. Deine Mutter weiß also nichts davon. Und wie ist die Göttin dir erschienen?«

»In der Nacht der Weihe habe ich gemäß den Riten den heiligen Rauch eingeatmet, der die Sinne vernebelt und uns den Göttern nahebringt. Und ich habe mich in diesem Zustand der Entrückung einem jungen Mann hingegeben, so wie die Göttin es für den Tag der Weihe verlangt. Genau in dieser Stunde ist sie mir erschienen.«

»Sie ist dir erschienen? Aber wie –«

»Sie hat sich in einem heiligen Traum an mich gewandt«, unterbricht Rana. »Darin hat sie zu mir gesprochen, so klar und deutlich, wie du jetzt mit mir sprichst. All ihre Worte habe ich im Ohr. An jedes einzelne kann ich mich erinnern. Ihre Botschaft lautet: Die Dunkelheit ist zu vertreiben. Hadors Herrschaft muss ein Ende haben.«

Träume kommen von den Göttern. Jeder weiß das natürlich. Auch Drengi ist sich dessen bewusst. In Träumen sind oft Botschaften der Himmlischen enthalten, auch wenn sie nicht immer leicht zu deuten sind. Aus Träumen lässt sich die Wahrheit erkennen und nicht selten die Zukunft sehen. Die Träume einer Priesterin haben ganz besonderes Gewicht, denn sie können Weissagungen enthalten, die das ganze Volk betreffen. Damit ist nicht zu spaßen.

Er beugt sich vor und starrt Rana an. »Genau das hat sie gesagt? Im Traum?«

Rana nickt. »Es war ein schrecklicher Traum. Hador hat mich verfolgt, wollte mich umbringen. Doch dann erschien Destarte und hat mich gerettet.« Sie erzählt den Traum in allen Einzelheiten, zumindest soweit sie sich erinnern kann. »Dass ich vor Hador fliehen musste, sagt mir, dass es nicht einfach sein wird, ihn zu vertreiben. Es droht Gefahr. Und sicher wird es Rückschläge geben. Aber die Götter werden helfen. Das hat Destarte versprochen.«

Drengi zeigt sich nun doch beeindruckt. »Warum hast du mir nicht gleich von dem Traum erzählt?«

»Ich habe falsch angefangen. Ich war wohl zu aufgeregt.«

Eine Weile herrscht Schweigen, während Drengi das Gesagte zu verdauen scheint. War am Anfang noch väterliche Güte in seinem Blick, dann Ärger über ihre anmaßenden Worte, so liegt jetzt fast so etwas wie staunende Ehrfurcht in seinen Augen. Kann es wirklich sein, scheint er sich zu fragen, dass die Göttin diese junge Frau erwählt hat, ihren Willen kundzutun? Es sind schon seltsamere Dinge passiert, und immerhin ist sie Priesterin.

»Und was erwartest du jetzt von mir?«, fragt er.

Ranas Herz klopft, aufgeregt darüber, dass sie ihn vielleicht doch für sich gewonnen hat. »Du bist der Schutzherr des Heiligtums. Es steht auf deinem Boden. Auf dem Land der Nebroni. Damit sind wir Nebroni gefordert, den Willen der Göttin zu erfüllen. Es ist klar, dass Orkon besiegt werden muss. Ohne ihn wird Hador das Land mit seiner Finsternis nicht länger erfüllen.«

»Willst du etwa auch, dass ich Krieg führe? Ein Krieg bringt nur Elend über die Menschen. Das kann die Göttin nicht wollen. Nein, einen Krieg führe ich nicht! Kommt nicht infrage!«

»Ich denke nicht, dass Krieg die Antwort ist.«

»Was dann?«

Rana überlegt, ob sie ihm von der Bronzescheibe erzählen soll. Die Scheibe mit ihren göttlichen Hinweisen würde die Botschaft der Göttin ganz sicher verstärken. Außerdem ist Vaters Arbeit ein Werk von großer Schönheit. Aber so ganz traut sie Drengi nicht. Er könnte die Scheibe stehlen und für sich beanspruchen. Nein, das Geheimnis ihres Vaters wird sie fürs Erste nicht preisgeben.

»Du bist der Herr der Nebroni«, sagt sie. »Man achtet dich im ganzen Land, deine Stimme hat Gewicht. Wir müssen die Herzen der Menschen erreichen, Destartes Kult fördern. Du kannst mir dabei helfen.«

»Und weiter?«

»Es wäre gut, wenn unser Klan ein Beispiel abgäbe, wie man es besser machen kann als Orkon.«

»Und wie?«

»Indem man den Bauern mehr zum Leben lässt, indem man Orkons Truppen wegschickt, seinen Männern Einhalt gebietet. Indem der Klan sich von Hadors Herrschaft frei macht und den Menschen Schutz gewährt, die vor ihm fliehen. Es kommen nicht wenige Flüchtlinge zu uns. Ich selbst bin ihnen auch unterwegs begegnet. Man sollte sie unterstützen und ihnen helfen, Rodungen anzulegen. Neue Dörfer und mehr Menschen in deinem Land, das käme auch dir und dem Klan zugute. Es würde deine Macht stärken. Wenn ihr all dies im Namen von Destarte tut, wird sich schnell herumsprechen, dass die Göttin den Menschen hilft, ihnen Schutz vor Hador gewährt. Vielleicht würde es andere Klanherrn ermutigen, es dir gleichzutun.«

Drengi nickt bedächtig. »Das ist im Grunde nicht dumm. Ich sehe, du hast darüber nachgedacht. Aber mit solchen Maßnahmen würde ich so manchen meiner Edlen vor den Kopf stoßen.«

»Wenn du mit ihnen redest, werden sie es verstehen.«

»Und es würde Orkons Zorn herausfordern. Es käme vielleicht doch zu einem Kampf.«

»Nicht wenn du dich mit anderen Klanherren verbündest. Sind nicht die Ruotani auf deiner Seite? Und vielleicht sogar die Harruner?«

Drengi schüttelt den Kopf. »Nicht die Harruner. Brodar steht treu zu Orkon.«

»Auch sein Sohn? Die Alten kann man nicht ändern. Aber die Jungen –«

Drengi lacht. »So jung wie du, meinst du wohl! Und wie meine Söhne. Die liegen mir auch ständig in den Ohren.« Er sieht sie nachdenklich an. »Ich verstehe, was du erreichen willst, Rana. Aber du verlangst viel, zu viel eigentlich. Im Grunde willst du unsere ganze Ordnung umkrempeln. Aber man kann die Welt nicht von einem Tag auf den anderen ändern. Und selbst wenn ... Es würde nur zu Chaos führen. Deshalb fürchte ich, kann ich dir nicht helfen.«

»Vielleicht kann man irgendwo einen kleinen Anfang machen. Besonders, was deine Unterstützung für Destarte angeht.«

»Die hast du natürlich.«

»Und alles andere ... Versprich wenigstens, darüber nachzudenken.«

Drengi seufzt. »Na gut. Wenn du darauf bestehst. Aber mach dir keine falschen Hoffnungen.«

EPONA

O Herrin der windschnellen Rosse, auf deren Rücken du jauchzend reitest, Bezwingerin der wilden Hengste, Beschützerin der Stuten und Fohlen

Jeder Klan bestimmt für den Wettkampf zwei seiner besten Gespanne«, erklärt Sithun. »Es fahren immer ein Schütze und sein Wagenlenker.«

Rana blickt die für den Wettkampf vorgesehene Piste entlang. Es ist ein Feld von etwa sechshundert Schritt Länge, in der Mitte durch eine massive hölzerne Barriere geteilt. Beide Bahnen sind schon ziemlich von Huf- und Radspuren aufgewühlt, besonders an den mit Fahnenstangen markierten Enden.

»Zwölf Streitwagen«, sagt sie. »Ist das nicht zu viel für die Strecke?«

»Du hast recht, zwölf auf einmal wären zu viele. Deshalb werden drei Rennen mit jeweils sechs Wagen gefahren. Zwei davon dienen der Vorauswahl. Die jeweils ersten drei nehmen dann am Endlauf teil.«

»Und wie oft geht es ganz rund um die Strecke?«

»Drei Mal.«

»Ziemlich anstrengend für die Pferde.«

»Keine Sorge. Die sind dafür ausgesucht und erprobt.«

»Ich nehme an, der Erste im Ziel gewinnt.«

»Nicht unbedingt. Jeder Schütze hat zehn Pfeile im Köcher. Davon muss er mindestens fünf in eines der Ziele bringen. Sind es weniger, scheidet er aus.«

»Was für Ziele?«

Hakun, der ebenfalls zugegen ist, deutet auf die zehn mit Leinenhemden behangenen Strohpuppen, die am Außenrand eines jeden Pistenendes aufgestellt sind. »Die müssen sie treffen. Gar nicht so einfach. Besonders, wenn der Wagen um die Kurve schleudert und der Wagenlenker versucht, nicht mit den anderen ins Gehege zu kommen.«

»Aber wie weiß man, wer getroffen hat?«

»An den Markierungen der Pfeile, die hinterher in den Strohpuppen stecken. Jeder Wagen hat seine eigene Pfeilmarkierung.«

»Natürlich versuchen die Lenker, die Kurve am Ende so dicht wie möglich zu nehmen«, erklärt Gejlir. »Man darf aber nicht die Flagge berühren.«

»Eine gute Übung für den Ernstfall«, sagt Sithun und wendet sich wieder seinem Wagen zu, an dem es noch etwas zu verbessern gibt. Auch Gejlir beugt sich darüber und wechselt Worte mit dem Wagenbauer, der gerade die Radspeichen überprüft. Eine der Speichen sei nicht mehr sicher, hört Rana ihn sagen. Besser, das ganze Rad auszutauschen.

»Ernstfall?« Rana sieht Ada an, die neben ihr steht. »Weißt du, was sie meinen?«

»In der Schlacht«, erwidert die Sklavin. »So kämpfen sie anscheinend in der Schlacht.«

Hakun, der sich ebenfalls Sithuns Wagen ansieht, dreht sich zu ihnen um. »Der Großteil eines Heeres kämpft zu Fuß. Die Streitwagen dienen dazu, an den Flanken anzugreifen oder dem Gegner in den Rücken zu fallen. Ihr Vorteil ist Beweglichkeit. Sie preschen einer nach dem anderen heran, versuchen, so viele Gegner wie möglich zu treffen, und drehen wieder ab. Ähnlich wie hier im Rennen.«

Der Wettkampf findet in der Nähe von Helmahem statt, dem Sitz von Orkons Klan, bevor die Kuffaburg errichtet wurde. In der Ferne ragt etwas Weißes, Rundes aus der Ebene, das aussieht wie ein halbes Ei – Orkons riesiger Grabhügel.

Hinter der Rennbahn, etwa zweihundert Schritt entfernt, steht ein einfaches strohgedecktes Haus, in dem die Rennleitung untergebracht ist. Dort treffen sich die Schiedsrichter und beraten bei Regelverstößen. Vorsitz hat Fürst Orkon selbst. Nicht, dass es viele Regeln gäbe. Natürlich müssen die Fahrer auf der Piste bleiben und dürfen die Fahnen und Strohpuppen nicht berühren. Ansonsten ist fast alles erlaubt. Es kommt sogar vor, dass Wagenlenker auf ihre Gegner mit der Peitsche eindreschen oder versuchen, ein anderes Gespann abzudrängen. Unfälle sind nicht selten.

Hinter dem Haus der Rennleitung ist ein riesiges Zeltlager aus dem Boden gewachsen. Jeder Klan hat eine ganze Schar von Helfern, Knechten, Wagenbauern. Und natürlich Ersatzpferde. Nicht nur die teilnehmenden Mannschaften haben sich hier niedergelassen, auch eine gewaltige Zahl von Zuschauern und begeisterten Anhängern, denn die Rennen sind ein Höhepunkt des Jahres. Und das, obwohl Erntezeit ist. Aber es ist eben ein Sport für Edle und ihre Anhänger. Jedenfalls nicht für die, die auf den Feldern schuften. Manche sind von weither gekommen. Nicht nur, um die Rennen zu sehen, sondern auch, um im Anschluss auf dem nur einen Tagesritt entfernten Hadorring das Fest der Sonnenwende zu feiern, das zwei Tage nach dem letzten Rennen stattfindet.

Rana hat ihre Enttäuschung über Drengis Haltung überwunden und sich nach Arnis Abreise entschlossen, die Zwillinge zu den Rennen zu begleiten. Vielleicht wird sie sogar trotz allem am Mittsommernachtsfest auf dem Hadorring teilnehmen. Es wäre eine gute Gelegenheit, mehr vom Land kennenzulernen und Leuten aus anderen Klans zu begegnen. Vor allem aber, um selbst zu sehen, was dort im Namen Hadors getrieben wird.

Sithun blickt zu Hakun auf, der neben ihm steht. »Und? Wie findest du meinen Wagen?«

»Nicht schlecht.«

»Du hast doch auch einen neuen bauen lassen. Schon ausprobiert?«

»Ja, er ist aber nicht so gut wie erwartet. Und einer meiner Gäule lahmt. Ziemlich enttäuschend eigentlich.«

»Schade«, sagt Gejlir. »Du hattest dir doch Hoffnungen gemacht, dieses Jahr gut abzuschneiden.«

Sithun grinst spöttisch. »Glaub ihm nicht, Bruder. Der will uns nur in Sicherheit wiegen.«

Hakun tut unschuldig. »Nein, nein! Es ist wirklich so. Ich hab mich schweren Herzens entschlossen, nicht teilzunehmen. Wir Harruner haben ja auch noch andere ausgezeichnete Wagenlenker und – das müsst ihr zugeben – die besten Schützen im Land. Denen will ich nicht im Weg stehen. Nicht mit meinem holprigen Gefährt.«

»Die besten Schützen?«, ruft Sithun entrüstet über seine Schulter, während er einen Riemen festzurrt. »Die besten sind wir Nebroni. Und du weißt das!«

Hakun lacht. »Glaubst du? Na ja. Ohne mich könnt ihr dann endlich mal gewinnen.«

»Hört euch das Großmaul an!«, johlt Gejlir.

Mit verschmitztem Grinsen zwinkert Hakun Rana zu, die zusammen mit der Sklavin Ada den Männern zuschaut. Dann deutet er auf einen Wagen, der gerade auf die Piste fährt. Beide, Lenker und Schütze, sind dunkel gekleidet, um die Stirn tragen sie Lederriemen, um die langen Haare zu bändigen. »Das sieht mir ganz nach Arrak aus.«

Die Zwillinge heben den Kopf. »Das ist er, der edle Sohn des Fürsten«, knurrt Sithun und spuckt verächtlich ins Gras. Auch Rana ist unwohl, ihrem Peiniger hier zu begegnen, auch wenn sie bei den Nebroni in Sicherheit ist.

Arraks Gespann entfernt sich in ruhigem Trab und umrundet am fernen Ende die Flagge. Jetzt klatscht der Fahrer den Gäulen die Zügel auf den Rücken, und sie beschleunigen, bis Rosse und Wagen in vollem Galopp auf sie zurasen. Erdklumpen fliegen von den Hufen, und man hört die anfeuernden Rufe des Wagenlenkers. Dann ist das leichte Gefährt in einem Gewirr von wirbelnden Hufen und Rädern an ihnen vorbei und rast auf das andere Ende der Piste zu, wo es sich verlangsamt, um die Kurve möglichst eng zu nehmen. Dabei brechen für einen Augenblick die Räder aus, sodass sie um die Kurve schlittern und man sich fragt, wie die beiden Männer sich auf dem wackligen Ding halten können. Zum Glück ist der Radstand dieser Streitwagen so breit, dass sie nicht leicht umkippen.

Der Fahrer beschleunigt wieder, und als der Wagen erneut an ihnen vorbeirast, winkt Arrak, der jetzt seinen Bogen in der Hand hält, mit spöttischem Grinsen zu ihnen herüber.

Gejlir ballt die Faust. »Bastard!«

»Schimpfen hilft nicht«, sagt Hakun. »Es gilt, ihn zu schlagen.« Und zu Rana: »Arrak und sein Fahrer sind gut. Sie haben die Rennen der letzten beiden Jahre gewonnen.«

Sithun blickt dem Gespann nach. »Habt ihr gesehen? Ich glaube, er hat seinen Wagen noch leichter gemacht.«

»Dann bete, dass ihm das verdammte Ding unterm Arsch zusammenbricht!«, knurrt Gejlir.

Echte Kampfwagen müssen in widrigem Gelände bestehen und sind entsprechend stabil gebaut. Hier auf der ebenen Rennstrecke aber kommt es auf ein möglichst geringes Gewicht an. Der hüfthohe Kasten mit seiner geschwungenen Reling ist deshalb nur ein schlanker, unter Dampf gebogener Holzrahmen, dessen Teile mit nassen Lederriemen verschnürt sind, die sich beim Trocknen fest zusammenziehen. Trotz der leichten Bauweise bietet die Reling dem Schützen, der sich mit dem Oberschenkel anlehnt, einen einigermaßen sicheren Stand. Der elastische Boden, auf dem die Männer stehen, besteht aus einem Geflecht aus breiten Lederbändern, die die Stöße des holprigen Bodens ziemlich gut abfedern.

Auf eine Verkleidung der Seitenwände wird meist verzichtet. Die Radspeichen – sechs an jedem Rad – sind aus hartem Holz, aber so dünn wie möglich. Nur die Radreifen selbst sind kräftiger und mit Kupferblech beschlagen, denn sie müssen einiges aushalten. Die nach oben und dann nach vorn gebogene Deichsel hält die leichten ledernen Joche, durch die auch die Zügel laufen und die vor dem Widerrist auf dem Rücken der beiden Pferde liegen. Die sind mit dem Wagen und dem leichten Joch nur durch breite Brustriemen verbunden. Sie zu lenken und bei hoher Geschwindigkeit im gleichen Tritt zu halten erfordert viel Gefühl und Geschicklichkeit. So ein Rennwagen ist ein handwerkliches Wunderwerk – und leicht. Ein Mann allein kann ihn mühelos heben.

»Der Kerl hat bestimmt einen Ersatzwagen«, sagt Hakun.

»Dann hoffen wir, dass unsere Gäule schneller sind.«

Rana hat ihr Haar mit einer Bronzenadel zu einem Nackenknoten zusammengesteckt. Sie trägt ihr Priesterinnengewand mit den eingestickten Symbolen der Göttin. Einige Männer, die in der Nähe stehen, grüßen sie ehrerbietig. Überhaupt begegnet man ihr überall mit großer Freundlichkeit. Offenbar hat es sich herumgesprochen, dass sie die neue Priesterin des Destarte-Heiligtums ist. Häufig wird sie um den Segen der Göttin gebeten, und nicht wenige sprechen sie auf ihre Rede an und fragen, ob es denn wahr sei, dass die Göttin des Lichts Hador verdrängen würde. *Die Göttin des Lichts!* Der Name scheint sich zu verbreiten. Man lobt ihre Mutter Herdis als bewundernswerte, tapfere Frau und sagt, dass es ganz so aussehe, als werde Rana eine mehr als würdige Nachfolgerin.

Es ehrt mich, denkt Rana, dabei habe ich diesen Ruhm noch gar nicht verdient. Es muss das Werk der Göttin sein, die ihre Botschaft unter die Menschen bringen will.

Die Feindseligkeit der Zwillinge gegenüber Arrak und überhaupt gegen Orkons Helminger ist auch bei anderen Nebroni zu spüren. Unter der friedlichen Oberfläche scheint es zu brodeln. Im Lager haben Helminger und Nebroni ihre Zelte am jeweils gegenüberliegenden Ende aufgeschlagen – als wolle man vermeiden, dass es zu Handgreiflichkeiten kommt. Auch hier sind Ruotani und Gejliren Nachbarn der Nebroni und pflegen friedlichen Umgang mit ihnen. Die Guvarri aus dem Norden scheinen mit niemandem zu paktieren, obwohl Morgana die Tochter des Klanherrn Turgrim ist.

Drengi, der ein besonders prächtiges Zelt bewohnt, bemüht sich, die Gemüter seiner Männer im Zaum zu halten. Rana gegenüber hat er seine Meinung nicht geändert, er behandelt sie aber weiterhin mit väterlichem Wohlwollen. Was sie im Stillen ärgert, denn es fühlt sich an, als nähme er sie nicht ganz für voll. Aber nun ja. Dass es nicht einfach sein würde, war ihr auch vorher klar. Täglich bittet sie die Göttin, der Klanherr möge seine Meinung ändern. Wenigstens die Zwillinge sind auf ihrer Seite. Und überraschenderweise auch Hakun. Und das trotz des engen Bündnisses zwischen Harrunern und Helmingern.

»Nimmst du wirklich nicht am Rennen teil?«, fragt sie Hakun.

Er grinst und legt sich verstohlen den Zeigefinger auf die Lippen. Dann beugt er sich zu ihr und flüstert: »Natürlich nehme ich teil. Ich mach mir nur einen Spaß mit den beiden.«

Rana lächelt. In den letzten Tagen hat sich ihr Misstrauen ihm gegenüber gelegt. Die Vertrautheit und Kameradschaft zwischen Hakun und den Zwillingen, der milde Spott, mit dem sie sich gegenseitig necken, und besonders das Wohlwollen, das Drengi dem jungen Mann entgegenbringt, haben sie überzeugt, dass man ihm vertrauen kann.

Sie mag Hakuns fröhliche Natur und jungenhafte Art. Sogar seine ständige Gegenwart während der letzten Tage war ihr nicht unangenehm, auch wenn sie kaum wagt, sich das einzugestehen. Sie hat beschlossen, seine Bemühungen um Freundschaft nicht länger abzuweisen, besonders seit er behauptet, sie unterstützen zu wollen. Doch an mehr als Freundschaft will sie nicht denken, auch wenn er sich ständig um sie zu bemühen scheint und seine körperliche Nähe sie manchmal ziemlich durcheinanderbringt.

Doch nach Liebeständeleien steht ihr nicht der Sinn. Schließlich hat sie Wichtigeres zu tun.

»Hast du Hunger?«, fragt Hakun sie. »In meinem Lager gibt's zu essen.«

Hakuns Tross, der hier zu ihm gestoßen ist, besteht aus Pferdeknechten, Haussklaven, zwei Wagenbauern, Rennwagen, Ersatzteilen, mehreren Zelten und allem, was dazugehört. Natürlich Proviant und sogar Holzkohle für ihr Feuer haben sie mitgebracht.

»Nur wenn Ada mitkommen darf.«

»Natürlich.«

Rana mag die junge Albin, die seit Tagen ihre Nähe sucht. Sie ist vielleicht ein wenig naiv, aber aufrichtig und vor allem herzlich. Erstaunlich, dass Drengis strenge Schwester ihr erlaubt hat, die Zwillinge zu begleiten. Die beiden scheinen sie überallhin mitzunehmen. Ist sie bei den Rennen so etwas wie ein Glücksbringer für die beiden? Gejlir hat es angedeutet. Aber Rana hat auch die Blicke und versteckten Berührungen bemerkt, die vermuten lassen, dass mehr dahintersteckt. Wessen Geliebte mag sie sein?

Immer wieder stellt Ada ihr Fragen über ihre Begegnung mit den beiden Alben im Wald, über Destarte und die Fruchtbarkeitsriten. Wenn Rana von ihrer Göttin erzählt oder überhaupt von den Legenden und Mythen der Ruotinger, lauscht die junge Albin mit großer Aufmerksamkeit. Sie habe nicht gewusst, dass es eine solch vielfältige Welt himmlischer Wesen gibt, sagt sie. Natürlich sind ihr gewisse Riten an Drengis Hof vertraut, die Opfergaben und Gebete, die Verehrung der Ahnen, aber niemand hat es für nötig befunden, sie ihr zu erklären.

»Gut, gehen wir!«, sagt Hakun. »Mir knurrt der Magen. Ich hätte nicht übel Lust, ein halbes Wildschwein zu vertilgen.«

Rana lacht. »Vor dem Rennen morgen solltest du dich lieber mäßigen.«

* * *

Tura führt ihr Pferd aus dem Stall, eine ruhige Stute mit hellem Fell, dunklen Nüstern und seelenvollen braunen Augen. Gisla folgt ihr.

»Heute reiten wir aus«, sagt Tura. Sie ist entsprechend angezogen, trägt Sandalen und eine leichte Tunika, die nur bis zu den Knien reicht.

Die Sklavin macht ein ängstliches Gesicht. »Aber ich kann doch gar nicht reiten.«

»Ich helf dir. Es ist ganz einfach.«

Gisla knetet unsicher ihre linke Hand. »Lieber nicht.«

»Es ist ein schöner Tag. Es wird dir gefallen.«

Aus der Küche tritt eine der Haussklavinnen und ruft nach Gisla. Sie soll den Küchenabfall zu den Schweinen bringen.

»Muss gehen«, stottert Gisla.

Tura schüttelt den Kopf. »Ach was.« Und der Magd ruft sie zu: »Bring den Abfall gefälligst selbst weg! Sie bleibt heute bei mir.«

Die Magd nickt und kehrt in die Küche zurück. Tura hat ihrer Stute das Zaumzeug mit der ledernen Trense umgelegt und dem Tier die Zügel über den Hals geworfen. Sie könnte natürlich einen Knecht rufen, das für sie zu tun, aber sie lässt ungern jemand anders an ihre geliebte Stute. Sie stellt sich neben dem Tier auf, beugt leicht die Knie und hält die ineinander verschränkten Hände als Stütze hin. »Komm, steig auf!«

»Ohne Sattel?«

»Brauchen wir nicht.«

»Aber ich werde runterfallen.«

»Halt dich einfach an der Mähne fest.«

»Und mein Rock?«

»Zieh ihn ein bisschen hoch.«

»Bist du sicher, ich fall nicht runter?«

»Keine Angst. Ich halte das Pferd am Zügel, und wir gehen ganz langsam. Du wirst es mögen, das verspreche ich.«

Zögerlich zieht Gisla den Rocksaum ihres schäbigen Gewands

bis zu den Knien, stellt den nackten Fuß auf Turas Hände und stemmt sich hoch. Es gelingt ihr, das rechte Bein über den Rücken der Stute zu schieben und sich halbwegs hochzuziehen. Tura hilft, sie noch höher zu schubsen, bis sie endlich rittlings sitzt.

Als das Pferd den Kopf hochwirft und sich bewegt, schreit Gisla ängstlich auf, doch Tura beruhigt sie. »Ganz ruhig! Du musst keine Angst haben. Die Stute ist ein braves Tier. Halt dich einfach an der Mähne fest.«

Tura packt die Zügel und zieht die Stute hinter sich her. Die setzt vorsichtig einen Fuß vor den anderen, als wäre ihr bewusst, dass ihre Reiterin bei jedem Schritt eine ängstliche Grimasse zieht.

Als sie am Burgtor ankommen, scheint Gisla sich schon etwas an den Gang des Pferdes gewöhnt zu haben. Auf ihrem Gesicht liegt nun weniger Angst als vielmehr Anspannung in dem Bemühen, nicht herunterzurutschen. Dann geht es durchs Tor, wo eine der Wachen ihnen zuwinkt. Ein Stück weiter gabelt sich der Weg. Der am meisten benutzte führt talwärts. Sie nehmen den anderen, der über eine blühende Wiese dem Bergrücken des Kuffa folgt.

Tura wirft einen Blick über die Schulter. »Na? Wie gefällt dir das?«

Gisla lächelt scheu. »Schön.« Sie hebt die Hand, um sich eine Haarsträhne aus dem Gesicht zu streichen. Aber nur für einen Augenblick, dann krallt sie ihre Hand wieder in die Pferdemähne. »Wie machst du es, dass du nicht runterrutschst?«, fragt sie nervös.

»Sitz gerade, aber nicht so steif, und geh mit den Bewegungen der Stute mit. Und klemm ein bisschen die Schenkel zusammen.«

»Nicht so einfach.«

»Du machst das gut. Ich hab mich dümmer angestellt beim ersten Mal.«

»Wirklich?«

Tura marschiert weiter, das Pferd trottet hinter ihr her, und Gisla wagt, sich ein wenig umzusehen. »Es ist schön hier«, sagt sie.

»Stimmt. Von hier aus kann man übers ganze Land sehen.« Tura deutet auf eine kleine Anhöhe rechts vor ihnen. »Von da oben, bei der alten Eiche, sogar noch besser. Von da kann man den Brukka sehen, den Berg der Götter.«

Im weiten Umkreis der Burg ist der Wald gerodet, nur die Eiche hat man stehen lassen. Sie ist ein herrlicher, Jahrhunderte alter Baum mit mächtigem Stamm und einer breiten Krone aus dicken Ästen. Einst war sie Wuodan geweiht, weshalb man sie aus Furcht vor dem Gott nicht umgehauen hat.

»Da bin ich früher oft draufgeklettert«, sagt Tura.

»Führst du uns dahin?«

»Vielleicht später.«

Tura summt eine kleine Melodie, während sie im Vorbeigehen mit der Linken über die Ähren der hohen Grashalme am Wegrand streicht. »Dahinten am Waldrand leuchtet es rot. Da wächst Mohn«, sagt sie.

»Was summst du da?«, fragt Gisla.

»Ach nichts. Ein Kinderlied.«

»Es erinnert mich an etwas.«

»Was denn?«

»Weiß auch nicht.«

»An deine Kindheit?«

»Vielleicht.«

»Ich weiß gar nichts über dich. Woher kommst du eigentlich?«

Gisla antwortet nicht, zuckt nur mit den Schultern.

»Willst du's mir nicht sagen?«

»Hab's vergessen.«

So wandern sie eine Weile weiter, bis sie an einen Felsbrocken kommen, der aus dem hohen Gras ragt. Tura hält an, führt die Stute dicht an den Felsen heran und klettert mit den Zügeln in der Hand auf den Stein.

»Was machst du?«, fragt Gisla.

»Ich steige auf.«

Mit geübtem Schwung landet sie hinter Gisla auf dem Pferderücken. Die Stute bewegt überrascht den Kopf und schnaubt, bleibt aber ruhig. Tura hebt den rechten Zügel über Gislas Kopf, legt beide Arme um die junge Sklavin und schnalzt mit der Zunge. Bedächtig setzt sich die Stute wieder in Bewegung.

Tura lenkt sie zurück auf den Weg, den sie gekommen sind, und gibt dem Tier die Fersen. Nun geht es in leichtem Trab weiter.

»Tura, ich hab Angst«, stöhnt Gisla und krallt sich in die Mähne.

Tura hält sie fest an sich gedrückt. »Keine Angst!«, raunt sie ihr ins Ohr. »Es geht doch gut. Ich mach noch eine Reiterin aus dir.«

Bevor Gisla antworten kann, spornt Tura die Stute zum Galopp an. Die Hufe dröhnen, und sie fliegen den Weg entlang, während Gisla spitze Schreie ausstößt, ob vor Angst oder Aufregung, lässt sich nicht sagen. Als sie dann doch vom Pferderücken zu rutschen droht, zügelt Tura das Tier, und sie bleiben stehen.

»Tu das bitte nicht mehr«, japst Gisla und verbessert ihren Sitz. »Mein Herz ist fast stehen geblieben.«

Tura lacht. »Na gut. Dann reiten wir jetzt in den Wald.«

Sie verlassen den Pfad und reiten im Schritt durch das Gras der Wiese. Es geht leicht bergab, bis sie den dunklen Waldrand erreichen und sich unter hohen Buchen quer durch abschüssiges Gelände wagen. Tura lässt die Stute selbst den Weg um morsche Baumstümpfe und gefallene Stämme herum und durch dichtes Unterholz finden. Schließlich erreichen sie eine kleine Hochfläche, auf der sich eine Lichtung befindet, wo die Sonne das Grün der Gräser und Farne leuchten lässt.

»Hier machen wir Rast«, sagt Tura und rutscht vom Pferd. Sie reicht Gisla die Hand und hilft ihr herunter. »Das hier ist mein Lieblingsplatz. Ich war schon oft hier. Du siehst, hier wachsen Waldblumen und unter den Bäumen sogar Blaubeeren. Müssten bald reif sein.« Sie deutet auf einen moosbewachsenen Felsen am Rande der Lichtung. »Dort können wir uns setzen.«

Tura lässt die Stute grasen, und die beiden Mädchen hocken sich auf das weiche Moos des Steins. »Siehst du, jetzt bist du eine Reiterin.«

Gisla lächelt verlegen. »Von wegen. Aber es war schön.«

»Wir haben ja noch den Rückweg. Und morgen können wir auch wieder ausreiten.«

»Sie werden mich schelten.«

»Nein, nein. Das lass nur meine Sorge sein.«

Es gefällt Tura, sich um Gisla zu kümmern, obwohl die junge Frau um so viel älter und auch größer und kräftiger ist. Für Tura ist sie wie ein Kind, scheu, unsicher, verloren in der Welt, aber anhänglich. Und dankbar für jede freundliche Geste.

»Nachher machen wir deine Haare. Sie gehören wirklich gewaschen und geschnitten. Ich kann sie dir flechten, wenn du möchtest.«

»Du gibst dir so viel Mühe mit mir. Das bin ich doch gar nicht wert.«

»Sag das nicht. Und warum ziehst du eigentlich nie das Kleid an, das ich dir gegeben habe?«

Gisla macht ein verlegenes Gesicht. »Es ist viel zu schön. Ich will nicht, dass es dreckig wird.«

»Man kann es waschen.«

»Die anderen Mägde mögen es nicht, wenn ich dein Kleid trage.«

»Die sind wohl eifersüchtig. Ich werde mit ihnen reden.«

»Ach, nein. Bitte nicht.«

Sie sitzen eine Weile im Schatten der Bäume und lassen den Wald auf sich wirken. Gisla ist entzückt, als sie bunte Schmetterlinge sieht, die im Sonnenlicht über die Lichtung torkeln. Bienen wandern von Blüte zu Blüte, und im Hintergrund lässt sich ein Specht hören. Es riecht nach Erde und Harz, nach altem Laub und warmem Gras.

Gisla seufzt zufrieden. »Ich war so lange nicht mehr im Wald.

Kann mich gar nicht mehr erinnern. Danke, dass du mich mitgenommen hast.«

»Gern geschehen. Aber sag mir, warum bist du oft so ängstlich und hast Scheu vor den Menschen? Besonders vor Männern?«

Gisla runzelt die Stirn. »Weiß nicht.«

»Das muss doch einen Grund haben.«

»Männer machen mir Angst.«

»Doch wohl nicht alle.«

»Nein, nicht alle. Aber manche.«

»Und was hältst du von Odda? Den fürchten die meisten.«

»Ich auch«, flüstert Gisla.

»Hat er dir etwas angetan?«

»Nein. Aber er ist so groß. Und grimmig.«

»Und Arrak?«

»Weiß nicht.«

»Magst du ihn?«

»Nicht besonders.«

»Warum?«

»Er macht mir Angst. Mehr als Odda.«

»Ich hab schon gemerkt, dass du ihm aus dem Weg gehst. Und was denkst du von meiner Mutter?«

Gisla zuckt mit den Schultern. »Sie kennt mich nicht.«

»Und von Orkon, meinem Vater?«

Bei der Erwähnung von Orkon macht Gisla plötzlich ein ängstliches Gesicht. In ihre Augen tritt so etwas wie Panik. Dann sieht sie zu Boden und schüttelt den Kopf, als dürfe sie nichts sagen.

Tura ist über diese Reaktion erstaunt. Was mag das zu bedeuten haben? »Was ist denn? Du siehst so eingeschüchtert aus.«

Gisla schüttelt beharrlich den Kopf. »Nichts, nichts!«, stammelt sie.

Seltsam, findet Tura. Warum diese Angst? Gewiss, Orkon ist streng und oft grausam. Aber das kann nicht die Erklärung sein. Es ist, als erinnere sein Name Gisla an etwas Schreckliches.

»Hat mein Vater dir etwas angetan?«

Gisla hält weiter den Kopf gesenkt. »Bitte nicht!«, haucht sie.

Auf einmal wird Tura klar, dass sie Gisla noch nie in der Halle gesehen hat, nur in der Küche, wo sie die niedrigsten Arbeiten verrichtet, oder bei den Tieren. Sie meidet nicht nur Arrak, sondern auch Vater. Offensichtlich liegt hier ein Geheimnis begraben – irgendetwas muss ihr geschehen sein, was sie nicht sagen will.

Tura beschließt, nicht weiter in sie zu dringen. Sollte das Geheimnis wirklich ihren Vater betreffen, möchte sie gar nichts davon wissen. Orkon schläft oft mit Sklavinnen. Tura weiß das. Arrak tut es ebenfalls und auch die Hauptleute der Hundertschaften. Aber mit Gisla? Mit der unschuldigen, scheuen Gisla? Der Gedanke ist ihr nicht nur unangenehm, er bereitet ihr fast Übelkeit. Besser, nicht daran rühren.

Nach einer peinlichen Weile versucht Tura, ihre Freundin wieder aufzumuntern. »Viele Männer sind doch nett, findest du nicht?«

Gisla zuckt unschlüssig mit den Schultern.

»Was hältst du von Hakun, der vor einer Weile hier war?«

»Hakun? Weiß nicht. Kenn ich nicht.«

»Hast du ihn nicht gesehen? Er wollte mich heiraten, aber Vater erlaubt es nicht.« Die Erinnerung an Hakuns Besuch macht Tura traurig.

»Heiraten?«, fragt Gisla und blickt ihr erschrocken ins Gesicht. »Gehst du dann weg, wenn du heiratest?«

»Wahrscheinlich. Das ist so üblich.«

Die Sklavin bekommt feuchte Augen. »Geh nicht! Bitte!«

»Vorerst bleib ich ja noch hier. Vielleicht heirate ich ja überhaupt nie.« Sie versucht, tapfer zu lächeln. »Vielleicht will mich ja niemand.«

Plötzlich schlingt die junge Frau ihre Arme um Turas schmale Schultern und küsst sie leidenschaftlich auf den Mund. Tura ist völlig überrascht und fällt fast vom Felsen. Sie will schon den

Kopf wegdrehen, aber Gisla hält sie fest. Ihre Lippen sind weich und zärtlich, und der Geruch ihrer warmen Haut ist betörend. Und so lässt Tura es zu, gibt sich dem Kuss hin, der immer inniger und schmelzender wird. Bis sie doch auseinanderfahren und sich verlegen ansehen.

Gisla, jetzt ganz rot im Gesicht, legt verwirrt die Finger auf die Lippen. »Ich wollte nicht ... Es tut mir leid.«

Tura, selbst noch ganz benommen, braucht einen Augenblick, um sich zu fangen. So hat noch niemand sie geküsst. Das war mehr als der Kuss einer Freundin. Aber es war schön. Sie wünscht sich, jemand wie Hakun würde sie so küssen.

Gisla holt zitternd Luft. »Ich weiß nicht, warum ich –«

»Es muss dir nicht leidtun.« Tura streicht ihrer Freundin übers Haar. »Es war schön, dich zu küssen. Es zeigt, dass du mich liebst.«

»Du bist mir nicht böse?«

»Nein. Überhaupt nicht.« Tura beugt sich vor und küsst Gisla noch einmal sanft auf die Lippen. »Siehst du? Ich bin dir nicht böse.« Sie steht auf. »Aber jetzt gehen wir. Komm!«

* * *

»Sei dankbar, dass nichts Schlimmeres passiert ist«, sagt Drengi.

Sithun wirft seinem Vater einen gereizten Blick zu. »Wir sind verdammt noch mal ausgeschieden! Was soll es Schlimmeres geben?«

»Dein Bruder ist noch im Rennen. Hör auf zu jammern, und wünsch ihm Glück.«

»Ja, ja. Natürlich wünsch ich ihm Glück.« Es klingt bitter und wenig überzeugend.

Sithuns Wagenlenker steht mit schuldbewusster Miene neben ihm. »Ich hab's schon gesagt: Es war mein Fehler.«

»Ach was!«, knurrt Sithun. »Wir wurden abgedrängt. Und

dann dieser verdammte Stein! Eine Schande, dass da immer noch solche Brocken rumliegen. Wir sollten uns beschweren.«

Es ist wie immer viel Mühe darauf verwendet worden, die Strecke zu ebnen und Wurzelstrünke und größere Steine zu entfernen. Diesen einen jedoch muss man übersehen haben, was Sithun im zweiten Rennen der Vorentscheidung zum Verhängnis wurde. Kurz vor der Kurve hat ein Wagen der Guvarri ihn und seinen Wagenlenker abgedrängt, sodass dieser, im Bemühen auszuweichen, gegen die Planken gekracht ist. Das wäre nicht weiter schlimm gewesen, hätte da nicht dieser kopfgroße Stein gelegen. Die linke Radfelge brach, und der Wagen hätte sich fast überschlagen. Die Pferde stürzten, wobei eines sich das Bein brach und anschließend getötet werden musste.

Den beiden Männern ist wie durch ein Wunder nichts passiert. Das heißt, außer ein paar Prellungen und Sithuns verstauchter linken Hand. Es war auch nicht der einzige Unfall des Tages. Ein Pferd eines anderen Gespanns ist in einer Kurve gestrauchelt und hat das ganze Gespann mit sich gerissen. Einer der Männer brach sich den Arm und ist nur mit Glück nicht unter die Hufe des nachfolgenden Wagens geraten.

»Ja, verdammtes Pech, Bruder«, sagt Gejlir. »Aber ich verspreche dir, ich werde unsere Ehre retten.«

Er und sein Fahrer sind im zweiten Vorlauf an erster Stelle und mit sieben Treffern durchs Ziel gekommen und werden am Nachmittag den Endlauf bestreiten, vor allem gegen Arrak. Aber auch Hakun hat es in den Endlauf geschafft, sogar mit acht Treffern.

Ada, die bei den Männern steht, drängt sich an Gejlir und legt ihm den Arm um den Rücken. »Sei vorsichtig!«, raunt sie ihm besorgt zu. »Ich könnte es nicht ertragen, wenn dir was passiert.« Als sie merkt, dass Drengi ihr einen missbilligenden Blick zuwirft, wird sie rot und tritt zwei Schritte zurück. »Verzeih mir, Herr!«

Rana kann sich denken, warum. Dass die Zwillinge mit einer

Sklavin Umgang haben, ist für Ruotinger Edle nicht weiter erwähnenswert. Und dass Ada die beiden zum Rennen begleitet, mag Drengi noch dulden. Aber nicht, dass sie die Beziehung öffentlich zur Schau stellt.

»Du und dein Fahrer, ihr wart so gut«, sagt Rana zu Gejlir, um abzulenken. »Mögen die Götter euch heute den Sieg schenken!«

»He! Und was ist mit mir?«, fragt Hakun mit gespielter Entrüstung. »Verdien ich etwa nicht den Sieg?«

»Du hast uns belogen, du Gauner«, knurrt Sithun. »Du wolltest doch gar nicht antreten.«

»Ich hab's mir eben anders überlegt.«

»Und dein Wagen ist auch vom Feinsten.«

»Na ja, wir Harruner können eben Wagen bauen.«

»Nimm dich vor dem in Acht, Bruder! Der kommt womöglich von hinten, wenn du's am wenigsten erwartest.«

Hakun lacht. »Ich werd mich bemühen.« Und zu Rana mit einem unbekümmerten Grinsen: »Wenn du mir schon nicht den Sieg gönnst, dann gib mir wenigstens deinen priesterlichen Segen, dass ich mir nicht alle Knochen breche.«

»Den kannst du gerne haben«, erwidert sie lächelnd. »Obwohl Eponas Segen sicher eher angebracht wäre. Aber wenn du darauf bestehst – die unsterbliche Destarte soll dich an Leib und Seele schützen.«

»Leib genügt schon. Meine Seele ist ohnehin verloren. An wen, verrat ich dir aber nicht.«

Es ist im Scherz gesagt. Und doch spürt Rana, wie ihr die Röte ins Gesicht steigt. »Solange sie nicht Hador gehört, ist dir verziehen.«

»Wirklich? Dann gehe ich beruhigt ins Rennen.«

Ada mustert Rana mit einem kleinen wohlwissenden Lächeln. Und Sithun, dem Ranas plötzlich erblühte Wangen ebenfalls nicht entgangen sind, wendet sich an seinen Bruder. »Ich würde mich nicht auf Ranas gute Wünsche verlassen«, sagt er spöttisch. »Die gehören vielleicht einem anderen. Also geh lieber Epona opfern, wenn du wirklich gewinnen willst.«

Mit gespielter Entrüstung funkelt Rana ihn an. »Nur weil du gestern verloren hast, musst du nicht deinen Spott mit mir treiben.«

Gejlir grinst. »Hast du's gemerkt, Bruder? Unsere Priesterin ist nicht sehr groß, aber austeilen kann sie allemal.«

Alles lacht. Selbst Drengi muss schmunzeln.

Das heitere Geplänkel kann dennoch nicht darüber hinwegtäuschen, dass die Stimmung angespannt ist. Je nervöser die Männer sind, desto sorgloser geben sie sich, sagt sich Rana. Besonders Hakun. Er tut so, als berühre ihn das alles nicht, als handle es sich nur um ein Spiel. Dabei ist es ihnen allen todernst. Im Stillen schickt sie Epona ein Stoßgebet, dass Hakuns Pferde nicht stürzen, dass ihm nichts geschehen möge. Und natürlich, dass auch Gejlir heil durchs Rennen kommt.

Sie sieht sich unter den Zuschauern um. Ganze Heerscharen umlagern die Rennbahn und das Heiligtum der Epona. Alles fiebert dem letzten, entscheidenden Lauf entgegen. Überall wird geredet, wer die besten Chancen auf den Sieg hat, Wetten werden abgeschlossen, Klanmänner verspotten Anhänger anderer Klans. Weiter hinten scheint eine Schlägerei ausgebrochen zu sein, die aber schnell geschlichtet wird.

Neben Arrak, Gejlir und Hakun haben sich ein Ruotani und zwei Guvarri für den Endlauf qualifiziert. Ein grobschlächtiger einäugiger Kerl brüllt den Schlachtruf der Helminger, worauf Nebroni und Ruotinger ihn mit Schmährufen bewerfen. Andere drängen sich dazwischen, damit es nicht wieder zu einer Prügelei kommt. Handgreiflichkeiten kommen in diesen Tagen häufig vor. Drengi sagt, das sei bei den Rennen schon immer so gewesen, aber Rana meint mehr zu spüren als die übliche männliche Rauflust.

Wenig später wird der feierliche Opferritus für Epona, die göttliche Schirmherrin dieser Wagenrennen, begangen. Ihre hölzerne Stele stellt die Umrisse einer weiblichen Gestalt auf einem Pferderücken dar. Epona ist Astaris' Schwester, denn auch das Pferd wurde zu Urzeiten von den Menschen gejagt. Bis es Epona gelang, den Ur-Hengst zu zähmen. Ihm gab sie sich hin, und gemeinsam zeugten sie kämpferische Wesen – halb Mensch, halb Pferd –, mit denen sie an der Seite Wuodans gegen die Riesen kämpften. Den Menschen verbot sie fortan, Pferde zu jagen. Sie sollten sie sich untertan machen, sie lieben und pflegen. Seither dienen Pferde dem Menschen, und Epona wacht über die ihr heiligen Tiere. Keine Kreatur außer dem Hund ist dem Menschen so verbunden wie das Pferd.

Heute, im feierlichen Zeremoniell vor dem Endlauf, dienen der Göttin drei Priester, darunter eine Frau. Sie soll wohl die Göttin selbst verkörpern. Außer einem schmalen Lendenschurz sind alle drei nackt. Ihre Körper sind geölt, sodass sie im Licht der Sonne glänzen. Als Masken tragen sie täuschend echt aussehende Pferdeköpfe mit Mähnen, die bis weit über den Rücken hängen. Der von Trommeln begleitete wilde Tanz stellt Eponas Kampf gegen die Riesen dar. Er endet mit der stolzen Siegerpose der Göttin.

Einer der Priester führt einen weißen Hengst zum Opferstein. Das Tier tänzelt und schlägt unruhig mit dem Schweif, als ahne es, was ihm bevorsteht. Die Priesterin legt ihm beide Hände um den Kopf und spricht in einem ruhigen Singsang zu ihm, bis es sich beruhigt. Ein Längsschnitt an der Halsvene lässt das Blut fließen, das die Männer in einer irdenen Schale auffangen. Die Priesterin taucht die Hände wiederholt in das Blut und bildet damit rote Abdrücke auf dem weißen Rücken des Tiers. Das weist auf die Zähmung des Urhengstes durch die Göttin hin.

Als die Schale voll ist, lassen sie das Blut unter Beschwörungen auf die Erde fließen, auf dass Mutter Gaia es in sich aufnehme und daraus viele gesunde Fohlen gebäre. Schließlich knicken dem

Hengst die Knie ein. Sie singen für ihn und streicheln ihn, bis er langsam zur Seite sinkt und sein Leben zur Ehre der Göttin aushaucht.

Nun treten die zwölf Wettkämpfer vor, Schützen wie Wagenlenker. Die meisten sind jung. Ihre Mienen sind angespannt und ernst. Nicht nur die eigene Ehre, auch die ihrer Klans steht auf dem Spiel. Für einen jungen Edlen gibt es die Jagd und den Krieg, um sich hervorzutun. Doch es gibt nichts Erstrebenswerteres als ein Sieg bei den Rennen.

Jeder von ihnen nimmt einen Schluck des Pferdebluts aus der Schale, auf dass die Kraft des Hengstes in sie übergehe. Dann zeichnen die Priester ihre Wangen mit dem geweihten Blut, damit Epona über sie und ihre Tiere wachen möge – ein Zeichen, das sie auch im Rennen mit Stolz tragen werden.

Direkt nach den Feierlichkeiten wandern die Zuschauer zur Rennstrecke hinüber – die meisten sind Männer, nur vereinzelt befinden sich Frauen unter ihnen –, und die Wettkämpfer begeben sich zu ihren Wagen, diesen leichten, fast zerbrechlich wirkenden Gespannen. Schiedsrichter überprüfen alles, besonders die Anzahl korrekt markierter Pfeile, die die Schützen in ihren Köchern tragen. Dann geht es zur Startlinie am Ostende der Bahn, wo sie wenig später in einer Reihe stehen und auf das Zeichen des Fürsten warten, die Pferde unruhig und genauso wild draufloszupreschen, wie die Männer selbst.

Arrak ist per Los der Platz ganz außen zugewiesen worden, Hakun startet in der Innenbahn, was ein Vorteil ist, Gejlir rechts neben ihm. Nach den Übungsläufen und Rennen des Vortags hat man sich bemüht, die Bahnen für den Endlauf vorzubereiten, Löcher zu füllen, Radspuren einzuebnen. Von Gras ist leider nicht mehr viel zu sehen. Bei dem trockenen Wetter wird es eine staubige Angelegenheit werden.

Auf dem Schlachtfeld ist der Bogenschütze der wichtigste Mann, und die Aufgabe des Wagenlenkers ist lediglich, ihn nah genug an den Feind zu bringen, damit er möglichst viele Gegner trifft, bevor sie abdrehen. Beim Rennen kommt es ebenfalls auf Treffsicherheit an, aber der Fahrer ist vielleicht sogar entscheidender, weshalb Gejlir und Hakun sich entschlossen haben, ihre Pferde selbst zu lenken.

Auf halber Strecke, etwa dreihundert Schritt vom Start entfernt, sitzt Orkon auf einem erhöhten Stuhl, der selbst auch wieder auf einer hölzernen Plattform steht. Vor diesem Hochsitz befindet sich die Ziellinie. Rana steht nur ein paar Schritte davon entfernt in einer Gruppe von Nebroni, darunter Drengi, Sithun, Ada und andere. Es ist das erste Mal, dass sie Orkon persönlich zu Gesicht bekommt. Der Mann hat einen ziemlichen Bauch, fette Oberarme und ein teigiges Gesicht. Obwohl man ein Sonnensegel über ihn gespannt hat, scheint er mächtig zu schwitzen. Seine Tunika ist unter den Armen schweißgetränkt.

»Sag mal«, lässt Sithun sich neben ihr vernehmen. »Da glotzt dich einer die ganze Zeit an. Kennst du den?«

»Wo?«

Sithun deutet auf einen Mann, der in einer Gruppe rechts von ihr steht. Zu ihrem Erstaunen glaubt sie, Aiko zu erkennen. Was macht ihr Knecht denn hier? Als der Mann sieht, dass sie ihn bemerkt hat, dreht er sich um und verschwindet in der Menge. Vielleicht hab ich mich geirrt, denkt sie. Was sollte ausgerechnet Aiko hier zu suchen haben? Der wird doch bei der Ernte gebraucht.

Und dann vergisst sie den Vorfall wieder, denn dem Fürsten wird gerade das gewaltige, mit Silber beschlagene Horn eines Auerochsen gereicht, das seit Generationen nur dazu benutzt wird, das Startzeichen zu geben. Orkon blickt zum Start hinüber, wo die Lenker Mühe haben, die Pferde zurückzuhalten, und hebt das Horn an die Lippen. Ein Seufzer geht durch die Menge. Es wird still.

Endlich erschallt der ersehnte Hornstoß. Zügel klatschen auf Pferderücken, und trotz der dreihundert Schritt Entfernung hört man, wie die Wagenlenker ihre Tiere anfeuern. Mit einem Ruck werfen sich die Gäule gegen die Brustriemen. Alle sechs Streitwagen kommen in Fahrt und beschleunigen rasch. Schon nach wenigen Schritten sind die Pferde in vollem Galopp, und ihre Hufe hämmern über die Bahn. Staub wirbelt hinter den Wagen hoch, Zuschauer jubeln und feuern ihre Helden an.

Arraks Wagenlenker – er hat bereits eine knappe Pferdelänge Vorsprung – versucht sofort, nach innen zu ziehen. Ein Fehler, denn sein Nachbar lässt ihn nicht. Die Menge schreit erschrocken auf, fast wäre es zum Zusammenstoß gekommen. Die Räder berühren sich kurz, doch dann ist die Gefahr gebannt. Arraks Wagen ist bei dem verunglückten Überholversuch leicht zurückgefallen und jagt nun eine Pferdelänge hinter den anderen her.

Auch im Mittelfeld wäre beinahe ein Unfall passiert. Was nicht unüblich ist, wenn jeder Wagenlenker sich bemüht, einen guten Start hinzulegen und zugleich die Innenbahn zu erobern.

Rana blickt mit Anspannung den Wagen entgegen, die schnell näherkommen und dann in einem Wirbel von fliegenden Hufen und wild drehenden Rädern an ihnen vorbeidonnern. Die Zuschauer umhüllt eine Staubwolke, die der Wind zum Glück schnell fortträgt.

Als der Staub sich lichtet, liegt Gejlir leicht vorn, obwohl das noch nichts bedeutet, denn erst in der Kurve wird sich entscheiden, wer wirklich in Führung geht. Man sieht schon, wie die Schützen in vollem Lauf die Bögen heben, während ihre Lenker die unmögliche Spitzkurve ansteuern, die Pferde etwas zurücknehmen und sich bemühen, den Rädern der anderen Konkurrenten auszuweichen. Wer die Innenbahn hält, hat den Vorteil, muss aber eine sehr enge Kurve fahren und stärker abbremsen, um nicht aus der Bahn getragen zu werden.

Einer nach dem anderen schlittern die Wagen um die Kurve. Bei einem brechen die Räder über dem kahlen Erdreich aus, und es dauert einen Augenblick, bis der Fahrer – es ist ein Wagen der

Guvarri – sein Gespann wieder im Griff hat. Er beschleunigt als Letzter auf die nun vor ihnen liegende Gerade.

»Ich glaube, Hakun führt!«, ruft Sithun aufgeregt. »Aber Gejlir ist dicht dahinter.«

»Du täuschst dich«, sagt sein Fahrer. »Gejlir liegt vorn.«

»Wirklich? Umso besser!«

Ada hüpft auf und ab vor Anspannung. Auch Ranas Herz schlägt vor Erregung. Nie hätte sie gedacht, dass ein Rennen sie so packen könnte. Sie ist sich nicht sicher, wem sie den Sieg wünschen soll, Gejlir oder Hakun. Gejlir natürlich. Er fährt schließlich für die Nebroni. Und doch, ihr Herz schlägt auch für Hakun.

Schnell nähert sich das Geräusch der trommelnden Hufe, und dann sind die Wagen wieder an ihnen vorbei und rasen auf die Ostkurve zu. Das Feld hat sich leicht auseinandergezogen. Arrak liegt an vorletzter Stelle, drei Pferdelängen hinter dem Vierten. Einer der Guvarri ist noch weiter zurückgefallen. Sein Gespann läuft nicht, wie es sollte. Die Pferde scheinen den gemeinsamen Rhythmus verloren zu haben.

»Habt ihr gesehen? Wir schlagen Arrak!«, ruft Sithun begeistert.

»Wart's ab!«, brummt Drengi. »Zum Frohlocken ist es zu früh.« Aber auch ihm sieht man die freudige Erregung an.

Nun geht es in die Ostkurve. Wieder fliegen Pfeile auf die Strohpuppen zu, dann geht es ohne Schwierigkeiten in entgegengesetzter Richtung weiter. Ein feiner Staub liegt jetzt in der Luft, den auch der leichte Wind nicht sofort davonträgt. Immer wieder drängen sich Zuschauer gefährlich nah an die Piste, um ihre Lieblinge anzufeuern, die sich nun erneut der Ziellinie nähern und dann in gestrecktem Galopp darüber hinwegjagen. Die erste Runde ist gefahren, doch der Guvarri hat nach der Kurve aufgegeben, da einer seiner Gäule lahmt.

Die fünf anderen Wagen liegen immer noch dicht beieinander. Auf gerader Strecke zu überholen ist schwierig, denn die Pferde sind ausgesuchte Renner. Außerdem beanspruchen nun alle Wagen die Innenbahn, sodass ein Überholmanöver noch vor der Kurve gelingen müsste, um erfolgreich zu sein. Gejlir führt, gefolgt von Hakun. Arrak liegt weiter an fünfter Stelle. So gehen sie mit fliegenden Pfeilen in die Westkurve.

Der Viertplatzierte, der zweite Wagen der Guvarri, geht zu schnell in die Kurve und wird nach außen getragen. Arraks Gespann schießt innen an ihm vorbei. Beim Einbiegen in die Gerade lässt Arrak noch einen Pfeil fliegen.

»Seht ihr?«, sagt Drengi. »Arrak holt auf. Er ist jetzt an vierter Stelle.«

Der Guvarri-Fahrer gibt sich jedoch nicht geschlagen, er drischt mit der Peitsche auf seine Gäule ein und nähert sich auf der Außenbahn wieder Arraks Wagen, sodass sie nebeneinander die Piste entlangstürmen. Die Menge der Zuschauer tobt, als Arraks Wagenlenker mit der Peitsche auf die beiden Konkurrenten einschlägt und es ihm so gelingt, den vierten Platz zu halten.

Während die Wagen sich der Ostkurve nähern, machen sich die Schützen erneut bereit. Ihre Waffen sind die gebogenen, aus Holz, Horn und Sehnen verleimten Kampfbögen. Sie sind kurz, dafür aber gerade richtig für den Kampf zu Pferde oder Wagen, und besitzen große Durchschlagskraft. Die Köcher tragen die Schützen auf dem Rücken, um schneller ziehen zu können. Wobei das Treffen der Ziele in der engen Kurve, in denen die Räder oft wegrutschen, besonders schwierig ist.

»Wer schießt denn bis jetzt am besten?«, fragt Rana mitgerissen von der Spannung des Wettkampfs und der Erregung der Menge, die lautstark mitgeht und jedes Geschick oder Missgeschick ihrer Helden mit Jubel oder Stöhnen begleitet.

»Kann man von hier aus schlecht sehen«, erwidert Sithun. »Das prüfen am Ende die Schiedsrichter. Gejlir hat einen guten Schützen, aber Arrak ist für seine Treffsicherheit berühmt.«

»Und Hakun?«

Sithun grinst. »Der behauptet, sein Mann sei noch besser. Auch –«

»Hakun ist zurückgefallen!«, ruft Ada dazwischen.

»Tatsächlich«, stöhnt Sithun. »Wie ist denn das passiert? Ich hab gerade nicht aufgepasst.«

Auf der Geraden nach der Ostkurve ist deutlich, dass Hakun sogar zwei Plätze verloren hat und Arrak jetzt vor ihm an dritter Stelle liegt. Helminger feuern ihre Helden an, nun auch die Ruotani zu überholen. Als die Wagen sich der Ziellinie nähern, um die dritte und letzte Runde in Angriff zu nehmen, sieht man, dass Arraks Gespann die Entfernung zu den Ruotani tatsächlich verkürzt hat.

Doch Gejlir liegt immer noch vorn. Gerade rasen die Wagen unter dem Jubel der Nebroni am Fürstensitz vorbei, und Männern wie Pferden ist die enorme Anstrengung anzumerken. Die Gäule keuchen mit Schaum vor den Mäulern, Schweiß auf den Flanken, angetrieben von den Schreien der Wagenlenker. Die stehen breitbeinig und leicht vornübergebeugt, mit vor Anspannung verzerrten Gesichtern auf dem schwankenden Boden der Wagen, Zügel in der Linken, Peitsche in der Rechten. Die Schützen halten sich mit aufgelegten Pfeilen an der niedrigen Reling fest, bereit, im rechten Augenblick auf die Strohpuppen der nächsten Kurve zu zielen. Ein paar verfehlte Schüsse können alles verderben, auch für die beiden Nebroni.

Knapp vor der Westkurve zielt Gejlirs Mann und schießt, und gleich darauf ein zweites Mal, während der Wagen um die Kurve schlittert. Ein Stöhnen geht durch die Menge, als eines der Pferde strauchelt. Aber es fängst sich wieder, und Gejlir jagt das Gespann mit Peitschenhieben in die Gerade.

In diesem Moment erwischt es die Ruotani. Ein Aufschrei geht durch die Menge, als der Fahrer die Kurve zu schnell nimmt und der Wagen hinter den Pferden ausbricht, von der Bahn geschleudert wird und auf dem holprigen Grund außerhalb der Piste eines der Räder bricht. Der Wagen überschlägt sich, die Deichsel löst sich, Schütze und Wagenlenker werden durch die Luft gewirbelt und eines der Pferde von den Füßen gerissen. Der andere Gaul reißt sich los, galoppiert ein paar Schritte weiter, bleibt dann mit hängendem Kopf und bebenden Flanken stehen.

Rana starrt zutiefst erschrocken auf die Unfallstelle. Männer eilen hinzu, um zu helfen. Das gestürzte Pferd steht schon wieder, auch einer der Ruotani. Der andere jedoch scheint liegen geblieben zu sein. Sie fasst sich ans Herz. Ist er verletzt? Oder gar tot?

»Die hat's erwischt«, bemerkt Sithun nüchtern. Dann flucht er. »Verdammt, seh ich das richtig? Arrak holt auf?«

Eine kleine Unachtsamkeit in der Kurve hat Gejlir den Vorsprung gekostet. Sein und Arraks Wagen liegen jetzt Seite an Seite, Gejlir auf der Innenbahn, während Arraks Wagen zu überholen versucht. Beide Fahrer machen von der Peitsche Gebrauch. Nicht nur, um die Pferde anzutreiben, sondern auch, um schmerzhafte Hiebe auf den Gegner regnen zu lassen.

Arraks Wagen fällt wieder zurück, und Sithun jubelt, als Gejlirs Gespann als Erstes an ihnen vorbeirast. Arrak folgt dicht auf, dann mit drei Längen Abstand Hakun. Rana bleibt das Bild von Gejlirs verzerrtem und blutverschmiertem Gesicht vor Augen. Die Brutalität des Rennens ist erschreckend.

Die letzte Kurve nähert sich. Die Bogenschützen auf den ruckelnden Wagen legen an. Pfeile fliegen.

Und dann passiert das Unfassbare.

Es sieht aus, als ob Gejlir die Kontrolle über sein Gespann verliert. Rana und alle um sie herum schreien erschrocken laut auf, denn der Wagen schlingert, kracht in die Strohpuppen und stürzt um. Die Pferde schleifen ihn noch ein paar Schritte, dann bleiben sie stehen, während Arrak an ihnen vorbeizieht und auf die Zielgerade einbiegt.

Doch auf ihn achtet keiner der Nebroni. Gejlirs Schütze konnte freispringen. Aber was, ihr Götter, ist mit Gejlir selbst?

Unter dem donnernden Jubel der Helminger fährt Arraks Wagen als Erster über die Ziellinie. Ihr Held hat es allen gezeigt. Trotz eines schlechten Starts hat sein Fahrer aufgeholt und das Rennen gewonnen. Wie im letzten Jahr. Und im Jahr davor. Fehlt nur noch, Arraks Treffsicherheit zu überprüfen.

Von den Nebroni sind viele zur Unfallstelle gerannt, auch Rana und Ada. Drengi ist zurückgeblieben, als ahne er, was mit seinem Sohn geschehen ist, und könne den Anblick nicht ertragen. Als Rana sich durch die schnell größer werdende Menge an der Ostkurve drängt, merkt sie, dass Hakun das Rennen abgebrochen hat und sich um den Verletzten kümmert. Gejlir liegt totenbleich in seinen Armen. Auf den Wangen trägt er immer noch Eponas eingetrocknetes Blutzeichen. Wenig hat es ihm genützt.

Mit einem Aufschrei wirft Ada sich vor Gejlir auf die Knie und umfasst mit zitternden Händen sein Gesicht. »Was ist dir?«, schreit sie. »Bist du verletzt?« Sie tastet Brust und Arme ab. »Hast du dir was gebrochen?«

Gejlir stöhnt. Er liegt halb auf der Seite. Blut tropft ihm von den Lippen. Er öffnet die Augen und erkennt Ada, die sich mit angstverzerrter Miene über ihn beugt, und dreht ihr sein Gesicht zu. »Ada«, murmelt er und versucht zu lächeln. »Du bist so schön.«

»Red keinen Unsinn!« Ihr laufen Tränen über die Wangen. »Was hast du? Nun sag schon!«

Aber er antwortet nicht. Stattdessen geht ein Zittern durch seinen Körper. Er verdreht die Augen, bis nur noch das Weiße zu sehen ist. Sein Leib bäumt sich einmal auf, dann sackt er in sich zusammen, der Kopf fällt zur Seite, und ein Atemzug wie ein Seufzer entweicht seiner gequälten Lunge.

»Nein!«, schreit Ada. »Verlass mich nicht!«

Sie packt ihn am Kinn und schüttelt ihn. Aber er regt sich nicht. »Nein, nein!«, kreischt sie außer sich und schlägt ihm ins Gesicht, als könne sie ihn damit erwecken. »Geh nicht! Du darfst nicht sterben! Wach auf, Gejlir, wach auf!« Aber er wacht nicht auf.

»Er ist tot, Ada«, sagt Hakun und schließt dem Toten die Lider.

Mit Entsetzen starrt Ada auf den Leichnam ihres Geliebten. Rana hockt sich zu ihr, hält ihre Arme fest, die Gejlir immer noch schütteln wollen, und wiegt die Weinende wie ein Kind in ihren Armen. Ada lässt es zu und birgt schluchzend ihr Gesicht an Ranas Brust.

Die Männer, die sich um sie drängen, blicken betroffen auf den Leichnam. Sithuns Miene ist starr vor Schock. Sein Geist will noch nicht aufnehmen, was gerade geschehen ist. Ein Leben lang haben sie alles geteilt, und nun soll Gejlir von ihm gegangen sein? Wie kann das sein? Sithuns Lippen bewegen sich, doch kein Laut entkommt ihnen. Es dauert, bis er die Sprache wiederfindet.

»Das ist Hadors Werk«, flüstert er. Dabei steigt ihm das Blut ins Gesicht. Er hebt die Faust gen Himmel. »Hador!«, brüllt er außer sich. »Du hast mir den Bruder gestohlen. Ich verfluche dich!«

Hakun, der Gejlir gehalten hat, legt ihn vorsichtig auf die Seite und steht auf. »Nicht Hador ist schuld«, sagt er tonlos. »Dein Bruder ist ermordet worden.«

Es dauert, bis die Worte zu Sithun durchdringen. Dann starrt er Hakun fassungslos an. »Was sagst du da?«, flüstert er.

»Sieh selbst.« Hakun dreht den Leichnam ein wenig und deutet auf den Pfeil, der aus Gejlirs Rücken ragt. »Es war kein Unfall, Sithun. Der Pfeil muss ihn ins Herz getroffen haben. Oder dicht genug, um ihn schnell verbluten zu lassen. Und wie du siehst, trägt der Pfeil Arraks Zeichen.«

»Kein Unfall, sagst du?« Sithun blickt fragend zu Gejlirs Bogenschützen hinüber. »Ist das wahr?«

Der zuckt mit den Schultern. »Ich weiß nicht. Es ging alles so schnell. Gejlir schrie auf, ließ die Zügel los und sackte zur Seite. Ich hab versucht, das Gespann in den Griff zu kriegen, aber es ist mir nicht gelungen. Mehr kann ich dir nicht sagen.«

»Du kannst mir glauben«, sagt Hakun mit grimmiger Miene. »Ich habe genau gesehen, wie Arrak auf Gejlir gezielt hat. Ich war schließlich dicht hinter ihm.«

»Du meinst ...«

»Arrak hat ihn getötet! Versteh doch endlich!«

Bei den Worten beginnt es in der Menge zu rumoren. Vor allem unter den Nebroni, die ihrer Wut Luft machen. »Es war Arrak!«, zischen die Ersten. Und dann andere, lauter: »Arrak hat ihn umgebracht!« Von Mund zu Mund eilt der Ruf durch die Menge, die sich am Unfallort eingefunden hat, und wird weitergetragen. Viele fragen ungläubig nach. Kann es wahr sein, was sie gehört haben? Ein Mord auf der Rennbahn? Das Raunen der Entrüstung wandert bis zum Sitz des Fürsten.

Zwischen Helmingern und Nebroni kommt es zu Handgreiflichkeiten. Schiedsrichter versuchen, dazwischenzugehen und zu schlichten. Einer von ihnen wird im Gewühl niedergeschlagen. Nicht nur Nebroni und Helminger prügeln sich, auch Ruotani und Guvarri mischen sich ein. Plötzlich sieht man Messer blitzen. Jemand schreit auf.

Dann drängen Krieger des Fürsten die Menge zurück. Mit den stumpfen Enden ihrer Speerschäfte stoßen sie zu, treiben die Hitzköpfe mit ihren Schilden auseinander, bis langsam Ruhe einkehrt. Erzwungene Ruhe. Hasserfüllte Blicke von beiden Seiten.

An der Ostkurve bekommen sie wenig davon mit.

»Hilf mir, ihn auf meinen Wagen zu heben«, sagt Hakun.

Sithun ist immer noch hochrot im Gesicht. »Ich schwör's, ich bring den Kerl um!«, zischt er und wischt sich die Tränen von den Wangen.

Doch er hilft Hakun und Gejlirs Bogenschützen, den Leichnam seines Bruders auf den Wagen zu schaffen. Sie legen ihn mit angewinkelten Beinen auf die Seite, damit der Pfeil, der in seinem Rücken steckt, gut zu sehen ist. Hakun packt eines der Pferde am Zügel und führt den traurigen Zug der Nebroni an.

Langsam schreiten sie die Rennstrecke entlang, Sithun mit gesenktem Kopf an Hakuns Seite. Rana stützt die weinende Ada, die sich nicht beruhigen will. Immer mehr Zuschauer schließen sich ihnen an. Viele, weil sie Anteil nehmen, Neugierige, die wissen wollen, was jetzt geschieht, und nicht wenige, weil sie wütend auf die Helminger sind und Arrak bestraft sehen wollen, auch wenn es unwahrscheinlich ist, dass das geschieht. Es ist ein spontaner, anklagender, stiller Trauerzug, der einen jungen Mann ehrt, einen Helden der Nebroni, der vor aller Augen ermordet wurde, nur damit ein anderer das Rennen gewinnt.

Hakun hält seine Pferde direkt vor dem Hochsitz des Fürsten an. Drengi, der steif und mit steinerner Miene daneben steht, tritt langsam vor und blickt auf den Leichnam seines Sohnes. Dann entdeckt er den Pfeil in Gejlirs Rücken. »Was ist das?«, flüstert er bestürzt. »Ich dachte ...«

»Dachtest du, es war ein Unfall, Vater?« Sithuns Stimme klingt wütend, scharf, fast schrill. Er deutet auf Arrak, der auf der Plattform neben dem Sitz seines Vaters steht. »Der da hat ihn auf dem Gewissen. Dieser Bastard hat deinen Sohn getötet, Vater, meinen Bruder. Der Pfeil beweist es. Er trägt eindeutig sein Zeichen.«

Drengi starrt auf den Pfeil. Wer, bei Wuodan, kennt nicht das Zeichen der Helminger? Seine Miene verhärtet sich zu einer starren Maske. Dabei schießt ihm das Blut in die Wangen, und Tränen des Zorns treten ihm in die Augen. Sein schrecklicher Blick trifft Arrak. Einen Augenblick lang sieht es so aus, als würde er sich auf ihn stürzen. Doch er beherrscht sich, wenn auch mit großer Mühe.

Orkon wendet sich an seinen Sohn. »Ist das wahr?«

Arrak schüttelt den Kopf. »Natürlich nicht«, erwidert der gleichmütig, aufreizend unbekümmert. »So leid es mir tut für Gejlir, es war ein Unfall.«

»Ein Unfall?«

»Ich hab auf die verdammten Strohpuppen gezielt, was denn sonst! Man hat einen ziemlich unsicheren Stand, du weißt das ...

ein Stoß des Wagens ... Ich hab nicht mal gesehen, wohin der Pfeil geflogen ist. Es war die letzte Runde, wir waren alle erschöpft –«

Orkon unterbricht ihn und wendet sich Drengi zu. »Da hast du's ... ein Unfall. Es tut mir wirklich sehr leid um deinen Sohn, aber diese Rennen sind nicht ungefährlich, du weißt das.«

»Es war kein Unfall!«, ruft Hakun dazwischen, laut genug, dass man ihn auch in den hinteren Reihen hören kann. »Ich war nicht mehr als zwei Pferdelängen hinter Arrak. Er hätte erst in der Kurve schießen sollen. Aber nein, er hat schon viel früher angelegt und genau auf Gejlir gezielt.« Er blickt in die Gesichter der Umstehenden. »Ich beschwöre es bei Wuodan und allen Göttern: Das war kaltblütiger Mord.«

Arrak wirft ihm einen giftigen Blick zu. Er hebt zur Antwort an, doch erneuter Aufruhr in der Menge lässt ihn zögern. Entrüstetes Gemurmel, Rufe nach Rache, von Helmingern wütend beantwortet, Faustschläge, Drängeleien und Geschubse. Erst als die Krieger die Schilde heben und mit dem stumpfen Ende der Speere Hiebe austeilen, wird es stiller.

»Arrak kann es nicht ertragen, als Zweiter durchs Ziel zu gehen«, fügt Hakun hinzu, ebenso laut wie zuvor. »Das ist die Wahrheit. Deshalb musste Gejlir sterben.«

»Bist du wahnsinnig, mir einen Mord unterzuschieben?« Arrak steigt von der Plattform und macht einen drohenden Schritt auf Hakun zu. »Was soll das werden, he? Wie käme ich dazu? So was hab ich verdammt noch mal nicht nötig.«

»Natürlich hast du's nötig!«, mischt sich nun auch Sithun wütend ein. »Du glaubst, zu gewinnen ist dein Recht. Du meinst, dir alles nehmen zu können, ob es dir gehört oder nicht. Und was du nicht kriegen kannst, versuchst du zu zerstören. Alles, was du berührst, wird zu Asche!« Er deutet auf Gejlirs Leichnam. »Ich klage dich des Mordes an meinem Bruder an und fordere Vergeltung!«

Arrak lacht verächtlich. »Mach dich nicht lächerlich. Es war ein Unfall.«

Sithun funkelt ihn an. »Ich werde meinen Bruder rächen, das schwöre ich dir. Und wenn du tot bist, dann mögen die Götter deine Seele verbannen, auf dass du bis in alle Ewigkeit unter den Untoten wandelst und nie mehr zur Ruhe kommst.«

Sichtlich erschrocken weicht Arrak einen Schritt zurück, denn so einen Fluch sollte man nicht leichtnehmen.

»Jetzt hab ich aber genug von diesem Gezeter, von diesen falschen Anschuldigungen!«, donnert Orkon los. »Wenn Arrak sagt, es war ein Unfall, dann war es so. Mein Sohn hat das Rennen zu Recht gewonnen, denn ich nehme an, dass er auch fünf Pfeile ins Ziel gebracht hat.«

Einer der Schiedsrichter tritt vor. »Herr, sieben Mal hat er getroffen.«

»Da seht ihr's!«, ruft Orkon und wendet sich an die Umstehenden. »Arrak ist klarer Sieger. Ihm gebührt der Siegerkranz. Und das Gerede von Mord ist übelste Verleumdung. Schluss damit!«

In der Menge murrt es über diese Worte, auch wenn sie aus dem Mund des Fürsten stammen. Besonders unter den Nebroni. Rana ist über die Mordtat an Gejlir und noch mehr über den Versuch, sie als Unfall darzustellen, so wütend, dass sie sich nicht beherrschen kann. Mit einem Ruck löst sie sich von Ada, drängt sich durch die Männer und tritt vor.

»Ist das deine Gerechtigkeit, Orkon?«, ruft sie ihm zu. Ihre Stimme ist hell, aber sie trägt. »Dass du deinen Sohn gewähren lässt, wenn er Bauern ausraubt, Jungfrauen schändet und Heiligtümer abbrennt? Und dass du heute einen Mord deckst, obwohl der Beweis vor aller Augen erbracht ist?«

Arrak erkennt sofort, wen sie vor sich haben. »Du verdammte Schlange!«, zischt er. »Was hast du hier zu suchen?«

Orkon richtet einen durchdringenden Blick auf sie. »Was erfrechst du dich, Weib?«, faucht er. »Wer, bei Hador, bist du überhaupt?«

Rana ist sich bewusst, dass es gefährlich und eine Dummheit

ist, Orkon hier vor allen herauszufordern. Und sie zittert halb vor Furcht, halb vor Wut. Doch weichen will sie nicht. »Ich bin Rana, Herdis' Tochter«, sagt sie trotzig, »Priesterin der Destarte!«

»Ah, Priesterin. Also noch so ein aufmüpfiges Weib. Ich habe von dir gehört. Schlimmer noch als die Mutter, so heißt es. Liegt es in der Familie, dass ihr euch nicht fügen könnt? Ich warne dich –«

Rana unterbricht ihn scharf. »Und ich warne dich, Fürst Orkon, und zwar im Namen der Göttin.«

»Ach ja?« Orkon stößt ein kurzes verächtliches Lachen aus.

Rana hat sich nichts zurechtgelegt, sie weiß im Grunde kaum, was sie sagt, folgt einfach ihrer Eingebung. Dabei gewinnt sie mit jedem Wort an Sicherheit, die Furcht fällt von ihr ab, sogar ihre Stimme wird fester. »Es ist Destarte, die dich warnt, Orkon. Ich bin nur das Werkzeug, durch das die Göttin zu dir spricht. Wisse also, Helminger, dass deine Zeit sich dem Ende zuneigt. Und mit ihr die Zeit deiner Herrschsucht, der Willkür, der Morde an jungen Menschen, die du als Opfergaben ausgibst, Opfer an den verfluchten Gott, mit dem du deine scheußlichen Taten rechtfertigst.«

Einen Augenblick lang herrscht fassungslose Stille. Die Umstehenden scheinen den Atem anzuhalten. Selbst Orkon hat es die Sprache verschlagen. Niemand hat jemals so geredet, es so offen gewagt, den Fürsten herauszufordern.

Aber Rana scheint keine Furcht zu kennen. Im Gegenteil. Sie tritt noch einen Schritt vor und blickt Orkon fest in die Augen. »Bald wird dieser Gott dich selbst holen«, schleudert sie ihm ins Gesicht. »Dich und deine ganze verfluchte Brut! Dann ist es zu Ende mit der Finsternis in diesem Land.« Sie hebt beide Arme gen Himmel. »Destartes Licht wird überall erstrahlen, die Götter werden wieder ihren rechten Platz einnehmen, und alle Ruotinger, ja, selbst die Helminger werden die Furcht ablegen können, unter der sie so lange gelebt haben.«

Orkon starrt Rana an, als könne er nicht glauben, was er gerade gehört hat. Dann steigt ihm die Zornesröte ins teigige Gesicht. Seine Brauen ziehen sich drohend zusammen, seine Augen fixieren Rana, als wollte er sie mit Blicken durchbohren.

»Du wagst es, so mit mir zu reden?«, donnert er so aufgebracht, dass ihm Spucke von den Lippen fliegt. Er beugt sich vor. Eine Ader auf der Stirn droht zu platzen, so angeschwollen ist sie. »Bei Hador, ich werde dich lehren, mir Respekt zu erweisen!«

Mit einem Ruck wendet er sich seinem langjährigen Getreuen Ljotor zu, der links neben ihm steht. »Lass das freche Weib binden! Sie redet von Opfern? Dann soll sie sehen, wie das ist. Am eigenen Leib soll sie es spüren. Wir werden ihr Blut fließen lassen, zu Ehren des unsterblichen Hador. Oder vielleicht sollten wir sie bei lebendigem Leib verbrennen!«

Das missfällt der Menge. Wieder bricht Unruhe aus, heftiger als zuvor. Ein Raunen und Zischen, das zu einem mächtigen Grollen anschwillt. Einzelne Rufe ertönen:

»Lasst sie in Ruhe!«

»Sie hat doch recht!«

»Fasst sie nicht an. Sie ist Priesterin!«

Helminger brüllen dagegen: »Lasst das Blut der Hexe fließen!«

Doch die Mehrheit der Klanmänner schreit sie nieder, schlägt ihnen blutige Nasen, während ihr Chorus immer lauter wird. »Nieder mit Orkon!«, rufen sie. »Nieder mit Hador!« Und: »Destarte, Göttin des Lichts!« Das ist am Ende der Ruf, der sich durchsetzt. »Göttin des Lichts!«, skandieren sie so laut, dass es über die ganze Rennbahn schallt. Und die Menge dringt drohend vor, umringt den Sitz des Fürsten.

Ljotor, der kurz zuvor einen Krieger zu sich gewunken hat, um Rana zu binden, zögert. »Warte!«, sagt er zu dem Mann und sieht zu Orkon auf, der sich unsicher umsieht und seinen Blick über die wütende Menge wandern lässt. Sosehr er sich bemüht, hart und unerschrocken zu wirken, unter dem rechten Auge zuckt es ohne Unterlass.

Er ist nervös, denkt Rana, er fürchtet sich. Und das mit Recht. Wären da nicht seine Krieger, hätte die aufgebrachte Menge ihn vielleicht schon vom Hochsitz gerissen. Aber auch zwanzig Mann werden ihn nicht schützen können, wenn die Wut der Leute überhandnimmt und sie zu reißenden Wölfen werden.

Es ist ausgerechnet Drengi, der in diesem Augenblick die Lage ein wenig entschärft. Bisher hat er geschwiegen. Aber jetzt stellt er sich neben Rana, legt einen schützenden Arm um ihre Schultern und hebt den anderen, um die Menge zu beschwichtigen.

Es dauert eine Weile, aber als es endlich ruhiger wird, ruft er mit lauter, weithin hörbarer Stimme: »Ich sehe, ihr liebt Destarte. Sie ist die Göttin, die alle Ruotinger verehren. Und Rana ist ihre Priesterin. Sie steht unter meinem Schutz. Kein Haar soll ihr gekrümmt werden.«

Seinen Worten folgt begeistertes Gebrüll. Einige Helminger wagen zu protestieren, aber es sind nicht viele.

Drengi lässt Rana los, und seine Miene verfinstert sich. Er deutet auf Gejlirs Leichnam. »Hier liegt mein Sohn, ermordet von einem, der sich der Vergeltung entziehen will, der behauptet, es sei ein Unfall gewesen. Ich habe diesen Sohn geliebt. Genauso, wie ich den liebe, der mir geblieben ist und der hier neben mir steht, zutiefst verwundet von dem, was geschehen ist.« Er schweigt einen Augenblick, als ihm Tränen in die Augen treten und die Gefühle ihn übermannen. Dann fährt er fort: »Ein fröhlicher Wettkampf ist zu einer mörderischen Tragödie geworden. Keine lahme Ausrede wird diese Wahrheit ungeschehen machen. Aber eines ist sicher: Wir werden solche Taten nicht länger hinnehmen, das schwöre ich bei Wuodan!«

Ein Gebrüll der Zustimmung tönt aus der Menge und will nicht aufhören. Wieder macht Drengi Zeichen, ihn reden zu lassen. Als sich das Getöse legt, tritt er vor Orkon. Seine Miene ist hart und entschlossen.

»Rana hat recht!«, ruft er ihm zu. »Deine Zeit neigt sich dem

Ende zu. Wir ertragen deine Herrschaft nicht länger. Ich habe lange gezögert, aber dieser freche Mord an meinem Sohn, der nach Rache schreit, diese Bluttat, die mir mein Kind geraubt hat, sie hat nun auch mich überzeugt, dass es an der Zeit ist, den Fluch zu beseitigen, der über diesem Land liegt. Das kann nur eines bedeuten: Kampf gegen dich und deinen elenden Gott.«

Wieder tosende Zustimmung der Menge. Die Helminger blicken bestürzt um sich, wagen aber nicht zu protestieren. Auch Orkon sieht sich um. Das Gebrüll der Menge scheint ihn für einen Augenblick zu verunsichern. Doch dann versucht er es noch einmal mit Einschüchterung und erhebt sich drohend von seinem Sitz. »Sei vorsichtig mit dem, was du sagst, Drengi. Du hast mir Treue geschworen. Wage nicht, diesen Schwur zu brechen, denn du wirst es bereuen. Außerdem, kein Helminger muss sich von dir beleidigen lassen.«

»Du bist es, der täglich bricht, was er dem Volk schuldet. Du bist derjenige, der das ganze Land beleidigt. Und der da«, Drengi zeigt auf Arrak, »der ist noch schlimmer als du. Willst du diese Kröte, die aus üblem Schleim gekrochen ist, weiter decken?«

»Wie wagst du es –?«

»Ganz recht, ich wage es. Lass dir gesagt sein: Wir Nebroni sind dir nicht länger untertan. Wir machen uns frei von dir und deinen Unterdrückern. Den Tod meines Sohnes werdet ihr mir büßen. Das schwöre ich noch einmal bei Wuodan, dem Göttervater, bei Thunar, seinem Sohn, und bei Destarte, deren Heiligtum uns Nebroni anvertraut ist.« Er nickt Sithun grimmig zu. »Zeit, diesen Ort zu verlassen, mein Sohn. Wir kehren heim, um deinen Bruder im Beisein unserer Ahnen ehrenvoll zu bestatten, wie es sich gehört.«

Schützend scharen sich die Nebroni um ihn, Rana und Sithun. Und um Hakun und sein Gespann. Nicht wenige ziehen ihre Messer, um sich, wenn nötig, zu verteidigen. »Bei Wuodan!«, rufen sie. »Bei Thunar, dem Herrn des Krieges, und bei Destarte, der Göttin des Lichts!«

Vor ihnen öffnet sich eine Gasse. Langsam wandern sie zu den Zelten. Niemand wagt es, sie daran zu hindern. Dort angekommen, brechen sie ihre Lager ab. Keinen Augenblick länger werden sie an diesem Ort verweilen. Drengi und Sithun hüllen den Leichnam in eine Decke und heben ihn auf einen der Wagen.

Auch Hakuns Gefolge packt alles ein. Er selbst nimmt Rana beiseite. »Du solltest sofort heimkehren«, sagt er ernst. »Hier ist es nicht mehr sicher. Ich gebe dir ein Pferd und zum Schutz zwei meiner Reiter mit.«

»Was wird jetzt aus dem Fest auf dem Hadorring«

»Es gibt Krieg, Rana. Niemand wird das Fest besuchen, nicht einmal die Helminger. Die werden sich rüsten. So wie wir. Ich werde helfen, Gejlir zu Grabe zu tragen, dann werde auch ich heimkehren und sehen, wie viele Männer ich um mich scharen kann.«

»Ich will bei der Bestattung dabei sein«, sagt Rana.

»Bist du sicher?«

»Natürlich. Ich bin Priesterin, und seine Seele verdient Destartes Segen. Vielleicht kann ich der Familie ein wenig Trost spenden. Besonders Ada ist ziemlich getroffen von seinem Tod.«

* * *

Gejlir soll wie seine Vorfahren in der Familiengruft bestattet werden, einem künstlich aufgeschichteten Erdhügel nicht weit von Drengis Hof entfernt. Durch einen niedrigen Zugang gelangt man in die innere, mit schweren Eichenbohlen gestützte, längliche Kammer, in der die Gebeine von Drengis Eltern und Großeltern ruhen, ein jeder in seiner Nische. Auch die Reste seiner verstorbenen Frau und Mutter der Zwillinge liegen dort, zusammen mit ihrem Schmuck, ihren Gewandnadeln und ihrem bronzenen Lieblingsbecher.

Zuvor gibt es eine kleine Auseinandersetzung darüber, wie man den Toten legen soll. Drengis alter Schamane und Wuodan-Priester besteht auf der Tradition, nach der jeder Tote in Hockstellung mit angezogenen Knien und dem Gesicht nach Süden liegt. Die Hockstellung zeigt an, dass der Verstorbene zu Gaia zurückkehrt, in den Schoß der Mutter Erde, von wo er einst gekommen ist. Der Blick nach Süden bedeutet, dass er im Nachleben nicht frieren, sondern ewigen Sommer genießen soll.

Mit alldem ist Rana natürlich einverstanden. So wurden die Toten der Ruotinger schon immer bestattet. Nur an der Ausrichtung hat sie etwas auszusetzen. Frauen liegen nach alter Sitte mit dem Kopf nach Osten, da sie die Bringer neuen Lebens sind, so wie die morgendliche Sonne, die der Welt den neuen Tag beschert. Männer dagegen zeigen mit dem Kopf nach Westen, in die Richtung, in der die Ruotinger einst gezogen sind, als sie die Steppe verließen, um fruchtbares Land zu erobern. Rana aber verlangt nun, dass Drengis Sohn mit den Kopf nach Osten liegen soll.

»Aber wieso?«, klagt der alte Priester. »Er ist doch ein Mann!«

Rana beharrt auf ihrer Forderung. »Verstehst du nicht? Hador, Orkons Gott der Finsternis, hat ihn umgebracht. Auch wenn es Arraks Pfeil war. Und die Finsternis liegt im Westen, wo die Sonne untergeht und der Nacht weicht. Gejlir aber will bestimmt lieber die Göttin des Lichts begrüßen, die aus dem Osten kommt. Nicht Hador, sondern Destarte wird seine Seele begleiten. Wir alle, auch die Verstorbenen, sollen die Wärme und die Liebe der Göttin in uns aufnehmen, und Hador vergessen. Die Welt der Toten kann auch ein schöner Ort sein.«

Auch wenn der alte Priester noch lange grummelt und klagt, es sei ein Bruch mit Sitte und Brauchtum, so erhält Rana doch Unterstützung von Sithun und anderen jungen Leuten. Auch Drengi gefällt, was sie verlangt, und so ist es am Ende beschlossen.

Und nun ist es so weit. Es ist später Nachmittag. Über den Himmel wandern dunkle Wolken, als würden auch die Götter ihr Haupt in Trauer hüllen. Sithun selbst öffnet die Gruft und befestigt eine Öllampe im Innern der Kammer. Dann tragen er und einer seiner Freunde den in ein kostbares Gewand gekleideten Leichnam auf einer Bahre in die Gruft. Gesicht und Hände des Toten haben die Frauen gewaschen, seinen Wangen mit Rötel Farbe gegeben, seine Haare gekämmt und zu Zöpfen geflochten. Um den Hals trägt er seinen bronzenen Ring, an den Armen Silberreifen.

Die Männer legen ihn mit angezogenen Knien liebevoll auf die linke Seite, wie Rana es empfohlen hat. Daneben seinen Bogen und seinen Bronzedolch, eine mit Bärenzähnen verzierte Kette, die er gern getragen hat, weitere Armreifen und seine kostbare goldene Gewandnadel. Dazu stellen sie irdene Gefäße mit Nahrung, damit er in der Nachwelt nicht darben muss. Zuletzt töten sie seinen Jagdhund und legen das Tier dicht an Gejlirs Rücken, um ihn zu wärmen und ihm in der Nachwelt Gesellschaft zu leisten.

All das geschieht im Beisein des ganzen Hofs und unter den leisen Beschwörungen des alten Priesters, der die bösen Geister mit seinem Singsang beruhigt, um dem Toten den Weg ins Reich der Ahnen zu erleichtern. Harruk und die Krieger, bewaffnet und aufgestellt in Reih und Glied, erweisen Gejlir die letzte Ehre. Kinder halten sich an den Röcken ihrer weinenden Mütter fest und verfolgen das Geschehen mit großen Augen. An Drengis Seite seine Schwester Gunna mit stolz erhobenem Haupt, als wolle sie die Tränen Lügen strafen, die ihr über die Wangen rollen. Auch Drengis Miene ist wie versteinert. Nur die mahlenden Kiefermuskeln zeugen von seinen Gefühlen.

Zuletzt beschwört Rana den Beistand Destartes, auf dass die Göttin sich seiner Seele erbarme und sie sanft in die Nachwelt begleite. Dann ist es an Drengi, von seinem Sohn Abschied zu nehmen. Er tritt vor, bückt sich und betritt selbst die Gruft. Lange weilt er in der Kammer. Bestimmt betet er zu den Ahnen mit der Bitte, seinen Sohn in ihren Kreis aufzunehmen. Vielleicht auch, um ihren Rat zu empfangen. Schließlich kehrt er mit der Öllampe in der Hand zurück.

Sithun stellt sich neben seinen Vater. Während die Gruft mit einer schweren Steinplatte verschlossen wird, laufen auch ihm, dem jungen Krieger, die Tränen über die Wangen. Diesmal stört es niemanden, dass er Adas Hand hält, denn der Sklavin scheint Gejlirs Hinscheiden ganz besonders nahezugehen. Rana fühlt mit ihr. Neben der Trauer um den jungen Mann empfindet sie aber auch unbändige Wut über die Kaltblütigkeit, mit der Arrak ihn vor aller Augen umgebracht hat. Es dürstet sie nach Rache, auch wenn dieses Gefühl für eine Priesterin der Destarte nicht angemessen ist.

Nach der Bestattung wird der Tote mit einem großen Fest geehrt. Zwei Ochsen werden am Spieß geröstet. Die Männer schlingen das heiße Fleisch in sich hinein und trinken Unmengen an Bier. Sie schwören lautstark, blutige Rache an den Helmingern zu nehmen, stimmen Kampflieder an und betrinken sich bis zum Umfallen. Sithun schreit seine Wut am lautesten in den Nachthimmel und kann bald vor Trunkenheit kaum noch stehen. Drengi sitzt dabei und sagt nichts.

Rana hockt sich zu Ada, die etwas abseits weilt, und legt den Arm um sie. Die Albin schmiegt sich dankbar an. Ihre Augen sind immer noch gerötet, aber sie scheint gefasster zu sein. »Mir hat gefallen, was du gesagt hast, Rana«, sagt sie. »Dass seine Seele an einem schönen Ort sein wird. An einem Ort der Liebe.«

»In deinem Herzen wird er immer bei dir sein.«

Ada versucht ein Lächeln. »Ja, das wird er. Weißt du, ich mag Sithun. Sehr sogar. Aber Gejlir hab ich geliebt. Er war so sanft und zärtlich und verständnisvoll.« Eine Träne rollt ihr über die Wange, die sie schnell wegzuwischen sucht. »Entschuldige. Jetzt heul ich schon wieder.«

»Heul ruhig, Ada. Es tut gut zu weinen.«

Die Albin nickt. Sie lehnt sich an Ranas Schulter und schnüffelt eine Weile vor sich hin. Rana hält sie an sich gedrückt und streichelt ihr über den Rücken. Schließlich wischt Ada sich übers tränennasse Gesicht und setzt sich auf. »Danke, Rana. Es geht mir besser, glaube ich.«

»Du weißt doch, in mir hast du eine Freundin.«

Ada nickt. »Ja. Und das tut gut. Aber du reist morgen ab, hab ich gehört.«

»Das stimmt. Hakun wird mir ein Pferd leihen.«

»Ich wünschte, ich könnte mit dir kommen.«

»Zu mir nach Altorp?«

»Ich könnte dir beim Heiligtum helfen. Und vielleicht haben wir Gelegenheit, einmal die Alben zu besuchen.«

Rana lächelt. »Die Alben willst du besuchen? Wer weiß, wo die sich aufhalten. Die sind wie Geister im Wald. Einen Augenblick lang siehst du sie, den nächsten nicht.«

»Sie sind meine Verwandten. Die einzigen, die ich habe.«

»Sithun liebt dich, vergiss das nicht.«

Früh am nächsten Morgen macht Rana sich bereit, den Heimweg anzutreten. Während Hakun eine Stute für sie sattelt, tritt Drengi aus dem Haus und kommt auf sie zu. »Ich möchte mich bei dir bedanken«, sagt er. »Für deinen Segen und deine Worte gestern. Sie haben mir viel bedeutet.«

»Was wird jetzt geschehen?«

»Wir werden kämpfen.«

»Ist das klug?«

»Keiner, der sich ein Mann nennt, kann es hinnehmen, dass man seinen Sohn ungestraft ermordet. Es ist nicht nur eine Frage der Gerechtigkeit, sondern auch der Ehre. Niemand würde unsere Familie einen Tag länger respektieren, wenn wir für diesen Mord nicht Rache nähmen.«

»Ich verstehe.«

»Leb wohl. Und grüß deine Mutter von mir.« Er nickt ihr zu. Dann kehrt er ins Haus zurück.

Hakun führt das Pferd aus dem Stall und hilft, ihr Bündel aufzuschnallen.

»Muss es denn wirklich Krieg sein?«, fragt sie. Dabei wollte sie doch, dass sich die Klans gegen Orkon erheben. Doch jetzt, da es geschieht, ist es ihr nicht geheuer. So viele könnten sterben.

»Hast du vergessen, was du selbst nach dem Mord gesagt hast?«

»Aber ich habe doch nicht gemeint, dass ihr in den Krieg ziehen sollt.«

»Wir alle haben es so verstanden. Du hast das Volk gehört. Es ist auf deiner Seite.«

Rana fasst sich an den Hals, als habe sie Mühe, Luft zu kriegen. »Eine Bestrafung, ja, aber ich habe doch nicht gewollt, dass ihr in die Schlacht zieht.«

»Orkon wird eine Bestrafung seines Sohns nie zulassen. Und im Grunde ist ein Aufstand lange überfällig, Rana. Wir haben es nur nicht wahrhaben wollen. Wir waren zu bequem, besonders wir Edlen. Deine Rede hat uns die Augen geöffnet. Weder deine noch Drengis Worte lassen sich zurücknehmen. Noch weniger Gejlirs Tod. Drengi und Sithun werden den Mord rächen, auch wenn es bedeutet, dass die Nebroni gegen Orkon in den Krieg ziehen. Und was mich betrifft, ich werde meine Freunde nicht im Stich lassen.«

»Aber ihr Harruner seid doch mit Orkon verbündet.«

»Alle Klans waren mit Orkon verbündet, aber das ändert sich jetzt. Wir werden sehen, wer von nun an auf wessen Seite steht. Ich werde mich bemühen, meinen Vater zu überzeugen, sich dem Aufstand anzuschließen. Auch wenn ich kaum glaube, dass mir das gelingt.«

»Du willst mit deinem Vater brechen?«

Hakun nickt. »Wenn nötig. Aber keine Sorge, es gibt genug treue Gefährten, die mir folgen werden. Mit Glück sind auch die Ruotani auf unserer Seite, vielleicht sogar die Gejliren.«

»Ich könnte mich euch ebenfalls anschließen«, sagt Rana. »Wenn ich schon mitschuldig an der ganzen Sache bin. Vielleicht kann ich helfen und den Männern Mut machen. Destartes Botschaft scheint sie anzufeuern.«

Hakun grinst. »Das stimmt. Du hast diese Gabe. Mit wenigen Worten hast du sie für dich gewonnen.« Doch dann schüttelt er den Kopf und greift nach ihrer Hand. »Ich möchte dich lieber in Sicherheit wissen bei deiner Familie, Rana. Leider kann ich dich nicht nach Altorp begleiten, aber ich gebe dir zwei erfahrene Krieger mit auf den Weg.« Er deutet zum Tor. »Sie warten schon auf dich.«

Rana denkt an ihr Dorf, an das Heiligtum, dem sie verpflichtet ist, an Arni und an ihre Eltern. Und an die Himmelsscheibe, die es zu schützen gilt. Wer weiß, welchen Gefahren sie alle in Zukunft ausgesetzt sein werden?

Plötzlich würgt es sie in der Kehle, und sie bekommt feuchte Augen. »Ist das jetzt unser Abschied?«, flüstert sie.

»Sieht ganz so aus.« Ebenso bewegt legt er die Arme um sie. »Du wirst mir fehlen.«

Sie nickt. »Du mir auch.«

»Bleib gesund, Rana. Wir brauchen dich.«

Ihr laufen Tränen über die Wangen. »Und was ist mit dir? Du ziehst in deinen verdammten Krieg und sagst ausgerechnet mir, ich soll gesund bleiben?« Schluchzend schlingt sie die Arme um ihn. »Versprich, dass dies nicht ein Abschied für immer ist.«

»Ich verspreche es«, murmelt er und küsst sie sanft auf die Lippen.

KALESTOS

O Kalestos, Herr der Handwerker, nicht alles ist gut, was du uns bescherst. Da ist deine dunkle Seite, so wie das Feuer nicht nur Licht spendet und das Erz schmilzt, sondern auch zerstört, was Menschen heilig ist, und nichts als Asche hinterlässt.

Nach langem Ritt haben Rana und ihre beiden Begleiter endlich die Kreuzung an der Furt von Altorp erreicht, wo sie die Pferde anhalten. Rana, die das Reiten nicht gewohnt ist, tut alles weh, besonders ihr Hinterteil. »Den Göttern sei Dank«, stöhnt sie. »Ich werde mich drei Tage lang nicht setzen können.«

Die Männer lachen. »Das vergeht, Herrin.«

»Ihr könnt gern bleiben, bei uns zu Abend essen und in der Scheune schlafen. Da ist Platz genug.«

Die Männer lehnen ab. »Hakun erwartet uns«, sagt der Ältere, ein graubärtiger Krieger der Harruner. »Es ist erst später Nachmittag. Wir haben noch mindestens vier Stunden Licht. Die wollen wir nutzen. Und falls es einigermaßen klar bleibt, scheint uns der Mond.«

»Ihr wollt sogar nachts reiten?«

Der Mann grinst. »Das sind wir gewohnt. Ab und zu eine Rast für die Pferde, und dann geht's weiter.«

»Wie ihr meint. Aber ihr könnt wirklich gerne bei uns übernachten.«

»Wir machen uns lieber auf den Weg. Hakun ruft seine Männer zusammen. Da wollen wir nicht fehlen.«

Rana nickt besorgt. Ob es wirklich zu Kämpfen kommt? Eigentlich sollte sie sich freuen, dass es zu einem Aufstand gegen Orkon kommt. Das war doch Destartes Auftrag. Dass dabei Menschen sterben könnten, hat sie in ihrem Eifer nicht bedacht. War es falsch, Orkon herauszufordern? Hätte sie besser den Mund gehalten?

»Hört sich an, als ob ihr es gar nicht abwarten könnt, in den Kampf zu ziehen«, sagt sie.

Der Jüngere der beiden grinst. »Besser, als nur in den Unterkünften herumzulungern. Endlich geschieht mal was.«

»Wir kämpfen auch für dich, Herrin«, sagt der Ältere.

»Für mich?«

»Für dich und Destarte. Zeit, dass sich was ändert in diesem Land.«

Rana blickt in sein wettergegerbtes Gesicht. Ein ehrliches Gesicht. Beide Männer machen den Eindruck, fähige Krieger zu sein. Ihre Pferde haben sie gut behandelt. Auch ihr gegenüber waren sie unterwegs mehr als zuvorkommend, wenn auch etwas zurückhaltend, als trauten sie sich nicht, ihre Gedanken zu stören. Einfache Männer aus dem Volk, Bauernsöhne. Und die wollen für mich kämpfen, denkt sie. Für mich! Ist das zu fassen?

»Es geht nicht um mich«, sagt sie. »Es geht um unser Land.«

Der Ältere nickt. »Natürlich. Aber es ist gut zu wissen, dass es solche wie dich gibt. Und wie Hakun.«

»Ist er ein guter Herr?«

»Der beste.«

Rana lächelt. »Das freut mich, und ich danke euch für eure Begleitung und für die schnelle Reise. Auch wenn mir alle Knochen wehtun.«

Stöhnend hebt sie ein Bein über den Widerrist des Pferdes und lässt sich zu Boden gleiten. Sie löst die Schnüre, mit denen ihr Bündel am Sattel befestigt ist, und schlingt es sich über die Schulter. Dann klopft sie der Stute zum Abschied auf den Hals und reicht dem Jüngeren der beiden die Zügel.

»Lebt wohl!«, ruft sie ihnen zu. »Mögen die Götter euch beschützen!«

»Und dich, Herrin!«

Sie sieht zu, wie die Männer die Pferde wenden und mit der Stute im Schlepptau den Weg zurück einschlagen. Einmal noch dreht sich der Ältere im Sattel um und winkt ihr zu. Dann sind sie hinter einer Biegung verschwunden.

Rana bleibt einen Augenblick lang stehen. Sie ist immer noch überwältigt von den Geschehnissen auf der Rennstrecke, vor allem von Gejlirs Tod, aber auch von der Stimmung im Volk, dem Aufruhr gegen Orkon und der Wirkung, die ihre Rede auf die Menschen gehabt haben soll. Das hätte sie nie erwartet. Waren es wirklich ihre Worte oder doch nur die Wut der Massen über den feigen Mord? Das Letztere scheint ihr wahrscheinlicher. Gejlirs Tod hat etwas bewirkt. So traurig es ist, vielleicht war es sogar nötig, dass so etwas passiert. Um die Menschen aufzurütteln. Und vielleicht hatte Destarte ihre Hand dabei im Spiel. Die Götter können grausam sein, wenn es ihrem Zweck dienlich ist.

Eigentlich wollte sie sofort nach ihrer Ankunft zum Frauenhügel aufsteigen und der Göttin für die sichere Heimreise danken. Doch das hat Zeit bis morgen.

Sie rückt ihr Bündel auf der Schulter zurecht und geht auf die ersten Häuser des Dorfs zu. Alles hier ist ihr seit frühester Kindheit vertraut, und doch ist es irgendwie seltsam, wieder daheim zu sein. So friedlich und beschaulich ihr Dorf ist, es kommt ihr auf einmal klein und beengt vor, als wäre sie ihm entwachsen. Vielleicht hätte sie doch an Hakuns Seite bleiben sollen. Oder an Sithuns und Drengis. Aber was kann sie schon tun? Sie würde ihnen doch nur zur Last fallen.

Als sie den Hof der Eltern betritt, poliert Arni gerade eine lange Bronzeklinge. »Rana, du bist zurück!«, ruft er erfreut und legt das Werkstück auf den klapprigen Werktisch, an dem er steht. »Komm her, und lass dich begrüßen. Wie ist es dir ergangen?«

Rana nimmt ihr Bündel von der Schulter. »Das erzähl ich dir später«, erwidert sie und genießt erst einmal seine herzliche Umarmung. Er ist groß und stark. In seinen Armen fühlt es sich gut an. »Ach, Arni, es ist so schön, zu einem Bruder wie dir heimzukommen.«

»Und du bist meine Lieblingsschwester.«

»Du hast doch nur eine.«

Er lacht. »Eben.«

»Wie geht es Kira?«

»Gut. Ihre Schwangerschaft ist nicht mehr zu verbergen.«

»Wie schön für euch!« Sie macht sich los. »Puh, du stinkst nach Schweiß.«

»Was willst du? Ein Mann muss arbeiten.«

»Du hast ein Schwert geschmiedet?«

»Ja. Für einen der Edlen aus der Gegend.«

»Schwerter werden nicht oft verlangt.«

»Ist ja auch nicht so einfach. Nur wenige Schmiede beherrschen die Kunst.«

Rana weiß, wie schwierig es ist, ein gutes Schwert herzustellen. Sie hat schon öfter dabei zugesehen. Zuerst wird eine Vorlage aus einem Stück Holz gesägt, geschnitzt, geglättet und poliert. Mit diesem Holzschwert wird durch Abdruck eine Form aus Ton hergestellt und anschließend gebrannt. Kupfererz und Zinn werden zusammen geschmolzen, dann wird das flüssige, glühende Metall in die Form gegossen. Letzteres ist ein besonders heikler Arbeitsschritt. Mit der Menge an Metall, die für ein Schwert nötig ist, könnte man ein halbes Dutzend Messer schmieden.

Äußerst wichtig bei der Schmelze ist, die genaue Menge Zinn im Verhältnis zum Kupfer beizugeben. Manche Schmiede mischen auch noch anderes bei, winzige Mengen Blei oder Arsen etwa, eine Prise zu Staub zerstoßener Hundezähne oder Knochen. Jeder Bronzeschmied hütet da seine eigenen Geheimnisse.

Utrik und Arni sind mehr für reines Kupfer und reinen Zinn. Aus Erfahrung wissen sie, dass sich für Bleche ein Verhältnis von eins zu zwanzig am besten eignet. Wegen der geringen Zinnmenge lässt es sich gut hämmern und formen. Ein Schwert dagegen verlangt Härte. Ein Teil Zinn zu zehn oder zwölf Teilen Kupfer haben bisher die besten Ergebnisse gebracht. Und je sorgfältiger die Form herausgearbeitet wurde, desto weniger muss nach dem Guss nachgearbeitet werden. Dann ist nur noch Schleifen und Polieren nötig.

Rana hebt die Schwertklinge auf. Sie ist schwer, liegt aber gut in der Hand. Sie hat eine leichte Blattform, schmaler in Griffnähe, etwas breiter weiter oben, bis sie sich zu einer scharfen Spitze verjüngt. In der Mitte verläuft eine schmale Erhebung, ein Grat, der die sonst sehr dünne Klinge verstärkt.

»Ein schönes Stück«, sagt sie.

»Na, wenn du's sagst, dann bin ich ja beruhigt.«

»Machst du dich wieder über mich lustig? Ich weiß selbst, dass ich keine Ahnung von so was habe.«

»Ach was. Nur ein kleiner Scherz, Schwesterchen.«

In diesem Augenblick tritt Herdis aus dem Haus, gefolgt von Utrik. »Ich wusste doch, es war deine Stimme«, sagt ihre Mutter mit strahlendem Lächeln. »Du bist also zurück. Gerade recht für unser Mittsommernachtsfest morgen.«

Es folgen Küsse und Umarmungen. Auch Ette kommt dazu und begrüßt ihre junge Herrin. »Was gibt's Neues?«, fragt Utrik anschließend. »Wie ist es dir bei unserem Klanherrn ergangen? Warst du auch beim Wagenrennen?«

»Ach, Vater!« Rana macht ein ernstes Gesicht. »Es ist viel passiert. Ihr werdet es nicht glauben. Aber erst mal hab ich Durst und Hunger. Ich hab zwei Tage lang kaum was gegessen. Und der Hintern tut mir weh.«

»Bist du etwa zu Pferde gekommen?«, fragt Utrik. »Wo ist es? Ich seh keins.«

»Der edle Hakun hat mir ein Pferd geliehen, und zwei seiner Krieger haben mich begleitet.«

»Hakun?«, fragt Herdis spöttisch. »Ich dachte, du hasst den Mann.«

Rana lächelt verlegen. »Am Anfang schon. Aber dann hab ich gemerkt, dass ich ihm unrecht getan habe. Er ist eng mit Drengis Familie befreundet und wird dort wie ein Sohn behandelt.«

»Na, dann komm ins Haus. Ette wird dir etwas auftischen.«

»Und Aiko?«, fragt Rana. »Der ist wohl auf den Feldern?«

»Tja, seltsam«, entgegnet Utrik, hebt die Schultern und schüttelt den Kopf. »Wirklich seltsam, denn unser Aiko ist sang- und klanglos verschwunden. Niemand weiß, wohin und wieso.«

»Verschwunden? Er ist doch wohl nicht im Fluss ertrunken?«

»Nein, nein! Denn er hat seine paar Habseligkeiten mitgenommen. Eines Morgens, kurz nachdem du und Arni euch auf den Weg gemacht habt, war er plötzlich nicht mehr da. Nicht mal von Ette hat er sich verabschiedet.«

»Er ist weg? Einfach so?« Auf einmal erinnert sie sich an etwas. »Warte mal. Ich hab ihn, glaube ich, gesehen!«

»Du hast ihn gesehen?«, fragt Herdis. »Ja, wo denn?«

»Beim Wagenrennen. Er stand zwanzig Schritt entfernt von mir zwischen anderen Männern und hat mich angestarrt. Das heißt, wenn er es tatsächlich war. Als er meinen Blick bemerkt hat, hat er sich schnell umgedreht und ist in der Menge verschwunden. Ich hab natürlich gedacht, ich hätte mich geirrt, dass es ein anderer gewesen sein muss. Aiko hätte sich doch nicht vor mir versteckt. Aber jetzt, wo ihr mir das erzählt ...«

»Was wollte er denn beim Wagenrennen?« Utrik ist sichtlich erstaunt. »Er hätte mich fragen können. Nicht, dass ich es ihm erlaubt hätte. Wir mussten schließlich die Ernte einbringen.«

»Deshalb hat er ja auch nicht gefragt«, erwidert Herdis.

Rana überlegt. »Es kommt mir schon sehr seltsam vor. Wenn er sich so heimlich davongemacht hat, muss irgendwas dahinterstecken. Der kommt bestimmt nicht wieder, Vater. Der hat was vor.« Plötzlich kommt ihr ein Verdacht. »Aiko ist der Einzige, der von unserer Bronzescheibe weiß.«

»Ja und?«

»Für einen wie Aiko ist die Scheibe von unschätzbarem Wert. Hast du nachgesehen, ob sie noch da ist?«

»Natürlich ist sie da. Hab sie erst gestern noch einmal sorgfältig poliert. Worauf willst du hinaus?«

»Vielleicht wollte er wirklich nur das Wagenrennen sehen. Aber warum heimlich? Außerdem stand er ganz in der Nähe von Orkons Fürstensitz in einer Gruppe von Helmingern. Gibt dir das nicht zu denken, Vater?«

»Was willst du damit sagen?«

»Kann doch sein, dass er vorhat, das Geheimnis der Scheibe gegen irgendeinen Vorteil zu verkaufen. Vielleicht an den Fürsten.«

»Aiko weiß doch nichts von der Götterbotschaft. Nur, dass ich eine Scheibe gemacht habe.«

»Er weiß genug, Vater. Aiko ist nicht dumm.«

Schüchtern meldet sich Ette zu Wort. »Er hat oft von der Scheibe geredet. Sie sei etwas ganz Besonderes.«

»Da siehst du's, Vater.«

»Du glaubst, zu so was wäre er fähig?«

»Wir müssen die Scheibe verstecken!«

Arni nickt. »Das ist sicher besser.«

»Wo willst du sie denn verstecken?«, fragt Utrik.

»Ich finde schon einen guten Ort«, erwidert Rana.

Utrik starrt sie an. Dann schüttelt er den Kopf. »Das ist doch Unsinn. Du bildest dir da was ein. Einer wie Aiko würde doch gar nicht wagen, sich dem Fürsten überhaupt zu nähern. Du hast bestimmt einen anderen gesehen. Hast du selbst doch auch gedacht. Nein, irgendeine Laus ist dem Aiko über die Leber gelaufen. Vielleicht haben wir etwas gesagt, das ihn verärgert hat. Jedenfalls ist er genauso still gegangen, wie er einst gekommen ist. Ich wette, er ist zurück in sein Heimatdorf.«

Er wendet sich an Ette. »Oder habt ihr euch etwa gestritten?«

Sie schüttelt den Kopf. »Nein, Herr. Mir hat er nichts gesagt. Er ist einfach weg.« Plötzlich bekommt sie feuchte Augen. »Einfach so weg.«

»Armes Kind!« Herdis legt den Arm um die Magd. »Manche Kerle sind es einfach nicht wert. Du wirst schon einen besseren finden.«

»Kommt jetzt ins Haus«, sagt Utrik. »Vergessen wir den untreuen Gesellen. Gestohlen hat er jedenfalls nichts. Schon dafür muss man dankbar sein.«

* * *

Orkons Halle auf der Kuffaburg liegt in tiefer Dunkelheit. Es ist beinahe Mitternacht, und alles schläft. Nur innen flackern ein paar Talglichter. Sie beleuchten die Gesichter der Männer, die wie Verschwörer um einen Tisch hocken. Niemand soll ihre Beratung stören oder belauschen. Deshalb die späte Stunde, denn tagsüber herrscht in der Halle ein ständiges Kommen und Gehen.

Orkon sitzt an der Längsseite der Tafel mit einem Humpen Bier vor sich. Das Talglicht, das sein Gesicht von unten erhellt, verleiht seinen fleischigen Zügen etwas Diabolisches. Neben ihm der graubärtige Ljotor, sein treuester Gefolgsmann. Orkon gegenüber sitzt sein Sohn Arrak, die Schlangentätowierung auf der Wange im Schein des Lichts deutlich zu erkennen. Zu seiner Rechten Brunn, der sich gerade den Bart kratzt oder nach einer Laus jagt. Noch zwei weitere Hauptleute aus Orkons Hundertschaften sind zugegen, Abjorn, der Befehlshaber der Wachmannschaften auf der Burg, und natürlich Urdo, der Priester. Sein Gesicht liegt im Dunkeln. Nur seine großen Hände, die auf dem Tisch liegen, sind zu sehen. Und vor dem Eingang zur Halle lässt sich Oddas riesiger

Schatten erkennen, der mit dem Speer in der Faust Wache über die nächtliche Versammlung hält.

Seit dem Wagenrennen ist ein halber Mond vergangen. Orkon hat Drengis Drohung zuerst kaum ernst genommen. Zu fest wähnte er sich im Sattel. Doch inzwischen hat der Aufstand der Nebroni Formen angenommen und erste Opfer gekostet. Deshalb haben sie sich heute hier zur Beratung versammelt.

»Von unserer Hundertschaft bei den Nebroni hat nur ein Mann überlebt«, sagt Ljotor. »Und den haben sie entkommen lassen, um uns eine Botschaft zu schicken. Anscheinend fand Drengis Angriff kurz vor Morgengrauen statt, als unsere Männer schliefen.«

»Hatten die keine Wachen aufgestellt?«, fragt Abjorn.

»Doch, aber die wurden überwältigt. Dann haben die Nebroni die Türen der Unterkunft von außen verrammelt und das ganze Haus in Brand gesteckt. Drinnen sind alle elendig verreckt. Dem Kerl, den sie haben laufen lassen, haben sie einen Beutel mit einem grässlich verbrannten Totenkopf mitgegeben.«

Orkon hebt die Brauen. »Alle anderen sind bei lebendigem Leib verbrannt?«

»So ist es. Verbrannt, erstickt, was weiß ich. Jedenfalls sind sie tot. Von dem Haus ist nichts als Asche übrig und von unseren Männern nur verbrannte Knochen. So berichtet es unser Mann.«

»Ihr Götter!«, platzt es aus Arrak hervor. Etwas Schlimmeres, als in einer Feuersbrunst umzukommen, kann er sich gar nicht vorstellen. Es schaudert ihn. Ein Albtraum! Seine Augen verengen sich vor Zorn. »Das werden sie uns büßen«, murmelt er.

»Sie fordern uns heraus«, sagt Ljotor. »Sie wollen uns zeigen, dass sie es ernst meinen. Ich frage mich, was wir als Nächstes zu erwarten haben.«

»Pah! Wie Ungeziefer werden wir sie vernichten«, schnaubt Arrak.

»Unterschätz sie nicht«, lässt sich Urdos tiefe Stimme vernehmen. »Die Nebroni sollen gute Kämpfer sein.«

»Haben wir nicht noch eine Hundertschaft in ihrem Gebiet?«, fragt Orkon. Schon vor Jahren hat er Kriegereinheiten in den Gebieten der anderen Klans untergebracht. Angeblich zu ihrem Schutz, aber auch, um einzuschüchtern oder schnell eingreifen zu können.

»Ganz recht. Ein Lager etwas weiter westlich an der Onestruda. Die Männer dort haben die Feuersbrunst gesehen und sich eiligst zurückgezogen.«

»Drengi hat seine Ankündigung also wahr gemacht«, sagt Orkon und schüttelt den Kopf. »Hätte ich ihm gar nicht zugetraut.« Mit finsterer Miene wendet er sich seinem Sohn zu. »So ein Schlamassel! Siehst du, was du angerichtet hast?«

Es ist nicht das erste Mal, dass Vater ihm den Mord unter die Nase reibt. Unbeherrscht hat er die Tat genannt. Unnötig und vor allem unklug, wenn nicht gar idiotisch. Drengis Sohn war schließlich nicht irgendein dummer Bauer, den man nach Gutdünken abschlachten kann.

Unter dem vernichtenden Blick des Vaters starrt Arrak zerknirscht auf seine Hände. Die Mordhände. Schuldbewusst hebt er die Augen zu seinem Vater. »Ich werde es wiedergutmachen, das verspreche ich.«

»Und wie willst du das anstellen?«

»Gib mir den Befehl über unser Heer, und wir machen die Nebroni fertig. Danach werden sie es nie mehr wagen, sich gegen uns zu erheben.«

»Das Heer soll ich dir geben? Damit du noch mehr Unheil anrichten kannst?«, knurrt Orkon ungehalten. »Du hast natürlich schon Kriegsdienste geleistet und hättest die Erfahrung. Aber du kannst dein verdammtes Ungestüm nicht im Zaum halten. Um das Heer zu führen, braucht es einen kühlen Kopf.«

»Dann führ das Heer doch selbst. Mit mir an deiner Seite.«

Orkon schüttelt den Kopf. »Ich selbst? Nein. So viel Bedeutung will ich diesem lächerlichen Aufstand gar nicht zukommen lassen.

Wir müssen schnell und hart zuschlagen, mit einem Streich, so wie man eine lästige Fliege zerquetscht.«

»Dann lass mich es tun, Vater. Unser Heer ist mehr als dreimal so groß wie Drengis. Was soll da schiefgehen? Wir vernichten sie in der Schlacht, brennen seinen verdammten Hof nieder und hängen alle Bastarde auf, die wir erwischen.«

»So einfach ist das nicht«, meldet sich Ljotor zu Wort. »Unser Heer ist größer, das ist wahr. Aber unsere Mannschaften liegen überall verstreut im Land. Wir müssen sie erst zusammenziehen. In der Zwischenzeit kann Drengi noch mehr Schaden anrichten, wenn wir die Lage nicht schnell genug in den Griff bekommen.«

»Besonders wenn sich ihm die Ruotani anschließen«, bemerkt Urdo. »Die beiden Klans sind sehr freundlich miteinander. Womöglich auch die Gejliren. Dann hätten wir den ganzen Süden gegen uns.«

»Verfluchte Scheiße!«, murmelt Orkon. »Wir müssen auf jeden Fall verhindern, dass sich die Sache ausweitet.«

»Das könnte leicht passieren«, warnt Ljotor. »Erinnere dich, Orkon, wie aufgebracht die Menge nach dem Rennen war.«

»Vor solchem Pöbel hab ich keine Angst. Die kuschen schon wieder, wenn wir ein paar der Rädelsführer Hador opfern. Drengi und seine Nebroni sind natürlich was anderes.«

»Eines ist sicher: Die Burg werden sie nicht nehmen können«, sagt Abjorn. »Dafür garantiere ich.«

»Das fehlt grad noch, dass sie sich bis hierher vorkämpfen«, brummt Orkon. »Das müssen wir auf jeden Fall verhindern. Vor allem sind unsere Felder und Scheunen zu verteidigen. Denn wenn sie die abfackeln, sehen wir schwach aus, und es droht uns eine Hungersnot im Winter.«

»Tragen wir doch das Feuer zu ihnen«, sagt Arrak. »Dazu genügt eine schnelle Reitertruppe. Bevor sie merken, was los ist, brennen ihre Felder und ein paar ihrer Dörfer.«

Orkon nickt. »Das könnte gelingen. Sie werden ihre Dörfer

schützen wollen, und das gäbe uns die Zeit, das gesamte Heer zusammenzuziehen.«

Die Männer am Tisch murmeln Zustimmung.

»Was ist mit den Harrunern?«, fragt Orkon. »Von den Guvarri will ich nicht reden, aber auf die Harruner können wir uns doch wohl verlassen, oder?«

»Ich denke schon«, sagt Ljotor.

»Der junge Hakun scheint aber nicht auf unserer Seite zu sein«, äußert sich Brunn zum ersten Mal. »Der ist doch dick mit Drengis Zwillingen befreundet.«

Orkon macht eine wegwerfende Handbewegung. »Das kann man nicht ernst nehmen. Auf den Vater kommt's an. Und Brodar weiß, was gut für die Harruner ist. Sie sind auf unseren Schutz angewiesen. Der ganze Handel von Norden nach Süden geht durch ihre Landestellen und Marktplätze an der Albija. Besonders der mit den wilden Stämmen im Norden, von denen wir den Bernstein beziehen und die auf unser Kupfer erpicht sind.«

»Einen Angriff der Nordmänner können wir im Augenblick am wenigsten gebrauchen«, sagt Ljotor. »Der Handel mit ihnen darf nicht beeinträchtigt werden.«

»Das sagst du so«, erwidert einer der Hauptleute am Tisch. »Unsere wichtigsten Kupferminen liegen im Gebiet der Gejliren. Die könnten ihr Erz zurückhalten.«

»Wir haben Kupfer in den Brukkabergen«, sagt Ljotor. »Das sollte fürs Erste genügen. Und wenn der Handel abbricht, sind alle Ruotinger betroffen. Auch die Nebroni und Ruotani.«

»Wie sieht es überhaupt mit Waffen aus?«, fragt Orkon.

»Daran wird es nicht mangeln.«

Einen Augenblick lang herrscht Schweigen, während aller Augen auf Orkon ruhen. Der nimmt einen tiefen Zug aus seinem Bierhumpen, rülpst vernehmlich und leckt sich die Lippen. Dann seufzt er schwer und sieht seinen Sohn an.

»Du treibst dich gern herum und stiftest Unruhe«, sagt er.

»Vielleicht ist es auch mein Fehler. Ich hätte dich mehr einbinden sollen. Ein junger Kerl, der nichts zu tun hat, kommt auf dumme Gedanken. Im Grunde ist es Zeit, dass du Verantwortung übernimmst. Du hast an Kriegszügen gegen die wilden Stämme teilgenommen, einige erfolgreiche Einsätze geführt. Ich nehme also dein Angebot an und überlasse dir den Befehl über unser Heer. Ljotor wird dir dabei auf die Finger schauen. Er ist ein erfahrener Mann. Seinen Rat sollst du nicht missachten.«

»Ja, Vater. Danke, Vater!«, sagt Arrak freudig überrascht.

Orkon hätte ihm keine größere Freude machen können. Mit einem Schlag ist er vom verachteten Bastard zum Heerführer der Helminger aufgestiegen. Und Vater vertraut ihm, ihm, der sich von klein auf mehr Aufmerksamkeit und Anerkennung gewünscht hat. Nun hat er sie. Zumindest im Ansatz. Wenn ich es nicht versaue, denkt er. Aber das wird nicht geschehen. Ich werde als Sieger heimkehren und in Vaters Lob baden! Er wird mich endlich respektieren. Orkon wird es nicht weiter kümmern, dass die Schlampe Morgana schwanger ist. Der Erbe des Reichs wird Arrak heißen.

Orkon räuspert sich und fügt noch etwas hinzu: »Deine Idee, als Erstes mit einer kleinen Truppe bei den Nebroni einzufallen, um Felder und Scheunen abzubrennen, gefällt mir. Das wird sie für eine Weile beschäftigen. Aber es muss sofort geschehen. Warte nicht zu lange.«

Arrak nickt. »Ich werde sofort die Vorbereitungen dafür treffen.«

Es ist das erste Mal, dass der Vater ihm so etwas Bedeutendes anvertraut. Er wirft einen Blick in die Runde. Alle nicken ihm zu. »Ich danke dir, Vater«, sagt er. »Ich werde dich nicht enttäuschen.« Dann fällt ihm noch etwas ein. »Darf ich Odda mitnehmen?«

»Nein.« Orkon schüttelt den Kopf. »Odda bleibt hier. Such dir eine andere Leibwache. Hast du nicht deinen Freund Brunn?«

»Brunn. Ja, natürlich.«

»Dann ist das geregelt«, sagt Orkon.

Er will sich schon erheben, da meldet sich Urdo zu Wort. »Es gibt noch etwas, das mir Sorgen macht.«

»Was soll das sein?«

»Die Sache mit der sogenannten Göttin des Lichts. Diese junge Priesterin, die nach dem Rennen die Rede gehalten hat. Ich hab mir ihren Wortlaut genau berichten lassen.«

»Ach was!«, erwidert Arrak. »Das ist nur ein junges Weib. Auf ihr dummes Geschwätz muss man nichts geben.«

»Unterschätz das nicht. Ihr dummes Geschwätz, wie du's nennst, scheint viele berührt zu haben. Sie haben ihr zugejubelt. Und das waren nicht nur Nebroni. Das Wort von der Göttin des Lichts, die Hador vertreibt, scheint die Runde zu machen. Ich halte das für äußerst gefährlich.«

»Nicht, wenn wir Drengi vernichten. Das wird auch der kleinen Hexe das Maul stopfen.«

»Wenn das Volk an so was glaubt, kann es zu einem allgemeinen Aufstand kommen,« gibt Urdo zu bedenken. »Dann haben wir größere Sorgen, als nur die Nebroni zu besiegen.«

»Umso schneller und härter müssen wir zuschlagen«, sagt Orkon. »Das wird beweisen, dass Hador stärker ist als jeder andere verdammte Gott.«

Urdo nickt. »Ja, sicher. Ich möchte aber auch noch an diesen Burschen erinnern, der sich gemeldet und von einer kostbaren Bronzescheibe geredet hat.«

»Den hatte ich schon vergessen«, erwidert Orkon. »Was ist mit dem?«

»Er hält sich ja hier in der Burg auf. Also habe ich ihn eingehend befragt. Er sagt, der Vater dieser Rana, ein gewisser Utrik und Gemahl der Priesterin Herdis, hat die Scheibe angefertigt. Sie soll göttliche Botschaften aus den fernen Ländern des Ostens enthalten.«

»Was für Botschaften?«

»So genau konnte er es nicht sagen. Anscheinend macht Utrik ein großes Geheimnis darum. Aber es scheint etwas mit Mond und Sonne zu tun zu haben. Er sagt, dass man damit die Tage im Jahr genauer bestimmen könne. Aber wie das gehen soll, hat er nicht in Erfahrung bringen können.«

»Und was ist so bedeutend daran?«

»Es könnte ein Symbol werden, Orkon. Verstehst du nicht? Eine Göttin des Lichts und eine goldene Scheibe mit Destartes Himmelsbotschaften. Dazu diese aufmüpfige Priesterin, die auch noch gut reden kann. Eine gefährliche Mischung.«

»Du meinst, die könnte das Volk aufwiegeln? Mit dieser verdammten Scheibe als Geschenk der Göttin?«

»Es wäre doch möglich. Hador ist gefürchtet im Land, aber nicht gerade beliebt. Du hast selbst gesehen, wie wenige diesmal zum Fest auf dem Hadorring erschienen sind.«

Die Männer sehen sich nachdenklich an.

»Ich weiß, wo sich Utriks Schmiede befindet«, lässt Arrak die anderen wissen. »Ich könnte meinen Kriegszug dort beginnen, das Dorf niederbrennen und die Bronzescheibe an mich nehmen. Dann machen wir sie zu einem Symbol für Hador.«

Orkon überlegt. Doch dann winkt er ab. »Nein, nein! Verschwende keine Zeit damit. Was ist schon ein Stück Bronze? Es geht darum, Drengi zu schlagen. Und zwar schnell, bevor sich ein richtiger Aufstand bildet. Um die Scheibe kümmern wir uns später.« Er sieht seinen Sohn streng an. »Das ist ein Befehl! Hast du mich verstanden?«

»Ja, Vater.«

Arrak hat vor, sich an den Befehl zu halten. Die aufmüpfige Priesterin und ihre Bronzescheibe können warten. Die laufen ihm nicht weg.

* * *

Ein ganzer Mond ist seit dem Sonnenwendfest vergangen. Aus entlegenen Gebieten sind Krieger eingetroffen, um sich in einem Zeltlager vor der Burg zu sammeln, darunter Bogenschützen auf Pferden und Edle auf ihren Streitwagen. Die meisten sind zu Fuß gekommen, mit Speeren über der Schulter, Streitäxten an der Seite und Schilden aus Weidengeflecht über dem Rücken. Jede Hundertschaft hat ihren eigenen Tross aus Lasttieren, um Zelte, Handmühlen, Kochgerät, Spaten, Beile, weitere Waffen und Verbandszeug zur Versorgung von Verwundeten zu tragen.

Die schöne Wiese vor der Burg ist zertrampelt. Überall Zelte, Kochfeuer, grasende Pferde. Männer, die irgendwo ihre Notdurft verrichten, johlen, lachen, Ringkämpfe veranstalten und bis spätabends die Ruhe stören. In der Burg herrscht ein Kommen und Gehen von Hauptleuten, die Befehle entgegennehmen, und von Knechten, die die Kämpfer mit Nahrung und die Pferde mit zusätzlichem Heu versorgen.

Während eines Feldzugs trägt jeder Mann in seinem Bündel warme Kleidung, eine Decke und eine Ration Korn mit sich, das sich unterwegs zu grobem Mehl zerreiben lässt, aus dem auf einer Kupferpfanne ein Fladenbrot gebacken wird. Wer mehr will, holt es sich von den Bauern, durch deren Land das Heer zieht. Kein Wunder, dass das Landvolk Vieh und Weiber versteckt, wenn Krieger sich nähern.

Arrak ist bereits vor zehn Tagen ausgerückt, um mit zwei Hundertschaften – alle zu Pferde – den ersten Teil seines Plans auszuführen. Niemand weiß, wie erfolgreich er dabei ist. Doch von der Kuffaburg aus kann man weit nach Süden blicken. Und es sieht ganz so aus, als stiegen in der Ferne – man muss gut hinsehen, um sie zu erkennen – vereinzelte dünne Rauchsäulen auf. Ein Zeichen für brennende Dörfer. Der Rauch wandert mit dem Wind, sammelt sich in der Höhe und bildet einen dünnen Schleier über dem fernen Horizont.

»Siehst du, Odda?«, ruft Orkon, der auf den Turm über dem

Tor geklettert ist und sich auf die Brüstung stützt. »Das muss Arraks Werk sein. Und da drüben ...« Er deutet mit seinem dicken Finger nach Südosten. »Da brennt mehr als ein Dorf. Das müssen Felder sein, die sie noch nicht abgeerntet haben. Arrak heizt den Nebroni ordentlich ein. Der Junge ist doch zu was nütze.«

Odda starrt mit zusammengekniffenen Lidern in die angedeutete Richtung, erwidert aber nichts. Seine Miene bleibt ausdruckslos.

»Bei Hador! Kannst du dich nicht ein einziges Mal freuen, du sturer Dickschädel?«, fragt Orkon. Er sagt es mit einem Lachen, denn er hat schon lange aufgehört, sich über Oddas Maulfaulheit zu ärgern. Der Kerl ist einfach, wie er ist. Und Orkon ist heute guter Laune.

Ljotor, der Arrak das Heer zuführen soll, befindet sich ebenfalls auf dem Turm. Und neben Orkon steht Morgana. Er hat darauf bestanden, dass sie sich das Spektakel in der Ferne ansieht. Auch wenn sie das eher unwillig tut.

Ob Herdis' Dorf wohl auch betroffen ist?, fragt sie sich. Vielleicht sogar das Heiligtum der Destarte. Wieder einmal? Sie erinnert sich an die fröhlichen Menschen während des Frühlingsfests, an die wilde Nacht, die sie dort durchlebt hat. Unwillkürlich legt sie sich die Hand auf den Bauch, auf das Leben, das darin wächst, auf die Frucht der Göttin.

»Was soll man gut daran finden, dass Dörfer brennen?«, fragt sie Orkon. »Ich kann dem wirklich nichts abgewinnen.«

»Hast du vergessen, dass sie hundert unserer Männer brutal umgebracht haben? Bei lebendigem Leibe verbrannt? Drengi hat den Krieg angefangen, nicht ich. Und jetzt gilt es, seinen Aufstand niederzuschlagen. Arrak hält den Feind beschäftigt, bis ich ihm Verstärkungen schicken kann.«

»Wir sind so weit, denke ich«, sagt Ljotor. »Mit deiner Erlaubnis können wir morgen ausrücken.«

»Gut! Ausgezeichnet!«

»Könnt ihr euch nicht irgendwie einigen?«, fragt Morgana. »Sollen Ruotinger gegen Ruotinger kämpfen? Wollt ihr euch wirklich gegenseitig umbringen?«

»Hör dir das an, Ljotor!« Orkon lacht verächtlich. »Davon verstehst du nichts, Morgana. Also rede keinen Unsinn.« Er legt ihr seine fleischige Hand auf den Bauch und grinst ihr ins Gesicht. »Das hier ist das Wichtigste. Solange du mir noch einen Sohn schenkst, ist alles gut. So lange kannst du dir meinetwegen auch dumme Bemerkungen erlauben.«

Morgana erträgt seine Berührung mit Widerwillen. Sie muss sich beherrschen, um nicht zurückzuzucken oder ihm gar ins Gesicht zu spucken. Zum Glück lässt er sie nachts in Ruhe, und zum Glück gibt es Urdo, sonst würde sie es nicht mehr aushalten auf dieser verdammten Burg. Letzte Nacht ist sie wieder zu ihm gegangen, obwohl es gefährlich ist. Orkon hat sie zwar zum Heiligtum der Destarte geschickt, damit sie sich schwängern lässt, aber das mit Urdo ist etwas anderes. Sollte er herausfinden, dass sie … Nicht auszudenken!

* * *

Der Halbmond verbirgt sich hinter einer dunklen Wolkendecke, die verhindert, dass sein Licht die nächtliche Landschaft erhellt. Seit dem Abmarsch des Heeres vor fünf Tagen ist es vergleichsweise still auf der Kuffaburg geworden. Die übliche Wachmannschaft ist zwar geblieben, aber alles schläft zu dieser späten Stunde.

Trotz des bedeckten Himmels ist die Nacht warm und schwül. Morgana, die schlaflos auf ihrem Lager liegt, fragt sich, ob sie es wagen soll, ihren Liebhaber zu besuchen. Sie hat Sehnsucht nach Zärtlichkeit und Nähe.

Seltsam, seit sie schwanger ist, ist ihr Begehren nach körperlicher Liebe noch dringender geworden. Hat das mit ihrem Besuch bei Destarte zu tun? Es muss an den Liebestränken liegen, die sie dort zu sich genommen hat. Das muss der Grund sein, warum sie sich in der Hitze der Nacht auf ihrem Lager wälzt und dieses Verlangen in sich spürt. Sie berührt sich eine Weile zwischen den Beinen, aber das ist nicht, was sie will.

Orkon war auch heute Abend wieder betrunken. Es ist also nicht zu befürchten, dass er ihre Kammer aufsucht. Das hat er seit ihrem Besuch des Heiligtums ohnehin nur einmal getan. Immer wieder kreisen ihre Gedanken um Urdo. Ob er schon schläft? Soll sie wirklich zu ihm gehen? Ist es Liebe, die sie für ihn empfindet? Oder nur das Bedürfnis, ihn in sich zu spüren? Allein die Vorstellung macht sie schon halb verrückt.

Natürlich gehen nachts Wachen ihre Runden, auf dem Turm und auf dem Wehrgang. Sie achten jedoch nicht darauf, was sich im Hof abspielt. Dass ein Weib sich gelegentlich zu den Kerlen schleicht oder umgekehrt, ist so normal, dass es kaum erwähnenswert ist. Unwahrscheinlich, dass jemand sie in der Dunkelheit erkennt. Kurz entschlossen erhebt sie sich, wirft einen Umhang mit Kapuze über ihr Hemd und huscht leise zur Hintertür, entriegelt sie vorsichtig und blickt hinaus.

Niemand zu sehen. Auch von den Wachen nicht. Sie schlüpft ins Freie, zieht die Tür hinter sich zu und sichert sie mit dem Keil, den sie zwischen den Pflanzen neben dem Haus versteckt hat. Noch einmal blickt sie sich um und geht dann mit klopfendem Herzen und der Kapuze tief ins Gesicht gezogen über den dunklen Hof. Sie kennt den Weg so gut, sie könnte ihn mit verbundenen Augen gehen.

Ein drittes Mal schaut sie sich um. Nichts regt sich. Auch von den Wachen ist weder etwas zu sehen noch zu hören. Ein leises Flattern erschreckt sie. Als sie hochblickt, huschen winzige Schatten über den Nachthimmel. Fledermäuse. Beruhigt hebt sie die Hand und klopft leise an Urdos Tür. Aber er öffnet nicht. Kein Laut dringt aus dem Innern der Hütte. Schläft er etwa schon? Natürlich, es ist spät.

Sie klopft noch einmal, lauter als beabsichtigt und erschrickt darüber. Ihr Herz schlägt bis zum Hals, aber niemand scheint ihr Klopfen gehört zu haben. Nicht einmal Urdo. Schläft er wirklich so fest? Sie hört ihn auch nicht schnarchen. Vielleicht ist er gar nicht da und vergnügt sich stattdessen mit einer Sklavin. Ich bring ihn um, den Schweinehund!

Sie will schon gehen, als sie hört, wie sich innen etwas regt. Dann ein leises Knarren, als die Tür sich öffnet. »Du bist das«, flüstert Urdo. Er kratzt sich an der Brust und gähnt. »Ich hab geschlafen.«

»Schnell! Lass mich ein!«, flüstert sie.

Er zieht sie hinein und schließt die Tür hinter ihnen. Innen ist es so dunkel, dass man nicht die Hand vor Augen sieht. Aber riechen kann sie, Urdos männlichen Geruch, der die kleine Kammer durchdringt und sie ganz schwindelig macht. Orkon stinkt meist nach Bier, aber Urdos Geruch treibt ihr das Blut in die Lenden.

Sie tastet sich bis zu seinem Lager vor, lässt den Umhang fallen und reißt sich ihr Hemd vom Körper. Auch das wirft sie achtlos zur Seite. Dann spürt sie seine Arme um ihren nackten Leib, eine große Hand, die ihren Hintern packt, und die Haare auf seiner Brust. Sie kitzeln ihre Brustwarzen und lassen sie vor Lust erschauern. Sie lässt sich rücklings aufs Lager fallen und zieht ihn zu sich.

»Oh, Urdo«, flüstert sie, als sie sein Gewicht auf sich spürt.

Seine Berührungen und Liebkosungen sind genau das, was sie sich gewünscht hat. Bald schon keuchen beide vor Begierde. Ihre Liebesbemühungen sind leidenschaftlich fordernd und hastig, als ginge es ihnen nicht schnell genug, das Verlangen zu befriedigen. Urdos Schweiß tropft ihr auf die Brüste. Sie wirft den Kopf in den Nacken und unterdrückt ein Stöhnen. Als der Damm endlich bricht, beißt Morgana sich auf die Lippen, um nicht laut zu schreien. Sie lässt sich von ihrer Lust tragen, bis die Woge langsam verebbt und sich in sanfte Mattigkeit verwandelt. Dankbar streichelt sie Urdos Rücken.

Nachher ruhen sie auf dem Lager, Morganas Kopf auf seiner Brust, und flüstern in der Dunkelheit miteinander.

»Ich mache mir Sorgen«, sagt sie. »Sie werden doch wohl nicht die Burg einnehmen?«

Sie spürt, wie er lautlos lacht. »Wo denkst du hin? Das wird ein kurzer Feldzug werden. Jetzt, da Ljotor mit dem Großteil des Heeres zu Arrak stößt. Der geballten Macht unserer Krieger werden die Nebroni nicht standhalten.«

Morgana hat Drengi vor Augen, wie er vor einigen Monden bei ihnen in der Halle saß. Ein ruhiger, besonnener Mann. Er hat ihr gefallen. Ihn hätte sie ehelichen sollen. Leider haben die Götter anders entschieden. Sie erinnert sich, was Drengi über die Götter gesagt hat. Dass wir alle achten sollten und nicht nur einen. Und von den legendären Helden der Ruotinger hat er gesprochen. Dass sie in der Steppe freie Männer waren und nicht Sklaven der Scholle. All dem kann sie nur zustimmen, auch wenn sie das nicht laut sagen würde. Schließlich ist Urdo Hadors Priester.

Drengis Söhne haben sich während des Besuchs zurückgehalten. Nicht, dass sie ihr schüchtern vorgekommen wären. Es wirkte eher, als hätten sie ihren Vater nur unwillig begleitet. Vielleicht verachten sie Orkon und Arrak. Vielleicht waren sie mit Drengis Werbung um Tura alles andere als einverstanden. Ja, das wird es sein.

Sie seufzt. »Es wird Tote geben und weinende Witwen und Kinder, die ohne Väter aufwachsen. All das nur, weil Arrak unbedingt ein verdammtes Rennen gewinnen musste.«

»Da ist auch die Priesterin, die das Volk aufstachelt.«

»Du meinst Rana, Herdis' Tochter?«

»Man sagt, sie habe magische Kräfte. Ihre Worte betören. Es sei, als werfe sie einen Zauber über die Menge. Vielleicht hat sie Drengi verhext und zum Krieg getrieben.«

»Das glaube ich nicht.«

»Du hast sie ja kennengelernt. Du musst es wissen.«

Morgana löst sich von ihm und stützt sich auf den Ellbogen. »Ich sehe nichts Böses in Rana. Beide, Mutter wie Tochter, waren sehr freundlich zu mir. Sie sind im Volk beliebt. Viele verehren Destarte, du weißt das.«

»Du anscheinend auch.«

»Natürlich. Ich bin mit ihrem Kult aufgewachsen.«

»Wie war es überhaupt auf dem Frauenhügel? Erzähl mal. Was hast du erlebt? War Magie im Spiel? Was haben sie mit dir getrieben?«

Morgana zögert einen Augenblick. Dann sagt sie: »Das geht dich gar nichts an. Das geht niemanden etwas an. Nicht einmal Orkon. Das sind Geheimnisse des Kults. Darüber spricht man nicht.«

Urdo legt seine Hand auf ihren Bauch. »Augenscheinlich hat es gewirkt. Man spürt die Schwellung deines Leibes. Bist du zufrieden?«

»Ja.«

»Bist du sicher, es ist nicht mein Kind?«

»Ganz sicher, Urdo. Es ist weder deins noch Orkons. Die Frucht in meinem Leib ist ein Geschenk der Göttin und entsprechend zu ehren. Auch wenn du nicht an Destarte glaubst.«

»Oh, ich glaube an sie. Wir alle glauben an sie.«

»Dann solltest du nicht so über Rana sprechen. Und auch nicht anzweifeln, woher mein Kind stammt.«

»Du hast recht«, sagt er und zieht sie zu sich, um sie zu küssen.

Draußen ertönt ein Donnergrollen.

»Ein Gewitter im Anzug«, sagt Urdo.

Sie greift nach ihm. »Komm! Bevor es regnet.«

Sie lieben sich ein zweites Mal. Danach, kaum ist ihr Schweiß getrocknet, erhebt sich Morgana. »Ich geh besser, bevor das Gewitter losbricht.« Sie tastet im Dunkeln nach ihren Sachen, bemüht sich aber nicht, ihr Hemd überzuziehen, sondern wirft sich nur dem Umhang um die Schultern.

Urdo ist ebenfalls aufgestanden und öffnet ihr die Tür. Schwaches Licht fällt von draußen herein. Ein Blitz zuckt, und kurz darauf donnert es. Urdo schaut hinaus. »Niemand zu sehen. Nur Thunar, der seinen Hammer schwingt.« Er lacht leise, als er das sagt.

Ein letzter Kuss, dann schleicht Morgana mit ihrem Hemd in der Hand über den Hof, die Kapuze wieder tief ins Gesicht gezogen. Ein kühler Windstoß fährt ihr unter den Umhang und will ihn ihr entreißen. Die ersten Tropfen fallen. Die Frische des Windes ist nicht unangenehm. Am liebsten würde sie sich nackt in den Regen stellen, spüren, wie das Wasser an ihrer Haut herunterläuft.

Doch sie eilt zur Hintertür, zieht den Keil darunter weg und schlüpft ins Haus. Sie hat die Hand schon auf dem Riegel liegen, um die Tür zu versperren, als sie hinter sich Orkons Stimme hört. Zutiefst erschrocken fährt sie herum. Das Herz schlägt ihr bis zum Hals. Am Ende des Gangs, von einem einsamen Talglicht an der Wand nur schwach beleuchtet, nimmt sie Orkons untersetzte Gestalt wahr.

»Wo, bei Hador, bist du gewesen?«, fragt er gefährlich leise.

Morgana kennt diesen Tonfall. So spricht er kurz vor einem Wutausbruch, bevor er gewalttätig wird.

»Ich?« Ihre Stimme zittert. »Nirgends. Frische Luft atmen. Es war so schwül.«

Mit wenigen Schritten ist er bei ihr, reißt ihr den Umhang von den Schultern und starrt auf ihren nackten Leib. »Ach, so schwül, dass du nackt herumläufst? Und was ist das in deiner Hand?« Er entreißt ihr das Hemd. »Hast du das bei deinem Spaziergang ausgezogen? Wolltest du den Wachen deine Titten zeigen?«

»Hör auf, Orkon!«, ruft sie. »Lass mich in Ruhe!«

»Ich soll dich in Ruhe lassen? Von wegen, du verdammte Hure. Endlich hab ich dich erwischt.« Seine Hand schießt vor, er packt sie an den Haaren und zerrt sie ein paar Schritte hinter sich her, bis sie auf die Knie fällt.

»Bist du verrückt?«, wimmert sie. »Lass mich los!«

Tatsächlich lässt er sie los, aber nur, um ihr mit der flachen Hand ins Gesicht zu schlagen. Sie hält sich die brennende Wange und kommt auf die Füße, weicht ein paar Schritte zurück.

Orkon folgt ihr und tritt drohend an sie heran. Selbst bei dem schwachen Licht kann sie sehen, wie sein Gesicht vor Wut verzerrt ist. »Denkst du, ich hab nichts gemerkt?« Seine Stimme klingt immer noch gefährlich leise, als wollte er nicht, dass andere ihn hören. »Denkst du wirklich, auf dieser Burg gibt's nicht genug Augen und Ohren, die dein schändliches Treiben beobachten? Willst du mich lächerlich machen? Ich sollte dich verdammt noch mal windelweich schlagen.«

Draußen zucken Blitze, und ein Donnerschlag bringt das Haus zum Beben. Aber Thunars Hammerschläge machen Morgana Mut, stacheln ihre eigene Wut an, stärken ihren Widerstand. Sie ist es leid, sich von Orkon misshandeln zu lassen.

»Dann tu's doch, du Schwächling!«, schreit sie ihn an. »Schlag mich, wenn du willst. Aber die Wahrheit ist, du musstest mich zu Destarte schicken, weil du selbst nichts zustande kriegst. Und was glaubst du, geht da vor sich? Ich habe mit Männern gelegen. Und du weißt es. Warum sonst hast du mich dorthin geschickt? Und jetzt nennst du mich eine Hure?«

Diesmal schlägt er ihr so hart ins Gesicht, dass sie Sterne sieht und ihre Augen sich mit Tränen füllen. »Destarte ist das eine«, zischt er und packt sie hart am Arm. »Aber dass du hier, auf meiner Burg ... Wenn du nicht schwanger wärst, würde ich dir auf der Stelle den verdammten Hals umdrehen.« Er schüttelt sie so heftig, dass ihre Zähne gegeneinanderrasseln. »Von wem lässt du dich besteigen, he?«, faucht er sie an, so dicht, dass ihr Spucketröpfchen ins Gesicht fliegen. »Sag's mir, verdammt noch mal. Ich will es wissen!«

Aber sie lässt sich nicht einschüchtern. »Auch ein Eheweib hat Anrecht auf Liebe. Was du nicht zustande kriegst, besorgt mir eben ein anderer. An Männern fehlt es hier ja nicht.«

»Wer, verdammt?«

»Das geht dich nichts an.«

»Es geht mich nichts an, in wessen Bett mein Weib sich suhlt?« Sein Gebrüll ist jetzt so laut, dass es in der ganzen Burg zu hören sein muss. »Glaubst du wirklich, ich bin so blöd, dass ich nicht weiß, wer es ist? Der verfluchte Priester ist es. Und das in meinem eigenen Haus.«

Plötzlich lässt er sie los und zieht eine Streitaxt aus dem Gürtel. Morgana zuckt vor Angst zurück. »Keine Sorge«, knurrt er. »Die ist nicht für dich bestimmt. Die ist für diesen untreuen Bastard von einem Priester!« Er marschiert zur Tür.

»Nein!«, schreit Morgana entsetzt und versucht, ihn festzuhalten.

Orkon stößt sie so brutal zurück, dass sie mit dem Kopf hart gegen die Wand stößt und zu Boden stürzt. Für einen kurzen Moment sieht sie erneut Sterne, dann schwinden ihr die Sinne. Wie eine zerbrochene Puppe liegt sie da und regt sich nicht.

Orkon reißt die Tür auf. Eine kühle Gewitterböe fährt durch den Gang und lässt die Tür an die Wand knallen. Draußen peitscht der Wind den Regen vor sich her. Er will hinaustreten, aber da versperrt Urdo ihm den Weg.

Der Mann ist nackt. Im Zucken eines Blitzes ist das Gesicht des Priesters so weiß wie Schnee, die nassen Haare kleben ihm am Schädel. Anscheinend hat er den Aufruhr mitbekommen und ist herbeigeeilt, um Morgana zu helfen oder um seine eigene Haut zu retten. Jedenfalls muss er Orkons letzte Worte gehört haben. Die Wut im Gesicht des Fürsten und die Streitaxt in seiner Hand sagen das Übrige.

Orkon stutzt, als er ihn vor sich sieht, seinen langjährigen Vertrauten und Berater, ja, seinen Freund, der nun zum Verräter an ihm geworden ist und ihn zum Gespött der Leute gemacht hat.

»Ausgerechnet du musst mich hintergehen?«, brüllt er und hebt wutentbrannt die Axt. Dabei bemerkt er nicht, dass sein Gegenüber ein langes Messer in der Hand hält. Mit aller Wucht schlägt Orkon zu, will Urdo den Kopf spalten. Doch der weicht aus und rammt ihm die Klinge in den fetten Leib, genau zwischen Brustwirbel und Bauchnabel, so heftig, dass die Spitze durch Fett und Innereien fährt und sich zuletzt in Knochen bohrt, Orkons Wirbelsäule.

Der Fürst schreit gellend auf und lässt die Axt fallen. Erneut sticht Urdo zu, trifft diesmal jedoch nur den Oberarm, den Orkon sich schützend vor den Leib gerissen hat. Die scharfe Klinge durchtrennt Leinen, Haut und Muskel. Eine Hauptader muss getroffen sein, denn dunkles Blut sprudelt hervor. Ächzend stürzt Orkon auf die Knie, hebt den Kopf und starrt ungläubig zu Urdo hoch, der über ihm steht. Seine weit aufgerissenen Augen treten hervor, sein Maul öffnet und schließt sich wie bei einem gestrandeten Fisch.

»Stirb, du Fettsack!«, zischt Urdo und sticht zum dritten Mal zu, diesmal zwischen Schlüsselbein und Schulterblatt. Tief dringt die lange Klinge in Orkons Leib und durchbohrt sein Herz. Hätte der erste Stich nicht schon genügt, dieser ist mit Sicherheit der Todesstoß.

»Scheiße!«, murmelt Orkon ächzend. Sein Kinn fällt auf die Brust, dann sinkt er auf den Rücken und stirbt.

Einen Augenblick lang betrachtet Urdo den Toten, während das Gewitter tobt. Dann legt er den Dolch beiseite, packt Orkon am Kragen und zieht ihn zurück ins Haus. Er bückt sich wieder nach dem Dolch und drückt ihn Morgana, die sich gerade regt und ein Stöhnen von sich gibt, in die Hand.

»Was ist passiert?«, stammelt sie und starrt entsetzt auf den blutigen Dolch in ihrer Hand.

»Du hast in Notwehr gehandelt, Morgana.«

»Ich? Aber ich hab doch gar nicht ...«

Tura taucht verstört aus ihrer Kammer auf. Orkons Gebrüll hat sie geweckt. Als sie ihre Mutter nackt und mit einem blutigen Messer in der Hand sieht, dahinter die Leiche ihres Vaters, kreischt sie laut auf. »Mutter! Was ist passiert? Was hast du getan?«

»Es ist schrecklich, Tura«, sagt Urdo. »Sie haben sich fürchterlich gestritten. Deine Mutter musste sich wehren, er wollte sie umbringen.« Er bückt sich und hebt die Axt auf. »Hiermit wollte er sie erschlagen.«

In Turas Augen stehen Entsetzen und Grauen. »Er wollte sie erschlagen?«, flüstert sie.

Inzwischen kommen immer mehr Sklavinnen und Wachen herbei. Auch Odda, der geschlafen haben muss.

Urdo nimmt Morgana, die immer noch wirr im Kopf ist, das Messer aus der Hand, legt ihr sanft den Umhang um die Schultern und hilft ihr auf. »Ich habe den Streit und Morganas Schreie gehört und bin gleich hergerannt. Leider zu spät. Kann mir gar nicht erklären, was Orkon dazu getrieben hat.« Er reicht Odda die Axt. »Damit wollte er sie erschlagen.«

Odda starrt ihn an. »Orkon wollte sein Weib umbringen?«

»So sieht's aus. Sie haben sich ja oft genug gestritten, aber dass so was passiert, wer hätte das gedacht.«

Inzwischen ist auch Abjorn aufgetaucht und macht große Augen. »Orkon ist tot?«, fragt er ungläubig. »Ausgerechnet von Morgana ermordet?«

»Ich hab ihn nicht ermordet«, murmelt Morgana schwach. Sie ist immer noch von ihrem Sturz benommen.

»Die Arme«, sagt Urdo und führt sie fürsorglich in ihre Kammer. »Sie hat einen Schlag auf den Kopf bekommen.« Er hilft ihr, sich zu betten. »Sie braucht jetzt erst mal Ruhe.«

* * *

Orkons Tod hängt wie eine schwarze Wolke über der Burg. Sein gewaltsames Ableben hat alle Bewohner zutiefst erschüttert. Was geschieht jetzt? Was wird Arrak tun, wenn er davon erfährt? Urdo bemüht sich, die Gemüter zu beruhigen, aber die Sklaven und Knechte verstecken sich in ihren Behausungen, flüstern untereinander und harren ängstlich der Dinge, die auf sie alle zukommen werden. Nichts Gutes auf jeden Fall, da ist man sich sicher.

Selbst die Wachmannschaften sind besorgt und fürchten sich vor dem Zorn des jungen Erben, der für seine wilden Auswüchse bekannt ist, ein Zorn, der im Grunde jeden von ihnen treffen kann. Vor allem wird er Odda treffen, denken die meisten. Hätte der die Tat nicht verhindern sollen? Ja, Odda ist schuld.

Als Morgana mit schmerzendem Kopf erwacht, ist früher Morgen. Sie sieht sich um und entdeckt zu ihrem Erstaunen, dass ausgerechnet Odda neben ihrem Bett sitzt. Sie versucht zu sprechen, aber nur ein Krächzen kommt heraus, denn ihre Kehle ist völlig ausgetrocknet. Sie setzt sich auf, merkt aber, dass sie nackt ist, und zieht sich die Decke bis unters Kinn. Odda in ihrer Kammer? Der Kerl ist so massig, dass er den halben Raum füllt. Was will er von ihr?

Odda greift nach einem Becher neben dem Bett und gibt ihr zu trinken. »Die ganze Burg ist in Aufruhr«, sagt er in seinem grollenden Bass, der heute seltsamerweise etwas Beruhigendes hat. »Ich habe sie alle von dir ferngehalten, auch deine Tochter, und dich schlafen lassen.«

»Was ist denn passiert?«, haucht Morgana. Dann hat sie wieder die Bilder der schrecklichen Nacht vor Augen, Orkon am Boden und sie ... sie mit einem blutigen Messer in der Hand ... »Es kann nicht sein«, murmelt sie verstört. »Ich kann mich nicht erinnern. Aber ich bin sicher, ich war's nicht. Ich hab ihn nicht getötet.«

»Natürlich warst du's nicht«, brummt Odda. »Urdo hat ihn getötet. Aber alles weist auf dich. Sogar deine Tochter glaubt, du hast es getan.«

»Und du nicht?«

»Ich hab mir den Leichnam angesehen. Die Stiche sind sehr tief. Keine Frau hätte die Kraft gehabt, Orkon auf diese Weise umzubringen.«

»Wer dann?«

»Es war Urdo, kein Zweifel. Er ist ein gerissener Hund. Er versucht, seinen Kopf zu retten.«

Morgana fährt entsetzt hoch. »Du meinst, er will die Tat auf mich schieben?«

»Ich fürchte, ja.«

»Nein, das kann ich nicht glauben ... Warum sollte er ...?«

»Hör zu«, murmelt Odda verlegen, »ich weiß, dass ihr beide –«

»Du weißt es? Dann warst du es, der mich verraten hat?«

»Nein, Morgana. Nichts dergleichen. Es geht mich auch gar nichts an. Was du tust, ist allein deine Sache. Orkon hat euch beobachtet und sich selbst alles zusammengereimt. Es tut mir leid, ich hätte dich warnen sollen.«

»Arrak weiß es«, flüstert sie. »Vielleicht hat er mich verraten.«

Odda zuckt mit den Schultern.

Morgana wundert sich, wie gesprächig Odda auf einmal ist. So kennt sie ihn gar nicht. Sie kann sich kaum erinnern, dass er jemals mehr als zwei zusammenhängende Sätze von sich gegeben hat. Und jetzt sprudelt er geradezu. Dass er hier bei ihr ist und ihr anscheinend helfen will ... Sie wirft dem riesigen Kerl einen verstohlenen Blick zu. Ein einziger Faustschlag von ihm könnte jeden töten, und doch liegt heute etwas Sanftes in seinem Blick, etwas, das sie bei ihm noch nie gesehen hat. Es beruhigt sie ein wenig.

Doch nicht für lange. »Du glaubst wirklich, Urdo will von sich ablenken und die Tat auf mich schieben?« Was für eine abscheuliche Vorstellung. Wäre Urdo zu so etwas fähig? Einen gerissenen Hund hat Odda ihn genannt, und das ist er ohne Zweifel. Und listig dazu. Gerade deshalb hat Orkon seinen Rat immer geschätzt.

Aber Urdo liebt sie doch. Oder etwa nicht? »Ich kann nicht glauben, was du da sagst«, raunt sie verwirrt.

Odda nickt. »Es muss schwer für dich sein, dir das einzugestehen. Und ich weiß natürlich nicht, wie es zu der Tat gekommen ist, aber es war ganz sicher Urdo, der ihn getötet hat.«

Morgana beginnt, sich zu erinnern. »Als ich von Urdos Hütte zurückkam, war Orkon plötzlich da. Er muss auf mich gewartet haben. Er hat mich zur Rede gestellt. Dann, in seinem Zorn, wollte er Urdo für seinen Verrat erschlagen. Ich entsinne mich, wie er mit der Axt in der Hand die Tür aufreißen wollte. Ich hab versucht, ihn festzuhalten ... Mehr weiß ich nicht.«

»Vielleicht hat er dich gestoßen und du bist gestürzt. Urdo muss genau in diesem Moment aufgetaucht sein. Noch in der Tür hat er Orkon erstochen, denn sein Leichnam war nicht nass, obwohl es geregnet hat. Und ich bin sicher, das Mordmesser hast du noch nie zuvor gesehen.«

»Nein ... so etwas besitze ich gar nicht.«

»Vielleicht wollte er dich verteidigen, aber –«

»Ja«, sagt sie fast erleichtert. »Das muss es sein. Bestimmt wollte er mich verteidigen, Orkon beschwichtigen.«

»Mit einem Messer in der Faust? Nein! Ich denke, er wird euren Streit gehört und erkannt haben, dass Orkon euer Geheimnis entdeckt hat. Das wäre ganz sicherlich sein Ende gewesen. Orkon zu töten war der einzige Ausweg, seinen Kopf zu retten. Aber natürlich darf er es nicht gewesen sein. Also kommst du ihm gerade recht.«

Oddas Überlegungen klingen überzeugend. Die schreckliche Wahrheit trifft ihr Herz mit Eiseskälte. Der Mann, an dessen Liebe sie geglaubt hat, beschuldigt sie, wirft sie vor die Wölfe, um sich selbst zu retten. »Deshalb hat er mir also das Messer in die Hand gedrückt«, flüstert sie.

Odda nickt. »So sieht es für mich aus.«

Morgana schüttelt den Kopf. Sie kann es immer noch nicht

fassen. Das Blut steigt ihr ins Gesicht. Der Mann, mit dem sie kurz zuvor noch Zärtlichkeiten getauscht hat, dem sie vertraut hat, zögert Momente später nicht, sie einer Tat zu beschuldigen, die er selbst begangen hat, sie der Rache Arraks auszuliefern? Tränen treten ihr in die Augen. Tränen der Scham, der verletzten Gefühle, aber vor allem der Wut über so viel Kaltblütigkeit.

Aber Weinen hilft nicht. Mit dem Handrücken wischt sie sich über die Augen, dann schnäuzt sie ins Bettlaken.

»Wahrscheinlich glaubt er, dir werden sie nichts tun«, sagt Odda.

»Soll das ein Witz sein?«, faucht sie, nun aufgebracht. »Du weißt doch, Arrak hasst mich. Wahrscheinlich war er es, der mich verraten hat. Er wusste von mir und Urdo. Nein, Arrak reißt mich in Stücke. Von dem ist keine Gnade zu erwarten.« Sie schweigt betroffen. »Ich bin verloren, Odda«, jammert sie und sieht ihn mit großen Augen an. »Können wir nicht einfach allen die Wahrheit sagen?«

Odda seufzt und schüttelt den Kopf. »Das wird dir nicht helfen. Alle haben dich mit dem Messer in der Hand gesehen und Orkons Kriegsaxt auf dem Boden. Dass ihr euch ständig gestritten habt, ist jedem auf der Burg bekannt. Wenn Urdo gegen dich aussagt, wird Arrak ihm glauben.«

»Aber ich habe doch nichts getan.«

»Du hast den Priester verführt.«

Morgana holt tief Luft. »Da hast du recht. Das hätte ich nie tun sollen.«

Odda starrt eine Weile schweigend auf seine großen Hände. Dann sagt er: »Es sieht wirklich nicht gut für dich aus. Nicht nur, dass Arrak dich hasst. Seit du schwanger bist, stehst du ihm noch mehr im Weg. Einen rechtmäßigen Sohn Orkons kann er nicht brauchen. Und da ist noch etwas.«

»Was?«

»Ich kenne Arrak seit seiner Kindheit. Er ist nicht ganz richtig im Kopf. Er wollte immer die Aufmerksamkeit seines Vaters. Die hat Orkon ihm verwehrt. Das hat den Jungen dazu getrieben, sich immer wilder aufzuführen, gegen seinen Vater zu rebellieren. Im Grunde bis heute. Dass Orkon ihn beauftragt hat, den Feldzug gegen Drengi zu führen, hat große Bedeutung für Arrak. Für ihn ist es die Gelegenheit, dem Vater zu beweisen, dass er seiner Anerkennung wert ist. Nur die ist ihm durch den Mord genommen, was für ihn vielleicht noch schlimmer ist als Orkons Tod selbst. Und laut Urdo hast du seinen Vater auf dem Gewissen.«

Morgana hat plötzlich das Gefühl, als würde sämtliches Blut ihr Herz verlassen, als würde etwas ihr gleichzeitig die Kehle zuschnüren, sie am Atmen hindern. »Ich bin verloren«, murmelt sie.

Odda räuspert sich. »Nun, wir können froh sein, dass er sich gerade auf dem Feldzug befindet. Denn eines ist sicher: Du musst weg von hier. So schnell wie möglich.«

»Weg von hier? Aber wie? Und wohin?«

»Ich helfe dir, Morgana. Sei ohne Sorge. Solange du tust, was ich dir rate, wird dir nichts geschehen.«

»Oh Odda. Wieso willst ausgerechnet du mir helfen? Ich hätte nie gedacht, dass du auf meiner Seite bist.«

Er zuckt mit den Schultern. »Sei froh, dass Orkon tot ist. Er war ein widerlicher Kerl.«

»Du hast ihn aber doch immer beschützt, warst ständig an seiner Seite. Orkon hat kaum einen Schritt ohne dich getan.«

»Weil ich einen heiligen Schwur geleistet habe. Vor langer Zeit. Einen Schwur, der mich an ihn gefesselt hat. Aber nun ist er tot, und ich bin frei.«

»Was für ein Schwur?«

»Eine alte Geschichte. Ich erzähl sie dir ein andermal.«

»Und wohin willst du mich bringen?«

»Zu Drengi. Dort bist du noch am ehesten vor Arrak sicher.«

»Zu Drengi.« Morgana überlegt. »Glaubst du wirklich, er wird mich aufnehmen?«

»Ganz bestimmt.«

»Warum nicht zu meinem Vater?«

»Es ist ein langer Weg dorthin. Wir müssten durch das Land der Harruner. Sie würden dich ausliefern, wenn sie uns erwischen.«

»Du hast recht. Außerdem habe ich im Augenblick wirklich keine Lust, meinem Vater unter die Augen zu treten. Aber ich kann Tura nicht zurücklassen. Wer weiß, was Arrak ihr antut. Wenn er mich nicht in die Finger kriegt, wird er es an ihr auslassen.«

Odda nickt. »Daran hab ich auch schon gedacht. Wir nehmen sie natürlich mit. Am besten kleidest du dich jetzt an und packst ein paar Sachen. Nur das Nötigste. Feste Kleidung und vor allem gute Schuhe. Sobald ihr beide fertig seid, gehen wir.«

»Gute Schuhe? Willst du etwa zu Fuß gehen?«

»Ich kann reiten nicht ausstehen. Zu Fuß sind wir besser dran. Vor allem im Wald, denn Saumpfade und Flüsse sollten wir meiden. Wir wollen nicht Arrak und seinen Männern in die Arme laufen.«

Und so geschieht es. Morgana kleidet sich an, packt warme Sachen in einen Beutel, dazu einen Hornkamm und die schönsten Stücke ihres Schmucks. Ihre Füße steckt sie in lederne Reitstiefel. Besseres Schuhwerk besitzt sie nicht. Dann redet sie mit ihrer verstörten Tochter, die nicht weiß, was sie glauben soll, aber versteht, dass sie vor Arraks Zorn fliehen müssen. Morgana hilft ihr, ebenfalls ein paar Sachen zu packen und sich für eine lange Wanderschaft zu kleiden.

Inka, Morganas Sklavin, steht plötzlich vor ihr und macht große Augen, als sie die gepackten Bündel sieht. »Du willst uns verlassen, Herrin?«

»Es geht nicht anders, Inka. Man beschuldigt mich eines Verbrechens, das ich nicht begangen habe.«

»Aber wohin wollt ihr gehen?«

»Ich weiß es nicht. Komm her, lass dich umarmen.«

Mit feuchten Augen verabschieden sich die beiden voneinander. Dann nehmen Morgana und Tura ihre Bündel und begleiten Odda zu einem der Vorratsschuppen. Er packt gerade Zeltbahnen, eine Decke und Proviant in einen Ledersack, als Abjorn mit einem halben Dutzend Krieger auftaucht. Sie alle tragen Waffen.

»Wohin gedenkst du zu gehen, Odda? Willst du etwa mit der Mörderin verschwinden? Morgana hat sich für Orkons Tod zu verantworten. Ich verbiete dir, sie entkommen zu lassen.«

Odda nimmt seinen Speer, der an der Schuppenwand lehnt, zur Hand und dreht sich langsam zu ihm um. »Sie hat ihn nicht getötet. Es war Urdo.«

»Der Priester? Was faselst du da? Warum sollte Urdo so etwas tun? Er war Orkons engster Vertrauter, sein Freund obendrein.«

»Die Gründe gehen dich nichts an, Abjorn.«

»Mich vielleicht nicht. Aber Arrak wird sie kennen wollen. Deshalb bleibt Morgana hier. Hast du mich verstanden?« Er tritt einen Schritt vor.

Odda richtet sich zu seiner vollen Größe auf und blickt gleichmütig auf Abjorn herab. In der Faust hält er seinen mächtigen Speer mit der breiten Bronzeklinge. Ein Streich mit der äußerst scharfen Waffe würde genügen, um sein Gegenüber zu entleiben.

»Du bist ein guter Mann, Abjorn«, sagt er in seinem tiefen Bass. »Gegen dich hab ich nichts. Aber komm mir nicht in die Quere, sonst zerquetsch ich dich wie eine Laus. Und dazu die halbe Hundertschaft, wenn es sein muss. Geh mir aus dem Weg, und lass uns in Frieden ziehen!«

Abjorn zögert, während er sich ganz offensichtlich das Für und Wider durch den Kopf gehen lässt. Soll er seine Pflicht tun oder doch lieber ein Blutbad vermeiden? Er kennt Odda und weiß, zu was der Kerl fähig ist. »Na schön«, sagt er schließlich. »Dich zu töten würde mich zu viele Männer kosten. Aber ich werde noch heute einen Boten zu Arrak schicken. Der wird euch jagen. Ihm entkommt ihr nicht.«

»Das wird sich zeigen.«

Abjorn und seine Krieger schauen mit finsteren Mienen zu, wie Odda die Vorbereitungen in aller Ruhe beendet, sich den Sack über die Schulter schnürt und seinen Speer zur Hand nimmt.

»Müssen wir wirklich gehen, Mutter?«, fragt Tura weinerlich. »Und wohin überhaupt?«

Turas Augen sind gerötet. Zu viel auf einmal ist über sie hereingebrochen. Sie hat in der Nacht kaum geschlafen, schließlich wurde ihr Vater gemeuchelt, und ausgerechnet ihre Mutter soll die Mörderin sein, obwohl sie es abstreitet. Odda dagegen behauptet, es sei Urdo gewesen. Das Mädchen weiß nicht, wo ihm der Kopf steht, was es glauben soll. Tura hat überhaupt noch gar nicht recht begriffen, was mit ihr geschieht. Von einem Tag auf den anderen hat sich alles verändert. Von der verwöhnten Tochter des Fürsten soll sie plötzlich zu einer Flüchtenden mit unsicherer Zukunft werden?

»Wir gehen zu deinem Großvater, Kind.«

»Zu Großvater Turgrim?«

»Dort sind wir sicher.« Morgana ist selbst erstaunt, wie leicht ihr die Lüge über die Lippen kommt. Sie hat laut genug gesprochen, damit Abjorn es hört. Eine falsche Spur zu legen kann nicht schaden. »Dein Großvater wird uns beschützen.«

Doch Tura ist nicht überzeugt. Sie soll ihr Heim verlassen und zu Fuß durch die Wildnis mit diesem schrecklichen Odda wandern? In ihren Augen steht die Furcht vor dem Unbekannten.

»Wenigstens soll Gisla mitkommen«, sagt sie mit Verzweiflung in der Stimme.

»Die schwachsinnige Sklavin?«, fragt Morgana.

»Sie ist nicht schwachsinnig. Aber hier kann sie nicht bleiben. Ohne mich ... Wer weiß, was sie ihr antun.«

»Was denkst du, Odda?«, fragt Morgana.

Odda blickt auf Tura nieder. Seine Miene ist nicht unfreundlich. »Sie ist deine Freundin, hab ich recht?«

Tura nickt beklommen.

»Also gut, dann nehmen wir sie mit.«

Tura rennt davon, um die Sklavin zu holen. Es dauert nicht lange, und sie kehrt mit ihr an der Hand zurück. Gisla wirft unsichere Blicke um sich und erschrickt, als sie Odda sieht. »Keine Angst, der tut dir nichts«, flüstert Tura ihr zu. »Im Gegenteil, er hilft uns.«

»Wohin gehen wir«, fragt Gisla mit einem ängstlichen Blick auf die Krieger, die immer noch um sie herumstehen.

»Wo wir in Sicherheit sind«, erwidert Tura.

»Also los«, brummt Odda. Er nickt Abjorn zu. »Leb wohl, Abjorn. Mögen die Götter dir wohlgesonnen sein.«

Tura und Morgana schultern ihr Bündel, und zu viert marschieren sie auf das Tor zu, flankiert von den Männern der Burg. Im Hintergrund haben sich die Sklaven versammelt und blicken ihnen verwundert nach.

Am Tor wartet Urdo auf sie. Dass der sich traut, mir ins Gesicht zu sehen!, denkt Morgana. Oder will er mich verhöhnen? Sie beschließt, ihm keine Gelegenheit dazu zu geben, ihn stattdessen mit Verachtung zu strafen, an ihm vorbeizugehen, ohne ihm noch einen einzigen Blick zu schenken.

Fast ist sie schon an ihm vorbei, als sie ihn sagen hört: »Es tut mir leid, Morgana.«

Sie bleibt stehen, dreht sich um und starrt ihm ins Gesicht, als könne sie darin lesen, was in seinem Kopf vorgeht, wie er dazu kommt, sie so schamlos zu verraten.

Sie öffnet den Mund, um ihn zur Rede zu stellen, ändert jedoch gleich wieder ihre Meinung. Was soll das bringen? Dies ist ein Mann, dem sie Liebe geschenkt hat, den sie begehrt hat. Sein Anblick sollte sie rühren, der Abschied sollte sie schmerzen. Aber sie spürt nichts. Nichts als Wut und Verachtung. *Der große Urdo!* Um sein eigenes erbärmliches Leben zu retten, hat er sie den Wölfen zum Fraß vorgeworfen. Das ist das Bild, das von ihm bleiben wird. Wie klein er in ihren Augen geworden ist. Es war also doch keine wirkliche Liebe, weder auf seiner noch auf ihrer Seite. Nur körperliches Begehren. Und auch dieses Feuer ist erloschen. Zurück bleibt nichts als kalte Asche.

Tura dreht sich zu ihr um. »Komm, Mutter!«

»Für solche wie dich«, sagt Morgana zu ihm, »gibt es einen besonders hässlichen Ort in Hadors Schattenwelt. Aber das weißt du ja besser als ich.«

Damit rückt sie ihr Bündel auf der Schulter zurecht und folgt den anderen.

THUNAR

Du bist der Gott der Schlachten, der Herr des Chaos, das du mit deinem Zorn lostrittst. Niemand weiß, wie es endet, wenn du deinen Hammer schwingst. Nur dass es viele Witwen geben wird und Kinder ohne Väter.

Am Morgen, nachdem Odda und Morgana sich fern von ihr auf den Weg gemacht haben, füllt Rana ihr Bündel mit einer Decke, einer Weste aus Schaffell und einem Kästchen mit dem Nötigsten, um Feuer zu machen. Unter ihrer Matratze holt sie einen kupfernen Axtkopf hervor, den sie schon vor Tagen heimlich aus Utriks Schmiede entwendet hat, und legt ihn dazu. Sie trägt Beinlinge aus grobem Material, wie Männer sie tragen, darüber eine Tunika. An ihrem Gürtel hängt der Bronzedolch, den ihr Vater für sie gemacht hat. Zuletzt zieht sie feste Schuhe an. Im Winter hätte sie darin noch Fußlappen aus weichem Stoff getragen, aber es ist Sommer.

Sie hebt ihr Bündel auf und betritt den Hauptraum des Hauses, wo sie etwas Brot und Käse einpackt und ebenfalls in ihr Bündel steckt.

»Was hast du vor? Wo willst du hin?«, fragt Herdis erstaunt. Sie bindet gerade frisch geschnittene Kräuter zusammen, um sie zum Trocknen aufzuhängen.

»Ich geh in den Wald, Mutter. Ich brauche Zeit zum Nachdenken. Du weißt, im Wald fühle ich mich am wohlsten. Wahrscheinlich bleibe ich ein paar Tage. Mach dir also keine Sorgen.«

»Du willst im Wald übernachten?« Herdis schüttelt verständnislos den Kopf und seufzt. »Du änderst dich wohl nie. Gib auf dich acht, Tochter. In der Wildnis ist es nicht ungefährlich, wie du weißt.«

Rana ist klar, dass die Mutter nicht von Raubtieren spricht. Höchstens von solchen auf zwei Beinen. Aber sie zuckt nur mit den Schultern und drückt Herdis einen Kuss auf die Wange. Dann schlingt sie sich das Bündel über die Schulter und verlässt das Haus.

»Bis bald. Vater!«, ruft sie Utrik zu, der an seiner Werkbank arbeitet.

Er dreht sich um, öffnet den Mund, um zu fragen, wohin sie will, aber da ist sie schon fast vom Hof und schlägt den Weg zur Furt ein. »Werd einer aus dem Mädel schlau«, hört sie ihn noch murmeln, dann wendet er sich wieder seiner Arbeit zu.

An der Furt zieht sie die Schuhe aus und rollt die Hosenbeine hoch, bevor sie durch den Fluss watet. Auf der anderen Seite wandert sie barfuß am Ufer entlang, bis sie auf den Zufluss der Gerra stößt und auch diesen durchwatet. Erst dann trocknet sie sich die Füße im Gras, rollt die Hosen herunter und zieht die Schuhe wieder an.

Sie wendet sich vom Fluss ab und betritt den unberührten Wald. Auf der gegenüberliegenden Seite der Onestruda, hinter den Feldern des Dorfs, erstreckt sich ebenfalls Wald. Doch das ist eher ein Nutzwald. Denn dort holen die Bauern ihr Bauholz und natürlich das Brennholz für ihre Kochfeuer, dort steht auch der Kohlenmeiler des Dorfs. Auf den Lichtungen lassen sie das Vieh an den jungen Trieben weiden, und im Herbst, wenn die Bucheckern fallen, treiben sie zum Mästen die Schweine hinein.

Rana ist der Urwald auf dieser Seite des Flusses lieber. Wege gibt es hier nicht, höchstens Wildpfade. Sie stapft durch altes Laub, klettert über einen morschen Baumstamm und umgeht ein Gestrüpp. Dann wandert sie unter hohen Buchen, durch deren dichte Kronen nur spärlich Licht dringt. Zumal der Himmel an diesem Tag bedeckt ist. Hoffentlich regnet es nicht, denkt sie.

In Altorp hat sich seit ihrer Rückkehr nichts verändert. Es herrscht Frieden. Aber wie lange noch? Flüchtlinge von weiter östlich sind in den letzten Tagen gekommen und haben von Drengis Überfall auf die Hundertschaft der Helminger berichtet. Ein grausamer Überfall. Warum hat er das getan? Kein Wunder, dass Orkons Männer aus Vergeltung Dörfer und Felder abfackeln. Auch davon hat sie gehört. Natürlich ist sie für Widerstand gegen Orkon. Aber sie will nicht, dass man sich gegenseitig umbringt, dass man den Bauern das Haus über dem Kopf anzündet, dass Frauen vergewaltigt werden und Kinder im Winter hungern müssen, weil es nichts mehr zu essen gibt.

Wie blauäugig ich doch war zu glauben, dass Widerstand ohne Gewalt überhaupt möglich ist, denkt sie. Ich hätte meinen Mund nicht so weit aufreißen sollen. Und was soll ich jetzt tun? Einfach abwarten, bis sie sich gegenseitig abgeschlachtet haben? Oder kann ich etwas unternehmen? Nur was? Was kann ich denn schon tun? Im Grunde doch nur zuschauen, wie das Schicksal seinen Lauf nimmt. Wie frustrierend! Besonders, wenn man sich mitschuldig fühlt.

Natürlich war der Mord an Gejlir der Auslöser für den Krieg. Aber Rana weiß, dass auch sie ein kleines Stück Verantwortung trägt. Sie hat versucht, Drengi gegen den Fürsten aufzustacheln. Und dann ihr öffentlicher Angriff auf Orkon. Es waren nur Worte, aber auch Worte können töten. Zumindest dazu verleiten. Das ist ihr jetzt bewusst.

Und was ist mit Hakun? Ist er auch in die Kämpfe verwickelt? Ihr Herz wird schwer, wenn sie an ihn denkt. Hat sie sich verliebt? Wie könnte sie das zulassen? Schließlich hat sie Besseres zu tun, als einem Kerl nachzuweinen. Und doch kommen ihr dauernd Befürchtungen in den Sinn, er könnte verwundet werden oder gar umkommen. O Destarte, mach, dass ihm nichts zustößt!

Ja, es ist an der Zeit, über alles nachzudenken. Und dazu braucht sie Abstand vom Trubel der Welt. Sie bleibt einen Augenblick stehen und lauscht der Stille des Waldes, dem leisen Säuseln der Blätter, den Vogelrufen. Sie atmet tief ein und genießt die reine Luft und die Düfte der Natur. Die Ruhe des Waldes hat ihr schon immer geholfen, zu sich selbst zu finden.

Sie rückt ihr Bündel zurecht und geht weiter, den Blick auf den Boden gerichtet. Ihre Gedanken zu ordnen ist nicht der einzige Grund, warum sie sich auf den Weg gemacht hat. Sie hat vor, die Alben aufzuspüren und mehr über sie zu erfahren. Wie sie in der Wildnis zurechtkommen, an was sie glauben und wie sie das Leben sehen. Tausende von Jahren haben sie so gelebt wie jetzt. Vielleicht lässt sich etwas aus ihren Weisheiten lernen, was ihr weiterhilft. Seit dem Traum während der Weihe hat die Göttin nicht mehr mit ihr gesprochen. Auch das beunruhigt sie.

Plötzlich, weniger als zehn Schritte entfernt, steht jemand vor ihr. Erschrocken fasst sie sich ans Herz. Dann erkennt sie ihn. »Hargrim? Was, bei Destarte, tust du denn hier? Du hast mich erschreckt.«

Der junge Mann hat wie immer seinen Bogen in der Hand und einen vollen Köcher Pfeile an der Seite. »Tut mir leid«, sagt er. »Hast du mich denn nicht gesehen? Vielleicht warst du in Gedanken.«

Sie stehen sich peinlich berührt gegenüber. Hargrim blickt angestrengt zur Seite, als ob es dort etwas Besonderes zu sehen gäbe.

»Tut mir leid, wenn ich unfreundlich zu dir war«, sagt Rana.

Erstaunt sieht er sie an. »Was meinst du?«

»Am Morgen nach der Weihe.«

»Ach so.« Er nickt und sieht wieder weg.

Was in der Nacht der Weihe zwischen ihnen vorgefallen ist, macht sie beide verlegen. Warum eigentlich?, fragt sich Rana. Ist doch Tradition. Sie haben nur ihre Pflicht getan. Weiter hat es keine Bedeutung. Und doch fragt sie sich unwillkürlich, ob es ihm gefallen hat. Ob er sie begehrt. Hoffentlich nicht. Sie selbst kann sich an kaum etwas erinnern, und sie will auch nicht daran erinnert werden. Angst, dass er über sie herfallen könnte, hat sie nicht. So einer ist Hargrim nicht.

»Bist du auf der Jagd?«, fragt sie, um den Bann zu brechen.

»Nicht wirklich. Du weißt doch, ich bin lieber im Wald als im Dorf.«

Rana lächelt. »Dann haben wir ja was gemeinsam. Ich liebe es auch hier im Wald. Also komm, du kannst mich begleiten, wenn du willst.«

»Ja, Herrin. Wenn du es wünschst.«

»Ich bin nicht deine Herrin, Hargrim. Als Kinder haben wir zusammen gespielt. Schon vergessen?«

Hargrim grinst. »Einmal hast du mich verprügelt.«

»Wirklich? Daran kann ich mich gar nicht mehr erinnern. Einen großen Kerl wie dich soll ich verprügelt haben?«

»Damals war ich nicht so groß. Ich hab dich mit Sand beworfen, bis du richtig wütend warst. Du bist hinter mir her und mir auf den Rücken gesprungen. Dann sind wir beide auf dem Boden gerollt, und du hast mir ein blaues Auge verpasst.«

»Wirklich? Na so was!«

Die Erinnerung an die gemeinsame Kindheit hat die Verlegenheit vertrieben. Eigentlich ist er ganz nett, dieser Hargrim.

»Wo willst du hin?«, fragt er sie, jetzt nicht mehr so schüchtern. »Hast du was Bestimmtes vor?«

Rana bleibt stehen und mustert ihn. Hargrim ist schlank, gut gebaut mit breiten Schultern und kräftigen Armen. Kommt wahrscheinlich vom Bogenschießen. Er trägt leichte Schuhe, nicht so klobige wie die ihren, und ein kalbsledernes Hemd. An seinem Gürtel hängen ein Messer in einer ledernen Scheide und ein Beutel.

»Was starrst du mich so an?«, fragt er.

»Was hast du in dem Beutel?«

»Oh, nichts Besonderes. Etwas zum Feuermachen und ein wenig Salz, um mir was zu braten. Einen Hasen oder so.« Er lacht. »Wenn ich einen erwische.«

»Du übernachtest im Wald. Ohne Decken?«

»Ich mache mir ein Bett aus Laub.«

»Aus Laub? Wirklich?« Rana betrachtet ihn nachdenklich. »Vielleicht ist es gar nicht schlecht, dass wir uns getroffen haben«, sagt sie. »Du bist doch ein Fährtenleser. Du könntest mir helfen.«

»Wobei?«

»Ich hatte im Frühjahr eine Begegnung mit Alben. Du hast bestimmt davon gehört. Zwei Männer. Sie haben diesen Bastard Arrak vertrieben und waren sehr nett zu mir. Ich schulde ihnen zum Dank ein kleines Geschenk, und jetzt will ich versuchen, sie zu finden.«

»Mmh«, brummt Hargrim und nickt. »Das ist gar nicht so einfach. Die leben sehr zurückgezogen.«

»Hast du sie denn auf deinen Streifzügen noch nie gesehen?«

»Doch, gelegentlich. Manchmal findet man auch Fußspuren im Flusssand, hier und da verlassene Hütten. Ich kenne eine Stelle, da haben sie sogar etwas angebaut. Etwas Korn und Rüben. Warum sie den Ort wieder verlassen haben, weiß ich nicht.«

»Dann lass uns dort hingehen. Vielleicht finden wir etwas, das uns weiterhilft.«

Sie wandern weiter durch den Wald. Rana starrt angestrengt auf den Boden, ob sie vielleicht Spuren entdeckt. Aber der größte Teil des Waldbodens ist von altem Laub bedeckt, sodass man nichts erkennen kann. Nach einer Weile gibt sie es auf.

»Es soll Krieg geben«, sagt Hargrim. »Weiter im Osten, nahe Drengis Wallburg. Warst du nicht kürzlich dort? Wie ist es da so?«

Rana erzählt ihm von ihrem Besuch, auch vom Wagenrennen und von Gejlirs Tod. »Du hast es gewagt, den Fürsten herauszufordern?«, fragt Hargrim erschrocken. Ist das nicht leichtsinnig?«

»Eigentlich schon.«

»Und jetzt will Drengi seinen Sohn rächen.«

»So sieht's aus.«

»Glaubst du, der Krieg kommt hierher zu uns?«

»Ich hoffe nicht.«

So wandern sie weiter durch den Wald. Gelegentlich ändert Hargrim die Richtung, weil sie auf ein Waldstück, einen Bach, Baum oder Fels treffen, den er wiedererkennt und der ihm den Weg weist.

Schließlich erreichen sie das verlassene Albendorf. Es liegt in einer Lichtung, umgeben von flachen Hügeln. Ein halbes Dutzend halb zerfallener Hütten, von Gras und Gestrüpp überwuchert. Die Hütten haben eine trapezartige Grundform, eine Einfassung aus Steinen, ein paar Stützpfeiler, die einen kurzen Dachfirst halten, an dem mit Rindenbast die dünnen Stämme junger Bäume befestigt sind, um ein schräges Dach zu formen. Das heißt, wo sie noch erhalten sind. An Stützen und Stangen sieht man noch die verwitterten Spuren von Steinäxten. Gedeckt waren die Hütten wohl mit Baumrinde und darüber Grassoden.

Rana schaut sich um. Auf einem Teil der Lichtung ist offenbar etwas angepflanzt worden. Denn obwohl sie von Gras und Unkraut überwuchert sind, setzen sich diese Stellen von den Farnen und dem Unterholz der Lichtung deutlich ab. Es ist still auf der Lichtung. Kein Laut ist zu hören, nicht einmal ein Vogel. Fast unheimlich ist das, und es macht Rana Gänsehaut.

Sie deutet auf mehrere Steinhaufen, die aus dem Gras ragen. »Was ist das?«

»Gräber wahrscheinlich. Vielleicht sind einige von ihnen an Krankheiten gestorben, und deshalb haben die anderen den Ort verlassen. Weil sie ihn für verflucht hielten.«

»Kann aber auch sein, dass sie einfach nur dem Wild gefolgt sind. Die Alben haben mir erzählt, dass sie ihren Standort häufiger wechseln. Manchmal, weil sie sich von uns Ruotingern bedroht fühlen.«

Rana hockt sich nieder. Hier haben sie also gelebt, denkt sie und sieht sich um. Sie selbst kann sich gar nicht vorstellen, in so einer Hütte zu schlafen. Wie ist das im Winter? Wie halten sie sich warm? Aber vielleicht ist es auch ein schönes Leben. Sie sind frei, müssen nicht für andere schuften, keine Abgaben an reiche Edle zahlen. Sie leben so, wie es ihnen gefällt, und wandern weiter, wenn es an Wild fehlt.

»Und was machen wir jetzt?«, fragt Hargrim. »Hier ist niemand, wie du siehst. Das Dorf ist schon seit Jahren verlassen.«

»Ich spüre etwas«, sagte Rana. »Dieser Ort ist nicht verlassen.«

»Was meinst du?«

»Ich weiß nicht.« Rana sieht sich um. »Mir ist, also würden wir beobachtet.« Denn da ist es wieder, dieses unheimliche Gefühl, das sie von Anfang an gespürt hat. Als gehörten sie nicht hierher. »Vielleicht ist es der Geist der Ahnen, die dort in den Gräbern liegen. Komm, wir gehen lieber. Ich fühl mich nicht wohl.« Sie erhebt sich.

Als sie die Lichtung verlassen, treffen sie auf so etwas wie einen Pfad, wo der Pflanzenwuchs niedriger ist als zu beiden Seiten. Hargrim bleibt stehen und sucht mit den Augen den Boden ab.

»Was ist?«, fragt Rana.

»Hier ist jemand vor kurzer Zeit langgegangen. Siehst du, wie die Grashalme niedergedrückt sind und sich noch nicht wieder aufgerichtet haben?«

»Waren wir das nicht?«

Hargrim schüttelt den Kopf und deutet auf zwei Eichen weiter rechts. »Wir sind von dort gekommen. Nein, ich würde sagen, hier ist jemand vor nicht länger als zwei oder drei Stunden langgegangen.«

»Ein Tier?«

Hargrim bückt sich und betrachtet das Gras vor ihm, dort, wo es niedergedrückt ist. »Für eine Hufspur zu groß«, sagt er. »Könnte ein Bär sein. Oder ein Mensch.«

Ein Bär könnte ihnen gefährlich werden. Natürlich auch ein Mensch. Vielleicht war es doch keine so gute Idee, nach Alben zu suchen. Rana sieht sich ängstlich um. Doch es ist niemand zu sehen. Weder Tier noch Mensch. Im Gegenteil, der Wald liegt wie ausgestorben da. Nur eine Krähe krächzt in der Ferne.

»Lass uns gehen«, sagt sie.

Sie folgen dem Pfad in den Wald, wo er sich im toten Laub bald wieder verliert. Dann, auf einmal, tritt zu Ranas Schrecken ein Mann hinter einem Baum hervor. Er ist ganz in Leder und Tierfelle gekleidet. Sein Körper ist angespannt, und in der braunen Faust hält er einen Bogen. Die Sehne hat er bis ans Kinn gezogen, die Pfeilspitze ist auf Hargrim gerichtet.

»Wer ist das?«, hört Rana ihn sagen und erkennt erleichtert, dass es Toki ist, Egills Sohn.

»Toki«, ruft sie. »Ich bin es, Rana.«

»Ich weiß«, erwidert der junge Albe. »Und der?«

»Das ist Hargrim, ein Freund aus meinem Dorf. Hör auf, ihn zu bedrohen. Er ist harmlos.«

Toki zögert einen Augenblick, dann entspannt er den Bogen, behält den Pfeil aber immer noch auf der Sehne. Seine Miene ist abweisend, ärgerlich. »Was wollt ihr hier?«

»Wir haben euch gesucht. Ich schulde dir und deinem Vater ein Geschenk. Hast du das vergessen?«

»Wir nicht mehr hier wohnen.«

»Das war also euer Dorf?«

Toki nickt. »Vor vielen Sommern.«

»Und warum bist du jetzt hier?«

»Um Grab von Mutter zu ehren. Dies ist heiliger Ort. Viele hier begraben. Ihr solltet nicht hier sein. Ihr stört Geister.« Toki macht eine ungeduldige Handbewegung, als wolle er sie wegscheuchen.

»Siehst du, ich hab so was gespürt«, sagt Rana zu Hargrim. Und zu Toki: »Dann nimm uns mit zu deinem Lager.«

»Was wollt ihr da?«

Rana nimmt ihren Beutel von der Schulter und sucht nach dem kupfernen Axtkopf. Sie hält ihn hoch. »Hier. Mein Vater hat den gemacht. Wollte ich euch schenken. Fehlt nur noch der Schaft.«

Toki hält die Hand hin. »Gib!«

»Nein. Zuerst führst du uns zu deinem Lager.« Sie lässt den Axtkopf im Beutel verschwinden.

Toki starrt sie eine Weile an. Dann deutet er auf Hargrim. »Er auch?«

Rana nickt. »Er ist mein Freund. Er wird euch nicht verraten.«

Toki steckt den Pfeil zurück in seinen Köcher. Ohne ein weiteres Wort dreht er sich um und macht sich auf den Weg. Schnell und geschmeidig bewegt er sich durch den Wald, fast ohne ein Geräusch zu machen. Rana und Hargrim müssen sich beeilen, ihm zu folgen.

* * *

Einige Tage später nähert sich ein Reiter Drengis Wallburg in gestrecktem Galopp. Der Gaul hat Schaum vor dem Maul und ist nahe dran zusammenzubrechen. Kaum ist er durchs Tor, springt der Mann ab und ruft lautstark nach Sithun und Drengi. Krieger kommen aus den Unterkünften herbeigelaufen, um zu hören, was es gibt.

»Arrak in Brontorp!«, ruft der Mann noch ganz außer Atem.

»Bist du sicher?«, fragt Harruk.

»Wenn ich's doch sage!«

»Was ist los?« Sithun drängt sich durch die Männer, die den Reiter umstehen.

»Arrak plündert Brontorp, Herr. Wie von den Rächerinnen gehetzt bin ich geritten, um euch zu warnen.«

Nun ist auch Drengi dazugekommen. »In Brontorp, sagst du? So nahe hat er sich bisher nicht gewagt.«

Seit Drengis Angriff auf die Helminger Hundertschaft hat es eine ganze Reihe von Überfällen im Gebiet der Nebroni gegeben. Racheakte ohne Zweifel, auf die Drengi eigentlich hätte gefasst sein müssen. Er hatte jedoch eher mit einem Großangriff von Orkons Heer gerechnet und sich darauf vorbereitet, Krieger zusammenzuziehen und bei Verbündeten um Unterstützung zu bitten. Während die Nebroni noch ihre Hundertschaften sammelten, schlugen die Helminger bereits zu. Dörfer wurden angezündet und Felder in Brand gesteckt. Dabei nahm sich der Feind nicht einmal die Zeit, das Vieh wegzutreiben. Es wurde einfach abgeschlachtet, die Kadaver den Raben und Wölfen überlassen.

Bisher fanden diese Überfälle immer in einiger Entfernung statt, sodass der Feind längst weg war, bevor Drengis Reiter den Ort erreichen konnten. Ein frustrierendes Spiel, bei dem die Nebroni jedes Mal das Nachsehen hatten. Scharen von Bauern haben durch die Überfälle Haus und Auskommen verloren. Viele der Überlebenden sind mit Kind und Kegel auf der Flucht. Drengi fragt sich, wie er sie unterbringen und durch den kommenden Winter bringen soll. Umso größer sein Verlangen, den verdammten Bastard endlich zu packen. Denn von Augenzeugen wissen sie, dass Arrak selbst die brandschatzende Truppe anführt.

Sithun ist wegen der Meldung des Reiters sichtlich aufgeregt. »Diesmal ist er übermütig geworden, sage ich euch. Diesmal haben wir ihn. Wir müssen sofort ausrücken. Zu Pferde sind wir bis zur Mittagsstunde da.«

Drengi runzelt die Stirn. »Und wenn er wieder verschwunden ist?«

»Dann kann er nicht weit sein. Wir verfolgen ihn.«

»Ich rate zur Vorsicht«, sagt Hakun. »Wenn Arrak sich so nah herantraut, könnte es auch eine Falle sein. Wir müssen damit rechnen, dass inzwischen Orkons Hauptheer in der Gegend ist.«

»Hast du irgendwas von einem Heer gesehen?«, fragt Sithun den Reiter.

»Nein, Herr. Nur Arraks Reiter. An die zweihundert, denke ich, mehr sind es nicht. Wenn ihr ihn schnappen wollt, müsst ihr euch beeilen.«

Hakun ist anderer Meinung. »Wir sollten lieber die Wälle besetzen. Vielleicht droht uns ein größerer Angriff. Könnte ja sein, dass Brontorp uns nur ablenken oder weglocken soll.«

Doch davon will Sithun nichts hören. Er ist versessen darauf, Arrak endlich zu stellen, ihm von Angesicht zu Angesicht gegenüberzutreten, um Gelegenheit zu haben, seinen Bruder zu rächen. »Also, was ist, Vater?«, fragt er ungeduldig. »Gib endlich den Befehl zum Ausrücken. Sonst entkommt er uns wieder.«

Drengi überlegt. Es ist eine schwerwiegende Entscheidung. Wer hat recht, sein Sohn oder Hakun? Schließlich fasst er seinen Entschluss. »Wir machen es so, Sithun: Die Streitwagen bleiben bei mir. Du selbst rückst mit dreihundert Reitern vor und versuchst, Arrak zu schlagen oder ihn zumindest zu stellen und an der Flucht zu hindern. Für den Fall, dass Orkon in der Nähe ist, folge ich dir mit den fünf Hundertschaften, die bereits draußen lagern, und den Streitwagen. Dazu kommen Harruks Männer. Ich denke, die zweihundert Ruotani, die sie uns geschickt haben, werden sich uns ebenfalls anschließen. Solltest du Schwierigkeiten haben oder von einer größeren Macht angegriffen werden, kannst du auf uns zurückfallen. Eine Hundertschaft lassen wir zurück, um die Wälle zu besetzen.«

»Danke, Vater. So machen wir es.« Lautstark nach Pferd und Waffen rufend, eilt Sithun davon.

Zu Hakun sagt Drengi: »Du hältst unser Ausrücken für voreilig?«

»Nun, vielleicht nicht. Ich denke nur, Orkon hatte genug Zeit, sein Heer zu sammeln. Dass wir noch nichts von ihm gesehen haben, macht mich misstrauisch. Dazu Arraks Angriff in nächster Nachbarschaft … Ich weiß nicht … Ich wäre vorsichtig.«

»Mag sein, dass du recht hast. Aber eine Belagerung möchte

ich vermeiden. Lieber auf offenem Feld kämpfen. Außerdem sind die Männer ungeduldig. Viele haben Familie in den betroffenen Dörfern und fordern Rache. Sie wollen endlich gegen den Feind ziehen. Und noch was: Orkon prahlt gern mit seinen Siegen. Aber das waren allesamt Siege über wilde Stämme. In Wahrheit ist er kein großer Kriegsherr. Deshalb fürchte ich ihn nicht. Im Grunde lässt er andere für sich kämpfen. Ich bin sicher, er wird seinen Sohn die Arbeit machen lassen.«

»Du meinst, wenn Arrak immer noch Dörfer überfällt, dann ist das Heer der Helminger noch weit.«

Drengi nickt. »Das ist meine Einschätzung. Deshalb sollten wir nicht zögern. Wenn wir Arrak aus dem Spiel nehmen, wird Orkon es sich zweimal überlegen, ob er uns angreifen will. Natürlich, wenn du mit deinen Männern lieber hierbleiben willst ...«

»So war das nicht gemeint. Wenn ihr ausrückt, komme ich natürlich mit.«

Hakun befehligt eine Truppe von vierzig Streitwagen, besetzt mit edlen Harrunern, alles Freunde von ihm. Mit seinem Vater hat es darum eine heftige Auseinandersetzung gegeben, denn der wollte Orkon mit den Harruner Kämpfern zu Hilfe eilen. Hakun hat ihn daraufhin gefragt, ob er wirklich wolle, dass sein Sohn gegen die eigenen Klansmänner kämpft. Denn es sei unumstößlich, dass er zu Drengi und Sithun hält, besonders nach dem Mord an Gejlir. Sein Vater nannte ihn einen verdammten Narren und Dickkopf, stimmte aber am Ende zu, erst einmal abzuwarten, zu sehen, wie die Dinge sich entwickeln.

Sithuns Reiter sammeln sich vor dem Tor. Um den Leib tragen sie leichte, aber harte Panzer aus gekochtem Rindsleder und kleine runde Schilde. Am Gürtel hängen griffbereit Messer und Äxte. Ihre Hauptwaffen aber sind leichte Wurfspeere und Bögen. Kaum sind sie vollzählig, machen sie sich auf den Weg in Richtung Westen, wo Brontorp liegt. Allen voran Sithun.

Den Rest des Heeres in Marschordnung zu bringen dauert etwas länger, aber kurz vor dem höchsten Sonnenstand des Tages sind die Marschkolonnen geordnet und brechen ebenfalls auf. Eine Hundertschaft folgt der anderen, jeweils zwei Mann nebeneinander, denn die Wege sind nicht besonders breit.

Jede dieser Hundertschaften trägt mit Stolz ihr eigenes Erkennungszeichen voran, auch die zwei der Ruotani. Manche der Krieger haben das Zeichen sogar auf dem Arm tätowiert. Sie sind aufeinander eingeschworen und geübt, in Reih und Glied zu kämpfen. Nicht jede Einheit besteht genau aus hundert Mann, oft sind es nur etwas über siebzig oder achtzig. Die Männer tragen ebenfalls hartes Leder am Oberkörper, auf dem Kopf eine Kappe aus ähnlichem Material und über den Rücken geschlungen ihre aus Weidenruten geflochtenen Schilde. Ihre Waffen sind Speere und Streitäxte. Die Hauptleute erkennt man an der mit einem Fächer aus Federn verzierten Kappe, an ihrem Stabdolch und den bronzenen Beinschienen.

Hundert Streitwagen begleiten die Marschierenden. Ihre Waffen sind Bogen und Wurfspeere. Hakuns vierzig haben sich an die Spitze der Kolonne gesetzt, einige fahren weit voraus, um den Weg zu erkunden und vor Überraschungen sicher zu sein. Drengis Wagen folgen als Nachhut. Für die Kampfwagen ist der Weg oft zu schmal, sodass sie, wo immer möglich, über offenes Gelände fahren.

Ab und zu lässt Hakun den Blick über die Landschaft nördlich von ihnen schweifen. Von dort aus wäre ein feindlicher Angriff am ehesten zu erwarten, sollte Orkons Heer sich doch in der Nähe befinden. Obwohl es mehr als unwahrscheinlich ist, dass die Helminger die Onestruda unbemerkt überquert haben. Denn die Flussauen sind stark besiedelt, irgendjemand hätte Alarm geschlagen.

Das Land, durch das sie marschieren, ist größtenteils flach und besteht aus ungenutztem Brachland oder Wiesen. Vor ihnen erhebt sich eine kleine bewaldete Hügelkette, die sich rechter Hand hinzieht und um die herum der Weg führt. Sobald sie an den Hügeln vorbei sind, sollten sie in der Ferne Brontorp zu sehen bekommen.

Hakun fragt sich, was sie dort erwartet. Wahrscheinlich dasselbe, was die Helminger auch an anderen Orten zurückgelassen haben: niedergebrannte Hütten, wahllos geschlachtetes Vieh, verstreuter Hausrat, blutige Leichen, verwaiste Kinder, vergewaltigte Weiber, Mütter mit toten Säuglingen in den Armen, denen das Grauen in den Augen steht. Solche Bilder haben den Nebroni Hass ins Herz gepflanzt. Jeder Einzelne von ihnen kann es gar nicht abwarten, seinen Speer in Helminger Blut zu tränken.

Wo der Weg einen Bogen um die Ausläufer der Hügel macht, verengt sich das freie Feld, und der Wald tritt bis auf einige Hundert Schritt an den Weg heran. Hakun hat sich etwas zurückfallen lassen, um zu sehen, wie die Hundertschaften nachkommen.

»Halt mal an«, sagt er zu Horan, seinem Wagenlenker.

Horan zügelt die Pferde, und sie bleiben stehen. Hakun blickt zurück. Wie eine Schlange windet sich die lange Marschkolonne durch die Landschaft, eine Hundertschaft folgt der anderen. Vor der dritten, vom Wagen aus gesehen, ist Drengis Banner zu sehen, ein Hirschkopf mit Geweih. Daneben marschieren Harruk und der Klanherr selbst. Auf einen Wagen hat Drengi verzichtet, denn so hat er schon immer gekämpft: zu Fuß wie jeder Einzelne dieser besonderen Einheit, die aus ausgesuchten Kämpfern besteht, für die es eine Ehre ist, in Drengis Schutztruppe zu dienen.

Auf Märschen werden für gewöhnlich fröhliche Lieder gesungen, heute sind die Männer jedoch still. Ihre Gesichter sind ernst und grimmig. Kaum jemand redet. Zu hören ist nur das Geräusch von Hunderten von Stiefeln auf dem staubigen Weg.

Auf einmal zerreißt ein Hornstoß die Stille. Hakun sucht die Kolonne ab. Wer bläst denn da auf seinem verdammten Horn? Noch dazu ein Angriffszeichen! Dann merkt er, es schallt aus dem Wald und nicht aus den Reihen der Nebroni. Und jetzt noch ein Hornsignal. Sein Herz beginnt heftig zu schlagen, denn ihm schwant Übles.

Und tatsächlich! Zwischen den Bäumen treten Krieger hervor. Zuerst wenige, doch schnell werden es mehr. Ganze Hundertschaften tauchen auf, aufgereiht wie auf einer Schnur und parallel zur Marschkolonne der Nebroni. Auf der Wiese vor dem Wald bilden sie eine lange Doppelreihe. Bei Wuodan! Orkons Heer!

Beim Anblick des Feindes machen sich unter den Nebroni Schrecken und Chaos breit, denn sie sind völlig unvorbereitet und nicht in Kampfaufstellung, nur eine lange Schlange von Männern auf dem Marsch. Drengis Krieger reißen sich die Schilde vom Rücken, packen ihre Speere und versuchen eilig, eine Schildwand zu bilden.

Hastig sieht Hakun sich um. Wo ist Orkon? Er kann ihn nirgends entdecken. Aber das bedeutet nichts. Irgendwo wird der Mann schon stecken, sicher nicht im Gewühl. Und Arrak führt womöglich immer noch Sithun an der Nase herum.

In diesem Augenblick entdeckt er ihn. Aber es ist Arrak und nicht Orkon. Auf einer erhöhten Stelle am Waldrand und zu Pferde. Neben ihm ein Graubart, wahrscheinlich Ljotor. Jetzt wird ihm alles klar. Brontorp war tatsächlich nur eine List, um sie herzulocken. Sithun jagt also völlig umsonst einem Helminger Reitertrupp hinterher. Dann sieht Hakun, wie Arrak auch noch höhnisch zu ihm herüberwinkt. Wutentbrannt legt er einen Pfeil auf und zielt auf den Kerl. Aber er trifft ihn nicht. Es ist zu weit.

Noch bevor es den Nebroni gelingt, sich zu ordnen, greift der Feind im Laufschritt an. Mitten in das Durcheinander auf dem Weg stürmen die Helminger mit ihrem gellenden Schlachtruf auf den Lippen. Ein wildes Getöse bricht an, schreiend fallen die Ersten, Blut spritzt von den Äxten der Angreifer. Verzweifelt wehren sich die Nebroni gegen den plötzlichen Ansturm und die Überzahl des Feindes.

Denn die Helminger sind fast doppelt so viele. Und sie versuchen, die Flanke der Nebroni zu umrunden, dort, wo Hakun steht. Angreifer mit Speeren in der Faust laufen auf seinen Wagen zu. Horan klatscht den Pferden die Zügel auf den Rücken und lässt sie anziehen. Er treibt sie zu schnellem Trab an, während Hakun bereits zwei Pfeile loslässt. Ein Streitwagen ist nur nützlich, wenn er in Bewegung ist. Sonst ist er schnell überrannt. Auch die anderen Harruner Streitwagen setzen sich in Bewegung, weg von den angreifenden Helmingern, lassen aber einen Regen von Pfeilen auf sie los. Viele Helminger stürzen getroffen zu Boden, doch andere drängen nach.

Sie haben keine Reiter oder Streitwagen im Einsatz, denkt Hakun, und auch nur wenige Bogenschützen. »Fahr eine Wende«, ruft er seinem Wagenlenker zu. »Wir müssen unsere Flanke schützen.«

Horan lenkt das Gespann in eine Kurve. Die anderen Wagen folgen, bleiben dann aber stehen, um von ihrer neuen Stellung aus die Angreifer zu beharken. Pfeile fliegen ohne Unterlass und fällen Helminger. Noch zweimal wechseln sie die Stellung, greifen den Feind einmal sogar von fast hinten an. Und tatsächlich gelingt es, ein Aufrollen der Flanke zu verhindern. Doch im Grunde nützt ihr Einsatz wenig, denn nicht nur ihre Übermacht, sondern auch das Überraschungselement ist klar auf Seiten der Helminger.

Zwischen den Pfeilen, die er abschießt, wirft Hakun immer wieder einen Blick entlang des Weges und muss betroffen zusehen, wie die Nebroni hart bedrängt werden und ihre Reihen wanken. Überall sterben Männer. An einigen Stellen ist ihre Schildreihe bereits durchbrochen. Isolierte Gruppen versuchen tapfer, zusammenzustehen und sich zu wehren, werden aber immer weniger. Denn der Feind fällt ihnen an vielen Stellen in den Rücken. Die Schlacht hat kaum begonnen und ist im Grunde schon verloren.

»Wir müssen Drengi retten!«, ruft Hakun seinem Lenker zu. »Vielleicht schaffen wir es, doch noch einen geordneten Rückzug hinzubekommen. Fahr hinter unseren Linien entlang.« Während sein Wagen sich in Bewegung setzt, winkt er seinen Männern zu: »Folgt mir!«

In schneller Fahrt jagen die Wagen hinter der Kolonne der Kämpfenden entlang und verbreiten mit ihren Pfeilen Tod und Verwundung unter den Helmingern. Wo Einzelne sich den Streitwagen entgegenstellen, werden sie von den Hufen der stürmenden Pferde niedergetrampelt oder von den Rädern erfasst. Die Nebroni fassen neuen Mut, rücken zusammen und jubeln ihnen zu, obwohl sie wissen, dass dies nur ein kurzer Aufschub des Unvermeidlichen sein kann.

Als Hakuns Wagen Drengis Hundertschaft erreicht, sieht er mit Schrecken den Klanherrn am Boden liegen. Er scheint schwer verwundet zu sein. Die Reste seiner dezimierten Hundertschaft scharen sich um ihn, um ihn zu schützen. Allen voran Harruk, der über Drengis Leib steht und so wild und drohend, als wäre er Thunar selbst, jeden Angreifer mit der Axt erschlägt.

»Schnell!«, ruft Hakun ihm zu. »Hebt ihn auf den Wagen! Wir bringen ihn in Sicherheit.«

Sie scheinen erst nicht zu begreifen, was er will, doch dann packen zwei von ihnen zu und schleifen Drengis leblosen Körper zu ihm herüber, während Harruk und andere sie decken. Hakun fasst mit an, und gemeinsam hieven sie den Klanherrn auf den Wagen. Einer der beiden Helfer lässt dabei sein Leben, als ein geschleuderter Speer ihn durchbohrt. Zwei weitere Helminger wollen sich auf den Wagen stürzen. Einem hackt Hakun die Axt in den Schädel, der andere verfehlt ihn selbst nur um Haaresbreite. Aber schon zieht der Wagen an.

»Zieht euch zurück!«, ruft er Harruk noch zu. »Wir geben euch Deckung.«

Wer weiß, ob Harruk ihn in dem Kampfgetöse gehört hat. Bevor der Wagen richtig Fahrt aufgenommen hat, bemüht sich ein halbes Dutzend Helminger, ihn noch zu erreichen. Hakun packt einen seiner Wurfspeere und rammt ihn dem Vordersten in die

Brust. Ein zweiter Speer zerfetzt dessen Kameraden die Kehle, dann ist der Wagen vom Knäuel der Kämpfenden weg.

Hakun greift gerade zum Bogen, als Horan neben ihm aufschreit. »Verdammt, ich bin getroffen!« Ein Pfeil steckt in seiner Schulter.

Hakun will ihm die Zügel aus der Hand reißen und das Gespann übernehmen, doch Horan wehrt ab. »Lass mich!«, brüllt er. »Noch bin ich nicht tot!«

Einigen von Hakuns Gefährten ist es nicht gelungen, so schnell wegzukommen. Sie werden von Helmingern überrannt. Hakun, der einen Blick zurückwirft, sieht einen der Wagen umstürzen. Wagenlenker und Schütze werden auf der Stelle niedergemacht. Doch die meisten seiner Männer sind wieder in Bewegung, und die Schützen feuern Pfeile ab, so schnell sie können. Die Wagen weichen Helmingern aus, die die Reihe der Nebroni durchbrochen haben, und streben dem Ende der Schlachtreihe zu.

Langsam verlässt die Nebroni der Mut. Zu viele sind bereits gefallen. Das Gras um sie herum ist vom Blut gerötet. Die, die noch stehen, stolpern über Tote und Verwundete beider Seiten. Todesangst greift um sich. Als Hakun zurückblickt, sieht er die Ersten um ihr Leben rennen. Nebroni wie auch Ruotani. Einige lassen die schweren Schilde fallen, um schneller laufen zu können. Nicht wenige stürzen von Pfeilen getroffen oder werden von Verfolgern niedergemacht. Aber nicht alle rennen in Panik davon. Sie sammeln sich um Harruk zu einem wehrhaften Haufen und weichen Schritt für Schritt und kämpfend vom Feld.

»Halt an«, ruft Hakun seinem Lenker zu.

»Die Schlacht ist verloren«, schreit Horan zurück. »Zeit, uns aus dem Staub zu machen.«

»Halt die verdammten Gäule an, sag ich!«

Horan gehorcht unwillig und zieht an den Zügeln, bis der Wagen zum Stehen kommt. Hakuns Truppe folgt dem Beispiel. Er selbst brüllt den fliehenden Nebroni zu, zu bleiben, ihre Kameraden nicht im Stich zu lassen und sie beim Rückzug zu unterstützen. Doch viele sind so kopflos, dass sie nicht auf ihn hören. Immerhin folgen genug Männer seinen Anweisungen und bemühen sich, eine neue Schildreihe zu bilden.

Bis zu Harruks Haufen sind es zwei- oder dreihundert Schritt, denn das Schlachtgeschehen hat sich verlagert. Wo sie jetzt stehen, hat sich zuvor die rechte Flanke der Nebroni befunden. Die ist jetzt völlig vernichtet. In Scharen sind sie hier gestorben. Tote liegen übereinander, wie sie gefallen sind. Die Schreie der Verwundeten gellen über das Feld. Manche erheben sich humpelnd, aus tiefen Wunden blutend. Streitwagen stehen verlassen da, Fahrer und Schützen hängen erschlagen über der Reling oder liegen am Boden. Verwundete Gäule versuchen jämmerlich schreiend auf die Beine zu kommen, andere stehen mit zitternden Flanken und hängenden Köpfen da. Ein paar haben sich losgerissen und galoppieren davon.

Wo ist der Rest von Drengis Streitwagen? Dann entdeckt er sie. Sie haben versucht, dem Feind in den Rücken zu fallen, aber mit wenig Erfolg, und jetzt befinden sie sich jetzt ebenfalls auf dem Rückzug. Kaum zwei Dutzend sind übrig geblieben. Als sie sich nähern, breitet Hakun die Arme aus, um sie aufzuhalten.

»Wer hat den Befehl?«, fragt er.

»Keiner. Unser Hauptmann ist tot.«

»Wir bilden hier ein Bollwerk. Stellt alle Wagen zu einer Doppelreihe zusammen. Und alle Mann dahinter. Aber beeilt euch.«

»Was soll das bringen?«

Hakun deutet auf die Reste der Nebroni, die sich immer noch verteidigen und kämpfend nähern. »Schutz für eure Kameraden, was sonst? Also halt's Maul und tut, was ich sage.«

Während die Männer ihre Gespanne in aller Eile dicht an dicht stellen, von den Wagen springen, Pfeile auflegen und sich zu den anderen Kämpfern stellen, beugt sich Hakun zu Drengi. Die Augen des Klanherrn sind geschlossen, und das Gesicht ist weiß wie

Schnee. In der Seite klafft eine tiefe Wunde. Die Tunika ist voller Blut, aber er scheint noch zu atmen.

»Bring Drengi in Sicherheit!«, befiehlt er Horan.

»Und was ist mit dir und den anderen?«

»Fahr zu, verdammt! Und mach dir um uns keine Sorgen.«

* * *

»Der Sieg ist unser.« Arrak grinst grimmig, aber nicht ohne ein gehöriges Maß an Selbstzufriedenheit.

Ljotor nickt. »Ich gebe zu, dein Plan war gut.«

Sie hatten sich gestritten. Der alte Kämpfer war zuerst nicht einverstanden gewesen. Arrak hat lange gebraucht, ihn zu überzeugen, denn sein Vorhaben war Ljotor zu unsicher vorgekommen. Aber am Ende hat er zugestimmt, und nun ist der Plan aufgegangen. Besser sogar als erhofft.

Mit dem Überfall auf Brontorp wurde ein Unterführer beauftragt. Er sollte Sithun zu einer Verfolgung verführen und später in einen Hinterhalt locken. Arrak selbst hatte schon tags zuvor seinen Reitertrupp verlassen und war zu Ljotor und dem Hauptheer der Helminger gestoßen. Nachts haben sie heimlich die Onestruda überquert und sich in den bewaldeten Hügeln versteckt. Natürlich konnte er nicht sicher sein, dass es gelingen würde, den alten Fuchs Drengi ebenfalls aus seinem Bau zu locken. Doch dann, nicht lange nachdem Sithun und seine Reiter an ihnen vorbeigaloppiert waren, konnten sie von ihrer Höhe aus Drengis Kolonne anrücken sehen.

Die beiden Männer sitzen auf ihren Pferden und beobachten die fortschreitende Vernichtung der Nebroni. Das Gebrüll der Kämpfenden und die Schreie der Verwundeten und tödlich Getroffenen hallen zu ihnen herüber. Immer mehr Nebroni und Ruotani geben den Widerstand auf und wenden sich zur Flucht. Auch die Harruner Streitwagen, die jetzt hinter der Schlachtreihe entlangfahren, werden den Ausgang der Schlacht nicht mehr beeinflussen, ganz gleich, wie viele Helminger sie mit ihren Pfeilen aus dem Gefecht nehmen.

Vater wird mich endlich ernst nehmen, denkt Arrak mit großer Befriedigung. Von nun an werde ich an seiner Seite herrschen. Vater und Sohn gemeinsam.

Doch dann überfällt ihn die Wirklichkeit mit einem Schlag. Vater ist tot. Arrak kann es immer noch nicht fassen. Gestern Abend haben sie es erfahren. Abjorns Bote hat die Nachricht überbracht. Morgana, die verdammte Hure, hat ihn erstochen. Mit drei Messerstichen. *Vater, wie konntest du dich nur von einem Weib ermorden lassen?* Am Morgen hat sie sich natürlich feige davongemacht, zu ihrem Vater angeblich. Ausgerechnet Odda hat sie beschützt und gedroht, die halbe Burgmannschaft umzubringen, wenn man sie nicht gehen lässt. Odda ein Verräter?

Als man ihm die schreckliche Nachricht überbrachte, konnte er nicht anders als laut zu brüllen – wie ein verwundeter Stier. Vor Entsetzen und vor Wut. Vor allem vor Wut. Inzwischen hat er sich ein wenig an den Gedanken gewöhnt, dass sein Vater nicht mehr unter den Lebenden weilt.

Arrak lässt den Blick über das Gemetzel schweifen. Auch die letzten Nebroni haben den Widerstand aufgegeben und ziehen sich kämpfend zurück. Besser gesagt, sie rennen Hals über Kopf vom Schlachtfeld.

Arrak lacht. »Die laufen wie die Hasen!«

»Nicht alle.« Ljotor deutet nach Osten, wo sich eine Barrikade aus Streitwagen gebildet hat, um den Rückzug zu sichern und die Flüchtenden aufzunehmen.

»Das muss Hakun sein. Ich erkenne seinen Wimpel«, knurrt Arrak. »Noch so ein verdammter Verräter! Wollte meine Schwester heiraten und kämpft jetzt auf der Seite der Aufständischen. Dafür wird er büßen, das schwör ich dir. Lass sammeln, damit wir sie erneut angreifen und alle erschlagen. Hakun als Ersten.«

»Einfacher gesagt als getan«, erwidert Ljotor. »Unsere Kerle sind für eine Weile beschäftigt.«

Er deutet auf das blutige Schlachtfeld vor ihnen. Entlang des Weges liegen ganze Scharen von Toten. Helminger Krieger suchen nach Verwundeten, um sie zu töten. Dabei fleddern sie die Leichen. Nicht nur nach Waffen suchen sie, sondern auch nach Silber oder Bernstein. Sie nehmen ihnen die Lederpanzer ab, ziehen ihnen sogar die Stiefel aus.

»Lass endlich das Horn zum Angriff blasen, verdammt noch mal! Bevor die Bastarde uns entkommen.« Die Befürchtung ist nicht unberechtigt. Es haben sich zwar Helminger Krieger gegen Hakuns letzten Widerstand gewandt, aber die sind nicht genug, um das Bollwerk von Wagen, Pferden und Kämpfern zu überwinden. »Ich sag's noch mal, Ljotor. Lass zum Angriff blasen! Ich will sie alle in ihrem Blut liegen sehen. Und dann rücken wir auf Drengis Hof vor. Die gewaltige Lohe, wenn wir sein Haus abbrennen, soll im ganzen Land zu sehen sein.«

Ljotor schüttelt den Kopf. »Vergiss es, Arrak.«

»Wieso? Wir haben es in der Hand, die Nebroni ein für alle Mal zu vernichten, damit keiner dieses Klans sich jemals wieder gegen uns erheben kann.«

»Ich werde deinen Befehlen natürlich gehorchen, Arrak, denn du bist jetzt Fürst. Aber denk erst mal nach. Nur darum bitte ich dich.«

»Was gibt's da nachzudenken?«

»Unsere Männer sind mit Plündern beschäftigt. Was ihr gutes Recht ist. Es wird dauern, sie wieder in Kampfstellung zu bringen. Bis dahin sind Hakun und die Reste von Drengis Haufen längst weg.«

»Eben deshalb müssen wir uns beeilen.«

»Lass sie laufen, Arrak. Du hast gesiegt. Zwei Drittel von Drengis Heer liegt erschlagen auf dem Feld. Er selbst vielleicht auch. Was willst du mehr? Außerdem wissen wir nicht, ob Sithun zurückkommt und uns bei einer Belagerung in den Rücken fällt. Deshalb ist Vorsicht geboten.«

»Sithun!« Arrak spuckt verächtlich den Namen aus. »Wenn es so gelaufen ist, wie wir es befohlen haben, gibt es keinen Sithun mehr.«

Ljotor holt tief Luft, als müsse er sich für das, was er zu sagen hat, stählen. »Du bist jung und ungestüm, Arrak. Deshalb hat dein Vater mich an deine Seite gestellt. Also hör auf meinen Rat, und tu, was dein Vater in dieser Lage tun würde.«

»Und was soll das sein?«

Arrak hat sich zwar seit frühester Jugend gegen seinen Vater aufgelehnt, ihn aber immer respektiert. Ljotor weiß das. »Von dieser Niederlage werden sich die Nebroni lange Zeit nicht erholen«, sagt er. »Du hast sie gehörig gestraft. Alle Klans werden sich kuschen, deine Macht ist gesichert. Und das sollte genügen. Wir lassen uns Geiseln geben. Darüber hinaus wäre es am besten, jetzt Milde walten zu lassen.«

Arrak runzelt die Brauen. »Ich soll Milde walten lassen?«

»Zu deinem eigenen Vorteil. Orkons Herrschaft war nicht gerade beliebt im Land. Du hast jetzt die Gelegenheit, einen neuen Anfang zu machen, zu versuchen, die Klans erneut zu einen. Lade alle Klanherren zum Begräbnis deines Vaters ein. Bewirte sie, schmeichle ihnen, und lass sie den Gefolgschaftseid auf dich leisten.

»Du meinst, Vater hätte das so gehalten?«

»Ohne Zweifel, Arrak. Orkon war ein harter Mann, aber alles andere als einfältig. Das solltest du dir zum Vorbild nehmen. Vernichtest du jetzt die Nebroni mit unnötiger Grausamkeit, dann legst du den Samen für einen neuen Aufstand. Wer weiß, ob die Klans sich dann nicht erst richtig gegen uns verbünden. Vielleicht nicht die Nebroni, aber die Ruotani und die Gejliren und die Guvarri. Du weißt, wir Ruotinger sind stolz. Wir ertragen es nur schlecht, erniedrigt zu werden. Du hast gesiegt, jetzt reich ihnen die Hand.«

Arrak starrt nachdenklich zu der Barrikade aus Streitwagen hinüber. »Und diesen Hakun soll ich auch ziehen lassen?«

Ljotor zuckt mit den Schultern. »Was ist schon ein Hakun? Sein Vater ist uns treu. Und der Sohn wird am Ende auch erkennen, was gut für ihn ist.«

Verdammt soll ich sein, denkt Arrak, der Fürst bin jetzt ich. Das war mir bisher noch gar nicht so richtig klar. Aber es ist so. Ich kann entscheiden, was ich will. Niemand wird mich daran hindern. Am wenigsten Ljotor mit seinem Gefasel von Milde. Arrak zieht die Augenbrauen hoch, überlegt. Was würde Vater tatsächlich an meiner Stelle tun? Ich will kein schlechterer Herrscher sein als er. Vielleicht sogar ein besserer, ein noch erfolgreicherer, ganz in der Tradition der Helminger. Ja, das ist, was ich will: ein strahlender Fürst sein. Der beste, den es je gab.

Doch plötzlich wird ihm klar, dass er nicht nur Herr der Helminger ist, sondern Fürst des ganzen Landes, Herrscher aller Klans – solange sie ihn nicht bekämpfen. Um sie fest in seiner Faust zu halten, müssen sie ihn natürlich fürchten, aber sie müssen auch um sein Wohlwollen buhlen, sich von ihm abhängig machen. Dazu muss er ihnen etwas bieten, den Klanherren und Edlen des Landes.

Vielleicht hat Ljotor recht. So gerne er Drengis Sippe das Haus über dem Kopf angezündet hätte, so unklug wäre es vielleicht. Mit harter Hand zuschlagen, aber denen, die besiegt sind und sich unterwerfen, Milde zeigen, das ist vielleicht tatsächlich der bessere Weg.

»Also gut«, sagt er. »Dann lass zum Abbruch der Kämpfe blasen.«

»Eine weise Entscheidung, Arrak.«

»Ich will aber, dass du Suchtrupps ausschickst, um Morgana und Odda zu fangen, wo immer sie sind. Ihre Flucht ist der beste Beweis, dass es wirklich diese Hure Morgana war, die meinen Vater ermordet hat. Vor allem will ich sie lebend, hörst du?«

»Wir werden sie finden, Arrak.«

»Und wenn wir hier fertig sind, kehrst du mit dem Heer zurück und bereitest die Bestattung meines Vaters vor.«

»Du hast noch was vor?«

Arrak setzt ein Wolfsgrinsen auf, bevor er antwortet. »Ja, Brunn und ich haben noch was zu erledigen. Du erinnerst dich an diese Rana?«

»Die Priesterin? Ist das klug, Arrak?«

»Klug oder nicht, ich werde sie mir holen. Und auch die Bronzescheibe, von der Urdo so begeistert ist.«

* * *

Es ist später Nachmittag. Hakun sitzt an Drengis Lager. Der Klanherr ist totenbleich und immer noch ohnmächtig. Er muss einen schweren Hieb über den Kopf abbekommen haben. Davon zeugt eine große Beule über der Schläfe. Aber sein Herz schlägt kräftig, und sein Atem geht einigermaßen ruhig. Weise Frauen haben die Stichwunde in der Seite gereinigt, mit Schafdarm vernäht und zusammen mit Heilkräutern verbunden.

Es sind auch noch andere zu versorgen, die Halle ist mit Verwundeten gefüllt. Wer sich um alles kümmert, ist Gunna, Drengis strenge Schwester. Sie hat sich jeden der Verletzten angesehen, um zu entscheiden, wer dringend Hilfe benötigt, wer weniger und für wen ohnehin jede Hilfe zu spät ist.

Mägde kommen und gehen, bringen Heilkräuter und saubere Leinenbinden, schleppen Wasser zum Auswaschen der Wunden heran und Strohschütten, um die Verwundeten zu betten. Überall werden Spinnweben gesammelt, denn die helfen bei offenen Wunden gegen Entzündungen. Nicht jeder erträgt die Behandlung der weisen Frauen, ohne laut zu schreien. Zu ihnen gehört Horan, Hakuns Wagenlenker. Der Pfeil war nicht schwer zu entfernen, steckte nur im Muskel der Schulter und nicht in der Lunge. Jammern tut er trotzdem. Überhaupt liegen einige still, und andere stöhnen, verlangen nach diesem oder jenem.

Doch bis in Drengis Kammer dringen nur gedämpfte Laute. Hakun betrachtet sein Gesicht. Manchmal zuckt es um die Lider, oder seine Lippen scheinen sich zu bewegen. Es kommt Hakun so vor, als ob Drengi schon wach ist, es aber nicht zeigen will. Als sei er noch nicht bereit, der Wirklichkeit ins Gesicht zu sehen, der grausamen Wahrheit dieser schrecklichen Niederlage. Hunderte hat es das Leben gekostet, den Großteil seiner Krieger. Und vielleicht auch seinem Sohn Sithun, dessen Schicksal ungewiss ist. Wird er doch noch heimkehren? Oder hält er sich fern, weil Arraks Heer nicht weit von Drengis Wehrhof lagert und seine Männer in der Gegend Streife gehen?

Die Ruotani – diejenigen, die überlebt haben und noch gehen können – sind abgezogen, haben sich auf den Heimweg gemacht. Die Helminger haben sie gehen lassen. Überhaupt hat Arrak Gnade walten lassen, hat den Kampf vor ihrer vollständigen Vernichtung abgeblasen. Er hat auch keine Anstalten gemacht, Drengis Befestigung zu belagern. Seltsam ist das. Hakun hatte schon mit dem Tod gerechnet, als der Feind sich unerwartet zurückzog. Alles hat er erwartet, nur nicht diese Milde. Was mag dahinterstecken?

Plötzlich merkt er, dass Drengi ihn anstarrt. Wie lange schon?, fragt er sich. »Du bist wach?«

»Wo ist mein Sohn?«, flüstert Drengi schwach.

»Wir wissen es nicht. Bisher ist er nicht heimgekehrt. Keiner seiner Männer. Ist dir bewusst, dass wir die Schlacht verloren haben?«

Ein unmerkliches Nicken beantwortet die Frage, und eine einzelne Träne entweicht Drengis rechtem Auge. »Meine Schuld. Du hattest recht.«

»Unwichtig, wer recht hatte. Wichtig ist jetzt, dass du gesund wirst. Dein Klan braucht dich.«

»Mein Klan?« Er schließt die Augen, als sei das Reden zu viel für ihn. »Keinen guten Dienst hab ich meinem Klan erwiesen.«

»Schlaf jetzt, Drengi. Du musst dich schonen. Auf dass die Götter dich bald genesen lassen!«

»Ich muss dir danken, Hakun.«

»Wofür?«

»Ich habe gesehen, wie du für uns gekämpft hast.«

»Reden wir nicht davon. Nur eines: Ein Unterhändler der Helminger war vorhin hier. Sie verlangen zwölf Geiseln. Knaben aus edlem Hause.«

Lange sagt Drengi nichts, hält die Augen geschlossen. »Gunna«, murmelt er schließlich schwach. »Sie wird sich darum kümmern.«

»Gut. Und ich lasse Ada kommen. Sie soll Tag und Nacht bei dir wachen.«

Drengi dreht den Kopf zur Seite, als wolle er andeuten, dass er allein sein möchte. Leise verlässt Hakun die Kammer. Das Herz ist ihm schwer. Die Niederlage nagt auch an ihm. So viele Tote. So viele Verwundete. Und die Entwürdigung, von einem unerfahrenen Kerl wie Arrak an der Nase herumgeführt worden zu sein. Ausgerechnet von ihm! Gejlir tot, Drengi schwer verwundet und Sithun verschollen.

Dann, kurz vor Sonnenuntergang, tauchen Reiter der Helminger vor dem Tor auf und bringen Sithuns Leiche. Ohne ein Wort lassen sie den leblosen Körper in den Staub fallen und ziehen sich zurück. Ein großes Wehklagen hebt an, das die ganze Wallburg erfasst und bis in Drengis Kammer dringt. Nun hat er auch den zweiten Sohn verloren.

DIE GEISTER DES WALDES

In allem auf Erden wohnt ein Geist. In jedem Menschen, in jedem Tier, in jeder Pflanze und jedem Stein. Alles hat eine Seele. Im Gurgeln der Flüsse kann man sie hören, im Säuseln des Windes. Wir gehören dazu, wir sind eins mit ihnen.

Tief im Wald, hinter dichtem Gestrüpp versteckt, hocken Morgana und die Mädchen in einer Mulde. Odda hat sie allein gelassen, um die Lage auszuspähen. Seltsam, wie wir uns an Odda gewöhnt haben, denkt Morgana. Er gibt ihnen ein Gefühl von Sicherheit. Wenn er nicht da ist, fühlen sie sich alleingelassen und von tausend Gefahren bedroht. Jedes Rascheln im Laub lässt sie zusammenzucken. Jedes Wildschwein, das sich durchs Dickicht zwängt, lässt sie zittern, denn es könnten auch Abjorns Krieger sein. Obwohl Odda einiges getan hat, um ihre Spur zu verwischen.

Seit Tagen sind sie nun auf der Flucht, immer auf einsamen Wegen, wo sie weniger Gefahr laufen, jemandem zu begegnen, der sie verraten könnte. Meistens sind sie durch endlosen Wald gewandert, haben im Freien geschlafen, sich von Buchen-, Linden- und Birkenblättern ernährt. Zuerst hat es sie Überwindung gekostet, Blätter zu essen, aber es geht, und wenigstens verhungert man nicht.

Doch Morgana hat es satt, in der Wildnis herumzuwandern, sich an einem Bach zu waschen oder sich nach der Notdurft den Hintern mit Laub abzuwischen. Die Nächte sind kalt im Wald, und morgens wacht man mit klammen Kleidern auf. Ihr eigener

Schweißgeruch umgibt sie inzwischen so unangenehm, dass sie sich schämt. Sie kommt sich dreckig vor, die Haare verfilzt, die Nägel schwarz. Vor zwei Tagen hat Odda in der Nacht auf einem Bauernhof ein Huhn geklaut. Feuer machen wollte er nicht, und so haben sie es gerupft und roh heruntergeschlungen.

Und dann die ständige Angst, erwischt zu werden.

Ausgerechnet die Sklavin Gisla erträgt diese Prüfungen noch am besten. Seit sie die Kuffaburg verlassen haben, ist sie richtig aufgelebt. Ihr ängstlicher Gesichtsausdruck und das ständige Zusammenschrecken bei der kleinsten Gelegenheit scheinen Vergangenheit zu sein. Ohne die Sorgenfalten sieht man, dass sie eigentlich ganz hübsch ist. Sie spricht auch mehr, lacht sogar, wenn sie sich mit Tura unterhält. Auch vor Odda hat sie keine Angst mehr. Wahrscheinlich, weil er sie mit großer Behutsamkeit behandelt.

Sie wundere sich, hat Morgana ihm gesagt, wie fürsorglich er mit dem Mädchen umgeht. Seine Antwort war: Besonders die schwach im Geiste verdienen, dass man sich liebevoll um sie kümmert, denn sie sind den Göttern nahe, auch wenn oft nicht verständlich ist, was sie sagen. Das sei wie bei kleinen Kindern, die auch die Wahrheit plappern, ohne dass es ihnen bewusst ist. Ja, Gisla scheint sich in seiner Nähe wohlzufühlen und schenkt ihm ab und zu ein scheues Lächeln.

Wer Morgana eher Sorgen macht, ist Tura. Sie hat an allem etwas auszusetzen. Mal ist ihr kalt, dann zu warm. Sie ekelt sich vor Spinnen, hat Angst vor Waldameisen, gibt patzige Antworten und redet dauernd von ihrer Stute, die sie vermisst. Aber was Morgana mehr betrübt, sind Turas vorwurfsvolle Blicke. Wenn sie mit ihrer Tochter reden will, antwortet sie nicht, gibt sich feindselig und verstockt. Anscheinend macht sie Morgana für alles verantwortlich. Glaubt sie immer noch, ich hätte ihren Vater umgebracht? Oder ist es, weil ich mit einem anderen Mann gelegen habe? Wenn sie doch nur reden würde!

Ob Drengi sie wirklich aufnehmen wird? Eine angebliche Mörderin? Wenigstens hat sie Odda, der für sie bürgt. Auf der Flucht hat sie sich wiederholt gefragt, ob sie ihre Liebschaft mit Urdo bereut. Natürlich stecken sie und Tura jetzt fürchterlich in der Klemme. Sie haben alles verloren, ihr Leben ist bedroht. Aber eigentlich bereut sie nur, dass sie sich hat überreden lassen, Orkon zu heiraten, dass sie es all die Jahre an seiner Seite ausgehalten hat. Fürstin hat man sie genannt. Das war ihr wichtig, das hat ihr geschmeichelt. Und was hat sie nun davon? So viele verschenkte Jahre!

Im Grunde wollte sie doch nur ein wenig Liebe. Ohne Liebe vertrocknet der Mensch und siecht dahin. Jemand zum Berühren. Jemand, den man in den Armen hält. Jemand, dessen Atem man in der Nacht lauscht. Ein wenig Zärtlichkeit. Das war, was sie zu Urdo getrieben hat. Sie hat geglaubt, es wäre Liebe. Aber das war es wohl nicht.

Die beiden Mädchen – wenn man Gisla noch Mädchen nennen kann – unterhalten sich, als Morgana plötzlich etwas hört. Sie lauscht angestrengt. Doch es waren nur ein paar Vögel, die schimpfend aufgeflogen sind. Ich werde langsam verrückt, denkt sie. Bei jedem Geräusch zucke ich zusammen.

Doch dann ist da schon wieder etwas – ein Knacken. Und nicht weit von dort, wo sie hocken. Mit klopfendem Herzen biegt sie die Zweige ein wenig zur Seite und erschrickt bis in die Knochen. Denn da sind drei Männer, die langsam auf sie zukommen. Fast lautlos bewegen sie sich durch den Wald. Und, oh, ihr Götter, es sind Krieger! Und jetzt starren die Kerle auch noch genau auf die Sträucher, hinter denen sie sich versteckt haben.

»Seid still!«, zischt sie den Mädchen zu. »Da ist jemand.«

Doch Tura hat sie entweder nicht gehört oder achtet nicht auf ihre Mutter, sondern lacht ausgelassen über etwas, das Gisla gerade gesagt hat. Und dann ist es zu spät. Die Männer bleiben stehen und lauschen. Einer zeigt auf ihr Versteck. Dann nähern sie sich mit schnellen Schritten. Einen Augenblick lang denkt Morgana an Weglaufen, doch sie erkennt sofort die Sinnlosigkeit einer Flucht und versucht stattdessen, sich in der Mulde klein zu machen.

Doch das hilft noch weniger. Einer der Männer biegt die Zweige beiseite und starrt auf sie herab. Dann zieht sich ein Grinsen über seine Züge. »He, Jungs! Seht mal, was wir hier haben.«

Tura, die erst jetzt die Gefahr erkennt, schreit erschrocken auf. Gisla zuckt zurück, als hätte man sie geschlagen. Und Morgana hat das dringende Bedürfnis, sich in die Erde zu verkriechen, denn sie hat den Mann, der auf sie herabgrinst, erkannt. Es ist einer von Ljotors Männern, ein hässlicher, bärtiger, grobschlächtiger Kerl mit gebrochener Nase und kräftigen tätowierten Armen. Einer, dem man nicht im Dunkeln begegnen möchte.

»Wenn das nicht die ehrbare Fürstin ist«, gluckst der Mann. Er dreht sich zu seinen Kameraden um. »Wer, bei Hador, hätte das gedacht? Und ihr Balg ist auch dabei. Ljotors Belohnung gehört uns, Männer!«

Die Mädchen klammern sich in schierer Panik aneinander. Morgana versucht, auf dem Hintern weg von ihm und zu ihnen hinzurutschen. Doch der Tätowierte beugt sich vor und bekommt eine Handvoll ihrer Haare zu fassen. »Hiergeblieben, mein Täubchen! Unser guter Arrak wartet schon auf dich.«

Sie schreit auf, als er sie schmerzhaft an den Haaren zu sich herüberzerrt. »Keine Ahnung, was er mit dir vorhat. Ich aber wüsste es schon.« Er lacht in sich hinein. »Du treibst es doch mit jedem. Warum nicht mit uns? Ein bisschen Spaß, bevor wir dich abliefern.«

»Lass mich los!«, keucht sie. »Ich bin schwanger.«

»Ach, schwanger bist du? Stört euch das, Leute? Mich stört's nicht.« Er lacht ausgelassen, die Hand immer noch in ihren Haaren verkrallt.

Sie versucht sich loszureißen. Vergeblich. »Arrak bringt euch um, wenn ihr mir etwas antut«, schreit sie.

»Das glaube ich kaum, mein Täubchen. Der bringt eher dich um, du mörderische Hure. Also komm, zeig uns deinen geilen Hintern.«

Plötzlich lässt sich hinter den Männern eine tiefe Stimme vernehmen. »Lass sie los, du hässliches Stück Scheiße!«

Der Kerl wirbelt herum, hält Morgana aber immer noch an den Haaren fest. »Odda? Du bist das. Hab schon gehört, dass du der Hure hilfst.«

Endlich lässt er Morgana los und greift nach der Axt, die in einer Schlaufe an seinem Gürtel baumelt. Auch die beiden anderen halten plötzlich Streitäxte in den Händen, verteilen sich ein wenig und gehen in Kampfstellung. Zwischen den Beinen ihres Peinigers hindurch kann Morgana Odda sehen, der ruhig dasteht, seinen Speer wie immer in der rechten Faust.

Sie kriecht von dem Kerl weg und zu den Mädchen hin, die sich weinend an sie klammern. Turas Tränen hinterlassen eine Schmutzspur auf ihren Wangen.

»Du solltest uns nicht im Weg stehen, Odda«, hört sie den Tätowierten sagen. »Wenn du willst, teilen wir uns die Belohnung. Was sagst du?«

»Aus deinem Maul kommt mehr heiße Luft als aus deinem Arsch. Und bald kommt daraus überhaupt nichts mehr.«

»Ich weiß, du bist gut, Odda. Aber wir sind zu dritt.«

Der Mann rechts von Odda holt plötzlich mit der Axt aus und springt vor, um sie Odda in den breiten Schädel zu hämmern. Doch Odda bewegt sich schneller, als man es ihm bei seiner Größe zutrauen würde. Sein Speer schwingt nach rechts, und die breite Klinge schlitzt dem Mann die Kehle auf, fast bis zu den Halswirbeln. Der Axthieb geht ins Leere, der Mann röchelt und starrt entsetzt auf den Blutschwall, der aus seinem Hals sprudelt. Dann werden ihm die Knie weich.

Der Tätowierte blickt sich kurz zu Morgana um. Offenbar bereut er, sie losgelassen zu haben. Sie wäre ihm jetzt als menschlicher Schild von Nutzen. Langsam weicht er zurück, halb gebückt, mit sprungbereiten Knien, um das Versäumte nachzuholen. Morgana kreischt vor Angst, denn sie ahnt, was er vorhat, drängt sich weg von ihm.

Als der Mann sich umsieht, um sie zu packen, ist Odda mit zwei Sätzen da und rammt ihm den Speer so tief in den Bauch, dass die blutige Spitze aus dem Rücken wieder hervortritt.

Die drei Frauen springen kreischend vor Entsetzen auf. Morgana stolpert und wäre beinahe gestürzt. Sie sehen zu, wie der Mann den Speerschaft packt, als wollte er ihn herausziehen, und dann in die Knie bricht. Der Anblick ist zu viel für Gisla. Sie fängt gellend an zu schreien und klammert sich an Tura.

Der dritte Krieger wartet nicht, bis er selbst an der Reihe ist, sondern beschließt, das Weite zu suchen. Odda hat es geahnt. Mit wenigen Sprüngen hat er ihn eingeholt. Er packt ihn an Nacken und Gürtel, hebt ihn mühelos hoch und rammt ihn mit dem Schädel zuerst gegen den nächsten Baum. Das Brechen der Schädelknochen ist unüberhörbar. Als hätte man einen Ast zerbrochen. Der Kerl hatte nicht einmal Zeit zu schreien.

Den leblosen Körper wirft Odda achtlos zur Seite, dann kehrt er zu dem Tätowierten mit dem Speer im Bauch zurück. Der liegt wankend auf den Knien und blickt zu ihm auf. »Scheiße, Odda«, murmelt er. »Musste das denn sein? Wir sind doch Kameraden.«

»Nicht mehr«, knurrt Odda und zieht ihm mit einem Ruck den Speer aus dem Leib. Es macht ein glitschiges, nasses Geräusch, als würde man einen Fischleib aufschlitzen. Der Kerl stöhnt grässlich, verdreht die Augen, bis man nur noch das Weiße sieht, und sinkt langsam zur Seite. Odda beugt sich über ihn. »Ab in die Unterwelt mit dir«, raunt er dem Sterbenden zu. »Und grüß mir deinen Hador, wenn du ihn triffst.«

Dann richtet er sich auf und blickt zu Morgana hinüber, die ihn mit offenem Mund anstarrt. »Da bin ich wohl gerade noch rechtzeitig gekommen.«

Drei entsetzte Augenpaare starren ihn an. Gisla scheint immer noch im Schock zu sein. Ihre Augen sind weit aufgerissen, sie schnappt nach Luft wie ein Fisch, ihr Gesicht ist nass vor Tränen. Und dann kreischt sie wieder, als würde man sie am Spieß übers Feuer halten.

»Sei still!«, fährt Morgan sie an. Aber Gisla hört nicht, sondern kreischt weiter. Da schlägt Morgan ihr mit der flachen Hand ins Gesicht. »Sei still! Willst du noch mehr von den Kerlen anlocken?«

Die Ohrfeige wirkt. Gisla atmet zwar immer noch heftig, aber sie schreit nicht mehr, klammert sich nur weiter an Tura, der es kaum besser geht.

Auch Morganas Herz schlägt wie wild. Erst der Schrecken, entdeckt zu werden, dann die plötzliche Gewalt, die Schnelligkeit, mit der Odda drei Männer umgebracht hat, das viele Blut, die Leichen vor ihnen auf dem Waldboden. Ein Gefühl des Grauens hat sich ihrer bemächtigt, gleichzeitig aber auch unsägliche Erleichterung. Jedoch nicht ohne erneute Furcht vor diesem Mann, der sich Odda nennt, der sanft wie ein Lamm sein kann und im nächsten Augenblick Menschen mit einer Verachtung tötet, als wären sie Ungeziefer.

»Musstest du sie umbringen?«, haucht sie, nachdem sie sich ein wenig von ihrem Schrecken erholt hat.

»Keine Wahl«, erwidert Odda, während er die Speerklinge am Hemd eines der Gefallenen von Blut reinigt. »Die hätten uns verraten.«

Morgana erhebt sich und wischt sich fahrig den Dreck vom Rock. »Und jetzt?«, fragt sie mit bebender Stimme, immer noch tief erschüttert von dem, was sich gerade ereignet hat. »Vielleicht sind noch mehr in der Gegend.«

Odda schüttelt den Kopf. »Ich glaube nicht. Diese drei hab ich schon vor einer Weile gesehen und bis hierher verfolgt. Ich hatte gehofft, sie würden euch nicht entdecken. Ihr Pech, dass sie's doch taten. Es tut mir leid, dass ihr das mitansehen musstet. Aber es war nötig.«

Sie schweigen einen Augenblick, während Morgana den Blick nicht von den drei Toten wenden kann. »Ich hab dich schon mal gefragt, Odda: Warum hilfst du uns? Was hast du davon?«

»Ob du's glaubst oder nicht, ich habe Orkon genauso gehasst wie du. Nur war ich ihm verpflichtet. Urdo hat mich durch seine Tat von diesem Fluch erlöst. Und dich auch. Aber Arrak wird alles tun, um deiner habhaft zu werden. Ich habe dich immer gemocht und werde dir helfen, soweit es in meiner Macht steht.«

Morgana nickt. »Danke«, flüstert sie. Dann sieht sie sich um. »Wo sind wir hier eigentlich?«

»Ganz in der Nähe von Drengis Wallburg. Aber wir müssen uns noch eine Weile versteckt halten.«

»Und warum?«

»Ich habe mit einem Bauern geredet. Nicht weit von hier hat gestern eine Schlacht stattgefunden. Arrak hat das Heer der Helminger angeführt und die Nebroni vernichtend geschlagen.«

»Drengi geschlagen? Aber das ist ja schrecklich! Wo sollen wir denn jetzt hin?«

»Beruhige dich. Drengi hat viele Männer verloren. Auch sein Sohn ist gefallen. Aber er selbst hat überlebt und sich mit den Resten seines Heeres in der Wallburg verschanzt. Arrak hat sich entschieden, die Burg nicht zu belagern. Vielleicht aus Furcht vor eigenen Verlusten. Oder es ist der Tod seines Vaters. Jedenfalls sollen Geiseln ausgetauscht werden. Sieht also ganz danach aus, dass der Krieg zu Ende ist.«

»So schnell?«

Odda zuckt mit den Schultern. »Ich denke, man hat Arrak gut beraten. Hätte er die Nebroni vollends vernichtet, wäre es den anderen Klans übel aufgestoßen. So kann man Frieden schließen, und alles bleibt beim Alten. Und nun, denke ich, werden sie erst mal Orkon zu Grabe tragen.«

»Und was ist mit uns?«
»Wir warten.«

* * *

Zwei Tage nach der verlorenen Schlacht ist der Augenblick der Geiselübergabe gekommen. Mit aufgepflanzten Speeren und Schilden vor dem Leib steht ein Teil des Helminger Heeres vor dem Tor. Angeführt von Ljotor auf seinem Pferd. Er ist unbewaffnet, als habe er es nicht nötig, Waffen zu tragen.

Wie recht er hat, denkt Hakun. Die Macht der Nebroni ist gebrochen. Der Klan wird lange brauchen, um sich von diesem Schlag zu erholen.

Mit Gunna, einem Weib, wollen die Helminger nicht reden. Drengi ist nicht in der Lage dazu, und die Zwillinge sind tot. Also hat Hakun sich erboten, die Geiselübergabe vorzunehmen.

Es sind zwölf an der Zahl, im Alter zwischen acht und vierzehn Jahren, alles Knaben aus edlen Familien, zum Teil Erstgeborene. Die werden von nun an in Helminger Familien erzogen. Sie sollen der Garant dafür sein, dass die Nebroni den Frieden wahren und sich dem Helminger Fürsten unterordnen, ganz wie zuvor.

Hakun betrachtet die Jungen, die das Schicksal ausgewählt hat. Sie stehen in einer Gruppe im Hof, voller Angst, was ihnen bevorsteht. Die Älteren versuchen, sich tapfer zu geben, den Kleineren fällt das schwer. Ein Achtjähriger weint und verlangt nach seiner Mutter. Einer der Größeren legt den Arm um ihn und bemüht sich, ihn zu trösten. Er sei doch ein Mann, und Männer weinen nicht.

Männer weinen nicht. Was für ein Unsinn. Auch Männer weinen. Hakun selbst ist danach zumute. Dass Orkon tot ist, hat sich inzwischen herumgesprochen. Und auch, wer angeblich dafür verantwortlich ist.

Ob Arrak um seinen Vater weint? Ist er dazu überhaupt fähig? Oder ist er froh, dass der Alte endlich tot ist und er nun die

Nachfolge antreten darf? Vor Arrak als Fürsten muss man wirklich Angst haben. Umso seltsamer, dass er sich nach der Schlacht so mild gezeigt hat. Sogar die Gefallenen durften sie vom Feld holen, um sie zu bestatten. Das passt eigentlich gar nicht zu dem Kerl. Aber wer wird sich schon beklagen?

Hakun winkt den Wachen zu, das Tor zu öffnen. Dann nimmt er einen der Knaben an der Hand und marschiert mit ihm vors Tor. Die anderen folgen ihnen. Sie haben nicht weit zu gehen, nicht mehr als fünfzig Schritt. Vor Ljotor bleiben sie stehen.

»Ah, der edle Hakun«, sagt Ljotor. »Sei gegrüßt.«

»Drengi ist verwundet. Deshalb übernehme ich das.«

»Das tut mir leid. Drengis Verwundung, meine ich. Ein guter Mann, Drengi. Hab ihn immer geschätzt. Und dass seine beiden Söhne ... Na ja, was soll man sagen ... Der Krieg bringt allen Leid. Auch von uns sind viele gefallen. Drengi hätte nicht damit anfangen sollen.«

»Lassen wir das Geschwätz«, erwidert Hakun. »Ich nenne dir jetzt die Namen der Knaben und aus welchen Familien sie stammen. Damit du siehst, dass wir die Vereinbarung erfüllen.«

Ljotor nickt, und Hakun beginnt, alle Geiseln und ihre Väter zu benennen. »Einverstanden«, bestätigt Ljotor am Ende. »Lass die Eltern wissen, dass ihre Söhne es gut bei uns haben werden. Natürlich nur, wenn die Nebroni den Frieden wahren. Jetzt müssen wir sie leider binden. Wir wollen ja nicht, dass sie uns unterwegs davonlaufen.«

Hakun sieht zähneknirschend zu, während man den Kindern die Hände fesselt und jedem von ihnen einen Strick um den Hals legt. »Wozu der Strick? Muss das wirklich sein?«, knurrt er. »Wenigstens nicht die Kleinen.«

»Besser so«, sagt Ljotor. »Diese zwölf sind schließlich ein wertvoller Schatz, nicht wahr?«

»Wo ist eigentlich Arrak? Ich hätte nicht dich, sondern ihn erwartet. Es ist doch sein großer Sieg.«

»Ja, es ist sein Sieg. Seiner allein. Der Schlachtplan stammt von ihm. Du magst Arrak nicht, aber der Junge ist ein guter Heerführer. Hätte ihm niemand zugetraut. Vielleicht wird er ja sogar ein guter Herrscher.«

»Das bezweifle ich. Aber noch mal: Wo ist Arrak? Warum zeigt er sich nicht? Ich hätte gedacht, es würde ihm Spaß machen, uns zu verhöhnen. Oder ist er schon zur Kuffaburg aufgebrochen, um seinen Vater zu Grabe zu tragen?«

Ljotor schüttelt den Kopf. »Nein, um die Vorbereitungen zur Bestattung kümmere ich mich. Du bist übrigens eingeladen. Wie auch dein Vater. Wie alle Klanherren und Edlen des Landes.«

»Ich kann's kaum erwarten«, knurrt Hakun beißend.

»Arrak hat noch etwas anderes zu erledigen.« Ljotor grinst spöttisch, während er fortfährt. »Du kennst doch diese aufmüpfige Priesterin, diese Rana, die unseren geschätzten Orkon vor aller Öffentlichkeit beleidigt hat. Die wird jetzt für ihre Frechheit bezahlen. Sie wird ein ausgezeichnetes Opfer für Hador abgeben. Dann sehen alle, wie es denen ergeht, die meinen, ungestraft das Fürstentum beleidigen zu können.«

Hakun fährt der Schreck in die Glieder. »Seid ihr denn wahnsinnig? Rana ist Priesterin. Das dürft ihr nicht. Das wäre ein schlimmer Frevel.«

Ljotor lacht. »Das schreckt uns nicht. Wir werden das ganze Getue um Destarte ohnehin beenden. Hador ist der Gott des Landes.«

Ohne ein weiteres Wort wendet Hakun sich ab, um in den Hof zurückzukehren. »Falls du sie warnen willst«, hört er Ljotor hinter ihm her rufen. »Ich sag dir, dazu ist es zu spät. Arrak wird Altorp längst erreicht haben.«

Hakuns Herz schlägt ihm bis zum Hals. Ihr Götter, habt Erbarmen! Rana in tödlicher Gefahr. Was kann er tun? Er muss seine Männer zusammenrufen und sofort nach Altorp aufbrechen. Vielleicht kann er sie ja noch aus Arraks Fängen befreien. Zumindest versuchen muss er es!

* * *

Bei den Alben findet Rana die Ruhe, die sie gesucht hat, allerdings nicht sofort. Zwar begrüßt Egill sie freundlich, doch der Rest der Gemeinschaft beäugt die beiden Nebroni mit einigem Misstrauen und wartet auf Ranas Begegnung mit der Ältesten der Sippe. Von ihr, so erklärt Egill, hängt ab, ob man sie in ihrer Runde aufnimmt oder abweist.

Die Alte heißt Eija und ist ein kleines, mageres Weib, unscheinbar auf den ersten Blick. Sie hockt mit untergeschlagenen Beinen auf einem erhöhten, mit Fellen bedeckten Sitz. Um ihre Schultern liegt ein Umhang aus Hirschhaut, von einer Knochennadel gehalten. Die wie Vogelkrallen aussehenden und von Altersflecken übersäten Hände hat sie über dem Bauch gefaltet. Ihr Haar ist schlohweiß und hängt zu beiden Seiten bis weit über die Schultern. Gesicht und Hals sind von Runzeln und Falten so übersät, dass es Rana vorkommt, als müsse die Frau hundert Jahre alt sein.

Ehrerbietig spricht Egill sie in der Sprache der Alben an. Dann übersetzt er für Rana. »Eija ist ehrwürdige Mutter unserer Sippe. Sie weiß, wer du bist. Wir haben es ihr erzählt.«

Rana neigt höflich den Kopf. »Ich grüße dich, ehrwürdige Mutter.«

Die Alte wendet ihr das Gesicht zu und sieht sie an. Rana merkt, dass sie blind ist, denn die Pupillen sind milchig weiß, und ihr Blick geht leicht an ihr vorbei. Eija mag uralt sein, doch ihre Miene ist nicht die einer schwachsinnigen Alten. Auch ihre Stimme, als sie antwortet, klingt ruhig und bestimmt.

»Was sagt sie?«, fragt Rana.

»Sie will, dass du dich vor sie hinhockst, damit sie dich anfassen kann.«

Eine seltsame Begrüßung, findet Rana, lässt sich aber vor der Alten auf die Knie nieder.

»Noch etwas näher«, sagt Egill.

Rana tut wie geheißen. Nun kniet sie ganz dicht vor der alten Frau und starrt auf die tiefen Furchen ihres Gesichts. Sie riecht etwas streng, nach dem Holzfeuer des Lagers und ungegerbter Tierhaut.

Eija beugt sich vor und hebt beide Hände vorsichtig suchend, bis sie Ranas Stirn findet. Ihre Finger sind sanft, fühlen sich an, als würde ein Schmetterling sich auf Ranas Gesicht niederlassen.

Langsam tastend wandern die Fingerkuppen von Ranas Stirn über den Nasenrücken zu den Wangen, berühren die Lippen und das Kinn. Zuletzt legt sie beide Handflächen auf Ranas Wangen und hält so ihr Gesicht lange in den Händen. Die Haut der alten Frau fühlt sich trocken an und etwas rau. Aber die Berührung ist nicht unangenehm. Im Gegenteil. Es ist, als würde etwas zwischen ihnen fließen, eine magische Verbindung.

Schließlich lässt Eija die Hände wieder in den Schoß sinken, lehnt sich zurück, lächelt und nickt zufrieden und spricht ein paar Worte.

»Sie sagt, du bist guter Mensch«, klärt Egill Rana auf.

»Woher will sie das wissen?«

»Sie spürt es, hat Seele berührt.«

»Meine Seele?«

»Ja.«

»Und Hargrim? Was ist mit ihm?«

»Nicht nötig. Hargrim ist dein Freund. Das genügt.«

Nach dem Urteil der alten Frau ändert sich das Verhalten der Sippe merklich. Man lächelt ihnen zu. Die Männer halten sich noch im Hintergrund, aber die Frauen nähern sich Rana als Erste. Sie begutachten neugierig ihre Kleider, lassen den Stoff prüfend durch die Finger gleiten. Dann bieten sie ihr und Hargrim einen

Platz am Feuer an, geben ihnen zu essen und zu trinken. Halb nackte Kinder starren sie mit großen Augen an.

Rana holt den Axtkopf aus ihrem Beutel und hält ihn Egill hin. »Für dich«, sagt sie. »Zum Dank für meine Rettung.«

Egills Augen leuchten, als er den Axtkopf zur Hand nimmt. Zwei Männer treten näher, um ihm über die Schulter zu sehen und das Stück zu bewundern. Egill lächelt. »Danke, Rana.«

»Und dies ist für Toki.« Eigentlich hat sie nicht vorgehabt, ein zweites Geschenk zu machen. Doch jetzt nimmt sie ihren bronzenen Dolch vom Gürtel und hält ihn Toki hin. »Hier, nimm, Toki. Dies ist beste Schmiedearbeit.«

Überrascht und etwas zögerlich nimmt Toki die wertvolle Waffe zur Hand. Lange begutachtet er sie von allen Seiten. Dann breitet sich auf seinem Gesicht ein begeistertes Grinsen aus. Den Dolch hält er hoch, sodass alle ihn sehen können. Golden spiegelt sich das Licht auf dem polierten Metall. Er reicht die Waffe seinem Vater, der sie ebenfalls bewundert. Doch plötzlich macht Toki ein trauriges Gesicht.

»Ich habe nichts für dich«, sagt er. »Möchtest du vielleicht einen Bogen?«

Rana lacht. »Nein, nein, ich möchte gar nichts von dir. Du hast mir das Leben gerettet. Das allergrößte Geschenk, das man machen kann.« Sie öffnet den Gürtel, um die lederne Scheide abzunehmen, und reicht sie ihm.

Toki strahlt und dankt ihr. Er springt auf, um den Dolch auch den anderen Männern zu zeigen. Alles schart sich um ihn. Rana, Hargrim und Egill bleiben allein am Feuer zurück.

»Du hast Toki große Freude gemacht«, sagt Egill.

»Ich freu mich, dass wir Freunde sind.« Rana blickt zu der alten Eija hinüber, die zufrieden lächelnd ein paar Schritte weiter auf ihren Fellen hockt und mit ihren blinden Augen in ungewisse Ferne blickt. »Aber sag mir, tut ihr eigentlich immer, was die ehrwürdige Mutter euch aufträgt?«

»In wichtigen Fragen. Frauen sind Quell des Lebens. Sie lassen Kinder im Bauch wachsen, wann immer es ihnen gefällt. Wir müssen sie ehren.«

»Männer sind doch auch daran beteiligt.«

Egill schüttelt den Kopf. »Nein. Kinder sind Geschenk, das Frauen geben.«

Rana wundert sich. Glaubt er wirklich, dass Männer mit dem Kinderkriegen nichts zu tun haben? Wie seltsam. Wir glauben genau das Gegenteil. Ohne Mann kein Kind. Es sind die Männer, die das Kind in den Leib der Frauen pflanzen. Frauen tragen es dann aus. Das heißt, wenn die Götter ihren Leib segnen, damit es dort empfangen, wachsen und gedeihen kann. Das ist der Grund, warum sie zu Destarte kommen.

»Ihr ehrt Frauen, weil sie euch Kinder schenken?«

»Nicht nur deshalb. Frauen wissen geheime Dinge, die Männer nur ahnen können. Sie sind weise.«

Rana lacht. »Nicht alle! Das kann ich dir versichern.«

»Nein, nicht alle. Eija ist weise. Sie ist Sippenmutter.«

»Sie hat bestimmt viele Kinder geboren und viel erlebt.«

»Ihr Ruotinger hört nicht auf Frauen. Ihr behandelt sie schlecht.«

»Wieso glaubst du das?«

»Ihr macht Sklavinnen aus ihnen. Ihr missachtet sie.«

»Woher willst du das wissen?«

»Ich treffe Händler, höre, wie sie reden. Als wären Weiber ein Besitz wie euer Vieh. Bei euch entscheiden nur Männer. Eure Dorfältesten und Klanherren sind Männer. Wo sind eure weisen Frauen?«

Rana sieht ihn erstaunt an. Darüber hat sie noch gar nicht nachgedacht, aber es stimmt schon, was er sagt. Dass bei den Ruotingern Frauen wie Sklavinnen behandelt werden, ist übertrieben. Aber es bestimmen meist die Männer, Frauen werden selten oder gar nicht gefragt. Auch ihr Vater benimmt sich so, obwohl er ein guter Mensch ist. Zum Glück lässt Herdis ihm das nicht immer durchgehen.

»Wir haben Priesterinnen wie meine Mutter«, sagt sie. »Auf die hört man. Das heißt, nicht immer, aber oft.«

»Auch Orkon?«

»Nein, der nicht.« Egills Worte haben Rana nachdenklich gemacht. »Heißt das, Eija ist eure Anführerin?«, fragt sie. »Wie ein Klanherr bei uns?«

»Nein. Wir besprechen alles Wichtige gemeinsam. Jeder sagt, was er denkt. Aber Eija ist Älteste und Weiseste. Wir wären dumm, nicht auf sie zu hören.«

»Das gefällt mir. Wäre gut, wenn man das auch bei uns machen würde.«

Rana nickt den Kindern zu, die sich schüchtern genähert haben, um sie anzustarren. Auch Hargrim mustern sie, fassen seinen Bogen an. Nachdem sie Tokis Geschenk bewundert haben, hat es den älteren Jungen jetzt sein bronzenes Jagdmesser angetan. Er nimmt es aus der Scheide und zeigt es ihnen.

Das Dorf befindet sich auf einer Lichtung und besteht aus einem Dutzend Hütten, ähnlich wie die in der verlassenen Siedlung, die sie am Morgen gesehen haben. In der Mitte ist eine freie Fläche aus festgestampfter Erde, wo auch das Feuer brennt, um das sie sitzen. Nicht alle Hütten stehen rund um den Dorfplatz, einige wurden etwas weiter entfernt zwischen den Bäumen des Waldes errichtet. Schweine, Ziegen oder Schafe, wie in den Dörfern der Ruotinger, sieht man hier nicht. Nur ein paar Hühner, die im Staub picken.

»Was hat es mit dem verlassenen Dorf auf sich, wo Toki uns gefunden hat?«, fragt Rana.

»Hat Toki nicht erklärt?« Er blickt zu seinem Sohn hinüber, der sich wieder zu ihnen gesetzt hat. »Wir reden nicht gern darüber«, fährt Egill fort. »War Überfall der Ruotinger. Viele Tote. Auch Tokis Mutter. Einige wurden verschleppt. Schwere Zeit für uns.«

Er deutet auf einen Mann, jünger als Egill, der etwas abseits sitzt und an einem Speer arbeitet. Der Mann ist schlank, fast schmächtig, hat aber sehnige Muskeln an Armen und Beinen. »Das ist Oran. Hat Frau und Kinder bei Überfall verloren. Ist nicht der Einzige.«

»Er ist an Brust und Armen tätowiert.«

»Um nicht zu vergessen, dass hat geschworen Rache.«

Rana fängt einen kurzen Blick von dem Mann auf. Es ist kein freundlicher Blick. »Toki geht oft Grab von Mutter besuchen«, hört sie Egill sagen.

»Du nicht? Sie war doch deine Frau.«

»Doch. Ich manchmal auch.«

»Von welchem Klan waren die Männer?«

Egill wehrt ab. »Nicht mehr reden davon. Die Seelen von Toten mögen das nicht, wollen in Frieden bleiben.«

»War Toki deshalb auf uns böse? Weil wir sie gestört haben?«

Toki wirft ihr einen verlegenen Blick zu. »Heiliger Ort. Nicht für Ruotinger.«

»Ich verstehe. Es tut mir leid.«

Während der nächsten Tage, die Rana und Hargrim bei den Alben verbringen, lernen sie, dass das Leben in der Wildnis gar nicht so schwierig ist, wie man es sich vorstellt. Sie haben nicht viel, aber genug, um sich zu ernähren, sich zu kleiden und ihre Hütten zu bauen. Ihre Nahrung ist einfach – alles stammt aus dem Wald –, scheint ihnen aber gut zu bekommen, denn sie machen einen gut genährten und gesunden Eindruck. Die meisten sind sogar etwas größer und kräftiger als viele Ruotinger. Das lässt Rana an Ada denken, die für eine Frau auch recht groß ist. Besonders wundert Rana, dass ihre Zähne so gut sind. Sogar bei den Alten. Nicht wie bei den Ruotingern, wo viele, vor allem die Alten, mit ihren verfaulten oder fehlenden Zähnen kaum noch kauen können.

Die Alben kennen jedes Tier und jede Pflanze, die essbaren wie die giftigen, und solche, die bestimmte Krankheiten heilen. Sie stellen brauchbares Werkzeug her, Steinäxte, Knochennadeln und Hornkämme, wie Egill ihnen zeigt. Ihre Speere und Pfeile sind tödliche Waffen. Sie benutzen auch einige wenige kupferne Messer, die sie von Händlern haben und gegen Tierfelle, Feuersteine und Quarze eingetauscht haben. Aus der gleichen Quelle stammen die Tongefäße, Salz und ein paar Ballen gewebter Stoffe, denn einige Frauen tragen grob genähte Kleider aus Leinen. Die meisten aber sind in Gewänder und Tuniken aus Tierhäuten gekleidet, reich verziert mit farbigen Bändern und Federn. Dazu tragen sie Halsketten mit aufgereihten Tierzähnen.

Rana fällt auf, dass sie für alles Zeit zu haben scheinen. Sie müssen nicht von früh bis spät schuften wie die Bauern daheim. Die Männer gehen jagen, bleiben oft Tage weg. Gelegentlich nehmen sie sogar ihre Frauen mit auf die Jagd. Dann wieder verbringen sie angenehme Muße miteinander. Es gibt Spiele, nicht nur für Kinder. Oder sie fertigen Speere und Pfeile an, bessern ihre Hütten aus. Alles ohne Hast. Auch die Frauen haben zu tun, aber nicht den ganzen Tag. Sie durchstreifen den Wald auf der Suche nach Essbarem, oder sie legen Beete an, in denen sie Wurzeln pflanzen. Während die einen Wild zerlegen, kochen oder Kleidung aus Tierhäuten nähen, haben die anderen Zeit für die Kinder.

Alles wird geteilt. Bringen die Jäger Wild heim, wird es gemeinsam zubereitet oder zumindest mit denen geteilt, die kein Glück bei der Jagd hatten. Die Frauen sammeln Früchte, Wurzeln, Kräuter, Beeren und Nüsse – im Herbst gibt es Unmengen davon – und teilen auch diese Ausbeute meist untereinander auf. Niemand soll darben.

Sie nehmen vom Wald, was sie brauchen, aber nicht mehr. Sie achten nicht nur die Tiere, die sie jagen, sondern auch die Pflanzen und Bäume ihrer Umgebung. Für sie ist alles, was sie umgibt, lebendig. Sogar jedem Stein und jedem Felsen wohnt ein eigener Geist inne. Deshalb bemühen sie sich, diese Geister nicht zu stören oder im Ausgleich für das, was sie sich nehmen, auch etwas zu geben.

Überhaupt ist ihnen das Gleichgewicht der Dinge wichtig. Trächtige Tiere jagen sie nicht, denn das hieße, unnötig Leben und Nahrung von morgen zu vernichten. Sie beten zum Wind und zum Regen, zum Mond und zur Sonne. Der Jäger beschwichtigt den Geist des Hirsches, den er erlegt hat, und bittet ihn um Entschuldigung, da seine Kinder hungern und sein Fleisch sie stark machen wird.

Alles ist so anders als bei uns, denkt Rana. Wir Ruotani entschuldigen uns weder beim Wild, das wir jagen, noch bei der Eiche, die wir fällen. Nicht einmal bei der Witwe, deren Mann wir im Kampf umgebracht haben. Wir nehmen uns einfach, was uns gefällt.

Dabei sind wir von Besitzdenken vergiftet, das wird ihr in diesen Tagen klar. Jeder Bauer wacht eifersüchtig über sein Land, sein Vieh und sein Weib. Wer sich an ihnen vergreift, wird verfolgt und erschlagen. Bei uns gibt es keine ehrbaren Mütter, auf die man hört. Wir reden von Empfängnis, denn Männer zeugen Kinder, Mütter sind nur das Gefäß, in dem sie reifen. Wenn sie nicht schwanger werden, liegt es an ihnen, nicht an den Männern.

Überhaupt ist uns Vaterschaft wichtig, denn wer Besitz hat, hat etwas zu vererben, das nur den eigenen Kindern zusteht. Wir reden von unseren Vätern, wenn wir Ahnen meinen, und nicht von unseren Müttern. Und wenn wir geben, tun wir das nicht uneigennützig. Es soll etwas dabei herausspringen. Sogar mit unseren Göttern gehen wir einen Kuhhandel ein. Wir opfern, um ihr Wohlwollen zu erkaufen.

Für die Alben dagegen zählt weniger der Einzelne als die Gemeinschaft. So etwas wie Besitz ist ihnen unbekannt – abgesehen von ein paar persönlichen Geräten und Waffen. Worte wie »Erbe« oder »Bastard« haben für sie keine Bedeutung, denn Kinder gehören allen, wie Egill ihr erklärt. Jedes Kind hat mehrere Mütter und

Väter. Die Idee eines männlichen Erzeugers kennen sie nicht. Egill nennt Toki seinen Sohn, weil seine Frau ihn geboren und er ihn aufgezogen hat.

Eine Frau, die ihren Mann verliert, teilt sich den einer anderen. Natürlich gibt es auch Eifersucht, aber es ist nicht ausgeschlossen, dass eine Frau mit dem Mann einer anderen schläft, wenn sie ihn begehrt, Einverständnis vorausgesetzt, oder ein Mann mit der Frau seines Bruders, wenn der abwesend ist und es sie nach Zärtlichkeit verlangt.

Gibt es Streit, versucht man, ihn gemeinsam zu schlichten. Natürlich gibt es auch Regeln und Tabus, heilige Orte, heilige Handlungen und Riten. Besonders die Alten werden verehrt. Man fragt sie um Rat, und man pflegt sie liebevoll, bis sie sterben. Selbst nach dem Tod betet man zu ihren Seelen und hört auf den Rat, den sie den Lebenden aus dem Jenseits ins Ohr flüstern.

»Ihr habt ein gutes Leben«, sagt Rana zu Egill. »Das könnte mir auch gefallen.«

»Nicht immer gut, Rana. Kinder werden krank. Besonders Winter ist hart. Oft sterben Alte im Winter. Viele Gefahren im Wald.«

»Du meinst wilde Tiere?«

Egill nickt. »Alles Mögliche. Bären, Wölfe, Sturm, Kälte.«

»Und andere Alben? Gibt es Kämpfe mit anderen Sippen?«

»Manchmal. Junge Männer, die sich hervortun wollen. So wie Toki. Aber nicht oft.«

»Eines versteh ich nicht«, sagt Rana. »Unsere Sagen und Legenden erzählen, dass wir Ruotinger aus dem Osten kamen, aus dem unendlichen Grasland, das es dort gibt. Dort waren wir Hirten und haben uns das Pferd untertan gemacht und von Viehherden gelebt. Die Legende sagt, vor langer Zeit hätten wir den Gott der Schattenwelt beleidigt, und er hätte unser Land mit Dürre geschlagen und unsere Herden fast vernichtet. Daraufhin hat Wuodan, Herrscher über die Welt der Götter, uns den Weg hierher nach Westen gezeigt, wo wir fruchtbare Erde fanden und uns niederließen. Hier wurden wir Ackerbauern. Aber das haben wir doch nicht von euch gelernt. Unsere Sagen erzählen nichts davon, nur von Helden, die dieses Land von den Menschen erobert haben, die hier vorher gelebt haben. Wer diese Menschen waren, das erzählen sie nicht.«

»Sagen, mmh.« Egill nickt. »Auch wir haben Sagen. Werden von einem Menschenalter zum andern weitererzählt. Die Erdmutter ist uns heilig. Es heißt, der Geist der Sonne hat sie zur Frau genommen, und alles Leben ist aus ihrem Schoß erwachsen. So wie die Sonne im Osten aufgeht, so sind alle Menschen aus dem Land der Morgensonne gekommen. Auch wir.«

»Du sagst, Sonne und Erde haben alles hervorgebracht?«

»Oh ja. Aber auch Mond und Wasser. Wind und Regen. Alles gehört zusammen.«

»Ihr wart also die Ersten?«

»Ja. Und dann kamen die, die der Mutter Erde Wunden schlagen und Samen in sie legen. Sie haben die Wälder zerstört und uns verfolgt. Schließlich kamen wieder andere, seltsame Geschöpfe, halb Mensch, halb Pferd, so heißt es in den Sagen. Sie haben das andere Volk gejagt und getötet und versklavt. Wiesen und Felder waren voll Blut. Die Pferdemenschen haben ihre Götter mitgebracht, und die Götter haben das Land mit Pestilenz überzogen, an der viele zugrunde gegangen sind. Ich nehme an, mit diesen Pferdemenschen seid ihr Ruotinger gemeint, mit euren Pferden und Kampfwagen, mit eurem Ungeziefer. Euch hat die Pestilenz genutzt. Ihr seid nicht daran gestorben, im Gegenteil. Wir Alben sind leider zu wenige. Wir versuchen, allem aus dem Weg zu gehen. Der Wald ist unsere Zuflucht. Solange es Wald gibt, geht es uns gut.«

Hargrim, der mit den Männern jagen war, hockt sich zu ihr. »Wann kehren wir heim?«, fragt er.

»Fehlt dir dein Dorf?«

»Ja.«

Rana lächelt. »Morgen. Morgen brechen wir auf.«

Während Hargrim den Männern hilft, ein Reh auszuweiden, beobachtet Rana das Treiben in dem kleinen Dorf. Es geht nicht immer friedlich zu. Manchmal gibt es kleine Auseinandersetzungen, meist unter den Frauen. Aber die dauern nicht lange. Und dann sind da die Kinder, die spielen oder auf Bäume klettern oder bei der alten Eija sitzen und ihren Geschichten lauschen. Sie sieht einer Hochschwangeren zu, der man die Arbeit abnimmt, damit sie sich nicht überanstrengt. Sie ist nicht die Einzige. Bei mindestens vier weiteren Frauen ist die Schwangerschaft unverkennbar.

Und wenn sie selbst eine dieser Frauen wäre? Plötzlich erscheint ihr dieses einfache Leben erstrebenswert. Ein Mann, eine Schar Kinder, die Gemeinschaft der Sippe. Sie muss an Kira denken. Ihr war oft übel in letzter Zeit. Aber das gibt sich. Rana selbst wird nie Kinder haben, das weiß sie. Sie ist zu anderem berufen. Das macht sie traurig, besonders wenn ihr Hakun in den Sinn kommt. Er wird über seinen Klan herrschen, wenn sein Vater stirbt, und sie wird auf dem Frauenhügel dienen. Das haben die Götter für sie bestimmt.

Könnten wir Ruotinger wie die Alben leben?, fragt sie sich. Wohl kaum möglich. Wir sind einfach zu viele. Ohne die Arbeit auf den Feldern und ohne unser Vieh könnten wir nicht alle ernähren. Auch so schon gibt es genug, die hungern. Wir Ruotinger haben unsere eigene Lebensweise. Damit müssen wir zurechtkommen, denn was die Alben angeht, so gehören sie einfach nicht mehr in unsere Zeit. Auf lange Sicht sind sie dem Untergang geweiht. Das ist wohl unvermeidlich. Aber vielleicht gehen auch wir unter, wenn die Klans wieder anfangen, miteinander Krieg zu führen.

Rana fragt sich, ob sie bei den Alben etwas Nützliches gelernt hat. Vielleicht, dass Zusammenhalt besser ist als Kampf. Dass man auch ohne Macht und Unterdrückung leben kann. Vielleicht sogar besser. Und dass Frauen weise sind. Das sagen jedenfalls die Alben.

Egill, der eine Weile mit Eija geredet hat, setzt sich wieder zu ihr. »Ihr kehrt morgen heim?«

Rana nickt. »Wir danken euch allen für die Tage hier.«

»Die ehrwürdige Mutter möchte dir etwas schenken.«

»Was ist es?«

Egill öffnet die Hand. Auf seinem Handteller liegt ein polierter schwarzer Stein. Er ist oval, etwas größer als ein Taubenei. Hier und da hat er kleine hellgraue Einschlüsse, die wie Schneeflocken aussehen. Seine Oberfläche ist so glatt, dass sich der Himmel darin spiegelt.

»Oh, wie schön!« Rana weiß, was es ist: Obsidian – sehr selten.

»In diesem Stein wohnt ein starker Geist«, sagt er. »Trage ihn immer bei dir. Er wird dich beschützen.«

Bei seinen Worten merkt Rana, dass die alte Eija ihr das Gesicht zuwendet. Sie kann nicht sehen, muss sich aber von den Stimmen leiten lassen. Trotz der vielen Falten ist sie schön, wenn sie lächelt. So wie jetzt.

* * *

Wieder hat Odda die drei Frauen allein gelassen, um die Lage auszuspähen. Diesmal an einem anderen Ort, am Rande eines Waldes, ganz in der Nähe von Drengis Wallburg. Wie junge Hasen hocken sie ängstlich zusammengeduckt im Gestrüpp. Odda lässt lange auf sich warten. Endlich, kurz nach Einbruch der Dunkelheit, kehrt er zurück.

»Die Geiseln wurden bereits ausgetauscht«, berichtet er. »Wenig später ist der junge Harruner Hakun nach Westen geritten. Keine Ahnung, wohin, aber er schien es verdammt eilig zu haben. Das Heer der Helminger ist zwar noch in der Gegend, aber ich denke, wir sollten heute Nacht zur Wallburg hinüber.«

»Wäre es nicht besser, noch zu warten?«, fragt Morgana besorgt.

»Mutter!«, flüstert Tura entrüstet. »Ich halt's nicht mehr aus im Wald. Ich will mich endlich richtig waschen und keine Blätter mehr fressen.«

Odda lacht in sich hinein. »Das sollst du haben, kleine Fürstentochter. Heute Nacht gehen wir und klopfen an Drengis Tor.«

»O Wuodan!«, murmelt Morgana und hebt die Hände gen Himmel. »Mach, dass sie uns helfen!«

Wenig später, der Himmel ist von tief hängenden Wolken bedeckt, sodass man den Weg über die Wiesen kaum mehr als erahnen kann, brechen sie auf, um sich der Wallburg zu nähern, deren dunkle Umrisse vor ihnen langsam Gestalt annehmen.

Tura hat recht, denkt Morgana. Wir sind ausgehungert und verdreckt und erschöpft. Mehr erschöpft von der Angst, entdeckt zu werden, als von der Wanderung durch die Wälder. Noch nie hat Morgana sich so bedroht und verlassen gefühlt. Wenn Odda nicht wäre ... nicht auszudenken!

Über den Palisaden der Wallburg liegt ein schwacher Schein von den Fackeln und Feuerschalen im Hof. Davor die Schatten der Wachen auf den Wehrgängen, die ihre Runden gehen. Die Wallburg hat zwei Tore, das nördliche Haupttor und ein kleineres an der Südseite. Odda hat das Südtor gewählt.

Kaum sind sie auf zehn Schritte heran, hat eine Wache sie entdeckt. »Wer da?«, brüllt es von oben herab.

»Nicht so laut, Kamerad«, erwidert Odda. »Man kann dich ja bis zur Onestruda hören.«

»Ich hab gefragt, wer da geht. Antworte, oder du kriegst einen Pfeil in dein freches Maul.«

»Die Fürstin Morgana wünscht Einlass.«

Einen Augenblick herrscht verwundertes Schweigen. »Die Fürstin?«, heißt es dann von oben. »Und wer bist du?«

»Ich bin Odda. Ich habe Morgana und ihre Tochter hergebracht.«

»Bleibt stehen, wo ihr seid. Ich werde den Hauptmann holen.«

Es dauert eine ganze Weile. Morgana wird schon unruhig, denn sie fürchtet, dass Helminger in der Nähe sein könnten. Die beobachten doch bestimmt die Wallburg. Wer weiß, vielleicht haben sie ja gar nicht vor abzuziehen, und morgen geht es wieder los mit den Kämpfen. Und wir mittendrin. Sicher war es dumm hierherzukommen. Selbst, wenn man uns aufnimmt, denkt sie, sitzen wir hier in der Falle.

Sie sieht sich um. Ein leichter Wind weht ihr durchs Haar, aber es ist niemand zu sehen.

Auf einmal rumpelt und knirscht es vor ihnen, und das Tor öffnet sich. Licht scheint durch den Spalt, der rasch breiter wird. Dahinter steht ein hochgewachsener Mann mit einer Fackel in der Hand, um ihn herum ein Dutzend Krieger.

»Odda«, ruft der Mann und grinst. »Du bist es wirklich, du alter Bastard! Dein Orkon ist tot. Kommst du deshalb zu uns, weil du ohne Arbeit bist?«

»Da hast du nicht unrecht.« Odda nickt grimmig. »Und außerdem bringe ich euch seine Fürstin.«

Harruk hält die Fackel hoch, um besser sehen zu können. Morgana tritt hinter Oddas breitem Rücken hervor, sodass der Schein der Fackel auf ihr Gesicht fällt.

»Bei Wuodan, sie ist es!«, ruft Harruk. »Mich trifft der Schlag. Man sagt, sie hat ihn erstochen, Odda.«

»Hat sie nicht.«

»Danke, Odda, ich kann für mich selbst reden«, mischt Morgana sich ein. Und zu Harruk: »Du scheinst mich zu kennen. Und wer bist du?«

»Wer kennt dich nicht, Morgana? Ich grüße dich. Was mich betrifft, ich heiße Harruk und bin Hauptmann der Ersten. Das heißt, von dem, was von ihr noch übrig ist. Wir hatten schwere Verluste. Aber kommt doch rein, damit wir das Tor schließen können. Es treiben sich immer noch Helminger in der Gegend herum.«

Nachdem das geschehen ist, begleitet Harruk die Ankömmlinge in die Halle, die zum größten Teil von Verwundeten belegt ist. »Wir leiden unter Platzmangel, wie ihr seht«, sagt er nüchtern.

Erschrocken blicken Morgana und die Mädchen sich um. Der ganze Raum ist voller Männer auf Strohmatten, Augen, die ihnen folgen, blutige Verbände überall. Es riecht nach Blut, Schweiß und Pisse. Im Hintergrund wimmert einer leise. Ein anderer fährt ihn an, er soll endlich Ruhe geben.

Gunna eilt herbei. Sie sieht müde aus, hat dunkle Schatten unter den Augen. Harruk stellt sie einander vor. Gunna wirft Morgana einen vernichtenden Blick zu, nachdem ihr klar ist, wer da ihr Haus betreten hat. »Morgana? Eine Mörderin? Was will sie hier, Harruk? Und wer ist dieses Ungetüm?« Sie deutet auf Odda, nicht ohne ein gewisses Maß an Respekt vor seiner Körpergröße.

»Ich bin Odda, ehemals Orkons Leibwache. Und ich bin Zeuge, dass ein anderer Orkon erstochen hat, und nicht die Fürstin. Da man sie verleumdet, ist ihr Leben in Gefahr. Ich habe sie und ihre Tochter Tura und diese Sklavin hergebracht, um Drengis Schutz für sie zu erbitten.«

»Schutz? Bei uns?«, fragt Gunna ungläubig. »Seht euch doch um. Wir haben gerade eine Schlacht verloren und Hunderte von Männern begraben müssen. Und diese ganzen Verwundeten. Auch die Scheune und die Ställe sind voll. Mein Bruder ist ebenfalls schwer verwundet. Er liegt vielleicht im Sterben.« Sie schüttelt verzweifelt den Kopf. »Wir sind nicht in der Lage, noch mehr aufzunehmen oder irgendjemandem Schutz zu bieten. Schon gar nicht einer ...«, sie starrt Morgana feindselig an, »... einer, die von den Helmingern gesucht wird. Ist euch nicht bewusst, dass die da draußen immer noch ihr Heer liegen haben? Was, wenn die erfahren, dass sie hier ist? Hat euch jemand gesehen?«

»Niemand hat uns gesehen«, sagt Odda. »Niemand weiß, dass sie hier ist. Darauf habe ich geachtet.«

Harruk runzelt die Stirn. »Bei allem Respekt, Gunna, aber Drengi sollte darüber selbst entscheiden.«

»Mein Bruder ist wohl kaum in der Verfassung, irgendetwas zu entscheiden.« Plötzlich hat sie Tränen in den Augen. »Heute mussten wir auch seinen zweiten Sohn zu Grabe tragen. Mein Bruder konnte nicht einmal daran teilnehmen, denn er liegt schwer verletzt in seiner Kammer. Und die Wunde in seinem Herzen ist schlimmer als die in seiner Seite. Wie soll sich ein Vater fühlen, nachdem er in so kurzer Zeit zwei Söhne verloren hat? Außerdem gibt er sich selbst die Schuld an unserem Unglück. Er verweigert das Essen und spricht mit niemandem. Ich fürchte, er hat sich aufgegeben und will sterben.« Sie wendet sich ab und birgt ihr Gesicht in den Händen. Man hört sie schluchzen.

Odda und Morgana sehen sich betreten an. Auch Harruk fällt im Augenblick keine Entgegnung ein. Da betritt eine Magd die Halle. »Verzeih mir, Gunna«, sagt sie. »Aber der Herr will wissen, wer gekommen ist.«

Gunna fährt herum. »Er ist wach?«

»Komm!«, sagt Harruk entschlossen. Ohne weiter auf Gunna zu achten, fasst er Morgana am Arm. »Ich bringe dich zu ihm.«

Verbittert schaut Gunna ihnen nach. Wie nützlich es doch für ein Weib sein muss, mit großer Schönheit gesegnet zu sein, scheint sie zu denken. Alle Männer überschlagen sich, ihr behilflich zu sein. Dann sagt sie zu den Mädchen: »Wenn ihr Hunger habt, dann in die Küche mit euch. Irgendwas wird sich noch für euch finden.« Sie blickt zu Odda auf. »Und für dich auch.«

Harruk führt Morgana in Drengis Kammer. Sein Anblick lässt sie zutiefst erschrecken. Der einst kräftige, vitale Mann ist nur noch ein Schatten seiner selbst. Er ist bleich, die Wangen sind eingefallen, Schweiß steht ihm auf der Stirn. Unter den geröteten Augen liegen dunkle Ringe. Sein Oberkörper ist nackt. Die Tätowierungen an den Armen heben sich von der bleichen Haut des Leibes ab, um den ein blutiger Verband liegt.

»Morgana!«, flüstert er erstaunt.

Er macht eine müde Handbewegung in Richtung Harruk, der ihm hilft, sich etwas aufzusetzen und die Kissen zu richten.

Morgana tritt an sein Bett und fasst nach seiner Hand. »Oh, mein lieber Drengi. Es tut mir in der Seele weh, dich so zu sehen. Und es tut mir leid um deine ...« Sie stockt und wagt es nicht auszusprechen. Wie schrecklich muss es sein zu wissen, dass die einzigen Kinder tot sind, und dabei selbst zu leben.

Harruk rückt ihr einen Hocker ans Bett und verlässt die Kammer. Sie setzt sich.

»Warum bist du hier?«, flüstert Drengi heiser.

»Ich bin gekommen ... nein, ich bin zu dir geflohen, um ehrlich zu sein, ... zusammen mit meiner Tochter, um mich unter deinen Schutz zu stellen.«

Er sieht sie an, als habe er nicht richtig gehört. »Aber warum?«

»Orkon ist tot. Hat man dir das nicht gesagt?«

»Orkon ist tot?«

»Und mich beschuldigen sie, ihn ermordet zu haben.«

»Orkon ist tot? Dann ist Arrak jetzt Fürst?«

»Sieht ganz so aus.«

Drengi braucht einen Augenblick, um das zu verdauen. Um sich die ganze Bedeutung dieser Kunde zu vergegenwärtigen. »Und du sollst ihn ermordet haben?«, fragt er schließlich. »Wie denn?«

»Mit drei Messerstichen wurde er getötet. Aber ich war's nicht. Odda, Orkons Leibwache, kann es bezeugen. Er ist hier. Du kannst ihn befragen. Es war Urdo, der Orkon erstochen hat.«

»Der Priester? Aber warum?«

Morgana sieht verlegen zu Boden. Sie spürt, wie ihr das Blut ins Gesicht steigt. Soll sie es ihm sagen? Lieber nicht. Was wird er von ihr denken? »Sie haben sich gestritten. Das heißt, Orkon und ich haben uns gestritten ... Orkon hat mich geschlagen ... Ich war besinnungslos ... und dann ist Urdo dazugekommen ...«

Drengi starrt sie an, als verstünde er kein Wort von dem, was sie ihm da erzählt. Vielleicht ist es die Verwundung, denkt sie. Die macht ihn matt und etwas wirr im Kopf. Nein, es liegt an mir. Wer soll denn mein dummes Gefasel verstehen? Und dann fällt ihr ein, dass sie sich vorgenommen hat, Drengi die Wahrheit zu sagen, ihm nichts vorzuenthalten. Wenn sie seine Hilfe will, muss sie ehrlich sein.

Sie holt tief Luft und sagt: »Ich habe Orkon hintergangen, Drengi. Mit Urdo. Und Orkon hat es herausgefunden. Er hat mich geschlagen, ich bin gestürzt, hab mir den Kopf angeschlagen und die Besinnung verloren. Ich weiß nur noch, dass Orkon wutentbrannt mit der Streitaxt in der Hand losgestürmt ist, um Urdo umzubringen.«

»Aus Eifersucht.«

»Weiß nicht. Eher aus gekränkter Eitelkeit.«

»Und warum beschuldigen sie dich?«

»Als ich aus der Ohnmacht aufgewacht bin, hatte ich das blutige Messer in der Hand. Und Orkon lag drei Schritte weiter tot auf dem Boden. So hat man mich gefunden. Urdo sagte sofort allen, Orkon und ich hätten uns gestritten und dann hätte ich ihn erstochen.«

»Hast du?«

»Nein, bei allen Göttern! Ich schwör's.« Ihre Stimme klingt fast flehentlich. »Urdo, der Hund, wollte seinen Kopf retten. Vielleicht ist es Notwehr gewesen, aber er hat es getan und kein anderer. Frag Odda. Der war gleich zur Stelle und hat gesehen, wie ich völlig verwirrt aufgewacht bin.«

Drengi sieht sie lange an, ohne etwas zu sagen. Plötzlich zuckt es ihm um die Mundwinkel. »Du sagst, du hast Orkon hintergangen? Und ausgerechnet mit seinem verdammten Priester?« Er beginnt zu lachen, doch im gleichen Moment packt ihn der Schmerz. Er stöhnt auf, greift sich an die Seite, kann sich das Lachen aber nicht verkneifen. »Orkon, der Hahnrei«, ächzt er, immer noch lachend, »von seinem Nebenbuhler erstochen. Geschieht dem Bastard recht! O Wuodan, ich danke dir!«

Schließlich wird er wieder ernst.

»Das Ganze ist in Arraks Abwesenheit passiert«, sagt Morgana. »Aber er weiß von Urdo und mir. Umso mehr wird er ihnen glauben, wenn sie behaupten, ich sei es gewesen.« Sie hat plötzlich Tränen in den Augen. »Er wird mich umbringen. Wir mussten Hals über Kopf fliehen. Alles hinter uns lassen. Zusammen mit meiner Tochter. Ohne Odda ... Vor ihm hatten sie Angst, nur deshalb haben sie uns gehen lassen.«

»Wissen sie, dass ihr hier seid?«

»Nein. Niemand hat uns gesehen. Sie müssen denken, ich bin zu meinem Vater.«

»Gut.« Drengi schließt die Augen und seufzt. Das lange Reden muss ihn ermüdet haben. Morgana fragt sich mit Bangen, wie er sich entscheiden wird. Wird er sie und Tura wegschicken? Oder werden sie bleiben dürfen?

Schließlich öffnet er wieder die Augen und sieht sie an. »Du bist hier willkommen, solange du willst, Morgana. Das heißt, solange diese Wallburg noch steht. Aber jetzt bin ich müde. Meine Wunde schmerzt. Morgen reden wir weiter.«

Sie greift seine Hand und drückt sie dankbar. »Kann ich etwas für dich tun? Möchtest du Wasser, etwas zu essen?«

Drengi erwidert den Händedruck und lächelt. »Du bist hier. Das genügt.«

HADOR

O dunkler Fürst der Unterwelt, warum quälst du uns so?
Was haben wir dir getan? Warum schickst du uns Pestilenz,
Unwetter und Dürren? Was müssen wir tun, um dich zu
beruhigen und uns dein Wohlwollen zu sichern?

Auf dem Heimweg zu ihrem Dorf werden Rana und Hargrim von Oran und Toki begleitet, obwohl Hargrim es für unnötig hält, denn er kenne jetzt den Weg. Aber Egill bestand darauf.

Toki unterhält sich ab und zu mit ihnen, Oran dagegen ist stumm wie ein Fisch. Er spreche ihre Sprache nicht, erklärt Toki. Aber auch mit ihm redet Oran kein Wort, wandert nur stumm, aber immer wachsam und fast lautlos durch den Wald.

Im Vergleich zu diesen beiden trampeln wir wie eine Herde Vieh durch den Forst, denkt Rana. Nein, nicht ganz. Auch Hargrim hat es an sich, möglichst wenig auf sich aufmerksam zu machen, um das Wild nicht zu stören. Die Männer sind eben Jäger – alle drei.

Der Rückweg kommt ihr länger vor als der Hinweg. Sie müssen seit Stunden unterwegs sein, denn die Sonne steht bereits hoch. Eigentlich müssten sie schon angekommen sein. Kann es sein, dass die beiden Alben sie auf Umwegen zurückführen, ohne dass sie selbst es merken? Nur damit es später nicht so leicht ist, ihre kleine Siedlung wiederzufinden? Aber vielleicht tut sie ihnen unrecht.

»Ich hoffe, deine Leute haben sich keine Sorgen gemacht«, sagt sie zu Hargrim.

»Ach, die kennen das schon. Ich bin oft tagelang weg.«

»Diesmal bringst du aber kein Wild mit heim.«

Er grinst und zuckt mit den Schultern.

»Wollt ihr jagen?«, fragt Toki, der Rana gehört hat. »Habe vorhin Rehspuren gesehen.«

»Nein, danke. Ich möchte nur nach Hause.«

Plötzlich bleibt Oran stehen und gibt ein Knurren von sich. Als Rana sich zu ihm umdreht, scheint er die Luft zu schnuppern. Er sieht Toki an und tippt sich mit dem Zeigefinger an die Nase. Toki nickt.

»Was ist?«, fragt Rana.

»Feuer«, sagt Toki und macht ein besorgtes Gesicht. »Vielleicht Lagerfeuer. Oder Waldbrand. Müssen vorsichtig sein. Waldbrand gefährlich. Jetzt Sommer und Wald trocken.«

»Ich glaube, ich riech's auch«, sagt Hargrim.

Tatsächlich spürt nun auch Rana einen kaum wahrnehmbaren Geruch von brennendem Holz in der Nase, so wie er oft über dem Dorf hängt, wenn die Frauen abends kochen. Aber hier? Mitten im Wald? Vorsichtig um sich blickend gehen sie weiter. In der Ferne taucht eine Rotte Wildschweine auf und verschwindet gleich wieder im Unterholz. Wahrscheinlich eine Sau mit ihren halbwüchsigen Jungen. Dann hören sie von weiter weg das Geräusch galoppierender Hufe und das Brechen von Zweigen.

»Hirsch«, sagt Toki.

Flüchten die Tiere vor einem Brand? Sie sehen sich aufmerksam um. Aber von Feuer keine Spur, obwohl der Geruch stärker zu werden scheint. Sie gehen weiter.

Nach einer Weile ist es Hargrim, der stehen bleibt und sich umschaut. »Ich weiß jetzt, wo wir sind. Es ist nicht mehr weit bis zum Dorf.«

Rana kommt der Wald an dieser Stelle ebenfalls vertraut vor. »Du hast recht. Die alte Eiche da hinten links, die kenne ich. Da habe ich schon Pilze gesammelt. Und etwas weiter liegt die kleine

Lichtung voller Farne. Am Rand wächst Holunder. Es ist wirklich nicht mehr weit.«

»Vielleicht doch kein Waldbrand«, sagt Toki.

»Was soll's denn sonst sein?«

»Kann Dorf sein.«

Ungläubig starrt Rana ihn an. »Glaubst du?«

Toki nickt. An seiner Miene sieht sie, dass er es ernst meint. Da fährt ihr der Schreck in die Glieder. Ihr Dorf? Das darf doch nicht sein!

»Nein!«, schreit sie und rennt los. Die anderen setzen ihr nach.

Rana läuft, so schnell sie kann, ohne Rücksicht zu nehmen, ob sie in ein Loch tritt, stürzt oder sich den Fuß verstaucht. Denn die Angst läuft mit. Sie springt über einen gefallenen Stamm und zwängt sich durch Gestrüpp. Zweige peitschen ihr ins Gesicht. Ihr Bündel wird ihr schwer. Achtlos lässt sie es fallen. Über eine Lichtung hastet sie, bahnt sich den Weg durch hohe Farne, stürzt, rappelt sich wieder auf und rennt weiter. Bis sie nicht mehr kann und keuchend stehen bleibt, um zu Atmen zu kommen, vornübergebeugt, die Hände auf die Knie gestützt. Es ist fast wie in jenem Albtraum. Nur dass Hador nicht hinter ihr herläuft, sondern Hargrim.

Er legt ihr die Hand auf den Rücken. »Alles in Ordnung?«

»Seitenstiche«, japst sie heftig atmend. Schweiß läuft ihr in die Augen, an der Nase entlang und ins Gras.

Die beiden Alben sind an ihnen vorbei noch ein Stück weiter gerannt, eine kleine Anhöhe hinauf, wo sie stehen bleiben. »Seht!«, ruft Toki und deutet nordwärts, in die Richtung, in der sich der Fluss und das Dorf befinden.

»Komm!«, sagt Hargrim und fasst sie an der Hand. Er trägt ihr Bündel über der Schulter, muss es unterwegs aufgelesen haben. Der Brandgeruch ist inzwischen unverkennbar. Und über ihnen, zwischen den Baumkronen, ist Rauch am Himmel zu sehen.

Rana ist immer noch außer Atem, folgt ihm aber, bis sie bei

den Alben angelangt sind. Von hier aus kann man zwischen den Bäumen den Felsen sehen, wo sie sich damals – es kommt ihr vor, als wäre es Ewigkeiten her – von ihren beiden Rettern verabschiedet hat. Noch etwas weiter sieht man das von Büschen umsäumte Band der Onestruda. Und dahinter ...

Rana schlägt die Hand vor den Mund. O ihr Götter! Denn es ist tatsächlich ihr Dorf, das in Flammen steht. Rot leuchtet es zwischen den Bäumen, darüber dunkler Qualm.

»Wir müssen löschen helfen!«, schreit sie und rennt den sanften Hang Richtung Fluss hinunter.

Am Felsen holt Toki sie ein und hält sie am Arm fest. »Warte!«

»Was ist? Wir müssen helfen!« Sie will sich losreißen. »Lass mich!«

Mit einer Faust so hart wie Bronze hält er sie fest. »Erst sehen!« Er deutet auf die brennenden Häuser. »Vielleicht Feind.«

Rana hört auf, mit ihm zu kämpfen. »Du meinst, ein Überfall?«

Angestrengt starrt sie hinüber, versucht, zwischen den Bäumen zu erkennen, was im Dorf vorgeht. Mehrere Häuser brennen, das ist deutlich. Auch solche, die weit genug voneinander entfernt stehen. Es kann also kein Blitz gewesen sein, kein außer Kontrolle geratenes Herdfeuer, kein Funkenflug, der das Nachbarhaus entzündet hat. Nein, diese Häuser wurden mit Absicht in Brand gesteckt. Es ist ja auch einfach genug: Eine Fackel aufs Strohdach geworfen, und schon steht ein Haus in Flammen. Und wenn das Dach erst einmal richtig Feuer gefangen hat, ist es kaum möglich zu löschen. Stroh, Holz, mit Lehm bestrichenes Flechtwerk aus Zweigen. Das brennt wie Zunder.

Und ihr eigenes Haus? Ihre Familie? Die Angst würgt ihr in der Kehle. Es drängt sie, loszurennen, zu helfen, zu retten, was zu retten ist. Sie spürt Tokis Hand, die sie immer noch festhält, als wüsste er genau, was in ihr vorgeht. Und natürlich hat er recht.

Von wo sie sich befinden, kann sie ihr Haus nicht sehen. Bäume und hohe Sträucher versperren die Sicht. O Destarte, mach, dass ihnen nichts geschehen ist! Ein Zittern überfällt sie. Sie bemüht sich, dagegen anzugehen, tief durchzuatmen, denn Panik wird ihr nicht weiterhelfen. Aber es ist schwer, sich zu beruhigen, denn es gibt nur eine Erklärung für das Feuer.

»Helminger«, murmelt sie hasserfüllt. »Arrak und seine Bande.«

Auch Hargrim ist sichtlich erschüttert und bangt um seine Leute. »Vielleicht sind sie schon wieder weg und wir können nachsehen.«

Sie lauschen. Dann hören sie etwas, das Rana den Magen umdreht. Es ist nicht nur das Lodern der Flammen. Es sind Schreie, die der Wind zu ihnen herüberträgt. Schreie, die ihr die Tränen in die Augen treiben.

»Ihr bleibt hier«, sagt Toki. »Wir erkunden.«

»Ich komme mit«, erwidert Rana.

Diesmal ist es Hargrim, der sie festhält. »Sei vernünftig, Rana. Wir können nichts tun. Oder willst du sterben? Wenn es wirklich die Helminger sind ... Außerdem, die beiden können das besser als wir.«

* * *

»Wo, bei Hador, ist sie?«, brüllt Arrak. Offensichtlich nicht zum ersten Mal. Sein wütendes Gesicht ist nur eine Handbreit von Utriks entfernt, der vor ihm im Staub kniet.

Zwei Krieger halten den alten Schmied an den Armen fest. Nicht dass er noch die Kraft hätte wegzulaufen, denn sein Kopf baumelt fast leblos zwischen den Schultern, Kinn auf der Brust. Er ist übel zugerichtet. Blut tropft von Stirn und Nase und aus dem Mund. Die Lippe ist geplatzt, die vorderen Zähne zertrümmert. Sein linkes Auge ist blutunterlaufen und völlig zugeschwollen, die Braue darüber eine blutige Masse, Nase und Jochbein sehen aus, als wären sie gebrochen.

»Weiß nicht«, murmelt er kaum hörbar. Es fällt ihm schwer,

überhaupt noch verständliche Laute zu formen. Neben ihm steht Brunn mit blutverschmierten Fäusten. Er und ein anderer kräftiger Kerl haben sich abgewechselt im Versuch, den Alten zum Sprechen zu bringen.

»Lauter!«, schreit Arrak. »Ich hör dich nicht!«

Utrik spuckt Blut. »Weiß nicht!«, flüstert er.

»Du weißt nicht, wo deine verdammte Tochter ist? Das soll ich dir glauben? Die edle Rana, einfach so verschwunden?«

Utrik hat kaum noch die Kraft, den Kopf zu schütteln. »Wald«, stößt er hervor.

»Wo ist sie?«

»Wald.«

»Wo im Wald? Sollen wir etwa die ganze Gegend absuchen?«

Utrik antwortet nicht. Sein grauer Kopf hängt reglos zwischen den Schultern. Ist er etwa ohnmächtig geworden?

Genervt sieht Arrak sich um. Rauchschwaden wabern über ihren Köpfen. Seine Männer haben ganze Arbeit geleistet, das Dorf geplündert und die Häuser in Brand gesteckt. Leider ist es vielen Dörflern gelungen zu fliehen. Er und seine Krieger hätten nachts kommen sollen, aber dafür war er zu ungeduldig. Schließlich wartet man auf ihn, um den Vater zu bestatten.

Orkons Tod hat eine tiefe Wunde in seine Seele gerissen. Er hat ihn gehasst, aber auch geliebt. Arrak hat schon immer Wut auf die ganze Welt gehabt, nach diesem Mord noch hundert Mal mehr. Auf alle, auf Morgana und auf diesen Verräter Odda, auf Drengi und seinen verdammten Klan, auf Rana und ihren blödsinnigen Kult. Letztes Mal hat er ihr Heiligtum in Brand gesteckt und heute ihr elendes Dorf.

Grimmig sieht er zu, wie zwei seiner Leute etwas aus einem der brennenden Häuser tragen. Viele der Dörfler mögen geflohen sein, aber anderen ist es nicht gelungen. Besonders nicht den Alten. Von diesen unnötigen Essern haben seine Leute gleich ein paar in die Unterwelt befördert.

Und dann die dummen Mütter, die in Panik erst nach ihren rotznäsigen Blagen suchen mussten, statt sich selbst zu retten. Auf die haben seine Krieger sich johlend gestürzt, ihnen die Kleider vom Leib gerissen und sich auf der Stelle ihren Spaß genommen. Das Geschrei der Weiber war Musik in seinen Ohren. Aber nachdem die Erste sich gewehrt hat und prompt totgeschlagen wurde, hat keine mehr gewagt, sich zur Wehr zu setzen oder auch nur die Stimme zu erheben. Genauso wie diese aufmüpfige Herdis.

Auch der haben wir das freche Maul gestopft, denkt er mit Befriedigung. Er blickt zu ihr hinüber, wo sie jetzt mit dem Rücken an der Hauswand hockt, wohin sie sich verkrochen hat. Sie ist halb nackt, die Haare wirr. Das Gewand hängt ihr in Fetzen vom Leib, das Gesicht dreckig und von Schlägen geschwollen. Gleich mehrere seiner Kerle haben sich an ihr vergangen. Und das vor den Augen ihres Mannes. Geheult hat sie nicht, auch keinen Laut von sich gegeben, sondern alles mit zusammengebissenen Zähnen über sich ergehen lassen. Ein zähes Weibsstück, das muss man ihr lassen.

Der Sohn liegt ebenfalls übel zugerichtet vor der Werkstatt, wo man ihn hat liegen lassen. Der Kerl ist bewusstlos. Kein Wunder, denn sie haben ihn halb totgeschlagen. Aber er atmet noch. Auch der wollte nichts sagen. Oder er weiß wirklich nicht, wo seine Schwester sich herumtreibt. Oder wo diese Bronzescheibe mit der angeblich göttlichen Botschaft versteckt ist, von der man Arrak so viel erzählt hat. Nur deshalb hat er Utriks Haus und Werkstatt noch nicht anzünden lassen. Vielleicht finden sie das Ding ja noch.

»Wo, bei Hador, ist die verfluchte Scheibe?«, faucht er Aiko an. »Hast du nicht gesagt, du wüsstest es? Urdo ist ganz versessen darauf. Also finde sie!«

»Ich hab schon das ganze Haus durchsucht, ich schwör's«, jammert Aiko und hebt ratlos die Schultern. Dabei scheint er sichtlich erschüttert über das Ausmaß an Gewalt vor seinen Augen zu sein. Mit so was hat er wohl nicht gerechnet. »Utrik hatte die Scheibe immer unter seinem Bett. Aber da ist sie nicht. Und auch sonst nirgends. Nicht in der Werkstatt und auch nicht im Viehstall. Im Garten ist die Erde unberührt. Niemand scheint etwas vergraben zu haben.«

»Was ist mit dem Misthaufen? Stecht mal mit dem Speer rein, ob man auf Metall stößt.«

Einer der Krieger macht sich daran, im Mist herumzustochern. »Hier ist nichts!«, ruft er wenig später.

Arrak beugt sich wieder über Utriks misshandelte Gestalt. »Wo ist die verdammte Bronzescheibe? Willst du's mir wohl endlich sagen? Oder muss man dir noch mehr antun, du verstockter Alter?«

Utrik schüttelt unmerklich den Kopf, zu schwach, um ihn zu heben. Arrak packt ihn am Haar und hebt seinen Kopf an. Er deutet auf Herdis, die ihn hasserfüllt anstarrt. »Sollen sich meine Männer dein geliebtes Weib noch mal richtig vornehmen?«, brüllt er Utrik an. »Macht es dir Spaß, dabei zuzusehen? Oder sollen wir ihr lieber gleich den Hals umdrehen? Was ist dir lieber?«

Keine Antwort von Utrik, nur ein gequältes Stöhnen. Arrak lässt ihn los.

»Dann bring mich doch um, du Hurensohn!«, lässt Herdis sich vernehmen. »Denkst du, ich hab Angst vor dem Tod? Oder willst du selbst deinen elenden Schwanz in mich stecken? Nur zu! Einer mehr oder weniger, was macht das schon? Wenn du überhaupt einen Schwanz in der Hose hast.« Sie lacht höhnisch. »Arrak, der schwanzlose Bastard!«

»Du verfluchte Hure!« Wutentbrannt reißt er den Dolch aus der Scheide und macht drei Schritte auf sie zu. Doch dann bleibt er stehen, als hindere ihn irgendetwas daran, ihr die Klinge zwischen die fetten Titten zu stoßen. Ist es, weil sie Priesterin ist und man ihre Göttin fürchten muss? Seit der Kindheit hat man ihm das eingebläut. Mit dem Dolch in der Faust starrt er sie an. »Du bist eine Hexe. Genau wie deine Tochter. Ihr seid beide Hexenweiber!«

»Das sind wir, Arrak! Und wir werden dich vernichten, darauf kannst du dich verlassen. Du kannst mich töten, es macht keinen Unterschied! Na los, stoß zu! Oder fehlt dir der Mut dazu?«

Einen Augenblick lang sieht es so aus, als würde er sich nun wirklich auf sie stürzen und ihr die Klinge zwischen die Rippen stoßen. Doch dann dreht er sich um und rammt stattdessen dem völlig überraschten Aiko, der hinter ihm steht, das Messer in den Leib. »Du nutzloses Stück Scheiße!«, faucht er ihm ins Gesicht. »Du weißt nicht, was man mit der Scheibe anstellt, und finden kannst du sie auch nicht.« Erneut stößt er zu und dreht diesmal den Dolch in der Wunde, um den größtmöglichen Schaden anzurichten.

Aikos Augen sind weit aufgerissen, und seiner Kehle entringt sich ein ersticktes Gurgeln, seine Hände packen Arraks Arm. Aber nur einen Augenblick lang, dann lässt er los und bricht in die Knie. Mit letzter Kraft dreht er Herdis das Gesicht zu. »Tut mir leid«, flüstert er. Sterbend sackt er in sich zusammen.

Arrak verschwendet keinen weiteren Blick an ihn. »Du willst, dass ich dich umbringe?«, fragt er Herdis. »Den Gefallen tu ich dir nicht. Aber als Priesterin liebst du doch Blutopfer. Wie wär's hiermit?«

Mit wenigen Schritten ist er bei Utrik, packt ihn erneut beim Haar und reißt seinen Kopf hoch. Während Herdis vor Entsetzen aufschreit, schlitzt er mit einem einzigen Streich Utriks entblößte Kehle von einem Ohr zum anderen auf. Ein Schwall Blut strömt aus der grässlichen Wunde und besudelt Utriks Brust.

Arrak löst die Faust aus Utriks Haar und lacht: »Da hast du dein Opfer. Aber dieses hier ist für Hador!«

* * *

Als die beiden Alben zurückkehren, sieht Rana an ihren Gesichtern, dass sich Schreckliches zugetragen hat. »Was habt ihr gesehen?«, fragt sie mit bebender Stimme.

Orans Miene ist zornig. »Helminger!«, knurrt er. Es ist das erste Wort überhaupt, das er in Ranas Gegenwart äußert.

»Bist du sicher?«, fragt Hargrim.

Toki nickt grimmig. »Wolfskopf-Banner.«

»Was ist passiert? Sagt schon!«, fragt Rana. Sie fürchtet sich vor der Antwort und muss es doch wissen. Ihr Herz schlägt bis zum Hals.

»Sind jetzt weg«, erwidert Toki leise. »Aber viele Tote. Häuser angezündet, Vieh weggetrieben. Sehr schlimm.«

»Und mein Haus? Die Schmiede?«

»Glaube, brennt auch.«

»Du weißt, welches es ist?«

Toki nickt. »Größtes Haus.«

Und meine Eltern? Und Arni, und Ette? Sie wagt nicht, das zu fragen, befürchtet das Schlimmste. Stattdessen rennt sie los, den Hang hinunter Richtung Fluss. Diesmal gelingt es keinem der Männer, sie aufzuhalten.

»Rana, warte!«, ruft Hargrim ihr hinterher. Zu den beiden Alben sagt er: »Kommt mit! Wir dürfen sie nicht allein lassen. Vielleicht sind noch Helminger da.«

Zusammen stürmen sie hinter Rana her. Die hat sich schon in die Onestruda gestürzt. Das Wasser reicht ihr bis zu den Achselhöhlen. Die Kälte des Flusses spürt sie kaum. Sie kämpft sich durch die sanfte Strömung, bis sie das andere Ufer erreicht. Die drei Männer folgen ihr. Hargrim hält ihr Bündel über dem Kopf, damit es nicht nass wird.

Pitschnass klettert Rana zwischen Schilf und Gräsern ans Ufer, wo sich ihren Augen ein Bild des Grauens bietet. Überall lodern Flammen, fressen sich durch Dächer, Balken und Stützpfeiler, schwarze Rauchwolken steigen auf. Es knistert und ächzt in den brennenden Häusern. Mit knirschendem Krachen stürzt ein Dach ein, sprüht Funken in die Höhe. Asche und glühende Strohteilchen fliegen durch die von Rauch und Brandgeruch geschwängerte Luft. Hühner rennen verstört umher. Ein Glück, dass die Häuser nicht so dicht stehen. An Löschen ist jedoch nicht mehr zu denken. Die Brände sind zu weit fortgeschritten, um noch etwas zu retten.

Rana kommt an einer Kuh vorbei, der man bei lebendigem Leib ein Stück Fleisch aus dem Rücken geschnitten hat. Gequält versucht das Tier, auf die Beine zu kommen. Dass die Alben ihr mit gespannten Bögen dicht auf den Fersen folgen, bemerkt Rana gar nicht. Irgendwo brüllt ein Ochse. In den Gärten liegen Leichen, Frauen kriechen stöhnend und verwirrt umher, einige rufen nach ihren Kindern. Ein paar der Kleinen, die sich in den Büschen am Ufer versteckt haben, trauen sich hervor und werfen sich in die Arme ihrer geschändeten Mütter. Auch andere Dörfler, die geflohen sind, wagen sich langsam zurück.

Benommen wandert Rana durch ihr Dorf, das sich in einen kaum wiederzuerkennenden Ort des Grauens verwandelt hat. Schon von Weitem sieht sie, dass auch ihr Elternhaus in Flammen steht. Es ist ein Albtraum. Die Beine drohen ihr zu versagen, so gelähmt ist sie vor Angst vor dem, was sie vorfinden wird.

Auf ihrem Weg durch den Garten stolpert sie beinahe über den Leib einer Frau, die mit dem Kopf im Gras auf dem Rücken liegt, die Beine gespreizt, das Gesicht abgewandt. Ist das nicht Ette? O ihr Götter, es ist Ette! Sie hockt sich neben die Magd, dreht ihr Gesicht zu sich und blickt in leblose, in den Himmel starrende Augen. Erschrocken springt sie auf und bemerkt ihren Hofhund, der fünf Schritte weiter reglos zwischen den Pflanzen liegt. Ein Pfeil ragt aus seinem Rücken. Rana fasst sich an die Kehle und wendet sich wieder, aufs Schlimmste gefasst, dem brennenden Haus zu.

»Rana, bist du's?«, hört sie hinter sich eine Frauenstimme. Sie dreht sich um. Es ist Borgunna, die ihr weinend entgegenkommt. Ihr Haar ist angesengt, sie hat Blut am Gewand und an den Händen. Sogar im Gesicht. Sie fallen sich in die Arme. Borgunna heult wie ein Kind. »Sie haben ihn getötet«, schluchzt sie. »Einfach so.«

»Wen? Deinen Mann?«

Borgunna nickt, ihr Gesicht tränennass. »Und mich haben sie am Leben gelassen. Frag mich nicht, warum. Hätten sie mich doch auch nur umgebracht! Was hab ich denn jetzt noch?«

Rana löst sich von Borgunna. »Ich muss nach meinen Eltern sehen.« Sie rennt in Richtung Schmiede. Borgunna folgt ihr wankenden Schrittes. Auch die beiden Alben, die sich aufmerksam und mit zornigen Augen umsehen, Bögen gespannt, Pfeile aufgelegt. Besonders Oran sieht aus, als warte er nur darauf, einem Helminger Krieger zu begegnen, um ihn zu erledigen. Hargrim ist verschwunden. Er muss sich um die eigene Familie kümmern.

Vor der Werkstatt, die Arraks Leute aus irgendeinem Grund nicht angezündet haben, findet Rana ihre Mutter, halb nackt auf dem Boden kniend mit Utriks Kopf im Schoß, den sie mit den Armen umfangen hält. Ihr Blick ist wie entrückt. Dabei bewegt sich ihr Oberkörper vor und zurück, als habe sie ein Kind in den Schlaf zu wiegen. Sie summt etwas, während ihr die Tränen übers Gesicht laufen.

»Mutter!«, schreit Rana und fällt neben ihr auf die Knie.

Langsam wendet Herdis ihr das von Tränen überströmte Gesicht zu. »Er ist tot, Rana«, murmelt sie mit fast tonloser Stimme. »Er ist tot.«

Grauen überfällt Rana, als sie das schrecklich verunstaltete Gesicht ihres Vaters erblickt und die hässliche Wunde am Hals, aus der immer noch Blut sickert. Jetzt springen auch ihr Tränen in die Augen, und sie sieht weg, denn der Anblick ist zu schrecklich, um ihn länger zu ertragen. Nein! Nein, nein! Was haben sie mit ihm getan?

Dann fällt ihr der Bruder ein. »Wo ist Arni, Mutter?«

»Was sagst du?«, flüstert Herdis, die auf ihren toten Mann hinabblickt.

»Arni, Mutter. Wo ist er?«

»Sie haben ihn mitgenommen«, murmelt Herdis.

»Mitgenommen?«

O Destarte! Warum hast du uns verlassen? Rana ahnt, was das bedeutet. Sie wollen Arni ihrem verfluchten Gott opfern. Warum sonst sollten sie ihn mitnehmen? Das ist doch, was sie tun: junge Menschen entführen und ihrem Gott opfern. Um uns einzuschüchtern.

»Ette liegt im Garten, Mutter. Sie ist tot.«

Herdiṣ nickt nur. Fast teilnahmslos. Sie deutet auf eine Männerleiche im Hof. »Aiko auch.«

Aiko? Wieso ist der plötzlich aufgetaucht? Aber es gibt Wichtigeres. Was ist mit der armen Kira? Lebt sie wenigstens noch? Oder liegt sie da draußen irgendwo unter den Toten?

Die Katastrophe, die über die Familie hereingebrochen ist, über das ganze Dorf, wiegt so schwer, dass Rana nicht einmal fähig ist, Wut zu empfinden. Es ist, als hätte man ihr den Boden unter den Füßen weggezogen, als fehlte nur noch, dass auch der Himmel einstürzt.

Wind erhebt sich über dem Dorf und wirbelt Asche, Blätter und brennendes Stroh durch die Luft. Rana blickt zum Haus hinüber, aus dem Flammen schlagen, und zwar so heftig, dass die Gluthitze bis hierher, wo sie sitzen, zu spüren ist. Das Strohdach brennt lichterloh. Es knirscht und knistert im Gebälk. Über dem Stall brechen bereits die Balken. Funken fliegen auf und drohen, auch die Werkstatt in Brand zu setzen.

Mit großer Mühe reißt Rana sich zusammen. »Komm, Mutter, wir müssen vom Feuer weg. Das Dach stürzt ein.«

Sie hilft Herdis auf. Beide schicken sich an, Utriks Leichnam hinter die Werkstatt zu ziehen. Er ist schwer. Aber da sind auch schon die beiden Alben an ihrer Seite, um zu helfen. Herdis sieht zu ihnen auf und nickt, als würde sie der Anblick von Waldmenschen gar nicht überraschen. Zu viel ist an diesem Tag passiert, als dass sie überhaupt noch etwas überraschen könnte.

Nachdem sie Utriks Leiche abgelegt haben, machen Toki und

Oran sich daran, mit Eimern, die Rana ihnen gibt, zum Fluss zu laufen, um das Dach der Werkstatt nass zu halten, damit es nicht auch noch Feuer fängt.

Herdis blickt verloren auf ihr brennendes Haus. Sie hat den Mann verloren, wahrscheinlich den Sohn und nun auch noch ihr Haus. Sie wischt sich die Tränen von den Wangen, versucht, ihr zerrissenes Gewand zu richten, um ihre Blöße zu bedecken, und merkt gar nicht, dass ihre Freundin Borgunna sich schweren Schrittes genähert hat und nun weinend die Arme um sie legt. Das löst auch bei Herdis einen neuen Strom von Tränen aus. Beide Frauen klammern sich aneinander und schluchzen bitterlich.

Auch Ranas Wangen sind nass. Während die Alben Wasser aufs Dach der Werkstatt werfen, starrt sie auf den Leichnam ihres Vaters. Trotz der grässlichen Wunden, die man ihm zugefügt hat, fällt es ihr schwer hinzunehmen, dass Utrik nicht mehr bei ihnen ist, dass er sich auf den Weg ins große Jenseits gemacht hat. Manchmal haben sie sich gestritten, aber sie hat ihn immer geliebt. Den Geschichten seiner Reisen hat sie gelauscht, den Legenden der Ruotinger, den Mythen ihres Volks. Wie oft hat sie ihm bei der Arbeit zugeschaut, seinen geschickten Händen. Sie kann es kaum glauben, dass er für immer verstummt sein soll.

»Wer war es, Mutter? Wer hat uns das angetan?«

Herdis löst sich aus Borgunnas Umarmung. »Arrak, wer sonst. Er selbst hat deinen Vater getötet. Den Rest haben seine Männer getan.«

Rana blickt auf Herdis' zerrissenes Gewand. »Und du? Hat er ...?«

»Er nicht. Aber seine verdammten Kerle. Fünf oder sechs. Ich weiß es nicht mehr.«

Rana schlägt vor Entsetzen die Hand vor den Mund. Die Vorstellung dreht ihr den Magen um. »Und du sagst das so ruhig?«

»Ist schließlich nicht das erste Mal in meinem Leben. Ich lebe noch, was willst du?« Sie deutet auf Utriks Leiche im Gras. »Ich hätte alles auf mich genommen, nur damit dein Vater lebt.« Sie fängt wieder zu weinen an. »Was soll ich denn jetzt ohne ihn anfangen? Und ohne deinen Bruder? Ohne Haus und ohne Vieh. Wir haben alles verloren.«

Rana legt die Arme um ihre Mutter. Borgunna, die ebenfalls den Mann verloren hat, tritt dazu. Verloren stehen sie eng umschlungen da und suchen Trost, indem sie sich aneinander festhalten.

* * *

Am späten Nachmittag sind die Feuer größtenteils heruntergebrannt. Die Dörfler stehen fassungslos vor den Ruinen. Es ist noch zu früh, in der heißen Asche nach Habseligkeiten zu stochern. Mehr als ein paar kupferne Pfannen und Kessel wären ohnehin nicht zu retten, wenn nicht auch die in der Glut geschmolzen sind.

Kira hat, den Göttern sei Dank, überlebt. Rechtzeitig hat sie mit ihrer Familie fliehen können. Vieh, Haus und Kornspeicher haben sie verloren, aber wenigstens nicht ihr Leben.

»Er war nur bewusstlos«, sagt Herdis, denn Kira ist wegen der Nachricht, dass Arni verschleppt wurde, völlig aufgelöst. »Er lebt also noch. Wir dürfen die Hoffnung nicht aufgeben.«

Dass sie selbst genauso leidet wie Kira, wenn nicht mehr, versucht Herdis hinter einer versteinerten Maske zu verbergen, was ihr jedoch nicht besonders gut gelingt. Ihre Augen sind feucht und gerötet, und ab und zu greift sie sich mit zitternder Hand ans Herz, wie um es zu beruhigen. Und statt ihren toten Mann zu beklagen, redet sie vom Verlust der Ahnenfiguren, die das Feuer verzehrt hat. Als hätte das irgendeine Bedeutung.

»Wer weiß, was sie mit ihm anstellen!«, heult Kira immer wieder. »Der Gedanke macht mich krank.«

Rana kann sich vorstellen, was Arrak und seine Männer mit

Arni vorhaben, aber sie sagt nichts, um ihre Schwägerin nicht noch verrückter zu machen.

Ab und zu versucht Kira, wie ihre Schwiegermutter Haltung zu bewahren, aber es gelingt ihr nicht. Die Sorge um ihren Arni treibt ihr immer wieder Tränen in die Augen. Dann wieder hockt sie teilnahmslos da, eine Hand auf dem schwangeren Bauch, und starrt verloren vor sich hin.

Rana bemüht sich, sie zu trösten, findet jedoch selbst kaum Worte. Schließlich geht es ihr nicht besser. Arni, ihr geliebter Bruder, verschleppt! Er ist doch nur ein Schmied, hat niemandem etwas zuleide getan. Und dann ihr Vater. Wie diese verfluchten Schweine ihn zugerichtet haben! Wie sehr er gelitten haben muss! Sie malt sich aus, was sie Arrak antun wird, sollte sie jemals die Gelegenheit dazu bekommen! Über Stunden nährt sie solche Gedanken und den Hass in ihrem Herzen. Denn der Hass hält sie aufrecht. Ohne ihn würde sie vor Gram zusammenbrechen.

Herdis und Borgunna haben sich im kalten Flusswasser gewaschen. Herdis besonders gründlich. Sie wollte gar nicht mehr rauskommen, obwohl sie schon vor Kälte zitterte. Nur alles von diesen Kerlen abwaschen, von oben bis unten, bis das Fleisch vom vielen Schrubben rot gescheuert war. Frierend und mit blauen Lippen ist sie schließlich aus dem Fluss gestiegen.

Tod und Zerstörung lasten auf den Frauen, nehmen ihnen die Kraft. Jeder Schritt ist zu viel. Wozu sich überhaupt noch bewegen? Alles ist hin, der Vater tot, der Bruder verschleppt, die Mutter ...

Rana kann nicht umhin, ihre Mutter in dieser Lage zu bewundern. Wie gefasst und würdevoll sie versucht, sich zu halten trotz allem, was man ihr angetan hat. Dass dies nur vorgetäuscht ist, merkt Rana daran, wie fahrig Herdis ist und Ungereimtes von sich gibt – wie ihr Geplapper über die Ahnen – und dass sie dem verbrannten Haus den Rücken zuwendet, als könne sie den Anblick nicht ertragen.

Zum Glück haben sie die Dorfgemeinschaft. Die Leute helfen einander, so gut es geht. Nicht alle Häuser sind abgebrannt. Die weiter entfernt gelegenen stehen noch. Von dort kommt erste Hilfe. Kleidung für die, die sie benötigen, und etwas zu essen. Über Utriks Leichnam hat man eine Decke gelegt. Kolgrim ist jetzt der Dorfälteste und kümmert sich.

Rana fährt ihn an: »Hast du vor Monden nicht von Heldentum gefaselt? Wolltest du nicht mit Speer und Schild gegen die Helminger antreten? Wo warst du heute, als sie das Dorf überfallen haben? Du und deine tapferen Krieger?«

»Rana, beruhige dich«, murmelt Herdis erschöpft, inzwischen in geborgtem Kleid und mit einem Schaffell um die Schultern. »Was hätte das gebracht? Nur noch mehr Tote.« Man sieht, dass sie mit den Tränen kämpft.

Kolgrim blickt verlegen zu Boden. »Du hast recht, Rana. Ich hab das Maul zu weit aufgerissen.«

Kolgrim und andere aus dem Dorf haben beim Anblick der beiden Alben zuerst große Augen gemacht, sich inzwischen aber an ihre Gegenwart gewöhnt. Besonders da die beiden helfen, wo sie können. Jetzt sitzen sie mit den anderen in einer Runde, irgendwo im Garten, abseits der verkohlten Trümmer des Hauses.

Oran, der angeblich ihre Sprache nicht spricht, ergreift unerwartet das Wort. »So war bei uns«, sagt er. »Waren auch Helminger. Viele Tote. Frau tot. Kinder tot. Auch seine Mutter.« Er zeigt auf Toki. »Wie Herdis. Dann tot.«

»Schrecklich«, murmelt Kolgrim.

Orans Miene ist zornig und entschlossen. »Man muss rächen!«

Kolgrim schüttelt den Kopf. »Sie sind zu mächtig. Was können wir schon tun?«

Oran fasst Rana am Arm. »Du stark. Du musst rächen.«

»Ich?« Rana zuckt hilflos mit den Schultern. Wenn sie es doch nur könnte! Dabei ist ihr bewusst, dass sie selbst nicht ganz unschuldig an dem ganzen Unglück ist. Hat sie mit ihren aufmüpfigen Reden Arrak und seinen Vater nicht offen herausgefordert? »Was kann ich denn schon tun? Ich habe kein Heer, keine Macht!«

»Du bist Priesterin. Du hast Zauber. Ich spüre das. Toki und ich helfen. Wir finden Weg. Du musst sammeln Freunde. Viele, viele Freunde. Dann kämpfen.«

»Oran wünscht schon lange Rache«, sagt Toki. »Wir allein zu schwach.«

»So einfach ist das nicht«, sagt Kolgrim.

Herdis mischt sich ein: »Rana. Du musst zu Drengi gehen. Er kann uns helfen. Führt er nicht schon Krieg gegen Orkon?«

Rana nickt. »Ja, aber er hat jetzt bestimmt andere Sorgen als unser Dorf.«

Herdis' gerötete Augen sind plötzlich voller Hass. »Es geht nicht nur um unser Dorf. Es geht um Orkon. Der verfluchte Kerl muss sterben. Und vor allem Arrak, diese Ausgeburt des Bösen. Sie und ihr verdammter Gott müssen mit allen Mitteln bekämpft werden.« Und dann brüllt es aus ihr heraus: »Ich will, dass sie schreiend vor Angst und Schrecken in den Schlund der Unterwelt fahren!«

Einen Augenblick lang herrscht beklommenes Schweigen.

»Aber du warst doch immer für Frieden«, sagt Rana leise.

»Jetzt nicht mehr!«, zischt Herdis. »Schau dich doch um! Tod und Zerstörung. Ist das Frieden?« Ihre Armbewegung umfasst das ganze Elend des niedergebrannten Dorfs. »Der Krieg hat längst begonnen. Um Orkon zu besiegen, braucht Drengi viele, die an seiner Seite stehen. Da hat dein Freund Oran recht. Das ganze Land soll sich erheben und diese Brut vertreiben. Ja, es wird Leben kosten. Aber haben wir denn eine Wahl?«

Sie sieht sich in der Runde um. Ihr Gesicht ist von Hass verzerrt. Sie wirkt um Jahre gealtert. »Alle Ruotinger müssen aufstehen und Orkons Joch abschütteln«, fährt sie fort und blickt ihre Tochter an. »Es war klug von dir, Vaters Scheibe zu verstecken. Sie haben fieberhaft nach ihr gesucht. Das ist doch der beste Beweis, wie bedeutend sie ist.«

»Woher wussten sie von der Scheibe?«, fragt Rana überrascht.

»Aiko hat ihnen davon erzählt.«

»Also doch. Dann ist er also mit Arrak gekommen?«

»Ja. Aiko hat uns verraten. Überall haben sie nach der Scheibe gesucht. Und weil sie sie nicht gefunden haben, hat Arrak aus Wut Aiko erstochen. Wenn Vaters Scheibe ihnen so wichtig ist, dann wird sie's auch für Drengi sein. Dir kann sie helfen, Anhänger zu sammeln, Rana. Das hattest du doch ursprünglich vor. Für die Göttin des Lichts. War es nicht so? Außerdem kannst du reden. Zieh durchs Land und begeistere die Menschen. Mach ihnen Mut zu kämpfen.«

Rana blickt ihre Mutter erstaunt an. »Aber du warst doch dagegen.«

»Jetzt nicht mehr! Du hast die Gabe, Dinge zu bewegen, Rana. Dann tu es, verdammt noch mal! Tu es für uns alle! Nur sei vorsichtig, und lass dich nicht von ihnen erwischen. Dieser Dreckskerl Arrak wünscht sich nichts sehnlicher, als dich in die Finger zu kriegen.«

»Unseren Arni hat er schon.«

Herdis' Augen füllen sich mit bitteren Tränen. »Umso mehr müssen wir kämpfen. Für deinen Vater. Und für Arni. Für uns alle.«

Kira schluchzt bei diesen Worten laut auf, denn es klingt so, als hätte Herdis ihren Sohn schon aufgegeben. Als ginge es ihr nur noch um Rache.

»Und du, Mutter?«, fragt Rana. »Was tust du?«

»Ich richte mich jetzt erst mal auf dem Frauenhügel ein. Dort werde ich Wache halten, Tag und Nacht auf den Knien liegen und die Unterstützung der Göttin erflehen. Bisher hat sie mir immer geholfen. Vielleicht auch dieses Mal.«

»Hast du keine Angst, dass die Helminger wiederkommen?«

»Sollen sie doch! Wenn sie das Heiligtum zerstören wollen, müssen sie erst mich erschlagen. Aber das werden sie nicht tun. Das trauen sie sich nicht. Auch kein Arrak. Sonst hätte er mich heute längst umgebracht. Er war nah dran, aber er hat es nicht gewagt. Die Rachegöttinnen würden es ihm nicht verzeihen und ihn jagen bis in alle Ewigkeit. Und das weiß er.«

Je länger sie darüber reden, umso mehr beginnt Rana, wieder ein wenig Mut zu fassen und an sich zu glauben. An ihre Fähigkeit, Menschen für die Göttin zu begeistern und sie zu überzeugen, Widerstand zu leisten. Mit Drengis Hilfe werden sie Orkon und seinen Gott besiegen können. Und sie wird dazu beitragen. Vielleicht gelingt es sogar, ihren Bruder zu befreien. Schon allein das wäre es wert, alles nur Erdenkliche zu versuchen.

Doch wenig später wird ihre Hoffnung grausam enttäuscht, als Hakun und seine Handvoll Krieger das zerstörte Dorf erreichen und mit ihm die Kunde der verheerenden Niederlage. Dass nun auch Sithun tot ist und dass Drengi nicht nur vernichtend geschlagen, sondern auch schwer verwundet wurde und die nächsten Tage vielleicht nicht überleben wird. Dass Orkon zwar tot ist, aber dass nun ein noch Schlimmerer das Land beherrscht: Arrak.

Wer soll ihnen jetzt noch helfen?

* * *

Noch am gleichen Abend erreicht Arrak mit seinen Reitern die Kuffaburg.

»Du bist spät dran«, sagt Ljotor, der ihn empfängt. »Was hat dich so lange aufgehalten?«

»Was geht dich das an? Ich hatte was zu erledigen.«

»Es ist alles bereit für die Bestattung deines Vaters. Morgen früh können wir aufbrechen, um seinen Leichnam zu überführen. Auch am Grabmal sollte inzwischen alles vorbereitet sein. Ich habe Boten ausgesandt und die Edlen der Klans eingeladen, ihm die letzte Ehre zu erweisen. Bei der Gelegenheit sollen sie auch gleich ihren Eid auf dich leisten.«

»Gut. Wo liegt er jetzt?«

»In seiner Kammer. Es tut mir leid, dies zu sagen, aber er riecht schon ein bisschen.«

Arrak starrt Ljotor an. Er riecht schon ein bisschen. Natürlich. Was ist denn anderes zu erwarten? Leichen stinken, wenn man sie nicht schnell genug unter die Erde bringt. Aber dass sein Vater, der noch vor Kurzem gesund und munter war, nun nichts als eine stinkende Leiche sein soll ... Der Gedanke trifft ihn auf einmal mit voller Wucht.

Während der vergangenen, rastlosen Tage gab es so viel zu tun, dass Arrak noch gar nicht zum Nachdenken gekommen ist. Selbst während des Ritts von Altorp her hat er sämtliche Gedanken an den Tod des Vaters von sich geschoben. Dass sie die Bronzearbeit nicht gefunden haben, hat ihn mehr beschäftigt. Vor allem, dass ihm dieses verdammte Weib ein weiteres Mal entkommen ist. Sie muss wirklich eine Hexe sein. Oder es ist wahr, was sie sagen: dass Destarte ihre schützende Hand über sie hält.

Das und anderes waren seine Gedanken während des Ritts. Doch Ljotors Erwähnung der übel riechenden Leiche führt ihm die neue Wirklichkeit vor Augen. Sein Vater, den er stets für unverwüstlich gehalten hat, ist nicht mehr unter den Lebenden, sondern für immer im großen Jenseits der Ahnen verschwunden. Kann man's glauben?

Natürlich weiß er es seit Tagen, aber so richtig im Bauch hat er es noch nicht gespürt. Kein Wunder, dass ihn Ljotors nüchterne Worte wie ein Schlag in die Magengrube getroffen haben. Bisher hat allein sein Vater für alles die Verantwortung getragen. Arrak selbst wurde nicht gefragt, musste nur gehorchen. Oft genug hat er dagegen rebelliert und den Zorn des Vaters herausgefordert. Doch jetzt ist Orkon tot, und er ist plötzlich allein in der Welt.

Mit einem Schlag! Da ist niemand mehr, gegen den er rebellieren kann. Und niemand, der ihm die Verantwortung abnimmt. Das macht ihm ein wenig Angst.

Gleichzeitig ist es befreiend. Endlich ist er nicht mehr am Gängelband, wird nicht mehr gemaßregelt und bevormundet, kann tun und lassen, was er will. Denn jetzt ist er – Arrak, Sohn des Orkon – selbst Fürst des Landes. Schon die Vorstellung kann einem zu Kopf steigen wie starkes Bier.

Er wendet sich von Ljotor ab und deutet auf den gefesselten Arni, den seine Männer vom Pferd ziehen. »Ich hab einen Gefangenen mitgebracht«, sagt er.

»Wer ist das?«

»Der Sohn dieser Herdis.«

»Der Sohn der Priesterin?« Ljotor runzelt missbilligend die Stirn. »Ist das klug? Die Frau hat Magie. Genau wie ihre Tochter. Wir sollten sie in Ruhe lassen.«

Die Bemerkung treibt Arrak das Blut ins Gesicht. Er packt den graubärtigen Krieger beim Gewand über der Brust. »Sag mal, Alter, hast du eigentlich vor, jede meiner Entscheidungen zu bemängeln?«

»Nein. Ich sag ja nur –«

»Ich habe auf deinen Rat gehört und die Nebroni geschont. Aber im Grunde reut es mich. Ich allein bin jetzt Fürst im Land. Und ihr alle tut, was ich sage. Ist das klar?«

»Natürlich«, erwidert Ljotor sichtlich eingeschüchtert.

Arrak lässt ihn los. »Also bewahrt ihn gut, diesen Sohn der Priesterin. Er wird ein ausgezeichnetes Opfer für Hador abgeben. Das wird allen zeigen, wie schwach Herdis' Zauber ist. Besonders wenn bekannt wird, dass ihr verdammtes Dorf nur noch Asche ist.«

Ljotor wagt nicht zu widersprechen. »Abjorn wird sich um den Mann kümmern.« Er winkt Abjorn zu, der etwas abseits steht, aber bei Arraks Ankunft gleich herbeigeeilt ist.

Jetzt tritt er vor. »Wir werden ihn in den Käfig sperren«, sagt er.

Arrak schenkt ihm nur einen kalten Blick. Dann sagt er zu Ljotor: »Kümmere du dich lieber selbst um den Gefangenen. Ich habe ein paar Worte mit Abjorn zu reden.«

Er legt Abjorn den Arm um die Schultern, als wäre er sein bester Freund, und geht mit ihm ein paar Schritte über den Hof, abseits von den Männern, die ihre Pferde in den Stall bringen. »Erzähl mir alles über Morgana. Hast du gesehen, wie sie meinen Vater erstochen hat?«

»Nein. Urdo hat es gesehen. Das heißt, eigentlich hat niemand es gesehen. Urdo hat sie aber mit dem blutigen Dolch in der Hand gefunden. Dein Vater lag tot daneben. So hab ich sie selbst auch gesehen, als ich dazukam. Sie war noch ziemlich wirr im Kopf. Aber viele haben ihren Streit gehört. Und Urdo sagt, Orkon wäre drauf und dran gewesen, sie mit der Axt zu erschlagen.«

»Warum hätte er das tun sollen?«

»Nun, es heißt ...«, stammelt Abjorn verlegen. »Man sagt, dass ...«

»Dass er sie gefickt hat? Urdo, meine ich.«

Abjorn schluckt. »So was Ähnliches.«

»Dann hätte mein Vater doch alles Recht der Welt gehabt, die Hure zu erschlagen. Oder etwa nicht?«

»Nun ja.«

»Aber das Weib hat sich gewehrt, war schneller als er.«

»So sieht's aus.«

»Vielleicht hatte sie schon lange vor, ihn umzubringen.«

»Wer weiß?«

Arraks Miene verzerrt sich zu einer wütenden Maske. Er packt Abjorn am Kragen und zerrt ihn dicht an sich heran. »Du hast sie gehen lassen!«, spuckt er ihm ins Gesicht. »Die Hure, die meinen Vater umgebracht hat. Und Odda, den Verräter. Der Mann, der ihn hätte beschützen sollen. Beide hast du gehen lassen.«

Zutiefst erschrocken starrt Abjorn in Arraks zornig verengte Augen. »Du kennst doch Odda«, versucht er zu erklären. »Den hält niemand auf. Der hätte meine halbe Mannschaft totgeschlagen. Ich musste sie ziehen lassen. Aber ich hab Männer hinterhergeschickt, um ihnen zu folgen.«

»Und?«

Abjorn schlägt die Augen nieder. »Meine Leute sind tags darauf zurückgekehrt. Sie haben die Spur verloren.«

»Ach! Sie haben die Spur verloren. Und du warst nicht bei ihnen? Hast sie nicht angeführt?«

»Meine Pflicht ist, die Burg zu bewachen.«

»Ich will dir sagen, was deine Pflicht gewesen wäre: die Mörderin meines Vaters zu fassen! Und darin hast du versagt.«

»Arrak, ich –«, hebt Abjorn an.

Zu mehr kommt er nicht, denn Arraks Dolch fährt ihm in den Leib und schneidet jedes weitere Wort ab.

Abjorns Augen weiten sich jäh. Ein heiserer Schrei entringt sich seiner Kehle, als Arrak die scharfe Klinge tiefer stößt und nach oben zieht, bis sie Abjorns Herz gefunden hat. Er wehrt sich nicht, beginnt nur, heftig zu zittern, während er Arrak entsetzt in die Augen starrt. »So einen wie dich brauchen wir hier nicht«, ist das Letzte, was er hört, bevor er in die Knie bricht, langsam zu Boden sinkt und seinen letzten Atem aushaucht.

Arrak wischt den Dolch an Abjorns Tunika sauber und steckt ihn weg. Dann ruft er Ljotor zu, der von Weitem die Tat beobachtet hat: »Schafft mir diesen Abfall weg, bevor ich kotzen muss!«

Anschließend betritt er das etwas abseits von der großen Halle liegende Haus, in dem Orkon sich für gewöhnlich aufhielt, wenn er nicht empfing oder in der Halle mit seinen Kumpanen Bier trank. Zwei Wachen stehen vor der Tür, die bei seinem Kommen ehrerbietig zur Seite treten.

Im Inneren sieht sich Arrak neugierig um, denn hier ist er noch nie gewesen. Niemand außer den Mägden durfte das Haus bisher betreten. Es war das private Reich seines Vaters, wo er für gewöhnlich schlief und sich, wenn ihm danach war, mit Sklavinnen die Nacht vertrieb. In letzter Zeit vielleicht weniger. Hat er am Ende das Vergnügen an den Weibern verloren?, fragt Arrak sich. Hat Morgana ihn deshalb betrogen? Weil sie einen Kerl brauchte? Ich hätte es der verdammten Schlange schon besorgt, denkt er grimmig. Aber ich war ihr wohl nicht gut genug.

Arrak schaut sich weiter um. Der große Vorraum des Hauses enthält nichts Besonderes: eine Feuerstelle, mehrere bequeme Stühle, an der Wand Waffen und ein Bärenfell. Gegenüber ein Hirschgeweih. Trotzdem sieht der Raum zu aufgeräumt, zu unpersönlich aus.

Anders die Kammer nebenan. Hier ist der Boden mit weichen Fellen ausgelegt, die kunstvoll verzierten Stützpfeiler sind in leuchtenden Farben bemalt. Kleidertruhen stehen an den Wänden und andere, deren Inhalt Arrak sich demnächst ansehen wird. Auch hier liegt nichts herum, keine Kleider, nur wenige persönliche Dinge, darunter Orkons Waffen und auf einem Gestell sein Lederpanzer, der ihm wohl kaum noch gepasst hat.

Auf einem Tisch entdeckt er ein silberverziertes Trinkhorn in einer Halterung. Und daneben der vielleicht bedeutendste Schatz: ein Steinbeil, so groß und massiv, als wäre es für einen Riesen gemacht. Arrak weiß, was es ist, denn er hat es oft genug gesehen. Dies ist Thunars Hammer. Vater hat immer behauptet, der Gott persönlich habe ihm das gewaltige Beil geschenkt, zum Zeichen seiner fürstlichen Macht. Niemand sonst dürfe es besitzen. Ehrfürchtig berührt Arrak den kühlen Stein.

Dann wandert sein Blick zum Leichnam auf dem großen, bequemen Bett, das den Großteil des Raumes einnimmt. Links und rechts davon stehen zwei hohe bronzene Leuchter, jeder mit fünf Wachskerzen bestückt, die ein weiches Licht auf das Bett werfen.

Arrak muss sich allerdings die Hand vor die Nase halten. Wie

Ljotor ihn schon gewarnt hat, riecht es gewaltig nach Verwesung. Kein Wunder, denn seit Orkons Tod sind Tage vergangen. Er bemüht sich, seinen Ekel zu überwinden, tritt ans Bett und betrachtet den Vater. Man hat ihn gewaschen, sorgsam gekleidet und die dünnen Haarsträhnen gekämmt. An den Schläfen die Goldlocken seiner Fürstenwürde, um den Hals sein massiver Goldreif. Die Hände sind friedlich über dem umfangreichen Bauch gefaltet. Das weiße, aufgedunsene Gesicht wirkt im Tod entspannt, die Miene fast sanft. Ganz anders als im Leben.

Arrak streckt unwillkürlich die Hand aus, um ihn zu berühren, und schreckt dann doch zurück. Ihm wird bewusst, dass er den Vater noch nie angefasst, nie auf seinem Schoß gesessen, nie eine väterliche Umarmung erlebt hat. Und jetzt ist der alte Bastard tot, unerwartet aus dem Leben gerissen. Er sollte sich freuen. Umso mehr wundert es ihn, dass ihm plötzlich Tränen über die Wangen laufen. Tränen hat der Kerl nicht verdient. Und doch ... Ein Schluchzen entreißt sich seiner Brust.

Dann hält er es nicht mehr aus, hier noch länger zu verharren. Er fährt sich mit dem Ärmel übers Gesicht, wischt die Tränen weg und flieht aus dem Haus, als würden ihn böse Geister verfolgen.

Wenig später findet er sich mit klopfendem Herzen in der Halle des Hauptgebäudes wieder. In der Feuerstelle flackern Flammen und werfen bewegte Schatten in den großen Raum. Abgesehen vom spärlichen Licht der Herdstelle ist die Halle dunkel. Und leer. Ist denn kein Mensch hier, um ihm Gesellschaft zu leisten? Wo, bei Hador, sind sie alle? Nicht einmal Brunn lässt sich blicken. Bestimmt verstecken sie sich nach dem, was er mit Abjorn gemacht hat. Sie haben Angst. Und das ist gut so. Einen Herrscher muss man nicht lieben, man muss ihn fürchten. War das nicht immer Vaters Überzeugung?

Er nähert sich dem Hochsitz und bleibt einen Augenblick davor stehen. Dann steigt er die zwei Stufen empor und lässt sich nieder, lehnt sich bequem zurück und beginnt, sich zu entspannen. Von nun an gehört dieser Fürstensitz mir, sagt er sich. Ich allein bin jetzt Herrscher über alle Ruotinger.

Er stellt sich vor, wie er Bittsteller empfängt, über Leben und Tod entscheidet. Wie die Edlen des Landes ihm zutrinken und ihn loben. Wie er sich jedes Weib nehmen kann, das ihm gefällt. Sogar die eigenen Eheweiber werden sie anbieten, um ihn gnädig zu stimmen. All das habe ich Morgana zu verdanken, sagt er sich. Wer hätte gedacht, dass sie so geschickt mit dem Messer ist? Und doch wird sie dafür büßen. Niemand darf den Fürsten ungestraft ermorden. Für sie werde ich mir etwas besonders Grausames, Qualvolles ausdenken. Und vielleicht auch für Urdo, ihrem betrügerischen Liebhaber.

Auf einmal spürt er eine Gegenwart in der Halle. Anscheinend ist er nicht mehr allein. Er sieht sich um. Im Hintergrund lässt sich der Schatten eines großen Mannes ausmachen.

»Urdo? Bist du das?«

Langsam tritt der Priester näher, bis der Schein des Feuers sein bärtiges Gesicht erkennen lässt. Dann bleibt er stehen. Die hohe Gestalt und das finstere Antlitz sind wie immer beeindruckend. »Ich grüße dich, Arrak«, sagt er mit seiner tiefen Stimme. Sie klingt höflich, aber nicht unterwürfig. »Meinen Glückwunsch zu deinem Sieg.«

Arrak nickt. »Ein großer Sieg. Und nun bin ich es, der dein Fürst ist. Das hast du wohl nicht erwartet.«

»Hador, in seiner Weisheit, hat deinen Vater zu sich geholt.«

»Und Morgana hat nachgeholfen, wie ich höre. Hätte ich ihr gar nicht zugetraut. Unglaublich, was zarte Hände vollbringen können.«

»Es war ein schrecklicher Streit. Du weißt, sie haben oft gestritten. Orkon konnte jähzornig sein. Sie fühlte ihr Leben bedroht.«

»Und worüber haben sie gestritten?«

»Wer weiß? Ich war nicht dabei. Ich habe sie beide nur schreien hören.«

Arrak beugt sich vor und sieht Urdo eindringlich an. »Ich denke, der Grund für den Streit warst du.«

Urdo runzelt die Stirn. »Wie kommst du darauf?«

Arrak funkelt ihn an. »Denkst du, ich bin blöd? Ich weiß schon lange, dass du ihren Acker pflügst, du treuloser Hund.«

Einen Augenblick lang herrscht peinliche Stille. »Nun gut«, sagt Urdo schließlich, trotz der Anschuldigung alles andere als eingeschüchtert. »Ich leugne es nicht. Aber es ist nicht von mir ausgegangen. Es scheint, Orkon war etwas nachlässig in seinen Ehepflichten.«

Arrak beugt sich in seinem Sitz vor. »Vielleicht warst du ja derjenige, der ihn umgebracht hat. Weil mein Vater herausfand, dass du ihn betrogen hast. Ich schätze, du kannst besser mit einem Dolch umgehen als die gute Morgana. Was meinst du?«

Urdo steht da und sagt nichts. Arrak beobachtet genau sein Gesicht. Erstaunlicherweise regt sich da nichts. Der Mann ist immer noch nicht eingeschüchtert. Einen anderen hätte eine solche Anklage zu lautem Protest und Unschuldsbeteuerungen getrieben. Nicht Urdo.

»Nun, die Hure ist geflohen«, fährt Arrak fort. »Du aber bist praktischerweise hier. Gleich morgen kann ich dich also hinrichten lassen. Schließlich muss Gerechtigkeit herrschen. Als Erstes schneiden wir dir den verräterischen Schwanz ab. Wäre doch angebracht, oder? Dafür, dass du ihn unerlaubterweise in meine edle Stiefmutter gesteckt hast.«

Gleichmütig blickt Urdo Arrak in die Augen, ohne sich zu verteidigen, ohne überhaupt etwas zu erwidern.

»Und dann hängen wir dich an den Füßen auf, schneiden dir den Leib auf, ziehen die Eingeweide raus und lassen dich langsam ausbluten, bis du stirbst. Was sagst du dazu?«

Urdo starrt ihn immer noch an, ohne mit den Lidern zu blinken, und schweigt.

»Nun red schon! Was sagst du dazu?«

Endlich öffnet Urdo den Mund. »Es war klug, Abjorn zu töten«, erwidert er ruhig. »Nun wissen alle, wer der neue Herr ist. Aber mich schüchterst du nicht damit ein. Denn was du mir da androhst, wirst du nicht tun!«

»Und wieso nicht?«

»Solltest du es wagen, einen Priester wie mich zu töten, wären deine Tage gezählt. Hador würde dich elendig vernichten. Dagegen sind die Qualen, die du aufgezählt hast, nicht mehr als ein Mückenstich. Du weißt das, und ich weiß das.«

Arrak starrt ihn an. »Vielleicht hast du recht«, sagt er nach einer Weile, »aber ich könnte dich auch für immer einsperren lassen. Oder dich aus dem Land verbannen. Keine Sorge, mir fällt schon noch so einiges ein, um dich zu bestrafen.«

»Auch das wirst du nicht tun«, erwidert Urdo ungerührt. »Du brauchst mich. Ich bin dein oberster Priester. Und deine Macht beruht auf Hador.«

»Ah«, sagt Arrak und denkt nach. »Aber ich könnte mich doch selbst zum Priester machen. Fürst und Priester. Was hältst du davon? Das wäre zwar eine Neuheit, aber mehr Macht ist kaum vorstellbar.«

»Rede keinen Unsinn, Arrak. Nur ich bin berufen, mich mit den Göttern auszutauschen, nur ich kenne die altüberlieferten Worte und Zauberformeln, die Riten und Zeremonien. Nur von mir nimmt Hador die Opfer an, die ich ihm zuführe. Du würdest dich vor der ganzen Welt nicht nur lächerlich machen, sondern durch deine Anmaßung Unglück über deine Herrschaft bringen. Hador würde dafür sorgen, dass sie nur von kurzer Dauer ist.«

Arrak runzelt die Stirn. »Ich könnte einen anderen zum Priester machen.«

»Ach ja? Vergiss es, Arrak! Reden wir lieber wie vernünftige Leute. Du willst herrschen? Du willst die ganze Macht über das Land? Nur Hador kann sie dir geben. Und ich allein bin derjenige, der mit Hador spricht, der dir sein Wohlwollen sichert, der dich unverwundbar macht gegen all deine Feinde, wer auch immer sie sein mögen. Denk gut nach, Arrak, und entscheide weise.«

Nach einer längeren Stille, in der Urdos Worte nachwirken, sagt Arrak: »Die Bronzescheibe, auf die du so viel Wert legst, haben wir nicht gefunden. Ich frage mich, ob es das verdammte Ding überhaupt gibt.«

»Du warst in Altorp?«

Arrak nickt. »Die Hexe Rana ist mir leider auch entwischt.«

»Die ist unwichtig. Aber schade, dass du die Scheibe nicht gefunden hast. Sie hat großen Wert, nach allem, was dieser Aiko berichtet hat.«

»Der lebt nicht mehr.«

»Du hast ihn umgebracht? Er hätte uns das eine oder andere noch verraten können.«

»Was ist denn so Besonderes an dem Ding?«

»Es soll eine außerordentliche und kostbare Schmiedearbeit sein. Sie stellt den Nachthimmel dar mit Mond und Sternen. Allein das macht es schon wert, sie zu besitzen. Aber dieser Aiko hat berichtet, dass die Scheibe darüber hinaus auch eine geheime göttliche Botschaft enthält.«

»Eine göttliche Botschaft? Was für eine?«

»Man soll mit ihr alle Tage des Jahres genau bestimmen können. So, dass jeder weiß, welchen Tag wir jeweils haben.«

»Wozu soll das gut sein?«

»Stell dich nicht dümmer an, als du bist, Arrak! Damit kann man Feste auf den Tag genau bestimmen. Das ganze Jahr lässt sich genauestens planen. Überhaupt jede Art von Verabredung, die Menschen an verschiedenen Orten gleichzeitig betrifft. Je größer dein Reich, umso wichtiger wird das.«

»Und wie geht das?«

»Das weiß ich eben nicht. Die Botschaft der Scheibe lesen zu können soll geheimes Wissen voraussetzen. Du weißt, ich bin viel herumgekommen und habe von so etwas tatsächlich schon mal gehört. Weit von hier, im Land der Morgensonne, soll es solches Wissen geben.«

»Wieder so was, was ihr Priester euch zusammenreimt?«

»Unterschätz das nicht. Der Besitz der Scheibe, zusammen mit diesem geheimen Wissen, würde Hadors Macht nur noch steigern.«

»Und deine.«

»Ich diene dir, dem Fürsten der Ruotinger.«

»Mmh.« Arrak runzelt die Stirn und denkt nach. Dann sagt er: »Das heißt, du könntest wirklich etwas damit anfangen.«

»Wenn ich mehr wüsste. Du solltest wirklich lernen, deinen Zorn zu zügeln. Diesen Aiko hättest du nicht umbringen sollen.«

Arrak seufzt genervt. »Bin ich wirklich dazu verdammt, dich und deine Zunge weiter zu ertragen? Wozu tue ich mir das an?«

»Dank mir bist du Fürst. Vergiss das nicht.«

»Da hast du sogar recht.«

»Wir sind aneinandergekettet, Arrak. Zum Guten, denke ich. Ich brauche dich, und du brauchst mich. Zusammen können wir dieses Land besser beherrschen als je zuvor. Du weißt, ich habe deinen Vater immer klug beraten. Und das verspreche ich auch dir.«

Arrak starrt ihn lange an. »Also gut«, sagt er schließlich.

Urdo nickt. »Kluge Entscheidung, Arrak. Und vergiss nicht: Die Bronzescheibe sollten wir unbedingt finden.«

ASTARIS

Jungfräuliche Astaris, du bist die Jägerin, die Hüterin des Waldes und der Tiere. Der Bär ist dein Freund, der Hirsch dein Gespiele. Deine schnellen Hunde eilen dir voraus. Wer aus deiner Waldquelle trinkt, wird genesen. Wer den Frieden deiner Jagdgründe stört, den ereilen deine Pfeile.

Hakun wirft den Halm weg, auf dem er gekaut hat. »Komm mit mir, Rana«, sagt er.

»Du hast mich doch vor Tagen erst hergeschickt.«

»Ich glaubte, du wärst hier in Sicherheit. Aber als ich hörte, wohin Arrak aufgebrochen ist –«

»Ich weiß«, unterbricht Rana und fasst nach seiner Hand. »Du hast dich gleich auf den Weg gemacht. Das werde ich dir nie vergessen.«

»Ich wünschte, ich hätte all das Elend verhindern können. Wenigstens ist dir nichts geschehen.«

»Du hättest für uns gekämpft?«

»Was denn sonst?«

Hakun legt den Arm um ihre Schultern, zieht sie an sich und will sie küssen. Doch Rana wendet sich sanft ab und legt ihm die Hand auf die Lippen. »Nicht jetzt, Hakun«, flüstert sie. »Ich bin noch nicht so weit.«

Er sieht sie aufmerksam an. Sein Gesicht ist so offen und ohne Verstellung, dass sie meint, in seine Seele blicken zu können. »Jetzt hab ich dich verletzt. Das wollte ich nicht«, sagt sie. »Es ist nur ...«

Er wendet den Blick ab. »Schon gut«, sagt er sichtlich verstimmt. »Nicht der rechte Augenblick für so was. Nach allem, was gestern passiert ist.«

»Aber nicht nur deshalb ...«

Sie lässt den Satz in der Luft hängen, als würde noch etwas folgen. Als sie jedoch verlegen schweigt, zuckt er mit den Schultern. »Reden wir nicht mehr darüber«, sagt er, ohne sie anzusehen. Seine Stimme klingt auf einmal kalt.

Rana bereut ihre Zurückhaltung bereits. Warum stellt sie sich so an? Was ist schon ein Kuss? Den hat er doch tausendmal verdient, nachdem er mit seinen Männern hierhergehetzt ist, bereit, sich in den Kampf mit Arrak zu stürzen, nur um sie zu retten. Und doch ist ihr nicht nach Küssen zumute. Nicht nach allem, was gestern geschehen ist. Und überhaupt ... sich einer Liebe zu öffnen, sich einem Mann zu mehr als einem Kuss zu verpflichten – denn das ist wohl, was er erwartet –, nein, dazu ist sie wirklich noch nicht bereit. Auch wenn sie sich ihm am liebsten in die Arme werfen würde, allein schon, um sich trösten zu lassen, um neuen Mut zu fassen.

Ach, warum ist alles so verwirrend? Ihr Kopf ist schwer, und sie kann kaum einen klaren Gedanken fassen.

»Verzeih. Ich bin noch ganz durcheinander«, sagt sie leise.

Er nickt. »Natürlich.«

Sie verstummen. Beide fühlen sich unwohl. Hakun blickt in die Ferne, während Rana sich fragt, was in seinem Kopf vorgeht. Sie selbst ist noch zu sehr von den eiligen Bestattungen des Morgens mitgenommen. Ihren Vater haben sie im Garten hinter dem abgebrannten Haus beigesetzt. Herdis wollte es so, damit sie ihn immer bei sich hat, wenn das Haus wieder aufgebaut ist. Denn dass es neu errichtet wird, daran will sie nicht zweifeln. Sosehr Rana ihren Vater betrauert, sie weiß, für ihre Mutter wiegt der Verlust noch viel schwerer. Rana hat ihr angemerkt, wie es sie fast zerrissen hat, den Gefährten ihres Lebens vor sich mit angewinkelten

Beinen in der feuchten Erde liegen zu sehen. Nur mit Mühe hat sie sich von seinem Grab losreißen können, um ihre Pflicht als Priesterin zu tun. Um an anderen Gräbern Segen und Trost zu spenden, obwohl sie sich selbst am liebsten in eine stille Ecke verkrochen hätte, um ihren Schmerz zu beweinen.

Ette und die anderen Toten wurden auf einer kleinen Anhöhe hinter der Gemeindewiese bestattet, in der Hockstellung, wie Rana sie jetzt vorschreibt: Gesicht nach Süden und Kopf nach Osten. Leider war es nicht möglich, den Toten etwas von ihren persönlichen Gerätschaften dazuzulegen, denn die hat das Feuer zum größten Teil zerstört. Mehr als eine Tonschale mit einer Handvoll Weizenkörner konnten sie ihnen nicht mitgeben. Zumindest würden sie so im Jenseits nicht zu darben haben.

Sogar Aiko bekam ein würdiges Grab, obwohl er es nicht verdient hat. Als Herdis' Selbstbeherrschung zu wanken begann, hat Rana es übernommen, bei jedem der Toten die Göttin anzurufen und sie anzuflehen, die Seele des Verstorbenen sicher ins Jenseits zu geleiten. Eigentlich hätte sie Hador darum bitten müssen, aber niemand will dieser Tage den verfluchten Namen auch nur hören, geschweige denn in den Mund nehmen. Am wenigsten Rana.

Trauer und Niedergeschlagenheit der Dörfler könnten nicht größer sein. Nach den Begräbnissen hockten sie mit hängenden Köpfen in Grüppchen zusammen, zu verstört, um viel zu reden, obwohl Kolgrim versucht hat, sie aufzumuntern. Wenigstens konnte er sie nach einer Weile dazu bringen, mit den Aufräumarbeiten zu beginnen, statt nur herumzusitzen und zu jammern.

Nun wühlen weinende Weiber mit rußgeschwärzten Armen und Rocksäumen und dreckig bis zu den Knien in der Asche ihrer Häuser, um nach Wiederverwendbarem zu suchen, auch wenn es wenig ist. Die Männer helfen sich gegenseitig, verkohlte Balken und geborstene Mauerstücke aus den Ruinen zu ziehen. Andere raffen sich dazu auf, im Wald junge Bäume zu schlagen und mit den Stangen behelfsmäßige Unterkünfte zu errichten. Toki und

Oran haben Übung darin und zeigen ihnen, wie man sie mit Schilf regendicht macht. Bei allem helfen auch Hakuns Krieger nach Kräften.

Inzwischen ist später Nachmittag. Die Sonne wirft lange Schatten. Hakun und Rana haben sich auf den Frauenhügel zurückgezogen, nicht weit vom Heiligtum entfernt. Hier am Waldrand sitzen sie im Gras und genießen die letzten Strahlen der Sonne, weit weg vom Elend des Dorfs. Um nachzudenken, sind sie gekommen, um Atem zu schöpfen. In einer Luft, die nicht nach Rauch und Asche stinkt.

Schließlich fragt er: »Also was ist, kommst du nun mit?«

»Meinst du, in Drengis Wallburg sind wir sicherer als hier?«

»Im Augenblick schon. Außerdem müssen wir ein neues Heer aufstellen.«

»Du glaubst, die Klans werden sich freiwillig um dich scharen? Nach dieser Niederlage wird doch jeder lieber zu Hause bleiben.«

»Irgendwie müssen wir doch anfangen, neue Kräfte für den Widerstand zu sammeln.«

»Glaubst du noch daran? An Widerstand?«

»Du etwa nicht?«

Rana schüttelt den Kopf. »Nicht nach allem, was passiert ist. Nach Drengis Niederlage ist alles verloren.«

»Ich weigere mich, das zu glauben. Es gibt immer einen Weg.«

»Mit noch mehr Toten?«

»Wenn's sein muss.«

»Du redest wie meine Mutter.«

»Sie hat recht.«

»Arrak hat Kinder als Geiseln genommen. Willst du ihr Leben aufs Spiel setzen? Ihre Väter werden das nicht zulassen.« Sie blickt ihm in die Augen.

Die Antwort lässt einen Moment auf sich warten. Dann zuckt Hakun mit den Schultern. »Was die Geiseln betrifft, so hat Drengi sein Wort gegeben, nicht ich.«

»Und du glaubst, Arrak macht da einen Unterschied?«

Hakun fährt sich mit der Hand über die Augen. »Verdammt noch mal! Ich weiß es ja auch nicht. Aber wir dürfen die Hoffnung nicht aufgeben.«

Beide schweigen eine Weile und starren nachdenklich in die Landschaft. Dann fügt Hakun hinzu. »Im Grunde sollten wir schnell handeln und gar nicht erst zulassen, dass Arrak seine Macht festigen kann. Ich schwör dir, der Kerl ist schlimmer als sein Vater.«

»Aber was willst du denn tun? Drengi liegt im Sterben, sein Heer ist zerschlagen. Und du? Wie viele Männer hast du noch?«

»Zweiundsechzig Reiter. Die Wagen haben wir in der Wallburg zurückgelassen, wie du weißt.«

»Kannst du auf deinen Vater zählen?«

»Nein.«

Rana lacht bitter. »Mit sechzig Reitern willst du Arrak schlagen und den Krieg gewinnen?«

Hakun zuckt niedergeschlagen mit den Schultern. »Ich weiß, die Lage ist verzweifelt. Der verfluchte Bastard hat gewonnen. Und wir sind am Boden zerstört. Es tut mir leid um Drengi und um seine Söhne, um dein Dorf, vor allem um deine Familie, um deinen Bruder.« Er schüttelt den Kopf. »Wenn ich doch nur alles ändern könnte. Du hast mich vor einem Krieg gewarnt. Und du hattest recht.«

Rana sieht ihn an und legt ihm die Hand auf die Schulter. Sie spürt seine verspannten Muskeln und streicht sanft darüber. »Dich trifft keine Schuld. Manchmal denke ich, wir sind nur Spielbälle der Götter. Sie fechten ihre eigenen Kämpfe aus und ziehen uns mit hinein. Ich selbst war davon Zeuge.«

»Zeuge? Wovon redest du?«

Rana holt tief Luft und erzählt ihm dann in allen Einzelheiten von ihrem Traum und von Destartes unerfüllbarem Auftrag. »Im Grunde ist ein Kampf unter Göttern entbrannt, Hador gegen Destarte. Und jetzt hat sich Thunar eingemischt. Er hat eine Schlacht gegen Hadors Mächte angezettelt und prompt verloren. Für die Götter mag es nur eine vorübergehende Schlappe sein, aber wir Menschen leiden und sterben. Destarte ist nicht einmal in der Lage, unser Dorf zu verteidigen, das ja eigentlich ihres ist. Welche Hoffnung bleibt uns da noch?«

Als ihr die Tränen kommen, birgt sie ihr Gesicht in den Händen und schluchzt.

Hakun sieht, wie ihre Schultern zucken, und schlingt die Arme um sie. Diesmal lässt sie es zu und legt den Kopf an seine Schulter, dankbar für seine Nähe und froh, dass sein Ärger über ihre Abweisung verflogen ist.

»Es ist alles meine Schuld«, murmelt sie.

»Deine Schuld? Wieso denn?«

»Ich hab euch angestachelt, erinnerst du dich nicht?«

»Ach was! Es war der Mord an Gejlir, nicht deine Rede.«

»Und was gestern im Dorf passiert ist, hat auch mit mir zu tun. Vaters Tod und dass sie Arni verschleppt haben. Wer weiß, was sie mit ihm anstellen.«

»Wieso soll das deine Schuld sein?«

»Du weißt doch, dass Arrak ganz versessen darauf ist, meiner habhaft zu werden. Hätte ich doch damals nur kein Bad in der Gerra genommen! Meinetwegen ist er gekommen, meinetwegen haben sie unsere Nachbarn umgebracht und die Häuser angesteckt, meinen armen Vater ermordet und meine Mutter und die anderen Frauen geschändet. Wie soll ich damit leben?«

Hakun streicht ihr übers Haar. »Hör auf, dir Vorwürfe zu machen! Was kannst du dafür, wenn Arrak Dörfer abfackelt und Menschen umbringt? Altorp ist nicht das erste Dorf, in dem er so wütet.«

»Ich weiß nicht einmal, was der Kerl mit mir vorhat«, sagt Rana, als hätte sie ihn nicht gehört. Sie hebt den Kopf und blickt Hakun an. »Vielleicht will er mich umbringen. Oder zu seiner

Hure machen. Was, bei Wuodan, geht in seinem verdammten Schädel vor?« Sie löst sich von ihm und setzt sich auf. »Und dann ist da die Scheibe, hinter der sie her waren. Ich hab sie versteckt. Vater konnte ihnen nicht verraten, wo. Deshalb haben sie ihn umgebracht.«

»Was für eine Scheibe?«

Rana wischt sich die Tränen aus dem Gesicht. Ihre Augen sind gerötet, und die Haare hängen ihr in wilden Strähnen den Rücken hinunter. »Ich muss aussehen ...«, murmelt sie.

Dann erzählt sie ihm von Utriks Bronzescheibe und den Himmelsbotschaften der Destarte. Dass diese von der Göttin selbst stammen, davon ist sie überzeugt. Destarte oder Arinna. Die sind für sie ein und dieselbe Erscheinung – die Göttin des Lichts. Und von ihr stammt Vaters Wissen.

Es dauert eine Weile, bis sie Hakun alles erklärt hat. Er kommt aus dem Staunen nicht heraus. Und Rana gerät ins Schwärmen, während sie ihm die Schönheit der Scheibe beschreibt und wie wunderbar sie zu verwenden ist.

»Und die hast du vergraben?«

»Ja, im Wald. An einem Ort, den nur ich kenne. Und das macht mir Sorgen. Wäre mir gestern etwas zugestoßen, die Scheibe wäre für immer verloren gewesen.«

Hakun denkt eine Weile nach. »Wenn alles so ist, wie du sagst, dann geht von deiner Scheibe ein großer Zauber aus. Wo sonst hätten wir Ruotinger eine solch göttliche Botschaft vorzuweisen? Ich meine, eine, die man anfassen kann, kein unverständliches Gemurmel von benebelten Priestern.«

Rana wirft ihm einen missbilligenden Blick zu. »Lästere nicht über priesterliche Weissagungen.«

»Entschuldige. Ich wollte nicht respektlos sein. Aber die Scheibe ist eine Botschaft, die Generationen überdauert. Was sage ich? Die ist für die Ewigkeit!«

»Ich weiß«, sagt Rana. »Vor allem ist sie nützlich.«

»Viel mehr als das. Destartes Scheibe kann uns helfen, Arrak zu besiegen.«

»Darüber habe ich auch schon nachgedacht. Meine Mutter ist davon ebenfalls überzeugt. Aber wie?«

»Überleg doch mal!« Hakun springt auf und starrt auf sie herab. Er ist sichtlich aufgeregt. »Orkon konnte sich auf dem Fürstensitz doch nur halten, weil er Hadors göttlichen Schutz genoss. Weil sich die Menschen vor dem Gott der Unterwelt fürchten. Weil Orkon ihm Menschenopfer darbrachte und die Edlen des Landes zwang, sich das Schauspiel anzusehen. Besser die als ich, haben viele gedacht und den Mund gehalten. Seine Macht gründete auf der Furcht der Bauern und der Gleichgültigkeit der Edlen und Klanherren. Du selbst hast das gesagt.«

»Ich weiß«, erwidert sie bitter. »Und jetzt, nach der verlorenen Schlacht, haben alle den Beweis, dass Hador nicht zu schlagen ist. Selbst einer wie Drengi konnte nichts ausrichten. Alle werden sich jetzt hüten, an Widerstand auch nur zu denken. Sieh dir doch meine Leute unten im Dorf an: So sehen besiegte, gequälte und gedemütigte Menschen aus. Glaubst du, von denen will sich noch einer wehren? Die sind froh, dass sie überhaupt am Leben sind.«

Hakun hockt sich wieder zu ihr. »Da irrst du dich, Rana. Der Hass im Volk ist größer, als du denkst.«

»Hass auf die Helminger?«

»Hass auf die Unterdrücker. Auf Orkons Familienklan und noch mehr auf Arrak. Jeder weiß, dass er schlimmer als sein Vater ist. Heimtückisch und unberechenbar. Ich denke, es fehlt nicht viel, um das ganze Land in Brand zu stecken. Du hast gehört, wie sie dir und Drengi nach dem Wagenrennen zugejubelt haben.«

»Ja. Aber das war vor seiner Niederlage. Jetzt haben sie nichts mehr zu jubeln.«

Hakun packt Rana bei den Schultern und schüttelt sie sanft. »Du darfst nicht verzagen! Hador ist mächtig. Aber Destarte kann mächtiger sein. *Die Göttin des Lichts!* Was für eine wundervolle

Botschaft! Und voller Hoffnung. Es wird sie alle mitreißen. Besonders, wenn du den Menschen von deinem Traum und von Destartes Auftrag erzählst, von ihrer Botschaft an die Menschen. Und wenn du ihnen diese himmlische Botschaft in ihrer ganzen Glorie zeigst, die Scheibe, die Bronze gewordene, sichtbare Offenbarung ihres göttlichen Willens. Kein Priester Hadors hat so etwas vorzuweisen.«

»Und mein Bruder?«

Hakuns Miene wird ernst. »Ja, dein Bruder. Der ist vielleicht nicht zu retten. Aber ich werde es zumindest versuchen. Das ist versprochen.«

Rana holt den Stein aus poliertem Obsidian aus ihrer Gürteltasche, hebt ihn an die Lippen und küsst ihn.

»Was ist das?«, fragt Hakun.

»Ein magischer Stein der Alben. Vielleicht bringt er uns Glück.«

* * *

Orkons Bestattung wird mit viel Aufwand begangen, wie es sich für einen Fürsten der Ruotinger gehört. Die feierliche Handlung findet in der Nacht statt. Hundert Fackeln leuchten den Trauergästen. Orkons Leichnam liegt auf dem mit Blumen geschmückten Wagen, auf dem man ihn von Helmahem bis zu dem von ihm selbst errichteten gewaltigen Grabmal gebracht hat.

Auch die eichene Einfassung des Eingangs zum Tunnel, der in die innere Grabkammer führt, ist mit Blumen geschmückt. Eine Garde von Kriegern bildet zu beiden Seiten eine Ehrengasse, die Schilde vor dem Leib, die Speere neben sich aufgepflanzt. An den Speerköpfen spiegelt sich das Licht der Fackeln. Ein Barde singt von Orkons Heldentaten. Und Urdo, seine stattliche Gestalt in eine festliche, priesterliche Robe gehüllt, wacht über allem mit steinerner Miene, aber wachen Augen.

Bevor sie am Morgen des Vortages die Kuffaburg mit dem Leichnam verließen, gab es eine kurze Auseinandersetzung zwischen Arrak und Urdo. Und zwar über das Opfer, das sie zu Ehren des Toten ihrem Gott Hador bringen würden. Arrak wollte das Blut des jungen Schmieds – Herdis' Sohn – fließen sehen, um seine Verachtung für Destarte kundzutun und um keinen Zweifel an der Schwäche der Göttin zuzulassen. *Seht her, wir opfern den Sohn der Priesterin*, sollte es heißen, *wo ist Destarte, um das zu verhindern?*

Urdo aber war anderer Meinung. »Wir sollten ihn für eine bessere Gelegenheit aufsparen.«

»Eine bessere Gelegenheit als die Bestattung meines Vaters?«

»Er kann uns vielleicht noch nützlicher werden. Lass uns sein Blut nicht schon jetzt am Grab deines Vaters verschwenden.«

Was Urdo damit meinte, sagte er nicht, aber Arrak ließ sich am Ende umstimmen, und so einigten sie sich auf eine der Nebroni-Geiseln, den zehnjährigen Sohn eines Edlen. Sie brechen damit natürlich das Friedensabkommen, aber was kann Drengi schon dagegen unternehmen? Es wird den verdammten Nebroni zeigen, wie machtlos ihr Klanherr ist. Und dass sie gut daran tun, sich ruhig zu verhalten, damit nicht weitere Geiseln sterben.

Arrak lässt den Blick über die Versammelten schweifen. Gekommen sind weniger als erwartet. Die meisten Männer sind Edle der Helminger. Die sind vollzählig, wie es sich gehört. Auch die Harruner sind zahlreich vertreten. Angeführt von Brodar, ihrem Klanherr. Der weiß wenigstens, was seine Pflicht ist und wo sein Vorteil liegt. Sollte man jedenfalls meinen. Natürlich ist sein Sohn Hakun abwesend. Aber das war nicht anders zu erwarten. Dabei wollte der Kerl mal Tura ehelichen. Nun, die ist mit Morgana verschwunden. Nicht, dass er die Göre vermissen würde.

Von den anderen Klans sind die Nebroni und Ruotani mit jeweils einem Dutzend Männern vertreten, auch wenn ihre Klanherren fehlen. Drengi liegt dem Tode nahe auf dem Krankenlager, so heißt es. Und Barn, der Herr der Ruotani, leidet, wenn man es glauben darf, an einem Fieber. Dass kein Einziger der Gejliren gekommen ist, gibt Arrak zu denken. Ist mit denen nicht mehr zu rechnen? Vielleicht sollte man in Zukunft auch von denen Geiseln verlangen. Vielleicht sogar einen Kriegszug in ihr Gebiet unternehmen, um ihnen beizubringen, wem sie Treue schulden. Sie sollen nicht glauben, dass sie ihm auf der Nase rumtanzen können, nur weil er jung und als Fürst unerfahren ist.

Dass Turgrim von den Guvarri fehlt, überrascht Arrak allerdings nicht. Aller Wahrscheinlichkeit nach hat Morgana es geschafft, sich zu ihrem Vater zu flüchten, und füllt jetzt sein Ohr mit ihrem Gift. Vielleicht sollte der nächste Kriegszug nicht den Gejliren gelten, sondern nach Norden führen, um Turgrim in die Knie zu zwingen und seine verfluchte Tochter zu ergreifen. Morgana! Er stellt sie sich nackt vor und malt sich aus, was er mit ihr anstellen wird, bevor er sie als Fürstenmörderin hinrichten lässt. Obwohl sie es wahrscheinlich gar nicht war. Aber das spielt keine Rolle, denn alle Welt hält sie für die Mörderin. Deshalb muss sie sterben.

Es wurmt Arrak gewaltig, dass nicht mehr Edle aus den verschiedenen Landesteilen der Einladung gefolgt sind. Mindestens drei- bis viermal so viele wären zu erwarten gewesen. Wie können sie es wagen? Die dünne Teilnahme ist eine Beleidigung! Sie haben verdammt noch mal hier zu sein, um seinen Vater zu ehren und ihn selbst, den neuen Fürsten. Außerdem hätten sie den Treueschwur leisten müssen. Ihre Abwesenheit ist nicht hinzunehmen. Dagegen wird etwas zu unternehmen sein.

»Beeilt euch ein bisschen«, zischt er Urdo zu, der nur wenige Schritte vor ihm steht. »Ich hab genug von dem Geleier.«

Der Priester hebt die Hand, um den Barden zu unterbrechen, und dankt ihm freundlich für seine herrlichen Verse. Nie wurde ein Held der Ruotinger schöner und würdevoller besungen, lässt er ihn wissen, aber Hador dürfe man nicht länger warten lassen.

Denn nun gelte es, den großen Fürsten der Ruotinger endlich ins Reich der Unterwelt zu führen.

Die näher Stehenden machen erleichterte Gesichter, denn der Gestank, der von der Leiche herüberweht, ist schwer zu ertragen.

Auf einen Wink Urdos bringen zwei Männer den Knaben. Er ist nackt und bewegt sich steif und ängstlich durch das niedergetrampelte Gras. Seine dünnen Schultern zittern in der Nachtkühle. Es ist ein hübscher Junge, hellhäutig und blond. Seine großen blauen Augen sind allerdings gerötet und verweint, als ahne er, was ihm bevorsteht.

Urdo beugt sich zu ihm und raunt ihm beruhigende Worte zu. Der Junge nickt tapfer und wischt sich die Tränen von den Wangen. Arrak fragt sich, was Urdo dem Kleinen zugeflüstert hat. Irgendeine Lüge wahrscheinlich, um ihn ruhigzustellen. Er sieht zu, wie Urdo sich hinter den Knaben stellt und mit beiden Händen dessen Schultern hält. Der Junge blickt ängstlich zu Orkons Leichnam hinüber, den das Licht der Fackeln beleuchtet. Er muss sich fragen, was seine Gegenwart hier zu bedeuten hat.

Es ist sehr still geworden. Alles starrt auf den Jungen. Auf einmal hat Urdo sein scharfes Opfermesser in der Hand. Noch hält er es hinter dem Rücken verborgen. Dann packt er den Knaben beim Haar und reißt ihm mit einem Ruck den Kopf nach hinten. Bevor der Knabe auch nur die Hände heben kann, fährt ihm die scharfe Klinge von einer Seite zur anderen tief durch die Kehle. Sein Schrei geht in einem Gurgeln von Blut unter, das sofort aus der hässlichen Wunde sprudelt und sich über die Brust des Kindes und ins Gras ergießt.

Beim Anblick des dunklen Blutschwalls geht ein Raunen und Stöhnen durch die Menge. Wie gebannt starren die Männer auf das sich windende Opfer. Einige Nebroni wenden sich ab, als könnten sie den Todeskampf des Kindes nicht ertragen, andere ziehen bittere Mienen zu diesem grausigen Schauspiel. Urdo hält den zuckenden Leib des Knaben an Haarschopf und Arm fest, damit er nicht zu Boden sinkt, während ein Gehilfe etwas von dem Blut, das aus der Wunde spritzt, in einer irdenen Schale auffängt.

Schließlich legt Urdo den leblosen Körper fast liebevoll sanft auf den Rücken ins Gras. Mit geübten Schnitten trennt er die Bauchdecke auf, greift hinein und reißt die blutige Leber heraus. Das Herz ist das Leben des Menschen, aber der Geist und die Seele befindet sich in der Leber. Er hält sie hoch, damit alle sehen können, wie sie in der Kühle der Nacht dampft.

Dann murmelt er einen Zauberspruch und wirft das wabbelige Organ in die lodernden Flammen einer Feuerschale. Zischend steigen Dampf und Rauch auf, während Urdo mit erhobenen, blutbesudelten Händen seinen Gott anruft, mit geheimen Worten, die niemand versteht. Dumpf und düster klingen sie, als würden sie die dunklen Mächte der Unterwelt anrufen. Nicht wenigen fährt dabei ein Schauer über den Rücken. Sie spüren ein Grauen im Herzen. Es ist die Macht Hadors, der sich niemand entziehen kann.

Vom Blut in der Schale sprengt Urdo einige Tropfen auf den toten Orkon. Arrak lässt er feierlich einen Schluck davon trinken. Dann gibt er die Schale zurück, breitet die Arme weit aus und spricht Vers für Vers den Treueschwur der Ruotinger vor, den Schwur, den sie auch Orkon einst geschworen haben und nun seinem Sohn Arrak, ihrem neuen Fürsten. Dabei wiederholen die Männer jeden einzelnen Vers, bevor Urdo den nächsten spricht. Die Helminger mit mehr, die anderen mit weniger Inbrunst, was Arrak allerdings nicht entgeht. Er schaut sich genau um, kann jedoch keinen entdecken, der es wagt, die Lippen nicht zu bewegen. Der feierliche Augenblick erfüllt ihn mit einem Hochgefühl, wie er es noch nie erlebt hat. Besser, als den Schwanz in ein Weib stecken, denkt er und grinst übers ganze Gesicht, die Lippen immer noch rot vom Blut des Knaben.

Urdo wirft die noch halb volle Schale zu Boden und zertrümmert sie mit dem Steinbeil, das sein Gehilfe ihm gereicht hat. Bei den Priestern Hadors darf das durch den Tod eines Opfers geheiligte Gefäß für nichts anderes mehr verwendet werden und folgt ihm ins Grab. Auf ein Zeichen des Priesters wird der blutige Leib des Knaben mitsamt den Scherben entfernt.

Urdo lässt sich Wasser über die Hände gießen, um das Blut abzuwaschen. Dann treten Männer vor und heben mit Mühe Orkons Leichnam auf eine Bahre. Was immer man von Arraks Vater sagen kann: Er war gut genährt. Täglich nur das feinste Fleisch von jungen Tieren und jede Menge Bier. Selbst im Tod wölbt sich sein umfangreicher Bauch. Leichengase können es nicht sein, denn die hat man durch einen Stich in den Unterleib bereits entweichen lassen.

Ich sollte etwas empfinden, sagt sich Arrak, aber der Moment der Trauer ist längst vorbei. Jetzt kann es ihm nicht schnell genug gehen, die Sache hinter sich zu bringen. Schließlich soll seine Erhebung zum Fürsten gebührend gefeiert werden.

Endlich tragen die Männer die Bahre ins Innere des gewaltigen weißen Grabhügels, der sich vor ihnen allen in den Nachthimmel wölbt. Nur sie und der Priester dürfen die innere Kammer betreten. Es ist ein gewaltiges Bauwerk, bestehend aus Zehntausenden Wagenladungen Steine und Erde. Eines Tages wird er sich ebenfalls so etwas errichten lassen, verspricht Arrak sich. Vielleicht noch größer, um zukünftigen Generationen bis in alle Ewigkeit von seinem Ruhm zu künden.

Tief im Innern der mit mächtigen Eichenbohlen abgestützten Grabkammer werden sie Orkon jetzt zur letzten Ruhe betten. Nicht ganz einfach bei seinem Gewicht, stellt Arrak sich vor. In Hockstellung mit dem Gesicht nach Süden und dem Kopf nach Westen, wie es sich für einen Ruotinger gehört. Neben ihm seine Waffen, auch der Bogen mit einem vollen Köcher bronzebewehrter Pfeile, seine Kriegsaxt, mit der er angeblich Morgana töten wollte, sein Bronzeschwert und der feine Dolch, den er immer bei sich trug. Auch einen Meißel aus Bronze werden sie ihm mitgeben, zum Zeichen dafür, dass er nicht nur Herr über die Krieger des Landes war, sondern auch über die Handwerker, die Schmiede, Töpfer, Zimmerleute und Wagenbauer. Natürlich dürfen die Goldlocken im Haar nicht fehlen und der schwere Goldreif seiner Fürstenwürde um den Hals. Dazu etwas Nahrung in irdenen Schalen und vor allem ein voller Krug Bier, damit er auch in der Nachwelt alles hat, was ihm im Leben wichtig war.

Arrak hat kurz überlegt, ob man seinem Vater auch die Lieblingssklavin zur Seite legen sollte. Aber warum ein junges, hübsches Weib umbringen? Reine Verschwendung. Besonders, da der Alte den Schwanz ohnehin nicht mehr hochgekriegt hat.

Die feierliche Handlung nähert sich dem Ende. Die Männer kehren mit der Bahre aus dem Grabhügel zurück, und Urdo bückt sich unter die Eichenbohle des Eingangs, um noch einmal in der Kammer nachzusehen, ob alles ist, wie es sein soll. Er hat Orkons schweres Steinbeil bei sich – Thunars Hammer –, das er dem Leichnam zu Füßen legen wird. Lange hat Arrak damit geliebäugelt, das heilige Beil zu behalten. Aber aus Furcht vor Thunar hat er Urdos Rat befolgt und es dem Toten überlassen, dem allein es gehört.

Nach einer Weile tritt Urdo wieder ins Freie. Offenbar ist alles so, wie es sein soll. Die Männer, die das Grab verschließen, stehen schon bereit. Am Morgen wird von dem Eingang nichts mehr zu sehen sein. Ein letztes Gebet, eine Anrufung Hadors, ein Augenblick des Schweigens, dann wendet man sich ab, und alle Anwesenden strömen zu den Zelten, wo ein Leichenschmaus bereitsteht. Fünf Ochsen rösten am Spieß, und ganze Wagenladungen von in Stroh gebetteten Bierkrügen warten auf die Trauergäste. Heute Nacht wird an Orkon gedacht und gesoffen bis zum Umfallen, wie es seit Urzeiten Brauch ist. Und natürlich wird man sich um Arrak scharen und ihn hochleben lassen.

Auf dem Weg zu den Zelten nähert sich Brodar. »Sei gegrüßt, Arrak. Wir hatten noch gar nicht Gelegenheit –«

»Wo ist dein Sohn?«, unterbricht Arrak ihn abrupt und bleibt stehen.

Brodar leckt sich unsicher die Lippen. »Nun ... Du weißt ... Hakun hat seine eigenen Vorstellungen. Was soll ich sagen?«

»Wollte er nicht meine Schwester zum Weib nehmen?«

»Ich denke, das war eher mein Wunsch. Orkon war dagegen, und Hakun hat es sich wohl auch anders überlegt.«

»Dein Sohn verschmäht also meine Schwester, und dann schlägt er sich auch noch auf die Seite meiner Feinde. Ich habe ihn in der Schlacht für Drengi, den Verräter, kämpfen sehen.« Arrak ist rot im Gesicht geworden und redet sich in Rage. »Du bist sein verdammter Vater! Wie kommt es, dass du deinen Sohn nicht im Griff hast, dass er tun kann, was er will?«

Brodar senkt den Blick. »Es tut mir leid, Arrak.«

»Ach, es tut dir leid!«, schreit Arrak, jetzt ziemlich außer sich. »Du hast keine Krieger geschickt, als wir sie brauchten. Aber jetzt, da ich gesiegt habe, kommst du angeschwänzelt wie ein Köter, der möchte, dass man ihm den Bauch krault. Aber den Gefallen tu ich dir nicht. Du bist genauso ein Verräter wie dein verfluchter Sohn!«

Entsetzt starrt Brodar ihn an. Andere sind stehen geblieben und glotzen neugierig. Urdo tritt dazu und legt Arrak die Hand auf den Arm. »Beruhigen wir uns doch bitte«, sagt er. »Streit unter den Klans ist das Letzte, was wir wollen. Arrak meint es nicht so, Brodar. Der Tod des Vaters ... Du verstehst ... Es hat ihn mitgenommen.«

Arrak schüttelt Urdos Hand ab. »Ich meine es nicht so? Da irrst du dich. Genau so meine ich es. Hakun ist ein Verräter! Und du auch, Brodar. Wenn du mich von deiner Treue überzeugen willst, dann bring deinen Sohn zu mir. Erst wenn er mir die Stiefel küsst, um Verzeihung winselt und mir ewige Gefolgschaft schwört, bin ich bereit, euch zu vergeben.« Wütend stapft er davon.

* * *

Toki und Oran sehen zu, wie zwei von Hakuns Kriegern im feuchten Waldboden graben. Helfen wollen sie nicht. Dafür sind sie sich zu schade. Schließlich sind sie keine Bauern, die in der Erde wühlen, sondern Jäger. Es ist schon die fünfte Stelle, an der die Krieger ihre kupferbeschlagenen Holzspaten ansetzen.

Hakun schüttelt den Kopf. »Hast du dir denn überhaupt nicht gemerkt, wo du das Ding vergraben hast?«

Rana beißt sich frustriert auf die Unterlippe. »Es war Nacht und ziemlich dunkel«, sagt sie zu ihrer Entschuldigung. »Aber es muss hier irgendwo sein.« Sie befinden sich nur ein paar Schritte von jenem Fels entfernt, wo Rana vor Monden mit Toki und Egill die Dunkelheit abgewartet hat. Es kommt ihr vor, als läge das Ewigkeiten zurück.

»Warst du allein?«

»Ette, unsere Magd, hat mir geholfen. Mein Vater war erst dagegen, aber ich hab ihn überredet. Wir haben es nachts gemacht, damit uns keiner sieht. Niemand sonst kennt das Versteck.«

Ette hat nichts verraten, denkt Rana. Weder, dass sie dabei gewesen ist, noch, wo wir die Scheibe vergraben haben. Wahrscheinlich haben die Kerle sie nicht einmal befragt, hatten es nur eilig, sie zu vergewaltigen.

Und nun ist Ette tot. Rana sieht noch ihren Leichnam vor sich, mit dem Kopf im Gras, wo sie missbraucht und anschließend erschlagen wurde. Arme Ette. Ihr Tod schmerzt Rana, denn Ette war für sie mehr als eine Magd. Sie gehörte zur Familie. Auch wenn Mutter ab und zu meinte, mit ihr schimpfen und sie zurechtweisen zu müssen. Ette war immer sanft und willig, vor allem hilfsbereit. Und schwanger war sie auch noch. Von Aiko, dieser Ratte. Nun laben sich die Würmer an ihrem jungen Leib. Grauenhaft! Besser, nicht mehr an so was zu denken. Sonst wird man noch verrückt.

Auch Hargrim ist bei ihnen. Seine Familie ist dem Schlimmsten entgangen. Seine Schwester wurde ebenfalls geschändet, hat es jedoch überlebt. Eine Kuh hat man ihnen gestohlen, und das Haus hat Feuer gefangen, aber sie haben es löschen können. Dennoch ist er voller Hass auf die Helminger. Er wolle kämpfen, hat er gesagt. Hakun war einverstanden. Bogenschützen und Fährtenleser könne man immer gebrauchen.

Plötzlich ruft einer der Männer: »Ich glaube, hier ist was!«
»Hoffentlich nicht wieder nur 'ne Baumwurzel«, sagt Hakun.
»Nein, nein. Da ist was Eckiges.«
»Seid vorsichtig«, sagt Rana. »Das muss der Holzkasten sein.« Sie hockt sich hin, wo die Männer gegraben haben, und wühlt mit der Hand im Erdreich. »Ja, das ist sie«, ruft sie triumphierend. »Mein Bruder hat einen Kasten für die Scheibe gezimmert und den in eine Hülle aus Rindsleder gesteckt.«

Vorsichtig entfernen die Männer die Erde rund um den flachen lederbedeckten Kasten, bis sie ihn herausheben können. Rana wischt Erdreich von der Hülle und schlägt sie auf. Bevor sie hineingreift, wischt sie sich die Hände am Rock sauber. Dann zieht sie einen langen mit Leinen umwickelten Gegenstand heraus und legt ihn beiseite.

»Was ist das?«, fragt Hakun.
»Sag ich dir gleich. Entfernt erst mal die Hülle vom Kasten.«
Hakun folgt ihrer Bitte, und hervor kommt ein flacher viereckiger Behälter aus schön gemasertem und geöltem Eichenholz. An einer Seite ist ein Tragegriff ins Holz gearbeitet. Der Deckel hat ein Scharnier aus aufgenagelten Lederstücken.

Rana entriegelt und öffnet ihn. In ein Schaffell verpackt liegt dort Utriks Bronzescheibe. Sie schlägt das Fell zurück, und nun ist die Scheibe in all ihrer Pracht zu sehen. Bei dem Anblick, der sich ihnen bietet, halten die Männer den Atem an. Trotz des trüben Lichts unter den Bäumen glänzt das Gold. Besonders im Gegensatz zum tiefen Blau der Bronze.

Hakun hockt sich nieder, um die Scheibe andächtig zu betrachten. Mit der flachen Hand streicht er sanft über das polierte

Metall. »Das also ist Destartes Geschenk an uns Menschen«, sagt er tief bewegt. »So schön hab ich es mir gar nicht vorgestellt.«

Rana nickt. »Das ist unser Heiligtum.«

»Dein Vater war ein großer Meister.«

Rana bekommt bei den Worten feuchte Augen. »Das war er. Der Beste weit und breit. Aber hierbei hat Destarte selbst ihm die Hand geführt.«

»Zweifellos, denn so etwas hat es noch nie gegeben. Und die Botschaft der Götter? Weißt du, wie man sie enträtselt?«

Rana nickt. »Natürlich. Aber nicht nur ich. Auch meine Mutter weiß es. Vater hat es uns erklärt. Und natürlich mein Bruder Arni.« Sie blickt ihm eindringlich in die Augen. »Du hast versprochen, ihn zu befreien.«

Hakun nickt. »Wenn er noch lebt. Ich werde es in jedem Fall versuchen.«

»Mit mir zusammen. Du lässt mich nicht mehr von deiner Seite.«

»Es kann gefährlich werden, Rana.«

»Das ist mir gleich.« Von ihrer Trostlosigkeit nach dem Überfall auf das Dorf hat Rana sich erholt. Nun ist sie auf Kampf eingestellt, will alles wagen, solange es ans Ziel führt. »Du und ich, wir werden meinen Bruder befreien. Und wir werden Arrak stürzen.« In ihren Augen funkelt es wie von einem inneren Feuer. »Es gibt kein Zurück. Auch wenn wir dabei untergehen. Versprich mir das!«

Hakun blickt ihr in die Augen und nickt. »Ich verspreche es. Auch wenn wir dabei untergehen.«

»Ich will bei allem dabei sein.«

»Wenn du darauf bestehst.«

»Schwör es mir!«

»Ich schwöre es!«

Sie greift jetzt hinter sich nach dem langen Gegenstand, den sie aus der Hülle der Bronzescheibe gezogen hat, und reicht ihn

Hakun. »Das hier wird dich immer an deinen Schwur erinnern und dir bei unserem Unterfangen helfen. Denn dies hat mein Bruder gemacht.«

Erstaunt wickelt Hakun das Leinen ab. Zum Vorschein kommt ein Schwert in einer feinen Lederscheide. Unwillkürlich streicht seine Hand zärtlich über den aufgenieteten Griff aus poliertem Hartholz und den Silberknauf. »Wirklich? Dein Bruder hat das geschmiedet?«

»Eigentlich war es für einen Edlen bestimmt. Aber ich habe ihn so lange angebettelt, bis er es mir überlassen hat.«

»Und das willst du mir schenken?«

»Zieh es heraus«, sagt Rana mit feuchten Augen und belegter Stimme. »Probier, wie es in der Hand liegt.«

Langsam zieht Hakun das Schwert aus der Scheide und hält es in die Höhe. Das Licht spiegelt sich auf der scharfen, polierten Klinge, die sich nach zwei Dritteln leicht blattförmig verbreitert und dann zu einer mörderischen Spitze verjüngt. Nicht nur Hakun, auch die anderen Männer starren staunend auf die wertvolle Waffe.

Dank des schweren Knaufs ist das Gewicht gut verteilt. Sie liegt in seiner Hand, als gehöre sie dahin. Vorsichtig fasst er die Klinge nahe der Spitze an und biegt sie ein wenig. Hart und doch elastisch. Nur die besten Schmiede sind in der Lage, so etwas anzufertigen. »Bei Wuodan!«, murmelt er. »Noch ein Meisterstück!«

»Es gehört dir. Aber vergiss nicht, was du mir geschworen hast. Denn mit diesem Schwert wirst du Arrak töten.«

»Das werde ich, Rana. Bei Wuodan, das werde ich.«

»Schwör nicht bei Wuodan, sondern bei Destarte.«

Er nickt. »Bei Destarte! Und mögen meine Ahnen Zeuge sein!«

* * *

Drengis Wallburg ist überfüllt von Kriegern, von geflüchteten Bauern und ihren Familien. Dabei schwinden die Vorräte, und es mangelt an Unterkünften. Zum Glück ist Sommer, und es hat nur ein paarmal geregnet, sodass die meisten sich irgendwo auf dem Hof eingenistet haben.

Eigentlich hätten die Bauern die Burg längst wieder verlassen sollen, denn es wurde Frieden vereinbart und Geiseln ausgetauscht. Aber diesem Frieden trauen die meisten nicht. Auch die überlebenden Krieger sollten zu ihren Standorten im Land zurückkehren. Leider sind zu viele von ihnen verwundet, und die unversehrten will Drengi nicht ziehen lassen. Denn auch er traut dem Frieden nicht.

Die Einzige, die in diesem Durcheinander noch den Durchblick hat, ist Gunna. Sie hat alle Hände voll zu tun, um Ordnung zu halten, die Arbeit der Mägde und Knechte einzuteilen, für Nahrung zu sorgen, Streitigkeiten zu schlichten, ängstliche Weiber zu beruhigen und deren dreckige Blagen aus der Halle zu scheuchen, wo sie nichts zu suchen haben. Sie ist nahe dran, selbst zusammenzubrechen, und deshalb froh, dass Morgana sich um Drengis Genesung kümmert.

Morgana hat sich gleich nach ihrer Ankunft nützlich gemacht. Die Sklavin Ada ist ein liebes Mädchen, findet sie, aber nicht sehr geschickt, was die Behandlung von Drengis Wunde angeht, und sichtlich erleichtert, als Morgana ihr die Sache aus der Hand nahm.

»Danke«, murmelt Drengi, nachdem Morgana die Wunde neu verbunden, ihm die Kissen gerichtet und ihm geholfen hat, sich vorsichtig wieder zurückzulegen.

Eine Speerspitze ist tief in seine Seite gedrungen. Hätte Hakun ihn nicht sofort vom Schlachtfeld tragen und zur Burg bringen lassen, wäre er verblutet. Und Tage später hätte eine Entzündung ihn beinahe umgebracht. Nur dank einer weisen Kräuterfrau hat er auch das überlebt. Wider Erwarten ist es nicht zu Wundbrand gekommen. Doch obwohl das Schlimmste überstanden zu sein scheint, eitert die Wunde immer noch. In der Kammer stinkt es danach. Und nach den Ausdünstungen des Siechenden, nach seinem Schweiß und schlechtem Atem.

Morgana scheint all dies nicht zu stören. Im Gegenteil. Es ist, als hätte sie in Drengis Verwundung eine Aufgabe für sich gefunden, eine Befriedigung, sich um den Mann zu kümmern, ihn zu pflegen, ihn täglich neu zu verbinden, ihn zu füttern, ihm sogar zu helfen, seine Notdurft zu verrichten, obwohl ihm dies die ersten Male mehr als peinlich war. Aber Morgana hat nur gelacht. »Stell dich nicht so an. Denkst du, ich hätte noch nie einen nackten Mann gesehen?«

Sie hat ihm alles erzählt und nichts zurückgehalten. Von ihrem Leben mit einem Mann, den sie verachtet hat. Von Orkons schlechten Angewohnheiten, von seiner Herrschsucht und Grausamkeit. Vom Bedürfnis seines Bastardsohns, ständig seine Männlichkeit zu beweisen, und den Revolten gegen seinen Vater. Sie hat auch ihre Beziehung zu Urdo nicht verschwiegen, dem sie sich aus Verzweiflung an den Hals geworfen hat.

Drengi hat ihr von Anfang an aufmerksam zugehört. Er hat nicht viel gesagt, denn das Sprechen ist ihm lange schwergefallen, aber an seinen Augen konnte sie sehen, dass er verstanden hat. Wichtiger noch, dass er sie nicht verurteilt. Im Gegenteil. Ihre Gegenwart scheint ihn aufzumuntern, ihm neue Hoffnung zu geben, auch wenn er verneint, dass es überhaupt eine Hoffnung für ihn gibt.

Die vielen gemeinsamen Stunden, die durchwachten Nächte, die Wundpflege und sonstigen intimen Handlungen haben sie einander nahegebracht. Es ist, als könnten sie schweigen und sich doch verstehen, als gäbe es voreinander nichts Verborgenes mehr. Eine Vertrautheit, wie sie sie mit Orkon nie empfunden hat, nicht einmal mit Urdo.

»Danke, Morgana«, murmelt er jetzt ein zweites Mal, schließt die Augen und seufzt.

»Da ist nichts zu danken«, sagt sie und nimmt seine Hand in die ihre. »Werde nur wieder gesund, mein Lieber. Und wenn du mich fragst, geht es dir schon viel besser.«

Das sagt sie ihm jeden Tag. In ungefähr den gleichen Worten. Und jedes Mal antwortet er: »Wozu, Morgana? Wozu soll ich noch leben? Meine Söhne sind tot, mein Volk besiegt. Ich habe alles falsch gemacht. Wozu soll ich gesund werden? Sag es mir.«

»Weil wir dich brauchen, Drengi«, erwidert sie dann für gewöhnlich. »Dein Klan braucht dich. Du darfst dich nicht aufgeben.«

Heute aber sagt sie etwas anderes. Heute sagt sie: »Für mich, Drengi. Für mich sollst du gesund werden.«

»Für dich?« Überrascht sieht er sie an. Dann lächelt er. Ein kleines, schüchternes Lächeln.

Morgana errötet. »Ja, für mich! Ist das so absonderlich?«

»Ein wenig schon. Ich bin ein alter Mann, im Krieg besiegt, ein halber Krüppel.«

Sie schüttelt ärgerlich den Kopf. »Red keinen Unsinn! Du bist weder alt noch ein Krüppel. Bald bist du wieder gesund. Und du bist Herr eines stolzen Klans. Eine Niederlage ist nicht das Ende der Welt.«

Drengi schließt die Augen. Sie lauscht seinem Atem. Hab ich ihn verärgert?, fragt sie sich. Doch dann spürt sie, wie er ihre Hand drückt.

»Für dich gesund werden?«, hört sie ihn leise fragen. »Meinst du es wirklich so, wie es sich anhört?«

»Ja, Drengi. So meine ich es«, flüstert sie. Dann rückt sie etwas näher und legt seine Hand auf ihren Bauch. »Spürst du ihn, meinen Sohn?«

Er lächelt, ohne die Augen zu öffnen. »Ich spüre ihn. Destartes Geschenk, nicht wahr?«

Morgana zögert noch einen Augenblick. Dann sagt sie: »Und mein Geschenk für dich, Drengi. Das heißt, wenn du ihn haben willst. Dann hast du wieder einen Sohn, einen stolzen Erben der Nebroni.«

Er schlägt die Augen auf und sieht sie an. »Dazu wärst du bereit? Willst du denn nicht zu deinem Vater zurück? Zu deinem eigenen Volk?«

»Schickst du mich etwa fort?«

»Nein, nein! Auf keinen Fall.«

»Dann ist es ja gut.« Sie beugt sich über ihn und küsst ihn auf die Lippen. »Wir beide gehören dir.«

* * *

Als Rana und Hakun mit ihren Kriegern, mit Hargrim und den beiden Alben Drengis Wallburg erreichen, erhöhen sie ungewollt die schon bestehende Enge. Müde steigt Rana vom Pferd. Langsam gewöhnt sie sich ans Reiten, doch der Weg von Altorp war lang, und sie sehnt sich nach gutem Essen und einem ruhigen Plätzchen. Nach beidem muss man dieser Tage hier allerdings suchen.

»Tut mir den Gefallen und lagert irgendwo anders«, sagt eine überforderte Gunna und deutet seufzend um sich. »Wir sind schon überfüllt.«

»Nur eine Nacht, Gunna«, sagt Hakun. »Dann sind wir wieder weg.«

Obwohl die Alben nicht reiten, haben sie die anderen nicht aufgehalten. Toki und Oran sind es gewohnt, ihr Wild über lange Strecken zu verfolgen, ja, es regelrecht zu Tode zu hetzen, wenn sie nicht gleich zum Schuss gekommen sind. Und Hargrim ist abwechselnd bei verschiedenen Kriegern mitgeritten. Auf Drengis Hof hoffen sie ein Pferd für ihn zu finden.

Hakun ist entsetzt, in einer Ecke seine Streitwagen wild durcheinander und zum Teil übereinandergetürmt vorzufinden.

»Ich hoffe, du nimmst sie mit«, sagt Gunna. »Wir haben keinen Platz dafür.«

»Für das, was wir vorhaben, kann ich keine Streitwagen gebrauchen.«

»Dann werde ich sie verbrennen.«

Hakun blickt Gunna wütend an. »Untersteh dich!«, knurrt er. »Mit einem dieser Wagen hab ich deinen Bruder vom Feld geholt. Vergiss das nicht.«

»Lass sie hier. Wir kommen schon zurecht«, sagt Harruk, der zu ihnen gestoßen ist, um Hakun und Rana zu begrüßen. Gunna wirft genervt die Arme hoch und geht davon.

»Danke«, murmelt Hakun. Dann bemerkt er den Riesen Odda, der vor dem Eingang zur Halle steht und ihn gleichmütig mustert. »Odda? Was tut der denn hier?«

»Er hat Morgana und ihre Tochter Tura zu uns gebracht, um sie vor Arraks Zorn zu schützen. Und damit du's weißt: Sie hat Orkon nicht umgebracht. Das war dieser verdammte Priester, dieser Urdo. Der Kerl hat sie beschuldigt, um die eigene Haut zu retten.«

»Der Priester? Aber warum?«

»Das erzählt sie dir am besten selbst«, erwidert Harruk mit einem Anflug von Verlegenheit. »Sie ist bei Drengi.«

Was mag sich hinter diesen Worten verbergen?, fragt sich Hakun. Aber er dringt nicht weiter in ihn. »Und wie geht es Drengi?«

»Schon besser, den Göttern sei Dank! Er wird sich erholen.«

Odda tritt vor. Seine massige Gestalt überragt Hakun um Haupteslänge. »Sei gegrüßt, Hakun«, sagt er in tiefem Bass. »Ich weiß nicht, was deine Absichten sind. Aber solltest du gegen Arrak in den Kampf ziehen, dann bin ich dein Mann.«

»Wirklich?« Hakun schüttelt verwundert den Kopf. »Ich glaube, wir haben uns alle viel zu erzählen.«

Rana, die sich neugierig unter den vielen, die im Hof lagern, umgeschaut hat, fragt Harruk. »Wer ist die junge Frau da hinten.«

»Welche?«

»Die Blonde, die da an der Hauswand lehnt und mit dem Mädchen spricht. Sie kommt mir bekannt vor.«

»Das Mädchen ist Morganas Tochter Tura. Die Blonde ist ihre Sklavin.«

»Ihre Sklavin, sagst du? Dann kenne ich sie wohl doch nicht.« Schließlich war Rana selbst nie auf der Kuffaburg. Und doch ... Dann kommt ihr Ada entgegen, und sie vergisst die Sklavin. Die beiden Frauen umarmen sich erfreut. »Ada, meine Liebe, wie geht es dir?«

»Nicht so gut.«

»Du vermisst die Zwillinge?«

Ada nickt bekümmert. »Ich möchte weg von hier. Alles erinnert mich an sie. Kannst du mich nicht mitnehmen? Ich könnte dir dienen.«

»Du willst mir dienen?«

»Ja, dir und der Göttin. Du hast mir doch so viel von ihr erzählt.«

»Das wird nicht gehen, Ada. Nicht bei dem, was wir vorhaben.«

»Was habt ihr denn vor?«

Doch Rana bleibt ihr die Antwort schuldig, denn Hakun wird ungeduldig. »Komm!«, sagt er. »Drengi wartet auf uns.«

»Ada«, sagt Rana. »Schau mal, wen wir mitgebracht haben.« Sie deutet auf die beiden Alben, die etwas verloren bei den Pferden stehen. »Männer deines Volkes. Sprich mit ihnen.«

Ada sieht zu ihnen hinüber. »Alben?«, murmelt sie und wird plötzlich scheu. »Ich weiß nicht ...«

»Geh, und rede mit ihnen. Sie werden sich freuen.«

»Komm endlich, Rana!«, ruft Hakun, der in der Tür des Hauses auf sie wartet.

»Was hast du's so eilig? Ich komm ja schon.«

Sie gehen ins Haus, betreten Drengis Kammer und sehen mit Freude, dass der Klanherr schon etwas Farbe im Gesicht hat. »Dir geht es besser«, sagt Hakun. »Da bin ich froh, denn wir haben uns große Sorgen um dich gemacht.«

»Hakun, mein Sohn!«, erwidert Drengi erfreut. »Dir verdanke ich mein Leben. Ohne dich –«

»Ach, wir hatten einfach Glück, dich da rauszuholen. Mein Mann hatte selbst einen Pfeil in der Schulter, aber er wollte sich nicht die Zügel aus der Hand nehmen lassen und hat dich hergefahren. Ihm gebührt mehr Dank als mir.« Er wendet sich an Harruk. »Weißt du, wie es ihm geht?«

»Dem geht's auch schon besser, hab ich gehört.«

»Wie heißt der Mann?«, fragt Drengi.

»Horan.«

»Ich werde ihn belohnen.« Drengi wendet sich Morgana zu und lächelt. »Ich bin von guten Geistern umgeben. Denn auch Morgana hat mich vor dem Tod bewahrt.«

»Übertreib nicht, Drengi. Ich hab dich nur gepflegt.«

Rana mustert die Fürstin verstohlen. Sie erinnert sich noch gut an sie während des Frühlingsfests. Morganas Kinderwunsch hat sich sichtlich erfüllt. Und die Schwangerschaft scheint ihr zu bekommen, denn sie strahlt eine lächelnde, in sich ruhende Gelassenheit aus, die sie wie eine Aura umgibt und sie noch schöner wirken lässt, als sie ohnehin schon ist. Ihre Bewegungen sind ruhig und anmutig, und in ihrem Antlitz leuchtet jedes Mal etwas auf, wenn sie mit Drengi einen Blick tauscht.

Da tut sich was, denkt Rana erstaunt, denn Blicke, wie Morgana sie für Drengi übrig hat, sprechen eine Sprache, die jede Frau versteht.

»Wir müssen reden«, sagt Hakun, »und die nächsten Schritte planen.«

»Was für Schritte?« Drengis Miene wandelt sich mit einem Mal zu einem Ausdruck von Niedergeschlagenheit und Bitternis. »Arrak hat mein Heer vernichtet. Zwei Söhne habe ich an ihn verloren. Mein Klan hat viele Tote zu beklagen. Und du willst mehr davon? Ich sage dir, für mich ist der Krieg vorbei. Ich hätte ihn nie beginnen sollen.«

»Für Rana und mich ist er noch lange nicht vorbei.«

Drengi wirft Rana einen mürrischen Blick zu. »Immer noch so feurig, Rana?«

»Arrak hat mein Dorf überfallen, Herr. Viele Tote. Unter ihnen mein Vater. Arrak hat ihn gefoltert und dann erschlagen. Und meinen Bruder hat er verschleppt.«

Drengi ist sichtlich betroffen. »Bei Wuodan! Das tut mir leid. Und deine Mutter?«

»Sie lebt. Wenn man das leben nennen kann, nach dem, was man ihr genommen und dazu noch angetan hat. Für dich mag der Krieg vorbei sein, nicht für mich.«

»Verstehe«, murmelt Drengi und seufzt. Er sieht auf einmal grau und erschöpft aus.

Morgana legt ihm die Hand auf den Arm. »Drengi ist müde«, sagt sie. »Viel reden überanstrengt ihn noch. Er muss jetzt ruhen. Kommt später wieder.«

»Natürlich«, erwidert Hakun, und sie verlassen die Kammer.

Stunden später, nachdem die Neuankömmlinge sich vom langen Ritt ein wenig ausgeruht, gewaschen und ein mageres Mahl geteilt haben, ist es an der Zeit, Kriegsrat zu halten. Odda, Harruk, Hakun und Rana versammeln sich erneut in Drengis Kammer. Er scheint geschlafen zu haben. Die Ruhe hat ihm gutgetan, denn sein Blick ist wach, und seine Wangen sind nicht mehr so fahl. Morgana sitzt wie zuvor an seiner Seite.

Rana hat den Kasten mit der Bronzescheibe dabei und stellt ihn neben ihren Stuhl. Als Erstes bringen sie sich gegenseitig auf den neuesten Stand. Odda und Morgana erzählen, was sich auf der Kuffaburg zugetragen hat und von ihrer Flucht. Morgana macht kein Hehl aus ihrer Untreue zu Orkon. Urdo!, denkt Rana. Was für ein Mann mag der wohl sein, dass Morgana sich mit ihm eingelassen hat? Dann ist sie selbst an der Reihe und berichtet von Altorp und erwähnt auch ihren Besuch bei den Alben. Harruk schließlich erzählt, dass Arrak bei der Bestattung Orkons seinem verdammten Gott eine der Geiseln, einen zehnjährigen Jungen, geopfert hat.

»Ein Kind?«, entfährt es Morgana. »Wie abscheulich!«

»Unsere Leute mussten ohnmächtig zusehen«, knurrt Harruk.

Es herrscht einen Augenblick lang lähmende Stille. Wie kann man ein zehnjähriges, unschuldiges Kind umbringen?, denkt Rana. Nur, weil der eigene Vater zu Grabe getragen wird? Wollte Arrak damit wirklich Hador gnädig stimmen? Wir Ruotinger opfern unseren Göttern, aber doch keine Kinder. Allein bei dem Gedanken dreht sich ihr der Magen um.

»Damit hat er den Frieden gebrochen«, lässt Hakun schließlich von sich hören.

Aller Blicke ruhen nun auf Drengi. Wird er seine Meinung ändern? Soll der Krieg von Neuem beginnen?

Doch Drengi schüttelt den Kopf. »Es ändert nichts. Arrak hat immer noch elf Geiseln. Und wir sind so machtlos wie zuvor. Ich denke, genau das wollte er uns damit vor Augen führen.« Er blickt Odda an, der den halben Raum mit seiner Gegenwart füllt. »Und du? Wir wissen immer noch nicht, warum du so lange an Orkons Seite gedient hast, obwohl du ihn angeblich gehasst hast, wie Morgana mir erzählt.«

Odda starrt eine Weile auf seine großen Hände. Dann wirft er einen verlegenen Blick in die Runde. »Ich bin nicht stolz darauf, dass ich Orkon all die Jahre gedient habe, denn er war ein schrecklicher Kerl. Mit der Zeit habe ich ihn wirklich hassen gelernt. Aber ich schuldete ihm. Das ist der Grund.«

»Erzähl!«, sagt Hakun.

Odda sieht ihn an. »Ihr wollt es wirklich wissen? Nun gut. Tatsache ist, dass Orkon gelegentlich auch fähig war, Gutes zu tun. Was mich betrifft … Eigentlich bin ich Guvarri und komme aus dem Norden. Wilde Stämme überfielen vor Jahren mein Dorf, wie es nicht selten geschieht. Mich hat von hinten der Schlag einer Steinaxt gefällt, und ich lag da wie tot. Hier, man sieht noch die Narbe.«

Er zeigt kurz auf seine rasierte Schläfe, wo eine gezackte weißliche Narbe zu sehen ist. »Es war Zufall, dass Orkon mit Kriegern in der Nähe war. Er hat die Nordmänner vertrieben. Die hatten schon viele von uns getötet und unsere Hütten angezündet. Auch unser Haus brannte lichterloh, und mein Weib war darin gefangen, während ich bewusstlos am Boden lag und ihr nicht helfen konnte.«

Odda verstummt und blickt zu Boden. Die Erinnerung scheint ihm immer noch zu schaffen zu machen. Dann schaut er auf und fährt fort: »Orkon muss sie schreien gehört haben. Er zögerte keinen Augenblick, wie man mir später berichtet hat, wagte sich selbst ins Feuer und holte sie mehr tot als lebendig heraus. Für diese Tat war ich ihm unendlich dankbar. Und er wusste es zu nutzen, denn wegen meiner Größe und Stärke wollte er, dass ich ihm als Leibwache diene. Bei allen Göttern musste ich ihm ewige Treue schwören. Was ich damals nur allzu bereitwillig tat. Später habe ich es bereut. Denn mein Weib ist an ihren Wunden schließlich doch noch gestorben. Aber wie ich schon sagte, Orkon konnte manchmal auch großzügig sein und Gutes tun. Und ein Schwur ist ein Schwur. Mit den Göttern spielt man nicht.«

»Das erklärt es«, sagt Hakun, als Odda geendet hat. »Es ehrt dich, dass du deinen Schwur nicht gebrochen hast.«

Morgana legt ihre Hand auf Oddas Arm. »Und ich kann dir nicht genug danken, dass du Tura und mich sicher aus der Kuffaburg gebracht hast.«

Odda neigt kurz sein mächtiges Haupt.

Drengi wendet sich an Hakun. »Nun, da das geklärt ist, möchte ich wissen, was du nun vorhast. Aber ich sage schon jetzt: Auf keinen Fall will ich, dass du unsere Geiseln und den Frieden gefährdest, der mit Arrak vereinbart wurde.«

»Ein erzwungener Frieden.«

»Er hätte uns auch belagern können. Sehr lange hätten wir nicht standgehalten.«

Hakun sieht ihn trotzig an. »Ich bin kein Nebroni und habe

deshalb keine Vereinbarung mit Arrak. Ich verlange auch gar nichts von dir.« Er wirft Rana einen Blick zu. Dann fährt er fort: »Rana und ich sind fest entschlossen, alles zu versuchen, Arrak zu stürzen. Auch wenn ihr anderen das für unmöglich haltet. Und wie die Dinge stehen, wird uns das natürlich nicht in einer offenen Feldschlacht gelingen. Wir müssen andere Mittel nutzen.«

»Was für Mittel?«

»Rana, zeig ihnen die Bronzescheibe.«

Ohne weitere Worte öffnet Rana den Kasten und hebt die Scheibe aus ihrer sicheren Verpackung. Sie hält sie hoch, damit alle sie sehen können.

»Bei Wuodan, was ist das?«, entfährt es Drengi.

»Das ist die Botschaft der Göttin des Lichts«, sagt Rana nicht ohne Stolz. Sie legt die Bronzearbeit in Drengis Hände, damit er sie sich genauer ansehen kann. »Die Scheibe zeigt den nächtlichen Sternenhimmel, den jungen Mond und die Sonne. Der Mond ist so dargestellt, dass er uns hilft, jeden Tag des Jahres genau zu bestimmen. Die Sonne dagegen ist das Licht der Göttin, das Licht, das alles auf Erden sprießen und gedeihen lässt. Auch ihr Platz auf der Scheibe hat eine Bedeutung.«

»Woher hast du das?«

»Destarte selbst hat meinen Vater angewiesen, diese Scheibe zu schmieden, damit die Menschen die himmlischen Gesetze und Botschaften verstehen und sich danach richten können.« In kurzen Worten erklärt sie die Bedeutung der sieben Schwestern am nächtlichen Himmel, die Beziehung des Mondes zu ihnen und wie diese Dinge auszulegen sind. Und welche Bedeutung dieses Wissen für sie alle hat.

Drengi ist überwältigt. »Ich weiß nicht, ob ich alles verstanden habe, aber wenn es stimmt, was du sagst –«

»Sie gehört Destarte«, unterbricht Rana sofort. »Jeder Klanherr würde sie sicher gern für sich nutzen, aber sie gehört der Göttin und dem Heiligtum.«

»Ja, natürlich.«

»Ich sage das, weil Arrak verzweifelt nach ihr gesucht hat. Er und Urdo haben ihre Bedeutung erkannt.« Sie erzählt, wie es dazu kam, dass sie davon Kenntnis bekommen haben. »Die Scheibe darf ihnen nicht in die Hände fallen. Aber wir, wir können ihre magische Macht für uns nutzen.«

»Und wie?«, fragt Morgana mit großen Augen.

»Ich werde von Ort zu Ort ziehen, den Leuten von Destartes Botschaft der Liebe berichten und ihnen die Scheibe des Himmelslichts vor Augen führen. Die Ruotinger werden verstehen, dass ein neues Zeitalter angebrochen ist, gegen das Hador machtlos ist.«

»Sie werden dich erwischen«, sagt Drengi besorgt. »Du weißt, was dir dann droht. Und deine Scheibe ist dann auch verloren.«

Ranas Wangen glühen, und ihre Stimme ist voller Inbrunst. »Sie hätten mich vor Tagen in Altorp erwischen können. Aber das haben sie nicht. Und warum? Weil ich den Auftrag der Göttin erfülle. Destarte hält ihre Hand über mich und über alle, die mir helfen.«

»Daran glaubst du?«

»Daran glaube ich.«

Hakun räuspert sich. »Nun, Rana ist nicht allein. Meine Männer und ich werden sie beschützen. Wir nutzen die Dunkelheit und reiten nachts. Und wir verschwinden, bevor Arrak seine Krieger schicken kann.«

»Wollt ihr etwa einen Volksaufstand anzetteln?«, fragt Drengi.

Hakun nickt. »So was Ähnliches.«

»Da habe ich große Bedenken. Das kann ich nicht gutheißen.«

»Das haben wir befürchtet«, erwidert Hakun. »Wir werden es aber trotzdem tun.«

»Erwartet nicht, dass ich euch Krieger mitgebe. Oder dass ich sonst wie das Friedensabkommen in Gefahr bringe. Ich kann meinem Klan nicht noch mehr Opfer zumuten.«

»Das erwarten wir auch nicht.«

Drengi seufzt. »Ich nehme an, ihr wisst, wie verrückt das ist, was ihr da vorhabt. Du warst mir immer wie ein Sohn, Hakun. Ich möchte dich nicht auch noch verlieren. Und auch dich nicht, Rana.«

»Wir sind entschlossen«, sagt sie.

»Das sehe ich. Pferde und Proviant könnt ihr von mir natürlich haben. Aber keine Krieger.«

»Abgemacht.«

PANOS

Panos, du Listiger, steh uns bei. Du bist Meister der Verstellung, der Verführung, der Ränke und Fallen. Mit der sanften Flöte lullst du den Ahnungslosen ein, deine süße Stimme verwirrt und schläfert ein, bis du dein wahres Spiel offenbarst.

Es ist weit nach Mitternacht, und das milchige Licht eines Halbmondes kämpft sich durch die dünne Wolkendecke, die am Abend heraufgezogen ist. Sie befinden sich auf dem Gebiet der Helminger. Es sind fast zwei Monde seit ihrem Gespräch mit Drengi vergangen. Das Ende des Sommers naht, wie die Nachtkühle beweist. Rana fröstelt und zieht sich ihren Umhang enger um die Schultern.

»Sind wir bereit?«, flüstert Hakun.

»Alle am Platz«, erwidert Harruk ebenso leise. Er hat sich Hakun und Rana auf Drengis Befehl hin angeschlossen und soll sie beide mit seinem Leben beschützen. Obwohl Hakun ihm eher Aufgaben eines Unterführers zuweist, denn inzwischen hat Odda sich vorgedrängt und selbst die Rolle einer Leibwache übernommen. Man kann ihn leise atmen hören, denn er hockt direkt hinter ihnen.

Hakun blickt zu den Alben hinüber, die mit aufgelegten Pfeilen warten. Vor ihnen liegt freies Schussfeld. Linker Hand, hinter ein paar Sträuchern, weiß er Hargrim und zwei weitere Schützen ebenso schussbereit, auch wenn sie von seinem Standort aus nicht zu sehen sind.

»Gut«, raunt er. »Dann gib das Zeichen.«

Harruk formt die Hände vor dem Mund und ahmt den leisen Ruf einer Nachteule nach, dreimal hintereinander. Es dauert nicht lange, und rund um das Langhaus vor ihnen flackern kleine Flämmchen auf. Die Glut dafür haben sie in hohlen, mit Zunder gefüllten Aststücken mitgebracht, denn das Schlagen von Funken so nahe am Haus hätte die Männer im Innern aufgeweckt.

Es ist eines der Langhäuser, in denen die Helminger für gewöhnlich ihre Krieger unterbringen. Sie befinden sich immer an strategischen Stellen im Land. Hundert Bettstellen hat so ein Haus, eine Feuerstelle zum Kochen und Brotbacken und einen Verschlag für die Waffen.

Im Hof vor dem Haus befindet sich ein mit Steinen eingefasster Brunnen, gegenüber davon ein Pferdestall für bis zu zehn Tiere. Der hier steht im Augenblick allerdings leer. Daneben ein Vorratsschuppen, halb in den Boden gegraben, und ein Häuschen für zwei schwere Mühlsteine. Was Mehl angeht, sind die Krieger Selbstversorger.

Die beiden Wachen der Helminger waren nicht besonders aufmerksam. Eine schlief, die andere hat Odda mit einem Hieb kurzfristig unschädlich gemacht. Sie haben sie nicht getötet, nur gefesselt und geknebelt. Und ihnen angekündigt, sie auf der Stelle umzubringen, sollten sie versuchen, sich in irgendeiner Weise bemerkbar zu machen.

Das Haus hat zwei Ausgänge. Der Hauptausgang vorn führt in den Hof. Auf ihn zielen Hakuns Bogenschützen. Der zweite befindet sich am hinteren Ende des Hauses und erlaubt den Zugang zu einer Latrine, ein mit Brettern eingefasstes Erdloch mit einer erhöhten Planke darüber. Diese zweite Tür haben sie mit Keilen gesichert, sodass niemand durch sie entkommen kann. Trotzdem stehen auch dort Bogenschützen bereit.

Rana beobachtet, wie die Männer rund um das Langhaus an der mitgebrachten Glut Fackeln entzünden. Bisher scheinen sie nicht entdeckt worden zu sein, denn im Innern des Hauses rührt sich nichts. Die müssen alle tief schlafen. Was Hakun und sie heute Nacht vorhaben, ist ein ziemlich frecher Angriff. Denn dieses Kriegerlager der Helminger liegt mitten in deren Gebiet, nicht sehr weit von der Kuffaburg entfernt. Nachher werden sie sich ziemlich schnell davonmachen müssen.

Sind wir übermütig geworden?, fragt sich Rana. Bisher ist alles gut gegangen. Viel zu gut. Sie wurden schon häufig genug verfolgt, konnten aber immer wieder in den Wäldern untertauchen. Täglich betet sie zu Destarte, dass es so bleibt, dass sie nicht irgendwann einen fatalen Fehler begehen, der alles zunichtemacht und sie das Leben kostet.

Während der letzten Monde sind sie weit herumgekommen. Bei den Gejliren waren sie, bei den Ruotani und bei Hakuns Harrunern. Mal hier, mal dort, ihr Auftauchen immer unberechenbar. Demnächst werden sie auch noch ins Land der Guvarri ziehen. Selbst Drengis Reich haben sie nicht ausgelassen, um den Anschein zu vermeiden, er könnte dahinterstecken und heimlich das Friedensabkommen brechen. Einmal haben sie sich sogar zum Schein von seinen Kriegern verfolgen lassen.

Meistens sind sie nachts unterwegs, tagsüber lagern sie irgendwo tief im Wald, immer bemüht, nachher ihre Spuren zu verwischen. Ein paarmal wären sie beinahe von Helminger Reitern gestellt worden, aber jedes Mal konnten sie entkommen. Nicht zuletzt dank der Hilfe der Alben. Niemand kennt sich besser in der Wildnis aus, weiß besser, wie man sich versteckt und unsichtbar macht.

In jedem Dorf, das sie aufsuchen, verkündet Rana Destartes Botschaft und das Ende der Herrschaft Hadors. Sie spricht vom Ende der Menschenopfer und der harschen Abgaben, die die Bauern zu leisten haben, und auch vom Ende der schlechten Ernten der letzten Jahre. Destarte stehe schließlich für Liebe, Wachstum und Fruchtbarkeit.

Ihre eindringlichen Worte, die tiefe Überzeugung, mit der sie zu den Menschen spricht, und ihre Anteilnahme für die Leiden des Volkes bringen ihr immer mehr Zulauf. Nicht zuletzt dank der Magie der Himmelsscheibe, die sie immer bei sich hat. Die überirdisch wirkende nachtdunkle Scheibe mit ihren goldenen Himmelskörpern – besonders wenn nachts von Fackelschein beleuchtet – kann für das einfache Bauernvolk wirklich nichts anderes sein als eine heilige Botschaft, eine Verheißung der Götter. Auch wenn die meisten nicht verstehen, was es mit Monden und Tagen auf sich hat, schenkt Rana ihnen Hoffnung und lässt sie an Destartes Macht glauben. Daran, dass eine Zeit des Wandels angebrochen ist, ein neues Zeitalter des Lichts und der Gerechtigkeit und der Liebe. Die Menschen sehnen sich danach.

Allerdings gehören zu ihren Unternehmungen auch Überfälle auf Kriegslager der Helminger. Um zu zeigen, dass die Macht der Helminger bröckelt. Und sie erbeuten dabei Waffen, die sie mit klaren Anweisungen für den Tag verteilen, an dem die Götter selbst unter Destartes Führung in den Kampf eingreifen, um Hador ins Schattenreich zurückzudrängen und in der Welt eine gerechte Ordnung zu schaffen.

Dass Hakun und Rana all dies ungestraft ausrichten können, hat ihnen den Ruf der Unbesiegbarkeit eingebracht, als seien sie nicht greifbare, überirdische Wesen, im Auftrag der Himmlischen unterwegs. Sogar die Klanherren lassen sie gewähren. Man hilft ihnen nicht, aber man wagt auch nicht, sie zu verfolgen. Im Volk ranken sich bereits Legenden um die mutige Priesterin und den jungen Krieger der Harruner, der ihr Liebhaber ist. So wird jedenfalls gemunkelt, obwohl Letzteres nicht stimmt. Noch hält Rana sich zurück. Aber die Kunde der Göttin des Lichts, die das Volk befreien wird, verbreitet sich wie ein Lauffeuer im ganzen Land und weckt Hoffnungen.

Wo sie auftauchen, werden sie meist begeistert empfangen, manchmal aber auch mit Misstrauen und Feindseligkeit. Letzteres besonders bei den Edlen des Landes, die einen Umsturz fürchten.

Auch für sie hat Rana eine Botschaft. Niemand wolle ihnen etwas nehmen, auch Destarte nicht. Im Gegenteil. In einem Land ohne die Willkür einer einzigen Familie wird es allen besser gehen.

Und nun sind sie hier, tief in Feindesland. Rana ist unruhig. Es muss die Nähe der Kuffaburg sein, sagt sie sich. Ihr Herz klopft bis zum Hals, sie kann es spüren. Vielleicht hätte sie die anderen nicht zu diesem Anschlag überreden sollen. Harruk war dagegen. Zu gefährlich, hat er gemeint. Auch Hakun tat sich schwer mit der Entscheidung, den Bären in der eigenen Höhle an der Nase zu kitzeln.

Auf ihren Reisen quer durchs Land ist ihnen vieles zu Ohren gekommen. Oft waren es schreckliche Geschichten von Plünderungen, Machtmissbrauch, verschleppten Söhnen und Töchtern. Natürlich sind es Einzelschicksale, aber viele davon. Eines ist deutlich: Orkon war zu Lebzeiten alles andere als beliebt, aber der junge Fürst ist überall verhasst. Seit er seinen Vater beerbt hat, scheint Arrak kein Maß mehr zu kennen. Die Macht ist ihm zu Kopf gestiegen. Jede Gegenmeinung wird im Keim erstickt, jeder Widerstand brutal unterdrückt. Rana ist überzeugt, dass selbst die Helminger genug von ihm und seinem Familienklan haben. Der neue Fürst scheint die eigenen Leute noch weniger zu schonen als andere Ruotinger. Ein erfolgreicher Schlag im Herzen des Feindes sollte ihre Anhänger deshalb ermutigen und ihren Ruf der Unantastbarkeit weiter stärken.

Und doch ist dies nicht der einzige Grund für den heutigen Überfall. Bisher war Rana überzeugt, dass ihr Bruder längst den Tod auf Hadors Altar gefunden hat. Doch nun ist ihnen zu Ohren gekommen, dass er lebt. Wie ein Tier sollen sie ihn in einem Käfig auf der Kuffaburg halten. Ein Mann, der kürzlich dort war, hat versichert, ihn gesehen zu haben. Es ginge ihm denkbar schlecht, aber wenigstens sei er noch am Leben.

Natürlich ist es unmöglich, ihn aus der Kuffaburg zu befreien. Doch für ihren Bruder ist Rana bereit, jedes Wagnis auf sich zu nehmen. Sie hat lange gebraucht, Hakun von ihrem Vorhaben zu überzeugen. Gut möglich, dass er immer noch dagegen ist. Aber am Ende haben sie alle zugestimmt und einen Plan entwickelt. Odda hat am meisten dazu beigetragen. Mögen die Götter ihr Flehen erhören und ihnen beistehen, damit es klappt und ihr Vorhaben sich nicht als große Dummheit herausstellt!

Rana blickt auf das Langhaus unterhalb der Böschung, auf der sie stehen. Das Dach hat an mehreren Stellen Feuer gefangen. Noch immer hat es keiner der Schläfer im Innern bemerkt. Auf diese Weise hat Drengi vor einigen Monden, noch vor der vernichtenden Schlacht eine ganze Hundertschaft der Helminger umgebracht. In ihrem eigenen Langhaus hat er sie elendig verbrennen lassen.

In diesem Augenblick lässt sich ein erschrockener Schrei aus dem Innern des Hauses vernehmen. »Feuer!«, brüllt einer. »He, wacht auf, Männer! Wir müssen hier raus!«

Dann die Stimme eines anderen. »Die Tür hinten klemmt! Wir müssen vorne raus.«

Schon stürzt der Erste halb nackt aus der Tür. Erschrocken bleibt er stehen, als zwei Pfeile mit einem deutlichen Laut vor seinen Füßen einschlagen. Er weicht zurück und blickt sich um.

»Keinen Schritt weiter!«, brüllt Hakun, als andere durch die offene Tür drängen wollen. »Ihr seid umzingelt. Wer rauskommt, kriegt einen Pfeil in die Brust. Habt ihr verstanden?« Zur Bekräftigung lässt einer der Alben noch einen Pfeil fliegen, der sich in den Querbalken über der Tür bohrt. Das lässt die Kerle zurückzucken.

Einen Augenblick lang herrscht erschrockene Stille. Nur das bedrohliche Knistern des brennenden Strohs auf dem Dach ist zu hören. Dann antwortet eine tiefe Stimme. »Was wollt ihr? Uns im Feuer umbringen, wie Drengi es getan hat? Kampflos werden wir uns nicht ergeben.«

»Niemand muss heute sterben, solange ihr tut, was ich sage.«

Rana hat von Anfang an darauf bestanden, dass nur getötet

wird, wenn es unumgänglich ist. Und so haben sie es bisher gehalten, auch wenn die Männer darüber den Kopf schütteln. Aber Rana hält an diesem Grundsatz fest. Destarte ist das Leben und nicht der Tod.

»Niemand soll sterben!«, wiederholt Hakun. »Habt ihr mich verstanden?«

Wieder der Mann mit der tiefen Stimme: »Und das sollen wir glauben?«

»Wer bist du? Und wie ist dein Name?«

»Ich bin Urak und der Hauptmann hier.«

»Gut, Urak. Dann tritt vor. Aber du allein.«

Ein kräftiger, untersetzter Mann zwängt sich durch seine Männer in der Tür und tritt in den Hof. Am Leib trägt er nur einen Lendenschurz. Das Feuer muss auch ihn im Schlaf überrascht haben. Unsicher blickt er sich um und sieht die Bogenschützen, deren Pfeile auf ihn gerichtet sind. Dahinter kampfbereite Krieger mit Speeren in der Faust.

Er wirft einen kurzen Blick zurück zu seinen Leuten in der Tür. Dann sieht er Hakun an, nickt und zuckt mit den Schultern. Er scheint die Lage richtig einzuschätzen. Sie sitzen in der Falle. Für ihn und seine Kameraden gibt es nur zwei Möglichkeiten: entweder elendig im Haus verrecken oder kämpfend ins Freie stürmen, nur um einer nach dem anderen abgeschlachtet zu werden.

»Was habt ihr mit den Wachen gemacht?«

»Die leben.«

»Und was wollt ihr von uns?«

Hakun nähert sich ihm bis auf zehn Schritte. Der Mann starrt ihn an. Dann wandert sein Blick zu Rana, und seine Augen weiten sich, als er Odda neben ihr gewahrt. »Odda, der Verräter«, murmelt er. Dann blickt er wieder zu Hakun. »Und du bist Brodars Sohn. Der Kerl, der das ganze Land in Aufruhr versetzt. Du und diese Hexe da.« Er deutet auf Rana.

»Richtig geraten«, erwidert Hakun gleichmütig. »Wie du

siehst, sind wir dabei, euer Langhaus niederzubrennen. Wir tun das nicht zum ersten Mal, wie du bestimmt schon gehört hast. Sag deinen Männern, sie sollen langsam, einer nach dem anderen, herauskommen, jeder mit seinen Waffen in der Hand. Schild, Speer, Axt und Dolch. Nicht zu vergessen Bogen und Pfeile. Und deinen Stabdolch. Verstanden?«

Urak nickt grimmig.

»Die Waffen legt ihr hier, wo ich stehe, auf einen Haufen. Danach reiht euch vor dem Stall auf. Wer sich fügt, dem geschieht nichts. Nachher lassen wir euch gehen, das ist versprochen. Aber sollte einer sich widersetzen, endet er mit Pfeilen in der Brust oder einen Speer in den Eingeweiden. Wer trotz allem nicht aus dem Haus kommt, stirbt in den Flammen. Ist das so weit klar?«

Es ist klar. Urak geht zurück zum Haus, auf dessen Dach sich die lodernden Flammen gierig durchs Stroh fressen, und brüllt seinen verängstigten Männern im Innern zu, was sie zu tun haben.

Wenig später kommen sie einer nach dem anderen mit ihren Waffen heraus und legen sie auf den langsam anwachsenden Haufen vor Hakuns Füße. Odda steht mit seinem Speer daneben, um sicherzustellen, dass keiner von ihnen auf dumme Gedanken kommt. Das Ganze dauert eine Weile, denn das Langhaus ist gut besetzt. Hakun zählt etwas über neunzig Mann. Die letzten müssen sich beeilen, denn inzwischen zieht schwerer Rauch durch das Langhaus. Einmal kracht es schon im Gebälk, und Funken sprühen in den Nachthimmel.

»Sind das alle?«, fragt Hakun. Als Urak es bestätigt, befiehlt er ihm, sich zu den anderen zu stellen.

Leicht bekleidet und fröstelnd stehen die Helminger vor dem Stall. Hakun, der eine brennende Fackel hochhält, sieht sie sich an. Die meisten sind jung, einige haben kaum Bartflaum am Kinn, aber alle sind kräftige Burschen. Urak muss sie gut gedrillt haben. Doch halb nackt und ohne Waffen fühlen sie sich unsicher. Das ist an ihren Mienen zu erkennen.

Rana tritt vor. Den Umhang hat sie abgelegt. Nun steht sie in ihrem Priestergewand vor den jungen Männern. In den Händen hält sie die Bronzescheibe und hebt sie in die Höhe. Vor dem Hintergrund des brennenden Hauses macht sie eine heldenhafte Figur in ihrem weißen Gewand mit der bronzenen Scheibe hoch über dem Haupt. Hakuns Fackel bringt das Gold darauf zum Leuchten.

»Dies ist die heilige Scheibe der Destarte«, sagt sie. »Ihr habt sicher davon gehört. Sie ist Destartes Botschaft an das Volk, dass wir neuen und besseren Zeiten entgegengehen. Für alle Ruotinger, auch für euch.«

Sie senkt die Arme, hält aber die Scheibe weiter vor den Leib, damit alle sie sehen können. »Wer dieses Jahr beim Wagenrennen war, der weiß, was dort geschehen ist. Nach Arraks Mord an Drengis Sohn habe ich Orkon im Namen der Göttin prophezeit, dass schon bald das Ende seiner Herrschaft kommen wird, dass Hador selbst ihn ins Jenseits holen wird, ja, dass sein ganzer Familienklan dem Untergang geweiht ist. Die Prophezeiung betrifft Arrak genauso, auch wenn er sich auf seinem Hochsitz noch sicher wähnt. Und wie ihr wisst, ist meine Weissagung auf dem besten Weg, sich zu erfüllen. Denn kurz nach dem Wagenrennen hat Orkon das ihm verkündete Schicksal bereits ereilt. Hadors Priester – nicht irgendjemand, sondern Hadors Priester! – hat ihn hinterrücks erstochen. Kann es einen besseren Beweis dafür geben, dass ich recht habe?«

Sie blickt den jungen Kriegern ins Gesicht. Ihre schlanke Gestalt in dem weißen Priesterinnengewand vor dem brennenden Haus, die golden glänzende Scheibe in ihren Händen, ihre Worte und ihre Augen, mit denen sie jedem Einzelnen in die Seele zu blicken scheint, wirft einen Zauber über die Männer. Manche ertragen ihren Blick nicht und senken die Augen zu Boden, andere, besonders die Jüngeren, starren sie mit offenen Mündern an. Nur an Uraks grimmer Miene lässt sich ablesen, dass er ihr nicht traut.

»Genau wie seinem Vater wird es auch Arrak ergehen«, fährt

sie fort. »Danach wird unser Land endlich frei sein und einer guten Zukunft entgegenblicken. Wir lassen euch jetzt gehen, aber es ist an euch zu wählen, auf wessen Seite ihr stehen wollt: Dient ihr weiter Arraks finsteren Mächten oder den siegreichen Kräften der göttlichen Destarte?«

Sie wendet sich ab und tritt zurück an Oddas Seite.

»Ihr lasst uns wirklich gehen?«, fragt Urak ungläubig.

»Komm ein paar Schritte zur Seite«, sagt Hakun. »Ich habe eine Botschaft für Arrak, die du überbringen sollst.«

Jetzt kommt es, denkt Rana mit klopfendem Herzen. Jetzt werden wir den Austausch anbieten. Wer weiß, ob Arrak darauf eingeht. Wenn ja, dann wird es gefährlich. Denn ihr Plan ist gewagt, und vielleicht werden sie alles verlieren. Aber sie ist entschlossen, die Sache durchzuziehen.

»Was für eine Botschaft soll das sein?«, fragt Urak misstrauisch.

»Sag ihm, dass Rana sich mit ihm treffen will. Und zwar in drei Tagen, genau zur Mittagszeit.« Er nennt ihm den bekannten Ort einer einsamen, Wuodan geweihten Eiche auf halbem Weg zwischen den Kuffabergen und der Onestruda. »Dort an der Eiche sollen sie sich treffen, beide allein und unbewaffnet. Vor allem keine Bögen oder Speere. Ich allein werde Rana zu ihrem Schutz begleiten, mich aber nur auf zwanzig Schritt nähern. Arrak soll seine Krieger mindestens zweihundert Schritt weit zurücklassen. Wir tun das Gleiche. Falls er die Bedingungen nicht einhält, wird er Rana nicht zu Gesicht bekommen.«

»Und wozu das Ganze?«

»Sag ihm, Rana bietet ihm die Bronzescheibe an, die du gerade gesehen hast. Im Tausch gegen ihren Bruder Arni, den er ihr wohlbehalten zu übergeben hat.«

Urak macht große Augen. »Sie will die Scheibe abgeben? Ich dachte, die wäre ihr heilig.«

»Ist sie auch.«

»Ah!«, sagt Urak, als habe er verstanden. »Der Zauber der Scheibe soll ihn vernichten. Ist das eure Absicht?«

»Du sollst nicht denken, sondern die Botschaft überbringen. Und zwar in allen Einzelheiten. Wiederhol mir, was ich gesagt habe.«

Urak tut es. Kaum hat er geendet, bricht mit gewaltigem Krachen das Dach des Langhauses ein. Ein riesiger Funkenregen folgt dem Einsturz, und die Flammen lodern höher als zuvor in den Nachthimmel.

Beide Männer starren einen Augenblick lang auf das Feuer, ihre Gesichter hell erleuchtet. Dann sagt Hakun. »Jetzt macht euch davon. Und vergiss die Botschaft nicht.«

* * *

Herdis sieht zu, wie Borgunna mit von Ton verschmierten Händen an einer Figur der Göttin Hella arbeitet. Die große hölzerne Hella-Stele, die Arraks Angriff auf das Heiligtum zum Opfer gefallen ist, konnte noch immer nicht ersetzt werden. Deshalb hat sie nach dem Brand angefangen, kleine Darstellungen der Göttin aus Ton zu formen und in der Sonne zu trocknen.

Die ersten Versuche waren nicht sehr erfolgreich. Der Ton wurde rissig und zerbröckelte. Vielleicht lag es an der Qualität des Tons, den man ihr gebracht hat. Vielleicht war sie einfach nur ungeschickt. Inzwischen gelingt es ihr besser, und sie lässt ihre Arbeiten beim Töpfer sogar brennen. Fünf Tonfiguren zieren nun ihren kleinen Altar. Es sind keine großen Kunstwerke, aber die Arbeit lenkt Borgunna von ihrem Kummer ab. Das ist wohl der Grund, warum sie immer neue Figuren fertigt, die alle gleich aussehen, etwas klobig und steif, mit strenger Miene. Stellt sie sich so Hella vor?

Trotz der Ablenkung kommen ihr ab und zu die Tränen. Dann wischt sie sich mit dem Handrücken übers Gesicht und hinterlässt

Tonspuren auf den Wangen. Besonders abends, wenn die beiden Frauen beim flackernden Schein einiger Talglichter unter dem Vordach des Heiligtums sitzen und reden, hat sie mit ihren Gefühlen zu kämpfen und mit den Gespenstern in ihrer gequälten Seele.

»Warum sind Männer solche Tiere?«, fragt sie mit einem Zittern in der Stimme. »Was haben sie davon, Weiber zu vergewaltigen? Macht ihnen das wirklich Spaß?«

»Es geht nicht um Spaß, Borgunna. Es geht ihnen um Demütigung. *Seht her, was wir mit euren Weibern machen*!«

»Hast du nicht Angst, dass sie wiederkommen? Dass alles noch mal geschieht.«

»Natürlich hab ich Angst«, erwidert Herdis. »Bei jedem ungewohnten Geräusch zucke ich zusammen, und mein Herz schlägt schneller. Jeden fremden Kerl beäuge ich mit Misstrauen. Manchmal wache ich in der Nacht auf, weil mich ein Albtraum quält. Dann sehe ich alles noch einmal vor mir, und ich glaube zu ersticken. Man ist nicht mehr dieselbe. Es wird lange dauern, bis einen die Angst verlässt. Vielleicht wird man sie nie mehr los.«

»Man merkt es dir gar nicht an. Du bist immer so stark.«

»Nur äußerlich, Borgunna. Im Innern zittere ich wie ein welkes Blatt im Wind.«

»Und warum bestehst du dann darauf, dass wir hier oben schlafen, statt unten im Dorf? Nachts ist es so still und einsam hier. Oft liege ich wach und fürchte mich.«

Die Männer haben ihnen im Dorf neben der Schmiedewerkstatt eine behelfsmäßige Hütte errichtet, denn mit dem Neuaufbau des Hauses wird es dieses Jahr wohl nichts mehr. Es gibt so viel zu tun, und Familien mit Kindern haben Vorrang. Doch in der Hütte will Herdis nicht übernachten. Sie zieht es vor, Tag und Nacht auf dem Frauenhügel zu verbringen, als wäre das Heiligtum ihre persönliche Festung, die es zu verteidigen gilt. Und Borgunna bleibt an ihrer Seite, weil sie die Einsamkeit nicht erträgt. Besonders nachts, wenn unten im Dorf alles an ihren toten Mann erinnert.

»Warum ich hierbleibe? Weil dies hier unser Heiligtum ist, Borgunna. Niemand soll es uns nehmen. Das schulden wir den Göttinnen. Außerdem, was haben wir denn sonst noch im Leben? Man hat uns alles genommen.« Bei diesen Worten werden selbst Herdis' Augen feucht.

»Du wirst bald ein Enkelkind haben«, erwidert Borgunna.

Es ist nicht das erste Mal, dass sie davon redet. Eigene Kinder sind ihr versagt geblieben. Deshalb nimmt sie wohl so großen Anteil an Kiras Schwangerschaft. Kira kommt oft auf den Hügel, um die beiden Priesterinnen zu besuchen. Jedes Mal legt Herdis ihr die Hand auf den Leib, um zu fühlen, ob das Kind sich schon rührt.

Dann denkt sie an ihren Sohn. Das Kind wird seinen Vater nie kennenlernen. Hoffnung, dass sie Arni jemals lebend wiedersehen, hat Herdis nicht. Kira wird zum zweiten Mal Witwe sein. Und Herdis selbst eine verbitterte, verhärmte Priesterin, eine Frau, der man den Sohn und den Mann genommen hat. Sie vermisst Utrik. Schon an ihn zu denken tut weh.

Herdis fährt sich mit der Hand übers Gesicht und seufzt. Beide schweigen eine Weile. Dann sagt Herdis: »Das Schlimmste ist, dass man niemanden mehr hat, an den man sich nachts schmiegen kann. Keine Küsse, keine Zärtlichkeiten, keine Stimme, die tröstet, keine Arme, die einen festhalten.«

Borgunna nickt bekümmert. Wie andere Weiber wurde auch sie während des Überfalls im Dorf geschändet. Die Panik, die Todesangst und die Hilflosigkeit, die sie dabei empfunden hat, stecken ihr tief in der Seele und so dicht unter der Haut, dass sie bei jeder Gelegenheit wieder hervorbrechen und sie zu ersticken drohen.

Aber noch mehr quält sie, dass sie Zeuge wurde, wie Arraks Krieger ihren Mann, der ihr zu Hilfe eilen wollte, erschlagen haben. Vor ihren Augen. Sie kriegt das schreckliche Bild einfach nicht aus dem Kopf. Es überfällt sie zu den unmöglichsten Zeiten.

Das viele Blut, sein letztes Röcheln und dann der leblose Leib ihres lebenslangen Gefährten.

Ohne Herdis wäre sie längst verrückt geworden. »Ja«, flüstert sie. »Das ist das Schlimmste.«

Wieder schweigen beide Frauen. Was ist da noch zu sagen? Der Schmerz sitzt so tief, dass es einem den Atem nimmt. Man muss sich ab und zu daran erinnern, Luft zu holen. So kommt es einem vor. Am Anfang haben sie viel darüber geredet. Stundenlang. In letzter Zeit weniger. Es ist im Grunde alles gesagt. Und Jammern bringt die Toten nicht zurück.

»Sollen die Rachegöttinnen ihn verfolgen«, murmelt Herdis.

»Wen? Arrak?«

In Herdis' Augen funkelt der Hass. »Wen sonst? Quälen sollen sie den Bastard bis in alle Ewigkeit. Dreimal täglich sollen sie ihm die Leber rausreißen und den Aasgeiern zum Fraß vorwerfen. Der Kerl ist eine Missgeburt. Der verdient nicht, noch länger am Leben zu sein.«

Tagsüber sind die beiden mit Besuchern des Heiligtums beschäftigt. Es kommen viele aus der Umgebung, die von dem Überfall auf das Dorf erfahren haben. Sie bringen Feldfrüchte und Beeren, Korn und gelegentlich ein Huhn. Fallholz gibt es im Wald und Wasser an der Quelle auf halber Höhe des Hügels. Die beiden Frauen haben also genug, um für sich zu sorgen. Herdis ist jedoch nicht mehr ihr altes Selbst. Es fällt ihr schwer, Fremden gegenüber Wärme zu zeigen. Manchmal ist sie abweisend und schroff zu den Leuten. Dann muss Borgunna ausgleichen.

Drengis Niederlage war ein schwerer Schlag, der allen im Dorf den Mut genommen hat. Das Böse hat gesiegt. Es gibt niemanden im Land, der die Stärke oder den Willen hat, sich gegen die Helminger aufzulehnen. Ihre größte Hoffnung war ihr Klanherr Drengi. Nun ist auch diese Hoffnung zerschlagen. Die Altorfer fühlen sich schutzlos und von allen verlassen.

In letzter Zeit allerdings erreichen wundersame Gerüchte das

Dorf. Von Rana und Brodars Sohn Hakun. Man wagt kaum, es zu glauben, aber ein Geraune und Getuschel geht durchs Land, von der Priesterin des Lichts ist die Rede und von ihrem heldenmütigen Harruner und seiner kleinen Schar tapferer Krieger. Sogar Hundertschaften der Helminger sollen sie überfallen und besiegt haben. Ist das denn möglich? Immer mehr Menschen beten in letzter Zeit zu Destarte, glauben, dass allein die Göttin dem Land Gerechtigkeit und Frieden bringen kann. Auf dem Frauenhügel hat sich die Besucherzahl verdoppelt. Jedenfalls kommt es den beiden Frauen so vor.

Seit ihnen diese Gerüchte zu Ohren gekommen sind, nimmt Herdis wieder eine stolzere Haltung an. Manchmal lächelt sie sogar. »Wer hätte das gedacht?«, sagt sie und schüttelt verwundert den Kopf. »Meine kleine Rana. Sie hatte schon immer ihren eigenen Kopf. Man konnte sie nicht bremsen.«

»Sie ist ein tapferes Mädchen«, sagt Borgunna.

»Ja, das ist sie. Und sie wird den Bastard besiegen.« Herdis starrt in die Ferne, als könnte sie dort irgendwo bei ihrer Tochter sein. Auf ihren Zügen zeigt sich ein grimmiges Lächeln. »Weißt du«, sagt sie, »das erinnert mich an die Entstehung der Welt. Als Uron, der Geist des Himmels, der Gestirne und der Winde, über Erdmutter Gaia herfiel und sie mit Gewalt nahm. Und das nicht nur einmal. Du kennst die Geschichte.«

»Natürlich.«

»Viele Kinder hat sie geboren, Ahnen der Götter, Riesen und Kobolde und die Ur-Kuh, von der alle Tiere abstammen. Aber Uron war eifersüchtig auf seine Kinder, wollte Gaia ganz allein für sich haben.«

Borgunna nickt. »Er hat die Kinder verfolgt, wollte sie fressen. Sie mussten sich verstecken.«

»So ist es. Aber Wuodan hat sich ihm entgegengestellt. An seiner Seite die große Schlange Yrdill, die aus dem Meer gekrochen ist. Die hat Uron umschlungen und festgehalten, während Wuodan ihn mit einem Streich entmannt hat. Aus Urons Blut, das auf die Erde tropfte, entwuchs die schöne Destarte.«

»Was willst du mir damit sagen?«

»Jetzt ist es genauso, Borgunna. Nur dass wir nicht Uron bekämpfen, sondern Hador, der zur Besänftigung Opfer verlangt und eifersüchtig ist und keine anderen Götter duldet. Und diesmal ist es Rana, die die Schlange beschwört und ihn mit ihrer Hilfe entmannen wird. Und mit ihm wird sie auch Arrak, seinen Gehilfen, vernichten.«

»Glaubst du?«

»Sie wird ihn in den Straub treten und seine hässliche Fratze zerschmettern.«

»Ich wünschte, es wäre so«, erwidert Borgunna bekümmert. »Aber sie ist doch nur ein Weib.«

»Verlass dich drauf. Ich glaube an Destarte, und ich glaube an Rana.«

»Eines ist sicher, deine Tochter war schon immer anders.«

»Ja, das war sie. Und sie ist es immer noch. Mehr denn je.«

* * *

»Da steckt doch was dahinter.« Ljotors Miene ist skeptisch. »Ich würde mich nicht darauf einlassen.«

»Kam dir was verdächtig vor?«, fragt Urdo.

»Schwer zu sagen«, erwidert Urak. »Ich habe euch Wort für Wort alles wiederholt, was dieser Hakun mir aufgetragen hat. Mehr weiß ich nicht.«

»Und die Priesterin war einverstanden?«

»Sie stand dabei und hat genickt.«

Ljotor schüttelt den Kopf. »Die ziehen seit einer ganzen Weile im Land umher und wiegeln das Volk auf. Dies ist die vierte Hundertschaft, die sie überfallen haben. Langsam reicht's mir. Und immer im Namen ihrer verdammten Göttin! Die Himmelsscheibe als

Botschaft der Götter. Die Leute knien schon vor dem verdammten Ding, hab ich mir sagen lassen.«

»Umso besser für uns, das verdammte Ding, wie du es nennst, endlich in die Finger zu kriegen«, sagt Urdo. »Wenn wir sie haben, dann können wir das Gerede der Priesterin lächerlich machen und die Magie der Bronzescheibe für uns nutzen.«

»Gerade deshalb kann ich nicht glauben, dass sie bereit ist, ihre magische Scheibe abzugeben«, sagt Ljotor.

»Sie liebt ihren Bruder, vergiss das nicht«, meint Arrak und grinst boshaft. »Es war klug von Urdo, den Kerl aufzusparen.«

»Außerdem«, sagt Urdo, der einfach weiterspricht, »soll die Bronze tatsächlich himmlisches Wissen enthalten, das auch unsere eigene Macht nur stärken kann. Geheimnisse der Himmelskörper. Und ihr Einfluss auf das Geschehen auf Erden.«

»Was nützen uns diese Geheimnisse, wenn du sie nicht entschlüsseln kannst?«, erwidert Arrak.

»Ich nicht. Aber diese Rana kann es.«

Arrak lacht. »Ich sehe schon, du willst nicht nur die Scheibe, sondern auch das Weib. Das kommt mir gelegen. Du kannst dich an der Scheibe ergötzen, und ich werde mir die Wildkatze Rana vornehmen. Ich bezweifle, dass sie danach noch so aufmüpfig ist.«

»Du fasst sie nicht an, bevor ich mit ihr fertig bin«, sagt Urdo gereizt.

»Keine Sorge. So lange kann ich warten.« Arrak wendet sich an Urak. »Haben die eigentlich gesagt, ob das Treffen zu Fuß stattfinden soll oder zu Pferde?«

»Nein. Dazu haben sie nichts gesagt.«

»Dann eben zu Pferde. Das passt mir besser.«

Ljotor hebt warnend den Finger. »Sei vorsichtig, Arrak. Sie verlangen, dass du ihr allein gegenübertrittst. Dabei ist offensichtlich, dass diese Frau Macht hat. Wer weiß, was sie im Schilde führt. Sicher irgendeine List. Oder einen Zauber, den sie über dich wirft. Du weißt, was die Leute reden. Sie ist eine Magierin und unantastbar.«

Zornig wendet Arrak sich ihm zu. »Glaubst du diesen Unsinn etwa auch? Hör endlich auf zu unken, alter Mann! Hilf uns lieber zu überlegen, wie wir beide packen können, Rana und die Scheibe. Eines ist sicher: Sie will ihren Bruder zurück. Da müssen wir ansetzen. Also lass dir gefälligst was einfallen.«

»Ich hab eine Idee«, sagt Brunn, der die ganze Zeit geschwiegen hat.

»Ah! Dann lass hören.«

* * *

Der Käfig auf der Kuffaburg besteht aus fest in den Boden gerammten, mit Querbalken verbundenen Pfeilern. Darüber sind in Längsrichtung Latten genagelt, und zwar in kurzen Abständen, damit man hineinschauen und die Gefangenen beobachten kann. Eine niedrige, mit einer schweren Kette gesicherte Tür erlaubt es, Essen hineinzuschieben oder in gebückter Haltung hindurchzukriechen. Das Dach besteht aus von Baumstämmen abgespaltenen Brettern, der einzige Schutz gegen das Wetter.

Dieser Käfig steht an einer Stelle des Burghofs, an der die Burgbewohner häufig vorbeikommen. Gefangene sind somit immer sichtbar, was Fluchtversuche unmöglich macht. Außerdem sind sie so ständig dem Spott der Vorübergehenden ausgesetzt. Arni kann sich nur wundern, wie viele sich am Unglück anderer weiden und sich einen Spaß daraus machen, die Gefangenen zu verhöhnen oder mit Dreck zu bewerfen. Nicht selten pinkeln Wachen durch die Latten in den Verschlag hinein. Dabei stinkt es von ihren eigenen Ausscheidungen schon erbärmlich genug, denn die Holzeimer, in die sie gezwungen sind, sich zu erleichtern, fließen über, werden selten geleert.

Strohschütten oder Ähnliches gibt es nicht, auch keine Decken.

Nachts müssen sie frieren, und es bleibt ihnen nichts anderes übrig, als auf dem nackten Erdboden oder an die Käfigwand gelehnt zu schlafen. Manchmal regnet es rein, besonders wenn der Wind aus Westen bläst und Tropfen ins Innere weht. Seit geraumer Zeit teilen zwei junge Bauernsöhne den Käfig mit ihm. Warum sie hier sind, weiß er nicht. Sie behaupten, nichts verbrochen zu haben. Wahrscheinlich hat man sie wahllos aufgegriffen, um sie bei nächster Gelegenheit diesem verdammten Hador zu opfern.

Einer der beiden wurde erwischt, als er versucht hat, sich mit bloßen Händen unter der Käfigwand durchzugraben. Zur Strafe haben sie ihm die Finger der rechten Hand abgehackt. Die Wunden sind entzündet, und die Hand – das heißt, was von ihr übrig ist – ist mächtig angeschwollen und eitert unablässig. Es muss höllisch schmerzen, denn der arme Kerl stöhnt von morgens bis abends. Außerdem hat er Fieber.

Der wird bald sterben, denkt Arni. Auch einer der Wachen hat schon gemeint, der junge Bursche würde kein gutes Opfer mehr für Hador abgeben. Man sollte sein Leiden lieber beenden und die Leiche vors Tor werfen, den Wölfen und Krähen zum Fraß.

Auch was Arni angeht, so hat man ihn tagelang gequält und geschlagen. Erst kürzlich noch. Weil sie wissen wollen, wo Vaters Bronzescheibe versteckt ist. Wenn er es doch nur wüsste! Aber selbst dann würde er es ihnen nicht sagen. Sie haben ihm zweifellos ein paar Rippen gebrochen, denn jeder Atemzug schmerzt. Und sein Gesicht ist bestimmt nicht mehr zu erkennen. Nase und Jochbein sind gebrochen, die Lippen aufgeplatzt, der Kiefer halb ausgerenkt. Kauen ist schwierig geworden, auch wenn es nicht oft was zum Kauen gibt.

Die beiden Mitgefangenen sind genauso ausgemergelt wie er. Wenn sie überhaupt etwas zu essen kriegen, dann sind es Küchenabfälle, die sie selbst den Schweinen nicht zumuten. Es hilft nicht, sich ständig zu fragen, warum Menschen fähig sind, anderen so etwas anzutun. Und warum wieder andere sich daran ergötzen und sich über die Leiden der Opfer lustig machen. Anscheinend sind Menschen so. Für Arni, der bisher in der Geborgenheit seines Dorfes gelebt hat, wo man sich hilft, wenn es nottut, ist dies eine neue Erkenntnis.

Es kann auch nicht sein, dass nur Orkons Fürstengeschlecht für die Willkür und Unterdrückung im Land verantwortlich ist. Ohne die Zustimmung vieler anderer könnten sie sich nicht an der Macht halten. Vor allem Helminger unterstützen ihre Grausamkeiten. Oder dulden sie zumindest, weil sie daraus eigene Vorteile ziehen. Besonders die Edlen. Und in den anderen Klans? Arni vermutet, dass es auch da nicht viel anders aussieht. Schließlich herrscht Orkons Geschlecht schon seit drei Generationen. Arme Rana! Sie versucht, dagegen anzugehen. Ein heldenhafter, aber aussichtsloser Kampf.

Arni versucht, sich so zu setzen, dass die Rippen weniger schmerzen. Das Atmen muss er flach halten. Vorsichtig befühlt er seine Nase. Sie ist geschwollen und wird wahrscheinlich für immer schief bleiben.

Fast noch drückender als seine Lage ist Arnis Sorge um sein Dorf und um seine Familie. Wenigstens war Rana weit weg, als der Überfall geschah. Er fragt sich, was aus ihr geworden ist.

Wirre Bilder schwirren ihm im Kopf herum. Schreckliche Bilder: sein Vater blutig geschlagen, die Mutter von Arraks Kerlen missbraucht. Was aus allen geworden ist, nachdem er bewusstlos wurde, weiß er nicht. Auch nicht, was mit seiner lieben Kira ist. Oh, ihr Götter, macht, dass sie lebt, dass ihr nichts geschehen ist! Und dass sie das Kind nicht verloren hat.

Überhaupt ... die Götter! Kann man ihnen noch vertrauen?

Mutter und Rana klammern sich an Destarte. Dabei hat sie uns elendig im Stich gelassen. Die Götter sind im Grunde grausam, unberechenbar und selbstsüchtig. Sie kümmern sich mehr um ihre eifersüchtigen Streitereien als um uns Menschen, die wir von ihnen abhängig sind. Sie überziehen das Land mit Krieg und

Pestilenz, nur um sich gegenseitig zu ärgern. Destarte lässt das Korn gedeihen, bis Hador es verregnen lässt oder es Thunar einfällt, die Ernte mit einem Unwetter zu vernichten. Niemand weiß, warum er das tut. Vielleicht nur, weil die schöne Göttin sich ihm verweigert hat und lieber mit Kalestos schläft.

Aber vielleicht ist auch das Unsinn. Kann es sein, dass die ganze Götterwelt nur eine Einbildung ist? Dass wir Menschen auf dieser Erde ganz allein und allen Gewalten der Natur schutzlos ausgeliefert sind? Nicht zuletzt unserer eigenen gewalttätigen Natur?

»Da ist er ja, unser guter Schmied!«, hört er plötzlich Arraks verhasste Stimme. In Gedanken versunken hat Arni ihn nicht kommen sehen. Er hebt den Blick. Vor ihm steht der junge Fürst, breitbeinig, die Daumen in den Gürtel gehakt, und mustert ihn mit einem abfälligen Grinsen. Neben ihm steht eine der beiden Wachen, die sich um die Gefangenen kümmern.

Arrak hält sich angeekelt die Nase. »Was für Dreckschweine diese Kerle doch sind! Die stinken zum Himmel. Wer, bei Hador, hält so was aus?« Er wendet sich an den Mann neben ihm und deutet auf Arni. »Hol ihn nachher raus, und gieß ihm ein paar Eimer Wasser über den Kopf. Damit er wieder menschlich aussieht.«

Arni fragt sich schon, wofür er diese Sonderbehandlung verdient hat, als Arrak sich vorbeugt und ihm in die Augen starrt. »Dank deiner Göttin, Schmied. Du kommst nämlich bald frei. Du wirst ausgetauscht.«

Arni runzelt die Brauen. »Ausgetauscht?« Er bringt das Wort nur mühsam über die aufgeplatzten Lippen. Seine Stimme klingt seltsam. Muss mit der gebrochenen Nase zu tun haben, die von getrocknetem Blut verstopft ist.

»Ja, ausgetauscht. Dein Schwesterchen hat sich angeboten, deinen Platz einzunehmen.«

Arni fährt erschrocken zurück. »Nein!«, entfährt es ihm.

Arrak richtet sich wieder auf und lacht. »Nein, hat sie nicht. Ich wünschte, es wäre so. Aber sie tauscht eure geliebte Bronzescheibe gegen deine Freiheit aus.«

Arni leckt sich über die geschundenen Lippen. »Das glaube ich nicht«, krächzt er. »Das würde sie niemals tun.«

»Doch, doch. Schon morgen findet der Handel statt. Du solltest dich freuen. Kommst wieder nach Hause. Das heißt, was von deinem Zuhause noch übrig ist.« Auch diese Vorstellung scheint Arrak zu erheitern.

Er dreht sich um, sagt noch etwas zu der Wache, auf das Arni in seiner Verwirrung gar nicht achtet, und geht davon. Ist das wahr?, fragt er sich. Würde sie das wirklich tun? Vielleicht war das nur ein grausamer Scherz von diesem Halunken. Aber Rana lebt. In ihm keimt Hoffnung.

* * *

Es ist der Abend vor dem schicksalhaften Treffen mit Arrak. Rana, Hakun und ihre Gefährten lagern an einem Bach tief im Wald. Es ist von hier weniger als ein halbtägiger Ritt bis zum Treffpunkt an der heiligen Eiche, wo Hargrim und die Alben sich bereits aufhalten, um sicherzustellen, dass Arrak sich an die Abmachung hält und keinen Hinterhalt vorbereitet.

Einer der Männer legt ein paar trockene Äste aufs Feuer. Sie haben die Pferde saufen lassen und mit Hafer versorgt, selbst gegessen und sich dann in ihre Decken gerollt, um zu schlafen. Auch Hakun hat sich hingelegt. Rana aber ist hellwach und unruhig. Sie erhebt sich leise, legt sich ihren Umhang um die Schultern und wandert langsam vom Lager weg, tiefer in den nächtlichen Wald hinein. In der Einsamkeit hofft sie, etwas Ruhe zu finden.

Die Nacht ist schwarz unter den Baumwipfeln. Anfänglich kann sie kaum die Hand vor Augen sehen, doch nach einer Weile gewöhnt sie sich an die Dunkelheit, sodass sie einigermaßen erkennt, wohin sie tritt. Auf dem Stamm einer entwurzelten Fichte, hundert Schritt vom Lager entfernt, lässt sie sich nieder und legt die Hand auf die rissige Borke. Selbst im Tod fühlt sich der Baum noch stark und fest an. Und doch hat der Wind ihn zu Fall gebracht. Nichts als bewegte Luft hat genügt, ihn zu fällen, weil er alt und seine Zeit gekommen war. Nun vermodert er langsam und bietet Nahrung für andere Lebewesen. So ist der Kreislauf des Lebens. Die Götter geben, und sie nehmen.

Und Utriks Zeit? War auch sie gekommen?

Vielleicht. Aber nicht auf diese Weise. Nicht durch Arraks Hand.

Hasse ich den Mann?, fragt sie sich. Früher ja. In letzter Zeit weniger. Vielleicht, weil sie endlich etwas gegen ihn unternehmen kann und sich deshalb nicht mehr so hilflos fühlt. Seitdem betrachtet sie ihn eher als einen Schädling, der zerstört werden muss. Wie einen Wolf, der Schafe reißt. Oder einen Bären, der den Rindern der Bauern nachstellt. Grausam und rücksichtslos zu sein liegt einfach in seiner Natur. Man kann es ihm nicht vorhalten. Aber genau deshalb muss man ihn unschädlich machen. Und morgen, wenn die Götter es wollen, wird das geschehen.

Ranas Herz zittert bei dem Gedanken, denn sie weiß, wie gefährlich ihr Vorhaben ist, ganz gleich, wie gut sie alles geplant haben. Hakun war dagegen, ist es eigentlich immer noch, obwohl es längst beschlossene Sache ist. Sie haben sich gestritten, doch zusammen mit Odda und den Alben hat sie ihn überstimmt. In letzter Zeit streiten sie häufiger, und das betrübt Rana. Hakun lacht auch nicht mehr so oft, als hätte seine frohe Natur Schaden genommen.

Wen wundert's? Er hat Kameraden fallen sehen, seine Jugendfreunde Gejlir und Sithun sind tot. Von seinem Vater hat er sich im Streit getrennt. Sie selbst leben von einem Tag auf den anderen, immer auf der Flucht, immer mit der Angst im Nacken. Auch ihre Freundschaft – oder wie man es nennen soll – hat gelitten.

Trotz ihrer Erfolge. Rana glaubt zu wissen, warum. Er ist über ihr seltsames Verhalten frustriert. Einerseits zeigt sie ihm ihre Liebe, gleichzeitig aber verweigert sie sich ihm. Ein Wunder, dass er es noch mit ihr aushält.

Dass Küsse ihm nicht mehr genügen, kann sie verstehen. Ihr reichen sie eigentlich auch nicht. Warum sie aber meint, sich weiter aufheben zu müssen, ist ihr selbst nur undeutlich bewusst. Es hat etwas mit dem Auftrag der Göttin zu tun. Als würde die Liebe zu einem Mann sie davon ablenken. Als müsse sie sich enthalten, bis das Ziel erreicht ist. Dabei steht Destarte doch für alles andere als Enthaltsamkeit. Die Göttin verkörpert die reine Liebe des Herzens, aber ebenso die unbekümmerte Lust der fleischlichen Vereinigung, mit oder ohne Liebe. Gerade deshalb muss sie sich oft Vorhaltungen von Hella machen lassen, die für Treue und die Heiligkeit der Ehe eintritt.

Inzwischen ist es schon so weit, dass Hakun ihre Nähe geradezu meidet. So wie jetzt. Er legt sich schlafen, während sie allein im Wald sitzt und nachdenkt. Eigentlich hätte er sich schon lange enttäuscht davonmachen sollen. Dennoch ist er mit seinen Männern treu an ihrer Seite geblieben. Und ohne ihn wäre nichts von dem, was sie tun, überhaupt möglich. Nicht ohne ihn, nicht ohne den Riesen Odda, nicht ohne Hargrim, Harruk und die Alben und all die anderen Krieger ihrer verschworenen Gemeinschaft. Sie kann sich glücklich schätzen, diese Männer an ihrer Seite zu haben. Vielleicht gelingt ja morgen der entscheidende Schlag, der verzweifelte Versuch, der Schlange den Kopf abzuschlagen.

Rana schreckt auf, als sie es nicht weit von ihr knacken hört. Sie blickt in die Richtung des Geräusches und merkt erleichtert und erfreut, dass es Hakun ist, der sich nähert.

»Was tust du hier so ganz allein?«, fragt er.

»Ich konnte nicht schlafen und wollte meine Gedanken sammeln.«

»Stör ich dich?«

»Natürlich nicht. Setz dich her zu mir. Ich bin einfach aufgeregt. Morgen entscheidet sich alles.«

Hakun seufzt. »Mir geht es genauso. Ich kann auch nicht schlafen. Was wir vorhaben, ist gefährlich. Aber du weißt das. Trotzdem, ich wünschte, du würdest uns nicht dieser Gefahr aussetzen.«

»Das haben wir doch schon alles besprochen. Warum fängst du wieder davon an?«

»Weil es mir keine Ruhe lässt. Sollte Arrak uns morgen übertölpeln und die Himmelsscheibe erbeuten, dann war alles umsonst. Dann werden sie uns lächerlich machen. Das heißt, wenn wir mit dem Leben davonkommen. Sie werden sagen, die Magie der Scheibe ist nichts wert, nur Bronzeblech mit ein bisschen Gold. Dass Destarte Hador gegenüber machtlos ist, werden sie sagen, dass deine Reden über ein neues Zeitalter nichts als leeres Geschwätz sind. Wenn das passiert, dann hat Arrak zum zweiten Mal gesiegt. Es steht einfach zu viel auf dem Spiel, Rana. Besonders nach allem, was wir bisher erreicht haben. Es könnte alles umsonst gewesen sein.«

»Wie können wir jemals siegen, wenn wir nicht bereit sind, ein Wagnis einzugehen?«

»Das tun wir doch schon die ganze Zeit. Nur das morgen geht einen Schritt zu weit.«

Um mich machst du dir keine Sorgen?, denkt sie. Wie kannst du nur über die Scheibe reden und nicht über mich? Schließlich bin ich es, die Arrak morgen entgegentreten und sich ihm wie ein Lockvogel darbieten wird. Liebst du mich nicht mehr? Was, wenn unsere Vorbereitungen nicht greifen und er mich tötet? Oder wenn er Arni vor meinen Augen umbringt, nur aus Grausamkeit? Dem Kerl ist alles zuzutrauen. Oder er raubt mich mitsamt der Scheibe, und niemand kann es verhindern.

Rana ist verstimmt und hätte ihm fast eine patzige Antwort gegeben, doch dann schämt sie sich für ihre Gefühle. Tut er nicht schon genug für sie? Und ist das Wohl aller Ruotinger nicht viel wichtiger als ihre eigene Person? Er versucht doch nur, vernünftig zu sein, das Beste für alle zu tun. Sie dagegen ist die Hitzköpfige, diejenige, die nicht warten, sondern mit einem gewagten Schlag die Entscheidung erzwingen will. Vielleicht liebt er sie tatsächlich nicht mehr. Aber wenigstens hat sie seine Freundschaft und seine Hilfe. Was mehr kann sie erwarten?

Und wenn sie morgen beide sterben? Auch das wäre möglich. Arrak ist ein gerissener Hund. Sie hoffen, ihn zu überlisten, aber genauso gut könnte es auch andersherum ausgehen. Das Leben kann schneller enden, als man denkt. Diese grausame Erfahrung hat sie in letzter Zeit mehr als einmal machen müssen. Zu viele, die ihr ans Herz gewachsen sind, weilen nicht mehr unter den Lebenden. Von allen hat sie am stärksten Vaters Tod getroffen. Sie vermisst seine Weisheit, seine Stimme, seine Geschichten.

»Warum sagst du nichts?«, fragt Hakun. Er klingt gereizt. »Was geht in deinem Kopf vor? Wir machen doch Fortschritte? Warum willst du jetzt alles auf einen Wurf des Würfels setzen? Du setzt damit alles aufs Spiel.«

»Es geht doch um meinen Bruder. Verstehst du das nicht? Du hast versprochen, ihn zu befreien.«

»Das stimmt. Mir wäre es nur auf andere Weise lieber.«

»Es gibt keine andere Weise. Dies ist die einzige Gelegenheit, die wir haben. Wir werden auch nie mehr so nahe an Arrak herankommen.«

Hakun antwortet nicht gleich. Schließlich sagt er leise: »Das stimmt natürlich. Deshalb habe ich ja auch zugestimmt. Aber ich fühle mich trotzdem unwohl dabei.«

»Ich hatte mich schon fast an den Gedanken gewöhnt, dass Arni tot ist. Aber nun wissen wir, dass er lebt. Ich liebe meinen Bruder. Ich muss alles versuchen, um ihn zu retten. Das schulde ich auch Kira, die sein Kind unter dem Herzen trägt. Vielleicht gefährde ich damit alles, was wir erreicht haben. Vielleicht bin ich dir und den anderen gegenüber selbstsüchtig. Aber die Wahrheit ist: Ich könnte nicht länger mit mir leben, wenn ich nicht alles versuchen würde, um ihn zu retten.«

Hakun seufzt. »Ich verstehe dich.« Seine Stimme klingt niedergeschlagen, entmutigt. »Ich würde an deiner Stelle sicher genauso handeln. Entschuldige. Eigensüchtig bin eher ich. Ich denke nur an unseren Aufstand und vergesse dabei, wie du dich fühlen musst.«

Rana legt ihm die Hand auf den Oberschenkel und spürt die kräftigen Muskeln unter dem Stoff der Tunika. Die Berührung löst etwas in ihr aus. Kleine Schauer laufen ihr über den Rücken, und da ist plötzlich ein Ziehen in ihrem Leib. Sie sollte die Hand wegnehmen, bevor sie sich vergisst, aber sie nimmt sie nicht weg.

Im Grunde möchte sie ihn am ganzen Leib berühren, sich an ihn schmiegen, seine Hände überall auf ihrem Körper spüren. Sie hebt den Blick und versucht trotz der Dunkelheit, in seinen Augen zu lesen, was in ihm vorgeht, ob er auch so fühlt wie sie. Er ist nur ein Schatten neben ihr. Natürlich weiß sie, wie sein Gesicht aussieht, seine blauen Augen, sein weicher Bart, seine Lippen. Die Erinnerung an die wenigen gemeinsamen Küsse überfällt sie mit aller Macht. Sie rückt dichter an ihn heran.

»Was ist mit uns?«, fragt sie leise.

»Mit uns? Was meinst du damit?«

»Wer weiß, ob wir morgen Abend noch leben.« Sie stockt einen Augenblick, bevor sie den Mut hat weiterzusprechen. »Dann sind wir tot und haben uns nie geliebt.«

Eine Weile lang erwidert er nichts. Vielleicht ist er zu erstaunt. Vielleicht wird er sie abweisen.

Doch dann legt er den Arm um sie. »Ach, Rana. Ich wollte es vorher nicht sagen, aber das ist doch der eigentliche Grund, warum ich gegen deinen Plan bin. Es ist die Angst, ich könnte dich für immer verlieren. Ob du's willst oder nicht, der Gedanke, ohne dich leben zu müssen, ist mir unerträglich. Auch wenn du mich nicht willst ...«

Sie hebt die Hand und lässt sie zärtlich über sein Gesicht wandern. »Wer sagt denn, dass ich dich nicht will?« Sie beugt sich vor und küsst ihn. »Wer weiß, was morgen kommt«, flüstert sie. »Aber heute sind wir uns ganz nah. Du und ich.«

Ungeachtet der Nachtkühle breitet sich eine Hitze in ihr aus. Ihre Hände werden feucht vor Erregung. Sie macht sich von ihm los, nimmt ihren Umhang von den Schultern und breitet ihn auf dem Waldboden aus. Stiefel und Beinlinge reißt sie sich vom Leib. Ihre Leinentunika folgt als Nächstes. Sie legt sie als Kopfkissen zusammen.

Ein kühler Windhauch lässt ihre nackte Haut frösteln, als sie sich zu ihm umdreht. »Komm!«, flüstert sie. »Ich liebe dich und will nicht länger warten.«

* * *

Die gewaltige, dem Wuodan geweihte Eiche steht einsam in der Mitte einer großen Lichtung, die sich wie eine Insel in einem weiten Meer von Wald und Brachland ausmacht, das in dieser Gegend vorherrscht. Von einem zum anderen Ende misst die Wiese mehr als vierhundert Schritt. Erst dann beginnen wieder Wald und Gestrüpp, als halte selbst die Wildnis Abstand, um die Erhabenheit des Gottvaters, um seine einsame Ruhe nicht zu stören.

Ab und zu kommen Menschen auch außerhalb der Festtage her, um Wuodan zu huldigen. An den Zweigen des großen Baums hängen kleine Opfergaben, verwelkte Blumen, verwitterte Holzfigürchen oder aus Birkenbast und Federn gewirkte Gewinde. Vielleicht weniger in letzter Zeit, da Wuodan die Menschen verlassen zu haben scheint und eine Auseinandersetzung um die Vorherrschaft unter den Göttern tobt, zwischen Hador und Destarte. Dieser Kampf verbreitet Unsicherheit und hält viele vom Besuch des heiligen Baumes fern. Auch heute ist niemand zu sehen.

Die Eiche liegt halbwegs zwischen den Kuffabergen und der

Onestruda an einem Saumpfad und ist deshalb ein guter Ort, um den Austausch vorzunehmen. Außerdem gibt es ringsum genug Wald und wildes Gelände, um zu verschwinden und Verfolger in die Irre zu führen.

Hakun und Rana warten auf ihren Pferden gut versteckt zwischen den hohen Sträuchern des südlichen Waldrands. Odda ist abgestiegen und steht neben ihnen. Er sitzt ungern im Sattel und nur, wenn es nicht anders geht. Obwohl sie einen besonders großen, kräftigen Hengst für ihn gefunden haben. Hinter ihnen befindet sich die Hälfte von Hakuns Kriegern. Auch sie zu Pferde und gut versteckt. Harruk liegt mit weiteren Männern weiter nördlich auf der Lauer, ebenfalls im Wald verborgen, für den Fall, dass sie gebraucht werden. Im weiten Umkreis sind berittene Wachposten unterwegs, um sie zu warnen, sobald Arrak im Anmarsch ist. Bisher aber ist niemand zu sehen. Außer ein paar Krähen, die laut krächzend von der Eiche auffliegen.

»Wird verdammt Zeit, dass sie kommen«, knurrt Hakun. »Wie lange sollen wir denn noch warten?« Er zieht sein Bronzeschwert, prüft die Schärfe mit dem Daumen und lässt die Waffe wieder in die Scheide gleiten. Es ist schon das dritte Mal, dass er das tut. Ein Zeichen für seine Anspannung.

»Vielleicht kommt er gar nicht«, brummt Odda. »Oder sie haben einen weiten Bogen geschlagen und greifen uns von Süden an.«

»Dann wüssten wir es. Meine Späher sind wachsam und gut verteilt.«

Sollte Arrak wirklich versuchen, sie mit einer größeren Macht anzugreifen, dann würden sie schnell verschwinden. Und zwar auf unterschiedlichen Wegen, um Verfolger zu verwirren. Die Fluchtrouten und wo sie sich später wieder sammeln, haben sie genau besprochen.

Wie um sich zu vergewissern, dass er noch da ist, fährt Ranas Hand über den Kasten mit der Bronzescheibe, der mit leicht lösbarem Knoten an ihrem Sattel hängt. Wir sind alle aufgeregt, denkt sie. Sogar Odda, der sonst so gelassen wirkt. Und ich selbst wohl am meisten.

Hakun und Rana haben wenig geschlafen. Eigentlich unvernünftig, wenn man bedenkt, was sie heute vorhaben. Dazu hätten sie besser frisch und ausgeruht sein sollen. Stattdessen haben sie sich die halbe Nacht um die Ohren geschlagen. Rana spürt immer noch die Hitze ihres Liebesaktes in sich, die Berührungen, die halb unterdrückten Laute, die Zungen, die sich vereinen. Und nicht nur die. Am liebsten würde sie die Stunden der Nacht zurückholen und gleich jetzt neu erleben. Oder zu Hakun aufs Pferd klettern, ihn von hinten umschlingen, spüren, wie sein Herz schlägt, seinen Geruch einatmen und ihn im Nacken unter dem Haaransatz küssen. Allein die Vorstellung erregt sie schon.

Sie legt sich die Hand aufs Herz, wie um sich zu beruhigen. Dass es so sein kann mit einem Mann, hat sie nicht gewusst. In der Nacht hat sie nicht genug von ihm kriegen können. Und auch jetzt kann sie kaum an etwas anderes denken. Dabei sollte sie sich zusammenreißen, denn heute geht es um alles.

»Da! Es tut sich was«, sagt Hakun und reißt sie aus ihren Gedanken.

Tatsächlich. Einer seiner Reiter zeigt sich am anderen Ende der großen Wiese. Mit den Armen macht er die verabredeten Zeichen, die bestätigen, dass Arrak sich nähert, und zwar mit weniger als fünfzig Mann. Man hört die Männer hinter ihnen aufgeregt murmeln, denn nun geht es los.

»So weit hält er sich also an die Verabredung«, brummt Odda.

Hakun nickt. »Er weiß, wir würden uns sonst zurückziehen. Schließlich will er die Scheibe.«

»Oder mich«, sagt Rana. Sie spürt ihr Herz plötzlich heftiger schlagen.

Hakun sieht sie an. »Nur über meine Leiche.«

Der Blick, den sie tauschen, dauert nur kurz. Aber er sagt alles. *Hakun und Rana. Nichts kann uns mehr trennen. Nur der Tod.*

»Ich hoffe, die Alben wissen, was sie tun«, brummt Odda. »Ich fühl mich unwohl, dass wir uns so ganz auf sie verlassen.«

»Bessere Jäger gibt's nicht«, erwidert Rana. »Ich schwöre dir, wenn die beiden nicht gesehen werden wollen, dann sind sie unsichtbar.«

Hakuns Reiter hat sich wieder zurückgezogen, um Arraks weiteren Anmarsch zu beobachten. Diesmal gut versteckt im Blätterwald der Büsche und Bäume am Wegrand, so wie sie selbst auch.

Nach einer Weile tauchen die ersten Helminger Reiter auf. Ihre Speerspitzen funkeln in der Sonne.

»Ist Arrak dabei?«, fragt Rana. Ihr Pferd schnaubt und scharrt ungeduldig mit den Hufen im weichen Waldboden. Meine Unruhe überträgt sich auf das Tier, denkt sie und streicht ihm über den Hals.

»Ich seh ihn noch nicht«, erwidert Hakun.

»Doch«, sagt Odda. »Der fünfte von ihnen ist es.«

Die Übergabe findet also statt. Rana greift in ihre Gürteltasche, um für einen Augenblick den Glücksstein der Alben in die Hand zu nehmen. Dann streicht sie mit der Rechten über den Kasten, der die Bronzescheibe enthält, und flüstert: »Hilf uns, Destarte! Wir brauchen dich.«

Immer mehr von Arraks Kriegern füllen den nördlichen Rand der Wiese, wo sie stehen bleiben. Weit genug von der Eiche entfernt, um die Bedingungen der Übergabe einzuhalten, und nah genug, um eingreifen zu können, falls ihr Fürst in Gefahr ist.

Eine Weile geschieht nichts. Es sieht so aus, als ob sie sich erst einmal vorsichtig umschauen, denkt Rana. Könnte ja eine Falle sein. Sehen können sie uns sicher nicht, müssen aber vermuten, dass wir hier irgendwo stecken. Sie warten, dass wir den ersten Schritt tun. Hakun aber rührt sich nicht, starrt nur aufmerksam in ihre Richtung. Als handele es sich um ein Spiel: Wer zuerst blinzelt, hat verloren.

Am Ende ist es Arrak, der zuerst blinzelt. Rana sieht, wie er sich aus einer Gruppe von Reitern löst und zusammen mit einem zweiten Mann langsam und vorsichtig in Richtung Eiche bewegt. Es ist deutlich zu beobachten, wie sie sich misstrauisch umsehen. Wäre es besser gewesen, die Übergabe zu Fuß stattfinden zu lassen? Aber sie werden die Pferde brauchen, um nachher schnell von hier wegzukommen.

»Wer ist der zweite Mann?«, fragt Hakun.

»Müsste Brunn sein«, entgegnet Odda. »Die beiden sind unzertrennlich.«

Rana ist sich nicht sicher, aber sie glaubt, den Kerl zu erkennen. »Hat der oben eine Zahnlücke?«

Odda nickt. »Woher weißt du das?«

»Weil ich dem Bastard schon begegnet bin. Und es war nicht gerade ein Vergnügen.«

Zwanzig Schritte vor der Eiche halten Arrak und Brunn ihre Pferde an. Wieder sehen sie sich um. Vor allem starren sie zum Blätterdach der Eiche empor, als wollten sie es mit den Augen durchbohren. Hakun war versucht, im Geäst des Baumes einen Bogenschützen zu platzieren. Aber Odda hat abgeraten. Zu offensichtlich. Außerdem kein wirklich freies Schussfeld angesichts der ganzen Blätter und Äste.

»Wird Zeit, mit ihnen zu reden«, sagt Hakun. »Warte hier, Rana, und rühr dich nicht vom Fleck, bis ich dir das Zeichen gebe.«

Er lenkt sein Pferd durch eine Lücke in den Sträuchern und reitet langsam in Richtung Eiche. Rana kaut nervös auf der Unterlippe, während sie ihn mit den Augen verfolgt. Hakun ist wie seine Männer in Leder gewappnet und trägt einen Schild am linken Arm. Außer Schwert und Dolch hat er keine weiteren Waffen an sich. Im Grunde ist vor der eigentlichen Übergabe nichts zu befürchten, und doch ist ihr Misstrauen Arrak gegenüber so groß, dass ihr Herz schon heftig schlägt, einfach nur zuzusehen, wie Hakun sich allein den beiden Gegnern stellt.

Zwanzig Schritt vor der Eiche zügelt Hakun sein Pferd.

»Wo ist der Gefangene?«, ruft er Arrak zu.

»Und wo ist die Bronzescheibe?«, schallt es zurück.

»Hinter mir am Waldrand.«

»Das will ich erst sehen. Rana sollte sie übergeben. Wo ist sie?«

Hakun dreht sich halb im Sattel um und winkt.

»Zeigen wir ihm das Ding«, sagt Odda.

Er nimmt ihr Pferd am Zügel und führt es aus den Büschen heraus ins Freie. Rana spürt Arraks Blicke. Trotz Oddas Gegenwart fühlt sie sich plötzlich unsicher und fast so, als wäre sie nackt und ungeschützt. Odda führt ihr Pferd gemächlichen Schrittes bis halbwegs zu der Stelle, wo Hakun wartet.

»Odda, du Verräter!«, brüllt Arrak sichtlich erbost. »Du hättest meinen Vater schützen müssen. Stattdessen hast du seine Mörderin gedeckt. Warum hast du dich auf ihre Seite geschlagen?«

»Auf die Seite der Gerechten«, erwidert Odda.

»Auf die Seite der Hexe Rana, wie ich sehe. Und wo ist jetzt die verdammte Bronzescheibe. Ich will sie endlich sehen.«

Die Gegenwart der beiden Helminger bereitet Rana beinahe Übelkeit. Aber sie beherrscht sich und entriegelt den Deckel des Kastens, der nach wie vor am Sattel befestigt ist, hebt die Bronzescheibe heraus und hält sie hoch über ihren Kopf. Das Gold der eingelegten Gestirne spiegelt das Sonnenlicht wider. Dann packt sie die Scheibe wieder in den schützenden Kasten und verriegelt ihn.

Arrak ist beeindruckt. »Bei Hador! Dieser Aiko hat nicht übertrieben«, raunt er Brunn zu. Laut ruft er: »Wird sie mir die Scheibe bringen, wie verabredet? Ich will mit ihr reden, von Angesicht zu Angesicht. Keine Lust, mir die Lunge aus dem Hals zu schreien.«

»Erst wenn du deine Waffen ablegst.«

»Du bist doch auch bewaffnet.«

»Ich komme nicht näher als bis zu dieser Stelle.«

»Gut. Dann übergebe ich meine Waffen an Brunn. Der bewahrt sie so lange auf.«

»Ich frage dich noch mal: Wo ist Arni, der Gefangene?«

»Bei meinen Leuten. Ich brauche nur zu winken. Dann wird ihn einer herbringen.«

»Dann seid ihr aber schon zu dritt.«

Arrak lacht. »Hast du Angst, wir überwältigen dich und dein Mädel?«

»Könnte doch sein, dass du's versuchst.«

»Keine Sorge, der Dritte bringt nur den Gefangenen und zieht sich gleich wieder zurück. Vorausgesetzt, Odda verschwindet ebenfalls. Den Kerl will ich nicht in meiner Nähe haben.«

Während Hakun und Arrak reden, sieht Brunn sich weiter sorgfältig um. Rana folgt seinem Blick. Rund um die Eiche ist Wiese. Gelegentlich grasen hier Schafe. Daher ist das Gras nicht höher als bis zu den Waden, bietet also keine Möglichkeit, sich zu verstecken. Doch da ist der Baum mit seiner ausladenden Krone. Immer wieder blickt er hinauf. Dann sagt er etwas zu Arrak und deutet auf die Eiche.

»Auf dem Baum ist niemand!«, ruft Hakun ihnen zu. »Wenn du willst, kann dein Mann gerne raufklettern. Wir warten so lange.«

Arrak und Brunn beraten sich. »Nicht nötig«, ruft Arrak schließlich. »Ich glaube dir. Machen wir die Übergabe einfach ein Stück weiter rechts. Da, bei dem runden Stein.« Tatsächlich ragt ein grauer Stein etwa zwanzig Schritt vom Baum entfernt aus dem Gras. Hakun nickt. »Nichts dagegen.«

»Und wie stellst du dir das jetzt vor?«

»Ganz einfach. Du lässt Arni holen. Rana ist mit der Scheibe ja schon hier. Die Übergabe erfolgt gleichzeitig. Ihr nähert euch langsam an. Dein Mann und ich rühren uns derweil nicht vom Fleck.«

Arrak nickt. »Einverstanden.«

»Wehe, du versuchst was«, sagt Hakun. Er zieht sein Schwert aus der Scheide. »Dann bring ich dich um.«

»Mit dem hübschen Spielzeug?« Arrak lacht. »Keine Angst. Ich werde mich benehmen.«

Arrak winkt seinen Leuten am Rand der Lichtung zu und händigt Brunn Schild, Dolch und Kriegsaxt aus. Danach hebt er beide Hände hoch, um zu zeigen, dass er unbewaffnet ist.

Vielleicht hat er noch ein Messer im Stiefel, denkt Rana, aber das lässt sich nicht überprüfen. Sie muss das Risiko auf sich nehmen. Für Arni.

Inzwischen nähern sich zwei Reiter. In einem der beiden erkennt Rana ihren Bruder. Als sie Brunn und Arrak erreichen, wird deutlich, wie schrecklich abgemagert Arni ist. Und schwach. Er scheint sich kaum auf dem Pferd halten zu können. Die Haare hängen verfilzt bis zu den Schultern, sein Bart ist gewachsen, an Stellen frühzeitig ergraut. Aus den Lumpen an seinem Leib hängen dünne Arme, beide mit blauen Flecken übersät. Und irgendetwas in seinem Gesicht ist nicht so, wie es war. Haben sie ihm die Nase gebrochen?

Tränen treten ihr in die Augen. So hat sie sich das Wiedersehen nicht vorgestellt. Was haben sie nur mit ihm angestellt? Bestimmt gefoltert, damit er verrät, wo sie die Scheibe vergraben hat, und offensichtlich haben sie ihn halb verhungern lassen. Aber das Versteck wusste niemand, nicht einmal er.

»Ein bisschen heruntergekommen, dein Bruder«, ruft Arrak herüber. »Aber er lebt. Mehr kann man sich manchmal nicht wünschen.« Er lacht.

Die ohnmächtige Wut in ihrem Herzen lässt Rana fast ersticken. Nun ist sie nicht mehr so abgeklärt wie tags zuvor. Diesem Bastard würde sie am liebsten ihren ganzen Hass ins Gesicht brüllen. Aber sie beherrscht sich. Wenn auch mit Mühe.

Mit gefesselten Händen und gesenktem Haupt sitzt Arni auf dem Pferd, als wäre sein letztes Stündlein gekommen und nicht seine Befreiung. Nur einmal hebt er kurz den Blick zu ihr herüber. Dabei steht so etwas wie Scham in seinen Augen. Scham, dass sie ihn so sehen muss. Sofort läuft ihr Herz über, und sie muss sich zusammenreißen, um nicht zu ihm zu laufen und ihn in die Arme zu nehmen.

»Also, auf was warten wir?«, ruft Arrak. »Fangen wir's an! Aber erst soll Odda verschwinden. Ich will nicht, dass der Kerl mir zu nahe kommt.«

Odda grinst bei den Worten. »Ist auch gesünder für dich«, ruft er ihm zu. Er hebt die rechte Pranke. »Allein mit dieser Faust würde ich dir das Hirn aus dem Schädel quetschen.« Er dreht sich um und wandert ruhigen Schrittes zurück zum Waldrand.

Auch der Mann, der Arni hergeführt hat, entfernt sich. Nun ist der Augenblick der Übergabe gekommen.

Auf Hakuns Zeichen löst Rana den losen Knoten, mit dem der Kasten am Sattel befestigt ist. Mit dem Zügel in der Linken und dem Kasten in der Rechten reitet sie langsam an Hakun vorbei, der einen besorgten Blick auf sie wirft, und zu dem runden Stein hinüber. Arrak nähert sich ebenfalls sehr gemächlich. Behutsam, könnte man sagen. Auch er hält die Zügel in der Linken und zieht mit der Rechten das Pferd hinter sich her, auf dem Ranas Bruder sitzt.

Zum zweiten Mal sieht Arni in Ranas Richtung, und ihre Blicke kreuzen sich. Jetzt kann sie seine Gesichtsverletzungen deutlicher erkennen. Die Nase steht schief, um die Augen sind Blutergüsse zu sehen, und der linke Wangenknochen ist blau und gelb angelaufen und geschwollen. Und doch schüttelt er trotzig den Kopf, als wolle er ihr sagen: *Tu's nicht! Es ist es nicht wert, dass du ihm Vaters heilige Scheibe aushändigst.*

Aber das ist natürlich Unsinn, das meint er nicht wirklich, sagt sie sich. Das bilde ich mir nur ein. Denn auch die Scheibe ist es nicht wert, dass man meinen Arni umbringt.

Zehn Schritte vor dem Stein zügelt sie das Pferd und bleibt stehen. Das Blut rauscht ihr in den Ohren. Sie braucht einen Augenblick, um sich in den Griff zu kriegen. Nach allem, was dieser Kerl ihr und den Ihren angetan hat, kostet es sie große Überwindung, Arrak entgegenzutreten. Mehr, als sie glaubt, aufbringen zu können. Am liebsten würde sie ihm die Krallen ins Gesicht schlagen und die Augen auskratzen. Ihm mit einer Axt den Schädel spalten und zusehen, wie das Blut über seine Mörderfratze rinnt.

»Na komm, mein Täubchen«, spottet Arrak. »Ich beiße nicht. Versprochen!«

Hinter sich hört sie das leise Geräusch eines Schwerts, das aus der Scheide gleitet. Das muss Hakun sein. Er sitzt nur zehn Schritte hinter ihr auf seinem Pferd, bereit, sie zu beschützen. Gleichzeitig sieht sie, wie auch Brunn auf der anderen Seite seine Kriegsaxt vom Gürtel nimmt.

Das Herz schlägt ihr bis zum Hals. Nun ist es so weit. Nun wird sich alles entscheiden. Noch ein kurzes, stilles Gebet an die Göttin, während Arrak sie lauernd im Blick behält, dann überwindet sie sich, stößt leicht die Fersen in die Flanken ihrer Stute und lenkt das Tier langsam bis zum Stein vor, wo Arrak auf sie wartet. Sie nähert sich seiner rechten Seite. In der gleichen Hand führt er auch die Zügel von Arnis Pferd, das ein paar Schritte hinter ihm steht.

Arni sitzt jetzt aufrechter im Sattel, wie Rana bemerkt. Er scheint zu spüren, dass etwas in der Luft liegt. Vielleicht mehr als nur ein Austausch. Seine Zunge gleitet über trockene, rissige Lippen, während er einen kurzen Blick auf Arrak vor ihm wirft und dann wieder seine Schwester anstarrt. Jetzt nicht auf Arni achten, ermahnt sie sich. Nur auf Arrak.

»Na, das war doch gar nicht so schwer«, sagt der und grinst frech. »Endlich sehen wir uns wieder. Ich hab dich richtig vermisst, mein Täubchen.«

»Ich bin nicht dein Täubchen.«

»Noch nicht.«

»Spar dir das dumme Gerede!«

»Du und dein Freund, ihr wart ganz schön fleißig in letzter Zeit. Hat es dir nicht gereicht, dass wir dein Dorf abgebrannt haben?«

Rana funkelt ihn an. Was will er mit dem Gerede bezwecken?

Mich verhöhnen, mich einlullen? Sie wird ihm den Gefallen nicht tun.

Arrak schüttelt den Kopf. »Ich weiß wirklich nicht, was das soll, was ihr da treibt. Göttin des Lichts? Dass ich nicht lache! Was immer ihr vorhabt, es wird euch nicht gelingen. Irgendwann werden wir euch zu fassen kriegen. Vielleicht sogar heute.« Er grinst und zeigt dabei die Zähne. Es ist kein fröhliches Grinsen. Eher das eines Raubtiers.

Rana steigt das Blut ins Gesicht. »Nun mach schon, Arrak! Ich bin nicht hier, um mir dein dummes Geschwätz anzuhören.«

Er lacht. »Du hast recht: Scheibe gegen Bruder.« Etwas Listiges tritt in seine Augen. Er hält ihr die Zügel von Arnis Pferd hin. »Da, nimm«, sagt er. »Und jetzt gib mir den Kasten.«

Sie lässt die eigenen Zügel los, lehnt sich im Sattel über den Pferdehals, um mit der Linken Arnis Zügel zu packen. Gleichzeitig reicht sie Arrak den Kasten rüber, ohne zu bedenken, dass es in dieser Haltung nur wenig braucht, um das Gleichgewicht zu verlieren.

Genau das nutzt Arrak aus.

Mit einem Ruck reißt er ihr den Kasten aus der Hand – was sie fast vom Pferd rutschen lässt – und schleudert ihn in der gleichen Bewegung weit hinter sich in Brunns Richtung. Während Rana versucht, sich an der Mähne ihres Pferds wieder hochzuziehen, umschließt er ihr Handgelenk mit ehernem Griff und zerrt sie mit einem Ruck zu sich herüber.

Schmerzhaft landet sie mit dem Brustkorb auf dem Widerrist des Gauls. Bevor sie zu Boden gleiten kann, hat er sie am Gürtel gepackt und hebt sie höher aufs Pferd. Dann tritt er dem Gaul die Fersen in die Seiten und reißt mit der Linken den Kopf des Tiers herum, um den Rückzug anzutreten. Arni muss zusehen, wie seine Schwester geraubt wird.

Beinahe wäre es Arrak auch gelungen. Doch mit dem, was jetzt geschieht, hat er nicht gerechnet. An zwei Stellen in der

Wiese hebt sich plötzlich das Gras. Es ist, als würden Erdgeister aus den Tiefen der dunklen Scholle steigen. Gesichter und Arme sind schwarz vor Dreck, aus dem Kopf wachsen ihnen lange Gräser, sogar Blumen. Das Seltsame ist, sie haben Bögen in den Händen.

Die ersten Pfeile treffen Brunn, der gerade den Kasten aufheben will. Einer durchschlägt seinen Hals, ein zweiter dringt ihm tief in die Brust. Mit einem gurgelnden Schrei lässt er die Kriegsaxt fallen und stürzt vom Sattel ins Gras.

Arraks Pferd hat fast den sterbenden Brunn erreicht, als ein Pfeil dem Tier in die Kruppe schlägt. Schrill wiehernd steigt es auf die Hinterbeine. Arrak gelingt es nur mit Mühe, sich im Sattel zu halten, Rana rutscht vom Widerrist. Dennoch hält Arrak sie immer noch mit ehernem Griff am Handgelenk fest, schleift sie mit sich.

Doch da trifft auch ihn ein Pfeil, und zwar am Arm. Mit einem Schrei lässt er Rana los, die endgültig ins Gras stürzt. Arrak greift sich an die Wunde. Ein zweiter Pfeil verfehlt ihn nur knapp, durchbohrt aber den Hals seines Gauls. Das Tier röchelt, stolpert ein paar Schritte und bricht in die Knie.

Arrak springt ab und blickt sich mit wilden Augen um. Der Pfeil steckt noch in seinem Arm. Als er Hakun mit dem blanken Schwert auf sich zukommen sieht, rennt er geduckt hinter Brunns Pferd her, das sich Richtung Waldrand bewegt. Noch ein Pfeil verfehlt ihn um Haaresbreite, dann hat er das Tier erreicht, und es gelingt ihm, trotz des Pfeilschafts im Arm, sich auf den Gaul zu werfen und davonzugaloppieren. Noch zwei Pfeile verfolgen ihn, treffen aber nicht.

Hakun ist sofort bei Rana, die auf dem Boden liegt, und kniet neben ihr. »Bei Wuodan! Ist dir was passiert?«

Sie reibt sich das Handgelenk. »Nichts ist mir passiert. Lasst den Bastard nicht entkommen!«

Aber es ist zu spät. Arrak hat seine Männer am Wiesenrand

beinahe erreicht. Einer der Alben rennt, um den Kasten aufzuheben. Es ist Toki. »Schnell! Wir müssen weg. Sie kommen!«

»Mein Bruder«, ruft Rana ängstlich und dreht sich um. »Wo ist Arni?«

»Hinter dir. Wir haben ihn. Aber jetzt müssen wir verschwinden. Komm!« Hakun hilft ihr auf.

WUODAN

O Wuodan, Herrscher der Welt, Vater der Götter und Richter über die Menschen. Wir flehen dich an, kehre zurück zu uns, steh deiner Schwester Destarte bei, und nimm wieder Platz auf dem Berg der Götter. Wir brauchen deine Weisheit.

Hakuns Leute teilen sich auf. Eine kleine Gruppe galoppiert allen voraus. Sie besteht aus Hakun, Rana, Arni, Hargrim und einer Handvoll Krieger. Auf Wildpfaden hetzen sie durch den Wald, als würden sie von Rachegöttinnen verfolgt. Es ist ein wilder, nicht ungefährlicher Ritt über holpriges, zum Teil schwieriges Gelände. Niedrige Äste könnten einen Unaufmerksamen leicht aus dem Sattel fegen. Gefallene Stämme, Unterholz und dichtes Gestrüpp müssen im Eiltempo umgangen werden. Zum Glück wissen die Pferde besser als ihre Reiter, wohin sie treten müssen.

Unter hohen Buchen kommen sie bald darauf schneller voran. Einmal galoppieren sie durch das flache Wasser eines Bachlaufs, dann wieder einen langen Hügel hinauf. Hakun führt Arnis Pferd am Zügel. Rana reitet voraus, aber immer wieder dreht sie sich zu ihnen um, in Sorge, ob Arni durchhält. Im Grunde ist es ein Wunder, dass der arme Kerl sich überhaupt im Sattel hält.

Eine Weile bilden Harruk und Odda mit dem Rest der Männer einen schützenden Schirm und folgen nicht ganz so schnell. Dabei bemühen sie sich, die Hufspuren der führenden Gruppe zu zertrampeln oder mit langen Zweigen, so gut es geht, zu löschen. Erst als sie nichts mehr von Arraks Leuten entdecken können, teilen auch sie sich in zwei Gruppen auf, von denen jede einen anderen Weg einschlägt. Später werden sie noch weitere Listen anwenden, um den Feind zu verwirren und ihre Spuren zu verwischen.

Der Austausch ist gelungen. Arni ist gerettet. Und Rana ist trotz Arraks Versuch, sie zu entführen, nichts weiter passiert. Dass ihr Bruder befreit ist, erfüllt sie mit immenser Erleichterung. Nur eines trübt die Freude: Arrak hat überlebt. Nach ihrem Plan hätte er sterben sollen. Aber statt gleich auf ihn zu schießen, haben die Alben zuerst Brunn erledigt. Wahrscheinlich, weil er bewaffnet war. Nun müssen sie mit Arraks Rache rechnen und mit verdoppelter, gnadenloser Verfolgung. Denn eine solche Erniedrigung kann er nicht auf sich sitzen lassen.

Als die Pferde einen Moment zum Verschnaufen brauchen, holt Rana ihren Bruder mit Oddas Hilfe vom Pferd, befreit ihn von seinen Fesseln und wirft sich ihm in die Arme.

»Vorsichtig!«, stöhnt er. »Sie haben mir ein paar Rippen gebrochen.« Aber auch er ist von seinen Gefühlen überwältigt. Er hält sich an ihr fest und weint.

»Ich bin so froh, Arni, so froh, dass du lebst!« Freudentränen laufen Rana über die Wangen. Sie umfasst sein Gesicht und kann sich gar nicht satt an ihm sehen, auch wenn er schrecklich aussieht. Denn auf dem bleichen Gesicht stehen die Schwellungen und Krusten kaum geschlossener Wunden nur zu deutlich hervor. »Was haben sie dir nur angetan? Wie um alles in der Welt hast du das überstanden?«

»Immer einen Tag nach dem anderen«, murmelt er. »Darunter waren Augenblicke, da dachte ich, jetzt bringen sie mich um. Keine Ahnung, warum sie's nicht getan haben.«

»Deine Nase ist gebrochen. Und deine Wange. Haben sie dich gefoltert?«

Arni nickt. »Sie wollten wissen, wo du die Scheibe versteckt hast. Ich konnte es ihnen nicht sagen. Das haben sie mir natürlich nicht geglaubt.«

»Vielleicht hat gerade das dein Leben gerettet.«

Arni zuckt mit den Schultern. Dann sieht er sie an, aufs Schlimmste gefasst. »Was ist mit Kira? Hat sie überlebt? Wie geht es ihr?«

Natürlich. Er war ja bewusstlos, als man ihn entführt hat! »Kira geht es gut, Arni. Ihr ist nichts passiert. Aber dass sie dich verschleppt haben, hat ihr schwer zu schaffen gemacht. Wir alle haben dich für tot gehalten. Erst vor Kurzem hatte ich Kunde, dass du lebst.«

»Und unsere Eltern? Ich hab noch gesehen, was sie ihnen angetan haben. Dann hab ich einen Schlag auf den Kopf bekommen, und alles wurde schwarz. Erst später bin ich aufgewacht. Verschnürt wie ein Paket, auf einem ihrer Gäule.«

»Vater ist tot«, erwidert sie leise. »Arrak selbst hat ihn ermordet.«

»Ich hab's befürchtet«, flüstert er. »Und Mutter?«

»Sie hat, Destarte sei Dank, alles überstanden. Körperlich jedenfalls. Wenn auch nicht in ihrer Seele. Sie ist so voller Hass, dass es zum Fürchten ist.«

Arni lässt den Kopf hängen und seufzt. Schließlich sagt er: »Und du? Glaubst du immer noch an deine Göttin, und dass sie uns hilft?«

»Natürlich! Du nicht?«

»Ich habe meine Zweifel.«

»Mit ihrer Hilfe haben wir dich befreit. Mit der Bronzescheibe.«

»Vielleicht hast du recht. Du hast dich jedenfalls aufgemacht, um zu kämpfen.«

»Was soll man denn sonst tun?«

Er mustert sie von oben bis unten, betrachtet ihre Männerkleidung mit Dolch und Kriegsaxt im Gürtel und dem Lederriemen um die Stirn, damit ihr die Haare nicht in die Augen fallen. Er lächelt. »Wie die Jägerin Astaris siehst du aus, Schwesterchen, nicht wie Destarte.«

Hakun tritt zu den beiden. »Ich will euch nicht stören, aber wir müssen weiter. Wir haben noch einen langen Weg vor uns.«

»Arni ist zu erschöpft«, erwidert Rana. »Ich sollte ihn zu Drengis Wallburg bringen. Dort kann er sich erholen.«

»Kommt nicht infrage«, sagt Arni mit Bestimmtheit. »Wenn du kämpfen kannst, will ich das auch. Ob ich euch helfen kann, weiß ich nicht. Aber was immer ihr vorhabt, ich will dabei sein, wenn ihr es den Hunden heimzahlt.«

»Ob uns das gelingt, wissen wir nicht«, sagt Hakun. »Bis jetzt hat es nicht den Anschein. Wir sind ständig unterwegs. Hältst du das durch?«

»Es geht mir besser, als es aussieht.«

Zweifelnd sieht Rana ihn an. Doch dann streicht sie ihm über die bärtige Wange. »Also gut. Wenn Hakun einverstanden ist, gehörst du ab jetzt zu unserer Bande.«

»Wir können jede Hilfe brauchen«, sagt Hakun. »Auch die eines Meisterschmieds.« Er zieht das Schwert halb aus der Scheide. »Ich danke dir übrigens für diese herrliche Waffe.«

Arni lächelt. »Freut mich, dass sie jetzt dir gehört. Rana hätte sie keinem Würdigeren geben können.«

Sie besteigen die Pferde und nehmen ihren Weg wieder auf. Als es später zu dunkeln beginnt, finden sie ein Plätzchen zum Lagern in der Nähe eines kleinen Wasserlaufs. Auf Feuer verzichten sie, ihre mitgebrachte Verpflegung verzehren sie kalt. Rana kümmert sich um Arnis Wunden. Sie sind immer noch schmerzhaft, aber nicht lebensbedrohlich.

»Waren das wirklich Alben heute Mittag?«, fragt er. »Sie stiegen plötzlich aus dem Boden wie Geister aus der Unterwelt.«

Rana lacht. »Ja, das waren meine Freunde, Toki und Oran. Hargrim hat ihnen in der Nacht geholfen, ihre Verstecke vorzubereiten. Sie haben die Grasnarbe abgehoben, darunter flache Mulden gegraben und sich mit der Narbe wieder zugedeckt. Die Erde hat Hargrim weggeschafft, damit es nicht auffällt.«

Arni legt Hargrim die Hand auf die Schulter. »Danke, mein Freund.«

Hargrim grinst. »Als Toki erklärt hat, was sie vorhatten, hab ich sie zuerst für verrückt gehalten.«

»Nicht zu glauben, wenn man es nicht gesehen hat. Sehen wir die beiden wieder? Ich möchte ihnen danken.«

»Die Alben reiten nicht«, sagt Rana. »Sie halten es für unwürdig, Tiere dazu zu zwingen. Aber sie sind ausdauernde Läufer. Und sie wissen, wo wir uns treffen.«

»Du hast ein großes Wagnis auf dich genommen, Rana.«

»Wir alle. Aber das war's wert. Jetzt haben wir dich wieder.« Sie lächelt und streicht ihm durch die zerzausten Haare.

Hakun stellt Wachen auf, und die Männer breiten Decken auf dem Waldboden aus, um sich schlafen zu legen. Kaum schnarchen die Ersten, schleichen Hakun und Rana sich davon, um weiter entfernt vom Lager ein ruhiges Plätzchen für sich zu finden.

Rana ist immer noch aufgewühlt. An Schlaf ist nicht zu denken. Die Bilder des Tages wollen ihr einfach nicht aus dem Kopf. Sie spürt die Anspannung in sich und die Angst, die sie bei der Sache hatte. Dann der plötzliche Schreck, als Arrak sie packt und zu sich herüberzieht, sein verzerrtes Gesicht, in dem die Zähne wie bei einem wütenden Raubtier bloßliegen. Und schließlich die Alben, wie von den Göttern geschickt, die Pfeile und das Geräusch, wenn sie in lebendes Fleisch fahren, das Blut. Und dann Arraks Flucht.

Als könne sie die Bilder damit loswerden, stürzt sie sich auf Hakun, mit einer solch wilden, fast zornigen Lust, dass es sie selbst erschreckt. Aber sie kann nicht aufhören. Erst nachdem sie dreimal hintereinander Erfüllung gefunden hat, lässt sie erschöpft von ihm ab.

»Es ist alles gut«, beruhigt er sie und streichelt sie zärtlich, bis sie in seinen Armen einschläft.

* * *

Während Hakun und seine Gefährten überzeugt sind, dass man sie verfolgt, lässt Arrak sich erst einmal den Pfeil aus der Wunde ziehen und den Arm verbinden. Eine Handvoll Späher versucht, die Spur der Flüchtenden aufzunehmen. Doch sie kehren bald zurück, um zu berichten, dass Hakuns Leute sich aufgeteilt haben und in verschiedene Richtungen geflohen sind und dass die Wahrscheinlichkeit, sie jetzt noch einzuholen, gering ist. Zumal sie nicht wissen, welche die richtige Spur ist.

Wir hätten mehr Krieger bringen sollen, denkt Arrak. Aber das wäre gegen die Vereinbarung gewesen. Hakuns Leute hätten es gemerkt, und Rana wäre gar nicht erst erschienen. Frustriert beschließt er, die Leiche seines Freundes Brunn zu bergen und zur Kuffaburg heimzukehren.

Die Wunde im Arm ist nicht gefährlich, aber sie schmerzt höllisch. Mehr noch die schamvolle Niederlage und der Verlust seiner Geisel. Und all das in Gegenwart dieses verdammten Weibsstücks! Lacht sie jetzt über mich?, fragt er sich. Macht sie sich über mich lustig? Sie haben mir eine Falle gestellt, und ich Holzkopf bin hineingestolpert. Ich habe nur Rana gesehen. Die Hexe muss mich verzaubert haben. Ist Destarte nicht die Göttin der Magie? Ja, das muss es sein. Anders kann man sich diesen Fehlschlag gar nicht erklären.

Er hat es noch genau vor Augen. Er hatte das Weib fest im Griff. Und dann auf einmal diese beiden Bogenschützen. Als seien sie Mutter Erde entsprungen. Alben, kein Zweifel. Der Pfeil, den man ihm aus dem Arm gezogen hat, ist eindeutig ein Albenpfeil. Er hat ihn aufbewahrt, um sich an die Schmach zu erinnern und sie zu rächen.

Auf dem Weg zur Kuffaburg sagt er kein Wort, sitzt mit finsterer Miene auf dem Gaul. Keiner seiner Männer wagt, ihn anzusprechen. Kaum angekommen, scheucht er alle aus der Halle, will niemanden sehen, hockt sich auf den Hochsitz und brüllt nach Bier. Der Magd, die es bringt, reißt er den Rock hoch und nimmt sie brutal auf dem nächstbesten Tisch. Er stellt sich vor, es wäre Rana, und er würde sie bearbeiten, bis sie um Gnade winselt. Aber es ist nicht Rana, nur eine verängstigte Magd, die weinend flüchtet, nachdem er sich an ihr vergangen hat. Er lässt sich wieder auf den Hochsitz fallen und gießt Bier in sich hinein.

Im Grunde wäre es ihm beinahe gelungen, die Bronzescheibe und das Weib an sich zu bringen. Aber er war zu gierig. Er hätte sich mit der Scheibe zufriedengeben sollen. Warum musste es ihn auch nach dem verdammten Weibsstück gelüsten! Das war ein Fehler, das ist ihm jetzt bewusst.

Doch dann fällt ihm ein, dass es nicht seine Gier, sondern Hakuns List war, die ihn besiegt hat. Die verfluchten Alben hätten in jedem Fall auf ihn geschossen. Eine gute Falle, die sie da gelegt haben, das muss man ihnen lassen. Und er ist hineingetappt wie der Hase in die Schlinge. Steht die Hexe mit den Alben im Bunde? Es ist schon das zweite Mal, dass diese Wilden ihr geholfen haben.

Er nimmt einen großen Schluck Bier und rülpst. Dann schüttelt er genervt den Kopf. Das Herrschen hat er sich leichter vorgestellt. Die Welt ist voller Feinde. Außer Brodar hat bisher keiner der Klanherren den Schwur auf ihn geleistet. Und Hakun, der Fuchs, macht ihm das Leben schwer. Er und die Hexe Rana mit ihrem neuen Kult. *Göttin des Lichts!* Das ist doch zum Lachen! Und doch scheinen viele daran zu glauben, sogar unter seinen Helmingern. Einige hat er schon aufhängen lassen, dafür, dass sie selbst diesen Unsinn verbreiten. Und nun sind auch noch die Wilden aus dem Wald im Bunde mit Destarte. Er beschließt, bei nächster Gelegenheit Jagd auf die verdammten Waldmenschen zu machen. Um sie auszuräuchern und zu vernichten. Ja, das wird er tun.

Eine dunkle Stimme lässt sich vernehmen, die in dem großen, leeren Raum von den Wänden widerhallt. Es ist Urdo. »Ich höre, es lief nicht so gut«, sagt er.

Arrak funkelt ihn wütend an. »Wenn du gekommen bist, um

mir Vorhaltungen zu machen, dann kannst du gleich wieder verschwinden.«

Urdo tritt ins flackernde Licht der Feuerschale, die neben dem Hochsitz steht. »Warum sollte ich dir Vorhaltungen machen? Du hast alles richtig gemacht. Wer hätte gedacht, dass Hakun und seine kleine Hure so durchtrieben sind? Bogenschützen in der Wiese einzugraben – selbst ich wäre nicht darauf gekommen.«

»Na, dann bin ich ja beruhigt, wenn nicht einmal du darauf gekommen wärst«, erwidert Arrak ätzend.

Ohne Regung lässt Urdo den Spott an sich abprallen. »Die beiden bereiten uns große Schwierigkeiten. Ihr Kult lockt immer mehr Anhänger an. Man muss einen Aufstand fürchten. Was gedenkst du zu tun?«

»Du behauptest doch, der Schlaue zu sein. Sag du's mir.« Arrak hebt den Becher und nimmt einen tiefen Zug. Er schüttelt ärgerlich den Kopf. »Die beiden sind mal hier, mal da. Jedes Mal entkommen sie uns. Ich habe schon Belohnungen ausgesetzt und zwei meiner Hauptleute wegen Unfähigkeit hingerichtet, weil sie die Bande haben entwischen lassen. Was soll ich denn noch tun?«

Urdo zieht einen Hocker heran und setzt sich. Nachdenklich streicht er sich den Bart. »Ich kann mir nicht vorstellen, dass sie allein handeln«, sagt er schließlich. »Wahrscheinlich steckt Drengi dahinter. Oder einer der anderen Klanherren. Möglicherweise Turgrim, Morganas Vater. Aber ich vermute eher, dass es Drengi ist, der uns hintergeht. Er hat den Tod seiner Söhne nicht verwunden.«

»Du meinst, er bricht das Friedensabkommen?«

»Vielleicht. Da ist nämlich noch etwas, das dafür sprechen würde.« Er blickt zu Arrak auf. »Es laufen Gerüchte um, dass Morgana gar nicht zu ihrem Vater, sondern zu den Nebroni geflüchtet ist.«

Arrak runzelt die Stirn. »Bist du sicher?« Dann fällt ihm ein, dass Odda bei dem Treffen an Ranas Seite war, und er nickt. »Odda hat sie nicht zu Turgrim, sondern zu Drengi geführt. Deshalb war der Kerl auch heute bei diesem vermeintlichen Austausch dabei.«

»Könnte sein«, murmelt Urdo. »Das würde jedenfalls zusammenpassen. Alles deutet darauf hin, dass Hakun und Drengi gemeinsam handeln. Die Nebroni versorgen Hakun mit ausgeruhten Pferden, mit Proviant, Waffen und Kriegern. Und sie haben womöglich überall Späher im Land, um ihn vor unseren Kämpfern zu warnen. Anders kann ich mir das nicht vorstellen.«

Arrak brütet eine Weile schweigend vor sich hin. Dann starrt er Urdo unter zornigen Brauen an. »Ja, Drengi. Da hast du völlig recht. Aber wir werden es diesen verdammten Nebroni zeigen. In den nächsten Tagen finden die Riten auf dem Hadorring statt. Diesmal will ich, dass alle Geiseln geopfert werden. Damit sie endlich verstehen, dass wir ihre frechen Angriffe und Hetzreden nicht länger hinnehmen.«

»Alle Geiseln auf einmal? Aber dann haben wir nichts mehr in der Hand.«

»Im Gegenteil. Wir haben genug in der Hand. Ein ganzes Heer, verdammt noch mal!«

»Du willst den Krieg fortsetzen?«

»Was sonst? Gleich nach dem Fest bereiten wir den Angriff auf Drengis Wallburg vor!«

* * *

Am nächsten Tag treffen die Gefährten nach und nach am verabredeten Sammelpunkt ein. Diesmal ist es keine Eiche, sondern ein Steingrab der Urmenschen auf einer Lichtung in den Ausläufern der Brukkaberge. Harruk ist als Erster mit seinen Männern da und wartet schon, als Hakun und Rana den Ort erreichen. Auch die Alben treffen kurz darauf ein und zuletzt Oddas Gruppe.

Hier werden sie einen Tag rasten. Um nicht überrascht zu werden, hat Hakun wie immer Patrouillen mit dem Auftrag ausgeschickt, die Gegend rund um ihr Lager weiträumig zu durchstreifen.

Es herrscht nicht das beste Wetter. Dunkle Wolken wandern über den Himmel. Es ist ein grauer, windiger Tag und für die Jahreszeit schon etwas kühl. Westlich von ihrem Lager erhebt sich düster und drohend der Brukka, der Berg der Götter. Er ist die höchste Erhebung im weiten Umkreis und von überallher zu sehen.

Ob dort wirklich die Götter wohnen?, fragt sich Rana. In ihrem Traum von Destarte waren die Götter woanders, weiter südlich, nahe der Onestruda. Oder kam ihr das nur so vor? Jedenfalls war es ein sonniger Hügel in Flussnähe und nicht dieser finstere Berg, den die Ruotinger für den Sitz der Götter halten. Kaum jemand wagt sich dort hinauf. Die Alben lachen nur, als sie ihnen davon erzählt. Der Brukka sei ein guter Ort, meinen sie. An den Hängen gebe es viel Wild. Und die Geister des Berges tun niemandem etwas, wenn man sie nicht stört.

Daran, dass Hakun und Rana nun die Nächte gemeinsam verbringen, haben die Männer sich gewöhnt. Zuerst gab es anzügliche Bemerkungen, aber das hat sich gelegt. War sie für die Männer zuvor die ehrbare Priesterin, der man mit großem Respekt begegnet, so wird sie jetzt als Hakuns Weib betrachtet und irgendwie anders behandelt, mit mehr freundlicher Vertrautheit. Einerseits stört sie das, denn sie ist weder Hakuns Eigentum, noch hat sie vor, ihre Eigenständigkeit aufzugeben. Andererseits gibt es ihr ein warmes Gefühl im Herzen. Was auch immer passiert, sie gehören zusammen.

In der Nacht hat Rana wieder einen bedeutsamen Traum. Auch in diesem befindet sie sich auf einem Hügel. Der Himmel ist klar, und das Grün der Wiese leuchtet in der Sonne. Am Fuß des Hügels drängt sich eine große Schar von Menschen, die Destarte huldigen und sich vor ihr verbeugen. Die Göttin selbst ist so schön, wie man es sich nur vorstellen kann. Ihre Haut ist makellos weiß, die Augen sind von strahlendem Blau, und ihr Gewand ist aus so feinem Stoff, dass es durchsichtig wirkt und ihren herrlichen Leib erahnen lässt. Auf der Hüfte trägt sie die Bronzescheibe, als handele es sich um ein Kind. Sanft streicht sie darüber, lächelt Rana zu und flüstert: »Bald, Rana, bald!«

Ein Traum voller Verheißung.

Doch dann geschieht etwas Merkwürdiges. Thunar nähert sich der Göttin. Er ist groß und stattlich. Seine Muskeln glänzen in der Sonne. Er beugt sich zu ihr, um sie zu küssen. Und Destarte lässt es nicht nur zu, sie schlingt zärtlich einen Arm um ihn und erwidert seinen Kuss. Doch dann erkennt Rana, dass es gar nicht Thunar ist, sondern Hakun, den die Göttin küsst.

Verstört und mit klopfendem Herzen wacht sie auf. Was hat das zu bedeuten? Wird Destarte ihn ihr nehmen, wird er ihr untreu werden? Eine andere lieben?

Hakun schläft neben ihr unter der gemeinsamen Decke. Er liegt auf dem Rücken. Sie spürt seine Körperwärme. Sanft legt sie ihm die Hand auf die Brust, die sich gleichmäßig hebt und senkt. Der Gedanke, sie könnte ihn verlieren, ist wie ein scharfer Stich mitten ins Herz. Sie hat sich lange gegen diese Liebe gewehrt. Nun kann sie nicht mehr ohne sein.

Vielleicht bedeutet der Traum ja auch etwas ganz anderes. Vielleicht nur, dass Hakun von der Göttin gesegnet ist. Ja, das will sie glauben! Sie kuschelt sich an seine Seite und beschließt, Hakun nichts von dem Traum zu erzählen. Man soll das Schicksal nicht herausfordern. Es könnte sonst genau das eintreten, vor dem man sich fürchtet. Zumindest den Anfang des Traums glaubt sie deuten zu können. Der macht ihr Hoffnung, auch wenn das Ende seltsam war.

* * *

Die Zeit bis zum großen Hadorfest nutzen Hakun und Rana, um die Schar ihrer Anhänger weiter zu vergrößern. Diesmal durchqueren sie das Land der Guvarri. Auch dort gelingt es, Waffen zu erbeuten, die sie wie üblich an Kampfwillige verteilen, immer mit der Aufforderung, sich zum Fest des Gottes am Hadorring einzufinden.

In jedem Dorf, das sie besuchen, wirken Ranas Worte wie eine Erlösung in den Herzen der Menschen. Frauen küssen ihr weinend die Hände, Männer sichern ihre Unterstützung zu. Sie bleiben immer nur kurz, gerade mal Zeit genug, mit den Leuten zu reden, die Pferde zu tränken, etwas zu essen, um alsbald wieder in den Wäldern unterzutauchen. Einmal müssen sie einen weiten Bogen schlagen, um einem großen Reitertrupp der Helminger auszuweichen, der offensichtlich nach ihnen sucht.

Nicht nur Bauern nehmen ihre Botschaft mit Begeisterung auf, inzwischen stoßen auch Edle zu ihnen. Besonders in Hakuns Land der Harruner, das sie ein weiteres Mal durchstreifen, bevor sie zu Drengis Wallburg zurückkehren.

Dem Klanherrn der Nebroni geht es schon viel besser. Er hütet nicht mehr das Lager, auch wenn er sich noch vorsichtig und mit Hilfe eines Krückstocks bewegt. Er empfängt Hakun, Rana und Arni auf dem Hochsitz der Halle, Morgana an seiner Seite.

»Den Göttern sei Dank, dass wir dich wieder heil und gesund antreffen«, sagt Rana.

Drengi lächelt. »Nicht zuletzt dank guter Pflege.«

Er reicht Morgana die Hand und drückt sie. Es ist kaum zu übersehen, wie sehr die beiden einander zugetan sind. Das freut Rana. Nach allem, was Drengi in diesem Jahr widerfahren ist, hat er verdient, die Liebe gefunden zu haben. Dass es ausgerechnet Morgana ist, erscheint ihr wie ein grausames Spiel der Götter. Als wollten sie Orkon noch im Grabe verhöhnen.

Neben ihrer Mutter sitzt Tura und verschlingt Hakun mit den Augen. Unwillkürlich erinnert es Rana an ihren Traum. Hakun ist ein gut aussehender Mann und gefällt sicher vielen Frauen. Aber vor Tura muss sie sich wohl nicht fürchten.

Sie erzählen von Arnis Befreiung, und Arni selbst berichtet, wie es ihm auf der Kuffaburg ergangen ist. »Arrak ist schlau«, sagt er, »aber auch süchtig danach, dass man ihm Honig ums Maul schmiert, ihn den Größten nennt. Wer ihm das verweigert oder ihm widerspricht, bekommt schnell seinen Zorn zu spüren. Nur Urdo scheint wirklich Einfluss auf ihn zu haben.«

»Unterschätzt Arrak nicht. Er ist mehr als gefährlich, wie wir alle wissen«, sagt Drengi mit einem Mal tief besorgt. »Im Grunde erstaunlich, dass er euch noch nicht erwischt hat. Ihr wart äußerst geschickt, nach dem, was man so hört. Mal hier, mal dort, den Verfolgern immer einen Schritt voraus, als hielten die Götter schützende Hände über euch. Das sagt man jedenfalls.«

»Es ist Hakuns Verdienst«, sagt Rana.

Der wiegelt ab. »Eher der unserer Freunde, der Alben. Die kennen die Wälder wie kein anderer.«

»Arrak soll außer sich vor Wut darüber sein«, sagt Drengi. »Und er lässt sie an seinen eigenen Leuten aus. Das ist jedenfalls, was man mir berichtet. Immer mehr Menschen hoffen auf eine Wende, auf ein Eingreifen der Götter. Selbst Helminger Edle scheinen nicht mehr sicher zu sein, ob die Macht Hadors noch ausreicht, das Reich zusammenzuhalten.«

»Woher willst du das wissen?«, fragt Hakun.

»Man berichtet mir so einiges. Nicht alle Helminger sind glühende Anhänger ihres neuen Fürsten. Er hat einige hinrichten lassen, besonders Männer, die er verdächtigt, euch heimlich zu helfen. Ich mache mir ernsthaft Sorgen. Man kann den Bären nur so lange reizen, bis er zuschlägt. Und wenn er euch nicht zu fassen kriegt, wird er sich an uns schadlos halten.«

»Das wollen wir natürlich nicht«, sagt Rana bekümmert.

Hakun pflichtet ihr bei. »Wir werden alles tun, um das zu verhindern.«

»Dazu werdet ihr kaum in der Lage sein. Der Friede, den wir ausgehandelt haben, wird möglicherweise bald zu Ende sein. Das hat mit euch nichts zu tun. Es war ohnehin zu erwarten. Ich habe schon die Befestigungen ausbessern und junge Bauernsöhne bewaffnen lassen. Es sind keine erfahrenen Kämpfer, aber jeder, der dieser Tage eine Axt schwingen kann, ist willkommen.«

»Vielleicht wird es gar nicht dazu kommen«, sagt Hakun. Er erklärt Drengi, was sie für das Hadorfest geplant haben. »Ob genug kommen, uns beizustehen, wissen wir nicht. Aber wir hoffen es. Und wir hoffen auch auf deine Hilfe.«

Drengi denkt eine Weile nach. »Was ihr vorhabt, ist mehr als gewagt«, sagt er schließlich. Sollte es nicht gelingen, sind wir alle erledigt.«

»Genauso erledigt sind wir, wenn wir nichts unternehmen«, widerspricht Rana. »Hakun und ich in jedem Fall. Und wenn es stimmt, was du vermutest, will er auch dich und deinen Klan vernichten.«

Da meldet sich Morgana zu Wort. »Es gibt keine andere Wahl, Drengi. Arrak muss sterben. Wenn nicht, geht es uns allen schlecht.«

* * *

Arni hat sich einigermaßen von seinen Verletzungen erholt. Die Rippen schmerzen weniger, und auch die Schwellungen im Gesicht gehen zurück. Nur die Nase wird nie mehr die gleiche sein. Rana witzelt mit ihm, nun sehe er ziemlich verwegen aus, wie einer, vor dem man sich in Acht nehmen müsse.

»Das ist mir gleich«, sagt er und grinst, »solange meine Kira mich noch haben will.«

»Was? Einen Kerl wie dich? Natürlich will sie dich haben. Und sonst kriegt sie's mit mir zu tun.«

»Wo wir gerade von Kira sprechen. Ich muss nach Altorp,

Rana. Sie glaubt mich wahrscheinlich tot oder weiter in Gefangenschaft.«

Hakun, der bei ihnen steht, nickt. »Natürlich. Ich gebe dir zum Schutz zwei Reiter mit. Denkst du, du bist rechtzeitig zurück?«

»Ich werde es versuchen.«

Rana hat eine andere Idee. »Bleib bei uns, Arni. Du musst doch nicht selbst nach Altorp reiten. Ich weiß, Mutter und Kira sind außer sich vor Sorge, aber Hakun kann einen Boten schicken.«

Arni ringt mit sich, aber dann ist er einverstanden. »Also gut. Wenn es dir nichts ausmacht, Hakun, einen Boten zu entsenden. Denn ich möchte euch bei eurem Vorhaben nicht im Stich lassen.«

Die letzten Tage vor dem Hadorfest dienen der Vorbereitung. Männer werden eingeteilt, diesmal nicht nur Hakuns Krieger, sondern auch Freiwillige der Nebroni. Es werden Waffen verteilt und Umhänge genäht, wie die Bauern sie bei schlechtem Wetter tragen. Denn sie haben vor, während des Fests als einfaches Bauernvolk aufzutreten. Waffen und Lederpanzer sollten unter den Umhängen nicht zu sehen sein. Zum Glück spielt das Wetter mit, denn es ist kühl und regnerisch.

Ebenfalls hilfreich ist, dass der Höhepunkt des Festes nachts stattfindet. Denn im Schein der Fackeln und Feuerschalen wirken die heiligen Handlungen, das Blut der Opfer und der Anblick der zuckenden Leiber viel beeindruckender als am Tag, und genau darum geht es Hadors Priestern. Die Feierlichkeiten sollen einschüchtern, unter den Gläubigen Furcht vor dem gewaltigen, rachsüchtigen Gott verbreiten, sie zitternd niederknien lassen, sie zwingen, sich zu unterwerfen.

Leider ist Hakuns Schar nicht groß. Sie zählt nicht einmal eine Hundertschaft. Mehr Männer würden den Helmingern jedoch auffallen. Trotzdem sind es zu wenige, um wirklich einen Umsturz zu bewirken. Denn es ist zu erwarten, dass Arrak mehrere Hundertschaften um das Heiligtum versammelt. Sie können also nur hoffen, dass sie nicht allein sein werden, dass möglichst viele ihrer Anhänger den Weg zum Heiligtum finden, wie sie es versprochen haben. Das ist ihre Hoffnung. Ihre einzige Hoffnung, auf der ihr gewagter Plan beruht.

Für Helminger ist das Fest der Höhepunkt des Jahres, obwohl der ursprüngliche Sinn von Hadors Priestern verfremdet wurde. Denn eigentlich war es immer ein Fest zu Ehren Wuodans und seines Weibes Hella, mit dem man ihnen für die Ernten dankte. Ein Fest der Freude und des Tanzes. Doch während der Herrschaft der Helminger Fürsten wurde daraus das düstere, blutrünstige Fest des Gottes der Unterwelt. Kein Wunder, dass Wuodan den Menschen den Rücken gekehrt hat. Auch Hella wird meist nur noch von Frauen und dies in der Abgeschiedenheit ihrer Häuser angebetet. Zumindest bei den Helmingern ist das so.

In einem Teil des einstigen Wuodanrings wurden früher zu Ehren Hellas Mühlsteine vergraben, als Sinnbild der Arbeit der Frauen. In einem anderen Bereich zu Ehren Wuodans wurden Steinbeile der Erde übergeben, sinnbildlich für die Arbeit der Männer. Hier befinden sich auch die Gräber berühmter Ruotinger Helden, junger Männer, die für das Volk im Krieg gegen Nachbarvölker gefallen sind. Denn Wuodan, genau wie sein Sohn Thunar, steht neben dem Wetter und der Magie auch für den Krieg.

Die Heldengräber hat man zum Glück nicht angetastet, denn das hätte einen gewaltigen Protest ausgelöst. Sie gehören schließlich zum Ahnenerbe des Volkes. Auf der anderen Seite des Ringheiligtums sind seit Hadors Herrschaft jedoch neue Gräber entstanden. Eigentlich nur tiefe Erdlöcher, in die man die Überreste der Menschenopfer geworfen hat. Zusammen mit den zerschlagenen irdenen Schalen, in denen ihr Blut aufgefangen wurde.

Genau hier, in diesem heiligen Ring, werden sie sich Arrak stellen.

In der Nacht liegen Hakun und Rana eng umschlungen auf ihrem Lager. An Schlaf ist nicht zu denken. Rana ist hellwach. Es ist dunkel in der Kammer. Von Hakun kann sie nur den Schatten erkennen. Umso mehr spürt sie seine Körperwärme, seine Haut, seinen Atem. Morgen früh werden sie aufbrechen und diesen verzweifelten Versuch eines Umsturzes unternehmen. Rana fürchtet sich vor dem, was vor ihnen liegt. So sehr, dass sie innerlich zittert. Nein, nicht nur innerlich. Hakun spürt es und hält sie fest, küsst sie sanft, streicht ihr über den Rücken.

»Wir werden siegen«, murmelt er.

»Glaubst du?«, flüstert sie.

In ihrem Herzen herrschen ernsthafte Zweifel. Mit weniger als hundert Mann werden sie wenig ausrichten können. Im Gegenteil, sie werden beide sterben. Das ist, was sie befürchtet, ja fast für gegeben hält. Aber zumindest haben sie es dann versucht. Und vielleicht werden zukünftige Generationen sie eines Tages dafür ehren. Für ihren Mut, für ihre Standfestigkeit.

O Destarte, klingt es in ihrem Kopf, welcher Mut soll das denn sein? Davon spüre ich nichts, nur die Angst.

* * *

Vorsichtig erhebt sich Rana noch vor Sonnenaufgang von ihrem Lager. Sie möchte Hakun nicht wecken. Im grauen Licht der Dämmerung betrachtet sie sein Gesicht. Es ist ihr inzwischen so vertraut, dass sie jede Falte, jede Pore und jedes noch so feine Barthaar zu kennen glaubt. Trotzdem erscheint ihr alles an seinen Zügen immer wieder aufregend neu und unbekannt, sodass sie sich kaum daran sattsehen kann. Nie hat sie gedacht, dass sie einen Mann so lieben könnte. Er füllt ihr Herz, ihr Blut, ihr Hirn, jede Faser ihres Leibes. Selbst wenn sie fern voneinander sind, spürt sie ihn in sich.

Es ist nicht nur, dass sie ihn liebt, sie bewundert ihn auch. Er ist klug und umsichtig. Es fehlt ihm nicht an Mut, auch wenn er unnötigen Leichtsinn ablehnt. Von ihm geht eine Wärme aus, die sich auf andere überträgt. Er hört mehr zu, als dass er redet. Und doch umgibt ihn eine natürliche Autorität. Sein Selbstvertrauen verleiht ihr Stärke. Seinen Männern scheint es ähnlich zu gehen, denn sie halten zu ihm, was immer auch kommt. Sie selbst kann feurige Reden halten und Menschen für sich gewinnen, aber sie hat nicht seine Ruhe und Besonnenheit. Ohne Hakun wäre alles, was sie versucht, zerronnen. Ohne seine Hilfe, seine Zuversicht und seinen Rat hätte sie nichts bewirkt, hätte bestimmt längst aufgegeben.

Leise verlässt sie die Kammer und begibt sich in den Hof. Ein kühler Wind weht von Westen her. Über den Himmel jagen graue Wolkenfetzen. Im Osten ist es schon hell, auch wenn die Sonne sich noch versteckt. Im Hof stehen Pferde neben dem Wassertrog und lassen halb im Schlaf die Köpfe hängen. Nur eines schaut zu ihr herüber. Außer den Wachen auf dem Wehrgang ist niemand zu sehen. Sie geht zum Tor hinüber und steigt auf dem Turm.

Oben steht ein Krieger Wache. »Suchst du etwas?«, fragt er. »Kann ich dir helfen?«

»Lass mich bitte einen Augenblick allein.«

»Natürlich.« Der Mann entfernt sich.

Rana blickt nach Osten, wo die Sonne bald aufgehen wird. Doch ein dunkles Wolkenband liegt über dem Horizont. Ist das ein schlechtes Omen? Gerade heute, am Tag ihres Aufbruchs zum Hadorring, hat sie auf eine Bestätigung gehofft, sich gewünscht, die Göttin des Lichts begrüßen zu können. Ihr Vater nannte sie Arinna, für Rana ist es Destarte.

Sie legt die Hände vor der Brust zusammen, schließt die Augen und sammelt alle Kraft in sich, als könne sie die Göttin zwingen, sich ihr zu offenbaren. Zeig dich, verdammt noch mal!, fährt es ihr durch den Sinn. Ich habe alles für dich getan. Ich bin bereit, mein Leben für dich und deinen Auftrag zu geben. Meines und das meiner Gefährten. Das Mindeste, was du tun könntest ...

Sie öffnet die Augen. Wie durch ein Wunder hat sich das Wolkenband gehoben, und die frühe Morgensonne bricht hervor. Ihre Strahlen sind so hell und gleißend, dass Rana die Augen zu Schlitzen schließen muss. Obwohl es noch so früh am Morgen ist, spürt sie deutlich die Wärme auf dem Gesicht. Ja, denkt sie, in der Nacht ist Arinna unter der Erde hindurchgewandert, hat sie dabei fruchtbar gemacht, und nun erscheint sie von Neuem, um die Welt mit ihrem wunderbaren Licht zu füllen. Jeden Morgen ist es ein Wunder.

Schließlich muss sie wegsehen, denn das grelle Licht blendet sie. In ihrem Herzen aber frohlockt sie. Danke, danke, Destarte, dass ihr mich erhört habt, du und deine Schwester Arinna! In der Nacht war ich schwach, habe vor Angst und Zweifel gezittert. Doch jetzt, o unsterbliche Göttin, hast du mir neuen Mut geschenkt. Ich flehe dich an, uns zu helfen, bald, wenn wir dich brauchen. Du und die anderen Götter sollen uns zur Seite stehen, wie du es versprochen hast. Ich vertraue dir.

Nach einem letzten Blick auf die wiedergeborene Sonne am Horizont wendet sie sich ab und steigt vom Turm.

Inzwischen ist die Wallburg zu frühmorgendlichem Leben erwacht. Auch Hakun befindet sich bereits im Hof und spricht mit den Männern, die sich wappnen und ihre wollenen Umhänge überziehen. Mägde verteilen Brot und Bier, damit die Krieger sich vor dem Aufbruch stärken. Ein Dutzend Lasttiere werden aus den Stallungen geführt und mit Zeltbahnen und Proviant beladen. Es sind nicht die edlen Pferde der Krieger, sondern kleine, stämmige Gäule, wie Händler und Bauern sie bevorzugen. Eines der Tiere ist für Rana bestimmt. Marschieren werden sie allerdings zu Fuß, wie es sich für wanderndes Bauernvolk gehört. Und zwar in kleinen Gruppen, um nicht aufzufallen.

Rana bemerkt Ada, die sich mit den beiden Alben unterhält und dann zum Haus wendet. Auf halbem Weg fängt Rana sie ab. »Ada. Wie ich sehe, hast du dich mit Toki und Oran angefreundet. Freust du dich darüber? Es sind doch Männer deines Volkes.«

Ada hebt unschlüssig die Schultern. »Ich mag die beiden«, sagt sie, »und doch sie sind mir fremd.«

»Wirklich? Möchtest du nicht mit ihnen gehen, wenn sie sich auf den Weg zu ihrem Dorf machen? Du wolltest doch immer sehen, wie die Alben leben.«

»Werden sie uns verlassen? Das haben sie mir gar nicht gesagt.«

»Ich glaube schon. Hakun hat ihnen geraten heimzukehren, denn am Hadorring könnte ihre dunkle Haut sie verraten.«

»So wie meine. Denkst du, ich bin sehr braun?«

Rana lächelt. »Nur ein bisschen. Aber gerade das ist doch Teil deiner Schönheit. Genauso wie deine blauen Augen.«

»Aber ich bin nicht weiß wie ihr.«

»Ist das wichtig?«

»Für mich schon.«

»Glaubst du, du fühlst dich unter Alben wohler?«

»Nein.« Ada schüttelt den Kopf. »Ich hab daran gedacht. Aber für sie bin ich trotz allem eine Ruotinger. Ich spreche kaum ihre Sprache. Ihre Gebräuche sind mir fremd. Die Wahrheit ist, ich bin weder Albin noch eine Nebroni. Im Grunde gehöre ich nirgendwohin. Verstehst du, was ich meine?«

»Du willst also nicht bei ihnen leben. Auch nicht für kurze Zeit?«

»Nein. Ich würde mir verloren vorkommen.«

»Bei uns bist du jedenfalls keine Fremde. Du hast mal gesagt, du würdest mir gern dienen. Ist das immer noch so?«

»Oh, ja! Das würde ich mir wünschen.«

»Gut!« Rana nickt und lächelt ihr aufmunternd zu. »Bitten wir die Götter, dass wir nach dem Fest alle noch am Leben sind. Denn dann nehme ich dich gern zu mir. Du kannst mir zur Hand gehen. Drengi wird es bestimmt erlauben, wenn ich ihn darum bitte. Und später könnte ich dich zur Priesterin ausbilden. Eine so schöne Frau wie du würde Destarte alle Ehre machen.«

Adas Augen leuchten vor Freude. »Das würdest du für mich tun?«

»Warum nicht?«

Seit ihrem magischen Augenblick auf dem Turm fühlt Rana sich besser, zuversichtlicher. Auch das Gespräch mit Ada hat ihre Laune gehoben. Es ist gut, daran zu glauben, dass es auch nach dem Hadorfest noch ein Leben geben wird. Sie umarmt die Sklavin. »Die Männer wollen los. Ich muss mich fertig machen. Wünsch uns den Segen der Götter, Ada.«

* * *

Der Hadorring liegt nur einen kurzen Fußmarsch von den Ufern der Albija entfernt auf einer leichten Erhebung des ansonsten flachen Geländes. Rundum gibt es, so weit das Auge reicht, nur wenig Wald, dafür aber saftige Wiesen und guten Ackerboden. In dieser grünen Landschaft sind überall allein stehende Bauernhöfe zu sehen. Zwischen Fluss und Heiligtum liegt ein größeres Dorf, in dem sich Brodars Halle und die Unterkünfte zweier Harruner Kriegerhundertschaften befinden.

Die Helminger unterhalten hier ebenfalls Truppen, als trauten sie den Harrunern nicht zu, das Heiligtum und den Flusshandel gebührend zu schützen. Eine ihrer Einheiten hat ihren Standort am Flussufer, eine zweite ganz in der Nähe des Ringheiligtums und eine dritte weiter entfernt an der Stelle, wo die Sala sich in die Albija ergießt.

Die große Anlage, die nun Hador geweiht ist, ist kreisrund und hat einen Durchmesser von fast hundertfünfzig Schritt. Sie ist von einer losen Reihe von Pfählen umgeben. Ins Innere gelangt man durch zwei gegenüberliegende Tore, die, von der Mitte aus gesehen, Auf- und Untergang der Sonne markieren. Und zwar dann im Jahr, wenn Tag und Nacht gleich lang sind, was den wichtigen Ereignissen des Bauernjahrs entspricht – Aussaat und Ernte.

Seit Urzeiten, so heißt es in den Überlieferungen, haben Menschen an diesem Ort gebetet, die Veränderungen des Sonnenstands beobachtet und sich davon leiten lassen. Möglich, dass es schon vor Ankunft der Ruotinger an dieser Stelle ein Heiligtum gab.

Die innere, ebenfalls kreisrunde Fläche von etwa hundert Schritt Durchmesser ist von einer festen, blicksicheren Palisade umgeben, die alles Äußere von den heiligen Handlungen dieses Göttertempels fernhält. Hier sollen die Menschen sich versammeln und ungestört mit den Gottheiten in Verbindung treten.

Außerhalb der Palisade verläuft ein flacher Graben. In dieser Vertiefung liegen die Gräber. Auf der einen Seite Ruotinger Helden, um deren Namen sich Legenden ranken, die jedem Kind bekannt sind. Auf der anderen Seite die Überreste der Opfer – früher waren es Tiere, jetzt sind es Menschen. So ruhen sie gemeinsam und dicht beieinander am heiligen Ort der Götter: die Helden des Volkes und die Wesen, die ihr Leben gaben, um die Götter gütig zu stimmen.

Wenn man bedenkt, wie stark die Ruotinger sind, wie sie seit Generationen unangefochten ihre Nachbarvölker beherrschen und von ihnen Tribut nehmen, dann ist jedem klar, wie mächtig der Zauber dieses Ortes ist.

Vor dem Heiligtum wird zweimal im Jahr, jeweils zu Zeiten der Festlichkeiten, ein großer Markt abgehalten. Die Harruner haben einfache Hütten errichtet, vor denen sie ihre Angebote auslegen: Feldfrüchte der Bauern, besonders jetzt zur Erntezeit, aber auch die vielfältigen Waren der reisenden Händler, die nicht selten von weither kommen. Salz, wilder Honig, Kupfer und Zinn, Schmuck, Bernstein und Muscheln, aber auch Leinen, wollene Umhänge, Lederwaren, Kupferkessel und irdenes Geschirr, Äxte, Dolche und Hacken, nur um einiges zu nennen.

Es wird gefeilscht und getauscht, mit kleinen Kupferbarren und sogar mit Silber bezahlt. Es fließt reichlich Bier, denn die meisten Besucher sind Männer. Über den Kochfeuern hängen dampfende Kessel. Ganze Schweine werden am Spieß geröstet. Huren betreiben ihr Handwerk in eigens gekennzeichneten Buden oder Zelten. Dabei sorgen Wachen für Ordnung, denn gelegentlich kommt es zu Übergriffen und Prügeleien. Betrunkene torkeln durch die Zeltgassen oder schlafen irgendwo ihren Rausch aus. Böse Zungen behaupten, viele kämen gar nicht, um den heiligen Handlungen beizuwohnen, sondern um sich, weitab von Weib und Familie, zu vergnügen.

Das prächtigste unter den vielen Zelten ist das des jungen Fürsten. Es wird von einem Dutzend Krieger bewacht. Im Innern liegt Arrak nackt auf einem breiten Feldbett und lässt sich von einer seiner Sklavinnen verwöhnen. Dass Urdo dabeisitzt und zuschaut, stört ihn nicht. Auch nicht, dass sich die Wachen draußen am lustvollen Stöhnen der Sklavin ergötzen.

Nachdem es vorbei ist, zieht Arrak sich eine Tunika über, vorsichtig, um die Berührung mit seiner Wunde zu vermeiden. Sie schmerzt immer noch, hat sich zum Glück aber nicht entzündet. Er deutet auf die nackte junge Frau neben sich. »Sieh sie dir an, Urdo, ist sie nicht hübsch? Warum machst du nicht weiter, wo ich aufgehört habe?«

»Nein, danke«, brummt Urdo.

»Soll ich eine der Huren für dich kommen lassen?«

»Es liegt mir nichts daran.«

»Ist es, weil du Morgana nicht vergessen kannst?« Arrak lacht gehässig. »Kann ich durchaus verstehen. So eine wie Morgana –«

»Halt's Maul, Arrak!«

Urdos Unmut scheint Arrak nicht zu stören, eher zu belustigen. Es macht ihm Spaß, den Priester mit der Erinnerung an Morgana zu hänseln. »Sie hat dich verzaubert, Urdo, gib's zu. Sie hat dich schwach gemacht. Weich wie Wachs warst du in ihren Händen. Oder nein. Das ist in diesem Fall wohl das falsche Bild. Eher das Gegenteil, würde ich sagen.« Diesmal lacht er noch ausgelassener.

Urdo runzelt zornig die Stirn. »Gerade du hast groß reden«, knurrt er. »Du mit deiner Besessenheit, was diese Priesterin betrifft. Dabei hast du dich von ihr übertölpeln lassen. Wärst dabei beinahe draufgegangen.«

Diese Worte gefallen Arrak weniger. Er wirft Urdo einen giftigen Blick zu und bedeutet der Sklavin zu verschwinden. Das junge Weib tut ihm nur zu gern den Gefallen, zieht sich hastig ihr Gewand über und flüchtet aus dem Zelt.

»Du hast recht«, sagt er mit mürrischer Miene. »Aber das wird sich bald ändern. In zehn Tagen ziehen wir unser Heer zusammen. Zuerst vernichten wir Drengi. Danach werden sich auch diese verdammten Rebellen ergeben. Wir hetzen sie, bis sie kein Versteck mehr finden.«

Inzwischen ist die Dämmerung hereingebrochen. Tagsüber hat es noch geregnet, aber nun haben sich die Wolken verzogen. Obwohl es noch nicht ganz dunkel ist, zeigt sich bereits der Vollmond knapp über dem Horizont. Ganz in seiner Nähe die ersten Sterne. Es sind die sieben Schwestern. Urdo und Arrak, die sich im Zelt befinden, können sie nicht sehen. Und selbst wenn sie sie sähen, ihre Bedeutung würde sich ihnen nicht erschließen.

»Wird Zeit, dass wir ins Heiligtum gehen«, sagt Urdo.

»Sind die Gefangenen bereit?«

Der Priester nickt. »Alles ist vorbereitet.«

»Sind viele gekommen?«

Urdo zuckt mit den Schultern. »Du weißt, es sind jedes Jahr weniger. Das macht mir Sorgen. Brodar von den Harrunern ist gekommen und viele seiner Edlen. Das war zu erwarten. Aber keiner der anderen Klanherren.«

Arrak nickt grimmig. »Das wird sich ändern, sobald wir unsere Feinde besiegt haben. Drengi als Ersten.«

»Ich hoffe es. Zumindest ist diesmal viel Bauernvolk gekommen. Vorhin noch eine ganze Menge. Anscheinend aus allen Gegenden, wie man mir berichtet.«

»Das ist doch gut, Urdo. Sei zufrieden. Sie kommen zu Hador. Destartes Kult fruchtet nicht.«

* * *

Die Nacht ist sternenklar. Der Vollmond, jetzt höher am Himmel, gießt reines Silber über die flache Landschaft, über die Buden des Marktes und über den Hadorring, wo es mit Dutzenden Feuerschalen und Fackeln wetteifert, deren Licht durch die Lücken der Palisaden dringt. Im Innern bewegen sich Schatten. Man hört gedämpfte Stimmen.

Rana schaut zum Mond auf. Dann wandert ihr Blick zu den sieben Jungfrauen am Himmelsrand. Dass sie in den letzten Tagen wiederaufgetaucht sind, erfüllt sie mit Genugtuung. Natürlich tun sie das jedes Jahr um diese Zeit, nachdem sie sich den ganzen Sommer über versteckt gehalten haben. Aber gerade diese Regelmäßigkeit zeigt, dass es in einer wirren Welt Dinge gibt, die sich nie ändern, auf die man sich verlassen kann.

Genau das drückt auch die Bronzescheibe aus. Der Jäger wird wie immer die sieben Schwestern über das Himmelszelt jagen, bis sie sich im Frühjahr unter Mutter Erdes Mantel verstecken. Dieser Jahresrhythmus, den selbst die Götter respektieren, hat etwas Beruhigendes. Nicht alles in der Welt ist unberechenbar und Willkür. Und heute will ihr der Anblick der Jungfrauen als gutes Omen erscheinen. Der Jäger verfolgt sie, aber er fängt sie nicht.

Dennoch ist Rana nervös. Es hilft nicht, dass Hakuns Hand ihr beruhigend über den Rücken streicht. Denn eine ganze Hundertschaft wird im Innern des Heiligtums Wache halten. Das haben sie gehört. Eine zweite sichert den Markt und die nähere Umgebung. Überall patrouillieren Krieger und werfen misstrauische Blicke um sich. Sollte man sie frühzeitig entdecken, ist alles vorbei.

Um das zu verhindern, tragen Rana und Hakun wie alle ihre Gefährten grobe Bauernumhänge aus öliger, unbehandelter Schafswolle. Die sind noch feucht vom Regen des Nachmittags. Viele Besucher sind ähnlich gekleidet, denn trotz des klaren Himmels spürt man bereits die Herbstkühle. Was niemand weiß, ist, dass sich unter Hakuns Mantel Lederpanzer, Schwert und Dolch verbergen. Und unter Ranas die Bronzescheibe. Sie ist nicht schwer, aber Ranas Hände sind vor Aufregung so feucht und glitschig, dass sie fürchtet, die Scheibe könnte ihr entgleiten.

Damit man sie nicht zufällig doch erkennt, haben sie sich Tücher um Hals und Kopf geschlungen. Trotzdem nicken ihnen völlig fremde Männer zu, wenn auch heimlich und ehrerbietig. Gehören die zu denen, an die sie Waffen verteilt haben? Die versprochen haben, ihnen heute zur Seite zu stehen? Und, wenn ja, wie viele sind es? Das ist die Frage, die Rana zittern lässt, denn daran wird sich entscheiden, ob sie heute siegen oder untergehen. Ihre eigenen Krieger haben sich unter die Leute gemischt und gut verteilt. Auf die können sie sich verlassen, auch wenn es insgesamt zu wenige sind. Auch wegen Odda macht Rana sich Sorgen. Er ist zwar ebenfalls vermummt, aber allein schon seine Größe …

Plötzlich kommt Bewegung in die Menge. Den ganzen Tag über war der Zugang zum Heiligtum versperrt. Gerade aber haben sie das Nordwest-Tor frei gegeben, wo sich eine lange Menschenschlange angestellt hat und sich nun Schritt für Schritt hindurchschiebt. Rana ist eine der wenigen Frauen. Es herrscht eine erwartungsvolle, angespannte, fast gedrückte Stimmung. Kaum jemand spricht. Und wenn, dann nur im Flüsterton. Schon in normalen Zeiten hat das Heiligtum eine einschüchternde Wirkung auf die Menschen. Heute anscheinend noch mehr. Es liegt etwas in der Luft. Jeder spürt es.

Endlich sind sie durch das Außentor und wandern in der Schlange der Besucher langsam auf dem vorgeschriebenen und von Fackeln beleuchteten Weg durch den breiten äußeren Ring der Gräber. Im Schatten der Nacht sind sie zwar nicht zu sehen, aber ihre Gegenwart ist deutlich spürbar.

Ob die Toten uns hören können?, fragt sich Rana. Ganz bestimmt! Wir reden ja auch mit unseren Ahnen, hören auf ihren Rat. Was diese Toten hier wohl von uns halten? Empfinden sie Reue wegen Dingen, die sie im Leben getan haben? Oder dürstet es sie – besonders die Opfer – nach Rache für das, was man ihnen angetan hat?

Rana ist froh, als sie die Gräber hinter sich lassen und sich dem zweiten Tor nähern, das durch die hohe Palisade ins Innere des Heiligtums führt. Das Tor ist von Feuerschalen flankiert, die ihr flackerndes Licht auf die Besucher werfen. Auch hier stehen Wachen und mustern aufmerksam jeden der Eintretenden. Rana flüstert der Göttin ein Stoßgebet und dreht den Kopf zur Seite, um nicht erkannt zu werden. Im gleichen Augenblick spricht jemand die Wachen an und zieht damit deren Aufmerksamkeit auf sich, und dann sind sie auch schon durch und betreten das Innere des Heiligtums.

Mit großen Augen blickt Rana sich um. Der erste Eindruck ist geprägt von den vielen Fackeln und Feuerschalen, die von Knechten genährt werden. Im Inneren der Palisade befindet sich ein weiteres Rund. Es ist von schlanken hüfthohen Pfählen abgeschirmt, die in kurzen Abständen voneinander in den Boden gerammt und durch ein Seil miteinander verbunden sind. Eine Absperrung wie in einer Kampfarena, könnte man meinen. Um die leicht erhöhte Mitte bildet ein Dutzend Feuerschalen einen weiteren großen Kreis, eine Insel des Lichts im Dunkel der Nacht. Etwas seitlich davon glühen Kohlen in einer riesigen, von Steinen eingefassten Feuerstelle. Rana kann sich denken, wofür die Glut gebraucht wird.

Zwischen der Palisade und dieser Absperrung ist genügend Platz für eine große Menge an Zuschauern. Und langsam füllt sich dieser Raum. Außer an der abgesperrten Nordseite. Dort hat man für den Fall, dass es regnet, ein großes Zeltdach errichtet. Darunter, nur schwach von Öllampen beleuchtet, befinden sich mehrere

Reihen von Bänken, bisher nur zur Hälfte besetzt. Hinter den Bänken und zu beiden Seiten stehen Krieger dicht an dicht. Mindestens eine halbe Hundertschaft. Auch entlang der Absperrung um den inneren Kreis halten Krieger Wache. Rana fragt sich, wie sie die überwinden sollen, auch wenn sie weiß, dass Hakuns Plan auf Überraschung fußt.

Dann entdeckt sie Arrak, der sich zwischen den Bänken auf einem erhöhten Sitz niedergelassen hat, von wo aus er alles überblicken kann. Die bronzenen Speerspitzen der Leibwachen funkeln im Licht der Feuerschalen. Er selbst sitzt lässig zurückgelehnt auf seinem Stuhl und lässt den Blick über die Zuschauer wandern. Ranas Herz schlägt heftiger, aber sie widersteht dem Bedürfnis, sich wegzuducken, obwohl sein Anblick ihr körperliches Unbehagen bereitet. Sie hält die Scheibe fester, als könne die ihr Mut machen.

»Von den Edlen fehlen eine Menge«, raunt Hakun ihr zu. »Das hat etwas zu bedeuten.«

Von ihm weiß Rana, dass für gewöhnlich die Klanherren und Edlen des Landes unter dem Zeltdach Platz nehmen, ebenso die Anführer des Heeres, Priester und andere Männer von Rang. Heute sind jedoch viele Bänke unbesetzt geblieben. Hakun zeigt ihr, wo sein Vater Brodar sitzt. Doch außer ihm und einigen Edlen der Harruner scheinen die Anwesenden fast alle Helminger zu sein. Für den jungen Fürsten ist das ein Schlag ins Gesicht. Gerade auf die Edlen des Landes hat sein Vater Orkon sich immer verlassen können. Das scheint nicht mehr der Fall zu sein.

Immer mehr Besucher strömen nach und verteilen sich rings um die Absperrung. Der Schein der Feuerschalen erhellt, wenn auch schwach, ihre Gesichter. Langsam wird es eng um sie herum. An Edlen aus den anderen Klans mag es fehlen, aber nicht an einfachem Volk. Rana fragt sich, wie viele es sein mögen. Tausend? Zweitausend? Sie hat kein Gefühl dafür. Nicht wenige nicken ihnen heimlich zu. Auch sie tragen Umhänge oder grobe Jacken aus

Schaffell. Das müssen ihre Anhänger sein. Der Gedanke wärmt und beruhigt sie ein wenig. Sie zieht sich ihr Tuch tiefer ins Gesicht und hofft, dass Arrak nicht noch einmal zu ihnen herüberschaut.

Hakun und Rana haben einen Platz nahe der Absperrung ergattert, nicht weit von den Stuhlreihen der Edlen entfernt. Drei Schritte weiter hält sich Arni auf, ebenfalls dicht an der Absperrung. Er wirft ihr einen aufmunternden Blick zu. Er hätte nicht kommen sollen, denkt sie plötzlich. Warum hab ich nur darauf bestanden? Besser, er wäre jetzt daheim bei seiner Kira. Und bei Mutter, um ihr Halt zu geben. Nicht zum ersten Mal fragt sie sich, wie es ihrer Mutter gehen mag. Wird sie heute auch die zweite Tochter verlieren? Rana muss tief Luft holen, um ihr Herz ein wenig zu beruhigen. Ihre Linke greift in die Gürteltasche und umklammert für einen Augenblick den Glücksstein der Alben.

Auch die Alben wollten nicht heimkehren und befinden sich irgendwo in der Menge. Sie haben ihre Rohlederkleidung abgelegt und sich wie Bauern angezogen, halb vermummt, damit sie nicht als Alben zu erkennen sind. Schließlich haben auch Bauern braune, wettergegerbte Gesichter. Gegenüber, auf der anderen Seite, sieht sie Harruk und Hargrim und andere aus ihrer Bande.

Ein Mann tritt aus dem Dunkel unter dem Zeltdach und stellt sich neben Arraks Hochsitz, um mit ihm ein paar Worte zu wechseln. Er ist von aufrechter, hochgewachsener Gestalt. Ein Wust von schwarzen Haaren umgibt sein Haupt und geht in einen ebenso dichten schwarzen Bart über. Dicke Brauen überschatten tief liegende Augen. Am Leib trägt er ein langes, bis zum Boden reichendes Gewand, schlicht, ohne verzierende Stickereien und ebenfalls so schwarz wie sein Haar. Das muss Urdo sein, sagt sich Rana, der Priester. Der Kerl kann einem Angst machen, so wie der aussieht.

Ein halbes Dutzend Priestergehilfen stellen sich hinter Urdo und dem Hochsitz auf. Im flackernden Licht der Feuerschalen sieht man, dass es junge Männer sind, ähnlich wie Urdo gekleidet. In den Händen tragen sie irdene Schalen und Gefäße von ansprechender Form. Mit ihnen sollen sie wohl das Blut der Opfer auffangen. Die Hadorpriester verwenden keine Silberschalen wie beim Heiligtum der Destarte, denn sie werden nach dem Ritus zerbrochen und mit den Resten der Geopferten verscharrt. Dass es keine Tiere sind, die heute geschlachtet werden sollen, lässt Rana erschauern.

Auf einmal dröhnt eine große Kesselpauke. Die dumpfen Schläge treffen einen körperlich in der Brust und füllen das Rund des Heiligtums wie der gewaltige Herzschlag eines Ur-Riesen aus den Legenden der Ruotinger. Oder wie der Herzschlag des dunklen Gottes der Unterwelt, des Sichelschwingers und Witwenmachers.

Seine Gegenwart ist auf einmal deutlich spürbar, und Rana fühlt sich zurück in ihren schrecklichen Traum versetzt, sieht sich erneut durch den Wald fliehen. Einen Augenblick lang spürt sie wieder Panik im Herzen, bis sie die Augen schließt und sich auf den zweiten, schönen, verheißungsvollen Teil des Traums besinnt und auf das Lächeln der Göttin. Nein, du wirst uns nicht besiegen, murmelt sie immer wieder vor sich hin.

Immer lauter und schneller werden die Paukenschläge. Sämtliches Gemurmel der Zuschauer ist längst erstorben. Alles starrt erwartungsvoll auf den großen Priester. Der schreitet gemessenen Schrittes in den Lichtkreis in der Mitte. Als er stehen bleibt und den Blick und die Arme gen Himmel hebt, hören die Paukenschläge abrupt auf. Die plötzliche Stille kommt einem lauter vor als der pulsierende Rhythmus, den sie ablöst. Langsam dreht sich Urdo mit erhobenen Armen um die eigene Achse.

»O Hador!«, tönt seine tiefe Stimme, die in alle Winkel des Heiligtums zu dringen scheint. »O gewaltiger Herrscher der Schattenwelt, Fürst des Totenreichs, Witwenmacher, Herr über Leben und Tod, über Pestilenz und Krankheit, über Eis und Winterkälte, über Flut und Überschwemmung. O mächtigster aller Götter ... Heute sind wir gekommen, um uns deinem Willen zu unterwerfen und dir zu huldigen.«

Er wendet sich dem Zeltdach zu und deutet mit gestreckten Armen, Handflächen nach oben, auf Arrak, der jetzt aufrechter sitzt. »Allen voran unser Fürst, der dank deiner Gnade über diese fruchtbaren Gefilde herrscht – Arrak, Sohn des Orkon.«

Einige Helminger jubeln bei der Nennung von Arraks Namen, aber es klingt eher kläglich, denn die große Menge bleibt still, scheint den Atem anzuhalten. Langsam lässt Urdo die Arme sinken und nickt seinen Gehilfen im Hintergrund zu. Vier von ihnen treten, die irdenen Gefäße vor sich hertragend, vor und reihen sich in der Nähe der glühenden Feuerstelle auf.

Dann füllt ein Raunen das Heiligtum, als Krieger die zu Opfernden in den inneren Kreis geleiten. Zu ihrem Entsetzen erkennt Rana, dass es Kinder sind. Ein jedes wird von einem Krieger geführt. Das jüngste kann nicht älter als acht oder neun sein, der älteste Knabe vielleicht vierzehn oder fünfzehn. Der Anblick verschlägt Rana den Atem. O Destarte ... Jetzt weiß sie, wer diese Knaben sind: die Geiseln der Nebroni.

Wie können sie es wagen? Dass sie Menschen töten, ist schlimm genug, aber Kinder?

Die Kleineren weinen ein wenig. Die Älteren stehen da und blicken sich mit verwirrten Augen um. Sie scheinen mehr Angst vor der Menge zu haben als vor dem schwarz gekleideten Schlächter, der vor ihnen steht. Dabei müssten sie doch schreien, sich wehren. Aber man hat sie nicht einmal gefesselt. Dann wird es Rana klar. Man hat sie mit Pilzen oder Hanfblüten so benebelt, dass ihnen gar nicht bewusst ist, wo sie sind und was ihnen droht.

Urdo wandert langsam an der Reihe der Jungen entlang und streicht dem einen oder anderen fast liebevoll durch die Haare.

Dann wendet er sich an die Menge. »Seht sie euch an!«, tönt er. »Junges, blühendes Leben! Und sie sind bereit, unserem mächtigen Gott den ihm gebührenden Blutzoll zu leisten. So wie der Bauer seinem Herrn einen Teil der Feldfrucht schuldet, so schulden auch wir, das Volk der Ruotinger, unserem Hador eine Gabe. Und zwar nicht irgendeine, sondern eine ganz besondere. Um ihm zu zeigen, wie sehr wir ihn achten und lieben, opfern wir jene, die uns am liebsten sind, sosehr es auch schmerzt. Gerade weil es uns schmerzt, hat dieses Opfer Bedeutung. Damit unser Land blüht und gedeiht, damit Hador Unwetter, Pestilenz und Missernten von uns fernhält, damit wir in Frieden unsere Äcker bestellen, unser Vieh vermehren und die Güte unseres gnädigen Fürsten erleben dürfen. Dafür sind diese jungen Menschen bereit, das größtmögliche Opfer zu vollbringen und ihr eigenes Leben zu geben. Für uns alle. Danken wir ihnen dafür.«

Wenn er Applaus und Zustimmung erwartet hat, so enttäuschen ihn die Zuschauer. Betroffenes Schweigen ist die Antwort der Menge. Aber das scheint Urdo nicht zu stören. Er winkt dem Krieger, der den Jüngsten der Knaben am Arm festhält, ihm das weinende Kind zu bringen. Dieser kleine Junge soll wohl das erste Opfer werden.

Da hält Rana es nicht länger aus. Schon während Urdos Rede ist ihr das Blut ins Gesicht gestiegen. Zunehmend zorniger ist sie geworden, und ihre Angst ist vergessen. Jetzt ist der Moment gekommen, diesem grausigen Schauspiel ein Ende zu bereiten.

Sie wendet sich Hakun zu, der noch etwas sagen will, ihr am Ende aber nur zunickt. Dann reißt sie sich den Umhang von den Schultern, bückt sich unter der Absperrung hindurch und tritt, die Bronzescheibe unter dem Arm, mit schnellen Schritten vor.

»Hör auf zu lügen, du Bastard!«, ruft sie gellend laut. »Es ist alles eine elende Lüge! Und du bist der größte Lügenmeister!«

Urdo dreht sich abrupt um und starrt sie an. Obwohl er sie noch nie gesehen hat, ist ihm sofort klar, wer sie sein muss. »Du hier? Was hast du hier zu suchen?«, faucht er sie an. »Wachen!«, ruft er. »Packt sie!«

Aber die Wachen zögern. Sie tauschen untereinander verunsicherte Blicke aus. Schließlich trägt Rana das Gewand einer Priesterin. Einige Männer raunen den anderen etwas zu. Wahrscheinlich haben sie ebenfalls erkannt, wer sie ist. Und zweifellos haben sie von der Göttin des Lichts gehört.

In der Arena, im Schein der Feuerschalen und unter den Augen der vielen, bilden Urdo und Rana ein seltsames Paar, wie sie sich wütend gegenüberstehen: der Furcht einflößende Priester Hadors, ganz in Schwarz, und die wesentlich kleinere, aber mutige Vertreterin Destartes in ihrem weißen Gewand. Aufrecht und unerschrocken steht sie da und schön vor Zorn. Es ist, als wüchse sie über sich hinaus und gewinne an Statur.

»Kein Gott, auch Hador nicht, verlangt, Menschen zu opfern«, ruft sie ihm zu, so laut, dass alle sie verstehen können. »Im Gegenteil! Auch wenn ihr es schon lange so treibt, so ist es doch ein Verbrechen gegen die Gesetze der Götter, gegen alles, wofür wir Ruotinger stehen, und gegen die Ehre unserer Ahnen. Nicht Hador verlangt solche Opfer, sondern du und dein verdammter Fürst. Und ihr tut es, um uns einzuschüchtern und gefügig zu machen. Damit ihr euch weiter bereichern und das Volk ausplündern könnt. Allein schon, um eure Scharen von Lohnkriegern zu bezahlen, die ihr braucht, um uns zu unterdrücken.«

Ein zustimmendes Raunen geht durch das Heiligtum. »Sie hat recht!«, brüllt einer.

»Schluss damit!«, ein anderer.

Und er ist nicht der Einzige. Mit finsterer Miene blickt Urdo um sich, als wollte er die Schreier ausfindig machen.

Rana tritt noch einen Schritt näher an ihn heran. »Und jetzt wollt ihr sogar Kinder meucheln? Was für eine Schande! Habt ihr denn keine Angst vor den Göttinnen der Rache? Wollt ihr, dass sie euch in alle Ewigkeit jagen? Nichts als Frevler und Verbrecher seid ihr!«

Urdo starrt sie an, sichtlich zu überrascht, um zu antworten.

Noch nie hat jemand so mit ihm gesprochen. Auch die Menge lauscht atemlos. Aller Augen ruhen auf Rana in Bewunderung für ihren Mut, aber auch voller Angst um sie. Gewiss wird gleich etwas geschehen. Umbringen wird man sie.

Doch Arraks Krieger wechseln immer noch unschlüssige Blicke, wissen nicht, ob sie einschreiten sollen oder nicht.

Rana ist noch nicht am Ende ihrer Tirade angelangt. »Aber jetzt ist Schluss damit!«, schreit sie. Mit beiden Armen reißt sie die Bronzescheibe hoch und dreht sich einmal um die eigene Achse, damit alle die funkelnden Gestirne auf der nachtdunklen Scheibe sehen können. »Viele von euch kennen die Himmelsscheibe. Sie ist die Botschaft der Göttin. Sie verkündet ein neues Zeitalter. Denn die Göttin des Lichts ist gekommen, um die Dunkelheit Hadors zu vertreiben. Tod und Verderben werden vor ihr fliehen. Gerechtigkeit für alle wird Einzug halten. Liebe und Fruchtbarkeit. Und Freiheit vom Joch des grausamen Fürstenklans, der uns seit drei Generationen knechtet. Heute ist sein Ende gekommen! Mit eurer aller Hilfe. Ich rufe euch zum Widerstand auf! Steht auf, und kämpft, kämpft für eure Freiheit! Und ich verlange, dass dieser schreckliche Ort zerstört, verbrannt und eingeebnet wird. Um das alles ein für alle Mal zu beenden!«

In ihrem flammenden Zorn hat Rana nicht gemerkt, dass Arni und Hakun ihr in die Umfriedung gefolgt sind. Odda ist dabei, ebenfalls über die Abgrenzung zu steigen. Alle drei haben ihre Umhänge abgeworfen und halten Waffen in den Händen.

Urdo weicht erschrocken zurück. Unsicher blickt er sich um. In der Menge brodelt es. Viele streifen nun ebenfalls die Mäntel ab. Ein Raunen wie ein wütender Wespenschwarm geht durch die Reihen. Fäuste werden geschüttelt, Waffen in die Höhe gereckt. »Nieder mit Arrak!«, brüllt einer. Und dann scheint die ganze Menge in den Ruf einzustimmen.

Mitten in diesem Getöse gellt ein wilder Schrei vom Zeltdach her: »Du verfluchte Hexe!« Arrak ist von seinem Hochsitz gesprungen, hat einem der Leibwachen den Speer entrissen und schleudert ihn jetzt mit aller Wucht in Ranas Richtung.

Sie sieht ihn kommen und beugt sich im letzten Augenblick zur Seite. Der Speer verfehlt sie. Jedoch nicht ihren Bruder, der hinter ihr steht. Die scharfe Bronzeklinge durchschlägt seine rechte Schulter mit solcher Wucht, dass sie hinten zwei Handbreit weit wieder hervortritt. Ein lautloser Schrei entringt sich seiner Kehle. Mund und Augen weit aufgerissen lässt er die Kriegsaxt fallen und umfasst mit beiden Händen den Speerschaft.

Rana, die herumwirbelt, sieht ihn wanken und dann fallen. Entsetzt schreit sie auf und wirft sich über ihn. Die aufgebrachte Menge brüllt vor Wut und Entrüstung. Alles ist nun vollends in Aufruhr. Überall werden Waffen geschwungen, in Scharen durchbrechen Männer die Absperrung und stürzen sich auf die überraschten Helminger Krieger. Auch Hakun kann nicht mehr an sich halten und rennt mit dem Schwert in der Faust und einem Fluch auf den Lippen an Urdo vorbei und auf den Übeltäter, auf Arrak, zu.

Odda ist einen Augenblick lang im Zweifel, ob er Rana schützen soll oder Hakun. »Der Speer muss raus!«, ruft er und zieht sie zur Seite. Mit einem Ruck zerrt er den Speer aus Arnis Schulter. Das geht so schnell, dass der halb Bewusstlose es kaum mitbekommt. Aber die Wunde blutet heftig und tränkt seine Tunika sofort rot.

Im Moment scheint Rana und ihrem Bruder keine Gefahr zu drohen, denn Arraks Krieger sind vollauf damit beschäftigt, sich gegen den Ansturm der wütenden Menge zu wehren. Außerdem hat sich ein Dutzend von Hakuns Gefährten um die beiden geschart. Odda dreht sich um und rennt mit dem blutigen Speer in der Faust hinter Hakun her, der nahe dem Hochsitz des Fürsten von Kämpfenden umringt ist.

Arrak hat Hakun kommen sehen und einer der Wachen, die schützend um ihn stehen, die Kriegsaxt entrissen. Hakun ist wegen des Angriffs auf Rana so rasend vor Wut, dass er nur noch Arrak vor sich sieht und auf nichts anderes achtet. Mit voller Wucht prallt er auf einen der Leibwächter, der sich vor seinen Fürsten stellt, und reißt den Mann dabei um.

Beide stürzen ins Gras. Auch Arrak, der dahinterstand und schon die Axt zum Schlag erhoben hat. Noch am Boden stößt Hakun der Leibwache das Schwert in die Seite und bemüht sich, auf die Füße zu kommen. Odda bewahrt ihn im letzten Augenblick vor einem Speerstoß. Doch dann preschen mehr Helminger Krieger vor und Odda wird abgedrängt, von Hakun getrennt.

Rund um die Absperrung liegen inzwischen mehrere Helminger Krieger tot oder verwundet im Gras. Schon ziehen sich die, die den ersten Ansturm überlebt haben, bis vor das Zeltdach zurück, wo sie sich neu formieren und versuchen, die wütende Menge zurückzuhalten.

Die meisten Aufständischen sind bewaffnet. Wer es nicht ist, hebt, was immer ihm in die Hände kommt, von den Gefallenen auf und stürzt sich ebenfalls ins Getümmel. Obwohl Arraks Männer bessere Waffen haben und geübte Kämpfer sind, sind sie der Übermacht der aufgebrachten Bauern nur mit Mühe gewachsen. Immer mehr werden von ihren Kameraden abgedrängt und mit Keulen, Sicheln und Steinbeilen erschlagen.

Die beiden Alben helfen, wo sie können. Sie haben einen freien Standort gefunden, von wo aus sie tödliche Geschosse abfeuern. Jeder ihrer Pfeile findet sein Ziel. Aber auch unter den Aufständischen gibt es Opfer. Blutüberströmt liegen Verwundete im Gras. Kämpfer stolpern über Leichen. Und ohne den Einsatz von Hakuns erfahrenen Kriegern hätten die Helminger vielleicht doch noch die Oberhand behalten.

Eine Feuerschale stürzt um, und die Glut ergießt sich über einen der Priestergehilfen, der kreischend davonkriecht, bis ihn eine Axt in den Schädel zum Schweigen bringt. Die Knaben, jetzt unbewacht, flüchten sich ängstlich in eine Ecke. Sie sind immer noch benommen, aber das Chaos macht ihnen Angst. Die Kleinen klammern sich an die Älteren. Einer schreit auf, als er in das Blut eines Gefallenen tritt.

Rana achtet nicht auf das Geschrei und Getöse um sie herum. Sie hat den Saum ihres Gewandes aufgerissen und einen langen Streifen Leinen abgetrennt, mit dem sie sich bemüht, Arnis Blut zu stillen. Er ist wieder bei Sinnen und versucht aufzusitzen. Doch der Schmerz in der Schulter lässt ihn aufschreien.

»Bleib liegen, verdammt!«, brüllt Rana ihn an, ihr Gesicht nass von Tränen. »Ich muss dich verbinden. Also rühr dich nicht!«

Hakun ist wieder auf den Füßen. Noch immer ist es ihm nicht gelungen, Arrak vors Schwert zu kriegen, denn Helminger Krieger verstellen ihm den Weg, greifen ihn jetzt von drei Seiten an. Er muss sich verteidigen.

Odda brüllt frustriert wie ein wütender Stier in seinem Bemühen, zu ihm aufzuschließen. Den Speer hat er längst im Leib eines Gegners zurückgelassen. Mit dem Dolch in der Linken und seiner Streitaxt in der Rechten versucht er, sich durch ein Dutzend Helminger zu kämpfen, die ihn von Hakun trennen. Einem spaltet er den Schädel, einem anderen stößt er den Dolch in die Gurgel, zwei weiteren fügt er blutige Wunden zu. Er sieht, dass Arrak und Hakun sich gegenüberstehen und kurz davor sind, übereinander herzufallen. Und doch kann er Hakun nicht erreichen, denn schon wieder wird er selbst angegriffen.

Im Grunde hätte Arrak längst fliehen sollen. Aber er ist in blinder Rage über Ranas dreiste Unverfrorenheit, hier einzudringen und offen den Aufstand auszurufen. Und über diesen Hakun, der ihn schon den ganzen Sommer hindurch an der Nase herumgeführt und ihm die tödliche Falle an der Eiche gestellt hat. Die Wunde im Arm spürt er zwar noch, aber jetzt hat er endlich den Kerl vor sich! Ihn und die verdammte Hure von Priesterin! Zeit, mit ihnen abzurechnen.

Mit wutverzerrtem Gesicht springt er vor und schlägt mit der Streitaxt zu. Ein gewaltiger Hieb, doch Hakun duckt sich unter der Klinge weg und stößt selbst zu. Arrak brüllt vor Schmerz, hält sich die Seite. Doch es scheint nur eine blutige Schramme zu sein. Die Wunde befeuert seine Wut nur noch mehr.

Bevor Hakun erneut angreifen kann, springt Arrak mit heiserem Schrei auf ihn zu und schwingt die tödliche Axt. Nur im letzten Moment gelingt es Hakun, sie mit dem Schwert zu blockieren. Der Hieb war so heftig, dass die Schwertklinge hätte bersten können. Doch Arnis Bronze hält.

Unterdessen hat sich eine ganze Bande johlender Bauern auf Urdo gestürzt. Er versucht, ihnen zu entkommen, aber sie packen ihn an den Armen und stechen mit langen Messern auf ihn ein, bis er schreiend und blutüberströmt in die Knie geht. Selbst dann lassen sie nicht von ihm ab.

Im Hintergrund bricht ein Pfosten des Zeltdachs, sodass es an einer Seite einstürzt und Helminger Edle unter sich begräbt. Andere, die zu fliehen versuchen, werden von einer Gruppe Aufständischer niedergestreckt, die die Front der Helminger Krieger durchbrochen haben. Unter ihnen ist auch Brodar, Hakuns Vater.

Hakun selbst sieht sich auf einmal nicht nur Arrak gegenüber, sondern auch zwei von dessen Kriegern, die ihn von der Seite angreifen. Einen verletzt er am Oberschenkel, der andere sticht mit dem Speer zu. Dem entgeht Hakun nur knapp, indem er ein paar Schritte zurückweicht. Die Ablenkung nutzt Arrak. Ungestüm rennt er axtschwingend gegen seinen verhassten Gegner an. Erneut muss Hakun weichen. Nur um Haaresbreite verfehlt ihn Arraks Axt.

Doch der Schwung des Angriffs hat Arrak zu weit getragen, hat ihn aus dem Gleichgewicht gebracht, sodass er stolpert. Hakun packt Arraks Axtarm mit der Linken und stößt ihm die Schwertklinge ins offene Maul. So heftig, dass sie im Genick wieder hervortritt. Mit dem Schwert im Rachen und weit aufgerissenen Augen blickt Arrak ihn an. Als könne er es nicht fassen, dass er tödlich getroffen ist.

Als Hakun mit einem Ruck das Schwert herauszieht, quillt ein Blutschwall aus Arraks Mund. Immer noch starrt er Hakun verwundert an, versucht zu schlucken, hustet, mehr Blut sprudelt hervor, dann fallen seine Arme schlaff herunter, und er sackt in sich zusammen.

Vom Anblick des Sterbenden abgelenkt, spürt Hakun erst, als es schon zu spät ist, dass etwas auf ihn zukommt. Er zuckt zurück, aber nicht früh genug, und erleidet einen heftigen Schlag auf den Kopf. Alles um ihn herum wird schwarz, er geht zu Boden.

Odda, der sich endlich zu ihm durchgekämpft hat und ihn nun blutend liegen sieht, fährt der Schreck in die Glieder. Mit einem Urschrei rammt er dem Helminger, der Hakun gefällt hat, den Dolch in den Leib und wehrt zwei weitere ab, die sich auf den Gefallenen stürzen wollen.

»Zurück ihr Hunde!«, brüllt er. »Euer Fürst ist tot! Habt ihr verstanden? Es ist aus. Arrak ist tot! Zurück mit euch, bevor wir euch alle umbringen!«

Tatsächlich weichen die Helminger zurück. Auch die Aufständischen halten inne, als sie ihn hören. Odda lässt die Axt fallen, wuchtet sich den reglosen Hakun über die Schulter und hebt auch dessen blutiges Schwert vom Boden auf.

Dann rennt er dorthin, wo Rana vor ihrem schwer verwundeten Bruder auf den Knien liegt und letzte Hand an den notdürftigen Verband legt. Als sie sieht, wen Odda da vorsichtig auf den Boden legt, bleibt ihr beim Anblick des vielen Bluts, das Hakun über Stirn und Wange läuft, fast das Herz stehen. »Was ist mit ihm?«, schreit sie außer sich, hockt sich neben ihren Geliebten und umfasst sein blutiges Gesicht. »Odda! Was ist mit ihm?«

Während die Helminger auf der Nordseite des Heiligtums zurückweichen und die Ersten ihre Waffen fallen lassen, untersucht Odda Hakuns Schädel. »Ich weiß nicht«, knurrt er. »Zu viel Blut, ich kann nichts sehen.«

»Nein, nein, nein!«, heult Rana. »Destarte! Tu mir das nicht an. Nicht Hakun! Bitte, lass ihn nicht sterben.« Sie hebt die blutverschmierten Hände, starrt darauf. Tränen stürzen ihr aus den Augen.

Natürlich waren ihnen die Gefahren eines Aufstands bewusst. Trotzdem waren sie bereit, alles zu geben, sogar zu sterben, sich gemeinsam, wenn nötig, für das Wohl aller zu opfern. Wie die Helden der Sagen und Legenden. Ein schöner, poetischer Gedanke. Doch jetzt, da sie die Wirklichkeit vor Augen hat, ist alles anders. Was haben wir getan?, schreit es in ihr. Tote und Verletzte um sie herum. Ihr Bruder grässlich verwundet. Und nun auch noch Hakun von ihr genommen? Ihr Herz droht zu zerspringen. Wimmernd wirft sie sich über ihn. Wäre sie doch nur selber tot!

Die Gefährten, die sich um sie drängen, starren betroffen auf die beiden herab. Auf Hakun, der bleich und blutbesudelt vor ihnen im Gras liegt, und auf Rana, die bittere Tränen um ihn weint.

Da drängt Harruk sich durch die Männer. Arme und Lederpanzer blutbespritzt. Er und Odda sehen aus, als kämen sie vom Schlachten. »Was ist mit ihm?«, ruft Harruk besorgt. Auch die, die weiter hinten stehen, wollen wissen, was mit Hakun ist.

Odda legt den Finger an Hakuns Hals. »Er hat einen Schlag auf den Kopf abbekommen. Aber ich denke, er lebt.«

»Er lebt?«, fragt Rana mit zitternder Stimme. »Aber das ganze Blut!«

»Mit Glück nur eine Platzwunde.«

Odda erhebt sich. Er sieht sich um.

Harruks Männer bewachen die Helminger Krieger, die sich inzwischen allesamt ergeben haben. Einige der aufständischen Bauern haben sich über die Gefallenen hergemacht, um sie auszuplündern. Selbst die Überlebenden der Edlen, die sich in eine Ecke drängen, werden um das Wenige erleichtert, das sie bei sich tragen. Nur an Arraks Leiche traut sich niemand heran. Er ist für sie die Ausgeburt des Bösen. Als ob jede Berührung Unheil bringen oder ihn wieder zum Leben erwecken könnte.

»Es ist noch nicht vorbei«, knurrt Harruk mit grimmiger Miene. »Draußen steht noch eine Hundertschaft Helminger. Die können wir nicht so leicht überwältigen.«

Odda schüttelt den Kopf. »Die werden nicht mehr kämpfen. Ihr Fürst ist tot. Nehmt ihre Edlen in Gewahrsam. Sie dienen uns als Sicherheit. Und kümmert euch um die Kinder.«

»Wo ist Hakun?«, Lassen sich immer mehr besorgte Rufe aus der Menge hören. »Ist er verletzt?« Die Leute drängen sich um sie herum und versuchen, einen Blick auf ihren Helden zu erhaschen. Odda weiß, er sollte jetzt Zuversicht verbreiten. Er legt die Hände zum Trichter vor den Mund und brüllt laut genug, dass alle im Heiligtum ihn hören können: »Arrak ist tot! Habt ihr gehört? Arrak ist tot. Wir haben gesiegt!«

Jubel brandet auf. Doch dann rufen sie: »Und Hakun?«

»Hakun lebt. Er ist nur bewusstlos. Er wird sich erholen!«

Erleichtertes Gemurmel. Die Männer grinsen und klopfen sich gegenseitig auf die Schulter. Sie haben Kameraden im Kampf verloren, nicht wenige sind verwundet, aber sie haben gesiegt. Und solange Hakun am Leben ist … Einige fangen an, seinen Namen zu rufen, als könnten sie ihn dadurch aufwecken.

Und tatsächlich beginnt er sich mit einem Mal zu rühren. Erst zucken die Lider, und die Lippen bewegen sich. Dann schlägt er plötzlich die Augen auf, hebt den Kopf und sieht sich erschrocken um, bis er Rana erkennt, die sich über ihn beugt. »Was ist passiert?«, fragt er. Dann verzieht er das Gesicht vor Schmerz und fasst sich an den Kopf. Als er die Hand vor Augen hält, sind die Fingerkuppen blutig rot.

»Oh, mein Liebling!« Rana greift nach seiner Hand, um sie inbrünstig zu küssen. »Du lebst. Das ist das Wichtigste. Das Allerwichtigste.«

»Und dein Bruder?«

»Hier bin ich«, krächzt Arni, der hinter ihm im Gras liegt. »Angeschlagen, aber noch am Leben.«

»Den Göttern sei Dank. Und Arrak? Warum wird nicht mehr gekämpft?«

Odda hält ihm seine große Hand hin, um ihm aufzuhelfen. »Du hast das Schwein erschlagen, schon vergessen? Die Helminger haben die Waffen gestreckt. Wahrscheinlich auch die Hundertschaft draußen. Und jetzt steh auf!«

Hakun ist noch sehr benommen, aber es gelingt ihm, auf die Beine zu kommen. Die Männer um ihn herum jubeln, als sie das sehen.

Odda packt Hakuns Hand und reißt sie hoch. »Hier ist euer Anführer!«, brüllt er. »Etwas wackelig auf den Beinen, ansonsten geht's ihm gut. Und damit ihr's wisst: Er allein hat Arrak erschlagen. Ist er nicht ein Teufelskerl? Ihr könnt es ihm danken.«

Odda lacht aus vollem Halse. Es ist ein tiefes, befreiendes Lachen, das im Bauch beginnt, den ganzen Mann erfasst und schüttelt und auch die Menge mitreißt. Begeistertes Gebrüll folgt seinen Worten. Immer wieder skandieren sie Hakuns Namen.

Der tritt ein paar Schritte vor und hebt die Arme, um die Menge zu beruhigen. Doch sie jubeln ihm nur umso lauter zu. Erst nach einer Weile tritt genug Ruhe ein, dass er ein paar Worte an sie richten kann. »Ich möchte euch allen im Namen unserer Gefährten danken«, versucht er, laut genug zu reden, damit man ihn auch bis in den letzten Winkel versteht. »Wir waren nicht sicher, ob ihr wirklich kommen würdet. Aber ihr seid gekommen. Es ist euer Sieg! Euer aller Sieg!«

Wieder folgen Jubel und begeistertes Gebrüll. Dann ruft einer: »Was hast du jetzt vor? Was wirst du tun?«

»Die Frage ist eher, was wir gemeinsam tun werden. Noch ist nicht alles gewonnen. Wir müssen mit Widerstand rechnen, denn die Kuffaburg ist noch nicht genommen. Und natürlich müssen die Klanherren am Ende entscheiden, vergesst das nicht. Ohne sie wird es keinen Frieden geben.«

»Warum wirst du nicht unser Fürst?«

Hakun schüttelt den Kopf. »Nein, nein! Es geht nicht um mich. Es geht um die Freiheit der Ruotinger. Und vergesst nicht: Dass wir heute gesiegt haben, ist allein Ranas Verdienst. Reden wir über sie und vor allem über die Göttin des Lichts. Ohne Destartes Hilfe wäre das alles nicht geschehen.« Er dreht sich zu Rana um und bedeutet ihr, an seine Seite zu treten.

Rana greift nach der Bronzescheibe, die fast vergessen neben Arni im Gras liegt, und erhebt sich. Ihre Haare sind zerzaust und hängen in Strähnen herab. Ihr Priestergewand ist halb zerrissen und voller Blut. Sie stellt sich neben Hakun und blickt sich unsicher um. Von überall her starren grinsende Gesichter sie an.

»Rede mit ihnen«, raunt Hakun ihr zu. »Sie erwarten das. Es ist dein Sieg, deiner allein.«

Rana ist noch viel zu überwältigt von allem. Tote und Verwundete auf beiden Seiten, klaffende Wunden und blutverschmierte Gesichter. Kann man sich darüber freuen? Wird es jemals Frieden geben, wenn die Antwort immer nur ist, mit der Waffe aufeinander loszugehen? Aber sie selbst hat doch den Aufstand gewollt. Sie selbst ist schuld am Tod der heute Gefallenen. Und jetzt wollen sie aufmunternde Worte? Was soll sie ihnen denn sagen? Ihr fällt nichts ein.

Langsam wird es still im Rund des Heiligtums. Aller Augen hängen an ihren Lippen, als erwarteten die Männer eine Offenbarung.

»Ich hatte einen Traum«, beginnt sie schließlich.

»Man kann dich nicht hören!«, ruft einer von weiter hinten.

»Ich hatte einen Traum«, wiederholt sie lauter. »Von einer besseren, von einer gerechteren Welt. Diesen Traum hat mir Destarte geschickt. Und auch diese göttliche Botschaft hier.« Sie hebt die Himmelsscheibe für einen Augenblick in die Höhe. »In diesem Traum hat die Göttin mit mir gesprochen. Sie hat verlangt, Hadors Herrschaft müsse ein Ende haben. Und alle anderen Götter haben ihr zugestimmt. Ich konnte sie sehen, Panos der Hirte und

Thunar und Hella. Sogar Wuodan im Hintergrund. Aber allen voran Destarte, die schöne, leuchtende Gestalt der Destarte. So überirdisch schön, das könnt ihr euch gar nicht vorstellen. Ich solle ihr Werkzeug sein, hat sie verlangt, um Hador zurück in die Unterwelt zu drängen. Aber wie könnte ich, ein schwaches Weib, so etwas bewirken? Unmöglich, habe ich gedacht.« Bei diesen Worten kommen ihr die Tränen. »Aber wenigstens habe ich es versucht ...«

Es ist sehr still geworden. Die Männer hören ihr andächtig zu.

Sie wischt sich über die Augen. »Ich habe es versucht. Es war nicht leicht. Es hat Opfer gekostet. Sie haben mein Dorf abgebrannt, meinen Vater erschlagen und meine Mutter geschändet. Genauso wie viele andere in meinem Dorf. Und heute ist mein Bruder unter den Verwundeten. Euch alle hat es Opfer gekostet. Wenn ich mich umschaue, dann haben hier heute viele ihr Leben gelassen oder sind so schwer verwundet, dass sie die nächsten Tage vielleicht nicht überleben.« Sie legt die Hand aufs Herz und blickt in die Gesichter der Männer um sie herum. Junge Gesichter, alte, wettergegerbte und bärtige. Immer noch halten sie ihre blutbefleckten Waffen in den Händen. »Ich wünschte, das wäre heute nicht nötig gewesen. Es tut mir schrecklich leid, was ich angerichtet habe.«

»Es soll dir nicht leidtun!«, ruft einer.

Andere stimmen ein:

»Nein, es soll dir nicht leidtun!«

»Die Bastarde haben's verdient!«

»Nieder mit den Helmingern!«

»Nieder mit den Edlen und den Klanherren!«

»Bringt sie alle um!«

»Ja, tötet die Hunde!«

Da hebt Rana die Hand. Plötzlich fühlt sie sich wieder lebendig. Blut steigt ihr ins Gesicht. »So sollt ihr nicht reden!«, ruft sie aufgebracht. »Nicht einmal denken sollt ihr das. Die Göttin ist für den Frieden unter uns, vergesst das nicht. Die Helminger sind nicht unsere Feinde. Wir alle sind Ruotinger. Wir alle sind Brüder und Schwestern eines einzigen Volkes. Wir sollen uns versöhnen und friedlich miteinander leben. Das ist, was die Götter von uns erwarten. Dann wird auch Wuodan zurückkehren und unsere Welt neu und gerecht ordnen. Dieser Ort hier ...« Sie dreht sich im Kreis, »dieser Ort hat zu viel Blut gesehen. Bauen wir ein neues Heiligtum. Eines für alle unsere Götter. Ein Haus für alle himmlischen Wesen, die unsere Geschicke lenken. Ein Heiligtum, in dem wir sie ehren und ihnen huldigen können. Wo wir unsere Feste feiern und unserer Ahnen gedenken. Das ist, was ich mir wünsche.« Erneut hebt sie die Scheibe hoch. »Danken wir der Göttin, dass sie uns geführt hat!«

DESTARTE

O Destarte, nun hast du uns deine ganze Natur offenbart.
Du bist nicht nur die Liebe und die Fruchtbarkeit. Du bist auch
das Licht, das täglich die Welt erhellt, du bist die Gerechtigkeit,
nach der wir dürsten, wie die Pflanze nach dem Wasser dürstet.

Noch in der Nacht, die Platzwunde ist gewaschen und genäht, macht Hakun sich daran, inmitten des Chaos für Ordnung zu sorgen. Die verängstigten Kinder werden fürs Erste bei Harruner Familien im Dorf untergebracht. Den Verwundeten, ganz gleich von welchem Klan, lässt er erste Hilfe zukommen, die Toten werden geborgen, darunter der Leichnam seines Vaters.

Einen Augenblick lang sitzt Hakun stumm neben ihm und betrachtet Brodars Züge im Angesicht des Todes. Sie geben keinen Aufschluss darüber, ob er gelitten hat. Es schmerzt Hakun, dass der Vater sein Leben während eines Aufstands verlor, den ausgerechnet er, der Sohn, angezettelt hat.

Und doch empfindet er keine Schuldgefühle. Sein Vater wusste, was er tat, als er unterwürfig weiter zu den Helmingern hielt. Brodar war kein Mann für Veränderungen oder gar Umstürze. Er war der Überzeugung, seinem Klan so am besten zu dienen, und war blind dafür, dass er sich dadurch mit der Willkür und den Grausamkeiten des Fürstenklans gemeinmachte. Mehr als einmal haben sie darüber bitter gestritten. Ihn nun hier auf dem blutgetränkten Boden liegen zu sehen füllt Hakuns Herz mit Trauer. Aber vielleicht ist es unvermeidlich, dass das Alte stirbt, damit das Junge leben und sich entfalten kann.

Gleich am Morgen nach dem Aufstand verabschiedet Rana sich schweren Herzens von Hakun. »Ich muss mich um Arni kümmern. Und um meine Mutter. Und um mein Dorf. Was auch immer davon übrig ist.«

»Ich verstehe, auch wenn du mir fehlen wirst.«

»Nicht für lange, hoffentlich.«

»Nicht für lange. Zu eurem Schutz wird Odda euch begleiten. Und ich schicke euch eine ganze Schar von Zimmerleuten, um euer Dorf wiederaufzubauen.«

Lange stehen sie fest umschlungen. »Es ist fast nicht zu glauben, aber wir haben es geschafft«, murmelt Rana an seiner Brust. »Die Göttin hat uns geholfen.«

»Freuen wir uns nicht zu früh. Die Lage ist noch unsicher. Wer weiß, was die Klanherren zu alldem sagen. Vielleicht brechen die alten Streitigkeiten und Kämpfe wieder aus. Das macht mir Sorgen.«

Sie schaut zu ihm auf. »Ich bin sicher, du wirst das meistern, solange du auf Destarte vertraust. Die Göttin ist auf unserer Seite.«

Hakun seufzt und drückt sie fest an sich. »Du wirst mir schrecklich fehlen, Rana. Dein kluger Rat, deine Liebe, deine Zärtlichkeit. Und deine Stärke. Ich fühle mich jetzt schon verlassen und werde jeden Augenblick an dich denken.«

Und so trennen sie sich.

Dass alle Verwundeten, auch die der Helminger, mit gleicher Fürsorge und alle Toten mit gleichem Respekt behandelt werden, bleibt nicht unbemerkt. Besonders nicht unter den Helminger Edlen, die sich am Morgen mit wenigen Ausnahmen zu Hakun bekennen. Natürlich treibt sie auch die Sorge um die eigene Zukunft, obwohl Hakun ihnen verspricht, niemanden zu verfolgen. Auch die Hauptleute der beiden Helminger Hundertschaften geloben, die neue Lage anzuerkennen. Fast erleichtert scheinen sie zu sein. Noch mehr sind es ihre Krieger, die nicht zögern, sich mit den Nebroni und Harrunern unter Hakuns Gefährten zu verbrüdern.

Es sieht so aus, als habe Arraks Macht nur auf tönernen Füßen gestanden und zerbreche nun schneller, als man es je vermutet hätte. Doch Hakun warnt seine Anhänger, nicht zu früh zu jubeln, denn Ljotor hält immer noch die Kuffaburg, und die Einstellung der vielen anderen Helminger Hundertschaften im Land ist nicht bekannt und unsicher. Zwar ist der erste Schritt getan, aber man sollte nicht gutgläubig annehmen, dass das Land schon befriedet ist.

Über eines aber sind sich alle einig, sogar die Helminger: Der Hadorring ist ein Schandfleck und muss weg. Ihn von Neuem Wuodan und Hella zu weihen, wird nicht die menschenunwürdigen Frevel vergessen machen, die hier über so viele Jahre verübt wurden.

Noch in der Nacht machen sich Bauern mit großem Eifer daran, die ersten Palisadenpfähle zu ziehen und in den Graben zu werfen. Es ist schwere Arbeit, aber die Männer tun es mit eiserner Entschlossenheit. Bald beteiligen sich viele Krieger, und auch aus den Dörfern der Harruner kommen sie in Scharen, um zu helfen. Es ist eine Erlösung, diesen Ort des Grauens zu zerstören, vom Angesicht der Mutter Erde zu tilgen, als habe es ihn nie gegeben.

Nach drei Tagen ist es geschafft, und das Holz der Umzäunungen, das übereinandergestapelt in den Gräben liegt, wird angezündet. Mit grimmigen Mienen stehen die Menschen ringsum und beobachten das eindrucksvolle Schauspiel der zum Himmel lodernden Flammen, die alles, was von diesem Ort übrig ist, in einem gewaltigen Ring von Feuer verzehren.

Während Rana sich auf dem Heimweg befindet, muss sie immer wieder an Hakuns letzte Worte denken, an ihre gemeinsamen Nächte und daran, dass sie vor Gram fast gestorben wäre, als sie ihn blutend und wie tot im Gras liegen sah. Sie kann es kaum ertragen, fern von ihm zu sein. Und doch wird sie auch von anderen gebraucht, daheim in Altorp.

Man hat ihr ein Boot geliehen. Eine Reise per Boot ist für Arni erträglicher als zu Pferde, denn inzwischen macht ihm die Wunde schwer zu schaffen. Es ist ein großes Boot mit sechs Ruderern an Bord, die es mit kräftigen Schlägen stromaufwärts treiben. Erst ein Stück auf der Albija, dann weiter auf der Sala und zuletzt auf der Onestruda. Die beiden Alben sind ebenfalls an Bord. Und natürlich Odda.

Ab und zu erneuert Rana den Verband ihres Bruders und kühlt seine fiebernde Stirn. Er ist bleich und atmet nur flach, denn die Schmerzen in der Schulter sind stark und strahlen über den ganzen Brustkorb aus, trotz der zerstoßenen Hanfblüten, aus denen sie ihm bei jedem Halt einen Aufguss macht.

Wenn sie sich nicht um Arni kümmert, sitzt Rana schweigend im Boot, lauscht den Ruderschlägen und betrachtet teilnahmslos die Landschaft, die an ihnen vorübergleitet. Oddas Versuche, ein Gespräch zu beginnen, beantwortet sie nur einsilbig. Jetzt, da die Anspannungen der letzten Zeit hinter ihr liegen, scheint sämtliche Kraft von ihr gewichen zu sein. Lustlos und müde schleppt sie sich durch den Tag. Eine Niedergeschlagenheit ist über sie gekommen, die sie sich nicht erklären kann. Dabei haben sie doch erreicht, was sie sich vorgenommen haben. Doch statt sich zu freuen, spürt sie nur Leere in sich.

Es sind die Rückschläge und Verluste, sagt sie sich. Die Erinnerung an ihr brennendes Dorf, ihren Vater, erschlagen wie so viele, ihre Mutter vergewaltigt. Und jetzt Arni, der halb bewusstlos dahindämmert und seine Wunde vielleicht nicht überlebt. Sie muss sich beherrschen, wenn sie ihn liegen sieht, denn sein Anblick treibt ihr Tränen in die Augen. Er wird nie mehr als Schmied arbeiten können, davon ist er überzeugt. Nicht mit einem steifen Arm.

Aber wenigstens hat er Kira und bald ein Kind, denkt Rana. Und er hat sein Wissen. Das kann ihm keiner nehmen. Hargrim will bei ihm in die Lehre gehen. Alle Hoffnung ist also nicht verloren. Wenn er nur überlebt, und der Wundbrand ihn nicht hinwegrafft. Kira wird überglücklich sein, ihn wiederzuhaben. Und Mutter. Wie mag es ihr wohl gehen?

Während der langen Fahrt kehren ihre Gedanken immer wieder zu Hakun zurück. Sie fragt sich, wie es mit ihnen weitergehen wird. Hakun ist jetzt Klanherr der Harruner und wird alle Hände voll zu tun haben. Und sie selbst wird auf dem Frauenhügel gebraucht. Nicht die besten Voraussetzungen für ein gemeinsames Leben. In ihrer Niedergeschlagenheit beginnt sie sogar, an ihrer Liebe zu zweifeln. Vielleicht hat er es gar nicht so gemeint, dass er sie vermissen wird. Vielleicht findet er eine andere. Wie in diesem seltsamen Traum.

Als sie auf der Höhe von Drengis Wallburg angekommen sind, beschließt sie, ein paar Tage Halt zu machen, um Drengi und Morgana von den Ereignissen zu berichten und um Arni etwas Ruhe und bessere Pflege zu gönnen.

»Zeit für Abschied«, sagt Toki, nachdem das Boot angelegt hat. »Wir gehen zu Fuß weiter. Zu unseren Leuten.«

Beide Männer, Toki und Oran, umarmen Rana. Orans Augen sind dabei feucht geworden. »Komm besuchen«, sagt er.

»Das werde ich«, verspricht Rana. »Danke für alles. Ohne euch hätten wir es nicht geschafft. Und grüßt Egill und ehrwürdige Mutter von mir!«

Mit Wehmut im Herzen sieht sie ihnen nach, wie sie in ihrem gewohnten Laufschritt mit Bögen in der Hand und Köcher an der Seite davoneilen und bald im nahen Wald verschwunden sind, als hätte es sie nie gegeben.

* * *

»Ich bin beschämt«, sagt Drengi, nachdem Rana alles erzählt hat. »Ich hätte nie gedacht, dass euch gelingt, was ihr euch vorgenommen hattet. Ihr habt mich eines Besseren belehrt.«

»Es war der Wille der Götter«, erwidert Rana.

»Mach dich nicht kleiner, als du bist«, erwidert Morgana, die inzwischen hochschwanger ist. »Ohne dich wäre alles nicht so gekommen.«

»Mag sein. Aber jetzt bin ich müde. Jetzt mögen andere die Dinge zu Ende bringen.«

»Du meinst die Klanherren.«

Rana nickt. »Wer sonst?«

»Wir werden sehen«, entgegnet Drengi vorsichtig.

Arni wird auf der Wallburg gut versorgt. Die Kräuterfrau, die auch Drengis Wunde behandelt hat, kümmert sich um ihn. Er schläft die meiste Zeit, und nach einer Weile kehrt die Farbe in sein Gesicht zurück, das Fieber sinkt, und er scheint ruhiger zu atmen. Rana fällt ein Stein vom Herzen.

Inzwischen ist der dritte Tag ihres Aufenthalts auf Drengis Sippenhof angebrochen. Draußen hat der frühe Herbst das erste Gold auf die Bäume gezaubert. Blätter wehen im Wind. Ein loderndes Feuer vertreibt die nasskalte Kühle des Regentags. Morgana nimmt wieder neben Drengis Hochsitz Platz, nachdem sie eigenhändig die Becher der Anwesenden mit süßem Most gefüllt hat. Auch Tura, ihre Tochter, leistet ihnen heute Gesellschaft.

Rana bemerkt, dass sie nicht mehr so dünn und staksig ist. Auch ihr scheint es hier gut zu gehen. Neben Tura sitzt die hübsche Sklavin, von der sie sich selten zu trennen scheint. Odda vervollständigt die Runde und lächelt über eine Geschichte, die Tura gerade erzählt, über ihren Versuch, der Sklavin das Reiten beizubringen.

Plötzlich öffnet sich die Tür, und Arni betritt mit vorsichtigen Schritten die Halle. Rana springt auf. »Was tust du hier? Du sollst dich doch ausruhen.«

Arni lächelt. »Bin es satt, den ganzen Tag im Bett zu liegen. Ich glaube, es geht mir besser.« Odda erhebt sich und stellt ihm einen Stuhl hin. Vorsichtig lässt Arni sich nieder. »Danke, Odda.«

»Du hast uns Sorgen gemacht«, sagt Morgana. Sie reicht ihm

einen Becher mit Most. Arni nimmt ihn in die linke Hand, denn der rechte Arm ist zusammen mit der Schulter verbunden und fest eingeschnürt, um ihn ruhig zu halten. Der rechte Ärmel seiner Tunika hängt lose herunter.

Rana merkt auf einmal, dass die Sklavin sich leicht vorbeugt und ihren Bruder mit gerunzelter Stirn so eindringlich ansieht, als wolle sie jede Regung seines Gesichts ergründen. Wie seltsam, vermeidet sie doch sonst lieber den Blickkontakt und kommt einem eher abwesend und leicht verwirrt vor. Obwohl Rana sie natürlich nur einige wenige Male gesehen hat, und das aus der Entfernung.

Als Arni die Musterung der Sklavin bemerkt und zu ihr hinüberschaut, senkt diese verlegen den Blick. Aber nur für kurze Zeit. Wenn er nicht mehr auf sie achtet, sieht sie ihn wieder mit großen Augen an, öffnet den Mund und flüstert etwas, jedoch zu leise, als dass man sie verstanden hätte.

Auch Arni starrt die junge Frau nun ebenfalls unverhohlen an. Sogar Morgana hat es bemerkt und hebt erstaunt die Brauen. Schließlich wendet sich Arni an die Sklavin. »Wer bist du?«, fragt er. »Und wie heißt du?«

Sie antwortet nicht, senkt nur wieder den Blick auf ihren Schoß und wird rot.

»Sie ist nur eine Sklavin«, klärt Morgana ihn auf. »Wir haben sie von der Kuffaburg mitgebracht.«

»Sie ist keine Sklavin!«, widerspricht Tura patzig. »Sie ist meine Freundin. Aber sie redet nicht gern, nur mit mir.«

»Und wie heißt deine Freundin?«, fragt Arni. »Sicher irre ich mich, aber sie kommt mir irgendwie bekannt vor.«

Er hat recht, denkt Rana. Irgendetwas kommt auch mir seltsam vertraut vor. Dabei kann es doch gar nicht sein. Auf der Kuffaburg bin ich nie gewesen. Wir müssen uns irren.

»Sie heißt Gisla«, sagt Tura.

»Gisla«, wiederholt Arni. Er runzelt die Stirn und hält den Kopf leicht schräg, als müsse er nachdenken. »Der Name ist nicht so ungewöhnlich. Dann sag mir, woher du stammst, Gisla? Bestimmt nicht von der Kuffaburg.«

Die junge Frau sieht ihn an. »Weiß nicht«, sagt sie leise. »Ein Dorf am Wald.«

»Das trifft auf viele Dörfer zu.«

Schweigen. Dann sagt sie: »Da war ein Fluss ...«

Arni wirft Rana einen bedeutungsvollen Blick zu. Auf einmal beginnt ihr Herz heftig zu schlagen. Was geht hier vor? Kann es sein? Nein, es kann nicht sein! Das wäre doch zu verrückt. Gisla ist tot. Alle wissen das.

Doch Arni hat plötzlich feuchte Augen. »Ich glaube, du bist unsere Schwester, Gisla«, sagt er sanft.

Die Sklavin leckt sich unsicher über die Lippen. »Deine Schwester?«, flüstert sie, plötzlich zutiefst verunsichert. Sie ist noch mehr errötet, und ihre Augenlider flattern einen Moment wie die Flügel eines winzigen Vögelchens.

»Ja, unsere Schwester. Auch sie hieß Gisla.« Man merkt seiner Stimme an, dass er von Gefühlen überwältigt ist. Es dauert einen Moment, bis er weitereden kann. »Neben mir ist Rana. Sie war noch sehr jung, als du verschwunden bist. Deshalb erkennst du sie vielleicht nicht. Ich bin Arni. Wir sind deine Geschwister, Gisla. Erinnerst du dich denn nicht?«

Seine Worte haben Gisla verwirrt und aufgewühlt. Sie versucht, etwas zu sagen, aber mehr als ein unverständliches Flüstern ist nicht zu hören.

Tura legt den Arm um sie. »Was redet ihr da?«, fragt sie ärgerlich. »Ihr verängstigt sie. Alle sagen, sie sei schwach im Kopf. Aber das ist sie nicht. Sie hat nur Schlimmes erlebt und ist schnell verängstigt.«

Rana, die genau wie Arni von plötzlichen Gefühlen ergriffen ist, kann nicht länger an sich halten. Sie springt auf und versucht sich, Gisla zu nähern, aber die schreckt vor ihr zurück. Rana kniet vor ihr auf dem Boden und schaut ihr ins Gesicht. In ihren Augen stehen Tränen. Ist diese Sklavin wirklich ihre lange verschollene Schwester? O Destarte, wie kann das sein?

Odda räuspert sich. »Vielleicht kann ich helfen«, hört man seine tiefe Stimme. »Ich kenne Gisla seit Jahren. Seit Orkons Männer sie mit anderen Gefangenen auf die Kuffaburg gebracht haben. Dass sie eure Schwester sein könnte, wusste ich nicht, sonst hätte ich schon früher etwas gesagt.«

Arni sieht ihn an. »Orkon hat sie verschleppt?«

»Nicht er selbst, aber Krieger von uns. Ein größerer Trupp. Die waren auf Streifendienst und lange fort. Müssen sich irgendwo herumgetrieben haben. Sie haben Gefangene mitgebracht. Das war nicht ungewöhnlich. Alle Mägde und Knechte auf Orkons Burg sind Sklaven, die man irgendwo aufgegriffen hat. Manchmal Kriegsgefangene, manchmal Bauern. Oder ein hübsches Mädchen.«

Rana legt erregt die Hände an die Wangen und schüttelt den Kopf. Ist es wahr? Ist es wirklich wahr? Sie kann die Augen nicht von Gisla lassen.

»Sie war in einem schlimmen Zustand, als sie auf der Burg ankam«, hört sie Odda sagen. »Ich weiß nicht, was sie mit ihr angestellt haben, aber es muss fürchterlich gewesen sein. Mehr will ich dazu nicht sagen. Aber seitdem ist sie oft verängstigt und, nun ja, nicht ganz richtig im Kopf.«

Rana streckt langsam die Hand zu Gisla aus. »Du erkennst mich nicht«, sagt sie. »Aber ich bin Rana, deine kleine Schwester. Du hast mit mir gespielt. Erinnerst du dich nicht? Sogar eine Puppe hast du für mich genäht. Aus weichem Stoff, mit Heu gefüllt. Sie hatte einen lachenden Mund, deine Puppe. Und lange Haare aus Wollfäden. Ich hab sie so geliebt.«

»Puppe«, flüstert Gisla und nickt langsam, als erinnere sie sich. Ihre Lippen beben plötzlich, und ihre Augen füllen sich mit Tränen. »Hildi. Sie hieß Hildi.«

Rana nickt. »Ja, so hieß sie.«

Auf einmal ist es, als wäre der Damm gebrochen. Gisla hockt

sich ebenfalls auf den Boden, und die Schwestern fallen einander schluchzend in die Arme. Arni legt sich die Hand über die Augen, damit man seine Tränen nicht sieht.

* * *

Das Jahr nähert sich der Wintersonnenwende. Ranas Elternhaus ist aus der Asche neu entstanden, denn Hakun hat Wort gehalten und gleich nach dem Aufstand ein ganzes Heer von Handwerkern und Helfern geschickt, um allen in Altorp, deren Haus zerstört wurde, noch vor Frost und Schnee ein neues zu bauen.

Herdis ist über das, was geschehen ist, immer noch verbittert, auch wenn Arraks Tod ihr zur Genugtuung gereicht. Dass zumindest all ihre Kinder überlebt haben, hat sie etwas versöhnlicher mit dem Schicksal gestimmt. Und was für prächtige Kinder es in ihren Augen sind! Rana ist zur Heldin geworden, obwohl sie von solchem Lob nichts wissen will. Arni hat sich gut erholt, auch wenn sein Arm noch steif ist. Ganz beweglich wird er wohl nie mehr werden, doch das hält ihn nicht davon ab, im alten Schuppen der Schmiede herumzuwerkeln. Hargrim geht ihm dabei zur Hand.

Und jetzt hat sie auch noch Gisla wiedergefunden. Was für ein unerwartetes und wunderbares Glück! Dafür dankt sie täglich der Göttin. Und es sieht ganz so aus, als verliere Gisla langsam ihre Ängstlichkeit, auch wenn sie ihre Freundin Tura vermisst. Die Liebe der Familie scheint die Wunden der Seele ein wenig zu heilen.

Odda ist längst zu Hakun zurückgekehrt. Dafür haben sie jetzt eine Albin im Haus. Wie seltsam! Alben haben Rana damals an der Gerra gerettet, bei Alben war sie in Sicherheit, als der Überfall auf das Dorf stattfand, und Alben haben mit ihr und Hakun gekämpft, um Arrak zu stürzen. Vielleicht ist ihr Ada deshalb so ans Herz gewachsen. Sie ist ein liebes Mädchen und hübsch dazu, vor allem aber ist sie gelehrig und saugt alles Wissen in sich auf. Ihrer Tochter Rana kann Herdis nicht mehr viel beibringen. Dafür ist Ada ihre Schülerin geworden.

Es ist ein Haus voller Frauen, wenn man von Arni absieht. Denn auch Kira lebt jetzt unter Herdis' Dach. Mit ihrem kleinen Sohn Rike, der gern die Hühner über den Hof scheucht. Bald wird sie ihr zweites Kind zur Welt bringen, Herdis' freudig erwartetes Enkelkind. Wenn Utrik das doch nur miterleben könnte, sagt sie oft und seufzt.

Ja, ein Haus voller Frauen. Herdis und ihre Töchter, Kira und Ada. Und natürlich Borgunna, die oft vorbeischaut und ganze Nachmittage bleibt. Sie unterhalten sich und verbringen ihre Zeit mit gemeinsamer Frauenarbeit. Sie mahlen Körner zu Mehl und backen Brot, brauen Bier, kochen Äpfel zu Mus, spinnen Wolle zu Fäden, die Kira zu Wollstoffen verwebt. Sie hat sich einen Webstuhl fertigen lassen und ist begeistert bei der Sache.

Herdis bring Ada bei, die richtigen Kräuter auszuwählen, um ihre Zaubertränke zu brauen. Und Borgunna hat das Töpfern für sich entdeckt. Langsam verbessert sie sich, wird geschickter. Gisla kümmert sich mit Vorliebe um die Tiere. Trotz des Überfalls sind ihnen ein paar Kühe geblieben und die meisten Schafe und Ziegen. Herdis hat ihr gezeigt, wie man Käse herstellt.

So verbringen sie ihre Tage. Es bleibt nicht aus, dass sie sich an die schrecklichen Dinge erinnern, die passiert sind. Dann fließen nicht selten Tränen. Und natürlich erzählen sie sich Geschichten. Besonders Rana hat eine Menge zu berichten, was sie in der Welt so alles erlebt hat. Oft gibt es fröhliches Gelächter, besonders wenn es um Männer geht und um Liebeshändel im Dorf. Und auch, wenn Herdis und Rana die junge Ada aufklären, was es mit den Riten des Frühlingsfests auf sich hat. Rana fühlt sich wohl, wieder daheim zu sein mit Arni und den Frauen der Familie. Und doch sehnt sie sich nach Hakun und fragt sich, wann sie ihn endlich wiedersehen wird.

Eines Nachmittags, der erste Schnee ist gerade gefallen, nähern sich Hufschläge. Zwei Streitwagen fahren auf den Hof. Die Männer tragen Handschuhe und dicke Pelze gegen die Kälte. Rana erschrickt, denn die Furcht vor Krieg und Überfällen sitzt noch tief. Doch als sie genauer hinschaut, erkennt sie Hakun, der als Erster von seinem Wagen springt. Ihm folgt Odda. Beide haben rote Gesichter vom scharfen Wind, der draußen weht.

Rana stürmt aus dem Haus und fliegt Hakun in die Arme. »Du bist gekommen!«, ruft sie und küsst ihn hart auf den Mund.

»So stürmisch wie immer!« Hakun lacht und erwidert ihren Kuss.

»Odda«, sprudelt Rana hoch erfreut. »Wie gut, dich zu sehen.«

»Ich muss doch die berühmte Herdis kennenlernen«, sagt er in seinem tiefen Bass.

»Na, dann kommt ins Haus. Ihr müsst durchgefroren sein.« Und zu den beiden Fahrern der Wagen: »Ihr natürlich auch. Und stellt die Pferde in den Stall.«

Drinnen fallen Arni und Hakun sich in die Arme. »Ich sehe, du bist wohlauf. Das freut mich«, sagt Hakun. Und nachdem man ihm Kira vorgestellt hat, beglückwünscht er beide zur baldigen Geburt ihres Kindes. Nicht ohne Rana einen bedeutsamen Blick zuzuwerfen, was sie insgeheim erfreut.

Gisla begrüßt ihn scheu. Er hält sie bei den Händen und lächelt ihr zu. »Du bist also Gisla«, sagt er. Offenbar hat Odda ihm alles erzählt. »Deine Mutter muss sehr glücklich sein, dich wiedergefunden zu haben.«

»Das bin ich«, erwidert Herdis und wendet sich an den Riesen. »Und du bist Odda. Hab viel von dir gehört. Ich gebe zu, so einen großen Kerl wie dich hab ich noch nie gesehen.«

»Ich kann mich auch klein machen«, erwidert er und grinst.

Nachdem die Frauen Hakun und seine Gefährten mit Bier versorgt und sich alle, auch die Wagenlenker, um das warme Herdfeuer geschart haben, ist es an der Zeit, Neuigkeiten auszutauschen.

»Wir hören ja hier nicht viel«, sagt Rana. »Nur dass Frieden herrscht und die Klanherren sich irgendwie geeinigt haben.«

Hakun nickt. »Wie du weißt, war ich bei deiner Abreise noch unsicher, ob uns nicht doch noch Kämpfe bevorstünden. Aber alle Hundertschaften der Helminger sind zu uns übergelaufen, und nach einigem Zögern hat Ljotor uns sogar die Kuffaburg übergeben. Die haben wir aber sofort dem Erdboden gleichgemacht.«

»Wirklich! Das hätte ich nicht gedacht.«

»Die Kuffaburg erinnert genau wie der Hadorring zu sehr an Orkons Schreckensherrschaft. Kein zukünftiger Fürst sollte sich dort einrichten. Das würde allen übel aufstoßen.«

»Wird es denn einen neuen Fürsten geben?«, fragt Arni.

»Um das zu entscheiden, sind alle Klanherren zusammengekommen. Niemand wollte mehr zu den alten Zeiten zurückkehren, als Uneinigkeit, Zwist und Kampf unter den Klans herrschten. Es war allen wichtig, dass wir zukünftig in Frieden und Einigkeit leben. Das Fürstentum müsse also Bestand haben, da war man sich einig. Dennoch sollte es auch nicht mehr möglich sein, dass einer allein alles bestimmt und seine Macht missbraucht. So wie Orkon.«

»Und wie habt ihr das gelöst?«

»Die Klanherren bilden jetzt einen Rat, der zweimal im Jahr zusammenkommt, immer zu den Sonnenwenden. Wichtige Fragen sollen dann gemeinsam beraten und beschlossen werden. Die erste Entscheidung war, ein neues Heiligtum zu errichten. Nicht weit vom alten. Es soll allen Göttern geweiht sein, wie du es verlangt hast, Rana. Im Frühjahr werden wir das in Angriff nehmen.«

Rana nickt erfreut. »Eine gute Entscheidung.«

»Und du sollst es einweihen, wenn es so weit ist. Überhaupt, du gehörst auch zum Rat der Klanherren, das wurde einstimmig beschlossen.«

»Ich? Wieso ich?«

»Du bist doch die Priesterin der Göttin des Lichts. Das Volk verehrt dich. Kein Ratstreffen soll mehr ohne deinen Segen auseinandergehen. Alle zählen auf dich, um dem Fürstentum ein neues Gesicht zu geben. Destartes Zeitalter ist gekommen. Und du bist ihre Vertreterin.«

Rana weiß nicht, was sie sagen soll.

»Und dann ist da noch etwas«, fährt er fort. »Wir müssen das Wissen der Himmelsscheibe einführen, das Jahr in zwölf feste Monde einteilen und alle paar Jahre einen dreizehnten einschieben, so wie es auf der Scheibe und am Himmel angezeigt ist. Das wird uns allen das Leben erleichtern.«

»Die Klanherren haben die Bedeutung verstanden?«

»Das haben sie, Rana. Und wer wäre besser geeignet als du, die Gestirne zum Wohl aller zu lesen und den Willen der Götter zu verkünden?«

»Wirklich?« Rana ist rot geworden. Ihr ist bewusst, was für eine große Ehre das ist. Was für eine Verantwortung. »Ich weiß nicht, was ich sagen soll.«

Auch Herdis ist sprachlos, was nicht oft passiert. Sie umarmt ihre Tochter und drückt sie herzlich an sich. »Das hätte dein Vater erleben sollen«, sagt sie schließlich mit feuchten Augen.

Arni wiederholt seine Frage, wer denn in Zukunft Fürst sein soll. »Einer muss sich doch um das Land kümmern, das Heer verwalten, Recht sprechen und was sonst noch so ansteht. Ich nehme an, einen Helminger will keiner zum Fürsten.«

»Du hast recht. Keinen Helminger. Vorerst jedenfalls nicht. Sie haben übrigens einen entfernten Verwandten Arraks zum Klanherren bestimmt. Aber nun zu deiner Frage.« Er sieht sich mit ernster Miene in der Runde um und holt tief Luft, fast, als habe er eine schlimme Nachricht zu verkünden. Rana hält den Atem an.

»Als Fürst wäre natürlich Drengi am besten gewesen«, fährt er fort. »Ich hab mich für ihn eingesetzt und hätte ihn gewählt. Aber Drengi wollte nicht. Er meinte, ein Jüngerer wäre besser. Einer, der sich bewiesen hätte.«

Plötzlich ahnt Rana, was er sagen will. »Sie haben DICH gewählt!«, ruft sie erstaunt. »DU bist unser neuer Fürst.«

Hakun zuckt mit den Schultern und grinst. »Sieht ganz so aus.«

»O ihr Götter!«, ruft Herdis und legt die Hand aufs Herz. »Ich fasse es nicht. Ich fasse es nicht. Jetzt werde ich auch noch Großmutter eines Fürstenkindes.«

Hakun runzelt die Stirn. »Was sagst du da?«

»Ja, siehst du denn nicht, dass deine Rana schwanger ist?«

Hakun reißt die Augen auf. Einen Augenblick lang herrscht gelähmte Stille im Raum. Dann breitet sich ein Grinsen über Hakuns Gesicht. »Ist das wahr, Rana? Ist das wirklich wahr?«

Ich sollte zu ihm gehen, denkt sie. Und doch zögert sie. »Und?«, fragt sie ein bisschen schnippisch. »Wirst du jetzt Tura heiraten?«

»Wie kommst du denn auf so was?«

»Wäre doch angebracht. Jetzt, da du Fürst bist. Sie ist immerhin eine Fürstentochter. Oder vielleicht eine Edle aus deinem eigenen Klan?«

Hakun schüttelt den Kopf und lacht und sieht dabei Herdis an. »Kann man es glauben? Was ist deine Tochter doch für ein Querkopf?«

»Das war sie schon immer«, erwidert Herdis.

Hakun steht auf und kniet sich vor Rana auf den Boden. Er legt sanft beide Hände auf ihren Bauch. »Unser Kind«, sagt er ergriffen. »Ein Geschenk der Göttin.«

Rana lächelt.

»Jetzt musst du endlich mein Weib werden. Es gibt kein Entrinnen, Rana, und keine Ausreden. Ich lass dich nie mehr los.«

»Bist du sicher?«

»Wie kannst du das fragen? Natürlich bin ich sicher. Seit dem ersten Tag bin ich sicher. Seit du in mein Leben getreten bist.«

Im allgemeinen Jubel tauschen die beiden einen langen Kuss.

Und als sie wieder zu Atem kommen, blicken sie zu Herdis hinüber, die sich schon wieder ans Herz fasst und den Kopf schüttelt. »Und all das hat mit meinem Utrik angefangen und seiner verdammten Bronzescheibe.«

Dann muss sie selbst lachen und hebt ihren Becher. »Trinken wir auf Utrik! Und auf euch beide! Ach, was sage ich? Trinken wir auf uns alle!«

ANMERKUNGEN DES AUTORS

Als man an mich mit der Frage herantrat, ob ich nicht Lust hätte, eine Geschichte über die Entstehung der Himmelsscheibe zu schreiben, das heißt, einen Roman, der vor fast 4000 Jahren spielt, war ich doch etwas überrascht. Ich hatte ganz andere Projekte im Kopf und tat mich mit der Idee schwer.

Aber nach der Ermutigung durch meinen Agenten, Joachim Jessen, besorgte ich mir Harald Mellers Buch *Die Himmelsscheibe von Nebra*. Harald Meller ist Landesarchäologe von Sachsen-Anhalt, war an der Veröffentlichung des Fundes beteiligt und hat die Forschungen rund um die Scheibe in allen Einzelheiten begleitet. Vor mir tat sich eine ganz neue Welt auf, und ich war plötzlich Feuer und Flamme, in diese Welt einzutauchen und sie für meine Leserinnen und Leser lebendig zu machen.

Es ist allerdings kein leichtes Projekt geworden. Zum einen durch die ziemlich aufwendige Recherche. Ich glaube, ich habe mir noch nie so umfangreich Notizen gemacht. Trotz der vielen Fakten, die dabei zutage traten, gibt es dennoch enorme Wissenslücken über die Menschen jener Zeit, da sie uns keine schriftlichen Dokumente über ihre Kultur, ihre Geschichte oder ihre Mythen hinterlassen haben.

Es lag also an mir, diese Lücken zu füllen und dazu noch eine spannende und lesenswerte Story zu stricken, in der die wissenschaftlichen Erkenntnisse glaubwürdig eingebaut sind. Schließlich wollte ich kein Märchen erfinden, sondern einen von Fakten inspirierten Roman schreiben, so wie ich es in meinen Büchern immer tue.

Die Himmelsscheibe wurde ursprünglich auf einem Hügel

nahe Nebra von zwei Sondengängern entdeckt, die den Fund allerdings heimlich zu Geld machen wollten. Im Jahr 2002 kam die Scheibe dann auf abenteuerliche Weise, nicht ohne die Hilfe der Polizei, in die Hände des Archäologen Harald Meller, der dadurch als Chef des Landesmuseums zu ihrem Hüter wurde.

Diese metallene Scheibe ist mit Sicherheit der bedeutendste Fund der frühen mitteleuropäischen Bronzezeit. Sie hat nicht nur viel öffentliche Aufmerksamkeit erregt, sondern auch eine Reihe bedeutender archäologischer Forschungen nach sich gezogen, deren Ergebnisse unser Bild von unseren Vorfahren, die in Mitteldeutschland vor etwa 4000 Jahren lebten, völlig auf den Kopf gestellt haben.

Die Himmelsscheibe ist zur Zeit der Aunjetitzer-Kultur entstanden, benannt nach einem Fundort im heutigen Tschechien. Hatte man bisher angenommen, die frühe und mittlere Bronzezeit habe nur im Orient frühe Staatsformen wie die der Sumerer, Ägypter, Hethiter oder Assyrer hervorgebracht, so war man erstaunt zu entdecken, dass es während der Aunjetitzer-Kultur von etwa 2300 bis 1600 vor Christus auch bei uns in Mitteldeutschland einen organisierten Staat gegeben hat, mit riesigen Kultstätten, gewaltigen Fürstengräbern und einer organisierten Armee mit Kupfer- und Bronzewaffen, die in Serie gefertigt wurden.

Das Reich der Aunjetitzer erstreckte sich nach aktuellem Kenntnistand über ein Kerngebiet zwischen Elbe, Saale und Unstrut, reichte im Westen mindestens bis zum Brocken, im Norden vielleicht sogar bis zur Elbmündung und schloss im Süden Böhmen mit ein, hatte Verbindungen bis in die Alpen und den Donauraum, zumindest in Form von tributpflichtigen Nachbarn und Handelspartnern.

Dieses Fürstentum, das ich das Reich der Ruotinger genannt habe, lag im Zentrum wichtiger Handelsverbindungen, die von den britischen Inseln, dem Alpenraum, über die Donau bis in den Mittleren Osten reichten. Von dort müssen auch jene astronomischen Kenntnisse gekommen sein, die auf der Himmelsscheibe festgehalten wurden. Die spannende Erforschung jener mitteleuropäischen, bronzezeitlichen Kultur wird gegenwärtig weiter intensiv betrieben und mit Sicherheit noch einiges mehr an Erkenntnissen zutage fördern.

Neben den Untersuchungen der Metallurgen, die heutzutage in der Lage sind, die Herkunft von Metallen zu bestimmen, der Biologen, die Samen zu Analyse von Getreidesorten untersuchen, und anderen Wissenschaftlern, die Knochenreste auf den Gesundheitszustand der Verstorbenen beurteilen, ist es hauptsächlich der Zusammenarbeit dreier Fachbereiche zu verdanken, dass wir uns ein Bild jener Zeit und der Menschen machen können, die damals gelebt haben.

Da ist vorrangig die Archäologie, die nach Hinterlassenschaften wie Gräbern, Skeletten, Geräten, Waffen, Tonscherben und Resten von Behausungen sucht und analysiert. Hinzu kommt die neue, unglaubliche Technik der Genforschung, die in der Lage ist, die DNA aus uralten Knochen zu extrahieren und uns damit über Herkunft und Abstammung der Menschen jener Zeit aufzuklären. Interessanterweise liefert auch die Erforschung der indo-europäischen Sprachen bedeutende Hinweise. Auch sie bezeugen Ähnlichkeiten, Verwandtschaften, Ursprünge und Migrationsbewegungen.

Sie als Leserinnen und Leser des Romans hat einiges, was ich über die Menschen jener Zeit erzähle, vielleicht erstaunt. Um diese Dinge zu erklären, will ich kurz ein wenig in der Zeit zurückgehen.

Vor vierzigtausend Jahren, vielleicht sogar schon früher, wanderten moderne Menschen in Europa ein, hatten Berührung mit Neandertalern, von denen sich Spuren in unserer DNA finden, zogen sich dann aber infolge der letzten Eiszeit wieder zurück. Erst mit dem Schmelzen der Eismassen kehrten sie vor etwa 12000 Jahren langsam wieder. Diese Menschen waren Sammler und Jäger und bemühten sich weit verstreut an den Küsten, in Flusstälern und Wäldern um ihren Lebensunterhalt. Laut Genforschung hatten sie blaue Augen, waren hochgewachsen, kräftig und dunkelhäutiger als die heutigen Europäer. Wahrscheinlich, wie bei den meisten Urvölkern, war alles in ihrer Umwelt von Geistern beseelt. Matriarchalische Verhältnisse in ihrem Sozialleben sind nicht ausgeschlossen, vielleicht sogar wahrscheinlich. Das Weib wurde als fruchtbares Wesen, das Kinder hervorbringt, verehrt. Wie das genau geschieht, war ihnen möglicherweise nicht bewusst.

Im Mittleren Osten, im sogenannten »fruchtbaren Halbmond«, entwickelte sich etwa zur gleichen Zeit eine frühe Form der Landwirtschaft und verdrängte langsam die Jagd als Wirtschaftsform. Getreide wurde zum Hauptnahrungsmittel, man hielt domestizierte Schafe und Ziegen. Durch das größere Nahrungsangebot wuchs die Bevölkerung, es entstanden Siedlungen, erste Städte.

Allerdings war der Mensch nicht mehr so frei wie der nomadische Jäger, sondern an die Scholle gebunden. Landbesitz wurde überlebenswichtig und veränderte die sozialen Beziehungen, auch die zwischen Mann und Frau. Die Viehzucht lehrte die Menschen etwas über Vaterschaft und Vererbung. Patriarchalische Machtstrukturen entstanden. Aus Geistern wurden Götter, die man sich den Menschen ähnlich vorstellte. Die Bauern erwarben ihren Lebensunterhalt durch harte Arbeit, mussten sich Herrschern unterwerfen, die die Verteilung und Nutzung des Landes organisierten. Krieger- und Priesterkasten entstanden.

Vor etwa 8000 Jahren machten sich frühe Bauern aus Anatolien mit ihren Ziegen und Schafen auf den Weg nach Westen. Vielleicht, um Unterdrückung und Überbevölkerung zu entkommen. Darüber kann man nur spekulieren. Aber über viele Generationen hinweg wanderten sie langsam über den Balkan nach West- und Mitteleuropa, wo sie die Jäger aus den Flussauen verdrängten, Siedlungen errichteten und die fruchtbare Erde mit dem Hackpflug bearbeiteten. Ohne Zweifel brachten sie Kultur und Kenntnisse ihrer alten Heimat mit. Die steinzeitlichen Jäger zogen sich in die Wildnis zurück. Zur Zeit des Romans muss es sie noch gegeben haben. Am längsten hielten sie sich im skandinavischen Norden.

Und dann, zwischen 4400 und 2200 vor Christus trat eine andere Volksgruppe auf: Volksstämme aus den Steppen der Süd-Ukraine, die in mehreren Migrationswellen ihren Lebensraum verließen und nach Westen, Süden und Osten zogen und damit auch zu uns nach Mitteleuropa kamen. Auslöser ihrer Wanderungen waren wahrscheinlich ausgedehnte Dürreperioden. Die Neuankömmlinge waren Rinderzüchter und Nomaden. Sie hatten das Pferd domestiziert, was ihnen im Gegensatz zu anderen Völkern große Vorteile verschaffte.

Was bei uns mit den Bauern der früheren anatolischen Einwanderung geschah, weiß man nicht. Wurden sie vernichtet? Oder starben sie vielleicht an Krankheiten, die die Steppenkrieger, die seit Jahrtausenden mit Tieren lebten, aus dem Osten mitbrachten? Die meisten wurden wahrscheinlich assimiliert. Krieger aus der Steppe nahmen sich Frauen vor Ort. Für Frauenraub gibt es zahlreiche archäologische Hinweise. Auch ihre Gene leben in uns weiter.

Die eingewanderten Steppennomaden dagegen wurden zur dominanten Bevölkerung. Nicht nur in Europa, sondern auch an der Westküste des Schwarzen Meers und in Teilen Anatoliens. Sie lieferten also nicht nur den Großteil unseres genetischen Erbes – besonders in Mittel-, West- und Nordeuropa –, sie sind unter anderem auch die Vorfahren der Hethiter. Sie brachten ihre Sprache mit, das Indoeuropäische, das sich in viele Zweige verästelte und heute weltweit die größte Sprachfamilie darstellt. Aus Nomaden wurden Ackerbauern, obwohl sie weiterhin Viehzucht betrieben. Und die Letzten dieser Einwanderer müssen die Aunjetitzer gewesen sein, meine Ruotinger.

Die Menschen dieser Kultur waren alles andere als primitiv. Sie hatten strohgedeckte Langhäuser für Mensch und Vieh unter einem Dach, die nicht viel anders aussahen als heutige norddeutsche Bauernhöfe. Sie trieben Handel von West bis Ost und Süden, schufen wunderschöne Keramiken, Schmuck aus Muscheln und Bernstein. Sie schmiedeten serienmäßige Werkzeuge und Bronzewaffen, unterhielten straff gegliederte, in Hundertschaften eingeteilte Kriegereinheiten, webten Stoffe aus Flachs und Hanf, errichteten gewaltige Heiligtümer und bestatteten ihre Fürsten in riesigen, weithin sichtbaren Grabmälern, die man gerade wiederentdeckt.

Sie waren nicht nur geschickte Händler, Weber und Töpfer, sondern auch Wagen- und Bootsbauer, Goldwäscher und Bergleute, die nach Kupfer schürften. Und natürlich Schmiede. Auch der berühmte Ötzi hatte ein Kupferbeil bei sich, obwohl die meisten einfachen Bauern wohl noch mit Steinbeilen arbeiteten. Das Wissen um die Kunst des Bronzeschmiedens, das zur Zeit des Romans (etwa 1830 vor Christus) noch etwas Geheimnisvolles und Besonderes darstellte, verlieh den Meistern dieser Kunst vermutlich einen besonderen Status.

All diese Fertigkeiten deuten auf Arbeitsteilung hin und auf ein höchst organisiertes Zusammenleben.

Im Roman kämpfen Hakun und seine Gefährten auf Streitwagen, denn es gibt Belege dafür, dass der Streitwagen ursprünglich bei den Steppenvölkern entstand. Pferde waren damals kleiner als heutige Rassen und daher für den Kavallerieeinsatz weniger geeignet. Als Zugtiere vor einem Kampfwagen waren sie dagegen ideal, besonders in den Steppen Asiens und in den Wüsten des Mittleren Orients, wohin sich die Streitwagen mit den indoeuropäischen Hethitern bis nach Ägypten verbreiteten. Sogar die Kelten der Römerzeit benutzten noch Streitwagen. Es ist daher anzunehmen, dass auch meine Ruotinger leichte Kampfwagen besaßen. Ich habe einmal eine Dokumentation über die Rekonstruktion eines solchen Streitwagens gesehen. Das sind wirklich beinahe Hightech-Geräte.

Während steinzeitliche Jäger und Sammler animistische Vorstellungen hatten, also an die Allbeseeltheit der Natur glaubten, verehrten die Aunjetitzer mit Sicherheit Götter, denen sie riesige Heiligtümer widmeten – ähnlich wie Stonehenge, nur aus Holz. Eine Priesterschaft muss die Heiligtümer verwaltet und eine hohe soziale Stellung innegehabt haben. Leider wissen wir nichts über diese Glaubenswelt. Für den Roman musste ich also eine eigene Götterwelt und entsprechende Kulte erfinden. Dabei habe ich mich von der nordischen und griechischen Mythenwelt inspirieren lassen, die ja Ähnlichkeiten aufweisen und beide indoeuropäischen Ursprungs sind. Also ist anzunehmen, dass auch die Aunjetitzer eine Urform dieser Mythen kannten.

Der im Buch beschriebene Hadorring ist natürlich das kürzlich entdeckte und wunderbar rekonstruierte Heiligtum von Pömmelte, wo man neben Mühlsteinen und Äxten auch viele zum Teil zerstückelte Skelette fand. Dieses Heiligtum wurde etwa um die Zeit, in der der Roman spielt, mutwillig, fast rituell zerstört. Die Palisaden wurden aus dem Boden gerissen und im Graben, der das Heiligtum umgibt, verbrannt. Eine entsprechende Ascheschicht weist darauf hin. Nicht weit entfernt wurde dann ein weiteres, ähnliches Heiligtum, wenn auch etwas kleiner, errichtet, das über Jahrhunderte Bestand hatte und wo man keine Skelette gefunden hat.

Was könnte wohl zur Zerstörung des Heiligtums von Pömmelte geführt haben? Forscher vermuten, dass hier, wie auch in manch anderen frühen Kulturen, Menschenopfer zelebriert wurden. Religiöse Kulte dienten meist dazu, die Herrschaft über einen großen Bauernstaat zu stützen. Die Landwirtschaft hat schon immer kleptokratische Herrschaftsformen hervorgebracht – das kleine Volk wurde geknechtet, während die Elite sich bereicherte. Und um das Volk in Schach zu halten, gibt es wohl kaum etwas

Beeindruckenderes als einen allmächtigen und rächenden Gott, der nur durch Menschenopfer zu beschwichtigen ist.

Irgendwann in unserer prähistorischen Vergangenheit haben sich solch grausige Rituale zum Glück überlebt. Ein anderes göttliches Prinzip muss sich durchgesetzt haben. Vielleicht ist die Zerstörung des Heiligtums auf so einen Wandel zurückzuführen, auf einen Volksaufstand, bei dem der verhasste Ort, an dem die Menschenopfer stattfanden, gestürmt und dem Erdboden gleichgemacht wurde.

Das ist zumindest die Prämisse dieses Buchs. Da die Menschen in jenen Zeiten vermutlich stark von ihrer Mythen- und Glaubenswelt beeinflusst waren, findet der Umsturz im Roman sowohl auf göttlicher wie auf menschlicher Ebene statt. Die beiden Bereiche vermischen sich in der Vorstellung der Menschen. Ich erinnere an den Kampf um Troja, wie er von Homer geschildert wird. Auch bei ihm greifen die Götter direkt in das Geschehen ein.

Im Roman habe ich die Fruchtbarkeitsmythen einer Destarte mit dem östlichen Glauben an eine Sonnengottheit wie die Arinna der Hethiter verbunden, denn von dort stammt aller Wahrscheinlichkeit auch das astronomische Wissen, das die Himmelsscheibe abbildet. Daraus wirkt Rana den Kult der Göttin des Lichts als Gegenpol zu Hadors Macht.

Die Figur des Orkon ist ebenfalls von archäologischen Funden inspiriert. Bei seiner Grabstätte handelt es sich um das Fürstengrab von Helmsdorf, das zur Zeit des Romans errichtet wurde und wohl so aussah, wie ich es hier beschrieben habe. Die Knochenreste des dort bestatteten Fürsten weisen eindeutig auf eine Ermordung hin: ein Stich durch den Bauch bis zum Rückenwirbel, eine Schnittverletzung am Oberarm, eine dritte Verwundung am Schulterblatt. Wer mag den Mann ermordet haben und aus welchem Grund? Der Roman beantwortet die Frage auf meine Weise.

Auch die Herstellung der Himmelsscheibe habe ich beschrieben. Gold und Zinn stammen eindeutig aus Cornwall. Das hat man durch Isotopen-Analyse festgestellt. Das Kupfer kommt aus dem österreichischen Alpenraum, wo man auch frühbronzezeitliche Abbaustollen entdeckt hat. Das dargestellte Siebengestirn zeigt natürlich die Konstellation der Plejaden, und die Mondsichel in Zusammenhang mit den Plejaden erlaubt in der Tat, Sonnen- und Mondjahr miteinander in Einklang zu bringen, um einen Kalender zu erstellen.

Die Randbögen auf der Scheibe, das Schiffchen unten – wenn es denn ein Schiff sein soll – und die Löcher am Rand der Scheibe habe ich im Buch nicht erwähnt, denn diese Elemente sind nach den Erkenntnissen der Forschung zu einem späteren Zeitpunkt hinzugefügt worden.

Heutzutage präsentiert sich der Hintergrund der Scheibe in grüner Farbe, vermutlich wegen des Kupfers in der Bronze. Ursprünglich muss er dunkelblau gewesen sein, denn die Bronze wurde nachweislich mit Urin behandelt. Das darin enthaltene Ammoniak soll das Metall nachtblau gefärbt haben. Die Scheibe muss in dieser Form wirklich eindrucksvoll ausgesehen haben.

Die Namen der Personen, Götter und geografischen Orte habe ich natürlich erfunden. Bei einigen, besonders den Ortsnamen, habe ich jedoch versucht, eine gewisse Ähnlichkeit zu heutigen Namen herzustellen: Brukka für den Brocken, Kuffa für die Kyffhäuserberge, Onestruda für Unstrut, Albija für die Elbe.

Wer sich für Fachliteratur zum Thema interessiert, hier eine Auswahl:

- *Die Himmelsscheibe von Nebra* von Harald Meller und Kai Michel. Ihr Buch ist wohl das Standardwerk über die Himmelsscheibe und zeichnet auf, wie sie entdeckt wurde. Thematisiert werden auch die Bedeutung der Symbole und die weitergehende Forschung, die durch diesen Fund ausgelöst wurde. Das Buch ist sehr zu empfehlen.
- *Die Reise unserer Gene* von Johannes Krause und Thomas Trappe. *Eine Geschichte über uns und unsere Vorfahren.* Johannes

Krause ist weltweit führend in der DNA-Analyse prähistorischer Knochenfunde.
- *Auf den Spuren der Indoeuropäer* von Harald Haarmann. Von den neolithischen Steppennomaden bis zu den frühen Hochkulturen. Harald Haarmann ist Sprach- und Kulturwissenschaftler.
- *The Horse, the Wheel and Language* von David W. Anthony, *How Bronze-Age Riders from the Eurasian Steppes shaped the modern World*. David W. Anthony ist Professor für Anthropologie und hat sich auf indoeuropäische Geschichte und Sprachen spezialisiert.

Bedanken möchte ich mich bei meinem Agenten Joachim Jessen, der mich ermutigt hat, den Roman zu schreiben, beim Verlag Bastei-Lübbe und dort besonders bei Dr. Stefanie Heinen für ihr Lektorat und aktive Unterstützung. Und natürlich bei meiner Frau Sandra, die wie immer meine erste kritische Leserin war.

GLOSSAR

Orts- und andere Namen

Alben	die Waldmenschen
Albija	die Elbe
Altorp	Ranas Dorf
Brukka	der Brocken
Das Große Wasser	Nordsee
Gerra	die Gera
Hadorring	Altes Heiligtum
Hatti	Land der Hethiter in Anatolien
Helmahem	Orkons Dorf
Kuffa	der Kyffhäuser
Kuffaburg	Orkons Festung auf dem Kyffhäuser
Land der Pritani	England = Land hinter dem Salzmeer
Onestruda	Unstrut
Pritani	Volk auf den britischen Inseln
Sala	die Saale
Tonawa	Donau (im Unterlauf Istros)

Weitere Begriffe

Befiederung	Um einen gleichmäßigen Flug des Pfeils zu ermöglichen, werden am hinteren Ende Teile von Federn angeklebt.
Bronzener Ziehblock	Ähnliches wird auch heute noch von Goldschmieden verwendet, um Golddraht herzustellen.
Falbe	grau/beige Fellfarbe von Pferden

Felswurz	Petersilienart, hat auch Heilwirkung auf die Gebärmutter
Frauenmantel	krautige bis strauchähnliche Pflanze mit gelben Blüten, wurde in der Volksmedizin bei Wunden, Blutungen und auch gegen Frauenleiden verwendet
Hatti	Hethiter, auch die Hauptstadt der Hethiter
Katzengold	Schwefelkies, eignet sich zum Funkenschlagen
Kleptokratie	Diebesherrschaft
Sippenhof	besteht aus mehreren Häusern einer engeren Sippe, möglicherweise durch Umwallung geschützt. Aus solchen Sippenhöfen sind oft Dörfer entstanden.
Stabdolch	mit langem Schaft, ähnlich wie eine Axt, aber statt Axtklinge ein Dolch
Taubenkraut	Heilpflanze in der Volksmedizin
Wallburg	eine runde Burganlage durch Wall und Graben gesichert

DIE KLANS

Ruotinger
Sammelbegriff für alle Klans, nach dem Urahn Ruoto benannt.

Helminger
Orkons Klan, sind stolz auf ihre kriegerische Tradition, stammen ursprünglich aus dem Quellgebiet der Unstrut, aus den Bergen rund um den Brocken. Das Dorf des Klangründers ist Helmahem, Orkon residiert auf der Kuffaburg. Auch der Hadorring steht unter ihrer Herrschaft. Großvater Helma einte die Klans und riss die Macht an sich.

Harruner
Brodars Klan, beherrschen das Elbgebiet der Gegend um die heutigen Städte Halle und Magdeburg. Ihr Gründer war Harro. Auch Hakun gehört zu ihnen. Sie sind traditionell Mittler zwischen den Klans, aber eher mit den Helmingern verbündet. Sie dominieren den Handel auf der Elbe.

Guvarri
Turgrims Klan, herrschen nördlich der Harruner und streiten sich oft mit ihnen.

Nebroni

Drengis Klan, beherrschen das gesamte Unstrut-Tal inklusive Saale bis zu Elbmündung. Auch die Nebroni sind ein stolzer, kriegerischer Klan.

Ruotani

Barns Klan, die eigentlichen Ruotinger, sie beherrschen die Gegend zwischen Saale und oberer Elbe. Hier siedelte Ruoto, nachdem er sein Volk aus dem Osten hergeführt hatte. Sie unterstützen die Nebroni.

Gejliren

Haruks Klan, sie leben an den Ufern der Mulde, in den Tälern des Erzgebirges und sogar südlich davon in Böhmen. Die Verbindung zu den anderen Klans ist eher lose.

DIE GÖTTER DER RUOTINGER

Gaia
Sie ist die Mutter Erde, hat die Ahnen der Götter geboren, die Riesen und die Kobolde und auch die Ur-Kuh, die Mutter unserer Viehherden.

Uron
Er hat den Himmel geformt, den Mond und die Sonne. Er hat Gaia geschwängert und ist der Vater ihrer vielen Kinder. Destarte ist eines seiner Kinder, genauso wie Wuodan.

Wuodan
Göttervater, weiser Herrscher des Himmels, richtet über Götter und Menschen und sendet das Strafgericht über die, die es verdienen. Sein Zorn ist fürchterlich. Er ist auch Gott des Wetters, des Krieges und der Magie.

Hador
Er ist Wuodans Bruder und mächtiger Gott der Unterwelt und des Totenreichs. Gott des Herbstes, wenn alles stirbt, und der Eiswelt des Winters. Damit er den Menschen nicht Tod, Unwetter oder Pestilenz schickt, muss er durch Blutopfer besänftigt werden.

Hella

Göttin des Herdes und der Familie. Sie ist Wuodans Eheweib und Patronin der Ehefrauen, der braven Bäuerinnen, die auf den Feldern arbeiten. Göttin der Sparsamkeit, der Vorsorge. Sie kümmert sich um die Kornernte, die Speicher. Hellas Schwestern sind die drei Schicksals- oder auch Rachegöttinnen.

Destarte

Destarte ist Wuodans Schwester und schöne Göttin der Fruchtbarkeit, der Liebe und der Magie. Zu ihr beten die Bauern im Frühling bei der Aussaat und die Frauen, die sich Kinder wünschen, genauso wie die Liebenden, die Erfüllung suchen. Destarte hat auch eine dunkle Seite: die der Verzauberung und Verführung, des ausschweifenden Genusses, der unersättlichen Fleischeslust.

Thunar

Wuodans Sohn und Gott des Krieges, des Kampfes und des Schlachtenchaos. Er ist auch der Gott des Unwetters, des Hagels und des Donners. Seinen Feinden schleudert er den mächtigen Hammer entgegen. Manchmal findet man seine mächtigen Steinhämmer in der Natur. Dann dienen sie den Herrschern als Zeichen ihrer Macht. Orkon besitzt einen solchen Hammer.

Kalestos

Er hat den Menschen die Macht über das Feuer geschenkt. Er ist der Gott der Handwerker und aller Kunstfertigen, unter denen die Schmiede am meisten geschätzt werden. Er ist auch der Patron der Erzschürfer, die tiefe Stollen in den Berg treiben, um dessen geheime Schätze zu finden. Doch sein Feuer kann auch zerstören.

Astaris
Sie ist Wuodans und Hellas Tochter und jungfräuliche Göttin der Jagd und des Waldes, der Natur. Hüterin der wilden Tiere. Ihre Lieblinge sind zwei treue Hunde. Sie ist die Freundin der Alben, die tief im Wald an geheimen Orten leben, die Flussgöttinnen sind ihre Gespielinnen.

Panos
Astaris' Bruder ist Panos, Gott der Hirten, der Herden und der Weideflächen. Die Bauern und Viehtreiber beten zu ihm. Er ist halb Mensch, halb Ziegenbock, trickreich und clever. Panos verführt Nymphen (sehr zum Ärger seiner Schwester), narrt die Menschen und treibt wilde Späße.

Epona
Sie ist die Göttin der Pferde. Sie hat den Menschen beigebracht, wie man Pferde zähmt und zu Freunden macht. Zu ihren Ehren finden jährlich vor der Sommersonnenwende Pferdespiele und Rennen statt.

PERSONEN

In Altorp

Utrik	der Bronzeschmied und Ranas Vater
Herdis	Utriks Weib und Priesterin der Göttin Destarte
Rana	Utriks und Herdis' Tochter
Arni	Ranas Bruder
Aiko	der Knecht der Familie
Ette	die Magd der Familie
Kira	Arnis Verlobte
Rike	Kiras Sohn
Ioni	der Hofhund
Borgunna	Herdis' Freundin und Priesterin der Göttin Hella
Isiris	Borgunnas Assistentin
Hargrim	junger Jäger im Dorf
Kolgrim	einer der Dorfältesten

Die Harruner

Brodar	Klanherr der Harruner
Hakun	Brodars Sohn
Horan	Hakuns Wagenlenker

Die Helminger

Orkon	Fürst der Ruotinger
Morgana	sein Weib

Arrak	Orkons Sohn von einer Sklavin
Tura	Orkons und Morganas Tochter
Urdo	Priester des Gottes Hador
Brunn	Arraks Freund und Kampfgefährte
Ljotor	Orkons Freund und Gefährte
Abjorn	Hauptmann der Besatzung der Kuffaburg
Inka	Morganas Sklavin
Urak	Helminger Hauptmann
Odda	Orkons Leibwache
Gisla	Sklavin und Turas Freundin

Drengis Klan

Drengi	Klanherr der Nebroni
Gejlir und Sithun	Drengis Zwillingssöhne
Ada (Adarikuomaniki)	Albin, Sklavin und Geliebte der Söhne
Gunna	Drengis unverheiratete Schwester
Harruk	Hauptmann der Ersten Hundertschaft

Die Alben

Egill	ein Jäger der Waldmenschen
Toki	Egills Sohn
Oran	ein weiterer Jäger
Eija	die ehrwürdige Sippenmutter

Andere

Elna	eine Bäuerin
Barn	Klanherr der Ruotani
Turgrim	Klanherr der Guvarri
Haruk	Klanherr der Gejliren

*Ein großer Historischer Roman über den
Ausbau Amsterdams zur Weltmetropole*

Sabine Weiß
KRONE DER WELT
Historischer Roman
688 Seiten
ISBN 978-3-404-18307-4

Vincent will als Architekt prächtige Stadthäuser bauen. Ruben sehnt sich nach Abenteuern auf hoher See. Betje ist eine begnadete Köchin. Zusammen sind die Geschwister in Amsterdam gestrandet, einem Ort der märchenhaften Möglichkeiten. Doch es ist auch die Zeit der großen Auseinandersetzungen. Katholiken und Calvinisten streiten um den rechten Glauben, Engländer und Spanier um den Einfluss auf das Land am Meer, Kaufleute um die wirtschaftliche Macht. Können sich die Geschwister in dieser schwierigen Situation behaupten?

Folgen Sie Sabine Weiß' Helden ins spannende 16. Jahrhundert, und erleben Sie Amsterdam, wie Sie es noch nie gesehen haben!

Lübbe

Ein dunkles Geheimnis, eine große Liebe, ein verhängnisvoller Verrat

Kate Mosse
DIE BRENNENDEN
KAMMERN
Historischer Roman
Aus dem Englischen
von Dietmar Schmidt
624 Seiten
ISBN 978-3-404-18412-5

Carcassonne, 1562: Die neunzehnjährige Minou Joubert, Tochter eines katholischen Buchhändlers, erhält eines Tages einen versiegelten Brief mit nur fünf Worten: »Sie weiß, dass du lebst.« Doch noch bevor sie herausfinden kann, was hinter der mysteriösen Botschaft steckt, wird die Begegnung mit dem Protestanten Piet Reydon ihr Leben für immer verändern. Denn der junge Hugenotte hat eine gefährliche Mission. Als er zu Unrecht des Mordes beschuldigt wird, verhilft Minou ihm zur Flucht aus der Stadt. Erst in einsamen Bergdorf kommen sie dem Rätsel um den geheimnisvollen Brief auf die Spur. Auftakt des farbenprächtigen, abenteuerlichen Epos rund um das Schicksal der Hugenotten.

Lübbe

»Wenn du einem König deine Freundschaft schenkst, läufst du immer Gefahr, an seinen Taten zu verzweifeln.«

Rebecca Gablé
TEUFELSKRONE
Ein Waringham-Roman
Historischer Roman
928 Seiten
ISBN 978-3-404-18306-7

England 1193: Der Bruderkrieg zwischen König Richard Löwenherz und dem jüngeren Prinzen John spaltet das Land. Während Richard England nur als Geldquelle für seine ehrgeizigen Feldzüge in Frankreich und Palästina ansieht, versucht John, die Macht in seinem Vaterland an sich zu reißen. An seiner Seite steht der junge Yvain of Waringham, der in den Dienst des berüchtigten Prinzen getreten ist, um der unglücklichen Liebe zur Verlobten seines Bruders zu entfliehen. Als John nach Richards Tod die Krone erbt, lädt er eine schwere Schuld auf sich – und macht Yvain zum Mitwisser einer Tat, die ihrer beider Leben verändern soll ...

Lübbe

Die Community für alle, die Bücher lieben

In der Lesejury kannst du
★ Bücher lesen und rezensieren, die noch nicht erschienen sind

★ Gemeinsam mit anderen buchbegeisterten Menschen in Leserunden diskutieren

★ Autoren persönlich kennenlernen

★ An exklusiven Gewinnspielen und Aktionen teilnehmen

★ Bonuspunkte sammeln und diese gegen tolle Prämien eintauschen

Jetzt kostenlos registrieren: www.lesejury.de

Folge uns auf Instagram & Facebook:
www.instagram.com/lesejury
www.facebook.com/lesejury